Francesca Marciano

Casa Rossa

Francesca Marciano

Casa Rossa

Roman

Aus dem Englischen
von Barbara Schaden

Karl Blessing Verlag

Titel der Originalausgabe: Casa Rossa
Originalverlag: Alfred A. Knopf, New York

Umwelthinweis:
Dieses Buch und sein Schutzumschlag wurden
auf chlorfrei gebleichtem Papier gedruckt.
Die Einschrumpffolie (zum Schutz vor Verschmutzung)
ist aus umweltschonender recyclingfähiger PE-Folie.

Der Karl Blessing Verlag ist ein Unternehmen der
Verlagsgruppe Random House GmbH.

1. Auflage

Umschlaggestaltung: Design Team München
Satz: Uhl + Massopust, Aalen
Druck und Bindung: GGP Media, Pößneck
Printed in Germany
ISBN 3-89667-098-0
www.blessing-verlag.de

Als wir klein waren, meine Schwester Isabella und ich, fragten wir uns immer, ob Alba unseren Vater ermordet hatte.

Und sich dann diese Selbstmordgeschichte ausgedacht hatte.

Wir beide in der Küche, auf der Suche nach etwas Essbarem, zwei magere Mädchen, zehn und zwölf Jahre alt. *Ermordet.* Wir ließen diese Möglichkeit im Raum schweben und warteten, ob irgendetwas einstürzte oder zerbarst, aber es rührte sich nichts. Das Haus blieb vollkommen still.

»Aber das wird sowieso keiner je wissen«, sagten wir, um die Sache zu beenden. Wir wollten es eigentlich auch gar nicht wissen. Falls sie es wirklich getan hatte, würde sie früher oder später abgeholt und eingesperrt.

Es war ohnehin schon schlimm genug, wie es war – Papa verschwunden wie eine Karte bei einem Zaubertrick.

Wir hörten den Schlüssel in der Tür. Sie kam lächelnd herein, in Sandalen und ihrem grünen Kleid, die Arme voller Lebensmittel. Das war sie: Alba. Unsere Mutter. Die Mörderin.

»Wollt ihr ein Schinkensandwich, meine Süßen?«

Als wir so klein waren, veränderte alles ständig seine Proportionen: Das wirklich Gefährliche schrumpfte zusammen, rollte sich zu einer Kugel, die wir uns zuwerfen, sorgfältig betrachten und fallen lassen konnten, sobald sie uns langweilig wurde.

Es war ein stillschweigendes Abkommen zwischen meiner Schwester und mir. Weiterleben, überleben.

Dieses Sandwich essen.

1

Vorsichtig jetzt. Pass auf, was du tust.

Du starrst dieses Wohnzimmer an und denkst, du wirst diese Aufgabe nicht bewältigen. Seine Ordnung aufzubrechen erscheint dir wie ein Frevel, wie die Verwüstung eines Tempels.

Wie lang hat dieser dunkelrote Sessel gegenüber dem zerschlissenen Sofa gestanden, gleich neben dem bemalten Lampenschirm? Wie viele Jahre hat der verblichene Teppich auf diesen Steinfliesen gelegen? Seit wann hängt Renées Bild an der Wand? Wie lange hat die Opalglasvase auf dem Kaminsims gestanden?

Mein Großvater hat das Haus Ende der zwanziger Jahre erstanden. Damals war es ein heruntergekommenes Bauernhaus, keiner wollte es haben. Meine Mutter ist hier aufgewachsen. Meine Schwester und ich ebenfalls.

Seit über siebzig Jahren war dieses Haus, die Casa Rossa, unser Familiensitz.

Ich kenne seinen Geruch, wie ich den Geruch von gemähtem Gras kenne. Sein Grundriss ist mir in Fleisch und Blut übergegangen, ich kann mich mit verbundenen Augen darin bewegen.

Warum dachte ich, das alles werde für immer so bleiben, und ich könnte jederzeit zurückkommen und den Sessel, das Sofa, den Teppich und das Bild an Ort und Stelle wieder finden? Auf diese Weise konnte ich die verschiedenen Momente, die meinen Werdegang mitbestimmt haben, in Gedanken immer wieder neu inszenieren. Wie den Tag, als Renée meinem Großvater auf dem Rohrstuhl Modell saß und ihm, während er sie wieder einmal malte, von Muriel erzählte. Den Sommertag, an dem Oliviero zum Essen kam und unter der Pergola im Innenhof saß und sich in meine Mutter verliebte. Die Nächte, in denen meine Schwester schlaflos im Bett lag, eingehüllt in ihren Hass, und sich vor jedem Geräusch fürchtete. Oder den Abend, an dem ich Daniel Moore zum ersten Mal hierher mitnahm. Ich öffnete die Tür und zeigte ihm dieses Zimmer. Diesen Teppich, dieses verblichene Sofa, diesen vergilbten Lampenschirm. Das Zimmer roch nach Holzfeuer. »Das ist es«, sagte ich.

Ich hoffte, es würde für immer so bleiben, damit ich mir, wenn ich zurückkam und alles genau so vorfand, wie ich es verlassen hatte, einreden konnte, ich hätte meine Geschichte an einem sicheren Ort verwahrt. In einem Schrein, wo nichts verloren ging. So wie Gebete in einer Kirche nie verloren gehen. Man kann jederzeit wiederkommen und eine neue Kerze anzünden.

Während ich durch das Erdgeschoss der Casa Rossa gehe, von der geräumigen Küche hinüber ins Wohnzimmer, dann durch die breite Holztür ins Atelier meines Großvaters, sehe ich mich um, zähle meine Schritte, markiere mein Territorium, als wäre es das allerletzte Mal. Und was soll ich sagen – es stimmt. Es ist das allerletzte Mal.

Ich führe Selbstgespräche – wie immer, wenn ich Angst habe. Vorsichtig jetzt. Pass auf, was du tust. Alles, was du tust, wird endgültig sein und überraschend schnell.

Die Möbelpacker werden kommen und auf ein Zeichen von mir warten. Dann werden sie den Tisch hochheben, dann das Sofa, werden den Teppich aufrollen und das Bild von der Wand nehmen. Sie werden die Möbel in Decken wickeln und mit Seilen verschnüren. Sie werden den vertrauten Formen die Augen verbinden und die Luft abdrücken und sie im Lastwagen übereinander stapeln. Unter einer Decke wird eine Armlehne hervorlugen, und der Fleck auf dem verblichenen Stoff wird Mitleid erregend aussehen. Die Kratzer am Tischbein, der kaum sichtbare Ring, den eine Tasse auf der Fläche hinterlassen hat: All diese Markierungen, die du so gut gekannt hast, werden gespenstisch wirken. Wie Narben. Früher hat man sie kaum beachtet. Aber jetzt wird es unmöglich sein, sie anzusehen, ohne sich zu schämen. Du wirst zugeben müssen, dass die Sachen sich in das verwandelt haben, was sie immer gewesen sind, was du aber nicht zur Kenntnis nehmen wolltest: in einen Haufen traurigen alten Plunder.

Sobald jedes einzelne Möbelstück und jede einzelne Kiste auf den Lastwagen geladen sind, wird dieses Haus, das an einem einzigen Vormittag leer geräumt wurde, wieder stumm sein. Eine weiße Leinwand, auf der jemand anderes seine Geschichte festhalten wird.

So schnell zerfallen unsere Erinnerungen.

* * *

Natürlich habe ich den Anruf bei der Möbelspedition vor mir hergeschoben. Wer täte das nicht? Es ist ja, als verabredete man einen Termin für seine eigene Hinrichtung und machte dann noch dem Henker Beine.

Stattdessen bin ich benommen durch die Zimmer gewandert, habe Oberflächen berührt, Dinge betrachtet. Jedes Mal wenn ich eine Schublade öffne oder in die Tiefe eines Schranks spähe, überrascht mich irgendein neues Fundstück, und ich muss mich erst einmal setzen, starr vor Verblüffung. Ich drehe und wende meinen Fund in den Händen, als erwartete ich, dass er mich anspricht. Aber meine Entdeckungen sind immer nur verstreute Bruchstücke, die für sich genommen nichts bedeuten. Ein staubiges altes Band (von einem Hut? Eine Geschenkschleife?), ein Zeitungsausschnitt aus den fünfziger Jahren, die Seite mit den Todesanzeigen (von wessen Tod erfahren wir hier?), ein einzelner hellblauer Seidenschuh, maßgefertigt in Paris (von Renée?), ein winziges Schwarzweißfoto, auf dem sich eine Gruppe junger Leute in Schwimmanzügen im Stil der dreißiger Jahre auf einem Strand zusammendrängt (welcher ist mein Großvater?), eine einzelne Seite aus einem Brief (ohne Datum, ohne Unterschrift, auf Französisch geschrieben).

Es ist, als versuchte man die Geschichte einer ägyptischen Mumie anhand ihres Rings, einiger Glasperlen und Tonscherben, einer verblassten Inschrift nachzuzeichnen. Ja, sie war eine Kaufmannsgattin, nein, eine Pharaonenschwester oder vielleicht eine Hohepriesterin. Die Geschichte verlangt eine fortlaufende Handlung mit einem ordentlichen Anfang und einem ordentlichen Ende.

Dies ist jedoch keine Geschichte über das, was wir wissen, auch nicht über das, was wir besitzen.

Es ist eine Geschichte über das, was unterwegs verloren geht.

* * *

Zweimal am Tag ruft meine Mutter Alba aus ihrem Haus in Rom an. Sie will wissen, wie es mit dem Umzug vorangeht.

»Oh«, sage ich schwungvoll, »ich bin noch nicht ganz so weit. Ich muss noch die ganzen Schubladen oben in den Schlafzimmern durchgehen. Die vielen Papiere, die Fotos, du hast keine Ahnung, wie ...«

»Stopf einfach alles in die Kisten«, fällt sie mir hastig ins Wort. »Du wirst nie mehr lebendig da rauskommen, wenn du dir alles ansiehst. Die Leute wollen nächste Woche einziehen!«

»Schon gut. Sie haben das Haus jetzt für ihr ganzes Leben, da können sie ruhig noch ein, zwei Tage warten. Übrigens habe ich dein Hochzeitskleid gefunden.«

»Ach du meine Güte!«

»Es sieht überhaupt nicht aus wie ein Hochzeitskleid. Ich habe es nur nach den Fotos erkannt.«

»Die hast du auch gefunden?«, fragt sie.

»Ja, es lag alles zusammen irgendwie wahllos in einer Kiste auf dem Schrank in deinem Zimmer. Darin waren Hüte, gedruckte Hochzeitseinladungen, ein Briefumschlag voller Bilder. Papa sieht aus wie ein bebrillter Wunderknabe, ein Mathegenie oder so was. Warum hast du nicht in einem langen weißen Kleid geheiratet?«

»Ach, ich weiß nicht. Es war eine ländliche Hochzeit... ich

wollte es schlicht halten.« Sie seufzt, verliert schon die Geduld mit mir. »Es war ein hübsches Kleid, erinnere ich mich.«

»Knielang, mit weitem Rock. Mit gestickten Mohnblumen darauf. So im Fünfziger-Jahre-Stil. Ich habe es an.«

»Tatsächlich?«

»Es passt mir kaum, aber wenn man dabei so was Nettes trägt, macht das die ganze Sache ein bisschen lustiger, finde ich.«

»Alina«, seufzt sie und verstummt. »Wird es dir nicht zu viel, wenn du das alles allein machen musst? Soll ich zu dir kommen? Ich könnte morgen in den Zug steigen, wenn du mich brauchst.«

Die Frage stellt sie mir zweimal am Tag, und in ihrem Ton schwingt die Befürchtung mit, ich könnte Ja sagen.

»Nein, ich komm schon zurecht. Du wärst mir nur im Weg.«

»Sicher? Ich komme unbedingt, wenn …«

»Nein, wirklich. Ich genieße es sogar. Eigentlich ist es … wie eine Art Therapie.«

Am anderen Ende der Leitung bleibt es stumm, deshalb füge ich erklärungshalber hinzu: »Ungefähr so, wie man so lange nicht an den Tod eines geliebten Menschen glaubt, bis man mit eigenen Augen sieht, dass er begraben wird. Es gehört dazu.«

»Jesus, bist du makaber!«, sagt sie, aber ich spüre, wie erleichtert sie ist, dass sie in Rom bleiben darf.

Mir war immer klar, dass sie sich drücken würde, wenn es daran ginge, diese Schubladen zu öffnen. Es war nie ihre Sache, in der Vergangenheit herumzukramen.

* * *

Apulien ist der Absatz des italienischen Stiefels, der schmalste Streifen Land zwischen zwei Meeren. Genau deshalb, sagte mein Großvater Lorenzo, wegen der Spiegelung der Sonne im Wasser zu beiden Seiten, sei das Licht in Apulien so satt und warm. Aus diesem Grund hatte er sich entschieden, hier ein Haus zu kaufen. Das war das Licht, in dem er malen musste, sagte er.

Lange bevor daraus die Casa Rossa wurde, war es ein halb verfallenes Bauernhaus gewesen, eine *masseria* aus dem neunzehnten Jahrhundert, umgeben von einer Mauer und einem Olivenhain, zwischen den weiten Feldern auf dem Land südlich von Lecce.

Man sah es schon aus der Ferne: groß, viereckig, schlicht und majestätisch zugleich. Ein großer Dreiseithof, hufeisenförmig angelegt um einen Patio, mit einer Scheune, einem Getreidespeicher, einem Kuhstall, einer verwahrlosten Kapelle. Es hatte reichen Grundbesitzern gehört, deren letzte Generation nach Australien ausgewandert war. Lorenzo hatte es vom Erlös seiner Bilder, die er einem Pariser Bankier verkauft hatte, für ein paar tausend Lire erstanden. Und war stolz darauf: Es war der erste Besitz, den er nicht seiner Familie verdankte.

Geld hatten sie genug: Seine Vorfahren hatten jahrhundertelang mit Marmor gehandelt. Sie besaßen Steinbrüche in der Umgebung von Carrara, den Bergen zwischen Ligurien und der Toskana. Carrara-Marmor galt als der reinste der Welt, makellos. Ein Material, das eine eigene Magie zu verströmen schien, wie Gold oder Diamanten. Die Flächen, in die er sich beim Abbau aufspaltete, offenbarten manchmal eine weiche linienförmige Schichtung, die wie Wellen aussah und seine wahre Herkunft verriet. Ein in Kalk verwandeltes Meer, eingeschlossen in einen Gebirgsstock.

Alle begehrten den weißesten Marmor, als bärge diese Weiße eine göttliche Qualität, etwas Einzigartiges, das kein Granit aufweisen konnte. Der weiße Marmor wurde in die ganze Welt verschifft, überallhin, wo jemand etwas bauen wollte, um sich der Nachwelt zu erhalten. Um die Jahrhundertwende unterhielt Carrara eine Flotte von hundertfünfzig Schiffen, die von Forte dei Marmi aus mit diesen Riesen an Bord in See stachen.

Von fünf Brüdern war Lorenzo der jüngste, und als er im Jahr 1900 zur Welt kam, waren seine Eltern bereit, ihn vom Familienunternehmen freizustellen. In der Hoffnung, er werde zur Unsterblichkeit ihres Namens beitragen, benannten sie ihn nach dem Bildhauer Bernini. Zu der Zeit verkauften sie Marmor zu vorwiegend prosaischen Zwecken: Reiche Leute wollten ihre Badezimmer damit auskleiden, Marmorstaub wurde in Zahnpasten verwendet – der Stein verlor seinen Adel. Lorenzo wurde also an die Kunstakademie in Mailand und anschließend nach Paris geschickt, denn er sollte Künstler werden. Er war der Luxusartikel der Familie. Ihre einzige Ausschweifung.

In den zwanziger Jahren war Paris eine Stadt, die alle Maler liebte. Lorenzo stieß dazu und fand bald seine Nische. In den Bars und Restaurants übernahm er oft die Rechnungen, die seine Freunde nicht zahlen konnten. Er arbeitete viel, verkaufte ausreichend, hatte ein paar Ausstellungen, ein paar Galeristen und jede Menge Frauen. Wahrscheinlich war Paris die glücklichste Zeit seines Lebens – ich habe ein Idealbild von ihm in seinen zwanziger Jahren, die er in einer Art rauschhafter Weltvergessenheit erlebt.

Paris besaß in diesen Jahren eine wahnsinnige und zugleich herzlose Vitalität. Wahrscheinlich hatte es nicht viel Geduld mit mittelmäßigen Begabungen, und ich habe den Verdacht, dass Lorenzo bei seinen Malerfreunden eher als durchschnittlich galt. Handwerklich gut, aber nicht innovativ.

Ich frage mich, ob er sich dessen bewusst war und wie sehr es ihn störte.

Tatsächlich ging der Name meines Großvaters nicht in die Geschichte ein. Mit Müh und Not brachte er es zu einem Eintrag ins Konversationslexikon, und eine umfassende Ausstellung bekam er erst zu seinem hundertsten Geburtstag. Und selbst diese Retrospektive in der Galleria d'Arte Moderna e Contemporanea in Rom war eine Notlösung, weil den Museumskuratoren nichts Besseres einfiel: »I Futuristi«, »I Macchiaioli«, »I Surrealisti« hatten sie bereits ausgestellt, und so erschien der Geburtstag meines Großvaters mit einem Mal als perfekter Anlass, um einen weiteren unbedeutenden italienischen Künstler wieder auferstehen zu lassen.

Renée, meine Großmutter, war eine überwältigende Schönheit.

Gewiss neigt jeder dazu, die physischen Eigenschaften oder Verschrobenheiten seiner Großeltern zu idealisieren: Damit ist für einen ausreichend interessanten Hintergrund gesorgt, und Augenzeugen, die das Gegenteil behaupten und einem die Geschichte verderben, gibt es so gut wie nie. Aber in diesem Fall übertreibe ich wirklich nicht.

Ohnehin kann es jeder auf den Fotos sehen.

Eines ist erhalten, auf dem sie an einem Geländer über dem Meer lehnt – es muss irgendwo in Südfrankreich sein; sie trägt eine weite weiße Seemannshose und ein eng gestreiftes, ärmelloses Oberteil mit einem eleganten tiefen Ausschnitt. Ihre Haut ist sonnengebräunt, und ihre Lippen sind perfekt dunkelrot geschminkt. In der Hand, die auf dem Geländer ruht, hält sie eine Zigarette zwischen zwei Fingern. Auf einem anderen Foto – es ist mein liebstes – sitzt sie in einem Cabrio, lässt sich vom Wind das kurz geschnittene lockige Haar zerzausen, und sie lacht, den Kopf leicht zurückgelegt. Sie trägt eine Sonnenbrille mit kleinen runden Gläsern, die ihr eine geheimnisvolle, interessante Aura verleiht. Der Fotograf muss Lorenzo gewesen sein – nur ein verliebter Mann hätte die Beharrlichkeit, sämtliche Posen und Stimmungslagen seines Objekts festzuhalten.

Die Côte d'Azur in den Zwanzigern war von einzigartiger Eleganz. Ein besonders heller Widerschein, das Gleißen des Mittelmeers, brachte die weißen Häuser entlang der Promenade des Anglais zum Leuchten. In diesem Sommerlicht konnte niemand schlecht aussehen.

Lorenzo sah die beiden Mädchen eines Abends in der Bar des *Grandhotel Negresco* sitzen.

Er beobachtete sie von seinem Tisch aus, während er auf einen chronisch verspäteten Freund wartete, und sah zu, wie sie flüsterten, rauchten und lachten und einander dabei so nahe waren, dass ihre Köpfe sich fast berührten. Diese beiden Mädchen erwarten niemanden, dachte er, sie warten nur ab, was passiert.

Die eine mit den kurzen Haaren hatte den langen Hals einer Gazelle und eine raue Stimme, die ihm gefiel. Er sah, wie elegant ihr Kleid um ihren schlanken Körper und ihre gebräunten Beine fiel: ein schwerer *crêpe de chine* in subtilem Kaschmirdesign.

Er tat, was arrogante Männer in solchen Fällen zu tun pflegen: Er schickte einen Kellner mit einer eisgekühlten Flasche Champagner zu ihnen und reagierte auf ihre Überraschung mit einer lässigen Geste, dieser kaum merklichen Anerkennung in Form eines leicht angehobenen Kinns, einer Bewegung des Fingers, die besagt: »Ja, das war ich, der sich soeben um den Preis einer Flasche Ihre Aufmerksamkeit erkauft hat.« Doch er sah so gut aus und war so elegant gekleidet, dass er sich das leisten konnte.

Als sie endlich zu ihm an den Tisch kamen, war er recht zufrieden mit sich. Sie waren in der Tat bemerkenswert und sehr unterschiedlich.

»Lulu«, sagte die Kleinere und spitzte ihre roten Lippen.

»Renée«, sagte die Gazelle. Der Druck ihrer knochigen Hand war frisch und kräftig.

Sie waren zu jung, zu albern und zu aufgeregt, um zu sein, was sie vorgaben: Sirenen, die in einem teuren Hotel Ferien machten. Aber es gehörte zu dem Spiel, dem alle hier frönten: sich eine Rolle anmaßen, die eine Spur zu groß ist.

»Wohnen Sie hier im Hotel?«, fragte Renée mit vorgeschützter Gleichgültigkeit.

»Nein, ich wohne bei Freunden in einer Villa. Bis Mitte September werde ich hier sein.«

»Wir auch«, sagte Lulu, »wir verbringen die ganze Saison hier.«

»Schön, dann sollte ich Sie mit meinen Freunden bekannt machen, die ein Boot haben. Segeln Sie gern?«

Sie zuckten die Achseln, sahen einander an und wussten nicht, was sie sagen sollten.

Es war etwas an ihnen, das er nicht einordnen konnte, etwas Ungezähmtes, das sich unter dem Make-up, den perfekt manikürten Händen, den wohl geordneten Locken verbarg. Dann hörte er sie eine rasche Bemerkung wechseln, die eher wie ein zischender Laut klang, ein Geheimcode.

»Was war das?«, fragte er.

»Arabisch«, sagte Renée und lächelte. »Wir kommen aus Sidi Bou-Sahid, einem Dorf in der Nähe von Tunis. Wir sind dort zusammen aufgewachsen, Lulu und ich.«

Natürlich, dachte er. Sie sind nicht nur von der Sonne braun.

Er sei Maler, sagte er, und lebe in Paris, wo er ein großes Atelier am Montmartre habe. Es gab nichts Besseres, was man in einer Bar wie dieser zu Mädchen wie diesen sagen konnte.

Renée richtete sich auf ihrem Stuhl auf und reckte stolz ihren langen Hals.

»Und ich bin ein Modell, ich posiere für Maler.«

Lulu warf ihr einen ungläubigen Blick zu.

»Tatsächlich?«, fragte Lorenzo.

»Ja. Wenn Sie wieder in Paris sind, könnte ich auch Ihnen Modell sitzen, wenn Sie wollen.« Sie nahm einen Zug von ihrer dünnen Zigarette und drehte den Kopf zur Seite, während sie den Rauch ausstieß. »Das mache ich schon lange.«

Das hat sie in dieser Minute erfunden, dachte Lorenzo und hob sein Champagnerglas.

»Darauf müssen wir anstoßen«, sagte er, »auf diesen erstaunlichen Zufall.«

* * *

Ich weiß nicht einmal Renées Familiennamen. Über ihre Kindheit in Tunesien ist nichts erhalten. Kein Bild von verschleierten, Pantoffeln tragenden Urgroßmüttern im Dorf Sidi Bou-Sahid, von Palmen in Innenhöfen. Alles, was ich noch habe, ist ein blauer Seidenschuh, ein paar Fotos und eine Seite aus einem Brief auf Französisch, ohne Datum und ohne Unterschrift. Wegen der Rechtschreibfehler bin ich mir ziemlich sicher, dass er von ihr stammt. Und die Porträts natürlich, die sind auch geblieben. Es sind so viele, dass sie bei der Retrospektive in der Galleria d'Arte

Moderna e Contemporanea einen ganzen Raum füllten. Was davon jetzt noch übrig ist – das Museum besitzt inzwischen etliche, und natürlich gibt es ein paar private Sammler –, wurde zu drei gleichen Teilen zwischen Alba, Isabella und mir aufgeteilt. Es war meine Aufgabe gewesen, zu entscheiden, wer was bekommen sollte, und so habe ich drei große Kisten gepackt, jede mit einem anderen Namen.

Auf keinem dieser Gemälde ist Renée bekleidet. Ihre Brüste sind klein wie bei einem jungen Mädchen. Schmale Hüften, ein langer Torso und dünne Beine, wie eine äthiopische Läuferin. Ihre Nacktheit scheint sie nicht zu stören, sie liegt auf dem Sofa oder quer über dem ungemachten Bett, sitzt im Rohrstuhl, im Schneidersitz auf dem Boden oder auf einem Hocker, die Knie mit den Armen umschlungen. Den Hintergrund bilden leuchtende Orange- und Rottöne, ein sattes Pistaziengrün, in denen man Matisse, das mediterrane Licht, Picasso, Kandinsky spüren kann.

Vor allem aber spürt man, wie besessen er von Renée war. Als reichte es ihm nicht, sie in Fleisch und Blut zu besitzen.

Sie war kein Modell, sagte mein Großvater einmal. Damit das mal klar ist: Sie war eine Hure. Ich habe eine Hure gemalt und eine Hure geheiratet.

Hure. Ich war zu klein, um den Sinn dieses Wortes zu verstehen, aber dass es nichts Gutes bedeutete, war mir klar. Allerdings klang es auf geheimnisvolle Weise interessant.

Und schon damals verstand ich, dass er nur so redete, weil sie ihn offensichtlich verletzt hatte. Kinder sind ziemlich gut darin, diese Form von Wut zu erkennen.

* * *

Es ist fast sechs Uhr, und im Haus wird es allmählich kühl. Die Mauern sind dick, und im Spätsommer ist die Sonne nicht mehr stark genug, um sie zu wärmen. Ich schaudere und ziehe eine nach Schimmel und Staub riechende Strickjacke über das Hochzeitskleid, bevor ich die schmale Treppe hinaufsteige, die aufs Dach führt. Draußen spüre ich sofort die Wärme des Sandsteins unter meinen nackten Füßen. In diesen süditalienischen Bauernhäusern ist jede Zimmerdecke ein Gewölbe, sodass die Dächer aussehen wie eine Ansammlung riesiger Eihälften, die mit schwarzer Teerpappe überzogen sind. Mit übereinander geschlagenen Beinen sitze ich auf dem höchsten Ei, und während der Stein die tagsüber gespeicherte Wärme abstrahlt, betrachte ich die Landschaft, die sich in hundert Jahren nicht verändert hat: Sie besteht noch immer aus einem einzigen Meer von Olivenbäumen, deren schmale silbrige Blätter wie tanzende Lichtreflexe auf dem Wasser schimmern. Wie rot die Erde vor dem blauen Himmel um diese Tageszeit aussieht. Kühle Luft umstreicht meine Beine, und ich sehe zu, wie die Sonne tiefer sinkt, bis die Olivenblätter von Silber zu Blau wechseln; dann gehe ich hinein und zünde ein Feuer an.

An diesem Abend muss ich eine kleine Aufgabe erledigen, ehe ich schlafen gehe: diese handgeschriebene Seite entziffern, das einzelne Blatt ohne Datum und ohne Unterschrift. Ich fand es sauber gefaltet in einer morschen ledernen Aktenmappe voller Unterlagen im Atelier meines Großvaters. Als ich die Rechnungen, Quittungen, wenigen alten Telegramme aus den Vierzigern überflog, entdeckte ich das brüchige Stück Papier, altersdünn, bedeckt von einer nach rechts geneigten, großen und kühnen Handschrift in verblasster blauer Tinte. Es muss zu einem längeren Brief von Renée gehört haben, vielleicht an Lorenzo gerichtet, ein paar Jahre, nachdem sie ihn verlassen hatte. Mein Französisch beginnt mich im Stich zu lassen, und ich muss ein paar Wörter nachschlagen, aber ich habe das Gefühl, dass dieses einzelne Blatt, abgerissen, versteckt und dann so viele Jahre vergessen, eine Tür in einen Raum öffnen könnte, der viel zu lange im Dunkeln gelegen hat.

Es gibt etwas, das sich die Frauen in meiner Familie von einer Generation zur nächsten weitergereicht haben. Ich weiß nicht, wie ich es nennen soll – ein Geheimnis, ein unausgesprochenes Vermächtnis: Es muss verborgen bleiben, es ist etwas Beschämendes, und seine Last hat uns alle nacheinander geprägt. Es hat uns verdreht, bis wir zu dem wurden, was wir heute sind, wie Weinreben von Draht nach und nach in ihre Form gezwungen werden.

Renée war die Erste, die das Erbe weitergab. Ich weiß, dass es von ihr stammt, aber bis heute weiß ich nicht genau, was sie Alba eigentlich hinterlassen hat – nur was dabei herausgekommen ist und wie dieses namenlose Erbe erst Alba und dann, nacheinander, Isabella und mich beschädigt hat.

Das ist der Grund, weshalb ich mir, ehe ich diese Tür endgültig hinter mir schließe, jeden winzigen Fetzen Papier, jede verborgene Bedeutung genau ansehen muss. Alles zählt, vor allem, wenn diese Worte von ihr stammen.

* * *

Gleich nachdem sie von der Côte d'Azur nach Paris zurückgekommen waren, zog Renée bei Lorenzo ein.

Ich würde mir gern vorstellen, dass ihr gemeinsames Leben leicht und sorglos war, zumindest am Anfang, aber wenn man genauer hinsieht, wirkt Renée auf jedem Bild, das auf diesen ersten Sommer folgte, noch melancholischer als auf dem vorherigen. Irgendetwas an ihr ist geschrumpft. Sie scheint kleiner, lächelt nicht in die Kamera, steht nicht mehr aufrecht, mit ausgestreckten Armen, weiter Brust, die Zigarette zwischen den Fingern, stolz und verwegen. Sie hat sich zurückgezogen.

Ein Foto aus dem Jahr 1933 zeigt sie auf der Veranda der Casa Rossa, die damals, ehe Lorenzo das Haus wieder instand setzte, noch eine halbe Ruine war. Barfuß sitzt sie auf einer angeschlagenen Steinstufe, die Arme fest um die Knie geschlungen, und schaut von der Kamera fort auf den Olivenhain. Sie merkt nicht einmal, dass sie fotografiert wird, sie ist gar nicht richtig anwesend. Sie war schon damals fort, auch wenn es ihr vielleicht noch nicht bewusst war.

Zu der Zeit lebten Lorenzo und Renée noch in Paris, kamen aber jeden Sommer nach Italien, um hier ihre Ferien zu verbringen. Lorenzo hatte sich in Apulien verliebt und sich in den Kopf gesetzt, hier ein Haus zu kaufen, in das er für den Rest seines Lebens immer wieder zurückkommen konnte.

»Einen Ort, den unsere Kinder ihr Zuhause nennen können«, hatte er zu Renée gesagt, und es hatte mehr wie eine Drohung als wie der Plan eines verliebten Mannes geklungen.

Er hatte die Casa Rossa etwa um die Zeit gekauft, als das Foto entstand. Eine halb verfallene Ruine wie diese zu erwerben, zumal in solcher Abgeschiedenheit, war damals völlig undenkbar. Norditaliener, wie mein Großvater einer war, kamen niemals auf die Idee, sich so tief im Süden niederzulassen: Der Mezzogiorno war zu rückständig, zu arm – fremd.

Ein junger Mann aus dem Dorf – stämmig und stark wie ein Stier, mit sanften dunkelblauen Augen – hatte meinen Großvater auf die von Dornengestrüpp überwucherte Ruine aufmerksam gemacht. Er hieß Stellario und hatte sogar noch mit einem Beinamen aufzuwarten, Immacolato Concetto, was ihn zu einem unbefleckt empfangenen Sternenmann machte. Wer so hieß, fand Lorenzo, konnte sich nicht irren.

Als sie die knarzende Holztür öffneten, flatterte ein Taubenpaar durch eine Lücke im Dach davon. Lorenzo trat auf eine weiche Schicht Heu. In der ehemaligen Küche wuchs mitten im Raum ein junger Olivenbaum, dessen Wurzeln die Terrakottafliesen sprengten.

»Man kann sich in einen Ort genauso verlieben wie in einen Menschen und unter derselben Besessenheit leiden«, erklärte er mir einmal. »Du redest dir ein, du seist auf der ganzen Welt der Einzige, der seine Schönheit begreifen kann. Es war Schicksal, sagst du, wir waren füreinander bestimmt. Genau das ist mir passiert, als ich das Haus zum ersten Mal betreten habe.«

Besitzergreifend wie er war, wundert es mich nicht, dass ihm der Gedanke unerträglich schien, jemand anderes könnte das Haus sein Eigen nennen, darin wohnen, es lieben. Also kaufte er es auf der Stelle.

Stellario kannte sich mit Holz, Stein, Sand, Balken und Ziegeln aus. Binnen zwei Jahren bauten er und mein Großvater das Haus eigenhändig wieder auf. Das gesamte Baumaterial musste von Lecce hergebracht werden: damals noch auf dem Eselsrücken, denn eine Straße gab es nicht. Als das Haus fertig war, betraute mein Großvater Stellario mit der Pflege des Olivenhains auf seinem Grundstück. Stellario pflanzte außerdem die Mandelbäume rings ums Haus, die Zitronen- und Orangenbäume im Obstgarten, den Wein, der sich um die Pergola rankte, die *zagara,* die an der Mauer emporkletterte und nachts ihren Duft verströmte, und war für den Rest seines Lebens der *fattore*, der Gutsverwalter meines Großvaters; das Haus war ebenso seines wie unseres. Aber das ist eine andere Geschichte.

Als das Haus vollständig renoviert war, kamen Lorenzo und Renée jedes Jahr nach Apulien und verbrachten hier die Sommermonate. Er sperrte sich in der Scheune ein, die er in ein Atelier verwandelt hatte, und malte wie besessen.

Den Dorfbewohnern erschienen die beiden jungen Leute, die den weiten Weg von Paris auf sich nahmen, so fremdartig, dass sie ebenso gut vom Mond hätten kommen können. Nie hatten sie eine Frau in Hosen und mit kurz geschnittenem Haar gesehen oder einen Mann, der den ganzen Tag im Haus saß und malte und den Garten vor sich hinwuchern ließ. Doch als 1935 Alba zur Welt kam, wirkten Lorenzo und Renée schon mehr wie eine Familie, und die Einheimischen begannen sich an sie zu gewöhnen. Die Frauen brachten Renée Trockenfeigen und Süßigkeiten und schickten ihre Töchter mit frisch gebackenen Brotlaiben und Ricotta, weil sie fanden, sie sei zu dünn, um ihr Baby ordentlich zu stillen.

Ich weiß, was Lorenzo sagen würde, wenn er mich jetzt dabei

sähe, wie ich systematisch sämtliche Erinnerungen tilge und Raum für Fremde schaffe, die vielleicht seine Bäume fällen, jedenfalls aber ihre eigenen Möbel mitbringen und die Ordnung seiner Zimmer für immer zerstören werden.

Ein Ort, den du liebst, müsste zu existieren aufhören, wenn du nicht mehr da bist, oder noch besser in Trümmer zerfallen.

Aber, was soll ich sagen – ich versuche, das Leben anders zu betrachten als er.

* * *

Ich bezweifle sehr stark, dass die Casa Rossa Renée je am Herzen gelegen hat.

Hätte sie Lorenzo noch so geliebt wie früher, hätte sie vielleicht versucht, das Haus mit seinen Augen zu sehen: Sie hätte alles wahrgenommen, was er liebte, und sich davon anrühren lassen.

Dann hätte auch sie sich in den langen Pariser Wintern nach dem grünen Feigenduft am frühen Morgen gesehnt, nach der Kühle des Steinbodens unter ihren bloßen Füßen, den fetten Eidechsen, die ihr über den Weg liefen, nach dem Maulbeersaft, der ihr von den Fingern tropfte wie Blut. Hätte sie ihn noch geliebt, so hätte ihr dies alles etwas bedeutet. Aber wahrscheinlich hatte sie in Tunesien so viel Armut, Unwissenheit und Hunger erlebt, dass es ihr unmöglich war, sich in einen Ort wie diesen zu verlieben. Unter einem guten Leben verstand sie eher schöne Kleider, Cocktailpartys und brillante Gesellschaft, und gewiss sah sie nicht ein, weshalb sie das Wasser aus dem Brunnen pumpen, barfuß gehen und abends Kerosinlampen anzünden sollte: Genau davor war sie ja davongelaufen, als sie ihrer Heimat den Rücken gekehrt hatte.

Ich kann sie vor mir sehen, wie sie auf dieser angeschlagenen Steinstufe der Veranda sitzt und in die Ferne starrt, wie eine Gefangene, die ihre Tage zählt. Ihre neu geborene Tochter Alba wird irgendwo im Haus von Stellarios junger Frau Celeste in den Schlaf

Ihre Augen begegnen dem Blick einer Fremden in der Menge. Kurz darauf stehen sie einander direkt gegenüber. Die Frau ist groß und blond und hat eine Haut wie Porzellan. Sie hebt ihr Glas, um ihr zuzutrinken, und Renée tut es ihr gleich. Als die beiden Gläser klingend aneinander stoßen, brechen sie in Gelächter aus.

»Worauf?«, fragt Renée.

»Auf uns, hier, heute Abend«, antwortet die blonde Frau prompt, mit ausländischem Akzent.

»Gut.« Renée wiederholt es, langsam, jede Silbe betonend: »Auf uns, hier, heute Abend.«

»Ach du meine Güte!« Die Frau lacht wieder und schließt die Augen, als könnte sie es nicht ertragen, Renée noch länger anzusehen. »Darf ich Ihnen das sagen? Sie sind wunderschön!«

Sie ist bestimmt betrunken, denkt Renée. Aber sie ist geschmeichelt.

Später durchquert Lorenzo den Raum, dann den nächsten, den übernächsten. Er sieht sich um, nicht zu schnell und nicht zu besorgt, er will ja nicht den Eindruck erwecken, als sei er ärgerlich oder beunruhigt. Wenn sie in Gesellschaft sind, kommt es jetzt immer öfter vor, dass sie über die Stränge schlägt. Sie tut es absichtlich, um ihn zu reizen. Ihn daran zu erinnern, dass er sie nicht einsperren kann, dass es immer einen Weg gibt und geben wird, ihm zu entkommen.

Er kann sie nicht finden.

Das Orchester spielt einen Tango, auf der Tanzfläche drängen sich die Paare. Er bewegt sich langsam weiter und lässt den Blick über die Menge schweifen.

Er entdeckt Renée in den Armen einer großen blonden Frau in Weiß. Die beiden sehen einander unverwandt in die Augen, lächelnd. Sie bewegen sich mit sicheren Schritten, als hätten sie schon eine ganze Weile miteinander getanzt, und als Renée sich zurückbeugt, nähern sich die Lippen der Frau den ihren. Es ist nicht klar, ob sie Renée küsst oder ihr einfach etwas zuflüstert.

Doch als Renée sich wieder aufrichtet, stolz und hoch gewachsen, wie eine Tangotänzerin sein sollte, lacht sie ein kehliges betrunkenes Lachen.

* * *

Sie heißt Muriel und ist Deutsche. Sie ist achtundzwanzig Jahre alt und die Erbin eines Vermögens aus der Stahlindustrie. Ihr Vater ist Unternehmer, ihr älterer Bruder irgendein hochrangiger NS-Offizier. Sie ist überspannt, verwöhnt, sehr überzeugt von ihrer Macht. In der Woche nach dem Ball erhält Renée mehrere Telefonanrufe und etliche Briefe von ihr. Ihr Tonfall ist fahrig, trunken vor Erregung, leicht melodramatisch.

»Ich *muss* Sie noch einmal sehen, bevor ich am Monatsende Paris verlasse. Seit ich Sie getroffen habe, konnte ich keinen Moment aufhören, an Sie zu denken. Ich bitte Sie, geben Sie mir die Gelegenheit, Sie wieder zu sehen, damit Sie mich ein bisschen besser kennen lernen.«

Renée ist noch unentschlossen. Sie weiß nicht recht, was sie davon halten soll, aber schließlich willigt sie ein, an einem Nachmittag mit Muriel in Montparnasse Tee zu trinken.

Als sie das Café betritt, sieht sie Muriel an einem kleinen runden Tisch im hinteren Teil des Raums sitzen. Sie trägt eine rote Baskenmütze auf ihren blonden Haaren, die sie mädchenhafter wirken lässt – nicht mehr wie die beeindruckende hoch gewachsene Frau, die Renée von dem Ball in Erinnerung hat. Muriel winkt wie ein Kind. Renée setzt sich, ohne zu lächeln, nimmt ihren Schal ab und knöpft den Mantel auf.

»Ich hatte Angst, Sie würden vielleicht nicht kommen«, sagt Muriel errötend.

»Warum? Sie werden mich schon nicht beißen, oder?«

Ein paar Sekunden lang starren sie einander an und wissen nicht, wie es weitergehen soll. Muriel wirkt beinahe verschüchtert, als hätte sich ihr gesamtes Selbstvertrauen in Luft aufgelöst. Was ihr auf dem Briefpapier so selbstverständlich war, ist auf einmal unaussprechlich geworden. Renée hat sie zum Verstummen gebracht. Ihre leibhaftige Anwesenheit, ihr Duft, ihre Körperhaltung, die langen Finger, die orangefarbenen Handschuhe auf dem Tisch, die Farbe ihres Nagellacks – Muriel ist wie betäubt.

»In nüchternem Zustand ist es schwieriger, mit Ihnen zusammen zu sein«, räumt sie mit ihrem ausgeprägten Akzent ein.

»Aber es ist realer«, sagt Renée. Dann lächelt sie, als finge sie an, sich über die Situation zu amüsieren. »Also, das bin ich in Wirklichkeit: Ich habe einen Ehemann, eine zweijährige Tochter, und Sie sind ...«

Muriel legt einen Finger an die Lippen, um sie am Weiterreden zu hindern.

»Ich wünschte nur, es wäre möglich, Ihnen nahe zu kommen, *wirklich* nahe, meine ich, und diese ganze ...« – sie wedelt mit der Hand in der Luft, als suche sie nach dem passenden Wort – »... diese ganze *Geschichte,* die vorher gesagt werden muss, einfach auszusparen.«

»Das lässt sich aber nicht ignorieren, diese *Geschichte*«, sagt Renée und dreht sich ungezwungen zu der Kellnerin um, die mit dem Stift in der Hand schon neben ihr steht. »Ja, Tee mit Milch, bitte. Muriel, was nehmen Sie?«

»Tee ist mir recht«, sagt Muriel und starrt entmutigt auf den Aschenbecher. Das ist sie nicht gewöhnt, dass jemand anderes energisch der Kellnerin Anweisungen erteilt; sonst ist immer sie diejenige, die den Ton angibt.

Dann blickt sie wieder auf.

»Mir ist erbärmlich zumute. Ich hätte wissen müssen, dass es hoffnungslos ist.«

»Vielleicht empfinden Sie so, weil Sie sonst nur mit den Fingern zu schnippen brauchen, um alles zu bekommen, was Sie wollen.«

»Denken Sie so von mir?«

Renée zuckt die Achseln und kramt in ihrer Handtasche nach ihren Zigaretten.

»Möglich ist es.«

Sie zündet sich eine Zigarette an und inhaliert tief, mit geschlossenen Augen.

»Ich weiß es, weil ich von jemandem gekauft wurde, der es gewohnt ist, alles, was er haben will, augenblicklich zu bekommen, einfach so ...« Sie schnippt mit zwei langen Fingern, während sie den Rauch ausbläst.

»Und jetzt bin ich zornig. Ich werde sehr zornig auf Leute, die so mit anderen umgehen.«

Muriel starrt sie überrascht an.

»Sie klingen sehr verbittert. Es tut mir Leid, ich wollte nichts aufwühlen ...«

»Sie haben nichts aufgewühlt. Es ist nicht Ihre Schuld. Und ich kenne Sie ja gar nicht, also achten Sie nicht auf das, was ich sage.«

Die Kellnerin bringt den Tee, und ein paar Sekunden lang sind beide mit Kanne, Milch und Zucker beschäftigt, nur das Klirren von Löffeln gegen Porzellan ist zu hören. Muriel trinkt langsam ihren Tee. Es läuft nicht so, wie sie gehofft hat. Die Situation ist ihr aus der Hand geglitten, und sie ist nicht imstande, sie wieder ins Lot zu bringen. Es ist besser, sich gleich zurückzuziehen, ehe es zu spät und irgendein Schaden angerichtet ist. Darauf versteht sie sich, sie hat es schon früher getan.

»Verzeihen Sie, dass ich Sie so hartnäckig genötigt habe herzukommen; ich weiß nicht, was ich mir dabei gedacht habe. Ohnehin fahre ich bald nach Berlin zurück und werde Sie wahrscheinlich nie wieder sehen ...«

Renée schweigt. Sie sieht sie nur an, unverwandt und ernst.

»Sie sind so *charmant*. Und damit meine ich nicht nur Ihr Aussehen ...« Muriel zögert kurz. »Auch innerlich sind Sie so. Das habe ich sofort gespürt, als ich Sie unter all den Leuten auf dem Ball entdeckt habe. Ich ... ich glaube, ich wollte Sie wieder sehen, weil ich Ihnen sagen musste, wie schön Sie mir erscheinen ... weiter nichts.«

Renée sagt noch immer nichts. Sie trinkt ihren Tee und hält ihre dunklen Augen auf Muriel geheftet.

»... und vielleicht sollte ich es dabei bewenden lassen, statt mich noch länger zum Narren zu machen.«

Muriel nimmt ihren Mantel von der Rückenlehne und ist im Begriff, sich zu erheben.

»Warten Sie.«

Renée drückt sanft ihren Arm, bis Muriel sich wieder setzen muss. Mit angehaltenem Atem sehen sie einander an. Renée beugt sich vor, reckt sich ein wenig über die marmorne Tischplatte und berührt mit den Fingerspitzen Muriels helles Haar, dann streicht sie ihr eine Strähne hinter das Ohr, wie eine Mutter ihrer Tochter.

»Gehen Sie nicht. Ich habe nur Angst.«

»Angst wovor?«

»Vor dem, was zwischen uns passieren könnte.«

»Die habe ich auch.«

Jetzt lächeln sie einander zu und spüren, wie sich die Wärme durch die Lunge, die Brust ausbreitet und bis in die Wangen steigt. Sie atmen tiefer. Muriels Anspannung lässt nach, sie beginnt zu lachen. Bald schütteln sich beide vor Lachen, während sie einander über den Tisch hinweg an der Hand halten.

Später, Jahre später, werden sie an diesen besonderen Augenblick zurückdenken und ihn noch einmal Revue passieren lassen, um vielleicht etwas zu entdecken, das ihrer Erinnerung entfallen ist.

»Wann hast du es gemerkt?«

»Als du mein Haar berührt hast.«

»Bei mir war es genauso. Ich musste dich unbedingt berühren. Ich konnte einfach nicht anders.«

* * *

Im Katalog zur Ausstellung anlässlich des hundertsten Geburtstags meines Großvaters gab es auch eine Schwarzweißaufnahme vom Innenhof der Casa Rossa aus dem Jahr 1938.

Das Foto zeigt ein gigantisches Porträt von Renée, die nackt auf der Seite liegt und sich quer über die getünchte Wand spannt. Ihre Beine strecken sich unter den Fenstern aus, die Arme krümmen sich unter dem Rebstock. Riesenhaft beherrscht ihr gemalter Körper den gesamten Innenhof, ihre nackten Brüste, ihre Schenkel, die Dunkelheit zwischen den Beinen in scharfem Kontrast zur weißen Mauer.

Eines Sommermorgens ist Renées Porträt an der Wand aufgetaucht, praktisch über Nacht, wie das Trojanische Pferd.

Am Nachmittag des folgenden Tages sprach bereits das ganze Dorf darüber. Die Frauen durften den riesigen nackten Körper nicht sehen, ihre Männer, Väter und Brüder erlaubten es nicht. Also stellten sie ihre Besuche ein. Niemand kam mehr, um Essen zu kochen, den Kamin zu heizen, die Böden zu wischen. Niemand kam, um Feigen und Ricotta zu bringen. Niemand wechselte die Bettlaken und öffnete die Läden. Das ganze Dorf meuterte stumm gegen diese *forestieri*, deren Benehmen schlicht unverständlich war.

Renée war ein paar Tage zuvor abgereist. Die Dorfbewohner hatten sie mit einer Unmenge Gepäck in einen Mietwagen steigen sehen. Der Fahrer sagte, sie habe den ganzen Weg bis in die Stadt, zum Bahnhof, geweint.

Und dann malte Lorenzo aus heiterem Himmel diese Schamlosigkeit an die Hauswand. Gerüchte gingen um, alle möglichen Vermutungen wurden angestellt, aber niemand wagte, allzu nahe zu kommen. Selbst auf die Ferne war sein Wahnsinn zu spüren.

Jemand behauptete, er stehe nicht einmal mehr aus dem Bett auf. Andere sagten, sie hörten ihn mit Gegenständen werfen, Glas zertrümmern, fluchen. Er war zum Dorfgespräch geworden.

Doch nach ein paar Tagen bekamen sie Mitleid mit dem kleinen Mädchen und fanden, jemand sollte hingehen und sich um Alba kümmern, die ja erst zwei war: ob sie überhaupt etwas zu essen bekam? Also schickten sie Stellario, damit er nach dem Rechten sähe. Stellario kam zurück und erstattete den anderen im Café auf der Piazza getreulich Bericht. Man schickte nach dem Doktor, tätigte Anrufe, hielt Rücksprache mit einem Arzt aus der Stadt, telegrafierte den Angehörigen. Seine Schwester kam aus Carrara und brachte den Hausarzt der Familie mit. Sie nahmen ihn und das Mädchen, packten alle Habseligkeiten zusammen und verfrachteten sie in den Zug.

Im nächsten Sommer kam er nicht. Niemand im Dorf wusste, wohin man ihn gebracht hatte. Im Café auf der Piazza hieß es, er habe einen Zusammenbruch erlitten und sei zu einer Schockbehandlung in die Schweiz geschickt worden. Alba blieb bei ihrer Tante und ihren Onkeln in Carrara. Renée wurde nicht mehr erwähnt, als wäre sie für immer verschwunden, ja, als hätte sie nie existiert.

Während der Abwesenheit meines Großvaters blieb das Haus verschlossen, die Möbel waren mit weißen Tüchern verhängt, und im Dämmerlicht woben die Spinnen ihre Netze. Jemand – vielleicht Stellario, wie ich mir gern vorstelle – hat das Foto gemacht, ehe er auch ihren Körper weiß verhüllte: Er begrub das Wandbild von Renée unter einer Schicht weißer Farbe. Doch durch die Kalktünche war noch eine schwache Spur von ihr zu erkennen.

Als Lorenzo im darauf folgenden Sommer endlich wieder nach Apulien kam, wirkte er abgemagert. Aber er lächelte, als er in Lecce aus dem Zug stieg, und führte Alba an der Hand. Bei ihnen war eine Frau, die nichts mit Renée gemein hatte: Diese war mollig, hatte blond gefärbtes Haar, breite Handgelenke und dünne Lippen.

»Das ist Signora Jeanne«, sagte Lorenzo zu Stellario und seiner Frau, die ihn vom Bahnhof abholten. Dann deutete er auf die Schrankkoffer, die auf dem Boden standen.

»Ich habe mich entschlossen, ganz hierher zu ziehen. Für immer. Ich kehre nicht mehr nach Paris zurück.«

»Das freut mich, Don Lorenzo«, sagte Stellario. »Denn es ist doch Ihr richtiges Zuhause. Sie brauchen nicht in Frankreich zu leben und eine fremde Sprache zu sprechen. Wenn Sie hier bleiben, können wir etwas Vernünftiges mit dem Land anfangen. Wir können Öl erzeugen und verkaufen. Ein Geschäft auf die Beine stellen.«

Stellario hatte nur sehr vage Vorstellungen von der Welt jenseits seines Dorfes, von der er sich kaum einen Begriff machte. Alles außerhalb seines Territoriums, seiner Bäume und Ziegen erschien ihm wie ein endloser, nutzloser Raum, in dem die Leute mit überflüssigen Aktivitäten ihre Zeit totschlugen.

»Ja. Das ist mein Land«, seufzte Lorenzo. »Zum Guten wie zum Schlechten.«

In Verlauf dieses Sommers richtete sich Lorenzo wieder in seinem Haus ein. Er tat, als bemerkte er nicht, dass das Wandbild noch immer da war und sich hinter weißer Farbe durch den Innenhof räkelte. Er nahm es einfach nicht zur Kenntnis.

Jeden Tag stellte er mit Stellario eine Liste der Dinge zusammen, die erledigt werden mussten, um die Lebensumstände im Haus zu verbessern, da er nun auch den Winter hier verbringen wollte: Das Leck im Dach musste repariert werden, für den oberen Stock war ein zweiter Kamin nötig, und unter dem Mandelbaum wollte er einen neuen Brunnen graben. Die Fensterläden brauchten einen Anstrich, die Türen mussten abgedichtet werden. Aber nie war die Rede von einer zweiten Schicht weißer Farbe, um auch Renées Geist zu verhüllen.

* * *

Kurz nach ihrer Ankunft erschien Jeanne unter einem riesigen Strohhut, mit dem sie einem Pilz ähnelte, im Lebensmittelladen gegenüber der Kirche.

Der Laden war düster und roch intensiv nach Knoblauch und faulenden Tomaten. Auf dem Boden standen staubige Rupfensäcke mit Trockenbohnen und Linsen, die dunklen Holzgestelle entlang der Wand enthielten Seifen, Kerzen, Gläser mit eingesalzenen Kapern. Jeanne schritt durch die Gänge, seufzte, nahm dies und jenes aus dem Regal und stellte es mit angewiderter Miene zurück, immer wieder den Kopf schüttelnd, als wäre ihr nichts hier frisch oder sauber genug. Domenico und seine Frau Addolorata standen reglos hinter der marmornen Ladentheke, beobachteten die langsame Wanderung und lauschten Jeannes Seufzen und Schnauben.

Wie ein Hund, der im Abfall wühlt, raunten sie einander zu und rührten keinen Finger, um ihr zu helfen, verscheuchten nur gelegentlich eine Fliege.

»Wird wohl das Kindermädchen sein«, sagte Domenico zu seiner Frau, nachdem Jeanne gegangen war. »Sie wird sich um Alba kümmern.«

»Warum hat er sie hergebracht?«, fragte Addolorata irritiert. »Celeste hätte sich doch um das Kind kümmern können! Er hätte nicht diese Frau holen und bei sich im Haus wohnen lassen müssen.«

Von nun an kam Jeanne ein- bis zweimal in der Woche in den Lebensmittelladen. Nie hatte sie ein Lächeln oder ein freundliches Wort für Domenico und Addolorata übrig, nicht einmal eine Bemerkung über das Wetter; sie waren Luft für sie. Ihr Geld verwahrte sie in einem winzigen Beutel, und jede Lira, die sie ausgab, trug sie mit buchhalterischem Eifer und gestochener Handschrift in ein Notizbuch ein. Einmal konnte Domenico, als er ihr das Wechselgeld abzählte, seine Neugier nicht länger bezwingen und sprach sie in seinem förmlichsten Italienisch an.

»Woher kommen Sie eigentlich, Signora Jeanne? Entschuldigen Sie, dass ich frage, aber Sie reden so lustig, manchmal verstehe ich gar nicht, was Sie sagen.«

»Ich bin aus der Schweiz.«

»Und dort haben Sie Don Lorenzo kennen gelernt?«, fragte Addolorata.

Jeanne wich kaum merklich zurück, wie um sich gegen die Zudringlichkeit zu wehren. Derart persönliche Fragen von Fremden war sie nicht gewohnt.

»Ja, ich war Krankenschwester im Spital«, räumte sie ein.

»In dem Spital für seine Nerven?«

Jeanne zögerte, dann nickte sie rasch. Die beiden hatten eindeutig die Grenze des Anstands überschritten. Sie streckte die Hand nach dem Wechselgeld aus. Diese Leute verursachten ihr Unbehagen. Sie rochen nach Schweiß und Zwiebeln. In Genf roch man nicht so.

Domenico und Addolorata sahen ihr nach, als sie in das grelle Licht hinaustrat und unter ihrem breitkrempigen Hut, die Einkäufe im Arm, über den Platz stolperte. Sie konnten sich nicht vorstellen, dass sie es lang hier aushalten würde – sie schien nicht geeignet für die Hitze hier, die Fliegen, das scharfe Essen, die stacheligen Kakteen.

Aber das war sie anscheinend doch. Ein Jahr später wurden Lorenzo und Jeanne in der Kirche San Matteo zu Lecce getraut. Es war ein glutheißer Tag, die Sonne brannte grell auf die weißen Stufen vor der Kirche, Jeannes Make-up zerlief unter dem Schweiß, und das Hochzeitskleid spannte sich um ihre Hüften.

»Mein Leben lang war ich auf der Suche nach einer Muse, aber was ich in Wahrheit brauchte, war eine Krankenschwester«, sagte er Jahre später zu Alba über seine Ehe mit Jeanne. »Was für eine Zeit- und Kraftverschwendung, stell dir vor.«

Aber Domenico lag nicht so falsch, als er sie für das Kindermädchen hielt: Jeanne war tatsächlich die geborene Betreuerin und erwartete keinen Dank für ihre Fürsorglichkeit. Sie erhielt auch keinen. Wir alle, Lorenzo, Alba, selbst meine Schwester und ich, erwarteten von Jeanne, dass sie uns über Wut, Verzweiflung, Depression, Hass, Eifersucht, finanziellen Ruin hinweghalf, ohne mit der Wimper zu zucken. Sie führte Buch und sorgte dafür, dass die Konten ausgeglichen waren. Sie zahlte stets denselben Betrag zurück, den sie erhalten hatte.

Sie glaubte, sie sei auserwählt, ein Genie zu retten – so zumindest wollte sie sich die überraschende Wendung erklären, die ihr

Leben genommen hatte, als Lorenzo in dem Genfer Krankenhaus aufgetaucht war.

Von dem Augenblick an, als sie eingewilligt hatte, ihm nach seiner Entlassung nach Italien zu folgen, und sagte, sie werde mit Freuden mit ihm gehen und mit ihm und seiner kleinen Tochter zusammenleben, sah sie sich und ihn als untrennbare Einheit. Was konnte sie, schon vierzig Jahre alt, auch anderes tun, was blieb ihr anderes übrig an einem fremden Ort, an dem sie sonst niemanden kannte, einem Ort, den sie selbst sich nie ausgesucht hätte? Sie gab sich nie geschlagen: Den Glauben, um zu überleben, hatte sie. Und die nötige Disziplin.

Mollig, klein, blondiert. Breite Handgelenke und dünne Lippen. Es gibt kein einziges Porträt von Jeanne, als Modell war er nicht an ihr interessiert, natürlich nicht. Aber sie fehlt auf fast keinem Schnappschuss, keinem Familienfoto, das nach 1940 entstand. Sie hielt sich immer am Rand, nie in der Mitte, war stets schlecht gekleidet und wirkte nie so, als fühlte sie sich wohl auf ihrem Stuhl. Jeder hätte sie für die Gouvernante oder seine Sekretärin gehalten. Jeder merkte, dass sie nicht dazugehörte. Jeder konnte sehen, dass unser Blut sich nicht mit dem ihren vermischt hatte.

Eines Tages kam Jeanne in den Lebensmittelladen, und statt wie sonst ihre Einkäufe zu tätigen, fragte sie Domenico, ob er ihr in der Stadt rotes Pigmentpulver bestellen könne, das sich mit Kalktünche mischen lasse.

»Zu welchem Zweck, Signora Jeanne?«

»Ich möchte das Haus neu streichen.«

Domenico stieß ein ungläubiges Gelächter aus.

»Sie können es doch nicht rot anstreichen, Signora. Das Haus ist immer weiß gewesen, von Anfang an.«

»Das ist mir egal.«

»Es muss hell sein. Gelb vielleicht oder cremefarben. Aber rot … « Er schüttelte den Kopf. »Unmöglich.«

»Bitte, bestellen Sie das Pulver einfach, Signor Domenico«, sagte sie mit ihrer üblichen ausdruckslosen Stimme. Nicht unhöflich, nicht freundlich. Domenico hörte auf zu lachen und notierte die Bestellung.

Die Leute im Dorf sahen zu, wie ein Esel Säcke mit Farbpulver anlieferte. Sie warteten, was passierte, gespannt, ob Lorenzo eingreifen werde. Sie sahen zu, wie das Haus in einem satten Dunkelrot gestrichen wurde.

Casa Rossa.

Die Leute nannten es bald nur noch das »rote Haus«, denn alle anderen Häuser im Dorf waren weiß oder hellgelb. Schon aus weiter Ferne konnte man es sehen, eingebettet zwischen Olivenbäumen, strahlend rot wie eine pompejanische Villa.

Ein guter Name für ein Haus, fand Jeanne.

Lorenzo sagte noch immer nichts. Er tat, als habe er sie nicht gehört. Das war ihr gleichgültig, es ging schließlich nicht darum, ob er ihr beipflichtete oder nicht; sie steckte ihr Territorium ab.

»Das war Jeanne – ertränkte Renée stillschweigend in einem Blutbad«, sagte mein Großvater viele Jahre später. Und lachte.

* * *

Regen und Donner wecken mich schon vor sieben. Ich springe aus dem Bett und laufe hinaus. Der Himmel ist von bleiernem Schwarz, und ein heftiger Wind rüttelt an den Olivenzweigen.

Gewitter haben mich immer begeistert. Als wir klein waren, warteten Isabella und ich in der Casa Rossa immer voller Vorfreude auf den ersten Wolkenbruch im Spätsommer. Er bedeutete das Ende der drückenden Hitze und der endlosen schrillen Zikadenklänge, und er bedeutete, dass wir mit unseren heiß geliebten billigen blauen Pullovern Rad fahren konnten.

Manchmal, wenn Alba den Regen leid war, rief sie uns. In schwarzem Rollkragenpullover und Baumwollhose, die Haare zu einem Knoten aufgesteckt, stand sie an der offenen Tür ihres roten Fiat 500.

»Machen wir einen kleinen Ausflug? Heute ist Markt in Martano. Ich dachte, wir könnten vielleicht ein paar Körbe besorgen ...«

Auch sie war ruhelos. Ende September waren wir alle bereit, uns von Lorenzo und Jeanne zu verabschieden und nach Rom zurückzukehren, zum Stadtleben und zur Schule.

Dieser plötzliche Regen versetzt mich in eine unerwartete Euphorie. Ich weiß selbst nicht, wieso ich so glücklich bin – schließlich ist es für mich das Ende aller Sommer hier.

Heute ist Mittwoch, Markttag in Maglie. Wie in alten Zeiten zieht der Markt in Apulien noch immer von einem Dorf zum nächsten. Mit dem Unterschied nur, dass man heute neben Töpferwaren, frischem Ziegenkäse und handbesticktem Leinen auch endlose Reihen imitierter Fendi-Taschen, Dolce-&-Gabbana-Unterwäsche und fluoreszierende Jogginganzüge findet.

Ich frage mich, ob der alte Andrea noch am Leben ist und noch immer von Markt zu Markt fährt.

»So etwas findet ihr sonst nirgends«, schwärmte Alba und hielt einen dieser engmaschigen Flechtkörbe hoch, drehte und wendete ihn, besah ihn von allen Seiten und schnupperte daran. »Das sind Binsen, die Sorte, die am Strand wächst. So was macht heute keiner mehr, das kann ich euch sagen.«

Am deutlichsten ist mir vom alten Andrea seine schaurig heisere Stimme in Erinnerung. Stets trug er denselben fadenscheinigen Anzug und auf dem Kopf eine schwarze Mütze. Auf dem offenen Marktplatz fanden wir trotz Gedränge seinen Stand immer auf Anhieb: Mit seinen farbigen Türmen aus Körben und Strohmatten war er unmöglich zu übersehen. Immer saß er ruhig da, die rauen Hände im Schoß, und sah zu, wie Alba seine Körbe inspizierte. Dann suchte er einen heraus, streichelte und tätschelte ihn, zeigte ihr, wie biegsam er war, wie fein geflochten. Unter seinen Händen erwachte er beinahe zum Leben. Die beiden redeten und redeten, während Isabella und ich auf einem Stapel stark riechender Matten saßen und wünschten, wir wären daheim geblieben, um mit dem Fahrrad auf den staubigen Pfaden rund ums Haus zu fahren.

Auf dem Rückweg hielt sie uns dann immer wieder den Korb vor die Nase.

»Riecht doch nur. Es erinnert mich an meine Kindheit.« Sie ließ nicht locker, bis mir das kratzige Geflecht in die Nase stach. »Ach, wie ich diesen Geruch liebe! Binsen. Da merkt man doch gleich, dass es vom Meer kommt.«

Und wieder schnupperte sie mit geschlossenen Augen. Dass sie beim Fahren die Augen schloss, machte uns nervös.

»Der Mann ist ein Meister, auf der ganzen Welt macht niemand Körbe wie er. Wenn dieser kleine Mann tot ist, kriegt ihr nirgendwo mehr Ware wie diese, das sage ich euch. Eines Tages werden diese Körbe ein Vermögen wert sein.«

Sie waren wirklich schön, so dünn und weich. Und sie rochen wirklich gut, vor allem im Regen. Wenn ich die Augen schließe, kann ich immer noch diesen Duft heraufbeschwören: wie das Meer im Spätsommer. Salzig und kühl.

* * *

Am 10. Juni 1940 schob ein kleiner Junge sein Fahrrad die Straße zur Casa Rossa hinauf und wirbelte dabei eine weiße Staubwolke auf. Er klopfte schüchtern an die Küchentür und trat ein, die Mütze fest in beiden Händen. Lorenzo und Jeanne saßen schweigend beim Mittagessen.

»Was gibt es?«, fragte Lorenzo.

»Stellario schickt mich«, sagte der Junge und errötete. »Er sagt, Sie müssen um drei Uhr kommen und die Rede hören.«

»Welche Rede?«

»Der Duce hält eine Rede. Um drei Uhr kommen alle auf den Platz und hören zu. Sie haben einen Lautsprecher aufgestellt, damit alle es hören können.«

Lorenzo legte seine Serviette auf den Tisch und wandte sich an Jeanne.

»Das bedeutet Krieg«, erklärte er.

Alle wussten, dass er bevorstand und dass es nur noch eine Frage von Monaten war, bis Italien an Hitlers Seite in den Krieg eintrat, und doch hatten alle bis zur letzten Minute auf ein Wunder gehofft.

Um drei Uhr hatte sich das gesamte Dorf in der Sonne unter dem Lautsprecher versammelt, der an dem Laternenpfahl gegenüber von Domenicos Laden montiert war. Sie wischten sich die schweißnassen Stirnen und blickten zu dem Lautsprecher hinauf, von dem sie die Verkündung ihres Schicksals erwarteten. Das Erste, was sie aus seinem dunklen Mund vernahmen, war ein heiserer Lärm, der wie das Gebrüll eines Löwen klang: Es war das Johlen der Menge, die Mussolini auf dem Balkon der Piazza Venezia in Rom begrüßt hatte. Auf dem kleinen Dorfplatz aber johlte niemand. Alle senkten den Kopf, als Mussolini seine triumphierende Erklärung abgab.

Unten in Salento, im Süden von Apulien, ging das Leben während der folgenden Jahre weiter wie gewohnt, abgesehen von den abendlichen Rundfunknachrichten. An Essen fehlte es nicht, man brauchte nur hinauszugehen und zu ernten: Feigen, Öl, Weizen, *cicoria*, dieses bittere Kraut, das die Bauern zur Pasta kochen, sonnengetrocknete Tomaten und Bohnen. In jedem Haus wurden duftendes Maisbrot und *friselle* gebacken, trockene geröstete Brötchen, die Monate hielten, und aus Schafsmilch frischer Ricotta hergestellt. Der Schwarzmarkt florierte, und die Bauern fuhren in den Norden, um in den Städten, wo die Lebensmittel rationiert waren und die Menschen hungerten, ihre Erzeugnisse zu verkaufen. Öl war in dieser Zeit kostbarer als Gold.

Stellario und Lorenzo machten auf einmal ein recht gutes Geschäft.

Vom Krieg blieb Apulien während der nächsten Jahre praktisch verschont, vor allem im Inneren. Es kamen keine Deutschen, keine Panzer, keine Bomben. Die Leute merkten kaum, dass im Rest des Landes ein Krieg tobte.

Alba wuchs in einer Zwischenwelt auf. Die einzige Klasse der Dorfschule hatte nur fünf Kinder, und häufig fiel der Unterricht ganz aus, weil es sich niemand leisten konnte, die Kinder jeden Tag zur Schule zu schicken: Vor allem in dieser Zeit konnten alle Familien jede Hilfe auf den Feldern gut gebrauchen.

Mit zehn Jahren war Alba ein Zwitterwesen geworden. Sie hatte wenig Ahnung von Geografie oder Geschichte und sprach den harten, gutturalen Dialekt der Dorfbewohner, zu Hause aber plauderte sie mit Jeanne Französisch, und Lorenzo las ihr Homer vor. Sie war anders als alle Kinder aus ihrem Umkreis. Sie wuchs als launisches, linkisches Mädchen auf.

Wenn sie herumlungerte und sich langweilte, nahm Stellario sie auf seinem Karren zu seinen Olivenbäumen und seinem Obstgarten mit. Dort saß er mittags unter einem Baum, nachdem er seit dem frühen Morgen die Pflanzen versorgt hatte, und ließ Alba an seiner Leibspeise teilhaben.

»Eine Scheibe frisches Brot, Sardellen und Ricotta. Das Mittagessen des Bauern, es gibt nichts Besseres auf der Welt«, sagte er grinsend, wenn er bedächtig einen runden Laib aus dem Taschentuch wickelte, sein großes Messer mit Holzgriff zückte und sorgfältig das Brot schnitt. Sie sah zu, wie er auf jede Scheibe eine dicke Sardelle legte und behutsam den weichen Quark darüber verteilte. Er reichte Alba ihre Brotscheibe auf einem Feigenblatt, und dann saßen sie beide da und kauten und nickten einander bei jedem Bissen entzückt zu. Die Zubereitung der Brotscheibe war beinahe ein religiöser Akt. Und sie liebte es, so zu essen: mit Stellario im Schatten eines Olivenbaums auf den gekrümmten Wurzeln sitzend. Alles schmeckte intensiv und köstlich.

Wenn er sich wieder an die Arbeit machte, half sie ihm manchmal beim Gießen, oder sie rannte barfuß herum, während er arbeitete, fing Eidechsen oder pflückte Brombeeren.

»Nimm dich vor den Taranteln in Acht«, warnte Stellario, »wenn dich eine beißt, wirst du so krank, als hätte dich jemand entzweigeschnitten. Als hättest du einen Stein verschluckt.«

»Muss ich dran sterben?«, fragte Alba mit großen Augen.

»Nein, aber du musst einen ganzen Monat lang tanzen, um das Gift wieder loszuwerden.«

»Warum?«

»Weil der Biss nur mit Musik geheilt werden kann. Musik schüttelt das Gift aus dem Blut. Und dann musst du am 29. Juni in die Kirche San Paolo in Galatina gehen. Paulus wird dich heilen, und dann bist du die Tarantel für immer los. Sonst kommt sie jeden Sommer wieder und schüttelt dein Blut, und du musst wieder tanzen.«

»Wie lang?«

»Einen Monat lang, jeden Sommer. Bis San Paolo in Galatina dich für immer kuriert, hab ich dir doch gesagt.«

Sie hatte viele Geschichten über die Tarantel gehört. Jeden Sommer tönte aus einem fernen Haus Musik, und immer wenn der wilde Rhythmus erklang, sah sie Frauen sich mehrmals bekreuzigen und beten. Die Erwachsenen flüsterten; etwas Schlimmes war geschehen, die Tarantel hatte wieder eine Arbeiterin auf den Tabakfeldern gebissen. Wenn Alba dann heimkam und Jeanne danach fragte, weil sie mehr wissen wollte, schüttelte Jeanne wieder nur den Kopf.

»Diese Bauern, sie glauben alles. Weil sie ungebildet sind. Hör nicht auf sie.«

So war es immer: Alles, was sie von Stellario gelernt hatte, musste sie augenblicklich wieder vergessen, sobald sie nach Hause kam. Immer gab es zwei ganz unterschiedliche Betrachtungsweisen.

An Sommernachmittagen, wenn die Hitze unerträglich wurde, hielt Stellario ein kurzes Nickerchen im *furneddhu*, dem »Öfchen«. Solche ovalen Steinhütten hatten die Bauern seit Jahrhunderten überall auf dem Land errichtet, es waren kleine höhlenartige Unterstände, wo sie ausruhen, ihre Geräte unterbringen, auch übernachten konnten, wenn der Olivenhain oder Obstgarten vom Haus zu weit entfernt war. Sie bestanden aus aufgeschichteten Bruchsteinen, die nur durch ihr Gewicht zusammenhielten. Es roch auch gut darin, nach Stein, Heu und Hitze, und im Winter, wenn es feucht und windig war, schienen die Steine fähig zu sein, noch den schwächsten Lichtstrahl einzufangen. Manchmal zwängte sich Alba neben Stellario hinein und kuschelte sich auf das Lager aus Olivenblättern, das er bereitet hatte. Sie schloss die Augen und ließ sich von seinem Schnarchen für ein paar Minuten in den Schlaf lullen. Unter ihrem Rücken raschelten die Blätter und fühlten sich weich und trocken an.

Daran erinnerte sie sich am besten, wenn sie an ihre Kindheit zurückdachte. An den Gegensatz zwischen grellem Licht und Dunkelheit, diesen jähen Wechsel, der sie jedes Mal blendete, wenn sie den *furneddhu* betrat. An das Rascheln der winzigen Olivenblätter unter ihrem Rücken. An die Brotscheibe mit einer Sardelle und Ricotta.

An den Geruch von Binsen.

* * *

Unser Dorfplatz ist winzig, aber wie in jedem anderen Dorf hier in Apulien besitzt er die drei wesentlichen Elemente, die aus einem Platz eine *piazza* machen: die Kirche, den *palazzo* der ranghöchsten Familie – deren Oberhaupt in der Regel ein Baron ist – und das wichtigste Café am Ort. Unsere Barockkirche ist klein, schlicht, aus Sandstein mit einem geschnitzten Holzportal, und der aus dem achtzehnten Jahrhundert stammende *palazzo* ist unprätentiös und schmucklos (die Sanguedolce sind sehr unbedeutende Barone), aber das *Caffè Sport* ist kürzlich renoviert worden und sieht jetzt piekfein aus: ganz Stahl und Holzimitat und gleißende Lichter. Ein alter Mann mit Mütze und Arbeitsanzug, der in einer Ecke sitzt, blickt von seiner Zeitung auf und nickt, als ich hereinkomme. Aus dem Lautsprecher dröhnt die Rockmusik des lokalen Radiosenders.

»Ciao, Enzo. Einen Cappuccino bitte.«

Enzo lächelt, schäumt an der Espressomaschine die Milch auf und lässt dabei seine schmalen Hüften im Takt der Musik wippen. Nach der Selbstsicherheit zu urteilen, mit der er seinen Körper hinter der Theke bewegt, als wäre er in einer Diskothek, findet er sich offensichtlich unwiderstehlich. Er sieht aus wie jeder andere Fünfundzwanzigjährige irgendwo auf der Welt, der vor allem Mode und Markennamen im Kopf hat: angeklatschte dunkle Haare, ein schwarzes Versace-T-Shirt, aus dem der Bizeps quillt, enge Jeans, auf dem Unterarm das Tattoo eines knienden Samurai. Er stellt einen schaumigen Cappuccino vor mich hin, wie immer mit einem kleinen Herz.

»Danke.«

»Wo willst du denn hin bei diesem Wetter?« Mit einer Bewegung des Kinns deutet er auf den Regen draußen. Dann grinst er. »Tolles Outfit.«

»Das ist ein altes Kleid. Von meiner Mutter.«

»Du bist ziemlich verrückt«, sagt er lachend. »Acht Uhr morgens, und sie sieht aus wie zum Rock'n'Roll gerüstet.«

»Bin ich ja. Bloß wo ist die Party? Ich würde sofort hingehen.«

Er verdreht die Augen zur Decke.

»Red bloß nicht davon. Ich bin erst vor vier Stunden heimgekommen. War die ganze Nacht im *Guendalina* tanzen.«

»Wie machst du das bloß?«

»Komm doch mal mit.« Er beugt sich über die Theke und flüstert: »Ich zeige dir, wie man es wirklich abgehen lässt.«

»Das schaffe ich nie, bis zum Morgen tanzen.«

Er zwinkert mir verschwörerisch zu und rückt noch ein Stück näher. Ich kann sein teures Aftershave riechen.

»Es gibt schon Möglichkeiten, sich wach zu halten. Falls du interessiert bist.«

»Das glaube ich gern.«

Der zeitunglesende alte Mann hinter mir hustet, und wir zucken instinktiv zurück, als wären wir von einem Polizisten ertappt worden.

»Gehst du morgen zur Eröffnung des Gulliver-Supermarkts?«, fragt er.

»Wo ist das?«

»Du weißt schon, der große an der Hauptstraße. Morgen Abend ist die Eröffnungsparty. Jeder geht hin.«

»Ich glaube nicht. Wenn ich nur daran denke, dass sie dieses Monster jetzt eröffnen – schrecklich. Wenn es nach mir ginge, würde ich nur bei Domenico einkaufen.«

Natürlich ist Domenico schon lange tot, aber seinen Laden nennt noch immer jeder wie früher. Sein Sohn führt ihn jetzt zusammen mit seiner Frau. Es ist noch immer ein düsterer Raum voller intensiver Gerüche, aber die Rupfensäcke und dunklen Holzgestelle sind inzwischen Kühlschränken und funkelnden Aluminiumregalen gewichen.

Enzo zuckt die Achseln. »Bei Domenico gibt es doch nichts. Aber dieser Supermarkt bietet eine Riesenauswahl. Alles, was man aus der Fernsehwerbung kennt. Wie in Amerika.«

Seine mangelnde Loyalität irritiert mich. Wieso sieht er nicht diese heimtückische Hässlichkeit, die sich mit ihren Neonschildern und Großparkplätzen aller Orte bemächtigt, die wir geschätzt und geliebt haben?

»Ich fahre jetzt nach Maglie zum Markt«, sage ich, während ich den Milchschaum von der Oberlippe lecke. »Ich möchte einen Korb kaufen, bei diesem alten Korbflechter ... Andrea heißt er, glaube ich.«

Er hebt fragend eine Augenbraue. Der alte Mann, der in der Ecke sitzt und *La Gazzetta* liest, spürt die unschlüssige Pause und springt ein.

»Andrea Sartano heißt er, der Korbflechter aus Parabita«, sagt er mit seinem starken Dialekt. Dann schüttelt er den Kopf. »Aber er ist zu alt, um noch auf die Märkte zu fahren. Manchmal schickt er seinen Sohn, aber er stellt fast nichts mehr her. Sie können's ja versuchen.«

Enzo stellt ihm eine Frage; auch er spricht jetzt Dialekt, und plötzlich ist seine Stimme um einen Ton härter, maskuliner, sogar seine Körperhaltung verändert sich, wird aggressiver, während er mit dem alten Mann spricht.

»Ich weiß, wen du meinst«, sagt er, wieder zu mir gewandt. »Er hatte das Cleopatra-Kino. Das ist jetzt geschlossen, aber er lagert dort seine alten Körbe, falls du interessiert bist. Fahr nach Parabita und frag nach dem ehemaligen Kino.«

Der alte Mann schaltet sich noch einmal ein, um mir genauere Anweisungen zu erteilen: Auf der Hauptstraße bis Parabita, an der zweiten Ampel rechts, nach dem Friedhof links, dann an der Kirche vorbei und nach dem Bahnübergang wieder links, dann stehen Sie direkt davor. Ich nicke und tue so, als hätte ich mir alles genau gemerkt.

Das mache ich übrigens immer. Aus irgendeinem Grund ist es mir lieber, mich zu verirren, als zweimal zu fragen.

* * *

Während und nach dem Krieg, als Alba hier aufwuchs, konnten wenig Menschen in ihrer Umgebung lesen und schreiben oder außer ihrem Dialekt korrektes Italienisch sprechen. Die Frauen kleideten sich ausschließlich in Schwarz, hielten den Blick gesenkt und arbeiteten mit krummem Rücken auf den Feldern, wo sie von früh bis spät Tabakblätter pflückten. Mädchen aus guter Familie, die nicht arbeiten mussten, saßen den ganzen Tag einsam zu Hause, und den abendlichen Spaziergang durften sie nur in Begleitung eines Verwandten unternehmen. Die einzige Unterhaltung waren die Geschichten, die sie von den älteren Familienmitgliedern hörten. Es waren immer dieselben Geschichten, aber die ständige Wiederholung störte niemanden. Alle glaubten an dieselben Mythen, an die Magie, an die Macht des Unsichtbaren. Statt Bildung herrschte die Tradition, und sie konnte sich mühelos behaupten.

Stellario hatte eine Menge Kinder. Eine seiner älteren Töchter war Rosa, ungefähr im selben Alter wie Alba. Sie hatte grüne

Augen und schwarze Locken und den mageren Körper eines kleinen Äffchens; auf ihren Unterarmen und Beinen wuchs ein zarter Flaum. Albas besonderen Neid erregten ihre kleinen goldenen Ohrringe. Manchmal ließ Stellario seine Tochter auf dem Karren zur Casa Rossa mitfahren, damit die beiden Mädchen zusammen im Garten spielen konnten, doch Rosa war sehr schüchtern und als Spielgefährtin nicht besonders lustig, denn sie starrte immer nur mit großen Augen auf Albas saubere Kleider und Schuhe und war sprachlos – wie ein kleines Tier, das endlich aus seinem Käfig freigelassen wurde und sich vor Schreck nicht von der Stelle rühren kann.

Je älter sie wurden, desto seltener sahen sie einander. Celeste behagte es nicht, dass ihre Tochter sich in einem Haus aufhielt, in dem es so viel Luxus, Nahrung in Hülle und Fülle und sogar Sofas mit geblümtem Überzug gab. Dass sie sich etwa die Gepflogenheiten der *signori* aneignete. Sie zog es vor, Rosa mit den anderen gleichaltrigen Mädchen zum Tabakpflücken zu schicken.

Eines Tages, als Alba etwa zehn war, kam Stellario frühmorgens zur Casa Rossa und wollte Jeanne sprechen. Alba beobachtete ihn aus der Ferne, wie er da stand, den Kopf gesenkt, den Hut in den Händen.

»Wir haben die Musiker gerufen«, hörte sie ihn sagen, »sie werden spielen, bis sie das Gift abgeschüttelt hat.«

»Unsinn«, sagte Jeanne. »Nicht zu fassen, dass Sie und Celeste diesen Unfug glauben.«

»Es ist die Tarantel, Signora. Es kann nichts anderes sein. Wir haben sie sogar in das große Krankenhaus von Lecce gebracht, aber kein Arzt weiß, was mit ihr los ist. Sie isst nichts, hat hier Schmerzen«, sagte er, auf seinen Magen deutend, »und sie wälzt sich den ganzen Tag schweißüberströmt im Bett. Sie sagt, sie ist im Tabakfeld gebissen worden.«

Jeanne zuckte ungeduldig die Achseln, kurz angebunden wie üblich.

»Wenn Sie meinen. Und was wollen Sie jetzt?«

»Die Musiker kommen heute. Ich muss heim und mich um alles kümmern.«

»Gut. Tun Sie, was Sie tun müssen. Bleiben Sie heute und morgen zu Hause, aber kommen Sie am Montag wieder.«

Alba hielt Stellario am Arm fest, ehe er auf seinen Wagen stieg und abfuhr.

»Ist es Rosa?«, flüsterte sie.

Stellario nickte.

»Darf ich mitfahren?«, fragte sie. »Ich möchte sie sehen.«

Stellario und seine Familie wohnten in einem kleinen viereckigen Steinhaus an der Straße. Alba hatte es schon oft gesehen, war aber nie eingetreten, weil ihr der immer wild kläffende, struppige gelbe Hund Angst einjagte. An diesem Tag aber standen viele Menschen vor dem Haus; alle Frauen waren in Schwarz, viele beteten. Der Hund war still.

Drinnen war es dunkel, stickig und schwül. Ein beißender Geruch nach vergorenem Obst. Hartnäckiges Fliegengesumme. Knoblauch und rote Chilischoten an der Decke. Schweiß.

Völlig reglos, aber schwer atmend, lag Rosa auf einem Bett im größten Zimmer des Hauses, in einem makellos weißen Kleid wie eine Braut. Sie wirkte viel älter, als sie war. Alba erschrak fast, als sie bemerkte, wie voll ihre Brüste geworden waren, wie sehr ihr Gesicht sich verändert hatte – wie eine traurige, hagere Frau sah sie aus. Celeste und ihre beiden anderen Töchter, ebenfalls weiß gekleidet, traten ein und breiteten in der Mitte des Zimmers, am Fußende des Bettes, ein weißes Laken auf dem Boden aus. Von einem Ring an der Decke hing ein Seil herab. Stumm drängten nun die Leute herein, bis der Raum voll war. Alle achteten darauf, nicht auf das Laken zu treten.

Alba bekam es mit der Angst, aber es war zu spät. Zu viele Menschen bedrängten sie von allen Seiten, sie war in der Hitze und Dunkelheit gefangen.

Dann hoben die Musiker an. Eine Geige, ein Tamburin, eine Mandoline.

Zuerst begann sich Rosas Kopf hin und her zu drehen, dann spreizten sich ihre Beine und Arme und gerieten in eine kräuselnde Bewegung, als liefen Wellen durch ihren Körper. Schließlich stand sie vom Bett auf und ergriff das Seil.

Sie hielt sich daran fest und begann mit gesenktem Kopf langsam zu schwingen. Mit ihrem weißen Kleid und ihrer Blässe sah sie aus wie eine Erhängte. Aber sie erwachte jäh aus dieser bewegten Trance, hob den Kopf, packte das Seil fester und kletterte mit Händen und Füßen daran empor. Ihr magerer Körper bewegte sich flink und geschickt.

»Siehst du, sie hat sich in eine Spinne verwandelt«, flüsterte eine Frau neben Alba. »Als ich so alt war wie du, habe ich eine Frau gesehen, die gebissen worden war. Sie kletterte die Wände hinauf bis zur Decke und fiel herunter, ohne sich wehzutun. Sie werden wie Spinnen. Sie können überall herumkriechen, wo sie wollen.«

Der Rhythmus wurde schneller, als einer der Männer mit unangenehm schriller Stimme zu singen begann. Aber Alba kannte die Musik, hatte sie schon oft gehört. Immer im Sommer, der Jahreszeit der Taranteln.

Rosa sprang vom Seil, landete mit einem dumpfen Aufprall am Boden und tanzte jetzt auf dem Laken. Sie zappelte und stampfte und wirbelte auf allen vieren im Kreis. Wie sie sich da auf dem Boden wand und immer schneller bewegte, erinnerte sie tatsächlich an eine Spinne.

Lautstärke und Tempo der Musik nahmen zu.

Eine alte Frau in Weiß trat vor. Sie hielt mehrere bunte Bänder in der Hand, die sie vor Rosa hin und her schwenkte, wie ein Torero, der den Stier mit seinem roten Tuch reizt.

»Die *'nzaccareddhe*«, flüsterte jemand.

Rosa begann um sich zu schlagen und krümmte sich wie im Fieber. Von ihrer Stirn rann der Schweiß, ihre Haare waren nass, ihr Atem ging keuchend.

Alba zupfte die Frau neben ihr am Arm. »Warum macht sie das?«, fragte sie erschrocken.

»Sie muss aus den *'nzaccareddhe* die Farbe der Tarantel heraussuchen, die sie gebissen hat«, sagte die Frau. »Taranteln haben verschiedene Farben. Man muss wissen, ob es eine rote, eine schwarze, eine gelbe war. Wenn man die Tarantel in sich töten will, muss man das Band in derselben Farbe zerreißen.«

Rosa stürzte sich auf die Frau und ihre Bänder, packte eines mit den Zähnen und riss daran. Ihre Augen waren weiß geworden, vor ihrem Mund stand Schaum.

Sie sah selbst aus wie der Teufel.

Um Alba wurde alles schwarz, und sie sank zu Boden.

Als sie die Augen wieder aufschlug, lag sie draußen im grellen Licht. Das Erste, was sie sah, war die weiß getünchte Hauswand vor dem dunkelblauen Himmel. Drinnen spielte die Musik, aber sie atmete wieder, nahm sogar den süßen Duft der Feigen in der Hitze wahr.

Sie hörte flüsternde Stimmen in der Nähe.

»Sie kommt wieder zu sich. Gebt ihr Wasser.«

»Man muss sie zur Casa Rossa zurückbringen, Don Lorenzo weiß nicht, dass sie hier ist.«

»Heilige Muttergottes! 'ntoni, bring du sie mit dem Karren heim.«

Sie spürte eine Hand, die sich unter ihren Kopf schob und ihn sanft anhob, dann die Kühle von Brunnenwasser auf den Lippen.

* * *

Lorenzo schien bei Albas Erziehung keine bestimmte Strategie zu verfolgen. Doch als sie dreizehn wurde, begann Jeanne sich Sorgen zu machen und verkündete ihr Urteil.

»Sie kann nicht wie eine Bäuerin aufwachsen, sie braucht den Umgang mit Menschen, die auf ihrem gesellschaftlichen Niveau stehen.«

Vor allem ertrug sie es nicht mehr, Alba im Dialekt sprechen zu hören. Deshalb schickte sie Alba auf eine Privatschule in Lecce, um sie mit dem Nachwuchs der apulischen Aristokratie bekannt zu machen. Doch Alba war zu verschieden von den anderen, eine verschrobene Außenseiterin, die nicht in das engmaschige Gittergeflecht einer Provinzstadt passte. Bei ihren Schulkameradinnen fand sie wenig Anklang.

Kein Wunder, dass Beniamino Sanguedolce der Einzige war, mit dem sie sich wirklich anfreundete. Als zwei streunende Hunde, die nirgendwo unterkamen, bildeten sie ein ideales Paar.

Er war das jüngste Kind der Baronin Alearda Sanguedolce, die ihrem Mann bereits vier Töchter geschenkt hatte, aber unverdrossen zur heiligen Katharina betete, der Schutzpatronin des Dorfes, und sie um die Gnade eines Sohns anflehte. Als die fünfte Tochter zur Welt kam, meinte der Baron, es habe keinen Sinn, noch länger zu bitten, es sei Gottes Wille, und sie sollten sich ihm fügen. Alearda indessen wollte nichts davon hören. Sie betete ein letztes Mal und versprach der Heiligen eine goldene Krone für die Statue der Santa Caterina, mit der sie fortan bei der alljährlichen Prozession aus der Kirche getragen werden sollte.

Das half.

Alearda wurde endlich mit einem Sohn gesegnet, dem hübschen Beniamino. In diesem Jahr verließ die Katharinenstatue die Kirche mit einer Krone aus zweiundzwanzigkarätigem Gold auf dem Haupt und einem seligen Lächeln im Gesicht.

Alba ging mit den Sanguedolce-Schwestern zur Schule, und Jeanne schickte sie häufig in den *palazzo*, damit sie dort gemeinsam ihre Hausaufgaben machten. Alba fand den *palazzo* unheimlich und eiskalt und konnte ihn nicht ausstehen.

Aber dann entdeckte sie Beniamino, den Bruder, über den niemand gern sprach. Er war zwölf, ein bisschen jünger als sie, und völlig verschieden von den wilden und ungestümen Jungen, denen Alba bis dahin begegnet war. Er sah aus wie ein pausbäckiges Mädchen in der falschen Aufmachung. Er war weich, empfindsam, vergnügt.

Sie schlossen sich in seinem Zimmer ein, wo er mit ihren Haaren spielte und die Garderobe seiner Mutter an ihr ausprobierte. Manchmal trug er auch selbst Aleardas Kleider. Alba störte das nicht weiter, und dafür liebte er sie. Anders als seine langweiligen Schwestern fand sie nichts dabei, wenn er sich kostümierte.

»Aus dir hätte ein Mädchen werden sollen«, sagte sie einmal zu ihm, als er in einem Seidenkimono auf hohen Absätzen auf und ab stöckelte, das Gesicht bemalt wie ein Clown.

»Findest du?«

Er war erleichtert, dass sie das Problem für ihn zur Sprache gebracht hatte: Er hatte schon seit langem das Gefühl, im falschen Körper gefangen zu sein, und wusste nicht, wie er sich davon befreien sollte.

Das alles wegen einer goldenen Krone. Und der Habgier der heiligen Katharina.

»Vielleicht kann ich eine Frau werden, wenn ich älter bin. Ich kann ja eine Perücke tragen, und keiner merkt es«, sagte er, während er sein geschminktes Gesicht im Spiegel betrachtete. Das schien ihm ein guter Ausweg, jedenfalls fürs Erste.

Zwei Seelen wohnten in Beniaminos Brust. Die eine war das frivole Mädchen, das endlich befreit werden wollte und sich nach langen Locken und schönen Kleidern sehnte. Aber er hatte noch eine andere Seite, die Alba an ihm besonders bewunderte: Er konnte auch ernst und respekteinflößend sein. Er war ein leidenschaftlicher Leser. Oft sah sie ihn mit einem Buch aus der väterlichen Bibliothek auf seinem Bett liegen, tief versunken in die Lektüre, dieser komische Junge mit seinen schwarz gerahmten Augengläsern und seiner kurzen Hose, die sich stramm um seinen runden Hintern und die dicken Schenkel spannte. In diesen ruhigen Phasen mochte sie ihn viel lieber.

Eines Tages waren sie wieder in seinem Zimmer, er hatte ihr eine schauerliche Passage aus seinem Lieblingsbuch über die Französische Revolution vorgelesen. Besonders gern stellte er

Charlotte Corday dar, wenn sie Marat im Badezuber ersticht. Er schlug das Buch zu und schwieg eine Weile.

»Ich muss dich was fragen«, sagte er dann. »Hoffentlich stört es dich nicht. Es geht um deine Mutter.«

»Was denn?«, fragte Alba und versteifte sich.

»Meine Mutter sagt, ich soll nicht mit dir darüber reden, aber ich glaube, es macht dir nichts aus, wenn ich frage, oder?«

Albas Herz klopfte schneller, wie immer, wenn jemand Renées Namen erwähnte.

»Es macht mir nichts aus«, erklärte sie achselzuckend, nahm ihm das Buch aus der Hand und tat, als betrachtete sie die Illustrationen.

»Du kannst mit Ja oder Nein antworten.«

»In Ordnung.«

»Stimmt es, dass deine Mutter für die Deutschen spioniert hat?«

Alba schwieg. Sie hob den Blick vom Buch und starrte Beniamino an. Es lag keine Gehässigkeit in seiner Frage, nur Neugier. Die Neugier eines übergewichtigen, wissbegierigen Halbwüchsigen.

»Ich weiß es nicht«, räumte sie schließlich ein. Seine Frage kam derart überraschend, dass es ihr fast die Sprache verschlug.

»Meine Mutter sagt, dass deine Mutter im Krieg für die Nazis gearbeitet hat, und deswegen musste sie nach Deutschland gehen und kann jetzt nie mehr zurückkommen.«

»Wieso kann sie nicht mehr zurückkommen?«

»Weil die Deutschen unsere Feinde geworden sind, du Dummkopf. Weil die Italiener deine Mutter umbringen, wenn sie jetzt nach Italien zurückkommt. Oder sie rasieren ihr den Kopf.«

»Warum … warum rasieren sie ihr den Kopf?«, flüsterte sie.

»Das tun sie mit jeder Verräterin. Sie scheren sie, damit auf der Straße alle wissen, dass sie den Nazis geholfen hat, und sie deshalb anspucken können.«

Beniamino starrte sie an, gespannt auf die Wirkung seiner

Worte. Er sah, wie ihr Tränen in die Augen stiegen. Das beunruhigte ihn.

»Vielleicht stimmt es nicht«, setzte er rasch nach. »Meine Mutter sagt alles Mögliche.«

»Es stimmt nicht«, sagte Alba und wandte den Kopf ab, um ihre feuchten Augen zu verbergen. »Meine Mutter ist nach Deutschland gegangen, weil… Sie hatte dort eine gute Freundin.«

»Die reiche Frau?«, fragte Beniamino. »Ich weiß, meine Mutter hat gesagt…«

»Nein«, fiel ihm Alba plötzlich energisch ins Wort, »nicht sie. Jemand anderen, den du nicht kennst.«

Eine Pause trat ein. Sie wandte sich wieder dem Buch zu, als wäre ihr Interesse an dem Thema erloschen. Beniamino fühlte sich schuldig: Er hatte nicht die Absicht gehabt, sie aus der Fassung zu bringen. Er wusste sehr gut, wie es war, ein Außenseiter zu sein.

»Ich hasse meine Eltern«, sagte er schließlich in der Hoffnung, sie damit aufzuheitern. »Du hast es gut, du hast wenigstens nur einen Vater. Deine Stiefmutter zählt nicht.«

»Nein. Sie zählt nicht«, stimmte Alba zu.

Sie lächelten einander an.

»Ich hasse sie total«, beteuerte er, um sie von dem Thema Renée abzulenken. »Am liebsten würde ich auf der Stelle fortgehen und nie zurückkommen.«

»Das geht doch nicht.« Alba sah ihn an, erschrocken über seinen ungestümen Ton. »Du musst erst die Schule fertig machen.«

»Die Schule ist mir egal.«

»Dein Vater bringt dich um«, warnte sie ihn.

Beniamino zuckte die Achseln.

»Ich komme sowieso nicht wieder. Weißt du, ich kann ja nach Rom gehen und meinen Namen ändern, und dann wird mich keiner mehr finden, weil ich dort ein Mädchen bin.«

»Nein, das kannst du nicht tun«, wiederholte Alba ohne große Überzeugung.

Aber sie wusste, dass er es konnte.

Schweigen war eine von Albas größten Fähigkeiten geworden. Sie brachte es fertig, ihren Vater nicht nach Renée zu fragen. Einerseits fürchtete sie seine Lügen und Verleumdungen, andererseits hatte sie Angst, die Wahrheit könnte noch schlimmer sein. So vermied sie das Thema einfach ganz und hoffte, eines Tages wäre es für immer ausgestanden – vielleicht würde sie irgendwann aufhören, über ihre Mutter und die Gründe ihres Verschwindens nachzugrübeln.

Schweigen war die Kraft, die sie prägte und formte. Die sie langsam verkrümmte.

Aber als sie an diesem Tag nach dem Gespräch mit Beniamino heimkam, war sie in ungewöhnlich kühner und mutiger Stimmung. Jeanne stand in der Küche und bereitete das Abendessen zu.

»Schau, Alba«, sagte sie und hob den Deckel von einem großen Topf, in dem ein Schmorgericht dampfte. »Wir sagen, das ist Kaninchen, *d'accord?* Dein Vater kann Lamm nicht ausstehen, aber er wird es essen, wenn wir ihm nicht sagen, was es ist. Es ist ja nicht das erste Mal – *j'adore l'agneau*«, sagte sie mit einem zufriedenen Lachen.

Das war typisch Jeanne. Sie brauchte immer Komplizen für ihre kleinen Geheimnisse. Selbst Jeanne, die unerschütterliche Betreuerin, hatte ihre kleinen Tricks und kindischen Rachegelüste, wenn es um Lorenzo ging.

»Nein, wir sagen ihm nichts«, versprach Alba, um sich lieb Kind zu machen. Statt nach oben in ihr Zimmer zu laufen, setzte sie sich auf einen Stuhl und wandte den Blick nicht von Jeanne, die sie anscheinend wieder vergessen hatte.

»Jeanne.«

»Ja, *chérie.*«

»Stimmt es, dass man meine Mutter umbringt oder ihr den Kopf schert, wenn sie nach Italien zurückkommt?«

Jeannes Hand mit dem Schöpflöffel erstarrte auf halber Höhe. Sie sagte nichts.

»Hat meine Mutter für die Deutschen gearbeitet? Kann sie deswegen nicht zurückkommen?«

»Wer hat dir das denn erzählt?«

»Jemand in der Schule.«

Jeanne setzte sich ihr gegenüber an den Tisch und runzelte die Stirn.

»Also, ich weiß nicht, ob sie tatsächlich …« Sie brach ab, sah sich um, weil sie sichergehen wollte, dass niemand zuhörte, dann senkte sie die Stimme. »Weißt du, deine Mutter, sie … sie war … wie soll ich sagen …«

»Was?«

»Sie war ein Geheimnis.«

»Was meinst du damit?« Alba war schon wieder alarmiert und gar nicht mehr sicher, ob es eine gute Idee gewesen war, Jeanne zu fragen.

»Na ja, siehst du, eigentlich kannte niemand die Geschichte deiner Mutter, niemand wusste, woher sie kam, wie sie wirklich hieß – sie behauptete immer, sie habe ihre Papiere verloren … Es war nicht klar, wovon sie gelebt hatte, bevor sie deinen Vater kennen lernte. Es war alles sehr, sehr … undurchsichtig.«

Alba nickte und tat, als verstünde sie.

»Und als sie dann deinen Vater aus heiterem Himmel verließ und mit dieser Frau nach Deutschland ging …« Jeanne seufzte und schüttelte den Kopf. »Die Gerüchte kannst du dir vorstellen, oder?«

Wieder nickte Alba.

»Also, dein Vater war am Boden zerstört. Auch sein Ruf war dahin, wie du dir denken kannst. Er war zutiefst erschüttert. Deswegen kam er schließlich ins Krankenhaus.«

»Hm.« Alba senkte den Blick.

»Sie hatte nicht sehr viele Skrupel, deine Mutter.«

Jeanne trat wieder an den Herd und sah nach dem Essen. Sie murmelte etwas über den Zustand des Lamms und nahm mit einem zufriedenen Seufzer den Topf vom Herd. Alba hätte gern noch weitere und genauere Fragen gestellt, sie wollte ein Ja oder ein Nein hören, etwas Eindeutiges, das sie Beniamino berichten konnte. Aber in diesem Moment drehte Jeanne sich um und hob den Zeigefinger.

»Rede lieber nicht mit deinem Vater darüber, das ist immer noch ein sehr heikles Thema für ihn. Sag ihm ja nicht, was du in der Schule gehört hast, *d'accord?*«

»*D'accord.*«

»Sonst nimmt er dich von der Schule, und du musst zu Hause lernen. Er wird fuchsteufelswild, wenn er hört, dass die Leute noch immer über die Sache reden.«

»In Ordnung.«

Jeanne schauderte und zog die rosarote Strickweste enger um ihre Schultern. Dann warf sie einen Blick auf ihre winzige Armbanduhr und ging zur Tür.

»Ich gehe hinauf und lege mich kurz aufs Ohr. Mach bitte keinen Lärm hier unten, dein Vater schläft wahrscheinlich im Wohnzimmer auf dem Sofa.«

Fort war sie. Mit einem Mal war die Küche sehr still, nur das unregelmäßige Tropfen des Wasserhahns und das Ticken der Wanduhr waren zu hören.

Alba fühlte sich erbärmlich. Sie war entschlossen, dieses Thema, das ihr Übelkeit verursachte, nicht wieder zur Sprache zu bringen, es lohnte sich nicht. Sie würde dieses Gespräch vergessen, als hätte es nie stattgefunden. Jeanne zählte nicht, wie Beniamino es ausgedrückt hatte. Alba glaubte ihr kein Wort.

Schließlich war sie diejenige, die Renée in roter Farbe ertränkt hatte.

Und ein Lamm in ein Kaninchen verwandelte.

* * *

Aber natürlich hat nicht nur meine Familie ihre Vergangenheit mit Farbe übermalt: Dasselbe hat ganz Italien getan.

Die Italiener kehrten Deutschland von einem Tag auf den anderen den Rücken, und als unsere Generation zur Welt kam, hatte diese blitzartige Bewegung, diese plötzliche Pirouette ihre Definition verloren, als hätte sie nie stattgefunden. Als hätten wir immer auf der richtigen Seite gestanden.

So erbten wir eine unterschiedliche Geschichte.

Nach dem, was sie erzählten, waren unsere Familien alle leidenschaftliche Antifaschisten gewesen. Alle hassten die Deutschen. Alle hatten schon immer gewusst, dass Hitler ein gefährlicher Psychopath war und Mussolini ein gewalttätiger Fanatiker. Alle hatten ungeduldig auf die »Befreiung« durch die Alliierten gewartet. Jede einzelne Familie vergaß zweckmäßigerweise alles, was sie künftig in Verlegenheit bringen konnte. Sie schaffte den Müll der Vergangenheit beiseite und versteckte ihn auf dem Dachboden, als hätte er nie zu ihrem Leben gehört. Die Bronzebüste des Onkels, der ein *prefetto* gewesen war, die Briefe aus dem Innenministerium, in denen der Vater als *camerata* tituliert wird, die Fotos von den Kindern in *camicia nera,* den Arm zum römischen Gruß erhoben.

Dieser steif ausgestreckte Arm. Keiner wollte sich daran erinnern oder daran erinnert werden. Ohnehin hatte ihn keiner ausstehen können.

Über Nacht hatte er sich in das leichtere V für *victory* verwandelt.

2

Ich stelle mir gerne den Augenblick vor, in dem Albas und Olivieros Wege sich kreuzten und die Geschichte eine unerwartete Wendung nahm.

Sommer 1958. Der Zug fährt nach Süden.

Kleinstadtbahnhöfe sehen alle gleich aus: verstaubte Oleanderbüsche, Kies, rissige orangegelbe Wände, grüne Fensterläden, von denen die Farbe abblättert. In den staubigen Abteilen ist es unerträglich heiß, die Passagiere fächeln sich mit Zeitungen Kühlung zu, während ihnen der Schweiß den Rücken entlang rinnt. Erschöpft von der Hitze nicken sie immer wieder ein – mit offenem Mund und leisem Schnarchen – und wachen bei jedem Rucken des Zuges ächzend wieder auf.

Oliviero Strada ist Anfang dreißig. Als schönen Mann könnte man ihn nicht bezeichnen, er ist mehr der intellektuelle Typ – dünn, drahtig, zerzauste Haare und dicke Brillengläser. Er trägt ein formloses Kordjackett und abgetretene englische Schuhe. Er ist romantisch, begeistert sich für alles Englische. Im Unterschied zu seinem Reisegefährten Giorgio Morelli kann er sich nicht auf sein Buch konzentrieren, denn er muss immer wieder zu dem Mädchen hinüberschauen, das auf der Bank gegenüber sitzt. Alle drei sind am frühen Morgen in Rom aufgebrochen. Viele Passagiere haben in Neapel den Zug verlassen, andere in Benevento, neue sind eingestiegen und inzwischen schon wieder fort. Es ist spät am Nachmittag, aber noch immer herrscht eine glühende Hitze. Seitdem sie tiefer in den Süden, Richtung Apulien vorgedrungen sind, steigen weniger Passagiere ein; die meisten sind Bauern, die dritter Klasse reisen, beladen mit Pappkartons und Körben.

Oliviero, Giorgio und das Mädchen sitzen schon eine ganze Weile allein in ihrem Zweiter-Klasse-Abteil, was eine stillschweigende Vertrautheit erzeugt hat – als gehörte ihnen das Abteil von Rechts wegen. Inzwischen fühlen sie sich nicht mehr unbehaglich, ihre Körper haben sich aneinander gewöhnt: hin und wieder eine Zigarette, ein paar höfliche Worte, ein kurzes Nickerchen. Sie hat mehrere billige Zeitschriften durchgeblättert und ist ein paarmal eingedöst.

Was Oliviero Gelegenheit gab, sie mit klinischem Blick zu mustern.

Sie muss Anfang zwanzig sein, olivenhäutig, schlank, aber kräftig. Ihr dunkles Haar ist ein wirres Durcheinander, zerzaust, unordentlich aufgesteckt, schweißfeucht. Sie trägt ein ärmelloses Kleid aus dickem Baumwollstoff mit riesigen Päonien, der eher nach einem altmodischen Sofabezug als nach Kleiderstoff aussieht. Das Kleid ist von Hand genäht, an der Taille platzt die Naht auf. Ihre billigen rosafarbenen Sandalen sind schmutzig, ein Riemen ist an einer Seite abgerissen und hängt lose herab. An den Zehen blättert der Nagellack ab, und ihre Füße sind in einem Zustand, als wäre sie viel barfuß gelaufen. Sie trägt keine Ringe.

Irgendetwas an diesem Mädchen ist ungewöhnlich. Oliviero versucht schon seit einiger Zeit, eine Geschichte zu erfinden, die zu ihr passen könnte.

Sie ist weder Bäuerin noch Zigeunerin.

Dafür sind ihre Gesichtszüge zu fein. Eine lange, ziemlich markante Nase, dichte geschwungene Brauen, volle Lippen. Dunkle Ringe unter den mandelförmigen Augen. Sie ist weder Mutter noch Sekretärin, auch keine Studentin.

Was sie ist, kann Oliviero noch nicht so recht in Worte fassen.

Geschichten zu erfinden ist Olivieros Job. Damit verdient er sich in Rom seinen Lebensunterhalt: Schon seit einer ganzen Weile schreibt er zusammen mit Giorgio Morelli Filmdrehbücher, und sie hatten sogar bereits ein paar Erfolge. Seit dem Krieg hat eine Woge von Optimismus und wiedererstarkter Energie das Land erfasst, die Kinos sind voll, für sein Vergnügen gibt jeder gern Geld aus. Der italienische Film boomt, die Produzenten sind ständig auf der Suche nach neuen Ideen. Die beiden haben sich noch nicht daran gewöhnt: Immer wenn es ihnen wieder einmal gelungen ist, eine Geschichte zu verkaufen, fühlen sie sich wie erfolgreiche Bankräuber. Sie können ihr Glück kaum fassen.

»Geld dafür zu bekommen ...«

»... dass wir Geschichten schreiben ...«

»... während andere Leute in der Fabrik schuften oder sich am Schreibtisch zu Tode langweilen.«

Vom Büro des Produzenten springen sie normalerweise ins nächste Taxi und lassen sich zum *Caffè Rosati* auf der Piazza del Popolo oder in die Via Veneto fahren, um mit ihren Freunden den soeben erhaltenen Scheck zu feiern. Die gesamte Filmbranche treibt sich hier herum. Oliviero und Giorgio schlendern von einem Tisch zum nächsten, schütteln Hände, tätscheln Rücken, küssen die hübschen Mädchen, bestellen noch eine Runde fürs ganze Lokal. In ihrem Gespann ist Giorgio derjenige, der wirklich gut aussieht – wegen seiner Größe und seiner edlen Gesichtszüge nennen ihn die Paparazzi, die immer in der Nähe der Via Veneto herumlungern, »Gary Cooper«; manche Mädchen haben jedoch eine Schwäche für Olivieros gequälte Miene, sein hageres Gesicht, seine schmalen Hände. Sie halten ihn für sensibel und unheimlich begabt.

Die Via Veneto, der einzige richtige Boulevard in Rom, der es mit den Pariser Prachtstraßen aufnehmen kann, hat ihre jüngste Vergangenheit mit Stumpf und Stiel ausgemerzt. Noch ein paar Jahre zuvor, im Krieg, lag hier das NS-Oberkommando. Das Gebiet war mit Stacheldraht eingezäunt, um das *Hotel Flora*, das

»deutsche Sondergericht«, zu schützen, während Marschall Kesserling gegenüber im *Excelsior* wohnte. Und das Hauptquartier der faschistischen Polizei in der Via Tasso, wo Verdächtige festgehalten und gefoltert wurden, war gleich um die Ecke.

Inzwischen kann man sich kaum noch vorstellen, dass die Via Veneto je so düster war: In nicht einmal zehn Jahren ist die Erinnerung an die Nazis und den Stacheldraht völlig verschwunden, und die Via Veneto ist so fröhlich geworden, dass sie eher an einen Strand erinnert als an einen Großstadtboulevard. Aus der Ferne sieht man nur ein Meer von Sonnenschirmen über den Tischen der Straßencafés. Auf manchen prangt der hellrote Campari-Schriftzug, andere sind aus Stroh und haben lange Fransen, die wie in einer hawaiianischen Fantasie in der Brise wehen. Mit ihren dekolletierten Sommerkleidern, den schon früh gebräunten seidigen Beinen, den erdbeerroten Ohrringen und hellgrünen Schuhen verbreiten die Mädchen – vorwiegend aufstrebende Schauspielerinnen, aufstrebende Dichterinnen und aufstrebende Musen – eine überschwängliche Fröhlichkeit. Sie nippen an bunten Cocktails, einer Symphonie aus Rot-, Orange- und Rosatönen, die manchmal eine Kirsche oder ein Strohschirmchen ziert. Es ist, als bestünde die Menge der Flaneure auf der Via Veneto ganz aus Eiskrem: bunt, weich, schaumig.

Am späteren Abend ziehen Oliviero und Giorgio weiter zu *Otello*, einer Trattoria in der Via della Croce gleich bei der Spanischen Treppe. Dort ist das Essen gut und billig, und man trifft immer einen Bekannten am Nebentisch. Die Rechnung wird auch hin und wieder bezahlt, allerdings nur wenn sie einen Vorschuss kassiert haben; sonst schreibt Otello bereitwillig an. Manchmal dauert es Monate, bis die Schulden beglichen sind.

Wenn die Trattoria gegen halb zwölf Uhr schließt, sammeln sie eine Schar Freunde von den Nachbartischen ein und taumeln in irgendeine Wohnung in der Via Margutta oder der Via Borgognona, meist direkt unter dem Dach, am Ende einer langen, engen Wendeltreppe. Hier sitzen sie auf dem Boden, spielen Scharaden, dumme Spielchen mit peinlichen Fragen und ehrlichen Antworten, lesen sich gegenseitig aus ihren Lieblingsbüchern vor, tratschen über die jüngste Vergabe eines Literaturpreises, trinken weiter. Das ist der Balztanz, das nötige Vorspiel, bis jeder eine Partnerin für die Nacht gefunden hat.

Ein letztes Glas im *Caffè Rosati*, ehe auch hier Sperrstunde ist. Manchmal schaffen es Oliviero und Giorgio erst in letzter Minute – die beiden Mädchen, die sie sich für die Nacht gesichert haben, fest im Arm –, wenn die Stühle bereits auf den Tischen stehen und der Kellner der Spätschicht den Boden fegt.

»Einen Allerletzten noch, Alberto!« Sie grölen und brüllen vor Lachen.

»Geht nicht, die Kasse ist zu.«

»Ach komm, sei nicht so, wir brauchen noch einen Absacker!«

Sie stecken ihm ein Trinkgeld zu und überreden ihn, dass er ihnen die halb leere Flasche Scotch gibt. Schließlich sind sie gute Kunden, und Alberto mag sie gern.

Spät ist es. Die Piazza del Popolo ist menschenleer. Silbrig fällt das Mondlicht auf die Pinien der Villa Borghese, den dünnen ägyptischen Obelisk und die marmornen Brunnensphinxe und verwandelt den vertrauten Platz in eine geheimnisvolle Landschaft, unheimlich und leer wie ein Bild von de Chirico. Oliviero und Giorgio sitzen mit den Mädchen auf den Stufen vor der Kirche Santa Maria del Popolo, gegenüber den Brunnen, starren auf den Widerschein des Wassers, der über den marmornen Obelisk tanzt, und lassen die Whiskyflasche herumgehen. Jetzt, da alles wieder ruhig ist, säßen sie gern noch eine Weile länger hier, um zu reden. Ihre hallenden Stimmen auf dem leeren Platz und das Plätschern des Brunnenwassers sind die einzigen Laute der Nacht. Doch die Mädchen kichern und legen die Köpfe auf die Schultern ihrer Begleiter, schmiegen ihre warmen Körper an sie. Die beiden Männer sind erschöpft und erregt. Es ist Zeit zum Aufbruch.

Also verabschieden sie sich endlich voneinander, und jeder geht mit seiner nächtlichen Beute nach Hause, der geheimnisvollen Silvana, der schönen Maria Grazia. Sind sie dann endlich im Bett angelangt, folgt ein kurzer Liebesakt, nach dem sie auf dem Mädchen zusammensacken, während sich ihnen vom Alkohol der Kopf dreht.

Für Oliviero ist Sex wie ein Schwindelanfall. Wenn er am nächsten Morgen mit einem argen Kater aufwacht, erinnert er sich nur selten an die vergangene Nacht.

Am Morgen steht Silvana in der Schlafzimmertür, in eines seiner Hemden gekleidet und eine Tasse Kaffee in der Hand. Sie ist dunkelhaarig, wohl geformt, hübsch. Das Männerhemd steht ihr. Sie kuschelt sich neben ihn ins Bett und versucht, wie die französische Schauspielerin mit den kurz geschnittenen Haaren auszusehen, die sie kürzlich in einem Film gesehen haben. Sie reicht ihm die Tasse.

»Kaffee? Es ist fast elf, mein Süßer.«

Es ist ein angenehmes Leben. *Dolce vita.*

* * *

»Was für eine Scarlett O'Hara.« Als das Mädchen das Abteil verlässt, um zur Toilette zu gehen, reißt sich Giorgio endlich von seinem Buch los.

»Was? … Redest du etwa von *ihr*?« Oliviero ist überrascht, dass Giorgio, der so sehr in seinen Faulkner vertieft schien, das Mädchen überhaupt zur Kenntnis genommen hat.

»Ja.« Giorgio lächelt und schüttelt den Kopf. »Ich wette, sie hat sich ihr Kleid aus Vorhängen genäht.«

Oliviero lacht.

»Vorhänge. Ich habe eher an einen Sofabezug gedacht. Was meinst du, wer sie ist?«

»Bestimmt Sizilianerin. Gute Familie, denke ich. Sizilianische Aristokratie.«

»Meinst du? Sie sieht eigentlich nicht aus wie …«

»Schau dir die Nase an. Ein Adler ist nichts dagegen. Wie auf diesen alten Porträts.«

»Ja, aber so, wie sie sich anzieht, entspricht nicht ganz …«

»Vielleicht verarmter Adel?«

»Genau. Ihr Vater ist ein Spieler und hat Haus und Hof durchgebracht.«

»Ja, unbedingt. Danach hat er entweder Selbstmord begangen, oder er sitzt jetzt im Knast, und sie musste sich in Rom eine Arbeit suchen – als …«

»Näherin.«

»Ja, im Dienst der Fontana-Schwestern. Sie näht *haute couture* und wohnt in einer Pension in der Gegend um die Via Belsiana.«

Sie sind gut in diesem Spiel. Sie spielen es andauernd und beinahe automatisch, weil man ja nie weiß, ob man nicht zufällig auf eine lohnende Geschichte stößt, die sich an einen Produzenten verkaufen lässt.

Das Mädchen kehrt ins Abteil zurück. Aufrecht sitzt sie ihnen gegenüber, und nun kehrt sie den Spieß um und starrt die zwei Männer an. Oliviero und Giorgio haben beide das Gefühl, sie erwarte von ihnen, dass sie das Schweigen brechen und sie anreden, vielleicht sich vorstellen oder sie unterhalten. Als wäre sie es auf einmal leid, vor sich hin zu träumen und in Zeitschriften zu blättern. In ihrem Blick liegt beinahe etwas Gebieterisches.

»Signorina, wo steigen Sie aus?«, fragt Oliviero schließlich, weil ihm nichts Besseres einfällt.

»Lecce«, sagt sie. Sie starrt die beiden weiter an. Offensichtlich war das noch nicht genug.

Giorgio lächelt sie an, jungenhaft, errötet fast.

»Mein Freund und ich, wir haben uns gefragt … wir haben ein Spiel gespielt und zu erraten versucht, was …«

Oliviero stößt ihm den Ellenbogen in die Rippen, um ihn zum Schweigen zu bringen. Giorgio verstummt mitten im Satz, die Worte verdunsten auf seinen Lippen. Das Mädchen aber rührt sich nicht. Sie mustert die beiden wie seltene Tiere, eine Spezies, die ihr noch nie begegnet ist. Ihr Blick verrät ein rein wissenschaftliches Interesse.

»Was machen Sie?«, fragt sie schließlich leise. Sie zieht die Vokale in die Länge, wie es im Süden üblich ist.

»Wir arbeiten beim Film«, sagt Oliviero in der stolzen Erwartung, sie auf Anhieb beeindrucken zu können. »Wir sind Drehbuchautoren.«

»Wir sollen eine Geschichte schreiben, die in Apulien spielt, eine Geschichte über Tabakbauern… Wir fahren ebenfalls nach Lecce, um vor Ort zu recherchieren«, fügt Giorgio hinzu.

»…und mit ein paar Leuten zu reden«, ergänzt Oliviero.

Das Mädchen schweigt eine oder zwei Sekunden nachdenklich. »Aha«, sagt sie dann.

Oliviero, der sich mehr Begeisterung erhofft hat, ist enttäuscht.

»Wir würden gern mehr darüber erfahren, was es mit dieser –«, er zögert, »dieser Tarantel-Geschichte auf sich hat. Mit den Tabakpflückerinnen, die gebissen werden und dann besessen sind. Vielleicht können wir das für unseren Film gebrauchen.«

»Haben Sie mal was darüber gehört?«, fragt Giorgio.

»Ja«, sagt sie. »Wer besessen ist, muss nach Galatina gehen und in San Paolo um Gnade bitten. Immer am 29. Juni.«

»Sie kennen sich also aus.«

»O ja«, sagt sie und schaut aus dem Fenster, als wäre das Gespräch damit beendet.

Die beiden Männer wechseln einen raschen Blick. Dieses Mädchen ist ihnen ein Rätsel.

»Stimmt es, dass sie tagelang tanzen wie in Trance?«, fragt Giorgio. »Angeblich gibt es Musiker, die eine spezielle Melodie spielen, und zu der müssen sie tanzen…«

Das Mädchen dreht den Kopf langsam vom Fenster zu ihm. Sie scheint bereits gelangweilt.

»Die *pizzica*. Sie spielen die *pizzica*.«

»Würden Sie… wäre es wohl möglich, ein paar betroffene Frauen kennen zu lernen, mit ihnen zu reden?«, fragt Giorgio.

Das Mädchen scheint nicht zu begreifen, was er meint. Sie zuckt die Achseln.

»Klar, wieso nicht. Natürlich können Sie mit ihnen reden.«

Dann sieht sie Oliviero an.

»Ich gehe nicht oft ins Kino. Dort, wo ich wohne, kann man nicht viel machen. Es sind alles Bauern.«

Oliviero und Giorgio wissen nicht, was sie darauf sagen sollen. Aus irgendeinem rätselhaften Grund hat das Mädchen sie beide eingeschüchtert.

»Sie können bei uns im Haus wohnen, wenn Sie wollen«, sagt sie. »Wir haben jede Menge Zimmer.«

»Also, eigentlich haben wir… wir müssen nach… wir haben ein Hotel in Lecce«, sagt Oliviero höflich, aber verdutzt über ihre Kühnheit.

»Aber es wäre schön, wenn wir Sie besuchen dürften«, setzt Giorgio eilig hinzu. »Es könnte sogar für unsere Recherchen hilfreich sein.«

»Mein Vater ist Maler. Er versteht nicht viel vom Tabak. Aber vielleicht wollen Sie sich ja seine Bilder ansehen.«

»Ein *Maler*?«, fragt Oliviero, als wäre es das Schlüsselwort zu der Geschichte, nach der er gesucht hat. »Wie interessant.«

Sie sagt nichts. Sie flirtet nicht, ist keine Spur neugierig oder aufgeregt, als wäre der Grund ihrer Einladung einfach das Bedürfnis nach Abwechslung und kein irgendwie geartetes Interesse an den beiden Männern.

»Wir wohnen bei Tricase. Das ist nicht weit von Lecce.«

Eifrig notieren sie sich den Namen des Dorfes, und das Mädchen zeichnet ihnen die Wegbeschreibung auf.

»Das Haus wird Casa Rossa genannt, jeder kann Ihnen sagen, wo das ist.«

Ein paar Tage später, in Lecce, erhält Giorgio einen Anruf aus Rom. Es ist Maria Grazia, mit der er in der letzten Zeit geschlafen hat. Sie ist schwanger.

»Mein Vater bringt mich um«, stößt sie schluchzend hervor.

Giorgio erbleicht und begreift auf der Stelle, dass er die Neuigkeit nicht auf die leichte Schulter nehmen kann. In dieser

Nacht wälzt er sich schlaflos im Bett. Auf der Landkarte seines Lebens wird Maria Grazias Anruf den Punkt markieren, an dem er umkehren musste. Ausgerechnet in einer Zeit, in der er so sorglos, so unbeschwert dahingelebt hat.

Maria Grazia. Ein Baby. Jetzt wird er sie heiraten müssen. Seine Gary-Cooper-Zeit ist vorbei. Doch irgendwo tief im Inneren findet er diese schreckliche Aussicht auch sehr spannend. Was er sich freilich nicht einzugestehen wagt.

Im Morgengrauen steht er auf und weckt Oliviero. Sie untersuchen das Problem aus jedem möglichen Blickwinkel, dann beschließen sie einvernehmlich, dass Giorgio mit dem ersten Zug nach Rom zurückfahren und sich der Sache persönlich und ohne weiteren Aufschub stellen wird.

Oliviero bleibt allein mit der Hitze, den Fliegen und den übel riechenden Straßen zurück, um noch mit ein paar Leuten zu reden und sich in der städtischen Bibliothek von Lecce das eine oder andere Buch vorzunehmen. Er ruft sogar in der Universität an und erreicht schließlich einen Professor für Anthropologie. Sie verabreden sich zum Frühstück in einem Café in der Altstadt und sitzen zwischen Spiegeln und Messinglampen an einer marmornen Tischplatte unter einem rotierenden Ventilator. Der Professor ist ein kleiner dicklicher Mann in den Vierzigern mit dicken Brillengläsern. Er bestellt *caffè al ghiaccio* mit Mandelmilch und überredet Oliviero, diese Spezialität ebenfalls zu probieren.

»Im Sommer trinken wir den Kaffee hier immer so«, bemerkt er zwischen seinen Ausführungen über den Mythos der Tarantel und der *tarantella.*

»Es ist ein orgiastischer Tanz. Das Ventil für einen unterdrückten Sexualtrieb«, tut der Professor die Sache ab. »Tatsächlich sind nur Frauen davon betroffen. Man könnte sogar sagen, sie sind die Erbinnen der Mänaden, übrig geblieben aus den Zeiten des Dionysos-Kults. Diese archaische Welt ist hier ja noch sehr lebendig, wissen Sie. Sie brauchen sich nur umzusehen.«

Und Oliviero sieht sich um. Die Altstadt von Lecce ist von ungestümer Schönheit, ein barockes Juwel hinter Mauern. Die Gebäude sind aus weichem, hellgelbem Sandstein, porös und luftig. An jeder Ecke der schattigen Straßen starren Engel, Wasserspeier, Hydras, Greife, Drachen, Madonnen, Meerjungfrauen und Heilige von den Fenstern und Dächern herunter. Gesichter und Flügel, Fischschwänze und scharfkrallige Tatzen winden sich in den vielen Kirchen um die Säulen. Jede Tür, jedes Fenster, jeder Balkon, jede Verzierung endet in einem Schnörkel, wie das Werk eines Zuckerbäckers. Hin und wieder bricht aus der hellgelben Fläche, die glatt wie ein reifer Pfirsich ist, ein Feigenbaum hervor, der seine Wurzeln zwischen den Steinen hindurchschiebt und das Mauerwerk sprengt. Eine Bougainvillea übergießt ein Gittertor mit einem leuchtend violetten Blütenregen. Eine Wand ist eingestürzt und gibt den Blick auf einen dichten dunklen Dschungel in einem Innenhof frei.

Zu späterer Stunde wird das grelle Licht des Nachmittags, diese ganz besondere Helligkeit, die das Ionische Meer und die Adria einander zuwerfen, weicher und dringt langsam in alle Poren des gelben Steins ein, bis die ganze Stadt golden leuchtet. Auf jede Fläche möchte man die Hand legen und sie streicheln. Ihre Wärme aufnehmen. Man möchte berühren und berührt werden.

Oliviero hat nicht mit derart intensiven Eindrücken gerechnet. Zuzeiten findet er die Sinnlichkeit dieser Stadt geradezu beleidigend. Verstörend für einen jungen Mann, der ganz auf sich gestellt ist.

Tagsüber fährt er aufs Land hinaus, um sich umzusehen. Gleich außerhalb von Lecce öffnet sich die Landschaft zu einer endlosen Ebene. Ein Meer von Olivenbäumen, hundertjährige krumme Stämme auf roter Erde. Nichts sonst, nur die schlichten Silhouetten der *masserie*, der weißen Gehöfte, über die Ebene verstreut.

Manchmal fährt er in seinem zerbeulten Mietwagen an der Küste entlang nach Süden, bis Otranto, wo die mittelalterlichen Wachttürme die Küste sprenkeln. Man sieht sie schon aus weiter

Ferne, wie sie sich, halb zerfallen, an den Rand der steilen Klippen klammern. Dunkelblaue Fjorde schneiden tief ins Land. Manchmal stellt er den Wagen ab und wandert querfeldein über die gelbe Ebene, die bis zum Meer führt und vor der Felsküste jäh abbricht. Er geht durch das vom Wind gebeugte gelbe Gras und klettert in die Turmruine hinauf. Er berührt die Steine, lauscht den Windböen, wittert den Duft von Thymian und wildem Salbei. Das Meer ist direkt unter ihm, eine smaragdfarbene Glasplatte am Fuß der Felsen.

Das alles stimmt ihn traurig. Seltsam.

Am Abend kehrt er nach Lecce zurück, sitzt an dem menschenleeren Platz auf der Kirchentreppe und sieht zu, wie auf den Häuserfassaden das orangefarbene Licht des Abends schwächer wird. Inzwischen sind alle zu Hause, und er ist völlig allein, er und die Tauben, wie auf einer leeren Bühne. Er isst jeden Abend in derselben kleinen Trattoria. Das Essen dort ist gut, herzhaft, köstlich derb. Er hat immer ein Buch dabei, damit die übrigen Gäste sich nicht verpflichtet fühlen, ein Gespräch mit ihm anzufangen. Im Süden sitzt niemand allein beim Essen, das tut man einfach nicht, und sie schütteln alle den Kopf über diesen jungen Mann, der immer allein ist. Wieso hat er keine Frau?

Mittlerweile hat er mit vielen Menschen gesprochen, ausreichend Kirchen und Dörfer besichtigt, genügend Informationen gesammelt. Die Idee eines Drehbuchs über Tabakpflückerinnen, die weder lesen noch schreiben können, beginnt ihn zu langweilen: Die Gegend hier hat viel mehr zu bieten. Sie ist geheimnisvoller, fremdartiger, komplizierter, als er je erwartet hätte.

Manchmal wacht er sehr früh auf und spaziert durch die engen Gassen, während die Stadt noch schläft, und das einzige Geräusch sind seine eigenen Schritte, scharf und klar auf dem Kopfsteinpflaster. Um diese Stunde weht häufig eine frische Brise, und die kühle Luft hilft ihm, seine Gedanken zu klären.

Er mustert sein vorüberhuschendes Spiegelbild in den Fenstern: ein Mann Anfang dreißig, die Hände in den Taschen der zerknitterten Jacke, die Schultern leicht nach vorn gebeugt, eine Sonnenbrille im Gesicht. Es tut gut, sich so fremd zu fühlen, keine Bekannten auf der Straße zu treffen, so fehl am Platz zu wirken. Oliviero denkt viel nach, während er dahinspaziert, den Kopf gesenkt, den Blick auf seine Schuhe geheftet: So arbeitet er am besten. Er sortiert alle Bilder, die ihm in den Sinn kommen, breitet sie wie Karten auf einem imaginären Tisch aus. Diese Bilder sind alle neu, alle überraschend, verführerisch. Aber kein einziges hat mit dem Drehbuch zu tun, das er eigentlich schreiben soll. Woher kommen sie, und warum?

In der Mittagszeit liegt er auf dem Bett in seinem kleinen Hotelzimmer und lauscht den Fliegen, die laut summend unter der Decke kreisen. Was ist das? Eine Art sexuelle Wachheit, die mit der Nachmittagssonne durch die Ritzen der Rollläden eingedrungen ist. Er ist zu ruhelos, um einfach darüber hinwegzuschlafen.

Am nächsten Tag kramt er den Zettel mit der Wegbeschreibung hervor und macht sich auf nach Tricase.

* * *

So lernen sie sich also kennen.

Es wäre bei einer flüchtigen Begegnung im Zug geblieben, hätte er nicht diesen Zettel in der Tasche aufbewahrt. Sicher hat ihm Alba dieselbe Wegbeschreibung aufgezeichnet, wie sie es noch heute für jeden Besucher tut, der zum ersten Mal in die Casa Rossa kommt. Ich habe ihr oft dabei zugesehen, wie sie rasch diese Zeichnung anfertigte, immer auf dieselbe Weise. Zwei parallele Linien für die Brücke, ein Kreuz für die Bildsäule mit der Muttergottes unter einem hohen Baum, ein Pfeil nach links, eine gepunktete Linie für das Holztor. Ich wüsste selbst nicht, wie man den Weg anders zeichnen sollte.

Das Haus sah genau so aus wie heute, nur war die Straße damals noch nicht geteert – man musste langsam den Lehmpfad entlangfahren und wirbelte dabei eine rote Staubwolke auf. Nachdem er an der Muttergottesfigur links abgebogen war, muss er das Haus oberhalb der Felder gleich erkannt haben. Die roten Mauern, die zwischen den Olivenbäumen auftauchten. Er hatte keine Ahnung, wie vertraut ihm der Anblick werden würde.

Wie arglos er an jenem ersten Tag seinem Schicksal entgegenfuhr.

Er verliebte sich nicht sofort in sie. In die Casa Rossa wagte er sich, weil er es satt hatte, immer allein zu essen, und weil er gespannt darauf war, einen Maler kennen zu lernen. Das sagte er sich jedenfalls.

Die Bilder des Vaters beeindruckten ihn – er hatte mit schlechter, dilettantischer Kunst gerechnet, weil er nicht glaubte, dass ein echter Maler so weit weg von der Welt leben konnte. Tatsächlich war Lorenzo schon zu lange allein gewesen und hatte sich inzwischen eine Barschheit und Kantigkeit zugelegt, die eher einem Bauern entsprach als einem weltgewandten Zyniker. Der Charme, mit dem er in seiner Pariser Zeit so verschwenderisch gewesen war, hatte sich abgenutzt. Selbstbesessenheit und Groll hatten an seiner Seele genagt.

»Bleiben Sie zum Essen«, befahl Lorenzo. »Wir haben fast nie Gäste, mit denen man ein halbwegs anspruchsvolles Gespräch führen kann.«

Als Oliviero das Mädchen wieder sah, war er ein wenig enttäuscht. Aus irgendeinem Grund war sie weniger attraktiv, als sie im Zug auf ihn gewirkt hatte.

Er fand sie ein bisschen verrückt.

Sie hatte nichts, nicht das Geringste von den Mädchen, mit denen er in Rom ausging, weder im Aussehen noch im Verhalten. Sie trug sonderbare Kleider, die man in keiner Boutique und keinem Modemagazin zu sehen bekam. Sie kombinierte Farben, die nicht zusammenpassten, und ging barfuß. Und doch hatte sie, wie ihr Vater, eine Eleganz an sich, die ihn einschüchterte. Er wusste nicht recht, was er von dieser Familie halten sollte.

Das Mädchen schien enttäuscht, als sie hörte, dass Giorgio Hals über Kopf abgereist war.

»Was war denn los?«, fragte sie, als Oliviero ihr sagte, Giorgio habe zurückkehren müssen.

Er war es gewöhnt, dass die Mädchen stets Giorgio attraktiver fanden, wenn sie die beiden Freunde gemeinsam kennen lernten. Oliviero musste sich immer ein bisschen mehr anstrengen, um ihre Aufmerksamkeit zu gewinnen.

»Ich weiß nicht genau. Ich glaube, seiner Verlobten ging es nicht gut«, sagte er aus dem plötzlichen Bedürfnis heraus, ihr von Anfang an alle Hoffnungen auszutreiben.

Sie zuckte die Achseln, als hätte seine Antwort sie tatsächlich verärgert. Sie ging auf die Veranda hinaus und begann, für das Mittagessen aufzudecken. Er beobachtete sie, wie sie zwischen Küche und Veranda hin und her ging und unter der jasminbewachsenen Pergola den Tisch deckte.

Unter dem hohen Deckengewölbe des schattigen Ateliers hielt Lorenzo Vorträge über afrikanische Kunst, die Dadaisten, Giacometti, de Chirico – eine Welt, von der man kaum glauben konnte, dass er sich je darin bewegt hatte. Die Vehemenz, mit der Lorenzo über seine Zeit in Frankreich sprach, erzeugte bei Oliviero klaustrophobische Gefühle. Er konnte Lorenzos Frustration förmlich am eigenen Leib spüren, und es kam ihm vor, als würde er von seinem Unglück mit in die Tiefe gerissen.

Aus dem Augenwinkel sah er, wie das Mädchen draußen auf der Veranda eine Vase mit Mohnblumen und Jasmin in die Mitte des Tisches stellte.

Sie trat einen Schritt zurück, um den Gesamteindruck zu begutachten, mit schräg gelegtem Kopf wie ein Maler. Dann zupfte sie eine Jasminknospe aus dem Strauß und steckte sie sich ins Haar.

Oliviero fragte sich unwillkürlich, ob sie das vielleicht seinetwegen tat, und schämte sich auf der Stelle, dass er überhaupt auf solche Gedanken kam. Es war nicht zu übersehen, dass dieses Mädchen sich nicht im Mindesten für ihn interessierte – schlimmer noch: Sie ignorierte ihn. Während ihr Vater zusehends betrunkener und mürrischer wurde, starrte sie in die Ferne, reichte die Speisen herum, räumte die Teller ab, ohne je ein Wort an ihn zu richten. Sie behandelte ihn, als wäre er ein Bekannter ihres Vaters, den sie höflich bewirten musste, während sie insgeheim hoffte, er werde bald gehen.

Die Stiefmutter Jeanne war teilnahmslos und sah aus wie eine alternde Krankenschwester. Sie sprach mit leichtem Akzent und wirkte irgendwie fehl am Platz.

Was für seltsame Leute, die in einer ganz eigenen Welt leben, dachte Oliviero. Nach dem Essen war er schläfrig und melancholisch und hatte das plötzliche Bedürfnis, in sein Hotelzimmer zurückzukehren. Er schrieb Lorenzo seine Adresse auf.

»Falls Sie je nach Rom kommen…«

Er würde nie kommen, das wusste er.

* * *

Wochen später stolperten Oliviero und Silvana die Treppe zu seiner Wohnung in Rom hinauf.

»Ich kann heute nicht über Nacht bleiben«, hatte Silvana ihm vorher ins Ohr geflüstert, als er sie nach dem *Caffè Rosati* in die Richtung seiner Wohnung zog. »Meine Mutter ist in der Stadt. Ich muss wieder heim.«

»Nur auf ein letztes Glas«, bat er. Er sehnte sich danach, sie rasch auszuziehen und zu lieben, und war zugleich erleichtert, dass sie nach Hause wollte und er sie am nächsten Morgen nicht sehen musste: Wenn er mit einem Kater aufwachte, war er lieber allein. Manchmal erinnerte ihn Silvana zu sehr an ein schnurrendes Kätzchen, und ihre Niedlichkeit ging ihm auf die Nerven. Seit einiger Zeit fühlte er sich schuldig, dass er sie derart heftig und mit so wenig Zärtlichkeit begehrte.

Auf der Treppe stellte er sich vor, ihr Kleid hinaufzuschieben und sie im Stehen, an die Wand gedrückt, zu lieben. So mussten sie nicht einmal ins Bett. Der Gedanke erregte ihn.

Auf der Treppe vor seiner Wohnung saß Alba. Zusammengekauert unterhalb seiner Tür, eine kleine Tasche zwischen den Füßen.

»Ciao«, sagte sie leise. »Ich bin heute Abend mit dem Zug gekommen. Ich habe hier auf Sie gewartet, ich dachte, ich könnte vielleicht auf Ihrem Sofa übernachten.«

Sie trug ein braunes Leinenkleid; es war zerknittert, und ein Knopf fehlte. Sie schauderte und zog den Rocksaum über ihre nackten Knie.

»Es ist ein bisschen kalt hier draußen.«

Oliviero spürte, wie sich in seinem Magen auf einmal etwas öffnete. Etwas schwoll an. Es geschah alles dort, auf der Treppe. Es dauerte nur ein paar Sekunden.

»Ja«, sagte er lächelnd, »klar können Sie. Lassen Sie mich nur rasch meine Freundin zu einem Taxi bringen.«

Silvana sagte kein Wort, als er sie wieder die Treppe hinunterführte. Sie war starr wie eine Eisenstange. Oliviero hastete über die Piazza del Popolo zum Taxistand und setzte sie in ein Auto, dem Fahrer drückte er ein paar Geldscheine in die Hand.

»Wer ist sie?«, fragte Silvana mit zitterndem Kinn.

»Die Tochter eines Freundes. Du verstehst die Situation falsch. Es ist nicht so, wie du denkst.«

Er rannte zurück nach Hause, flog die Treppe hinauf. Der düstere Knoten in seinem Bauch hatte sich aufgelöst und war einem Gefühl von erfrischender Leichtigkeit gewichen.

Wie sonderbar.

Dieses Mädchen.

Ausgerechnet hier vor seiner Tür: Geduldig hatte sie in der Dunkelheit auf ihn gewartet. Durch ihr ungewöhnliches Verhalten hatte sich mit einem Mal die Distanz zwischen ihnen verflüchtigt. Was immer es für sie bedeuten mochte – ihm war klar, was er wollte. Ohne den Drang, die kalte Begierde, die er zuvor nach Silvana verspürt hatte. Er wollte sie von den Steinstufen aufheben und wie eine Puppe auf sein Bett legen. Sie langsam entkleiden und behutsam küssen und sich alle Zeit der Welt dafür nehmen.

Es war ein vollkommen anderer Plan als der, der ihm noch vor wenigen Minuten vorgeschwebt war.

Alba sagte nicht viel. Sie erklärte weder, warum sie ausgerechnet zu ihm gekommen war, noch was sie vorhatte. Sie folgte ihm einfach ins Schlafzimmer und schaute aus dem Fenster. Unten floss der Tiber dahin, schimmernd spiegelte sich das Castel Sant'Angelo im Wasser, und der trompetende Engel auf der Spitze sah aus wie ein Figürchen auf einer Hochzeitstorte.

»Sehr hübsch ist das hier«, sagte sie und ließ sich in einen kleinen Sessel sinken. Ihre Fingerspitzen glitten über die Armlehne. »Wie gern würde ich in so einer Wohnung leben.«

Sie lächelte ihm zu wie ein Kind, das ein Weihnachtsgeschenk auspackt.

»Ich möchte nach Rom ziehen.«

»Wohin genau?«, fragte Oliviero, den ihre Kühnheit amüsierte.

»Hierher. Auf Ihr Sofa, wenn Sie mich lassen.«

»Du kannst in meinem Bett schlafen, wenn es dir lieber ist.«

Alba lachte und streckte ihm beide Arme entgegen.

* * *

Du lebst mit jemandem zusammen, zwei, zehn, zwanzig Jahre. Wunderst du dich, wie viel du vergisst? Ganze Brocken deines Lebens verschwinden einfach, deine Erinnerung gerät durcheinander. Was habt ihr die ganze Zeit über getan, wie habt ihr eure Tage als Paar verbracht?

Verstreute Bruchstücke tauchen hier und dort wieder auf: ein Spaziergang im Wald, bei dem ihr euch an den Händen gehalten habt, ein besonders schlimmer Streit, ein sehr betrunkener Silvesterabend, sein Profil im Auto auf der Rückfahrt vom Strand. Ein Lieblingslied. Krümel im Vergleich zu der Menge an Zeit, die ihr miteinander verbracht habt. Aber diesen ersten Augenblick vergisst du nie. Die Hände, die dich näher ziehen, und du schließt die Augen, während du die Süße des fremden Mundes schmeckst. Flüchtige Eindrücke von Haut, Augen, Haaren, die dir im Weg sind, Schultern. Diese Bilder hast du zu einer prächtigen Kette aufgefädelt, und die Kette ist nie zerrissen, nie sind die Perlen von der Schnur geglitten. Sie wird dir für immer erhalten bleiben. Und überrascht wirst du feststellen, dass es oft das Einzige ist, was du dir vom anderen bewahren konntest.

Manchmal denke ich, Alba muss es geschafft haben, praktisch jede Erinnerung an Oliviero aus ihrem Leben zu verbannen. Man braucht sie nur anzusehen, um zu erkennen, dass sie nichts mehr, nicht die geringste Spur von ihm aufbewahrt hat. Sie bewegt sich in dieser Welt als eine Frau, die ihn praktisch nicht gekannt hat. Womit Isabella und ich schwer zurechtkamen, denn für uns war es, als hätten wir Oliviero zweimal verloren. Zuerst durch seinen Tod und dann noch einmal, als sie es ablehnte, uns an ihn zu erinnern.

Aber ich stelle mir gern vor, dass sie diesen Perlenstrang von Bildern aufbewahrt hat, die Bilder von ihrer ersten Liebesnacht. Ich stelle mir gern vor, dass sie wenigstens eine gemeinsame Erinnerung hatten und dass es diese war.

* * *

Am nächsten Morgen, als Oliviero die Augen aufschlug, drehte er sich um und blickte auf Albas Rücken. Auf dem weißen Laken schimmerte ihre Haut dunkel, und ihre Haare waren wirr und zerzaust.

Das Mädchen aus dem Zug, sagte er sich. Diese Fremde.

Da lag sie jetzt splitternackt in seinem Bett und atmete friedlich. Er war nicht nur ohne Kater erwacht, er erinnerte sich auch in allen Einzelheiten an die vergangene Liebesnacht. Wie still sie gewesen war, als sie sich von ihm hatte ausziehen lassen. Die Überraschung, als er ihre Haut entblößt hatte, dunkel und weich, ihre buschigen Achselhöhlen, die lange dünne Narbe auf ihrem Schenkel, der dunkle Flaum auf ihren Armen. Ihr Geruch eine Mischung aus Schweiß und Salz. Wie eine Meeresmuschel, hatte er gedacht.

»Beweg dich bitte nicht«, hatte sie ihm zugeflüstert, nachdem er in sie eingedrungen war. Er spürte den Druck ihrer Hand in seinem Nacken. Sie hielt ihn fest, wollte ihn nicht fortlassen. Und dann, innerhalb von Sekunden, lockerte die Hand ihren Griff. Sie war eingeschlafen. Ohne ein weiteres Wort, als wäre dies das Bett, in dem sie jede Nacht lag, und sein Körper derjenige, neben dem sie jede Nacht einschlief. Als wäre sie von einer langen Reise nach Hause gekommen.

Oliviero griff nach seinen Zigaretten auf dem Nachttisch, zündete sich eine an und starrte zur Decke hinauf, während er inhalierte. Zu seiner eigenen Überraschung grinste er wie ein Idiot.

Vielleicht mache ich Kaffee und wecke sie dann auf, dachte er. Es ist fast zehn. Vielleicht lasse ich ihr erst ein Bad einlaufen.

Vielleicht bin ich verliebt.

Ich stelle mir einen prachtvollen Morgen vor. Einen dieser Septembertage, an denen Rom in warmes Licht getaucht ist und man die erste herbstliche Kühle in der Luft wahrnimmt. Ich stelle mir vor, wie er von seiner Wohnung den Fluss entlang zu seiner Verabredung geht – damals fuhren nur wenige Autos an ihm vorbei – und nicht einmal merkt, dass er zu spät ist. Immer noch in diese unvermutete Wärme eingehüllt, grinsend.

* * *

Der neapolitanische Filmproduzent Peppino Esposito hatte sein Hauptquartier in der größten Suite des *Hotel Excelsior* (wahrscheinlich sogar in derselben wie einst Marschall Kesserling). Sein Büro befand sich direkt über den wogenden hawaiianischen Sonnenschirmen der Straßencafés an der Via Veneto. Er pflegte seine Termine sehr früh anzusetzen, und häufig empfing er Autoren, Regisseure, Agenten in Pyjama und seidenem Schlafrock, während sein Friseur Toto – der allmorgendlich mit dem Zug aus Neapel anreiste – ihn mit andächtiger Hingabe rasierte.

Amerikanische Stars oder Drehbuchautoren aus Hollywood, die nach Rom kamen, um an seinen Filmen mitzuwirken, hielten diese Gepflogenheit für bezaubernd und so überaus italienisch. Sie schrieben farbenfrohe Briefe an ihre Agenten in Los Angeles, in denen sie schilderten, wie Esposito im gestreiften Schlafanzug brüllend und gestikulierend am Telefon ein Geschäft abschloss, während der Friseur Toto ihn unerschütterlich und mit ruhiger Hand rasierte. Alle schwärmten vom italienischen Überschwang.

Esposito war der Selfmademan schlechthin. Als halbwüchsiger Geschäftemacher hatte er angefangen, hatte auf dem Posillipo Pizza gebacken und Fremde durch Pompeji geführt. Dann ging er dazu über, auf Wegen, von denen Regisseure und Autoren lieber nichts Genaueres wissen wollten, ein Vermögen zu machen. Wenn er die Beherrschung verlor (was häufig vorkam), verfiel er in den neapolitanischen Dialekt und rauchte Kette: filterlose Nazionali. Schön war er nicht, eher klein und haarig, mit einem dicken Brillengestell auf der Nase, doch er konnte einen unwiderstehlichen Charme an den Tag legen. Die Frauen beteten ihn an: Er besaß die außergewöhnliche Gabe, ihnen das Gefühl von Geborgenheit und Zuneigung zu vermitteln. Die Männer respektierten ihn wegen seines blitzschnellen Denkens und seines Erfolgs. Esposito war ehrgeizig, wollte ein weltberühmter Filmproduzent werden – *un famoso produttore internazionale* –, und obwohl er miserabel Englisch sprach, war er für das Gepränge in Hollywood bestens geeignet. Kunst oder Avantgarde konnten ihn nicht einschüchtern, im Gegenteil: Er besaß einen sechsten Sinn, einen Instinkt eigentlich, der ihn in die Lage versetzte, Filme zu produzieren, die nicht einmal er selbst ganz verstand. Ein Talent konnte er wittern wie ein Jagdhund eine Fährte.

Oliviero Strada und Giorgio Morelli als Drehbuchautoren gefielen ihm. Sie hatten keine Ahnung, wie gut sie wirklich waren, was umso besser für ihn war, denn auf diese Weise kamen sie ihn nicht ganz so teuer. Nun war da dieses Drehbuch über die ungebildeten Tabakpflückerinnen in Apulien: Er hatte darauf bestanden, dass sie eine Liebesgeschichte einbauten. Solange man ihm eine Liebesgeschichte bot, identifizierte sich das Publikum mit fast allem. Das war sein Kredo. Außerdem hatte er eben erst dieses großartige Mädchen aus Sizilien kennen gelernt, und mit dem richtigen Drehbuch konnte er aus ihr die nächste Sophia Loren machen. Er hatte bereits den perfekten Künstlernamen für sie ausgesucht: Elsa Dern.

Apulien, dachte er an dem Morgen, während Toto ihn einseifte. Er hatte Oliviero und Giorgio eine Liebesszene zwischen dem Bauern und einer Tabakpflückerin im Heuschober empfohlen.

Gibt es Heuschober in Apulien? Muss ich mit Strada abklären.

Das Mädchen müsse schwarze Strümpfe tragen, hatte er bei der Besprechung ein paar Tage zuvor betont, das sei sehr wichtig: dieselbe Sorte wie Silvana Mangano als atemberaubende Reispflückerin in *Riso amaro*.

Elsa Derns weiße Schenkel neben dem Schwarz der Strümpfe. Er malte sich den Anblick aus, während Toto behutsam den Schaum von seiner Oberlippe schabte. Es fühlte sich an wie Schlagsahne.

Ein herrlicher Kontrast.

Peppino war überzeugt, dass der kommerzielle Erfolg eines Films im Wesentlichen von einem einzelnen unauslöschlichen Bild abhängt. Der Rest sei nur Fundament, Hintergrundrauschen, pflegte er seinen Drehbuchschreibern einzuschärfen.

»Niemand behält die Handlung eines Films über längere Zeit im Gedächtnis, alles verflüchtigt sich. Aber wenn ihr eine einzige Szene zustande bringt, die dem Zahn der Zeit standhält und den Leuten in Erinnerung bleibt, dann werden sie für den Rest ihres Lebens den ganzen Film mit *diesem einen Moment* gleichsetzen. Das bedeutet, es ist uns gelungen, den Film unsterblich zu machen und ein Meisterwerk zu schaffen.«

»Wie viel Uhr ist es? Sollte Strada nicht um zehn hier sein?«, fragte er Luisa, seine pummelige, nicht mehr ganz junge Sekretärin.

Luisa nickte mit gerunzelter Stirn.

»Ja, ja, tatsächlich, er hat sich verspätet.« Sie warf einen Blick auf die Uhr. »Leider hat er kein Telefon. Soll ich vielleicht jemand schicken, der …«

Peppino nickte energisch. Es gefiel ihm, wie Luisa ihm stets zuvorkam. Eine überaus patente Person.

»Den Fahrer. Soll der Fahrer ihn abholen, ich kann schließlich nicht den ganzen Tag auf ihn warten.«

* * *

Oliviero war an diesem Morgen beflügelt wie noch nie. Nie hatte er sich so energiegeladen, so überschwänglich gefühlt. Er entschuldigte sich kaum für seine Verspätung, als er gegen elf Uhr in der Suite des *Hotel Excelsior* aufkreuzte, und sah so strahlend und siegessicher aus, dass Peppino ausnahmsweise beeindruckt war und seinen Ärger hinunterschluckte.

Strada war unrasiert und zerzaust, sein Hemd war zerknittert, aber aus irgendeinem Grund wirkte er weitaus gelassener als sonst.

Sex, dachte Peppino Esposito.

Er konnte Sex an der Haut eines anderen riechen, unfehlbar. Und er lächelte jedes Mal befriedigt, wenn er die Witterung aufgenommen hatte. Immerhin hielt er sich für einen Experten auf dem Gebiet.

Aus gutem Sex entstehen gute Filme. Beschäftige niemals Drehbuchautoren, Regisseure, Schauspieler, die nachts allein im Bett liegen: Sie sind verdorrt und bösartig. Unter seinen Lieblingsaussprüchen war ihm dieser der allerliebste.

Oliviero nahm sich ein Schinkensandwich von dem Tablett, das Luisa ihm hinhielt, und merkte erst jetzt, wie ausgehungert er war. Er lehnte sich in dem chintzbespannten Sessel zurück und begann gemächlich zu kauen, als hätte er alle Zeit der Welt. Esposito sah ihn erwartungsvoll an. Oliviero wusste, dass seine Augen glänzten; nie hatte er sich so selbstsicher gefühlt.

»Esposito«, begann er, »ich komme deshalb zu spät, weil ich die ganze Nacht auf war und über folgende Idee nachgedacht habe, die mir einfach nicht mehr aus dem Kopf will.«

»Also lassen Sie hören. Was ist es, die Liebesszene mit den schwarzen Strümpfen?«

»Den schwarzen …? Ach so, die Strümpfe. Also ja … oder vielmehr nein, es ist eine ganz andere Idee. Eigentlich hat sie mit dem vorigen Drehbuch überhaupt nichts zu tun. Es ist ein neuer Einfall für einen ganz neuen Film.«

»Strada, Sie können nicht jeden Tag mit einem neuen Einfall daherkommen, ich brauche kein neues Drehbuch von Ihnen, Sie sollen mir eine gute Liebesszene im Heuschober schreiben …«

»Esposito, hören Sie mir bitte zu. Mit dem Drehbuch über die Tabakpflückerinnen sind Giorgio und ich beinahe durch. Ich schwöre Ihnen, er arbeitet *jetzt in diesem Moment* an Ihrer Liebesszene, mit Strümpfen, Heuschober und allem. Den endgültigen Entwurf kriegen Sie am Mittwoch, und ich bin mir ziemlich sicher, dass er Ihnen gefallen wird …«

Oliviero traute seinen Ohren nicht. Noch nie hatte er mit Esposito in diesem Ton geredet. Normalerweise schwitzte und stammelte er, rang nach Worten, wie ein Glücksspieler, der seinen letzten Bluff versucht.

»… aber das ist einer dieser Einfälle, die wie eine Sternschnuppe über den Himmel …«

»*Eine Sternschnuppe*?« Esposito hob seine buschigen Brauen und griff ungeduldig nach einer filterlosen Nazionale. »Was soll das denn heißen?«

Oliviero kam ihm rasch zuvor, ließ sein Zippo-Feuerzeug aufschnappen und gab ihm Feuer; dann lehnte er sich wieder zurück und schlug in aller Seelenruhe die Beine übereinander.

»Ich rede von einem dieser seltenen Einfälle, die auf einer vollkommen klaren, leuchtenden Flugbahn aus der Dunkelheit auftauchen, und man müsste ein Narr sein, nicht zuzugreifen. Wenn Sie verstehen, was ich meine.«

»Sie meinen wohl einen Kometen«, fiel ihm Esposito ins Wort. Unerwarteterweise begann ihn Strada zu amüsieren.

»Einen Kometen, genau. Das ist die Metapher, die ich gesucht habe.«

»Und was ist Ihr Komet?«

Oliviero legte eine Pause ein, um die Spannung zu erhöhen.

»Eine Liebesgeschichte.«

»Haha.«

Esposito begann mit den Fingern auf den Tisch zu trommeln, was in der Regel das erste Anzeichen dafür war, dass seine Aufmerksamkeit mit rasanter Geschwindigkeit zu erlahmen begann. Die Geschichte, die nun folgte, musste gut sein.

»Also reden Sie weiter.«

»Ein Mann, erfolgreicher Schriftsteller, jung, gut aussehend, okay? Typ Mastroianni, sagen wir. Seine Verlobte hat ihm eröffnet, dass sie schwanger ist, und er hat sich entschlossen, sie zu heiraten. Er hat das Gefühl, dass es an der Zeit ist, Verantwortung zu übernehmen, gewisse Entscheidungen zu treffen, et cetera. Am Anfang des Films ist er unterwegs zu ihrer Familie irgendwo in der Nähe von Mailand. Sie stammt aus gutem Haus, ihr Vater ist Industrieller, irgendwas Derartiges. Jedenfalls – er sitzt im Zug, und ihm gegenüber sitzt dieses Mädchen, ja? Sie schläft, und er betrachtet sie ausgiebig. Seine Augen wandern über ihren Körper, erforschen jeden Zentimeter. Sie hat ihre Schuhe ausgezogen, irgendwelche alten Sandalen. Als sie aufwacht, starren sie einander an. Als wüsste sie, dass er sie die ganze Zeit angesehen hat. Es besteht eine Art unausgesprochener Intimität zwischen ihnen, obwohl sie kein Wort miteinander reden. Dann hebt sie eine Sandale auf und steckt den Fuß hinein. Um den Riemen zu schließen, stellt sie den Fuß auf das Knie des Mannes. Einfach so, ohne um Erlaubnis zu fragen.«

Espositos Augen verengten sich, während er den Rauch ausblies. »Einfach so«, wiederholte er.

»Ja. Sie schließt den Riemen um den Knöchel, dann stellt sie ihm den anderen Fuß auf das Knie und befestigt den zweiten Riemen. Der kaputt ist.«

»Der Riemen.«

»Ja.«

Luisa erschien, in der Hand ein kleines Tablett mit zwei Tassen Espresso. Sie wechselte einen raschen Blick mit Oliviero. Mit kaum merklichem Nicken ermunterte sie ihn weiterzusprechen, bestätigte ihm, dass er Anklang fand.

»Sie lässt also ihren Fuß auf seinem Knie. Sie hat schöne Beine, sehr kräftig, wie eine Tänzerin, wenn Sie wissen, was ich meine. Dunkle, lockige Haare, sieht aus wie eine Carmen. Der Flamenco-Typ.«

Esposito nickte. Er sah das Bein, den beschädigten Riemen, den nackten Fuß auf dem Knie des Mannes. Unwillkürlich stellte er sich Elsa Derns runde Waden vor.

»Weiter«, sagte er, die Lippen zu einem Lächeln verzogen.

Die unauslöschliche Szene. Er konnte sie wittern.

* * *

An dem Abend führte Oliviero zur Feier eines neuen Drehbuchvertrags und ihrer Begegnung Alba zum Essen aus.

Mit seiner Vespa fuhren sie zu *Otello*. Sie hielt sich an ihm fest, während sie durch die engen Gassen sausten, und er spürte den Druck ihrer Brüste an seinem Rücken, ihren warmen Atem in seinem Nacken. Solange er nicht schalten musste, hielt er ihre Hand.

Völlig verrückt. Nie hätte ich gedacht, dass sie so was Besonderes ist.

Ihre eng aneinander geschmiegten Körper tauschten kostbare Informationen aus, die mit Geruch, Temperatur, Beschaffenheit zu tun hatten, während sie sich nach außen hin, auf der oberflächlichen Ebene des Gesprächs, weiterhin wie zwei Fremde benahmen.

»Hast du Hunger?«

»Ein bisschen.«

»Wonach ist dir denn?«

»Egal, mir ist alles recht.«

»Fisch? Isst du gern Fisch?«

»Ja. Das wäre nett.«

Ist es das, was ihn so anzog? Ihre Unbestimmtheit, dieses schwer fassliche Verhalten, das einem immer das Gefühl gab, sie sei in Gedanken anderswo, an einem Ort, zu dem niemand außer ihr Zutritt hatte? Vielleicht stellte er sich vor, sie werde eines Tages doch endlich einem anderen Menschen erlauben, ihr nahe zu kommen, und sah darin eine Herausforderung – vielleicht war es das, was ihn verlockte, sie kennen zu lernen?

Sie müssen aufgefallen sein an diesem Abend. Die jungen Liebenden, die von ihrer Umgebung nichts wahrnehmen, sondern ausschließlich auf die winzigen Gesten zwischen ihnen konzentriert sind. Eine Hand, die eine andere Hand streift, ein Lächeln, ein kurzes Zögern, wieder ein Lächeln.

Giorgio kam mit Maria Grazia herein, winkte Oliviero und steuerte auf ihren Tisch zu. Er brauchte ein paar Sekunden, um zu begreifen, woher er Alba kannte.

»Na klar, der Zug! Ja, wie konnte ich das vergessen!«, sagte er, und sie strahlte. Dann schwand ihr Lächeln, als er Maria Grazia als seine Verlobte vorstellte, die mit ihrem kleinen schwarzen Kleid und der Perlenkette um den Hals sehr nach Audrey Hepburn aussah. Ohne ein Lächeln gaben die Mädchen einander die Hand.

Manchmal denke ich, dass Alba ursprünglich wohl für Giorgio geschwärmt hatte. Dass sie an ihn gedacht hatte, als sie beschloss, aus heiterem Himmel in Rom aufzukreuzen. Und als sie erkannte, dass sie zu spät gekommen war, begnügte sie sich eben mit dem, was noch zu haben war.

Nach dem Essen gingen sie auf ein Glas in die Via Veneto. Sie stiegen die Spanische Treppe hinauf und schlenderten die Via Gregoriana entlang. Die betuchten Touristen, die vor dem *Hassler* auf ein Taxi warteten, sahen ihnen nach, wie sie lachend vorbeizogen, zwei junge Männer, die ihren Mädchen den Arm um die Taille gelegt hatten. Ein perfektes Vierergespann.

Sie fanden einen Tisch in dem überfüllten Café. Die Kellner, die Oliviero und Giorgio mit Namen kannten, begrüßten sie freundschaftlich und bemühten sich gleich um einen Stuhl für Alba. Oliviero war euphorisch, nie hatte er Rom als derart berauschend erlebt. Alba sollte seine Freunde mögen, sollte beeindruckt von seinem Esprit sein.

Alba saß still da, nippte an ihrem kirschroten Cocktail und hörte aufmerksam zu, während die Runde immer größer wurde, weil immer mehr Leute mit ihrem Stuhl an den Tisch rückten. Das Gespräch drehte sich um einen Film, den sie alle gesehen hatten und miserabel fanden, gedreht von einem Regisseur, den sie kannten und für aufgeblasen und reaktionär hielten. Maria Grazia rauchte ununterbrochen, sie benutzte eine dünne schwarze Zigarettenspitze, und sie schien zu beinahe allem eine sehr eigenwillige Ansicht zu haben. Sie gab messerscharfe Kommentare von sich, die in der ganzen Runde schallendes Gelächter auslösten. Alba hatte keinen der Namen je gehört, keinen der erwähnten Artikel gelesen, keinen der Filme gesehen, von denen die Rede war. Es erschreckte sie, wie wenig sie wusste. Der Alkohol stieg ihr allmählich zu Kopf. Sie spürte, wie Olivieros Hand mit sanftem Druck über ihren Rücken abwärts glitt. Es war eine köstliche, besitzergreifende Geste, die ihr in all dem Durcheinander Sicherheit gab.

Ich hätte gern einen Lippenstift in derselben Farbe wie dieses Mädchen mit dem roten Rock.

Sie schloss die Augen und versuchte sich Lorenzo und Jeanne nach dem Essen allein in der großen Küche vorzustellen, die tickende Uhr, das leise Zirpen der Grillen draußen. Sie konnte den Staubfilm sehen, der sich auf die Möbel gelegt hatte, das gesprungene Geschirr im Schrank, die Wasserflecken an der Decke, die abgeblätterte Farbe an den Wänden. All die Narben, die sie absichtlich übersahen.

Sie dachte an den muffigen Geruch in Stellarios Haus. Knoblauch und rote Chilischoten an der Decke. Rosas Blässe und ihr Schweiß während der Zeit der Taranteln.

Keine zehn Pferde bringen mich dorthin zurück.

Sie hielt die Augen geschlossen, während Olivieros Hand langsam ihre Wirbelsäule aufwärts bis zum Ansatz ihres Nackens glitt. Sie spürte, wie seine Finger in ihre Haare eintauchten, die jetzt schweißfeucht waren. Mit leichtem Druck wanderten seine Fingerspitzen rund um ihren Kopf. Es fühlte sich gut an.

Sie stellte sich die alte Scheune zu Hause vor, das Licht der Nachmittagssonne, das durch die Ritzen im Dach fiel und als leuchtende Streifen die Dunkelheit durchschnitt. Das beharrliche Fliegengesumme, den Geruch von Holzfeuer und Staub, das süße Aroma getrockneter Tomaten.

Und auf einmal traf es sie wie ein Schlag, genauso wie ihre Mutter zwanzig Jahre früher, als sie in der Casa Rossa auf dieser Steinstufe gesessen hatte und sich vorgekommen war wie in der Falle – die Erkenntnis, wie unendlich lang sie mit sich allein gewesen war, fast immer ohne Ansprache.

Ich will ein anderes Leben. Ich will wie diese Leute sein.

Dann hörte sie jemanden ihren Namen rufen.

»Alba! Alba! Das gibt's doch nicht!«

Ein großes, kurvenreiches Mädchen mit hautengem weißem Kleid und üppiger Lockenpracht. Der Lippenstift zu grell, die Wimpern zu lang, die Absätze zu hoch.

Die Tischgesellschaft verstummte. Maria Grazia stockte mitten im Satz und blickte ungläubig auf.

»Alba, meine Süße, was machst du denn hier?«

Eine Duftwolke von billigem Parfum. Eine sehr vertraute Stimme. Die üppige Schöne beugte sich jetzt zu ihr herab und umarmte sie, und Alba spürte die leicht feuchte Haut. Diesen Geruch kannte sie.

»Beniamino!«

»Rita. Jetzt heiße ich Rita, mein Schatz«, flüsterte Beniamino, griff nach einem Stuhl und quetschte sich zwischen sie und Oliviero. Dann richtete er sich kerzengerade empor und präsentierte seinen prächtigen Busen.

»Na, was sagst du?«

»Meine Güte, du siehst… toll aus.«

»Wirklich? Du aber auch, mein Schatz: ganz großartig.«

Alba, die bis dahin so in sich gekehrt und geheimnisvoll gewirkt hatte, kreischte auf einmal vor Lachen, drückte Ritas Brüste und schrie im heimatlichen Dialekt: »Sagenhaft! Jesusmaria, wie hast du das bloß hingekriegt?«

»Ich gehe nach Casablanca, um die Sache komplett zu machen. Ich werde der erste Italiener sein, der legal zur Frau wird. Sie müssen meinen Personalausweis ändern, alles«, sagte Beniamino stolz. »Ich kann sogar heiraten.«

»Du bist wirklich verrückt, also so was, du siehst aus wie eine Prinzessin!«

»Weißt du, dass ich in *La dolce vita* mitgespielt habe? Fellini ist verrückt nach mir. Ab und zu lädt er mich zum Essen ein, er ist total hin und weg.«

Dann drehte er sich der Runde zu und musterte einen nach dem anderen mit erhobener Braue.

»Jetzt lass sehen, wer sind deine Freunde? Den niedlichen Typen dort mit dem blauen Hemd kenne ich, er ist ein Regisseur, stimmt's?«

Alba, die sich nicht an sämtliche Namen erinnerte, fasste sich wieder und stellte Rita vor.

»Das ist Baronessa Rita Sanguedolce, meine Kindheitsfreundin.«

Alles johlte und klatschte, man stieß an, betrunkene Toasts flogen durcheinander.

Oliviero lächelte stolz wie ein Vater, der seiner kleinen Tochter bei ihrem ersten Bühnenauftritt in der Schule zusieht. Und sich überzeugt, dass sie ihren Text richtig herausbringt.

Alba und Oliviero heirateten ein paar Monate später, hier in der Casa Rossa.

Immer wieder streiche ich mit den Fingerspitzen über den Stoff ihres Hochzeitskleids. So wie er bei jeder Bewegung raschelt, muss es Organza sein. Ich wette, sie hat dieses Kleid nur an dem einen Tag getragen und dann mit den übrigen Erinnerungsstücken in die Schachtel gestopft: zusammen mit Fotos, Glückwunschkarten, übrig gebliebenen Einladungen, all dem unverzichtbaren Beiwerk einer Hochzeitsfeier. Ich wette, sie hat es nie im Schrank aufgehängt, sondern gleich am nächsten Tag zu einer festen Kugel gerollt und weggeräumt; dass es zerknitterte, war ihr egal.

Auf einem der Fotos hält Oliviero ihre Hand, während sie versucht, den Kuchen zu schneiden. Sie hat einen Fuß um den anderen gelegt, in der unbeholfenen Pose eines verlegenen Kindes. Die Leute ringsum lachen und applaudieren. Ich erkenne Jeanne mit einem ihrer absurd breitkrempigen Hüte. Lorenzo, der mit seiner wallenden weißen Mähne wie ein wahnsinniger Prospero aussieht. Giorgio und Maria Grazia und den Zigarre rauchenden Peppino Esposito.

Ich betrachte die Fotos, hoffe irgendein neues Detail zu entdecken, das Licht in das Geheimnis bringt. Ich suche nach Hinweisen in ihrer Körperhaltung, analysiere ihr eingefrorenes Lächeln, den Griff ihrer Hände, die den Blumenstrauß umklammern, die Starre ihrer Schultern.

Was dachte sie. Was wollte sie. *Wen wollte sie.*

Und in der Hauptsache – nach allem, was seither vorgefallen ist – drängt sich einem die einfache Frage auf: *Warum?*

Manchmal denke ich, sie war wie jemand, der nie eine Schule besucht hat, aber ein Leben lang so tut, als könne er lesen. Ihre Schuld war es nicht; es hat sich ja keiner die Mühe gemacht, ihr irgendetwas beizubringen.

Wahrscheinlich dachte sie, wie so viele gleichaltrige Mädchen damals, sie käme leicht damit durch, es brauchte nichts weiter als ein weißes Kleid, eine Hochzeitsfeier, einen aufgeschnittenen Kuchen, und dann würde sich irgendwie alles von selber richten.

Jahrelang merkte niemand, dass sie völlig ahnungslos war.

* * *

Der alte Andrea ist viel kleiner, als ich ihn in Erinnerung hatte. Anscheinend ist er mit dem Alter geschrumpft. Auch seine Stimme ist irgendwie verdorrt und zu einem fast unhörbaren Krächzen geworden. Ich verstehe kaum, was er sagt.

Es dauerte nicht lang, bis ich ihn gefunden hatte, er wohnt am Ortsrand von Parabita, und alle, die ich unterwegs fragte, kannten ihn, vom Tankwart bis zu dem fahrenden Gemüsehändler, der mit seinem Lieferwagen unterwegs ist. Lang dauerte es hingegen, bis ich ihn überredet hatte, sein Lager für mich aufzusperren. Es war sein ehemaliges Kino, das schon seit Jahren geschlossen ist; er bewahrt jetzt seine Korbwaren dort auf.

Hartnäckig schüttelt er den Kopf, als wäre meine Bitte völlig abwegig.

»Ich mache nichts mehr. Meine Augen sind schlecht. Ich habe fast nichts mehr auf Lager.«

Aber ich lasse nicht locker, bis er endlich nachgibt. Ich folge ihm, als er über die Straße schlurft, einen schweren Schlüsselbund an die Brust gedrückt. Es ist noch ziemlich früh am Morgen, und außer ein paar dürren, kläffenden Hunden ist in dem Regen kein lebendes Wesen zu sehen. Vor einem heruntergekommenen viereckigen Gebäude bleibt er stehen und sperrt das mächtige Schloss auf. Drinnen ist es finster, nur durch das Oberlicht fällt ein trüber Schimmer herab. Die Kinosessel sind abmontiert, ein paar stehen noch in einer Ecke herum, alte Holzsitze mit billigem rotem Plüschpolster. Aber den Geruch erkenne ich augenblicklich. Trockenes, staubiges Stroh. Binsen.

»Sehen Sie, das ist alles, was ich habe, nur ein paar alte Sachen.« Mit einer unbestimmten Geste deutet er irgendwohin ins Halbdunkel. Als meine Augen sich angepasst haben, erkenne ich ein wildes Durcheinander aus Körben und Matten.

»Verkaufen Sie denn auch?«, frage ich vorsichtig.

Er nickt.

»Suchen Sie sich aus, was Ihnen beliebt«, sagt er und deutet auf einen riesigen Stapel oben auf der Empore.

»Wie hieß das Kino?«, frage ich, während ich die knarzende Holzleiter zu der Empore hinaufsteige.

»Cleopatra. Cinema Cleopatra«, sagt er.

»Das ist mal ein Name! Wieso haben Sie's aufgegeben?«

»Ich musste, achtundsiebzig war's. Die Leute saßen nur noch zu Hause vor dem Fernseher und machten sich nichts mehr aus Kino.«

Ich kauere auf dem Boden und beginne, die ineinander gestellten Körbe zu sortieren. Sie sind alle rechteckig, aber verschieden groß. Sie haben alle unterschiedliche geometrische Muster und einen Deckel, der mit einer Lasche zu schließen ist. Ich höre, wie Andrea hustet und langsam die Leiter heraufklettert. Dann hockt er im Schneidersitz neben mir, nimmt einen Korb nach dem anderen in die Hand und dreht ihn langsam hin und her, als sähe er ihn zum ersten Mal. Und wieder, während seine Hand die Halme streichelt, über das Geflecht gleitet, verwandelt sich jeder Korb in einen wunderbaren, einzigartigen Gegenstand, den ich sofort berühren möchte.

»Der hier ist gut«, sagt er mit seiner krächzenden Stimme. »Sehen Sie, so dicht gewebt. Fühlen Sie, so weich.«

»Ich würde gern einen für meine Mutter kaufen. Sie liebt Ihre Körbe – vielleicht erinnern Sie sich an sie. Sie ist hier aufgewachsen, in der Casa Rossa. Alba heißt sie.«

Seine streichelnden Hände halten inne, er denkt einen Moment nach.

»Ja, Alba kenne ich. Sie hat immer bei mir eingekauft.« Er blickt von dem Korb auf und starrt mich an. »An Sie erinnere ich mich jetzt auch. An Sie und Ihre Schwester. Eine Blonde und eine Dunkle. Sie sind alle schon lang nicht mehr hier gewesen.«

»Ja, wir waren fort. Meine Mutter kommt überhaupt nicht mehr oft her. Sie lebt in Rom.«

»Grüßen Sie sie von mir.« Er gräbt in dem Stapel und zieht einen kleinen Korb mit Lavendelmotiv heraus.

»Nehmen Sie den hier. Der wird ihr gefallen. Die kleinen mochte sie immer lieber, das weiß ich noch. Und Ihr Vater, ist er nicht gestorben?«

»Ja, vor vielen Jahren. Erinnern Sie sich auch an ihn?«

»Freilich. Er hat Filme gemacht, und ich habe einen von ihm vorgeführt, hier in diesem Kino.« Er klopft mit der Hand auf den Boden. »An dem Abend war sogar der Bürgermeister da.«

»Wirklich? Was für ein Film war das, wissen Sie das auch noch?«

Der alte Mann schweigt, wendet den Blick ab. Er atmet schwer, ich meine, ein Pfeifen in seiner Lunge zu hören.

»Es war ein guter Film, eine Liebesgeschichte. Ich weiß noch, dass er den Leuten sehr gefallen hat, viele haben geweint.« Er dreht sich zu mir, überrascht, dass ich den Titel nicht weiß. »Ihr Vater hat ihn gemacht.«

»Er hat das Drehbuch geschrieben. Er war Drehbuchautor, nicht Regisseur…« Ich halte inne, ich will ihn nicht verwirren. »War es vielleicht *Alinas Sommer*? Es war sein berühmtester Film.«

»Ja, kann sein.« Er schüttelt den Kopf, und sein Blick kehrt zu dem Korb zurück. »Er war ein feiner Mensch. An dem Abend war er hier und hat ein paar Worte zu seinem Film gesagt. Er sagte, die Gegend hier hat ihn inspiriert, den Film so zu machen.«

»Das stimmt. Er war sehr gern hier. Wissen Sie, er hat mich nach dem Film ›Alina‹ genannt.«

Er sagt nichts. Schweigend sitzen wir da, ein paar Sekunden lang, dann legt er mir den kleinen Lavendelkorb in den Schoß.

»Für Alba. Sie müssen nichts zahlen. Sagen Sie ihr nur, dass er von mir ist.« Mit einer raschen Bewegung reibt er sich mit der Handfläche über die Augen. »Und dass sie kommen und mich besuchen soll, bevor ich gar nichts mehr sehe. Sagen Sie ihr, dass ich Ihnen das gesagt habe.«

* * *

Im Fernsehen läuft *Alinas Sommer* noch ab und zu im Nachtprogramm. Der Film ist eine Art Klassiker geworden.

Schwarzweiß, im Sommer 1960 gedreht. Mit Elsa Dern und Vittorio de Luca in den Hauptrollen. Regie: Renato Fegiz, Drehbuch: Oliviero Strada. Ausgezeichnet mit dem Nastro d'Argento für das beste Filmdrehbuch und die beste Hauptdarstellerin. Manche Szenen sind so berühmt geworden, dass sie andere Filme, zweiseitige Modefotografien in Hochglanzmagazinen, sogar Fernseh-Werbespots inspiriert haben.

Reinste Sechziger-Jahre-Ikonografie.

Wahrscheinlich hat Esposito Recht: Es braucht nicht mehr als ein paar großartige Bilder, um einen Film unsterblich zu machen.

Zum Beispiel: Elsa Dern, die Alina spielt, mit ihren legendären Beinen seitwärts auf der Vespa sitzend, hinter dem gut aussehenden Vittorio de Luca, das Kopftuch unter dem Kinn verknotet, die nackten Arme um seine Taille geschlungen.

Elsa Dern, die nackt in der Grotta Azzurra von Capri schwimmt und dazu »Milord« singt, ziemlich betrunken, mit zerfließender Wimperntusche.

Elsa Dern auf einem ungemachten Bett, barfuß einen südamerikanischen Mambo tanzend, gekleidet in ein Männerhemd, eine welke Blume in den aufgesteckten Haaren.

Und natürlich die Eröffnungsszene im Zug, in der Elsa vorsichtig ihren nackten Fuß auf das Knie des Mannes stellt.

Einfach so. Ohne um Erlaubnis zu fragen.

Irgendwo dahinter ist Alba als schwacher Widerschein, ein Schatten hinter Elsa Derns Kurven. Obwohl sie unsichtbar ist, weiß ich, dass sie da ist, weil ich ihre Stimme erkenne, die kommt und geht, wie ein vertrautes Lied. Sie streicht über die Dialoge hinweg wie eine Brise.

Alinas Charakter war offensichtlich Olivieros Fantasie von Alba, das, was er in ihr sehen wollte, in das er sich verliebt hatte. Als diese Ikone bannte er sie auf Zelluloid. Meine Mutter konnte den Film nie ausstehen. Sie kam sich darin vor wie in der Falle. »*Diese* Alina«, sagte sie in abfälligem Ton, wann immer die Rede davon war, wie um die Figur aus dem Film und ihre Tochter deutlich voneinander abzugrenzen.

Alinas Sommer hat kein Happy End. Was eigentlich nur gerecht ist, wenn man bedenkt, wie sich die Dinge im wirklichen Leben entwickelten.

Der junge Mann, den Vittorio de Luca spielt, gelangt schließlich zu der Erkenntnis, dass er die Industriellentochter nicht heiraten kann, weil ihm klar geworden ist, dass er ohne die ungestüme und launische Alina nicht mehr leben kann. Sie zu verlieren wäre ein schlimmer Fehler, und deshalb kehrt er zurück, entschlossen, sie zu finden. Leider hat er es zu eilig, sie noch einzuholen, bevor sie an Bord der Fähre nach Sizilien geht: Viel zu schnell fährt er die Küste von Amalfi entlang, und das ist sein Ende.

Paukenschlag. Vorhang.

Die letzte Einstellung ist das zerbeulte Auto, und während des Abspanns ertönt der südamerikanische Mambo zur Erinnerung daran, dass das Leben weitergeht. Zumindest für Alina, die – so viel haben wir inzwischen erkannt – zäh ist und sich nie unterkriegen lässt, trotz Tränen und zerfließender Wimperntusche.

Vielleicht war der Plot ein Omen. Vielleicht aber auch nur ein Zufall, der erst später in den Rang einer Prophezeiung aufstieg.

Jedenfalls war es Alba sichtlich unangenehm, wenn jemand sie auf den Film ansprach. Sie reagierte immer gleich: zuckte die Achseln und bemühte sich, das Thema zu wechseln, fast so, als bedeutete der Film ihr sehr wenig, als erinnerte sie sich kaum noch an die Handlung. Tatsächlich sprach sie so gut wie nie von Olivieros Arbeit. Ich nehme an, nachdem sie miterlebt hatte, wie besessen ihr Vater von Renée war, konnte sie leicht darauf verzichten, porträtiert und auf einer Leinwand vorgeführt zu werden.

Schwer zu sagen, wie sie damals wirklich empfand.

Vielleicht ärgerte sie sich, dass ihr Mann sich Notizen machte, wenn sie redete, und sie ihre Sätze aus Elsa Derns Mund auf der Leinwand wiederhörte. Vielleicht war sie enttäuscht, dass er sie als Filmrolle sah und nicht als echte Person, vielleicht fühlte sie sich manipuliert. Oder vielleicht war *Alinas Sommer* nur eines seiner Drehbücher, mit dem sie nicht das Geringste zu tun hatte. Es gibt viele mögliche Versionen der Geschichte.

Es ist schwer, im Nachhinein die einzelnen Teile zu einem Bild zusammenzusetzen. Sie wurden ja durcheinander geworfen, in die Luft geschleudert, als wäre eine Bombe explodiert.

Das ist jetzt, seitdem Oliviero tot ist, praktisch nicht mehr zu klären. Wenn jemand stirbt, und vor allem wenn jemand auf tragische Weise stirbt, werden die Hinterbliebenen fast zwangsläufig mitgerissen. Sie denken sich abwegige Interpretationen aus und greifen meist auf eine billige Psychologie zurück. Das böse Vorzeichen ist die einzige Form von Trost oder Erleichterung, an die wir uns halten können.

Keine Macht der Welt hätte es verhindern können.

Wahrhaftig, was wäre besser dazu geeignet als ein Film. Man braucht sich nur auf dem Sofa zurückzulehnen und zuzusehen. Die Geschichte entfaltet sich von selbst, komplizierte Deutungen sind überflüssig. Es ist alles da, Luftaufnahmen und ein herzzerreißender Soundtrack eingeschlossen.

Das ist der Grund, weshalb meine Schwester Isa und ich, je älter wir wurden, zunehmend Wahnideen über *Alinas Sommer* entwickelten. Als Teenager waren wir bereits fest überzeugt, dass der Film den Beweis für die Herzlosigkeit unserer Mutter und die Vorsätzlichkeit ihres Tuns lieferte. Wäre er vor Gericht zugelassen worden, hätte der Staatsanwalt ihn zweifellos gegen sie verwendet und eine lebenslängliche Haftstrafe beantragt.

Sie hat ihn nie geliebt. Das ist der Grund, weshalb er am Ende sterben muss.

»Alina, hier ist Alba. Ich wollte nur fragen, wie's dir geht und ob …«

Ich nehme den Hörer ab, und der Anrufbeantworter gibt ein verzerrtes Pfeifen von sich.

»Mama, hallo, ich komme gerade heim.«

»Ach, warst du unterwegs?«

»Ja.«

Eine kurze Pause. Anscheinend stört es sie, dass ich mir zwischendurch freinehme.

»Ab und zu brauche ich ein bisschen frische Luft«, sage ich. »Sogar Lebenslängliche kriegen ihre halbe Stunde Freigang am Tag.«

»Sei nicht dumm, ich hab doch nur gefragt. Wie kommst du voran?«

»Fast fertig. Ich glaube, ich werde für übermorgen die Spediteure bestellen. Sie brauchen sicher nur einen halben Tag, um alles aufzuladen. Also, im Wesentlichen ist alles erledigt. Es sieht ziemlich schlimm aus hier, gar nicht mehr wie ein Haus. Eher wie ein Warenlager.«

»Hm… sicher. Na ja, das muss wohl so sein.« Ihre Stimme klingt düster.

»Was ist los?«

»Nichts… Es ist nur… Ach, ich weiß nicht, mir geht vieles durch den Kopf. Vielleicht… ich weiß nicht… mir ist wohl auf einmal klar geworden, dass ich das Haus nie wieder sehe. Dass diese Engländer darin wohnen werden, bis ich sterbe.«

»Es sind Australier.«

»Was spielt das für eine Rolle? Fremde sind es so oder so.«

»Wir können doch immer wieder kommen. Es sind wirklich nette Leute, sie haben gesagt, wir können jederzeit und gern hier wohnen, wenn wir wollen.«

»Das werden wir nicht. Das weißt du.«

»Wieso? Vielleicht nicht gleich, aber irgendwann …«

»Nein. In meinem eigenen Haus zu Gast sein, das würde mich verrückt machen.«

»Jedenfalls haben sie einen guten Geschmack. Sie wollen das Haus lassen, wie es ist, und sich nur besser darum kümmern, als wir's getan haben.«

»Ich hoffe, du hast Recht«, seufzt sie. »Ich hoffe, sie bauen keinen Swimming-Pool für die Kinder.«

»Davon haben sie nichts gesagt. Aber es stimmt, sie haben drei Kinder.«

»Siehst du. Sie bauen sich *immer* einen Swimming-Pool, diese Engländer. Sieh dir an, was sie mit der Toskana angestellt haben.«

»Mama!« Wider Willen muss ich lachen. »Das kann dir doch egal sein. Es geht dich nichts mehr an. *Lass es los.*«

»Es ist nicht einfach, etwas aufzugeben, was man sein Leben lang gehabt hat.«

Wir seufzen beide und warten, dass die andere das Thema wechselt. Das ist unser ständiges Spiel. Normalerweise gebe ich als Erste nach.

»Heute hat es geregnet.«

»Tatsächlich?«

»Jetzt ist die Sonne wieder herausgekommen. Es riecht alles ganz frisch.«

»Und das Licht ist bestimmt fantastisch.«

Sie seufzt noch einmal. Plötzlich steigt wieder dieses Bedürfnis in mir auf, das ich schon seit Tagen mit mir herumtrage, und ich bin es leid, mich dagegen zu wehren.

»Komm doch her… Du solltest wirklich herkommen. Bevor sie einziehen.«

Sie sagt nichts, aber ich sehe sie vor mir, wie sie an ihren Nägeln kaut oder auf dem Notizblock neben dem Telefon sinnlose Muster kritzelt.

»Es täte dir gut. Und es wäre doch lustig, nur wir beide. Hier würden sich alle freuen, dich zu sehen.«

Ich höre sie atmen.

»Heute habe ich Andrea besucht. Weißt du, den Korbflechter.«

»Ach, er lebt noch?«

»Er sagt, du sollst ihn besuchen, bevor er komplett blind ist. Er hat mir einen Korb für dich gegeben.«

Sie fängt an zu lachen.

»Er wollte nichts dafür, es ist ein Geschenk.«

»Ich kann nicht glauben, dass er … dass er sich überhaupt noch an mich erinnert.«

»Natürlich erinnert er sich. Die Leute erinnern sich an alles Mögliche, Mama. Es ist ein kleiner Ort. Und das ist eine Sache, die sich hier nie verändert: Sie erinnern sich an alles.«

3

Meine Schwester ist fast genau zwei Jahre älter als ich. Als Kinder teilten wir uns ein Zimmer, trugen die gleichen Kleider – nur in unterschiedlicher Größe –, spielten mit denselben Spielsachen. Es war einfach wirtschaftlicher, uns wie ein einziges Kind zu behandeln. Wir teilten uns sogar den Geburtstagskuchen, denn unsere Geburtstage liegen nur ein paar Wochen auseinander. Wir wuchsen in der Überzeugung auf, wir hätten exakt denselben Geschmack und dieselben Wünsche, und unser weiteres Leben verliefe nach identischen Mustern.

Von uns beiden war Isabella die Hübschere.

Sie war von einer seltsamen, verstörenden Schönheit. Die Leute staunten über die Farbe ihrer Augen, die im einen Moment grau waren und gleich darauf zu Grün wechseln konnten, und manchmal verwandelten sie sich in Eisblau. Sie waren so transparent, dass man meinte, hindurchsehen zu können. Sie hatte die Angewohnheit, Erwachsene mit diesen großen, weit aufgerissenen Augen anzustarren, die blonde Mähne wie ein Heiligenschein um ihr vollkommen rundes Gesicht, und sie brachte es fertig, ihr Gegenüber einfach mit ihrem Blick verstummen zu lassen.

Natürlich kommandierte sie mich herum, sie war schließlich die Ältere. Aber wenn ich jetzt darüber nachdenke, fällt mir auf, dass Isabella stets auch etwas an sich hatte, das mir Angst einjagte. Als hätte ich immer ihre Macht gespürt, eine Kraft, die mir fehlte. Sie war furchtlos, schon von früher Kindheit an.

»Nein«, sagte sie und schüttelte den Kopf, wenn Alba sie aufforderte, jemandem einen Kuss zu geben. Ich bewunderte sie für ihre Standhaftigkeit. Ich hingegen tat einfältig und folgsam immer alles, was Alba von mir wollte. Gierig nach Anerkennung.

Wir wohnten in einer großen Wohnung in der Via del Babbuino, gleich bei der Piazza del Popolo, im obersten Stock eines alten Hauses. Von unseren Fenstern aus konnten wir in die Gärten des ehemaligen *Hôtel de Russie* sehen. Dieses Hotel, erbaut um die Jahrhundertwende, war bei den russischen Emigranten sehr beliebt gewesen, aber schon seit vielen Jahren geschlossen, und der überwucherte Garten, die rostfleckigen Gewächshäuser, die wir von unserer Wohnung aus sahen, kamen uns vor wie die Kulisse eines Krimis, der in einem Schloss spielt.

Ich habe unsere Wohnung als altmodisch und unordentlich in Erinnerung. Entlang den Mauern verlief ein kompliziertes Geflecht ineinander verschlungener Kabel und Rohre, man sah alte Sofas mit verblichenem Baumwollbezug und abgetretene Teppiche auf einem Fußboden aus angeschlagenen achteckigen Kacheln, die Wände waren fleckig, in den Ecken hingen Spinnweben, und die Glühbirnen waren immer zu schwach.

Alles knarzte, blätterte ab oder wurde rissig. Ich erinnere mich an ein kaputtes Fahrrad, das ewig im Wohnzimmer herumstand, an den großen kirschroten Lehnsessel, aus dessen Polsterung eine Sprungfeder ragte, einen Plattenspieler, der keinen Mucks mehr von sich gab, aber wie ein zweckfreies graues Mausoleum erhalten blieb. Es wurde nicht oft etwas repariert. Es war, als hätten alle Gegenstände ein unveränderliches Verfallsdatum: Wenn etwas den Geist aufgab, blieb es, wie es war, als wäre es völlig unvorstellbar, das Ding wieder zum Leben zu erwecken.

Ich glaube, das Dasein als Mutter und die Pflichten des Alltags waren Alba lästig, und sie versuchte sie auf ein Minimum zu reduzieren. Ich erinnere mich nicht, dass sie uns je einen Geburtstagskuchen gebacken, uns gebadet, uns Gutenachtgeschichten vorgelesen hätte. Ich glaube nicht, dass sie uns je bei den Hausaufgaben half oder mit uns Kleider oder Spielsachen einkaufen ging. Ich habe keine Ahnung, was sie die ganze Zeit tat; sie war nicht berufstätig und trotzdem nie zu Hause. Deshalb verbrachten Isabella und ich zu viele Stunden allein und gelangweilt in der großen stillen Wohnung.

Aber Isabella entwickelte ein erstaunliches Talent, neue, aufregende Spiele zu erfinden, die uns die öden Nachmittage vertrieben, fantastisch komplizierte Handlungen, in denen sie die Rolle des großen Detektivs hatte und ich ihr Assistent war.

Der große Teppich im Wohnzimmer war eine verschlüsselte Landkarte, die wir entziffern mussten, weil sie zu einem verborgenen Schatz führte. Stundenlang kauerten wir auf allen vieren auf dem Teppich, bekritzelten Zettel mit Notizen, übersetzten die Hieroglyphen des Persermusters, als wäre es die Landkarte eines Labyrinths. Aber jedes Mal, wenn ich behauptete, ich hätte den Weg zu dem geheimen Ort gefunden, schüttelte Isabella den Kopf, empört über meine mangelnde Kompetenz.

»Nein, du bist dumm, das ist doch keine Tür. So weit sind wir noch lange nicht. Die Landkarte ist viel komplizierter, als du denkst.«

Isabella wollte das Geheimnis nie enden lassen. So war sie eben: ein leichter Ausweg, das war nichts für sie.

Aus dem rostfleckigen Gewächshaus des *Hôtel de Russie*, das wir von unserem Schlafzimmerfenster aus sahen, war das Versteck eines äußerst gefährlichen Einbrechers geworden. Wir belauerten ihn stundenlang. Wir hielten abwechselnd Wache, denn wir durften das Glashaus nicht aus den Augen verlieren, falls ihm doch einmal ein Fehler unterlief und er sich sehen ließ.

»Dann können wir ihn der Polizei melden«, sagte Isabella. Sie hatte sich die Nummer der nächsten Polizeistation aufgeschrieben, falls wir rasch anrufen mussten. Doch es rührte sich nie etwas, jedenfalls nicht, wenn ich an der Reihe war. Wenn ich am Fenster sitzen und eine Ewigkeit hinunterstarren musste, nickte ich manchmal für ein paar Minuten ein. Aber nie hätte ich zugegeben, dass ich das Dasein eines Assistenten nicht halbwegs so spannend fand, wie ich erwartet hatte. Ich wagte nicht, Isabella zu fragen, ob wir nicht lieber etwas anderes spielen könnten.

Gerade wenn ich im Begriff war, endgültig einzuschlafen, stürmte sie mit ernster, gehetzter Miene ins Zimmer, genau wie ich mir einen viel beschäftigten Detektiv vorstellte.

»Tut sich was dort unten?«, herrschte sie mich an.

»Nein … ich glaub nicht.«

»Na gut, Ablösung, jetzt bin ich dran.«

Ich war immer erleichtert, wenn sie die Beobachtung übernahm. Dann lief ich zum Kühlschrank, holte mir ein Glas Milch, ein paar Kekse oder schaltete den Fernseher ein.

»Ich hab ihn gesehen!«, rief Isa bald darauf und kam mit roten Wangen in die Küche gerannt. »Bestimmt, ich hab gesehen, wie er sich bewegt hat, komm, schnell!«

Es war immer dasselbe: Wenn ich zu dem verlassenen Gewächshaus hinunterschaute, bewegte sich natürlich nie etwas. Aber ich glaubte ihr. Ich glaubte, der legendäre Einbrecher ließe sich nur von ihr sehen. Dass auch er ihre Autorität anerkannte, schien mir plausibel.

Heute ist es für mich fast unvorstellbar, dass Isabella und ich uns als Kinder so nahe waren. Als bildeten wir zusammen einen einzigen atmenden Leib. Damals war es undenkbar für uns, länger als ein paar Stunden voneinander getrennt zu sein oder uns je so auseinander zu leben, wie es dann geschah.

Dass wir erst Feindinnen wurden und dann zwei Fremde: unvorstellbar.

* * *

Wenn Oliviero arbeitete, dann meist im Produktionsbüro oder im Studio, manchmal aber blieb er auch zu Hause; dann saß er in einer Kammer am Ende des Korridors und tippte. Ich fand seine Arbeit geheimnisvoll, auch wenn ich nicht ganz begriff, was ein Filmdrehbuch eigentlich war – seine kleine Höhle war jedenfalls ein angenehmer Aufenthaltsort. Ich erinnere mich an das Chaos auf seinem Schreibtisch, die überquellenden Aschenbecher, die Zeitungs- und Zeitschriftenstapel, die überall herumfliegenden Blätter. Der männliche Geruch im Raum gefiel mir. Ich liebte es, ihm bei der Arbeit zuzusehen. Dann saß ich neben ihm und tat, als machte ich Hausaufgaben, in Wirklichkeit aber ließ ich ihn nicht aus den Augen und versuchte ihn zu imitieren, wenn er schrieb.

Es ist erstaunlich, mit welcher Geschwindigkeit er durch mein Leben raste.

Im Kaleidoskop meiner Kindheit ist Oliviero eine Reihe aufgesplitterter Bilder, wie in einem zerbrochenen Spiegel. Ich glaube, ein Teil von mir will sich nicht an ihn erinnern, aus Angst, ihn zu sehr zu vermissen. Deshalb sind die Konturen meiner Tage mit ihm so verschwommen und weich geworden. Aber ich habe mir meine eigene Kette aus Erinnerungen aufgefädelt und lasse sie oft durch die Hände gleiten, befühle jede einzelne und erkunde sie, wie der Buddhist die Perlen seiner Gebetsschnur.

Der Ledergeruch in seinem Alfa Romeo Giulietta. Er machte mich leicht benommen, wenn ich einstieg. Das Gefühl war eine Mischung aus Übelkeit und Entzücken.

Olivieros Kleidungsstücke, die aufgekrempelten Ärmel seiner zerknitterten Hemden, die warmen Farben seiner abgetragenen Kordsakkos.

Seine winzige Handschrift, die wie eine Straße fleißiger Ameisen über die getippten Seiten kroch. Sein zurückweichender Haaransatz, der an den Schläfen das erste Grau sehen ließ, und meine Erkenntnis, dass er alt zu werden begann.

Sie ist nicht sehr lang, meine Perlenschnur.

Aber ich erinnere mich an schwüle Sommerabende, an denen wir im *Caffè Rosati* Zitronensorbet tranken. Isabella und ich waren noch so klein, dass unsere Füße von dem Aluminiumstuhl baumelten, das sehe ich noch vor mir. Er benahm sich immer sehr förmlich, als hätte er uns zur Feier irgendeiner besonderen Gelegenheit eingeladen. Wir bekamen unser Sorbet, und er bestellte sich einen leuchtend roten Campari. Es war, als ginge es ihm vor allem darum, nicht mit uns zu reden wie mit seinen Kindern, sondern wie mit zwei erwachsenen Mädchen, die er ins Café ausführte.

Wenn ein Bekannter vorbeikam und an seinen Tisch trat, pflegte er uns vorzustellen.

»Das sind Alina und Isabella. Wir trinken zusammen einen Aperitif«, pflegte er zu verkünden, als erwartete er von dem Bekannten ein entsprechendes Auftreten. Niemand sollte daran zweifeln, dass dies eine ganz besondere Gelegenheit war, in die nicht jeder beliebige Passant einfach hineinplatzen konnte.

Mit souveräner Gelassenheit schüttelten wir dem Fremden die Hand, während unter dem Tisch unsere Füße nervös baumelten. Wir wussten, dass er uns einen Vorgeschmack auf die Gepflogenheiten der Erwachsenen gab.

In besonderer Erinnerung ist mir ein Nachmittag, an dem Oliviero Isabella und mich in die Cinecittà mitnahm, wo gerade eines seiner Drehbücher verfilmt wurde.

Das Studiogelände hatte nichts Glamouröses: Es sah viel eher aus wie eine Schulanlage, lauter hässliche Schachteln zwischen Pinien. Aber diese schulähnliche Architektur hatte auch eine übernatürliche Dimension, als wären Figuren und Orte aus ihren historischen Zusammenhängen geschlüpft, zum Leben erwacht und wanderten nun wie Zombies herum. Hier und dort waren Reste des kaiserlichen Roms verstreut, geborstene Säulen aus Pappmaché, Gipsbrunnen, Karren. Gelangweilte Zenturionen rauchten Marlboro und tranken mit Höflingen aus der Zeit Ludwigs XIV. Espresso in der Cafeteria. Auf einem Stück Wiese schnarchte ein Kardinal. Niemanden schien es zu stören, in dieser lächerlichen Aufmachung herumzulaufen – während ich mich stellvertretend für sie schämte.

Durch eine Tür, auf der eine große rote Fünf prangte, betraten wir eines der würfelförmigen Gebäude. Drinnen ging es zu wie in einem Bienenstock. Scharen von Menschen rannten herum, stolperten über Kabel, schalteten Scheinwerfer ein, standen auf Leitern und hämmerten irgendetwas. Der Regisseur, ein kleiner Mann mit breitem Schlapphut, hockte auf einem Kranwagen über einer feudalen Schlafzimmerszene und brüllte in ein Megafon. Die Schauspielerin saß auf einem Stuhl, Lockenwickler in den Haaren und an den Füßen flauschige Pantoffeln. Im Gesicht hatte sie eine viel zu dicke Schicht Schminke, die aussah wie eine hässliche Maske.

Wir waren sprachlos vor Staunen, wie kompliziert dieses Studio war: unmöglich, das alles auf einmal in sich aufzunehmen, geschweige denn zu begreifen, wie dies oder jenes funktionierte, welchem Zweck der Kran diente, die Schienen, die Lampen, die mächtigen Maschinen, wohin all die Menschen rannten. Oliviero ging rasch und zielsicher durch das Gewirr von Körpern, Bewegungen, Stimmen. Wie ungezwungen er sich in dieser Welt bewegte, von der wir nichts wussten, überraschte uns. Männer klopften ihm auf die Schulter, Frauen mit Notizbüchern in der Hand und Stiften um den Hals blieben stehen, um ihn auf die Wangen zu küssen und rasch ein paar halblaute Worte mit ihm zu wechseln.

»Ciao, mein Lieber.«

»Ein Glück, dass du da bist, ich glaube, er kann deine Hilfe gut gebrauchen.«

»Peppino will dich unbedingt sehen.«

Peppino Esposito winkte Oliviero zu sich. Er trug einen weißen Rollkragenpullover unter seinem Jackett und verströmte einen intensiven Geruch nach Rasierwasser. Ich fand ihn ein bisschen furchterregend mit seinem Bullterriergesicht und seinen buschigen Brauen.

»Oliviero! Gut, dass du da bist! Wir haben ein Problem. Wir müssen Lauras Text in der Schlafzimmerszene ändern ...« Er verdrehte die Augen zur Decke und seufzte. »Du weißt ja, wie sie ist.«

»Schön, kein Problem«, sagte Oliviero. »Sonst alles in Ordnung?«

Esposito warf einen Blick zu dem komischen kleinen Mann hinauf, der schreiend auf dem Kranwagen saß.

»Mehr oder weniger. Es tut mir nur jetzt schon Leid, dass ich ihn angeheuert habe. Komm, reden wir mit ihm.«

Oliviero hielt uns beide an der Hand. Er hob die Arme, als wollte er uns hochheben, um uns vorzuführen.

»Das sind meine zwei kleinen Mädchen.«

»Ach wie süß.« Esposito schien gereizt und besorgt und in Gedanken ganz bei dem anstehenden Problem, aber dann, glaube ich, bemerkte er die Enttäuschung in Olivieros Miene, und er warf einen zweiten Blick auf uns. Lächelte und legte seine Hand auf meinen Kopf.

»Nette Mädchen. Welche bist du, Alina oder Isabella?«

Ich wurde rot. Ich hatte nicht geahnt, dass er unsere Namen kannte.

Oliviero setzte ein mütterliches Lächeln auf.

»Alina. Lass sie mich irgendwo unterbringen, und ich bin sofort bei dir.«

Er ging mit uns zur Kostümbildnerin, einer pausbäckigen rothaarigen Frau namens Eleonora, und fragte, ob sie freundlicherweise auf uns aufpassen könne, weil er fünf Minuten mit dem Maestro verhandeln müsse. Sie grinsten beide, als er Maestro sagte, als wäre das ein Witz.

Isa und ich setzten uns still neben Eleonora in eine Ecke und sahen zu, wie der Bienenstock weitersummte. Oliviero, der komische Mann mit dem Hut und die Schauspielerin mit den Lockenwicklern saßen auf Klappstühlen beieinander. Esposito marschierte hinter ihnen auf und ab und hüllte sich in Zigarettenrauch. Mein Vater schrieb etwas. Ich war stolz auf ihn. Er sah wichtig aus.

»Meine Güte, das sind ja zwei Engel«, sagte Eleonora, als Oliviero kam, um uns wieder abzuholen, und er warf ihr ein dankbares Lächeln zu. Er nahm uns bei der Hand, und wir schlängelten uns zwischen der geschäftigen Menge durch das dunkle Studio. Er schob die schwere Tür auf, und dann standen wir draußen in der Nachmittagssonne, und alles war wieder ruhig und normal.

»Das war also Papas Büro, könnte man sagen«, verkündete er uns mit kindlichem Stolz, während wir durch das Tor fuhren. »Kommt einem eher vor wie ein Zirkus, oder?«

Ich kann nicht sagen, warum mir dieser Nachmittag so deutlich im Gedächtnis geblieben ist, während ich mich kaum noch erinnere, wie er und Alba stritten und Türen zuschlugen. In getrennten Zimmern schliefen. Ich weiß nicht, warum manche Erinnerungen an der Oberfläche treiben und andere absinken. Oder wer der Richter ist, der über ihr Schicksal entscheidet.

Offensichtlich hat sich Isabella viele Erinnerungen bewahrt, die ich zur Guillotine verurteilt habe. In ihr hat jedes einzelne Bild überlebt, und als wir erwachsen waren, machten sie sich bemerkbar, sie waren immer noch gesund und munter und wollten hinaus. Merkwürdig, wie Isabella sie auf mich abschoss wie Pfeile, zu einer Zeit, als ich mir nur wünschte, das alles wäre tot und begraben und für immer vergessen.

* * *

Ein anderes vergilbtes Foto, diesmal in Farbe.

Auf der Rückseite steht in der winzigen Handschrift meines Vaters: 1971, Delos, Ägäis, Griechenland.

Das war unser letzter gemeinsamer Sommer.

Ein Frühsommertag: Der Boden ist übersät von Mohnblumen, eine wogende rote Flut, die sich im Meereswind kräuselt. Das Blau des Wassers ist das dunkelste Blau, an das du dich erinnern kannst. Sonst gibt es nichts auf der Insel, keine Taverne, nicht einmal ein Haus. Nur der blendend weiße Marmor der Tempelruinen, die blutroten Flecken der Mohnblumen und dieses Ultramarinblau.

»Diese kleine Insel gilt als Geburtsort Apollos«, las uns Alba aus dem Reiseführer vor, »und deshalb darf niemand hier wohnen. Nur die Götter.«

Zwischen den neun Löwen, die den heiligen Weg zum Tempel säumen, gehen Alba, Isabella und ich durch die gleißende Mittagssonne. Die Löwen, glatt gescheuert von der Zeit und vom Wind, sind zum Teil zerfallen und halb überwuchert vom wehenden Gras und dem grellen Rot der Mohnblüten.

Sieh uns an.

Alba hat ihr Haar zurückgebunden und versteckt sich hinter einer Sonnenbrille im Stil von Jackie Onassis. Einen Reiseführer in der Hand – sie liebte es, uns vorzulesen, egal, wohin wir gingen, sie liebte das Gefühl von Autorität, die das Buch ihr verlieh. Und mit der dunklen Brille bekam sie einen Hang zum Tragischen, wie eine Witwe, die bestrebt ist, ihre Tränen zu verbergen.

Meine Schwester und ich sind zwölf und zehn. Wir tragen kurze, geblümte Kleidchen und Perlenarmbänder, und die Haare hängen uns lang und strähnig über den Rücken. Noch immer wagen wir nicht, uns unterschiedlich zu kleiden. Unsere dünnen Beine sind gebräunt, die Körper noch undefiniert.

An den Füßen tragen wir die Ledersandalen, die wir in Athen bei einem alten Mann im Distrikt Plaka gekauft haben.

Diese Sandalen hatten wir ein paar Tage zuvor im Nationalmuseum gesehen, an den Füßen einer Statue, einer nach der Jagd rastenden Artemis. Alba hatte die Sandalen rasch skizziert und gab sie dann bei einem alten Schuhmacher in Plaka für uns in Auftrag: Wir mussten die Füße auf ein Blatt Papier stellen, damit er mit Bleistift die Form nachzeichnen konnte, und zu unserem Entzücken schusterte er uns die Sandalen vor unseren Augen und brauchte nicht einmal zwanzig Minuten dafür.

»Die Artemissandalen« nannten wir sie seither. Wenn sie in Stimmung war, hatte Alba brillante Einfälle: Dann konnte sie irgendetwas Banales wie einen Schuh zu etwas Magischem machen, ihm einen Namen geben und eine besondere Macht verleihen.

Aber ebenso rasch konnte sie die goldene Kutsche wieder in einen Kürbis zurückverwandeln. Dann benahm sie sich, als wäre ihr alles zuwider, als könnte nichts und niemand sie aufheitern. Wenn sie in diese Stimmung geriet, sprach sie kein Wort mehr, sondern starrte irgendwohin in die Ferne. Man konnte förmlich hören, wie es in ihr arbeitete, düster und wild.

Wir konnten nie vorhersagen, wann es passierte, es kam einfach. Aber inzwischen hatten wir schon ziemlich genau begriffen, dass es mit Oliviero zu tun hatte.

»Sie ist wieder wütend«, warnte Isabella mich dann, schnitt eine Grimasse und verdrehte die Augen, wie um zu sagen, wir hätten sowieso keine Chance.

In den Ferien wurde es schlimmer zwischen unseren Eltern, oder vielleicht kam es uns auch nur so vor, weil Isabella und ich sie dann nachts hörten. In den Gästehäusern, in denen wir wohnten, schliefen wir normalerweise im Zimmer direkt neben ihnen, und es war unmöglich, sie nicht zu hören. Wir wussten nicht, worüber sie stritten, denn tagsüber hatten sie einander wenig zu sagen. Doch kaum hatten sie abends die Schlafzimmertür hinter sich geschlossen, dauerte es nur ein paar Minuten, bis das Gezischel und Gemurre ausbrach und immer lauter wurde, bis sie sich anschrien.

Nach der tragischen Miene, die sie aufgesetzt hatte, wie andere Menschen einen Hut aufsetzen, muss dem Tag auf der Insel Delos, an dem das Foto entstand, eine besonders schlimme Nacht vorangegangen sein. Durch die Wand unseres Zimmers in der Pension auf Mykonos hatten wir Alba schreien hören, mit einer kalten, hasserfüllten Stimme.

»Du bist widerwärtig! Versuch das noch ein einziges Mal, und ich bring dich um!«

Isabella und ich lagen erstarrt in unseren Betten. Ich stellte mich schlafend, nur um nichts sagen zu müssen. Aber Isabella ließ nicht zu, dass ich sie ignorierte. Sie wollte nie damit allein bleiben.

»Ich glaube, jetzt weint er«, erklärte sie. Ich rührte mich nicht, lag mit geschlossenen Augen da und hoffte, sie würde mich in

Ruhe lassen. Aber auch ich hörte Olivieros gedämpfte Stimme aus dem Nebenzimmer.

»Du lügst«, sagte er und wiederholte es, immer und immer wieder.

»He, Alina, hör doch«, fuhr Isabella fort, während sie vom Bett aufstand und das Ohr an die Wand legte. Aber ich weigerte mich, die Augen zu öffnen.

»Wach auf, los!« Sie rüttelte mich an der Schulter, und jetzt musste ich die Augen öffnen. Mit einer Handbewegung forderte sie mich auf zu lauschen; sie glaubte mir ohnehin nicht, dass ich geschlafen hatte. Ich gehorchte. Wir starrten einander an, die Ohren an die Wand gepresst.

»Du bist eine Lügnerin, eine verdammte Lügnerin«, wiederholte Oliviero mit gebrochener Stimme.

»Er weint nicht«, flüsterte ich. »Er ist nur aufgeregt.«

Isabella schüttelte den Kopf.

»Sie bringt ihn dauernd zum Weinen. Das weißt du bloß nicht, weil du immer einschläfst.«

Ich konnte es nicht ausstehen, wie sie stets dafür sorgte, dass ich alles erfuhr, was ich zu verdrängen versuchte. Anscheinend war es ihr ein Vergnügen, meinen Seelenfrieden zu zerstören.

Das Frühstück am nächsten Morgen verlief in noch tieferem Schweigen als sonst.

Oliviero ließ Alba nicht aus den Augen, reichte ihr Kaffee, Brot, Zucker.

»Möchtest du Honigjoghurt? Du kannst was von meinem haben, wenn du willst.«

Sie würdigte ihn keines Blickes.

»Ich habe rasende Kopfschmerzen.« Mehr sagte sie nicht.

Am Kai wartete ein kleines Fischerboot auf uns, um uns auf die Insel Delos zu bringen.

»Sollten wir nicht aufbrechen?«, fragte Oliviero. Seine Unterwürfigkeit überraschte mich immer wieder. Es tat mir weh, ihn so demütig zu erleben.

»Möchtest du lieber hier bleiben und dich ausruhen?«

»Nein. Jetzt sind wir schon so weit gereist«, sagte sie mit ihrem üblichen Achselzucken. »Da möchte ich wenigstens was Schönes sehen. Lieber als auf dem Bett herumzuliegen und nachzudenken.«

Ich erinnere mich sehr gut an die beiden Frauen, fast als wäre an diesem Vormittag niemand außer uns zwischen den Ruinen herumgelaufen. Sie müssen Mitte sechzig gewesen sein, sprachen Deutsch, und die eine hatte ein Fernglas um den Hals hängen. Sie waren ganz und gar in die Tempelanlage versunken, interessierten sich für jedes Detail, und ich glaube nicht, dass sie uns überhaupt bemerkten. Sie wirkten wie zwei Menschen, die in ihrem Leben so viel Zeit miteinander verbracht haben, dass sie sich auch äußerlich zu ähneln beginnen: derselbe Kurzhaarschnitt, derselbe Bernstein- und Korallenschmuck, dieselbe tiefe, glanzlose Bräune, die unbarmherzig sämtliche Runzeln enthüllt.

Aus heiterem Himmel sagte Alba, sie fühle sich nicht wohl. Oliviero musste sie in den Schatten eines Baumes setzen. Sie war einer Ohnmacht nahe.

Es ist die Hitze, sagte Oliviero, in einer Minute ist es wieder vorbei.

Wir gingen hastig zum Hafen und heuerten ein anderes kleines Fischerboot an, das uns nach Mykonos zurückbrachte. Ich wandte keinen Blick von Alba, denn irgendetwas an ihrer Miene beunruhigte mich. Sie war leichenblass, und ihre Schwäche – was immer die Ursache sein mochte – war nicht gespielt.

Am selben Abend sahen wir die beiden Frauen wieder. Sie saßen in einem Café am Hafen von Mykonos und tranken Ouzo. Anscheinend hatten sie sich für den Abend umgezogen und trugen jetzt beide einen langen, fließenden Kaftan. Diesmal waren sie mit einem Stapel Postkarten beschäftigt und nahmen erneut keine Notiz von uns.

Wir gingen an ihrem Tisch vorbei, und ich erinnere mich an

ein seltsames Gefühl gespannter Erwartung, als hätten wir alle den Atem angehalten.

Niemand sagte etwas. Wie jeden Abend saßen wir in *Vangelis' Taverne* und bestellten unser Essen. Aus einem Lautsprecher tönte lärmende griechische Musik, eine Girlande von Glühbirnen erhellte die kleine Terrasse. Vom rauchenden Grill her breitete sich ein scharfer Geruch nach *souvlakia* und Tintenfisch aus. Isa und ich bestellten *moussaka* mit Pommes frites, wie jeden Abend. Das griechische Inselleben behagte uns sehr.

Am nächsten Morgen saßen wir schon früh unter dem Laubdach eines großen Baumes auf der Terrasse von *Vassili*, unserem Lieblingslokal, beim Frühstück.

Papa trank hastig seinen Kaffee aus und ging dann zum Meer hinunter, um sich im Schiffskartenbüro nach den Fahrplänen zu erkundigen. Mit einem bekritzelten Zettel in der Hand kam er wieder.

»Morgen früh um neun geht ein Boot nach Patras.« Er sah vollkommen erschöpft aus, am Ende seiner Kraft.

»Sehr gut«, sagte sie und lächelte jetzt, wie immer, wenn sie ihren Kopf durchgesetzt hatte. »Mädchen, ihr müsst bis heute Abend gepackt haben, klar?«

»Warum? Fahren wir denn schon morgen?«, fragte Isabella mit beunruhigtem Blick.

»Ja«, sagte Oliviero. »Eure Mutter fühlt sich nicht wohl, und wir fahren lieber nach Hause.«

»Aber« – unter dem Tisch trat mich Isabella, Unterstützung heischend, ans Schienbein – »ich will nicht jetzt schon nach Rom zurück. Ihr habt gesagt, wir bleiben bis zum Monatsende. Das ist gemein.«

»Ihr tut, was ich euch sage, *bambine*.« Oliviero zündete eine Zigarette an und stieß ärgerlich eine Rauchwolke aus. Er hatte dunkle Ringe unter den Augen.

Isa und ich gingen zum Strand. Wir wussten immer, wann es Zeit war, die beiden allein zu lassen. Wir schwammen im Meer und suchten bunte Quarzkiesel, die wir andächtig sammelten. Wir hatten schon zwei Einmachgläser voll.

»Ich wette, sie will wegen der beiden Frauen weg«, sagte ich.

Irgendjemand musste an dieser neuen Entwicklung schuld sein, fand ich: Dass alle unsere Pläne ohne ersichtlichen Grund über den Haufen geworfen wurden, ertrug ich nicht. Und wenigstens ein einziges Mal wollte ich Isabella mit meinen detektivischen Fähigkeiten beeindrucken.

Wir hatten uns auf einer Felsplatte in der Sonne ausgestreckt. Isa reagierte nicht. Ich drehte mich zu ihr und sah sie an. Reglos lag sie da, Wassertröpfchen rannen über ihre goldene Haut und sprenkelten den Felsen mit dunklen Punkten.

»Die eine mit dem Fernglas, ich glaube, das war Renée«, sagte ich mit geschlossenen Augen, während die Sonne mich allmählich wärmte. Mit dieser unerwarteten Neuigkeit hoffte ich sie zu schockieren.

»Ach ja? Und woher willst du das wissen?«, fragte Isa skeptisch.

»Ich weiß es einfach.« Ich stützte mich auf den Ellenbogen und sah sie an. »Außerdem hat Mama bei ihrem Anblick ausgesehen, als wäre ihr ein Geist erschienen. Sie ist fast gestorben.«

Es klang überaus logisch, in sich stimmig. So ähnlich hatte ich mir Renée immer vorgestellt: eine Respekt einflößende, hagere ältere Frau, manische Kettenraucherin. Und ich wollte Albas jähen Stimmungsumschwung auf eine Ursache schieben, der wir wenigstens Sympathie entgegenbringen konnten.

Isa rührte sich nicht. Völlig reglos lag sie auf dem Felsen, als wäre sie eingeschlafen. Dann verzog sie plötzlich das Gesicht.

»Ach was«, sagte sie höhnisch. »Sie will einfach so schnell wie möglich nach Rom zurück.«

»Wieso denn?«

»Sie hat einen Liebhaber. Sie hält es nicht mehr aus ohne ihn. Das ist alles.«

Ich wartete auf eine Fortsetzung, aber sie sagte nichts mehr. Sie lag einfach mit geschlossenen Augen da und ließ das Salz auf ihrem Körper trocknen. Ich konnte es nicht leiden, dass sie immer wieder, wie jetzt, eine Ladung Geheimwissen auf mir ablud, ähnlich einem Kampfjet, der eine Bombe abwirft. Sie war nicht einmal so anständig, wenigstens die Augen zu öffnen, um die Folgen der Explosion zu begutachten. Als wäre es ihr egal, ob ihre Mitteilung mich am Boden zerstört hatte oder nicht. Und ich wollte ihr die Genugtuung nicht gönnen und ließ mir die Wunden nicht anmerken.

»Ach«, sagte ich lässig und legte mich wieder flach auf den Felsen neben sie. »Und woher willst *du* das wissen?«

Isa seufzte, als wären ihr meine dummen Fragen nur lästig.

»Du hast wieder mal keine Ahnung, was los ist. Du schläfst ja die ganze Zeit.«

Damit nahm sie mir den Wind aus den Segeln. Wenn Wachsein bedeutete, all diese erschreckenden Geheimnisse erfahren zu müssen, wollte ich lieber weiterschlafen.

»Gehen wir noch mal schwimmen?«, fragte ich schüchtern.

»Nein«, sagte sie.

Wir lagen da und hörten einander atmen. Ließen alles zu Boden sinken und taten, als spielte es keine Rolle.

* * *

Angelica war Albas beste Freundin. Sie war groß und mager, stets in Schwarz gekleidet, hatte einen langen dunklen Zopf, eine blasse Haut, und ihre Lippen waren leuchtend rot geschminkt. Sie sei Harfenistin bei den Philharmonikern, erfuhren wir. Sie sah Furcht erregend aus.

Nicht Harfenistin: Leichenbestatterin, sagte Isabella kichernd.

Wir wünschten uns sehnlichst, sie einmal spielen zu hören, doch sie machte sich nie die Mühe, uns ihre Harfe auch nur zu zeigen. Sie sei zu sperrig, man könne sie nicht einfach herumtragen, sagte sie, aber ich glaube, in Wahrheit war sie einfach nicht daran interessiert, unsere Zuneigung zu gewinnen; sie hatte selbst keine Kinder und offensichtlich auch keine Geduld mit ihnen. Und wir fragten uns weiter, ob diese Harfe überhaupt existierte.

Jedes Mal, wenn sie zu uns nach Hause kam, gingen sie und Alba sofort ins Wohnzimmer und schlossen sorgfältig die Tür hinter sich. Wir konnten sie durch die Milchglasscheiben erkennen, auf dem Sofa kauernd, eingerollt wie Schlangen zwischen den prallen Kissen. Wir hörten die Eiswürfel in ihren Whiskygläsern klingeln, ein Kontrapunkt zu ihren wispernden Stimmen. Jedes Mal, wenn Isa oder ich einen Vorwand gefunden hatte, um den Kopf durch die Tür zu stecken, verstummten sie und musterten uns missbilligend, als wären wir in einen überaus heiklen chirurgischen Eingriff hineingeplatzt.

»Was gibt es?«, fragte Alba rasch und reckte den Hals, um zu sehen, was ich in der Hand hielt.

»Kannst du … mir bitte zeigen, wie das geht?«, fragte ich und streckte ihr mein Matheübungsheft hin.

»Nicht jetzt. Geh in dein Zimmer. Mach schon, fort mit dir.«

Dazu hob sie das Kinn und bewegte es mehrmals auf und ab, wie um mich damit wegzuschieben.

* * *

Dann kam der unauslöschliche Tag.

Der Tag, an dem alles in Zeitlupe geschah. Alle Geräusche ausgeblendet waren. Kein Soundtrack.

Es war Ende Mai, das Schuljahr näherte sich dem Ende, wir witterten schon den Sommer in der Luft und dachten nur an eines: dass wir bald wieder schwimmen gehen konnten.

An dem Tag kam niemand, um uns von der Schule abzuholen. Hungrig und müde warteten wir draußen vor dem Schulgebäude in der Hitze. Alles war still geworden, die Straße menschenleer. Die anderen Kinder waren nach Hause gegangen, wir standen als Einzige noch vor der Schule. Mir war heiß, mein Magen knurrte.

»Gehen wir doch zu Fuß«, sagte Isabella.

Dann sahen wir Angelica von der anderen Straßenseite auf uns zueilen. Sie sah verstört aus, ihr Gesicht war weißer als sonst.

»Gott sei Dank seid ihr noch da!« Sie nahm jede von uns bei der Hand und befahl: »Kommt mit, wir gehen was essen.«

»Wo ist Mama?«, fragte ich.

»Sie konnte nicht kommen«, sagte sie steif. »Sie hat mich gebeten, euch abzuholen. Wir essen im Restaurant zu Mittag.«

»Ich will nicht im Restaurant essen«, sagte Isabella feindselig. »Ich will nach Hause.«

»Ich auch«, setzte ich hinzu.

»*Bitte*, Mädchen«, bat sie, »wir gehen später nach Hause. Alba meinte, ihr hättet vielleicht gern eine Pizza.«

»Wirklich?«, fragte ich, schon aufgeheitert. »Sie hat gesagt, wir dürfen *zu Mittag* Pizza essen?«

»Ich will keine Pizza«, sagte Isabella, die sich nicht einwickeln ließ. »Wo ist Papa?«

»Jetzt hört doch, Mädchen, gehen wir erst irgendwohin und setzen uns, es ist furchtbar heiß. Meine Güte, schon zwei Uhr, ihr müsst ja am Verhungern sein.«

Angelica deponierte uns in einer leeren Pizzeria nahe der Via Flaminia an einem Tisch, sie selbst hetzte ständig zwischen uns und dem öffentlichen Telefon im hinteren Teil des Lokals hin und her. Dort stand sie mit dem Rücken zu uns, sprach flüsternd in den Hörer und zog nervös an einer Zigarette, während wir uns mit den Mozzarellafäden auf unserer Pizza Margherita abmühten. Mit starrem Lächeln kam sie zurück und bemühte sich, beruhigend auszusehen.

»Na gut, wer möchte jetzt eine Nachspeise?«

Unser Argwohn nahm zu.

So etwas war noch nie vorgekommen – eine Pizza im Restaurant direkt nach der Schule, ein Mittagessen mit Angelica, nur wir beide.

Allmählich wurde es unheimlich.

Als Isabella ihr Eis aufgegessen hatte, fing sie zu weinen an.

»Ich möchte jetzt heim«, schluchzte sie und begann mit den Füßen zu stampfen.

Das jagte mir endgültig Angst ein. Isabella weinte nie so wie jetzt, und wenn sie in Angelicas Anwesenheit die Nerven verlor, musste es ernst sein.

Die Kellner schauten zu uns herüber. Vielleicht verdächtigten sie Angelica als Entführerin, dachte ich mit leiser Befriedigung, vielleicht würden sie uns retten.

Vielleicht.

Angelica gab auf, sie wusste ohnehin nicht, wie sie mit der Situation umgehen sollte, und in einem leeren Restaurant der Mittelpunkt der Aufmerksamkeit zu sein, behagte ihr ganz und gar nicht.

»Na gut, was kann ich da noch sagen? Ich hab ja nur versucht… Ach, was soll's, gehen wir.«

Sie griff nach ihrer Tasche. Ich spürte, dass sie ebenfalls den Tränen nahe war.

In unheimlichem Schweigen fuhren wir nach Hause. Inzwischen war klar, dass etwas Schlimmes passiert war und wir sehr bald erfahren würden, worum es ging: nur noch wenige Minuten. Den Kopf ans Wagenfenster gedrückt, sah ich die vertrauten Häuser langsam vorüberziehen, sah, wie sich die belaubten Zweige der Platanen im Wind wiegten, sah Schwaden von Pollen, und ich ahnte dumpf, dass nichts je wieder sein würde wie zuvor.

Als wir endlich ankamen, parkten mehrere Polizeiautos vor unserem Haus. Männer in blauen Uniformen kamen die Treppe herunter. Die Wohnungstür stand weit offen. Drinnen liefen Scharen von Menschen durcheinander, und ich dachte an die bienenstockähnliche Betriebsamkeit, die ich auf dem Set erlebt hatte, als Oliviero uns ins Studio mitgenommen hatte; ich glaube mich zu erinnern, dass jemand sogar mit Blitzlicht Fotos machte.

Unter all den Fremden tauchte Alba flüchtig auf. Sie sah aus wie ein Kind. Bleich, mit zerzausten Haaren. Sie sah uns durch die offene Tür eintreten, aber sie kam nicht zu uns, sondern drehte sich zu jemandem um und sagte leise: »Bitte bringen Sie sie nach oben. Ich will nicht, dass sie das zu sehen bekommen.«

Den Tod im eigenen Haus kann man riechen. Selbst die vertrautesten Gegenstände und Gesichter stehen unter einer besonderen elektrischen Spannung, verbreiten ein seltsames Vibrieren. Es ist wie eine Halluzination. Die Leute sehen aus wie immer und hören sich auch so an, und doch ist es, als sähe man sie durch den Boden eines Glases, leicht verzerrt.

Inzwischen wusste ich schon, dass Oliviero tot war. Es konnte nicht anders sein. Ich spürte seine Abwesenheit. Ich wusste, war mir ganz sicher, dass er nicht mehr da war.

Unsere Nachbarin Olga, eine alte russische Dame, nahm uns mit nach oben in ihre Wohnung. Sie gab uns Tee und Kuchen, setzte uns aufs Sofa, drückte uns einen Stapel wunderschöner Bücher mit farbigen Abbildungen zum Durchblättern in die Hand, legte beruhigende klassische Musik auf. Es war eine angenehme Galgenfrist. Ein Aufschub vor dem, was wir gemäß Albas Wunsch nicht sehen sollten. Noch sagte uns niemand etwas, aber die Uhr tickte, und wir wussten, dass wir es bald erfahren würden.

Ich weiß nicht mehr, wann wir endlich wieder nach unten durften. Jedenfalls waren wir müde, hungrig, schläfrig. Ich glaube, wir hatten viel geweint. Unterdessen waren Jeanne und Lorenzo aus Apulien gekommen, hatten eine lange Zugfahrt hinter sich und sahen düster und erschöpft aus. Jeanne hatte uns eine heiße Suppe gekocht. Sie steckte uns in die Badewanne und dann in unsere Schlafanzüge. Alba sei im Arbeitszimmer und beantworte die Fragen, die jemand ihr stelle, sagte Jeanne. Wir sollten schon ins Bett gehen, und sobald Alba mit dem Herrn fertig sei, werde sie zu uns kommen.

Weder Isa noch ich wagten nach unserem Vater zu fragen.

Wir gingen zu Bett und lauschten den Geräuschen im Haus.

Durch die Tür des Arbeitszimmers drang eine fremde Stimme, sehr förmlich und Respekt einflößend. Ich wusste, dass es ein Polizist war.

Dann hörte ich, wie die Tür aufging und Alba den Mann durch den Korridor zur Wohnungstür begleitete. Sie tauschten Höflichkeiten aus.

Vielen herzlichen Dank… Ihre Freundlichkeit… Sie müssen uns entschuldigen, aber so sind die Vorschriften… selbstverständlich… Machen Sie sich keine Sorgen… Wann immer Sie so weit sind… Ich rufe Sie morgen an… Ja, aber natürlich… Nur eine Formalität… Das verstehe ich vollkommen.

Dann ging langsam die Tür zu unserem Zimmer auf, und ich sah sie hereinkommen. Sie setzte sich auf meine Bettkante, aber ich stellte mich schlafend. Sie strich mir über das Haar und küsste mich auf die Stirn. Ihre Wangen waren tränenfeucht.

»Mama…«, flüsterte Isabella von ihrem Bett herüber.

»Komm her, komm in Alinas Bett, schnell. Ich will euch beide umarmen.«

Sie lag zwischen uns, hielt uns fest und verbarg ihr Gesicht im Kissen. Ich spürte die Tränen, die ihr über den Hals liefen.

Dann richtete sie sich auf und wischte sich mit kindlicher Geste die Tränen ab.

»Hört mir zu«, flüsterte sie. »Es ist etwas Schreckliches passiert. Aber ihr müsst keine Angst haben.«

»Ich weiß. Papa ist tot«, sagte Isabella. »Oder?«

»Ja. Er ist gestorben.«

Wir schwiegen. Ich hörte uns drei atmen. Alba strich uns immer wieder über den Kopf.

»Warum ist er gestorben?«, fragte ich.

»Weil er… weil er… Es hat einen Unfall gegeben.«

Dann korrigierte sie sich: »Ein Versehen. Es war ein Versehen.«

»Er hat sich umgebracht«, sagte Isabella ausdruckslos.

»Ja. Aber ich werde es euch erklären.« Alba seufzte. »Morgen.«

Dann legte sie sich wieder bäuchlings aufs Bett, die Arme über unsere Brust gelegt. In der Sekunde, in der sie die Augen schloss, veränderte sich ihr Atem. Er wurde langsamer, tiefer, sie war eingeschlafen. Als wäre sie in ein schwarzes Loch gestürzt und jetzt unrettbar verloren.

Isa und ich wanden uns unter ihrer Umarmung hervor, wie zwei Unfallopfer, die aus einem Autowrack kriechen. Wir legten uns in das andere Bett.

Eine Zeit lang sagten wir beide kein Wort.

»Woher weißt du, dass er sich umgebracht hat?«, fragte ich Isa nach einer Weile, voller Entsetzen, dass ich das Wort überhaupt in den Mund nehmen musste.

»Olga hat es am Telefon gesagt. Sie sagte: ›Er hat sich eine Kugel in die Schläfe geschossen.‹«

Wie erstarrt lagen wir in der Dunkelheit, lauschten Albas regelmäßigem Atem im anderen Bett und wussten nicht, was von uns erwartet wurde. Sollten wir weinen, schreien oder einfach schlafen, wie anscheinend alle Erwachsenen im Haus? Niemand hatte uns auf derlei vorbereitet.

Dann hörte ich Isabellas gedämpftes Schluchzen, und in meinem Magen löste sich etwas. Nun fing auch ich zu weinen an, leise, darauf bedacht, Alba nicht zu wecken.

»Sie hat es getan«, flüsterte Isabella mit gebrochener Stimme. Ich spürte ihren rasenden Zorn.

»Was?«, fuhr ich in Panik auf. »*Was* hat sie getan?«

Bitte, lieber Gott. Alles, nur nicht das.

»Sie hat ihn umgebracht«, sagte Isa. »Das weiß ich.« Ihre Stimme klang tonlos, wie eingefroren.

»Deswegen war der Polizist hier. Sie wissen auch, dass sie es getan hat.«

Reglos lagen wir da, die Augen weit aufgerissen, horchten auf jedes Geräusch, als warteten wir darauf, dass jemand käme und uns sagte, es werde alles wieder gut, das sei nur ein schlechter Scherz oder ein Alptraum. Aber nichts rührte sich.

Ich weiß nicht mehr, wie wir am nächsten Tag erwachten, ob Alba immer noch neben uns lag, die Arme und Beine aus dem Bett hängend, wie eine zu groß gewordene Alice im Wunderland.

4

Was wird aus den Besitztümern der Toten, aus den Schuhen, den Socken, der Unterwäsche, der Rasiercreme, dem Notizbuch, dem Stift, dem Taschentuch? Wessen Hände bestimmen, was in den Müll geworfen und was in einen Papierumschlag gesteckt und in einer Schublade aufbewahrt wird? Was für ein Herz muss man haben, um fähig zu sein, solche Habseligkeiten einfach zu beseitigen, ohne ein Bedauern, als wären es leere Bierdosen?

Wer der Leichenbestatter für Olivieros persönliche Habe war, weiß ich nicht, jedenfalls aber leistete er oder sie wirklich saubere Arbeit. Schon am Tag nach seinem Tod war seine Anwesenheit aus dem Haus getilgt. Übrig war nur noch sein Alfa Romeo Giulietta, der an der Straßenecke parkte. Isa und ich sahen ihn immer wieder an und hofften, er werde vielleicht ein Wunder zustande bringen, um den Block fahren oder unseren Vater am Steuer heraufbeschwören. Aber nein, das Auto rührte sich nicht, stand reg- und leblos an der Ecke wie jeder andere geparkte Wagen.

Als die fieberhaften Tage nach Olivieros Tod vorbei, die Besuche, der Aufruhr, das Durcheinander der Stimmen überstanden und wir von der Beerdigung zurück waren – rotäugig, erschöpft nach den Tränen und Küssen und den Umarmungen zu vieler fremder Menschen –, empfing uns eine neuartige Stille, sobald wir durch die Wohnungstür traten.

Alba warf ihre Schuhe von sich und verschwand in ihrem Zimmer. Ein paar Minuten später tauchte sie wieder auf, barfuß, mit offenem Haar, in einem kurzen grünen Kleid. Dass sie sich ihrer Trauerkleidung so rasch entledigte, verblüffte mich – irgendwie hatte ich mir vorgestellt, sie werde von nun an Schwarz tragen, wie die sizilianischen Witwen im Film.

»Willst du was essen?«, fragte sie mich und streichelte meinen Kopf.

Warmes Essen schien mir eine gute Idee. Ich begriff, dass jetzt ein ganz neues Leben für uns begann – ein Leben, von dem wir nicht die geringste Ahnung hatten.

»Deckt ihr bitte den Tisch, meine Süßen?«, hörte ich sie sagen, während sie in der Küche Schubladen öffnete und zuschob.

Ich holte die Platzdeckchen aus dem Schrank im Esszimmer. Ohne nachzudenken nahm ich vier. Ich spürte Isabellas Blick und sah sie an, und wir erstarrten für den Bruchteil einer Sekunde. Wir sagten beide kein Wort, aber ich erkannte in ihren Augen eine Mischung aus Entsetzen und Erstaunen. Sie verbot mir diesen Fehler, als wäre er mehr, als sie ertragen konnte. Ich rannte zum Schrank und legte das vierte Deckchen an seinen Platz zurück. Dann verteilte ich die Teller auf drei Seiten des Tisches, und auf einmal war es mir unmöglich, die leere Tischseite anzusehen. Ich spürte, wie meine Lunge sich mit Luft füllte, und rannte in unser Schlafzimmer. Ich wollte nicht, dass Alba mich weinen hörte.

Das war es eben. Wir wussten beide nicht, wie wir reagieren sollten, was wir empfinden durften und was nicht. Wir wussten nichts von Verlust; was Schmerz ist, hatte uns keiner gesagt. Bis zu diesem Augenblick war »Tod« nur ein Wort gewesen, das ein bisschen unheimlich klang.

Wir suchten nach einem Ort, um zu trauern, aber innerhalb unseres Hauses fanden wir keinen. Während der folgenden Wochen beobachteten wir unsere Mutter und hofften auf ein Zeichen, das unseren schlimmsten Verdacht zerstreute. Aber sie fuhr fort, Musik zu hören, ihre Zehennägel zu lackieren, donnerstags zum Friseur zu gehen. Nie trug sie Schwarz. Nie sahen wir sie weinen oder einfach nur traurig und schweigsam dasitzen. Sie erwähnte ihn selten, und wenn, dann nannte sie ihn immer nur »euer Vater«. Das Einzige, was uns an seine Abwesenheit erinnerte, war der leere Platz am oberen Ende des Tisches.

Kinder wissen so wenig, sie müssen rasch lernen, die Erwachsenen zu imitieren, wenn sie sich in einer Situation zurechtfinden wollen. Wir imitierten unsere Mutter, ahmten ihre Gleichgültigkeit, ihre Ungerührtheit nach, bis wir selbst zu glauben begannen, dass der Tod letztlich gar keine so große Sache war. Dass er vielleicht nur darauf hinauslief, ein Platzdeckchen vom Tisch zu entfernen oder eine Tweedjacke aus dem Schrank.

Isabella und ich sprachen nicht darüber. Stumm lagen wir abends in unseren Betten, unfähig, unsere Gefühle miteinander zu teilen. Wahrscheinlich waren wir damit beschäftigt, den Schmerz zu zähmen und zurückzudrängen, damit wir den Kampf gegen ihn einstellen und endlich schlafen konnten.

Eines Tages, als ich in unser Schlafzimmer kam, stellte ich fest, dass Isabella ein Foto von Oliviero gerahmt und auf ihren Nachttisch gestellt hatte. Es musste ungefähr aus der Zeit stammen, als er Alba kennen gelernt hatte. Er trug ein weißes Hemd, die Ärmel bis zum Ellenbogen aufgekrempelt, und seine runde Hornbrille. In der Hand hielt er eine Zigarette und grinste breit in die Kamera. Er sah braun gebrannt und glücklich aus. Jung.

»Wo hast du das her?«, fragte ich.

»Aus einer Schublade. Dort sind noch eine Unmenge Fotos. Sie hat sie alle einfach hineingestopft.« Sie warf mir einen ihrer Blicke mit erhobener Braue zu. »Und ich wette, sie macht die Schublade nie wieder auf.«

»Und den Rahmen, woher hast du den?«

»Vom Flohmarkt auf der Piazza.«

Sie nahm das Foto in beide Hände und betrachtete es stolz. Mit dem Zeigefinger wischte sie ein Stäubchen vom Glas und stellte den Rahmen wieder zurück. Ihr persönlicher Schrein.

»Such dir doch auch eines aus. In der Schublade sind Millionen Fotos«, bot sie mir an.

Ich hätte es gern getan, aber ich verzichtete darauf. Ich hatte das Gefühl, Alba könnte es uns als stummen Vorwurf auslegen, wenn sie sah, dass wir Bilder von Oliviero gerettet hatten, und ich wollte sie nicht aufregen. Wir hatten ja nur noch sie, und ich wollte sie nicht verlieren.

Isabella hingegen genoss es, Alba ihren Groll spüren zu lassen.

»Siehst du nicht, wie erleichtert sie ist, dass er nicht mehr da ist?«, fragte sie mich, wenn wir sie im Nebenzimmer am Telefon lachen hörten.

Isabellas Schweigen bei den Mahlzeiten wurde zunehmend feindselig. Immer öfter schloss sie sich in unserem Zimmer ein. Ihre Antworten waren knapp und sarkastisch, ihr Benehmen unfreundlich. Wenn sie mich dabei ertappte, wie ich um Alba herumschwänzelte wie ein junger Hund und um ihre Aufmerksamkeit bettelte, warf sie mir einen verächtlichen Blick zu.

Sie war zwei Jahre älter und stärker als ich. Vielleicht war sie auch nur eher bereit als ich, die Folgen ihres Zorns zu tragen. Ich weiß es nicht, aber wenn ich jetzt darüber nachdenke, meine ich, dass dies der Zeitpunkt war, an dem wir begannen, uns auseinander zu leben.

* * *

In dem Sommer machte Alba den Führerschein. Sie kaufte sich weiche Lederhandschuhe speziell für Autofahrer, mit Löchern über den Knöcheln. Wenn sie die Handschuhe anzog, krümmte und streckte sie ihre Finger mehrmals hintereinander.

»In den Ferien fahren wir wieder nach Griechenland«, verkündete sie. »Wir nehmen die Fähre, und dann fahre ich euch ganz hinauf auf den Olymp und zeige euch den Platz, wo die Götter gesessen und Beschlüsse gefasst haben. Ihr werdet schon sehen, das wird eine tolle Sache.«

Wahrscheinlich wollte sie uns das Gefühl vermitteln, es hätte sich nichts verändert, und unser Leben verliefe so glatt wie früher, auch wenn sie nun allein dafür verantwortlich war. Aber ohne Oliviero war es eine andere Welt.

Auch Griechenland war völlig anders.

Zwar hatten sich die Farben der Inseln nicht verändert: weiß getünchte Häuser mit leuchtend blauen Läden und Basilikumtöpfen auf den Fenstersimsen. Der Salzgeschmack auf unserer Haut, die Maserung des Sonnenlichts auf unseren Haaren, die Fischer, die im Hafen ihre Netze flickten und Tintenfische auf die Felsen schlugen – das war alles genauso wie im Jahr zuvor. Isabella und ich versuchten dieselben Gerichte zu bestellen, wenn wir im Restaurant auf der Terrasse saßen, frühmorgens schwimmen zu gehen, solange das Wasser am klarsten war, am Strand glatte Quarzkiesel zu sammeln, wie immer. Aber es war nicht mehr dasselbe, es kam uns falsch vor. Je mehr wir uns bemühten, desto melancholischer wurden wir.

Wir taten, als bemerkten wir nichts von Albas Launenhaftigkeit, ihren Ausbrüchen gegenüber den Kellnern in der *taverna* am Ort, die ihrer Meinung nach nicht schnell genug waren, oder von ihren Schmollphasen, in denen sie uns stundenlang nicht zur Kenntnis nahm. Sie hatte ein Tagebuch angefangen, und manchmal saß sie eine halbe Ewigkeit auf der Terrasse unseres kleinen Ferienhauses und schrieb. Wir sollten sie ja nicht dabei stören, hatte sie uns eingeschärft. Immer gab es diese Grenzen, die man nicht überschreiten durfte, auch wenn sie so tat, als hätten wir es sehr schön miteinander.

Allerdings fuhr sie mit uns, wie versprochen, zu einer berühmten Ruine auf einem Berg irgendwo auf der Peloponnes. Es war ein heißer Nachmittag und die Straße sehr steil und kurvenreich. Isa und ich waren aufgeregt – das war unsere große Expedition. Wir lasen Alba aus dem Reiseführer vor, in der Hoffnung, auch ihr ein wenig Begeisterung zu entlocken. Aber sie warf immer wieder einen Blick auf die Straßenkarte und wirkte ziemlich angespannt. Sie hörte uns nicht einmal zu, und schön fand sie es auch nicht.

»Das dauert Stunden, bis wir da oben sind«, sagte sie mit gerunzelter Stirn und blickte zum Gipfel des Berges hinauf.

»Aber nein«, sagte Isa leichthin, »es sieht nur weit aus.«

»Klar. Als wärst du schon dort gewesen«, fuhr Alba ärgerlich auf. »Außerdem kann ich Höhen nicht ausstehen.«

Dabei war es wirklich schön. Die Asphaltstraße hörte auf, und wir fuhren jetzt auf einem Feldweg, der sich entlang der Bergflanke aufwärts schlängelte. Der Giulietta schleppte sich einigermaßen mühsam dahin, während der Weg immer steiler wurde, unter den Reifen flogen immer wieder Steine auf und in den Abgrund davon. Die Aussicht war atemberaubend. Die Ebene unter uns lag in der Nachmittagssonne, und wir konnten kilometerweit sehen. Ein felsiges Gelände, hier und dort vereinzeltes Gestrüpp: Man rechnete fast damit, einen griechischen Krieger in seinem Bronzeharnisch auftauchen zu sehen. Ja, so hatten wir uns das alte Griechenland vorgestellt.

Alba trat auf die Bremse, und der Wagen kam jäh zum Stehen.

»Ich kann das nicht«, sagte sie. Kreuzte die Arme auf dem Steuer und verbarg das Gesicht darin.

Wir warteten, ob noch mehr kam. Spähten aus dem Fenster. Bis auf einen gelegentlichen Windstoß im Gebüsch war kein Laut zu hören.

Dann schlug sie fest mit einer Faust auf das Steuer. Wir zuckten zusammen.

»Ich hasse Höhen. Ich fahre keinen Meter auf dieser Straße weiter.«

»Dann kehren wir eben um«, sagte Isabella abrupt, anscheinend ohne eine Spur von Mitgefühl, einfach nur gereizt.

Isabella ließ sich von Albas Launen oder unerklärlichem Verhalten nicht mehr einschüchtern wie ich, sondern reagierte jedes Mal gekränkt, wenn Alba ihre mütterlichen Pflichten nicht erfüllte – wie ein zorniger Kunde, dem man einen maßlosen Preis für eine beschädigte Ware abverlangt hat.

Ob sie uns enttäuschte oder nicht, war Alba allerdings völlig gleichgültig. »Umkehren! Fällt mir überhaupt nicht ein!«, fuhr sie Isabella an. »Ich kann hier nicht umkehren, es ist viel zu eng, siehst du das nicht?«

Mit einer Grimasse sah Isabella mich an und klopfte sich mit dem Finger an die Schläfe. Ich zuckte die Achseln. Ich wollte nichts damit zu tun haben.

»Und was jetzt? Sollen wir vielleicht die ganze Nacht hier sitzen?«, fragte Isa mit wachsender Wut.

Alba rührte sich nicht.

»Tut mir Leid, aber du kannst doch nicht einfach mitten auf der Straße steh–«

»Halt endlich den Mund!«, schrie Alba und starrte Isabella zornig an. Sie war rot angelaufen, und ihr Blick war wild. »Dann fahr doch selber!«

»Wäre zu schön, wenn ich's könnte – dann wäre ich nicht auf eine Irre wie dich angewiesen«, schrie Isa zurück. Ihr Gesicht rötete sich, und auf der Stirn trat eine pulsierende Ader hervor.

Ich stieß Isabella mit dem Ellenbogen in die Seite: Wenn Alba in dieser Stimmung war, hielt man besser den Mund. Doch Isa schob meinen Arm fort und stieß die Beifahrertür auf.

»Sie ist komplett verrückt. Bleib du doch bei ihr, ich hab's satt«, zischte sie in meine Richtung, während sie ausstieg. Ich sah zu, wie sie sich auf einen Felsen am Straßenrand setzte und uns den Rücken zukehrte.

Ich blieb im Auto sitzen und sagte nichts – sehr lang, wie mir schien. Auch Alba rührte sich nicht; sie saß da, den Kopf zwischen den Armen auf das Steuer gelegt, als gäbe es mich nicht. Die Sonne sank immer tiefer, bis sie hinter dem Hügelkamm verschwunden war. Ich starrte weiter aus dem Fenster, als bestünde die Chance, dass dort draußen etwas passierte, doch es wurde nur immer dunkler, kühler und unheimlicher. Isabella saß vornübergebeugt da, den Kopf zwischen den Knien, und zeichnete mit einem Ast Kreise in den Staub.

»Da kommt ein Auto herunter!« Isa sprang auf und deutete

den Berg hinauf. Weit oben sah ich schwach das Scheinwerferlicht eines Wagens um eine Kurve biegen. Alba hob langsam den Kopf und hielt Ausschau. Ihre Wimperntusche war heillos zerflossen, und sie sah aus wie eine Verrückte, die einen Kampf hinter sich hatte.

Es war, wie sich bald zeigte, ein englisches Ehepaar mit zwei halbwüchsigen Jungen auf dem Rücksitz. Sie kamen von denselben Ruinen, die auch wir hätten besichtigen wollen. Alba war unterdessen ausgestiegen und hatte den Wagen angehalten: Ich beobachtete sie, wie sie sich zum Fenster hinunterbeugte und Französisch mit ihnen sprach. Die beiden nickten wiederholt voller Mitgefühl, während sie gestikulierte und mehrmals auf uns und das Auto deutete; und immer wieder hieß es *bien sûr* und *pas de problème*. Dann rückte die Gattin, eine dünne blonde Frau mit Sommersprossen, auf den Fahrersitz, während der Mann in unser Auto stieg. Er lächelte uns zu, sagte *Hello there*, ließ den Wagen an und schaltete die Scheinwerfer ein. Ohne einen Blick auf uns setzte sich Alba neben ihn. Während er unser Auto bergab steuerte, plauderten sie miteinander – Alba in ihrem tadellosen Französisch, das sie immer wieder gern unter Beweis stellte. Die Ruinen auf dem Gipfel seien herrlich, großartig, sagte er, noch nie habe er dergleichen gesehen. Sie stellte eine Menge Fragen, als interessierte sie sich tatsächlich für die Ruinen – ganz anders als zuvor, als Isabella aus dem Reiseführer vorgelesen und sie nicht einmal mit halbem Ohr zugehört hatte. Dann teilte sie ihm mit, wir kämen jeden Sommer nach Griechenland und hätten schon viele der griechischen Sehenswürdigkeiten besichtigt. Ob sie schon auf Delos gewesen seien? Als er verneinte, schüttelte sie gewichtig den Kopf und sagte, sie dürften keinesfalls aus Griechenland abreisen, ohne auf der Insel gewesen zu sein.

Unten angelangt und wieder auf der asphaltierten Straße, stellte der Engländer den Wagen am Straßenrand ab. Seine Frau hielt hinter uns. Wir sahen zu, wie er noch ein paar Nettigkeiten mit Alba austauschte, ihr die Hand schüttelte und wieder in sein eigenes Auto stieg. Ich hatte das seltsame Gefühl, Alba sei enttäuscht, dass es der Engländer so eilig hatte, zu seiner Familie zurückzukehren: Das weiß ich noch, weil sie im selben Moment, als wir wieder zu dritt waren, in ein missmutiges Schweigen verfiel.

Die englischen Jungen winkten uns zu, als ihr Wagen uns überholte und davonpreschte. Wahrscheinlich fanden sie uns nur bemitleidenswert. Ich stellte sie mir vor, alle vier, wie sie über uns lachten, während sie davonfuhren. Diese verrückte Italienerin, die mit ihren zwei Töchtern auf halber Höhe stecken bleibt. Hochgestochen bis dort hinaus, aber kann nicht mal ihr eigenes Auto fahren, das muss man sich vorstellen.

* * *

Als nach diesem ersten Sommer ohne Oliviero die Schule wieder anfing, hofften wir, das Leben werde in halbwegs vertraute Bahnen zurückkehren und der Winter unsere Wohnung wieder in die gemütliche Zuflucht verwandeln, wie wir sie gekannt hatten. Aber wir hofften vergebens.

Abends war oft Angelica zu Besuch, und dann saßen die beiden hinter geschlossenen Türen im Wohnzimmer und ließen die Eiswürfel in ihren Scotch-Gläsern klingeln. Mahlzeiten gab es unregelmäßig, häufig war der Kühlschrank überhaupt leer, und wir mussten vor Ladenschluss noch rasch einkaufen gehen. Oft läutete mitten in der Nacht das Telefon: Dann wurden eilig Türen zugeschlagen, und wir hörten Albas Flüstern, manchmal ein gedämpftes Kichern durch die geschlossene Tür.

Es war immer eine männliche Stimme, die sie sprechen wollte. Als ich sie zum ersten Mal hörte, erschrak ich: Sie war so herrisch und unfreundlich.

»Ist Alba da?«

Kein Hallo, kein Bitte, kein Kann-ich-vielleicht, kein Wer-ist-am-Apparat, kein Hier-ist …

Wenn sie mit ihm sprach – und ich in der Nähe war und ein paar Worte aufschnappen konnte –, beschränkten sich die Gespräche meist auf Wo-, Was- und Wann-Mitteilungen. Ein paar Minuten, nachdem sie aufgelegt hatte, stand sie unweigerlich in der Tür zu unserem Zimmer, zog mit der einen Hand den Reißverschluss an ihrem Kleid zu, während sie mit der anderen ihre Haare zu einem Knoten schlang, eine Haarnadel zwischen den Zähnen.

»Ich gehe kurz weg, meine Süßen. Im Kühlschrank ist Schinken und Käse, falls ihr Hunger habt.«

Eines Tages rief der Mann in ihrer Abwesenheit an.

»Richte ihr aus, dass Bruno angerufen hat«, wies er mich barsch an, als spräche er mit einer Sekretärin, für die er keine Zeit hatte.

Bruno.

Eine Zeit lang beschäftigte ich mich mit dem Klang des Namens.

Er gefiel mir nicht. Zu bedrohlich.

Als Alba zurückkam, brachte ich es einfach nicht über mich, ihn auszusprechen. Fast als ließe ich den Mann mit der bloßen Erwähnung seines Namens zu einer konkreten Gestalt werden. Während er von mir aus lieber ein Geist bleiben sollte. Also tat ich, als hätte er mir nichts aufgetragen, und schwieg.

Am nächsten Tag, als sie abends von einem ihrer geheimnisvollen Ausflüge zurückkam, saßen Isabella und ich in der Küche und aßen ein Schinkensandwich. Alba riss die Tür auf und funkelte mich wütend an. Sie hatte nicht einmal ihren Mantel abgelegt. Ihre Hand umklammerte den Riemen ihrer Tasche.

»Gestern hat jemand für mich angerufen, und du hast mir nichts gesagt.«

»Nein, ich –«

»Mach das ja nie wieder«, zischte sie, während sie mit dem Finger auf mich zeigte; dann stürmte sie aus der Küche.

Isabella verzog das Gesicht und wartete auf meine Reaktion.

»Was starrst du so?«, fuhr ich sie an, den Tränen nahe.

Schweigend saßen wir am Küchentisch. Wir hörten, wie sich Alba ein Bad einlaufen ließ.

»Wieso hast du's ihr denn nicht gesagt? Du siehst doch, wie fuchsteufelswild sie jetzt schon wieder ist«, sagte Isa in ihrem üblichen sarkastischen Ton.

»Ich hab's vergessen.«

Dann versuchte ich sie zu provozieren.

»Ich dachte, der Kerl ist vielleicht von der Polizei«, sagte ich in der Hoffnung, sie werde sich meiner improvisierten Theorie anschließen und meinen bösen Verdacht vielleicht zerstreuen.

»Ach was«, sagte sie und biss in ihr Sandwich. Und fügte hinzu, beinahe mit Genuss: »*Ich* glaube, das ist der Liebhaber.«

Wieder hatte sie den Bann gebrochen. Natürlich wusste ich seit dem Tag in Mykonos, an dem Isa ihn zum ersten Mal erwähnt hatte, dass er die ganze Zeit existiert haben musste. Warum sollte eine Frau derart besessen Tagebuch schreiben, mit einer Freundin hinter verschlossenen Türen Geheimnisse austauschen und in stundenlanges Sinnieren verfallen, wenn sie nicht verliebt war?

»Das geht übrigens schon eine ganze Weile«, sagte Isabella.

»Wirklich?« Ich war sprachlos.

»He, ich weiß, dass du mich für verrückt gehalten hast, aber du hast wirklich keine Ahnung, wozu sie in der Lage ist. Wach endlich auf!« Sie schnalzte mit den Fingern vor meinem Gesicht und stolzierte aus der Küche.

Eines Abends tauchte Bruno schließlich leibhaftig auf. Er trat hinter Alba ins Wohnzimmer. Isa und ich starrten ihn verblüfft an und konnten nicht glauben, dass er tatsächlich sein Gesicht zu zeigen wagte.

»*Bambine*, das ist Bruno«, stellte Alba ihn vor, und in ihrer Stimme schwang ein neuer, nervöser Tonfall mit. Dann fügte sie hinzu, wie um seine Anwesenheit zu rechtfertigen: »Er ist Angelicas Bruder.«

Nun fügte sich alles zusammen. Wir hatten schon lange geahnt, dass die Harfenistin nichts Gutes für uns bedeutete.

Der Name passte zu ihm: Bruno war dunkel, klein, bedrohlich. Seine Handrücken und Finger waren behaart, auch aus dem offenen Kragen seines blütenweißen Hemds wuchsen Haare. Er trug einen dunkelblauen Anzug, der ihm an den Schultern zu eng war, und hatte etwas von einem Stierkämpfer: klein, aber stark, ein Paket aus Muskeln und Nerven. Wahrscheinlich konnte man ihn sexy finden, jedenfalls war er sexuell geladen. Höchst beunruhigend fand ich die Art, wie er meine Mutter ansah, obwohl ich damals noch nicht wusste, was sinnliches Verlangen ist.

»Das sind meine kleinen Mädchen, Alina und Isabella«, sagte sie zögernd, dann wandte sie sich zu uns und setzte in schmeichelndem Ton hinzu: »Bruno hat so viel von euch beiden gehört, dass er vor Neugier auf euch schon beinahe geplatzt ist!«

Bruno bedachte uns mit einem halben Lächeln und gab uns nacheinander die Hand. Nach seiner steifen Haltung zu urteilen, hatte auch er, wie seine Schwester, bislang nicht viel mit Kindern zu tun gehabt.

»Hallo«, sagte er, während er die Hand ausstreckte – nicht gerade überschwänglich für jemanden, der es kaum hatte erwarten können, uns endlich kennen zu lernen.

Alba kümmerte sich um die Getränke, während er auf dem Sofa saß, mit den Fingern auf die Armlehne trommelte und sich sichtlich unbehaglich fühlte. Er wirkte fehl am Platz in unserem chaotischen Wohnzimmer. Sie kam mit zwei Gläsern Scotch auf einem feinen Tablett zurück. Noch nie hatte sie in unserer Anwesenheit etwas auf einem Tablett serviert.

An dem Abend gingen Isabella und ich früh zu Bett. Alba hatte ihr Kinn auf und ab bewegt, wie sie es sonst immer tat, wenn sie mit Angelica auf dem Sofa saß.

»Zeit zum Schlafengehen, ihr zwei. Putzt euch die Zähne, und ab ins Bett.«

Diesmal aber saß sie neben *ihm* zusammengerollt auf dem Sofa, ihre nackten Füße streiften *seine* Beine.

Ausnahmsweise sagte Isa nichts, als sie ins Bett stieg. Ich hatte von ihr einen endgültigen sarkastischen Kommentar erwartet, ihre Schlagzeile zur Situation; sie sollte unseren neuen Feind benennen und sich über ihn lustig machen. Ihr Schweigen beunruhigte mich: Was sich dort drüben im Wohnzimmer abspielte, hatte sie derart niedergeschmettert, dass für Witze kein Platz mehr war.

Und wie sich herausstellte, hatte sie allen Grund, niedergeschmettert zu sein.

Alba und Bruno heirateten ein paar Monate später. Die Hochzeit fand in aller Eile statt, weil Alba schwanger war. »Ich will nicht heiraten, wenn man schon den Bauch sehen kann«, teilte sie uns eines Morgens im Badezimmer mit, während sie im Spiegel ihr Profil musterte.

Bruno hatte Geld. Seine Familie besaß mehrere Möbelgeschäfte, und er war der Erbe. Er sei ein viel beschäftigter Mann, erfuhren wir, und häufig im Ausland unterwegs. Er fuhr ein dickes Auto, trug eine mächtige goldene Armbanduhr, lud uns sonntags in teure Restaurants ein. Er hatte nie viel zu sagen, aber er war nicht unfreundlich. Wir ignorierten einander, verstanden es, uns nie gegenseitig im Weg zu stehen. Uns an diesen Fremden zu gewöhnen war einfacher, als wir gedacht hatten.

Die Hochzeit sollte eine ganz schlichte Zeremonie sein, ohne Feier und ohne Reden. Isa und ich wurden währenddessen für eine Woche in die Casa Rossa geschickt. Alba und Bruno planten eine kurze Hochzeitsreise nach Capri, und das war alles.

Mit seinem brandneuen Lieferwagen holte Stellario uns vom Bahnhof ab und fuhr uns zur Casa Rossa. Unterwegs redete er vom Wetter, von dem Obst, das Celeste für den Winter eingemacht hatte, von seiner Enkelin Adele, die so gut in der Schule war. Alba erwähnte er nicht. Zu Hause fanden wir eine merkwürdig gespannte Atmosphäre vor. Jeanne wirkte peinlich berührt.

»Sie hat nicht mal das Trauerjahr abgewartet«, hörten wir sie leise zu Celeste sagen, während sie gemeinsam in der Küche das Mittagessen zubereiteten. »Hätte sie denn nicht vorsichtiger sein können?«

»Es gibt doch Möglichkeiten…«

»Ich weiß, das sage ich doch. Sie ist eine Frau, sie sollte es wissen.«

»Die Mädchen tun mir Leid.«

»Die werden sich schon dran gewöhnen«, sagte Jeanne. »Er ist ein netter Mann, glaube ich. Und nicht arm.«

Die Stiefmutter, die sich auf die Seite des Neuankömmlings stellt. Der böse Stiefvater aus diesem hässlichen Märchen.

Aber Lorenzo war außer sich.

»Eure Mutter ist völlig schwachsinnig«, sagte er, kaum hatten wir uns zu Tisch gesetzt. »Das könnt ihr ruhig wissen.«

»Lorenzo, bitte fang nicht wieder an«, versuchte Jeanne ihn zu beschwichtigen.

»Du sei still. Sie sollen sich keine Illusionen machen, mit wem sie's zu tun haben. Eine total unkritische, beschränkte, sexuell fixierte Kreatur, die einzig und allein ihrem so genannten Instinkt folgt. Und jetzt einen Gangster heiratet, bloß weil sie sich hat schwängern lassen. Als könnte man heutzutage nicht abtreiben. Als könnten wir ihr nicht finanziell unter die Arme greifen. Aber nein, sie muss ja seine *Frau* werden« – er schüttelte ungläubig den Kopf –, »damit wir den Rest unseres Lebens in Entsetzen über ihn und seinen Nachwuchs zubringen. Heilige Muttergottes!«

Der Zorn unseres Großvaters war beruhigend. Endlich jemand, der offen eingestand, dass es durchaus einen Anlass gab, sich aufzuregen. Sich *unheimlich* aufzuregen.

⋆ ⋆ ⋆

Kaum waren wir nach Rom zurückgeschickt worden, zogen wir aus der Wohnung in der Via del Babbuino aus. Wir ließen die geräumigen hohen Zimmer, die altmodischen Rohrleitungen und kirschroten Lehnsessel, den schattigen Garten und die rostfleckigen Gewächshäuser des *Hôtel de Russie* hinter uns. Und Oliviero in der kleinen Kammer am Ende des Korridors, in der es noch immer nach seinen Zigaretten roch.

Wir zogen in ein neues Stadtviertel, eine Gegend ohne Läden und Cafés und ohne Charme. Dort gab es keine Torbögen, keine Gewölbe, keine Schnörkel und Kringel, alles war schachtelförmig. Unsere neue Wohnung hatte viereckige Balkone, hellgrüne Kacheln im Bad und kalte, glänzende Fußböden.

Wie sollen wir hier leben, fragten wir uns stumm, als wir das erste Mal durch die leeren Räume gingen und uns auf einen Stapel Kartons setzten. Die Wohnung erschien uns trübselig, gesichtslos, unwirtlich, und sie roch immer noch nach Farbe. Ein Ort, den man sich schwerlich als Zuhause vorstellen konnte.

Bruno wohne nicht gern in der Innenstadt, es sei ihm dort zu hektisch, sagte Alba. Hier haben wir eine Garage und einen Portier.

Nach und nach füllte sich die Wohnung mit neuen Möbeln. Modernem Design.

Die Leblosigkeit und Kälte der neuen Umgebung war mir zuwider. Keine Sofas mit weichen Kissen und runden Armlehnen mehr, keine fadenscheinigen türkischen Teppiche, keine expressiven Ölgemälde von Lorenzo an der Wand. Vorbei war es mit den tiefen Schattierungen von Orange und Rot, den satten Grün- und kremigen Gelbtönen, vorbei mit dem weichen Licht, das durch alte Lampenschirme sickerte. Diese Wohnung bestand ganz aus Beige und Grau, Stahl und Glas, Zacken und Kanten, niedrigen rechtwinkeligen Tischen, harten Sitzmöbeln, grellem Licht aus abscheulichen Plastikkugeln. Es sah aus wie in einem Einrichtungsgeschäft. Die Fenster gingen auf eine hässliche Straße mit jungen Bäumen hinaus, auf der alte Damen oder ihre Dienstmädchen winzige Hündchen an der Leine spazieren führten. Alles war still und leblos, man konnte ganze Vormittage lang zuhören, wie die Fliegen summend gegen die Glasscheibe des Küchenfensters prallten. Die Außenwelt wirkte perfekt herausgeputzt und völlig tot, als lägen alle Nachbarn in identischen Särgen, die Arme über der Brust gekreuzt, und warteten auf die Orgel, die das Requiem anstimmte.

Es war, als wären wir über Nacht entführt und in ein fernes Land verschleppt worden, dessen Sprache wir nicht verstanden. Nichts passte zusammen, und unser Orientierungssinn war einfach nicht gut genug.

Zu allem Überfluss wirkte Alba unwiederbringlich verloren. Sie hüllte sich in eine Aura des Geheimnisvollen. Obwohl es keine Ausflüge mehr gab und kein heimliches Stelldichein zu organisieren galt, seitdem sie Bruno geheiratet hatte, war sie immer ein wenig abwesend. Nun schloss sie sich die meiste Zeit in ihrem Schlafzimmer ein. Sie sei müde, sagte sie, sie brauche Schlaf. Irgendetwas ließ sie benommen und antriebslos werden; sie sagte, es sei die Schwangerschaft. Wenn Bruno nach Hause kam, fanden hinter verschlossenen Türen endlose Gespräche statt, von denen wir nichts mitbekommen sollten; aber wir hörten häufig ihre weinerliche Stimme.

Ich glaube, bis dahin hatte ich mich stets der Erkenntnis verweigert, dass sie uns von Anfang an fremd gewesen war. Vielleicht hatte Olivieros Gegenwart ihre Fremdheit erträglicher gemacht – dass sie uns jetzt, wo wir sie so dringend gebraucht hätten, endgültig entglitt, bedrückte mich sehr.

* * *

Ich dachte, es müsse doch einen Weg zurück in Olivieros Welt geben, einen Ort, wo es noch immer großartige Gutenachtgeschichten gab, Campari-Soda im *Caffè Rosati*, Büros, in denen es zuging wie im Zirkus, komplizierte Filmhandlungen, eine Welt, in der man eine kleine Kammer betreten und neben einem Mann sitzen konnte, der rauchte, lächelte, auf seiner Schreibmaschine tippte, der einem neben sich Platz machte, damit man seine Schulhefte ausbreiten konnte, und der einen »Affenköpfchen« nannte. Diese Welt war in derselben Stadt gewesen, gar nicht weit, und doch kam sie mir vor wie Lichtjahre entfernt.

Wir durften nicht mehr von ihm sprechen. Das Verbot war zwar nicht offiziell, ging jedoch aus Albas Verhalten stillschweigend hervor: Wann immer Isa oder ich das Wort »Papa« in den Mund nahmen, erstarrte sie.

»Ja, Schatz?«

»Was ist aus Papas Schreibmaschine geworden?«

»O Gott.« Ihr Rücken krümmte sich wie bei einer Katze, die das Fell sträubt, und sie wandte den Blick ab. »Keine Ahnung. Ich weiß es wirklich nicht.«

Dann runzelte sie die Stirn und fragte gereizt: »Wozu hättest du sie denn gebraucht?«

»Ich muss was für die Schule tippen.«

Sie seufzte und sah mich an, als hätte ich versucht, einen Bettler um Geld anzugehen.

Sie fand, wir sollten das alles vergessen. Wir führten jetzt ein neues Leben, bewohnten ein neues Haus, erwarteten ein neues Baby. Warum kamen wir immer wieder an und fragten nach Bruchstücken aus der Vergangenheit?

Der Vorfall, der Unfall, das Versehen. Wie immer sie es nannte, was immer an jenem Tag in jenem Zimmer passiert war: ob wir nicht so freundlich sein und die ganze Sache ein für alle Mal vergessen könnten?

* * *

Dann fanden wir eines Tages, als wir von der Schule zurückkamen, die Wohnung leer und auf dem Esstisch eine Nachricht.

Wir sind beim Arzt. Im Kühlschrank ist ein Brathähnchen, wärmt es euch auf.

Am Abend saßen Isabella und ich Karten spielend am Küchentisch, als wir den Schlüssel in der Tür und ihre gedämpften Stimmen hörten. Ein paar Sekunden später wurde Albas Schlafzimmertür geöffnet und wieder geschlossen, und in ihrem Bad lief das Wasser. Bruno kam herein und setzte sich zu uns an den Tisch. Er sah müde aus.

»Eure Mutter hatte eine Fehlgeburt«, sagte er und sah uns verlegen an. Es war ihm sicher unangenehm, dass er derjenige sein musste, der es uns sagte. Aber offensichtlich hatte sie ihn geschickt.

Ich war weder bestürzt noch traurig. Für mich – und ich glaube, für Isabella ebenso – war dieses Kind, das Alba erwartete, nur ein abstrakter Begriff gewesen und hatte überhaupt nichts bedeutet. Ohnehin wäre es das Kind der beiden gewesen, der Beweis dafür, dass sie ein normales Paar geworden waren. Das Baby hätte sie zu Eltern gemacht, und niemand hätte mehr Klytämnestra und Ägisth in ihnen gesehen. Jetzt empfand ich eine geheime Freude und vor allem Erleichterung, dass ihnen dieses kleine Familienidyll nun doch nicht beschieden war.

»Geht es ihr schlecht?«, fragte Isabella geistesabwesend, während sie ihr Blatt musterte und gemächlich eine Karte herauszog.

»Nein, alles in Ordnung. Sie ist nur müde, weiter nichts.« Er stand auf, beugte sich über Isabellas Schulter und schaute ihr in die Karten. »Der Arzt meint, sie muss sich jetzt gut ausschlafen, dann ist morgen wieder alles in Ordnung.«

Als Isabella im Begriff war, ihre Karte auf den Tisch zu legen, tippte er mit dem Zeigefinger auf eine andere.

»Vertrau mir«, sagte er.

Isabella sah ihn an, dann schüttelte sie den Kopf.

»Nein«, sagte sie, »lieber nicht.«

Wir sahen ihm nach, als er aus dem Raum ging und uns an der Tür eine gute Nacht wünschte. Wir reagierten nicht.

Isabella deckte ihre Karte auf. Es war der Herz-König. Ich hatte das Herz-Ass, und sie verlor das Spiel.

Das waren wir: zwei schmollende Teenager, die ihr neues Zuhause, die neue Schule nicht ausstehen konnten, die wütend auf ihre Mutter waren, feindselig gegenüber ihrem Stiefvater und die der Verlust ihres ungeborenen Geschwisters völlig kalt ließ.

Merkwürdig, wie schnell man lernt, nicht zu lieben.

Und erstaunlich, wie leicht es uns fiel.

Dann ereignete sich die Schrecken erregende Revolution, der Staatsstreich aus heiterem Himmel, der sich jedes heranwachsenden Mädchens bemächtigt, in seinem Körper das Unterste zuoberst kehrt und es dann erschöpft, unvorbereitet und voller Zukunftsängste unter einem neuen Regime zurücklässt.

Die Veränderungen, die mit Isabella vor sich gingen, bestürzten mich. Es war nicht nur ihre Verwandlung in eine junge Frau. Eher kam es mir vor, als hätte ihr Körper seine grundlegende Chemie umgestellt. Er verhärtete sich, bestand auf einmal nur noch aus Nerven und Muskelsträngen und -knoten. Ihre Haut wurde durchscheinend weiß: Man konnte das Geflecht blauer Adern sehen, das sich über die Weiße ihrer Unterarme breitete und die Unschuld des Halses und der Stirn aufriss wie eine Wunde. Unter dieser Haut, die jetzt kühl wie Schnee war, tosten Hitze, Blut und Flüssigkeitsströme; man wusste immer, dass direkt unter der Oberfläche irgendetwas wild pulsierte und pochte.

Das helle Graublau ihrer Augen war so transparent geworden, dass es aussah, als seien sie nur mit gefärbtem Wasser gemalt worden. Zuzeiten konnten sie kalt und leer werden, wie die Augen eines furchtstarren weißen Kaninchens. Es war, als wäre ihr Herz untergetaucht, in die Tiefe eines schwelenden Kraters hinabgestürzt, während die Außenwelt sich verfestigt hatte. In ihrem Körper lauerte ein stummer Hass.

Schon seit einer Weile besuchte sie einen Ballettkurs in einer kleinen Tanzschule in der Innenstadt nahe unserer alten Wohnung in der Via del Babbuino. Ich beneidete sie, wenn sie, einen Matchsack über der Schulter, mit dem Bus ins Zentrum fuhr, beneidete sie um den Unterricht in dem Studio mit den verspiegelten Wänden und dem Parkettboden, um die Gesellschaft der anderen Mädchen mit ihren schwarzen Trikots und Beinwärmern, um die Klaviermusik, die französischen Anweisungen, erteilt in der hohen Stimmlage der Lehrerin, während die Mädchen sich an der Stange reckten und dehnten. Ich beneidete sie um diese Stunden, die sie ganz für sich hatte, fernab vom Schweigen in unserer Wohnung, von der Melancholie unserer langen, leeren Nachmittage.

Die körperliche Anstrengung hatte sie geschmeidig, muskulös, flach werden lassen. Wie ein Soldat hatte sie sich mit der Vorstellung von harter Disziplin angefreundet. Es tat mir weh, wenn ich sie beim Spagat beobachtete. Wie ihre Beine sich spreizten, ihr Oberkörper sich flach auf den Boden legte, ihr Rumpf sich krümmte und bog: In meinen Augen war ihr Körper kein schönes Geschenk, sondern das Ergebnis einer selbst auferlegten Folter. Es war etwas Schmerzhaftes in ihrer Gelenkigkeit, ich brachte es kaum über mich, ihr dabei zuzusehen. Sie war wie ein Bonsai, vollendet geformt und doch entstellt.

Mein Körper hingegen war weicher und runder geworden, hatte seine Kanten verloren. Das Fleisch um die Arme und Schenkel verhüllte die Anspannung, ließ keine Nerven, keine Sehnen, keinen Puls in meinen Handgelenken erkennen. Meine Haare waren lockiger, meine Augen dunkler, meine Haut dicker. Niemand konnte erraten, was darunter vor sich ging.

Ich hatte mich umgänglicher, freundlicher gemacht, und die Leute waren mir gegenüber eher zu einem Lächeln bereit als gegenüber Isabella. Sie machte ihre Mitmenschen nervös.

Es war so plötzlich gekommen, dass uns der Blick in den Spiegel, die Erkenntnis, wie unterschiedlich wir waren, immer wieder überrumpelte. Entsprechend der inneren Entwicklung, die mit uns vorgegangen war, hatten wir auch unsere Körper in verschiedene Richtungen getrimmt.

⋆ ⋆ ⋆

Ich war fünfzehn.

Peppino Esposito war gealtert, aber ich erkannte ihn auf Anhieb, als ich ihn durch die Glastür des *Caffè Greco* sah, wie er an der Theke stand und in seinem Espresso rührte. Ich ging hinein, und da stand er: im Nadelstreifenanzug und mit Sonnenbrille wie

Aristoteles Onassis, inmitten einer Duftwolke aus Eau de Cologne.

Aus der Zeitung wusste ich, dass er es Anfang der siebziger Jahre mit einer Hollywood-Karriere versucht hatte und nach Beverly Hills gezogen war. Er hatte ein paar Katastrophen-Filme produziert – einer, ein Film über eine Gruppe von Personen, die in New York in einem Aufzug stecken geblieben sind, war ein schrecklicher Flop gewesen und hätte ihn beinahe ruiniert, während ein anderer über ein Schiff, das ins Packeis gerät, das Doppelte der Summe einspielte, die er investiert hatte, und ihn wieder ins Geschäft brachte, mächtiger denn je; dennoch kehrte er nach Cinecittà zurück, wo ihn alle kannten und wo er sich zu Hause fühlte.

Ich bemerkte seine steifen Manschetten, seinen Hemdkragen, seine gepflegten Fingernägel – alles an ihm war gestärkt, getrimmt und adrett und besagte: Alles unter Kontrolle. Das gefiel mir.

Ich schob mich durch die Menge, die sich an der Theke drängte, und stellte mich vor.

»Alina Strada«, rief er. »Unglaublich. Ich hätte dich nie wieder erkannt!« Er klopfte mir kräftig auf die Schulter, heiter, lächelnd, herzlich.

Er sagte, er sei eigentlich unterwegs zu einem Laden gleich um die Ecke, um eine Hermès-Krawatte zu kaufen; ob ich ihn begleiten wolle. Die Verkäufer im Laden kannten ihn alle und redeten ihn respektvoll als Dottore an. Er wusste genau, welche Krawatte er wollte – weinrot mit dünnen Streifen –, und der ganze Vorgang dauerte nicht länger als zehn Minuten. Er bezahlte mit mehreren Geldscheinen aus einem Bündel, das er in der Tasche trug, zusammengehalten mit einer silbernen Klammer. Dann ergriff er meinen Arm.

»Gehen wir zu Mario auf einen Aperitif. Das ist ganz in der Nähe.«

Er benahm sich, als hätte seine Sekretärin mich vor langer Zeit angerufen, um diesen Termin zu vereinbaren. Als hätten wir jede

Menge zu besprechen und brauchten einen ruhigen Platz dafür. Es kam ihm gar nicht in den Sinn, mich zu fragen, ob ich vielleicht etwas anderes vorhatte: Diese Selbstverständlichkeit war so besänftigend wie sein Eau de Cologne. Ich folgte ihm, förmlich hypnotisiert von seiner Art.

Wir betraten die behagliche, holzgetäfelte Bar des *Hôtel d'Angleterre*, wo der grauhaarige Barmann ihn liebenswürdig begrüßte.

»Dottor Esposito, wie schön, Sie zu sehen, Sie sind ja schon lang nicht mehr hier gewesen.«

»Mario«, sagte er ganz begeistert und hielt immer noch meinen Arm fest, »jetzt raten Sie, wer dieses hübsche junge Mädchen ist! Oliviero Stradas Tochter, können Sie das glauben?«

Mario musterte mich lächelnd.

»Ja, sie sieht Signor Strada ähnlich. Die Augen, das Lächeln. So was.«

Er nahm meine Hand und hielt sie ungläubig fest.

Esposito bestellte nun zwei Gläser Champagner und warme Trüffel-Kanapees, und Mario versicherte, das gehe natürlich aufs Haus.

»Signor Strada war einer meiner liebsten Gäste«, erklärte er, während er langsam die Champagnerflöten füllte, »so ein kluger, distinguierter Mann. Er war häufig hier, ich kann sagen, er war eigentlich mehr ein Freund als ein normaler Gast. Manchmal besprach er sogar seine Ideen mit mir. Er schätzte es, wenn er ein Feedback bekam, die Reaktionen der Leute interessierten ihn.«

»Dein Vater war ein feiner Mensch«, sagte Esposito und hob sein Glas. »Von einem sehr seltenen Schlag.«

Wir saßen in der leeren Bar an der Theke. Mario schenkte sich ebenfalls ein Glas ein, und wir stießen an.

»Auf Oliviero.«

Es war dunkel im Raum, die Kanapees waren köstlich, die Holztheke roch nach Wachs und Zigarettenrauch. Noch nie hatte ich mitten am Tag Champagner getrunken. Esposito wischte mit der Spitze seiner Krawatte seine dunkle Brille sauber.

»Wie ich höre, hat deine Mutter wieder geheiratet, richtig? Sie ist freilich so eine reizende junge Frau, ich hatte mir schon gedacht, dass sie...« – er räusperte sich – »du weißt schon... wieder heiraten würde.«

»Ja«, sagte ich. Der Champagner machte mich kühn. »Meine Schwester und ich verstehen uns nicht besonders mit ihr und unserem Stiefvater.«

»Wirklich? Das tut mir Leid. Na ja, siehst du, dein Vater war eben ein Mensch, den man nicht einfach ersetzen kann. Ich bin noch immer nicht ganz drüber hinweg... über seinen... über die Art, wie er von uns gegangen ist.«

Mario schüttelte langsam den Kopf und senkte den Blick. Esposito, der prüfend seine Brille musterte, um sich zu vergewissern, ob sie auch wirklich sauber war, fuhr fort: »So völlig unerwartet. Ich meine, niemand wäre je auf die Idee gekommen, dass einer wie er Selbstmord begeht. Unerklärlich, ich frage mich heute noch, wieso.«

Diese beiden Männer, das spürte ich, hatten ihn noch längst nicht vergessen, fragten sich noch immer nach dem Grund, suchten nach einer Antwort. Der Barmann und der Produzent. Die treuen Freunde meines Vaters. Schüttelten den Kopf, zündeten ihre Zigaretten mit einem goldenen Cartier-Feuerzeug an, das Glas in der Hand. Auf einmal kam mir der Gedanke, sie könnten eine Antwort wissen, und dies könnte der Tag sein, an dem ich einen Schritt weiterkäme. Ich war zuversichtlich, fühlte mich sicher im Schutz der halb dunklen Bar, die zu dieser frühen Stunde noch so ruhig war wie eine Kirche. Die Holztäfelung, die Stille, das alles brachte mich auf die Idee, dies könnte der beste Ort für ein Geständnis sein.

Ich wollte erst einmal ausloten, wie weit ich gehen konnte.

»Ich glaube, er hat meine Mutter sehr geliebt, und vielleicht hat sie...«

»Ja, stimmt«, fiel mir Esposito mit einer ausladenden Handbewegung ins Wort. »Es könnte damit zu tun haben.«

Man sah ihm an, dass er das Thema nicht vertiefen wollte.

Eine Zeit lang saß er stumm auf seinem Hocker, rauchte vor sich hin, starrte auf die Flaschen gegenüber.

»Dabei fällt mir übrigens ein, dass ich noch immer ein wunderbares Drehbuch von ihm habe. Sein bestes eigentlich.« Er neigte sein leeres Glas in die Richtung von Mario, der es langsam wieder voll schenkte. »Absolut brillant. Ein Film wie *Der Konformist*. Mit der richtigen Besetzung wäre in Amerika ein Kassenschlager draus geworden.«

»Warum haben Sie's nicht gemacht?«

»Er wollte nicht. Er hat die Rechte von mir zurückverlangt.«

»Wieso?«

»Wegen deiner Mutter. Nachdem sie das Drehbuch gelesen hatte, drohte sie ihm, ihn zu verlassen, falls je ein Film daraus würde. Deswegen hat er mich bekniet, ihm seine Rechte zurückzugeben.«

»Sie meinen, er hat Ihnen das Geld zurückgegeben?«

»Ja. Aber ich war stinkwütend«, sagte er in scherzendem Ton. »Es war so ein großartiges Drehbuch, dass ich mich mit Händen und Füßen dagegen gewehrt habe.«

»Das kann ich mir vorstellen.« Ich witterte etwas. Ich nahm eine Olive aus einem Schälchen und spielte eine Weile damit herum.

»Und warum, glauben Sie, war meine Mutter so dagegen?«

Esposito rückte seinen Krawattenknoten zurecht und wedelte unbestimmt mit der Hand.

»Nun, es war die wahre Geschichte ihrer Familie. Du weißt schon, dein Großvater in Paris, vor dem Krieg.«

»Ach, *die* Geschichte. Meine Großmutter, die mit einer Nazi-Frau durchgebrannt ist.«

»Richtig. Aber verstehst du, ich hatte keine Ahnung, dass es wirklich passiert ist. Für mich war das einfach ein großartiger

Plot! Aber Alba wollte ihren Vater natürlich um keinen Preis derart bloßgestellt sehen. Was durchaus verständlich ist, um Gottes willen.«

Er wandte sich an Mario, als wäre er der Produzent, dem er die Geschichte anpreisen müsste, und begann unter heftigem Gestikulieren zu erzählen.

»Die Hauptperson ist dieser italienische Maler, der in den dreißiger Jahren nach Paris geht, weil er bei der Avantgarde mitmischen will – eigentlich um ein Leben als Bohemien zu führen und sich einen fröhlichen Lenz zu machen. Leider gerät er in die Hände der faschistischen Geheimpolizei, der Ovra, und die presst Informationen über eine Gruppe italienischer Flüchtlinge aus ihm heraus – Schriftsteller, Intellektuelle, die aus politischen Gründen nach Frankreich geflohen und aktive Widerstandskämpfer sind. Als diese Leute tatsächlich verhaftet werden, muss der Maler Paris verlassen, um Vergeltungsmaßnahmen seitens der antifaschistischen Bewegung zu entgehen, für die er natürlich ein Spion ist. Aber sein Leben lang redet er der ganzen Welt ein, es sei seine Frau gewesen, die der Ovra die Namen verraten hat. Er bringt es tatsächlich fertig, jedermann zu überzeugen, dass er selber immer ein echter Widerstandskämpfer war, seine Frau hingegen – eine Ausländerin – von Anfang an mit den Deutschen kollaboriert hat. Mit anderen Worten, er macht sie zum Sündenbock. Eine wunderbare Geschichte über Verrat.«

Ich nickte und trank meinen letzten Schluck Champagner.

»Sehr subtil. Verstehst du, es geht darum, dass er nicht *wirklich* ein Spion ist: Als der Maler die Informationen über seine Freunde ausplaudert, ist ihm überhaupt nicht bewusst, wie gefährlich die Ovra tatsächlich ist. Zu der Zeit – Ende der zwanziger und in den dreißiger Jahren – sahen die Intellektuellen die Faschisten noch mit durchaus gemischten Gefühlen, viele Künstler waren sogar in die Partei eingetreten. Vergiss nicht, dass der Faschismus aus dem Sozialismus hervorgegangen ist, die Leute standen ihm also noch recht zwiespältig gegenüber. Als die Ovra-Agenten nach Paris kommen und ihn in die Mangel nehmen, ist sich dein Großvater – ich meine, die Figur im Film – nicht darüber im Klaren, wie gefährlich diese Leute wirklich sind und was die möglichen Konsequenzen sein werden. Und natürlich ist er auch ein bisschen opportunistisch. Wer es zu was bringen wollte, versuchte natürlich, sich bei der Partei lieb Kind zu machen. Erst später, als die Ereignisse sich überstürzen, wird ihm klar, dass er an der Verhaftung, vielleicht am Tod dieser Leute schuld ist.«

Esposito verstummte, warf einen Blick auf seine hingerissenen Zuhörer und zündete sich eine weitere Nazionale an.

»Er verlässt also Paris und kehrt nach Italien zurück«, fuhr er fort. »Und nach dem Krieg rettet er seinen Ruf, indem er die Schuld komplett auf seine Ehefrau schiebt, die ihn, das ist wahr, wegen einer deutschen Frau verlassen hat. Die Jahre vergehen, und die überraschende Wende tritt ein, als wir erkennen, dass er inzwischen tatsächlich an seine Unschuld *glaubt*: Er ist absolut überzeugt, dass seine Frau die ganze Zeit für die Geheimpolizei gearbeitet hat. Und dass sie sich nicht einfach in diese Deutsche verliebte, sondern aus Gründen der Macht und der Politik eine Affäre mit ihr hatte. Das heißt, er schreibt nicht nur für sich selbst die Geschichte um, sondern inzwischen sind alle Leute in seinem Umfeld bereit, seine Version zu glauben. In gewisser Weise eine großartige Metapher für Italiens schlechtes Gewissen, könnte man sagen. So was in der Art.«

»Tolle Geschichte«, sagte Mario und stellte einen kleinen Teller mit frischen Kanapees vor ihn hin. »Heringsfilet und Eiaufstrich.«

»Danke.« Mit einem Zahnstocher spießte ich ein Brötchen auf und aß es mit einem Bissen, während ich mich um einen ungezwungenen Tonfall bemühte. »Also, Signor Esposito … Sie sagen, das Drehbuch ist noch bei Ihnen?«

»Ja. Und sag Peppino zu mir.«

»Okay.« Ich lächelte ihm zu, dankbar für die vertraute Atmosphäre, in die er mich einließ. Ich spürte mein Herz klopfen und versuchte mir nichts davon anmerken zu lassen.

»Ich würde es furchtbar gern lesen«, sagte ich.

Esposito starrte mich an. Wahrscheinlich begriff er erst in diesem Moment, dass ich nichts wusste. Dass mir diese wunderbare Geschichte über den Verrat in meiner Familie immer verborgen geblieben war. Ebenso wie die überraschende Wende.

Ich hielt es für besser, ehrlich zu sein.

»Wissen Sie, es gibt so vieles … so viel, was mir nicht ganz klar ist, ich meine: von dem, was damals passiert ist. Alle schweigen immer nur. Und seitdem mein Vater tot ist, kann ich überhaupt niemanden mehr fragen.«

Esposito, das wusste ich von meinem Vater, hatte immer gern große Rollen gespielt. Der Treue Freund, der Mann-der-die-Wahrheit-sagt. Der Produzent und Gentleman, der das inkriminierende Drehbuch zurückgibt.

»Du *sollst* es sogar lesen«, sagte Esposito; er war außerdem ein Mann schneller Entschlüsse. »Schließlich ist das jetzt alles Vergangenheit, und ich glaube nicht, dass du es so verstörend finden würdest wie deine Mutter. Wie alt ist dein Großvater jetzt?«

»Mitte siebzig. Aber immer noch fit. Wieso?«

»Nur so«, sagte er. »Ich will's nur wissen. Wegen möglicher gerichtlicher Maßnahmen. Ha!«

Wir traten hinaus in den Sonnenschein, beide ein wenig beschwipst. Er sagte, ich solle in seinem Büro anrufen, und er werde dafür sorgen, dass ich das Drehbuch abholen könne. Er winkte einem Taxi, das gerade einen amerikanischen Touristen vor dem Hotel absetzte, und stieg ein.

Dann streckte er noch einmal den Kopf aus dem Fenster. »Denk dran«, fügte er hinzu, »technisch gesehen, könntest du mir die Rechte wieder abtreten, sie gehören ja jetzt dir. Oder euch, dir und deiner Schwester. Ciao, meine Liebe, ruf mich an, wann du willst. Dann gehen wir zusammen Mittag essen.«

Als ich das Drehbuch gelesen hatte, gab ich es Isabella. Sie war bald regelrecht besessen davon. Wahrscheinlich sah sie in der Geschichte eine Art Vergeltung; sie sagte, jetzt sei ihr alles klar. Warum unsere Mutter so verrückt und weggetreten sei und Lorenzo so verbittert. Sie zweifelte keinen Moment daran, dass irgendetwas nicht wahr sein könnte, denn für sie war alles immer nur schwarz oder weiß – mit den Zwischentönen hatte sie es weniger.

Für mich war dieses Drehbuch eher eine Art Fetisch. Ich liebte es, die Seiten zu berühren, die eingegrabenen Buchstaben der altmodischen Schreibmaschine meines Vaters zu fühlen. Die Anmerkungen, die er eigenhändig in seiner winzigen Schrift an den Rand gesetzt hatte. Ein dunkler Ring auf der ersten Seite – das muss seine Kaffeetasse gewesen sein.

Als ich es zum ersten Mal las, zwang ich mich, nichts anderes darin zu sehen als die Handlung irgendeines Films. Wer weiß denn, was der Wahrheit entspricht und was Oliviero sich ausgedacht hat, damit die Geschichte *auf der Leinwand stimmt*, dachte ich. Ich wollte nicht glauben, dass irgendetwas davon wahr sein könnte – nicht nur wegen Lorenzo und seiner Lügen, sondern auch weil ich den Gedanken nicht ertrug, dass mein Vater Albas Familiengeheimnisse zu einem Drehbuch verarbeitet und an Esposito verkauft hatte. So wollte ich ihn nicht sehen. Ich hatte nie eine Spur von Zynismus an ihm erlebt und war auch jetzt nicht bereit, mein Bild von ihm zu revidieren. In meiner privaten Geschichte war Oliviero der Held und musste es weiterhin sein, für immer.

Ich rief Esposito nicht an, um ihm die Rechte erneut zu verkaufen. Noch war ich nicht bereit, mit diesem Teil der Vergangenheit Geschäfte zu machen, auch nicht dreißig oder vierzig Jahre später.

Jeanne starb 1976.

Es war ihr Herz. Es hörte einfach zu schlagen auf, irgendwann während der Nacht. Sie ging so, wie sie gekommen war: ganz still, darauf bedacht, allen Aufruhr zu vermeiden.

Zur Beerdigung fuhren Alba, Isabella und ich mit dem Zug nach Apulien, in die Casa Rossa. Es war nett, dieses Beisammensein, nur wir drei so viele Stunden in einem Abteil. Alba wirkte die meiste Zeit traurig. Sie starrte aus dem Fenster, und ich konnte beinahe sehen, wie ihre Gedanken sich über ihre Stirn schoben, aufs Geratewohl kamen und gingen. Doch als wir Bari hinter uns gelassen hatten, hellte sich ihre Miene auf, und sie saß aufrecht da, mit einem Mal hochgestimmt, als die Landschaft ihr immer vertrauter wurde. Es war lange her, seit sie zuletzt zu Hause gewesen war. Erst jetzt erkannte ich, dass wohl auch sie sich, genau wie wir, in der großen, kalten Wohnung, die so verschieden war von allen ihren früheren Wohnungen, einsam gefühlt hatte.

Es war November, und das Wetter war windig und kalt, ein grauer, regenschwerer Himmel hing tief über den Feldern.

»Seht nur, seht nur! Die Farbe der Wolken, das Silbergrau der Olivenbäume – ist das nicht wunderschön?« Sie konnte nicht aufhören, uns immer wieder auf etwas aufmerksam zu machen, als zeigte sie uns das alles zum ersten Mal. Als wir zur Casa Rossa kamen, lächelte sie.

»Wie rot das Haus in diesem Licht leuchtet! Anscheinend haben sie es vor kurzem frisch gestrichen.«

Das Haus war voller Menschen. Celeste und ihre Töchter bereiteten einen riesigen Leichenschmaus zu, auf der marmornen Tischplatte waren die *orecchiette* ausgelegt, aus dem Backofen duftete das frische Brot, in allen Zimmern brannte ein Kaminfeuer. In den Ecken saßen alte Frauen in Schwarz und beteten flüsternd den Rosenkranz, junge Mädchen servierten den Männern Suppe und Wein.

Signora Jeanne. Für sie war sie viel weniger eine Fremde gewesen als für uns.

Wie aus Stein gemeißelt saß Lorenzo mitten in der Küche. Als wäre alles Blut, alle Wärme, aus ihm gewichen und hätte ihn kalt und brüchig zurückgelassen. In der unheimlichen Reglosigkeit seiner Haltung, mit Teller und Löffel in der Hand, sah er aus wie ein abgestumpfter alter Bauer.

Sein glasiger Blick stimmte mich traurig: Er war nicht dafür geschaffen, allein zu leben, ohne Frau an seiner Seite. Ich konnte mir nicht vorstellen, wie Lorenzo nach dem Essen den Tisch abräumte, morgens Kaffee kochte, allein in seinem Bett schlief, und man sah ihm an, dass auch er davor Angst hatte.

Alba schlüpfte in ihren Jungmädchenkörper wie in ein altes Kleid. Ich sah sie Celeste mit dem Essen helfen, den Kamin schüren, den Tisch decken und wusste, dass sie jede dieser altvertrauten Gesten genoss.

Im oberen Stock schlugen die Fenster im Wind, und wir rannten hinauf, um sie zu schließen. Es war eine schöne Stimmung: das geheizte Haus, der Regen draußen, der Geruch nach Wachs und Weihrauch in der Kirche, der Gesang der Kinder, die große Mahlzeit im Haus für alle Dorfbewohner, die Küsse, die tränenwarmen Gesichter, die Segenssprüche, der Blumenduft. Es war wie Weihnachten.

»Warum ziehen wir nicht hierher? Wir können doch Großvater nicht allein lassen, oder?«, sagte ich am Tag nach der Beerdigung zu Alba.

Sie warf mir einen feindseligen Blick zu. Ich wusste, dass es sie erboste, wenn ich so etwas sagte: Sie wollte nicht daran erinnert werden, wie sehr ich das Leben mit ihr und Bruno verabscheute.

»Sei nicht lächerlich. Er kann jederzeit nach Rom kommen und bei uns leben, wenn er will.«

Es war eine unmögliche Vorstellung: Lorenzo gefangen in diesem Wohnzimmer, zwischen den niedrigen Glastischen, den scheußlichen Lampen, den harten, rechteckigen Sofas. Auf dem Bürgersteig neben alten Damen mit bläulichen Frisuren und ihren abscheulichen Pudeln. Eine absurde Idee.

Ein paar Tage später reisten wir ab. Damit wir nicht allzu viel von der Schule verpassten, sagte sie, doch ich wusste, dass sie es eilig hatte, zu ihrem Bruno zurückzukehren.

Und ich wusste, dass der Grund dafür nicht Liebe war, sondern mit Angst zu tun hatte. Ich konnte es förmlich riechen. Es war ein kranker, unheimlicher Geruch, den sie verströmte.

Ich wusste auch, wovor sie Angst hatte: dass sie entweder ihn umbrachte oder selbst umgebracht wurde. Für sie gab es keine halben Sachen. Entweder beherrschte sie einen Mann, oder sie wurde beherrscht.

Diesmal war es Isabella, die während der ganzen Zugfahrt melancholisch wirkte. Sie wollte sich ebenso wenig von der Casa Rossa trennen wie ich.

Wie kommt es, dass wir immer alles verlassen mussten, was wir liebten? Wir hatten schon so viel aus unserem Leben verbannen müssen, dass ich inzwischen das Gefühl hatte, es sei gar nichts mehr davon übrig.

Als wir spätabends vom Bahnhof zurückkehrten, war Bruno nicht da. Sie ging sofort zum Telefon, ohne den Mantel auszuziehen. Mit einem Fußtritt warf sie die Tür hinter sich zu, und wir hörten sie fieberhaft die Wählscheibe drehen, hörten ihre zornigen Worte, ihr Flehen.

Bruno kam mitten in der Nacht nach Hause. Sie schrie so laut, dass wir zwangsläufig aufwachten. Vermutlich hatte sie getrunken, denn ihre Worte waren verwischt, aber mit einem scharfen, gehässigen Beiklang. Ich verstand kaum, was sie sagte, wusste aber, dass es die verzweifelte, abgedroschene Reihe von Anschuldigungen war, die Frauen den Männern hinwerfen, als schleuderten sie ihnen Sand in die Augen.

»... du lügst ... ich weiß, dass du sie gevögelt hast ... du Scheißkerl ... komm mir ja nicht mehr nahe ... ich kann es doch riechen ... ihren Mösengestank ...«

»Du bist krank«, hörte ich ihn sagen, »du bist ja völlig durcheinander. Du solltest eine Beruhigungstablette nehmen.«

Sein Ton war ausdruckslos. Kalt. Er liebte sie nicht, daran bestand kein Zweifel.

»Du, du bist… ich kann nicht glauben, was du…« Aber inzwischen wurde sie von einem derart heftigen, krampfartigen Schluchzen geschüttelt, dass man nichts mehr verstand.

»Steh auf«, sagte er, ohne Mitgefühl.

»Wie konntest du… wie konntest du…«, schrie sie.

Anscheinend hatte sie sich zu Boden geworfen. Entschlossen, ihn zu irgendetwas zu zwingen. Aber sie war eine schlechte Schauspielerin, und je mehr sie aufdrehte, desto weniger glaubte man ihr.

»Ich habe dir alles gegeben… alles.«

Er half ihr nicht auf. Das wusste ich. Er hat wohl einfach völlig reglos dagestanden und sie angestarrt. Voller Verachtung.

Etwas zersplitterte. Gläser, Flaschen, eine Lampe. Ich kniff fest die Augen zu.

»Scheiße«, sagte Isabella in der Dunkelheit. Sie saß aufrecht im Bett. Dann zog sie die Schublade ihres Nachtkästchens auf und nahm etwas heraus, riss ein Streichholz an. Sie zündete eine Zigarette an. Ich sagte nichts, obwohl es das erste Mal war, dass ich sie rauchen sah. Sie inhalierte tief, in der Dunkelheit glomm die glühende Spitze leuchtend rot auf.

»Ich hasse sie«, sagte sie. »Sie hat nicht die geringste Selbstachtung. Sie sollte ihn einfach rauswerfen.«

Ich sagte nichts.

»Ich hasse sie beide. Sie sollen beide sterben und uns endlich in Ruhe lassen«, fügte sie mit Nachdruck hinzu, wie einen Zauberspruch. Dann wartete sie auf eine Reaktion von mir, wollte wissen, ob ich auf ihrer Seite stand oder nicht.

Aber ich brachte es nicht über mich, ihre Partei zu ergreifen, ich wollte noch immer glauben, dass Alba und Bruno einfach ein Fehler waren, der sich wieder gutmachen ließe. Ich wollte nicht, dass jemand sterben musste, damit das Leben leichter würde.

Am nächsten Morgen gingen wir in die Küche, um zu frühstücken, und dort stand sie, in ihrem Seidenkimono, und machte Kaffee.

»Guten Morgen, meine Lieben«, sagte sie lächelnd. »Habt ihr gut geschlafen?«

Bruno kam herein, in eine beißende Rasierwasserwolke gehüllt, schon auf dem Weg zur Arbeit. Mit den Fingerspitzen strich sie über seinen Ärmel, dann schob sie die Hand unter sein Sakko.

»Kaffee, Schatz?«

»Nein, ich hab's eilig.«

Sie küsste ihn leicht auf den Mund.

»Ich rufe dich später an«, sagte er, bemüht, fröhlich dreinzublicken. »Ciao, ihr beiden, bis heute Abend.«

Isabella und ich wechselten einen Blick.

Die Vorstellung, dass wir alle uns auf derart hauchdünnem Eis bewegten, machte uns Angst. Es konnte jederzeit ohne Vorankündigung einbrechen.

* * *

Dunkelheit, ein greller Lichtkegel auf der Bühne, und Isabella, die im Scheinwerferlicht nach vorn kommt, barfuß, und einen kleinen Solotanz aufführt. Das Publikum (es war ein winziges Theater in der Altstadt, eine Low-Budget-Produktion) hielt den Atem an. Im Lichtkegel kam sie nach vorn, sich wiegend, leicht schwankend wie eine Seiltänzerin (inzwischen hatte sie das klassische Ballett aufgegeben und sich einem modernen Tanzensemble angeschlossen), in ihrem leichten blauen Kleid. Ich erinnere mich an die Musik: eine hohe weibliche Stimme, begleitet von einem einzigen Saiteninstrument. Isabella wirkte klein, stark, wild. Eine junge Artemis mit Pfeil und Bogen.

Ich begriff sofort, was sie da aufführte: Das war Alba, das Wesen Albas.

Dieser Tanz war Alba als Mädchen, barfuß über die Felder laufend, kräftige Waden, die sich unter dem Saum des Kleids hervorwölbten. Leise und doch grausam. Das Opfer und die Mörderin.

Sie war hervorragend; jeder begriff, was sie da ausdrücken wollte – sie brauchte nichts weiter zu tun, als mit ihrem kleinen barfüßigen Tanz auf der Bühne nach vorn zu kommen.

Dann, als die Lichter angegangen waren und das Publikum in Beifall ausbrach, erschien sie abermals auf der Bühne, Hand in Hand mit den anderen Tänzern. Alle hatten schweißnasse Haare und feuchte Kleider von der Anstrengung und waren geblendet von den grellen Bühnenscheinwerfern. Sie hielten sich an den Händen und verbeugten sich mit diesem unbezähmbaren Lächeln, dieser begeisterten, strahlenden Miene, dem Gefühl von Befreiung und vollkommener Befriedigung. Dieser Ausdruck reiner Freude in den Augen, mit dem sie auf das Publikum hinunterblickten – eine schwarze Grube, eine gestaltlose jubelnde Masse –, man konnte ihn kaum mit ansehen, ohne dass einem die Tränen kamen.

Ich wollte auch dort oben stehen, Hand in Hand mit diesen schönen, fremden Menschen, ihren Schweiß riechen, ihre Arme berühren, erschöpft und begeistert sein wie sie alle. Es schnürte mir die Kehle zu, und meine Augen wurden feucht – vor Rührung, glaubte ich damals, weil ich Isabella zum ersten Mal auf der Bühne erlebte, aber ich weiß heute, dass es ihre Seligkeit war, die mich auf einmal eine unerträgliche Einsamkeit empfinden ließ.

* * *

Tomas gehörte zum Ensemble: Amerikaner kubanischer Herkunft, glatte schwarze Haare, die ihm auf einer Seite herabfielen; er hatte eine spezielle Art, sie hinters Ohr zu streichen und dabei den Kopf schräg zu legen.

Ich hatte gesehen, wie sein Körper sich über die Bühne bewegte, wie er federte und akrobatische Sprünge vollführte, wie er einmal den Kopf so blitzartig herumschnellen ließ, dass seine Haare einen Schleier winziger Schweißtröpfchen versprühten, wie die Gischt einer Fontäne. Das Erste, was mich erreichte, als ich nach der Vorstellung hinter die Bühne ging, waren sein moschusähnlicher Geruch und die unglaubliche Hitze, die sein Körper verströmte. Nur mit einer weiten Jeans bekleidet, kam er aus der Garderobe, sein nackter Oberkörper war schmal und muskulös. Um seinen Hals hing ein Handtuch, und seine Haare waren noch nass.

»Gehst du mit uns essen?«, fragte er mit starkem amerikanischem Akzent.

Ich konnte nicht glauben, dass Isabella mit *so jemandem* so viel Zeit bei den Proben verbrachte, ohne je ein Wort über ihn zu verlieren. Auf dem Weg zum Restaurant fragte ich sie nach ihm.

»Ach, Tomas. Er ist unser Choreograf. Er ist sehr, *sehr* gut. Er hat bei Grotowski in Polen studiert.«

»Und wie kommt es, dass er in Rom lebt?«

»Ich glaube, er ist hier aufgewachsen, weil sein Vater bei der Botschaft gearbeitet hat, oder so ähnlich. Jedenfalls *hasst* er Amerika«, fügte sie ein wenig stolz hinzu. »Er sagt, er geht nie wieder zurück.«

Wir aßen im Freien, in einer Trattoria, die ihre Tische auf einem kleinen Platz hinter dem Campo dei Fiori aufgestellt hatte. Es war ein billiges Lokal, die Sorte, die sie sich leisten konnten, mit Tischdecken aus Papier und fettigem Essen. Es war aufregend, mit ihnen an einem Tisch zu sitzen, zehn Menschen, die kaum älter waren als ich, die ihr Essen bestellten, sich gegenseitig Feuer gaben, Wein tranken, über Politik, Bücher, Filme redeten, alles sehr erwachsen.

Sie waren ganz anders als die hübschen Jungen, die harmlosen Teenager, mit denen ich bisher zu tun gehabt hatte, in der Schule und in dem noblen Stadtviertel, in dem wir abgeschottet lebten, Romantiker, die auf der Terrasse des elterlichen Penthouse die Revolution predigten und mir nahe legten, Marx zu lesen (ich hatte es versucht, um mich einzuschmeicheln). Mit ein paar von ihnen war ich sogar im Bett gewesen, weil ich unbedingt hatte wissen wollen, wie es war, und es war genauso wie meine Bettgefährten – süß, harmlos, unaufregend. Mehr wie eine sportliche

Betätigung, nach der mein Körper irgendwann verlangt hatte, eine Übung, die absolviert werden musste. Ich dachte, es würde mich vielleicht verändern, ich würde eines Tages aufwachen und mich wie ein völlig neuer Mensch fühlen. Weit gefehlt: Ich wachte auf und war dieselbe wie zuvor.

Diese jungen Männer hingegen waren vollkommen anders. Die zerzausten langen Haare, die Unterarme überzogen von einem Geflecht mächtig hervortretender Adern, die prallen Beinmuskeln, die weiten Hemden, die sie trugen – das alles fand ich beunruhigend und einschüchternd. Es ging etwa Gefährliches von ihnen aus, zugleich aber auch ein Gefühl von Freiheit, wie ich es nie zuvor erlebt hatte.

Auch die Mädchen sahen einander ähnlich, als hätten sie alle miteinander ihre modischen Kleider, Ohrgehänge und Liebhaber für eine Weile abgelegt. Irgendetwas an ihrem Erscheinungsbild – vielleicht die wirren Haare, die blauen Flecken an den Beinen, die Risse in den Kleidern – ließ sie aussehen, als hätten sie soeben einen Wirbelsturm überstanden. Obwohl Isabella die Jüngste war, konnte ich jetzt schon sehen, dass sie sich vom Rest der Truppe bald nicht mehr unterscheiden würde, wenn sie erst anfing, sich die Lippen zu bemalen, Armreife zu tragen und sich die Augen schwarz zu umranden. Es war auffällig, wie sehr sie bereits dazugehörte.

Und mir kam jäh zu Bewusstsein: Ich hatte den Zug verpasst. Da saß ich mit meinen langweiligen Kleidern, meinen flachen Schuhen, meinem dämlichen Stufenschnitt – wie einer von »Charlies Engeln« –, mit meinen Freunden, diesen Jungen aus gutem Hause in ihren Secondhand-Fliegerjacken und Armeestiefeln, meinem Stapel ungelesener marxistischer Werke, und hatte keine Ahnung.

Ich lehnte mich zurück, wie vor den Kopf geschlagen von der Erkenntnis und eifersüchtig auf die Vertrautheit dieser jungen Leute, auf alles, was sie miteinander teilten. Ich sah, wie ungezwungen eine Hand einen Arm berührte, eine Schulter streifte, ein Handgelenk umfasste. Wie nah sie einander waren, mit welcher Selbstverständlichkeit ihre Körper einander berührten. Selbst außerhalb der Bühne waren sie eine Einheit, bildeten einen einzigen Organismus, bewegten sich voller Anmut und Selbstvertrauen. Wie eine Welle im Meer.

Alles in mir sehnte sich danach, dazuzugehören. Und ich konnte nicht glauben, dass Isabella es fertig gebracht hatte, mir das alles so lang zu verheimlichen. Das war offensichtlich ihr kleiner Geheimplan gewesen: sich diesem Stamm anzuschließen und für immer zu verschwinden, wie ein Zirkusmädchen.

Tomas war der Älteste von ihnen, schon Mitte zwanzig. Er war anscheinend der Motor, der unter Wasser die Welle antrieb und ihren Rhythmus bestimmte. Ruhig saß er in der Mitte der Runde, und alle wandten sich an ihn, richteten sich nach ihm, achteten sorgfältig auf seinen Takt. Mit Sicherheit waren sämtliche Mädchen rettungslos in ihn verliebt, dachte ich.

»Alina«, wandte er sich an mich, »was machst du?«

»Nichts«, sagte ich, so stolz wie möglich, da ich wusste, wie uninteressant ich klang. »Ich bin noch in der Schule. Es ist mein letztes Jahr.«

Er starrte mich an und wartete, ob noch mehr käme. Ich hielt seinem Blick stand, sagte nichts weiter, aber ich spürte, wie ich rot wurde.

»Du siehst aus wie jemand, den ich kenne«, sagte er, und an seinem Ton erkannte ich, dass er an ein Mädchen dachte, mit dem er geschlafen hatte.

Er musterte mich scharf.

»Hier zum Beispiel«, sagte er und fuhr sich über die Schulter und den Oberarm. »Eine erstaunliche Ähnlichkeit. Und deine Hände. Lass mich deine Hände sehen.«

Ich streckte meine Hände über den Tisch. Es entging niemandem. Er hielt sie fest, betrachtete aufmerksam meine Handflächen und Finger, als suchte er nach irgendeiner Besonderheit, drehte sie um. Dann ließ er sie los.

»Wie du sie bewegst. Identisch.«

Nun streckte er die Hand über den Tisch und fuhr mir kräftig durch die Haare.

»Du bist schön.«

Ich spürte, wie mir das Blut in den Kopf schoss und in der Kehle, den Schläfen pochte. Am Tisch war es still geworden, die Mädchen wandten ostentativ den Blick ab. Gewiss hatten sie ihn eine Million Mal beobachtet, wie er eine neue Beute erlegte, und wussten, dass man sich in dieser Situation nur zurückziehen konnte: Offensichtlich ließ er nicht zu, dass ihm jemand im Weg stand.

Er riss ein Stück von der Papiertischdecke ab und kritzelte etwas darauf. Dann drückte er mir den Fetzen in die Hand. *Geh heute Nacht mit mir.*

Ich spürte Isabellas starren Blick auf mir, ahnte, wie kalt er geworden war, empfand die Kälte auf meiner Haut.

Aber ich ging mit in seine Wohnung in Trastevere. Sie war ein furchtbares Durcheinander, quoll über von Kleidungsstücken und Büchern, im Spülbecken türmte sich schmutziges Geschirr. An den Wänden hingen riesige, schöne Bilder, lichte Aquarelle: weiche, runde Formen, die an Wolken, Strände, Muscheln erinnerten.

»Wer hat das gemalt?«, fragte ich.

»Ein Mädchen, das hier gewohnt hat«, sagte er und streckte seinen Arm nach mir aus. »Komm.«

Er führte mich in das dunkle Schlafzimmer. Dort gab es ein hohes Fenster, das auf den Park von Gianicolo hinausging; über der Silhouette der Bäume sah ich den klaren Winterhimmel. Er zündete Kerzen und Räucherstäbchen an, die er rund um das Bett aufstellte, dann zog er mir Stück für Stück alle Kleider aus. Methodisch öffnete er Knöpfe, Haken, Reißverschlüsse und ließ mich dabei nicht aus den Augen, während ich in der Mitte des Zimmers stand und die Arme herabhängen ließ wie ein Kind vor dem Doktor, voller Scham über meine Nacktheit. Ich sah zu, wie er seine Jeans aufknöpfte und sie gemächlich auszog, sodass ich sehen konnte, wie erregt er war; er starrte mich dabei unverwandt an. Dann schob er mich auf das Bett, und während er langsam meine Brüste zu küssen begann, schob er mir eine Hand zwischen die Beine.

Bis zu dem Tag war Sex eine schweißige, beklommene Angelegenheit gewesen, die nachmittags in aller Hast erledigt wurde. Auf mir ein keuchender Schulkamerad, halb entkleidet, Hände, die hektisch unter Wollpullovern nach warmer Haut fummelten, Hosen und Unterhosen schlotternd um die Knöchel, immer mit einem Blick auf die Tür. Es war wie ein Marathonlauf gewesen, eine anstrengende Übung, die man hinter sich bringen musste, um sicher ans Ziel zu gelangen.

Jetzt wurde mir klar, dass die Liebe eine Kunst ist. Während Tomas sich fließend auf mir bewegte, versuchte ich herauszufinden, was ich tun, wie ich auf seine Hände reagieren sollte, aber ich merkte, dass es mir an Erfahrung fehlte. Er liebte mich unendlich langsam, bewegte sich mit übertriebener Trägheit in mir, hörte auf und fing von vorn an. Dann schlief ich fast ein, und er drang von neuem in mich ein und löste damit einen Schwall von neuerlichem Verlangen aus, mit dem ich nicht mehr gerechnet hätte. Aber er war der unfehlbare Motor dieses neuen, erstaunlichen Mechanismus.

Natürlich wusste er, was er tat: Er war Tomas, der Choreograf der Liebe.

Wir schliefen ein paar Stunden, aneinander geschmiegt, mein Mund auf seinem Haar, seine Arme um mich geschlungen. Vom Geschrei der Möwen wachte ich auf und sah, dass es beinahe hell war. Ich kroch aus dem Bett und suchte auf dem Boden meine Kleider zusammen.

Er rührte sich nicht, und ich weckte ihn nicht. Ich wollte jetzt gern allein sein, um jede, auch die geringste Veränderung, die in mir vorgegangen war, zu analysieren, meinen Körper nach den Spuren des Geschehenen abzusuchen.

Das Licht draußen war blassblau, und noch war alles ruhig. Ich hörte meine Schritte durch die kopfsteingepflasterte Gasse hallen. Auf der alten Sisto-Brücke überquerte ich den Fluss. Wie ein Aquarell ragte links von mir die Kuppel des Petersdoms in den heller werdenden Himmel, und das dichte Blätterdach der Platanen am Flussufer spiegelte sich im Wasser. Ein Bus fuhr vorüber, wie eine Momentaufnahme. Im Innenraum brannten noch die Neonlichter, und ein paar Fahrgäste saßen darin, verschlafene Arbeiter auf dem Weg in die Fabrik, dösend, den Kopf in prekärem Gleichgewicht ans Fenster gelehnt.

Ich überquerte die Piazza Farnese, den Corso Vittorio, die Piazza Navona und fühlte mich schwerelos. Nur Vögel, streunende Katzen und ich, die wie eine Antilope über die leeren Plätze flog. Es war alles so unverfälscht, die noch schlafende Stadt, die geschlossenen Fensterläden – ich wünschte, ich hätte die Welt in diesem Zustand einfrieren können, damit sie für immer so bliebe, frisch und unberührt.

Plötzlich überfiel mich ein stechender Hunger, und ich betrat das erste offene Café. Es war voller Leute, die gleich ihren Weg zur Arbeit fortsetzen würden. Nach Rasierwasser duftend, tranken sie ihren ersten Kaffee, rauchten die erste Zigarette des Tages. Die Haut glänzte noch von der Seife, die Kleider waren frisch gebügelt, die Zeitungen, die sie lasen, neu und steif. Ich hätte geschworen, dass keiner von ihnen eine Nacht hinter sich hatte, wie ich sie erlebt hatte.

Ich bestellte einen Cappuccino, biss gierig in ein Cornetto und betrachtete mich im Spiegel hinter der Theke. Meine Haare waren zerzaust, und ich hatte mein Hemd verkehrt herum angezogen. Zwischen meinen Beinen war es feucht, und überall an meiner Haut konnte ich Tomas riechen. Ich lächelte mir im Spiegel zu und dachte: Dieses Gesicht musst du dir merken.

* * *

Auf Zehenspitzen und mit angehaltenem Atem schlich ich noch vor halb acht in die Wohnung.

Hinter jeder Tür roch ich Schlaf.

Aber Isabella saß aufrecht im Bett, als ich mich in unser Zimmer stahl, und lächelte nicht.

»Hast du mit Tomas geschlafen?«, überfiel sie mich.

»Ja.«

»Ich wusste es.«

Ich setzte mich ihr gegenüber auf mein Bett. Sie sollte mir dieses neue Gefühl nicht so bald schon entreißen.

»Was ist? Hab ich was falsch gemacht?«

Sie stieß ein schrilles Gelächter aus und schlug die Hände zusammen.

»Gott bewahre, nein, es ist völlig normal – du siehst ihn zum ersten Mal im Leben und steigst sofort mit ihm ins Bett. Einfach so.«

»Ich wusste nicht, dass du in ihn verliebt –«

»Das bin ich auch nicht.«

»Warum machst du mir dann eine Szene?«

»Das ist keine Szene«, sagte sie und starrte mich finster an.

»Was denn? Komm schon, sag, was los ist.« Ich zog meine Schuhe aus und saß im Schneidersitz auf dem Bett. Dann grinste ich sie dreist an.

Verfilzte Haare, das Hemd verkehrt herum, feucht zwischen den Beinen. Stolz.

Es war, als könnte mir nichts mehr etwas anhaben. Ich hatte soeben etwas Neues gelernt, etwas, das mit Eigennutz zu tun hatte, mit reinem, egoistischem Vergnügen.

»Es sind *meine* Freunde, das war *meine* Vorstellung«, sagte sie langsam, jedes Wort betonend, als hätte sie ihre Rede in einer schlaflosen Nacht eingeübt. »Du kannst nicht einfach so daherkommen und dich überall breit machen.«

Ich simulierte ein empörtes Lachen.

»Na hör mal, Isa! *Mich überall breit* –«

»Ich will nicht immer alles mit dir teilen müssen«, fiel sie mir ins Wort.

»Na also«, sagte ich, als hätte ich sie endlich mit den Fingern im Marmeladeglas erwischt. »Aber stell dir vor –« Ich legte eine Pause ein und sagte dann herausfordernd: »Ich auch nicht. *Überhaupt nicht.*«

Dieser Augenblick war der endgültige Bruch zwischen uns. Fortan gingen wir getrennte Wege.

Wegen etwas so Nebensächlichem wie Tomas' Körper.

»Leck mich am Arsch«, sagte sie leise, »du bist genauso selbstsüchtig wie jeder andere in diesem Haus. Ich hasse dich.«

»Leck *du* mich am Arsch«, antwortete ich, wie ein Soldat, der sein gesamtes Magazin auf einen einzigen Feind abfeuert und hofft, der Lärm werde die anderen in die Flucht schlagen. »Wenn irgendwas nicht nach deinem Kopf geht, kannst du immer nur hassen. Erbärmlich. Du hast keine Ahnung vom Leben.«

Nur um des Lärms willen verschoss ich alle meine Kugeln. Der Kamikaze war sie. Sie ist diejenige, die für eine Sache stirbt. Die ihren letzten Schuss wohlgezielt setzt. Die tötet, aber am Ende selbst erwischt wird.

* * *

Es war das Jahr 1977, der Höhepunkt der Studentenbewegung in Italien, aber ich interessierte mich nicht mehr für die Revolution.

Aus meinen Schulfreunden waren inzwischen ernsthafte politische Aktivisten geworden. Bis dahin hatten wir mehr oder weniger dieselbe Weltanschauung vertreten, hatten die Leiden des gesamten Planeten auf uns genommen und fühlten uns verpflichtet, sie zu lindern. Und es gab keine Verschnaufpause, für niemanden: Jeder Tag brachte neues Unrecht, neue niederträchtige Kriege, neue Versuche, Menschen in ihrer Freiheit zu beschränken. Bedroht waren alle: Frauen, Palästinenser, die Arbeiterklasse aller Länder. Egal, wie weit entfernt, die Diktatur des Kapitalismus lauerte überall.

Ständig riefen die Aktivisten in Tarnjacken und Armeestiefeln an: Ich sollte zu ihren Treffen kommen, in ihre Gruppen eintreten.

»Wir sind im Begriff, wieder ein faschistischer Staat zu werden«, warnten sie düster. »Du musst heute Abend kommen. Es ist extrem wichtig.«

Ihr Drängen verursachte mir jetzt Schuldgefühle und ging mir gleichzeitig auf die Nerven, denn mir war klar, dass sie mich bereits als Verräterin ansahen, seitdem ich mich für den Klassenkampf nicht mehr interessierte.

Sie hatten Recht, ich war wirklich nicht motiviert: Ich wollte mich für keine Sache mehr engagieren.

Ich wollte nur noch mit Tomas zusammen sein, kiffen, Sex haben.

Kurz nach unserem Streit wegen Tomas war Isabella aus seiner Tanztruppe ausgetreten. Wir sprachen nicht mehr miteinander, das heißt, wir hatten unsere Kommunikation auf das Minimum reduziert, das bei zwei Menschen, die dasselbe Zimmer bewohnen, unvermeidlich ist. Wir taten, als interessierten wir uns nicht mehr dafür, welches Leben die andere führte. Ich wusste, dass sie in anderen Kreisen verkehrte, mit neuen Stimmen telefonierte, sich eine neue Überzeugung und andere Kleider zugelegt hatte: Sie trug jetzt sackartige Hosen und Männerhemden und hatte sich auf die marxistischen Bücher verlegt, die ich aufgegeben hatte.

Ich erfuhr es von Tomas.

»Deine Schwester hat das Tanzen satt. Sie will jetzt Architektin werden.«

Er grinste.

»Sie sagt, unsere Auffassung von Theater lässt sich von einer hedonistischen und bourgeoisen Ästhetik bestimmen.«

Ich sagte nichts.

»Wer ihr das wohl eingeredet hat, frage ich mich.«

Ich sagte noch immer nichts.

»Vielleicht ihre neuen Freunde von der Uni. Klingt ganz danach«, beharrte Tomas.

Es störte ihn gewaltig, dass sie es gewagt hatte, sich aufzulehnen und sich seiner Kontrolle einfach zu entziehen; das sah man ihm an.

»Sie sagt, sie muss irgendwas Nützliches tun«, spottete er. »Für das *Proletariat.*«

Das war es also. Offensichtlich ertrug sie es nicht, wenn ich ihr so dicht auf den Fersen folgte. Lieber wechselte sie die Richtung und schlug den Weg ein, den ich aufgegeben hatte. Zum ersten Mal hatte ich das Gefühl, ihr etwas gestohlen zu haben, aber es war zu spät, ich konnte es ihr nicht mehr zurückgeben.

Ich sagte noch immer nichts, aber es tat mir weh.

* * *

Wo ist Alba in der ganzen Zeit?

Wo ist Alba, während unsere Körper wachsen, bis wir ihre Kleider ausfüllen können, unsere Füße lang genug für ihre Riemensandalen werden? Hat sie sich die Zeit genommen, uns anzusehen?

In diesen Jahren steht Alba nicht vor Mittag auf. Alba sperrt sich im Bad ein, um ihre Haare zu färben. Sie trinkt Scotch und schluckt Valium. Das braucht sie, sagt sie, sonst spielt ihr Herz verrückt, und das macht ihr Angst. Sie sagt, es ist, als wäre ein flatternder Vogel in der Lunge gefangen.

Nur sehr selten ruft sie ihren Vater in der Casa Rossa an, und wenn, dann sind die Gespräche immer nur kurz. Während sie ihm zuhört – wenn er von seinen Röntgenaufnahmen berichtet, über den Frost klagt –, kritzelt sie wild auf dem Notizblock neben dem Telefon herum und nickt, den Blick auf das Papier geheftet. Macht es sie traurig oder irritiert es sie, dass aus ihrem Vater, dem Riesen, immer mehr ein schwacher alter Mann wird?

Ihre Freundin Angelica kommt nicht mehr, um auf dem Sofa Geheimnisse mit ihr auszutauschen. Alba hat jetzt einen neuen Freundeskreis, und diese Freunde kennen wir nicht mehr. Sie trifft sich zum Mittagessen mit ihnen, lädt aber nie jemanden nach Hause ein. Sie klingen anders, diese neuen Menschen in ihrem Leben, kultivierter als Bruno und seine Schwester. Ab und zu sagt sie, dieser oder jener Freund hat mich zu einem japanischen Film ins Filmstudio mitgenommen. Dieser Freund sagt, Robert Redford könnte einen Oscar erhalten. Ich lese gerade seine wunderbare Kurzgeschichten-Sammlung. Dieser Freund hat sie mir zum Geburtstag geschenkt. Wie ihre Freunde heißen, verrät sie uns nicht.

Sie hat ein neues Leben, irgendwo anders. Vielleicht auch einen neuen Liebhaber, wer weiß. Wieder einmal außerhalb des Hauses.

Innerhalb der vier Wände unserer Wohnung hat sie sich in einen stummen Groll zurückgezogen, der schließlich das Stadium der Verachtung erreicht. Sie verachtet Bruno, aber sie verlässt ihn nicht. Ihr Sieg ist ihr Hass, ihre Stärke ist, dass sie ihn endlich nicht mehr liebt. Aber sie muss ihm nahe sein, um ihre mangelnde Liebe als Waffe einsetzen zu können.

Deshalb könnte man sagen, dass Alba eigentlich nirgendwo ist.

⋆ ⋆ ⋆

Isabella hatte einen neuen Freund.

Enrico war mager und reserviert und sah ungesund aus. Er gehörte der revolutionären Gruppe Autonomia an, einer explizit reformfeindlichen Bewegung und militanten Gegenkultur, die sich weit links der Kommunistischen Partei einordnete. Die Autonomia nannte die KP-Mitglieder Lakaien der Bourgeoisie und warf ihnen vor, sie hätten die marxistisch-leninistischen Ideale verraten und sich einer gemeinsamen Stoßrichtung mit den Christdemokraten verschrieben. Mit anderen Worten: Wo die KPI einst den Faschismus mit der Waffe in der Hand bekämpft habe, kollaboriere sie jetzt mit ihm. Ende der siebziger Jahre verströmte die Autonomia einen Sexappeal, mit dem die übrigen Studentenbewegungen kaum mithalten konnten. Berühmt waren sie für ihre Guerilla-Aktionen geworden: Sie schlugen Gewerkschaftsführer zusammen, ruinierten Werkzeugmaschinen, trugen Lebensmittel an der Kasse vorbei, ohne zu zahlen, und brachen Fahrkartenautomaten auf, während sie lauthals nach der Enteignung durch das Proletariat schrien. Vermummt besuchten sie Demos, schwenkten Walther-P-38-Pistolen und brüllten düstere Slogans über den Tod des Staates.

Isabella und Enrico, die sich von der Uni her kannten, waren bald unzertrennlich geworden: Sie führten stundenlange politische Diskussionen, verfassten Kommuniqués, besuchten Versammlungen und nahmen an Kundgebungen teil. Manchmal lag eines ihrer Flugblätter in unserem Schlafzimmer herum, immer in derselben Sprache: militaristisch, bedrohlich, einhämmernd.

Das Einzige, was dieser Staat garantieren kann, sind totale Ausbeutung, Arbeitslosigkeit, Elend und Gefängnis. Eine Form von Macht, deren einziges Anliegen das eigene Überleben ist, leugnet systematisch und unter Gewaltanwendung die Bedürfnisse der Massen und des Proletariats. Nur der uneingeschränkte Revolutionskrieg wird den bourgeoisen Staat zerstören und die kommunistische Gesellschaft errichten.

Truppen bewaffneter Sicherheitskräfte waren bei linken Demonstrationen inzwischen an der Tagesordnung, und häufig endeten die Kundgebungen mit Schießereien zwischen der Polizei und vermummten, bewaffneten Aktivisten. Eines Tages beobachtete ich Isabella, die sich frühmorgens in der Küche auf eine Demonstration vorbereitete. Sie schnitt eine Zitrone auseinander und steckte die beiden Hälften ein.

»Wozu brauchst du die?«, fragte ich.

»Tränengas«, sagte sie herablassend, während sie sich ein Tuch um den Hals band.

Es läutete an der Tür, ich ging zur Sprechanlage. Unten stand Enrico mit seiner Vespa, ich hörte den laufenden Motor, er wollte Isabella abholen.

»Ist er eigentlich bewaffnet?«, fragte ich, als sie sich ihre lederne Campesino-Tasche, prall gefüllt mit Flugblättern, über die Schulter schwang.

»Stell keine dämlichen Fragen«, sagte sie. Und ließ mich stehen.

Eines Tages verkündete sie Alba aus heiterem Himmel, sie werde ausziehen.

»Enrico und ich haben zusammen eine Wohnung gefunden. Sie ist billig.«

»Wieso erzählst du mir das erst jetzt, wenn sowieso schon alles feststeht?« Alba nahm es als persönliche Kränkung. »Was soll diese Heimlichtuerei, hättest du nicht mit mir darüber reden können? Wir sind schließlich eine Familie.«

Isabella verzog das Gesicht.

»So? Den Eindruck hab ich aber nicht. Außerdem bin ich zwanzig, ich muss mir nicht für jeden winzigen Handgriff deine Erlaubnis holen.«

Am Tag von Isabellas Auszug saß Alba auf dem Sofa, die Beine übereinander geschlagen und leicht schräg gestellt, ein Glas Scotch in der Hand. Völlig reglos war sie, das weiß ich noch, nur ein Fuß bebte, während Isabella mit Enricos Hilfe Kisten, Kleider, ihr Bett, ihre Schreibtischlampe, ein paar Bilder hinaustrug. Alba saß auf dem Sofa wie ein Staatsoberhaupt, das für das Fernsehen interviewt wird, mit aller Gelassenheit und Autorität, die der Situation angemessen waren. Als endlich die Tür hinter Isabella und ihrem unattraktiven Freund ins Schloss fiel, sah sie mich mit einer erhobenen Braue an.

»Ausgezeichnet. Du kannst dir gratulieren.«

»Ich? Was hab ich denn damit zu tun?«

»Sehr viel. Nachdem du ihr den Freund, wie heißt er noch, und auch alles andere weggenommen hast.«

»Hör zu.« Ich setzte mich ihr gegenüber und holte tief Luft. »Du hast nicht mal die leiseste Ahnung, wer hier wer ist. Wieso redest du überhaupt, wenn du dir keinen einzigen Namen merken kannst?«

»Das ist unerheblich, sein Name interessiert mich nicht.«

»Genau. Du interessierst dich nie für irgendwas. Vielleicht ist das der Grund, wieso sie ausgezogen ist. Vielleicht hat sie's satt, dass du dich nie für sie interessierst.«

Alba lachte. Ein trockenes, verächtliches Lachen.

»Toll! Und wie bist *du* zu dieser schlauen kleinen Analyse gekommen, wenn ich fragen darf?«

Ich zuckte die Achseln. Mir wurde jetzt erst klar, wie wütend ich auf sie war. Und es machte mir keine Angst mehr, ich war sogar stolz, dass ich ihr so distanziert entgegentreten konnte.

»Jedenfalls hat sie es überall besser als hier. Sie kann froh sein, dass sie diesen Wahnsinn hier hinter sich hat«, sagte ich, stand auf und ging zur Tür.

»Du kannst jederzeit ausziehen, wenn du willst«, zischte sie mir nach. »Ich bin es leid, euch immer nur motzen, motzen, motzen zu hören.«

Ich ging, ohne zu antworten. Hinter mir hörte ich ihre Stimme: »Du rührst keinen Finger, um mir vielleicht mal beim Abspülen zu helfen, aber die Massen willst du retten! Lächerlich!«

In derselben Nacht kam sie in mein Zimmer. Sie setzte sich auf mein Bett. Sah mich wortlos an, streichelte mein Haar, und ich merkte, dass sie geweint hatte.

»Alina«, flüsterte sie. »Ich hab dich so lieb. Es zerreißt mir das Herz, dass du mir das nicht glaubst.«

»Du sagst es ja nie.«

»Ich weiß, mein Schatz.« Sie umarmte mich und drückte ihr Gesicht an meinen Hals. »Aber es stimmt, es stimmt. Es ist nur … es ist so viel passiert … manchmal habe ich das Gefühl, ich habe alles falsch gemacht.«

Sie sah mich an, nahm meine Hände, und ich wusste, dass sie von mir getröstet und beschwichtigt werden wollte, aber mir fiel nichts ein.

»Es ist meine Schuld«, sagte sie, »glaub nicht, ich wüsste das nicht. Aber ich war so unglücklich, weißt du. Und wenn man unglücklich ist, hat man keine Kraft mehr, sich um andere zu kümmern, aber das heißt ja nicht, dass man sie nicht liebt.«

Mit einer Kopfbewegung deutete sie zur Tür, und ihr Blick

wurde hart.

»*Er* war der größte Fehler, den ich je gemacht habe, aber das war mir damals nicht klar. Du wirst mich verstehen, wenn du älter bist. Dann wirst du verstehen, wie Männer dich blenden können. Buchstäblich blind machen. So sehr, dass du nicht mehr du selber bist.«

»Das weiß ich bereits«, sagte ich ruhig.

»Ich weiß, dass ich einen Fehler gemacht habe, Alina«, flüsterte sie. »Und ich weiß, dass du und Isabella ihn mir nicht verziehen habt. Ich wünschte, ich könnte auf einen Knopf drücken und in die Zeit zurückkehren, bevor *er* in unser Leben kam. Als wir noch zu dritt waren.«

»Das geht aber nicht«, sagte ich, und es regte sich wieder die Wut in mir. Wie kam sie dazu, sich in mein Bett zu kuscheln und alles ungeschehen machen zu wollen? Konnte sie wirklich nie ein verlässlicher, erwachsener Mensch werden, der für seine Taten verantwortlich ist? Oder sollte es in alle Ewigkeit so weitergehen, dass sie immer wieder neue Fehler machte und dann weinte und um Verzeihung bat?

»Aber eines Tages wirst du's tun«, sagte sie.

»Was?«

»Mir verzeihen. Weil du mich verstehen wirst. Und du wirst begreifen, dass ich dich immer geliebt habe. Mehr als alles andere, was ich je hatte.«

Ich war müde. Ich wollte, dass sie ging.

»Jetzt geh schlafen«, sagte ich und berührte ihr Haar. »Du siehst sehr müde aus. Mach dir keine Sorgen, es ist schon gut. Ich hab dich auch lieb.«

Albas sehr spezielle Vorstellung vom Muttersein.

Halte durch. Eines Tages werden die Kinder dieselben Fehler machen, die du gemacht hast, und dann seid ihr Kumpel. Garantiert. Eines Tages wird es so sein.

5

Der Gulliver-Supermarkt steht an der Nationalstraße gleich außerhalb von Tricase: eine imposante blaue Schuhschachtel, gekrönt von winzigen Flaggen, die im Wind flattern. Zur großen Eröffnungsfeier haben sich das gesamte Dorf und die weitere Umgebung eingefunden. Schlammverkrustete Lieferwagen, zerbeulte Lastautos, Uralt-Fiats füllen den Parkplatz. Popmusik plärrt aus den Lautsprechern, während ein Zug älterer Hausfrauen in geblümten Kitteln zu den Einkaufswagen strömt. Jede zieht einen heraus und schiebt ihn behutsam auf den Eingang zu – mit andächtiger, geradezu ergriffener Miene, als hätten Außerirdische ihnen einen Apparat in die Hand gedrückt, den sie noch nicht zu bedienen wissen. Ihre Ehemänner, Bauern im Sonntagsstaat, folgen ihnen ehrfürchtig und mit zwei Schritten Abstand, während die automatischen Schiebetüren sich öffnen und schließen und ein Paar nach dem anderen verschlucken.

Drinnen, in der Kakofonie aus Farben, hässlicher Werbung, billiger Grafik und grellen Neonlichtern, entdecke ich viele bekannte Gesichter; mit hingerissenem Lächeln schieben die Leute ihre Einkaufswagen durch die Gänge. Ich betrachte die wettergegerbten und von vielen Jahren in der Sonne gefurchten Gesichter, die in der Landwirtschaft hart gewordenen Hände, während die Bauern eine Schachtel Frühstücksflocken mit Schokoglasur, ein Glas fettarme Majonäse, eine Dose Zitroneneistee studieren. Ich sehe, wie sie die Augen zusammenkneifen: Es ist ein derartiger Zuwachs an Lebensqualität, dass die Sachen aus der Fernsehwerbung jetzt endlich auch zu haben sind. Jetzt kann man sie in den Regalen und Kühlschränken stapeln und sich der großen Welt zugehörig fühlen, nur weil man dieselben Produkte konsumiert wie jedermann.

Die Zeit, als Stellario den Rest der Welt, dieses abstrakte Gebilde jenseits seiner Bäume und Ziegen, als endlosen, nutzlosen Raum sah und die Aktivitäten der Menschen darin keinen Bezug zu ihm hatten, kommt mir vor wie Lichtjahre entfernt.

»Alina!« Ich höre meinen Namen rufen, drehe mich um und sehe einen großen Mann in hellblauer Uniform winkend auf mich zukommen.

»'ntoni! Mit dieser Mütze hätte ich dich fast nicht erkannt, was ist das denn, was du da trägst?«

'ntoni ist der jüngste Sohn von Stellario und Celeste. Er muss inzwischen um die vierzig sein, ein stämmiger Mann wie sein Vater, dieselben blauen Augen und ein breites, offenes Lächeln im Gesicht. Er schüttelt mir kräftig die Hand.

»Ich gehöre zum Wachdienst hier«, sagt er und klopft sich auf die rechte Hüfte, wo ein altmodischer Revolver an seinem Gürtel hängt. Stolz wie ein Kind, das einen Preis für sein prächtiges Kostüm bekommen hat.

»Toll«, sage ich. »Ist der geladen?«

»Freilich«, lacht er. »Alles ganz echt.«

Auf einmal überkommt mich das starke Bedürfnis zu fliehen. Es ist unerträglich, wie diese Menschen, die früher wie Eichen auf mich wirkten, jetzt alle so hilflos und kindlich geworden sind.

»Die Baronessa ist auch hier«, sagt 'ntoni. »Ich hab sie heute Morgen im *Caffè Sport* gesehen. Sie hat nach dir gefragt.«

Die Baronessa ist Rita. Ihren Titel hat sie nie eingebüßt, jedenfalls nicht hier in ihrer Heimat.

»Wirklich? Dann rufe ich sie an.« Ich werfe einen Blick auf meine Armbanduhr. »Ich muss jetzt gehen, 'ntoni, ich habe noch eine Unmenge zu tun.«

»Gut, grüß deine Mutter von mir. Wann kommt sie?«

»Keine Ahnung, sie ist sehr beschäftigt.«

Er sieht mich mit echter Verwunderung an.

»Du meinst, sie kommt nicht her, um sich zu verabschieden? Die Tür ihres eigenen Hauses zu schließen?«

»Ich glaube ... ich glaube ...« Mir fällt keine vernünftige Antwort ein, und deshalb hebe ich nur beide Hände. »Du weißt doch, wie sie ist, oder?«

Als ich nach Hause komme, finde ich auf dem Anrufbeantworter eine Nachricht von Rita.

»Alina, ich bin hier, ich besuche meine Schwestern. Alba hat mir gesagt, dass du noch am Packen bist. Meine Liebe, ich dachte, ich könnte heute Abend zu dir zum Essen kommen, falls die Küche noch funktionstüchtig ist; sonst gehen wir irgendwo einen Happen essen. Und eigentlich dachte ich, dass ich vielleicht auch in der Casa Rossa übernachten könnte, wenn es dir recht ist« – es folgt ein Kichern, und sie fährt mit gesenkter Stimme fort –, »du weißt ja, dass ich leider immer wieder unterschätze, welche Wirkung mein Stammsitz auf mich ausübt. Ich komme also gegen acht, meine Liebe?«

Es ist sehr gut, die Baronin Rita Sanguedolce zu Besuch zu haben. Sie schwelgt in ihrem Hass auf die Gegend und kann nicht genug Schlechtes über sie sagen – provinziell, hoffnungslos, lähmend und so weiter – und rückt von ihrer negativen Haltung gegenüber dem Leben auf dem Land keinen Fingerbreit ab.

Ihren Sarkasmus kann ich jetzt gut gebrauchen, um dieser Hausauflösung die Melodramatik auszutreiben.

* * *

In den siebziger Jahren erfreute sich Beniamino als Rita eines riesigen Erfolgs.

Als erster italienischer Transvestit, der sich einer Geschlechtsumwandlung unterzog und auch vor dem Gesetz zur Frau wurde, war Rita eine ziemliche Berühmtheit. Mit blonden Locken, künstlichen Wimpern und Minirock trat sie in polemischen

Talkshows im Fernsehen auf und erzählte, wie sie sich schon in früher Jugend zur Frau berufen gefühlt habe. Im Lauf der Jahre wurden ihre Röcke länger und ihre Aufmachung weniger schrill, bis sie irgendwann mit Bifokalgläsern, Glenda-Jackson-Frisur und falschen Chanel-Kostümen auftrat und alle Welt vergessen hatte, dass sie je dem anderen Geschlecht angehört hatte. Aus der adretten, würdevollen Frau war eine militante Verfechterin der Rechte sämtlicher Minderheitsgruppen auf diesem Planeten geworden.

Zuerst engagierte sie sich in der langwierigen Kampagne für die Ehescheidung, dann folgte der Kampf für die Legalisierung der Abtreibung, danach waren es die Rechte der Homosexuellen. Sie zog für die Freiheit der Rede zu Felde, für die Drogenfreigabe, für das Recht auf Pornografie und gegen Kindesmissbrauch, und sie setzte sich für die Einrichtung einer Gewerkschaft sowie einer Rentenkasse für Prostituierte ein.

Die waren entzückt, dass sie von einer so adretten und unerschrockenen älteren Dame im Fernsehen vertreten wurden. Es war wie ein Wirklichkeit gewordener Traum: gesellschaftliche Anerkennung ohne Heuchelei. Bald wimmelte es nachts auf den Straßen von brasilianischen Transvestiten, die sich als Rita-Klone herausgeputzt hatten, Haarschnitt und Brille inklusive.

Für Isabella und mich hingegen hatte Rita die ganze Zeit einfach zur Familie gehört.

Unsere Kindheit und Jugend hindurch war sie immer wieder zu Besuch gekommen und hatte zum sonntäglichen Mittagessen Schokoladeneclairs als Dessert mitgebracht. Sie und Alba pflegten mindestens einmal in der Woche miteinander zu telefonieren, machten sich gegenseitig Geburtstagsgeschenke, und beim Weihnachtsessen saß Rita immer am Kopfende der Tafel. Uns war die Vorstellung, dass sie einst männlich gewesen war, ein abstrakter Begriff: Sie war unsere stets engagierte, stets kämpferische altmodische Tante.

Wie eine rundlichere Version der englischen Königin, in eines ihrer bunten wollenen Tailleurs gekleidet, die hellblaue Handtasche an die Brust gedrückt, marschiert sie ins Haus.

»Heilige Muttergottes, wie sieht es denn hier aus«, stöhnt sie auf, als sie in dem Raum steht, der einst eine Küche war und jetzt nur noch eine Anhäufung von Kisten ist. »Also essen wir wohl lieber im Restaurant.«

Dann beginnt sie auf und ab zu spazieren, das Weinglas wie ein Zepter in der Hand.

»Glaub mir, ich beneide dich. Ich wäre *selig*, wenn wir diesen scheußlichen alten Palazzo endlich loswürden. Was wäre das für eine Erleichterung!«

»Meinst du das ernst?«

»Selbstverständlich! Es ist der grässlichste Ort auf Erden, seit vierhundert Jahren wird er weitervererbt, und jede Generation stopft ihn mit noch mehr grausigem Zeug voll, du kannst dir überhaupt nicht vorstellen, was für ein kunterbuntes Durcheinander das inzwischen ist. Und sieh dir meine Schwestern an, wie sie jetzt leben: Sinn- und nutzlos sitzen sie in diesen Zimmern herum und tun nichts anderes, als sich an ihren Besitz zu klammern. Es ist ein Elend.«

Sie schüttelt den Kopf und leert ihr Weinglas in einem Zug.

Dann hält sie mir das Glas zum Nachschenken hin, und mir fallen die Lippenstiftspuren an ihren Zähnen auf. Immer ist irgendetwas an Rita ein bisschen unvollkommen, immer schießt sie irgendwo über das Ziel hinaus.

»Hast du diesen grauenhaften Supermarkt gesehen?«, fragt sie mit gerunzelter Stirn.

»Mhm.«

»Da siehst du's. Früher oder später muss auch noch Domenicos Laden zusperren, und dann ist es vorbei mit der gemütlichen Plauderei beim Einkaufen. Hallo, guten Morgen, wie ist das Wetter, wer heiratet, wer ist krank, und so weiter, der ganze Dorftratsch: alles aus und vorbei. *Basta.*«

Später, als wir im Auto sitzen und zum Restaurant auf der Piazza fahren, fängt sie noch einmal an.

»Dieses Haus ist euch allen doch längst ein Klotz am Bein, das sag ich dir. Und das weiß keiner besser als ich.«

Ich weiß, dass sie Recht hat, und meine auch zu wissen, weshalb sie so erleichtert ist, dass wir das Haus aufgeben und einen Schlussstrich unter seine Geschichte ziehen. Sie ist noch immer nicht darüber hinweg, dass sie selbst einen beträchtlichen Anteil an den Ereignissen hatte, die später stattfanden, genau hier. Ich weiß, dass sie sich schuldig fühlt, weil auch sie zu lange verdrängt hatte, was geschah, und das zu einem Zeitpunkt, als sie Isabella sehr nahe stand und genau wusste, was vor sich ging. Und nichts unternahm, um es zu verhindern.

Dieser Klotz hängt auch an ihrem Bein.

* * *

Es war im März 78, noch früh am Morgen. Tomas und ich schliefen. Ich hatte die Schule geschwänzt, um den Vormittag mit ihm zu verbringen. Wir hatten uns sofort in sein Bett gelegt und miteinander geschlafen und danach einen dicken Joint geraucht. Die Sirenen weckten uns auf. Es klang, als stünde die ganze Stadt in Flammen. Helikopter kreisten mit bedrohlichem Dröhnen über der Innenstadt. Tomas sprang aus dem Bett.

»O je, das klingt, als wäre eine Bombe explodiert.«

Er schaltete im Nebenzimmer das Radio ein. Am Ton des Nachrichtensprechers erriet ich den Ernstfall.

»Ach du Scheiße«, murmelte Tomas.

»Was ist los?«

Ich setzte mich auf und lauschte. *Rote Brigaden*, verstand ich, *Nationalratspräsident Aldo Moro, Blutbad*.

Ich hörte ihn den Fernseher einschalten und lief ins Wohnzimmer hinüber, wo wir beide nackt vor dem Apparat standen. Der Moderator war tief erschüttert, den Tränen nahe.

»Moro ist entführt worden«, sagte Tomas langsam, ohne den

Blick vom Fernsehschirm zu wenden. »... seine Leibwächter umgebracht... total verrückt.«

Die Stadt befand sich im Belagerungszustand, die Sirenen heulten weiter und überlagerten sich, endlos. Aber mit einem Mal trat ein unheimliches Schweigen ein. Eine atemlose, Unheil verkündende Stille.

Anfang der siebziger Jahre hatten die Brigate Rosse eine Reihe Entführungen vorgenommen, bei denen ihnen nicht der geringste Fehler unterlief: Sie hatten einen rechten Gewerkschaftssekretär, den Personalchef des Fiat-Konzerns, ein Aufsichtsratsmitglied von Alfa Romeo in ihre Gewalt gebracht und nach kurzem »proletarischem Prozess« wieder frei gelassen. Die Studentenbewegung blickte voller Bewunderung und Begeisterung auf die Roten Brigaden. Studenten und Angehörige der extremen Linken sahen in ihnen moderne Robin Hoods und in ihren Aktionen ein Symbol proletarischer Gerechtigkeit. Doch ab der Mitte der siebziger Jahre wurden die Einschüchterungsmethoden der Gruppe zunehmend brutal: Erst schossen sie Dutzenden von Industriellen und Politikern in die Beine, dann verübten sie Bombenattentate gegen Kasernen der Carabinieri und Polizeistationen, und 1976 begannen sie schließlich mit der Ermordung von Richtern, hochrangigen Polizeifunktionären, Journalisten. Jeden Tag war in der Zeitung mindestens ein Foto von einer Leiche in einer Blutlache zu sehen. Viele militante Linke, die früher mit ihnen sympathisiert hatten, verurteilten inzwischen scharf die Entscheidung für den bewaffneten Kampf, und die »revolutionäre« Bewegung spaltete sich in zwei feindliche Lager. Auf der einen Seite standen die Gruppen, die dem Beispiel der Roten Brigaden folgten und sich verschworen, »den Kampf auf die militärische Ebene zu verlagern«, und auf der anderen jene, die den Einsatz von Gewalt verwarfen.

Nun hatte die Terrorkampagne der Roten Brigaden ihren Höhepunkt erreicht: Aldo Moro, Christdemokrat und im Verlauf seiner Karriere mehrfacher Minister und zweimaliger Ministerpräsident, war ein Unberührbarer, einer der mächtigsten Männer im Staat.

»Ich gehe lieber heim«, sagte ich, kramte meine Unterwäsche unter dem Bett hervor, sammelte meine Schulbücher ein und zog mich rasch an. Tomas nickte unbestimmt, den Blick auf den Fernsehapparat geheftet.

Zu Hause fand ich Alba ebenfalls vor dem Fernseher sitzen. Sie war noch im Nachthemd.

»Gott sei Dank bist du da. Haben sie die Schule geschlossen?«, fragte sie. »Das ist ganz grauenhaft.«

»Was ist los, weinst du?«

»Na ja… ja, ich bin… es erschüttert mich so«, sagte sie und wischte sich die Augen.

Ich wusste nicht, was ich denken sollte. In meiner nicht weit zurückliegenden militanten Vergangenheit hatte auch ich die Christdemokraten für unsere Hauptfeinde gehalten, doch als ich jetzt Moros Foto im Fernsehen sah, seine berühmte weiße Haarsträhne, die so oft karikiert worden war, seine gefasste Haltung und seinen konservativen grauen Anzug, sah ich in ihm nur noch einen Professor der alten Schule. Ein gebrechlicher, pedantischer Mann, der jeden Morgen zur Messe geht. Ich sah die Filmaufnahmen vom Schauplatz nach der Entführung: die zertrümmerten Wagenfenster, das Blut auf den Sitzpolstern. Die Fotos der jungen Männer in seiner Eskorte, die bei dem Maschinengewehr-Angriff erschossen worden waren. Nur drei Stunden zuvor, als ich an Tomas' Tür geläutet hatte, waren sie alle noch am Leben gewesen.

Ich spürte, wie sich Kälte in meiner Brust ausbreitete. Das war nicht der nächste Schritt in der Eskalation der Gewalt, sondern eine regelrechte Kriegserklärung.

Ein paar Tage später, als ich nach Hause kam, fand ich Isabella in unserem ehemaligen gemeinsamen Schlafzimmer im Schrank wühlen; auf dem Boden türmte sich ein Haufen prall gefüllter Plastiktüten. Ich hatte sie mehrere Monate nicht gesehen, und einen Moment lang glaubte ich, sie sei vielleicht wieder bei uns eingezogen.

»Scheiße, hier sind überall Polizeisperren«, sagte sie. »Jetzt flippen sie vollständig aus.«

»Na ja, sicher. Nach dem, was passiert ist.«

Mit breitem Grinsen drehte sie sich um.

»Sie haben das Schwein tatsächlich erwischt. Ist doch ein Wahnsinn, oder?«

Sprachlos starrte ich sie an.

»Die ganze Welt redet davon«, fuhr sie fort. »Niemand kann sich erklären, wie sie das geschafft haben. Eine tadellose militärische Aktion. Ziemlich gut, nicht?«

»Ja. Es ist unglaublich.«

Ich verstummte. Mir war unbehaglich zumute.

»Wieso bist du überhaupt hier?«, fragte ich nach einer Weile, um das Thema zu wechseln.

»Um meine restlichen Sachen zu holen«, sagte sie. »Wir ziehen um.«

Sie war bleich und mager, und ich fragte mich, ob sie überhaupt noch etwas aß.

»Wer ist *wir*? Du und Enrico?«, fragte ich.

»Ja. Rita hat uns eine Wohnung verschafft.«

»Wo denn?«

»Ihr gegenüber, auf demselben Stock. Es ist nur eine Einzimmerwohnung, die einer Freundin von ihr gehört hat ... sie benutzte es als –« Mit einem gewissen Stolz lächelte sie vor sich hin. »Es war die Absteige eines Callgirls. Anscheinend ist das ganze Haus eine Art Puff. ›Nuttenkolonie‹ nennen sie es. Aber mir ist das egal.«

Sie unterbrach ihre Tätigkeit und zündete sich eine Zigarette an. Es war sehr lange her, seit wir beide zuletzt in unserem Schlafzimmer miteinander geredet hatten. Sie kniff die Augen zusammen, als sie an ihrer Zigarette zog, und musterte mich von Kopf bis Fuß. Auch ich hatte mich verändert, hatte angefangen, ihre wallenden Kleider zu tragen, dazu lange Ohrgehänge und zahlreiche Armreife.

»Hübsch siehst du aus«, sagte sie rasch.

»Danke.«

»Du kannst mich besuchen, wenn du willst.« Sie wandte mir wieder den Rücken zu und begann dicke Pullover in die Plastiktüten zu stopfen. »Es ist allerdings ziemlich weit. Man muss drei verschiedene Busse nehmen.«

Es klang nicht unbedingt einladend, aber ich hatte sie wirklich sehr vermisst und sehnte mich nach unserer einstigen Nähe zurück. Also machte ich mich eine Woche später auf den Weg zu ihr.

Ich brauchte tatsächlich Stunden, bis ich dort war – das Eis, das ich gekauft hatte, war längst geschmolzen, und Schokolade tropfte mir auf den Schoß. Der Bus quälte sich durch unbekannte Stadtviertel. Hässliche Mietskasernen und traurige Läden, eine schreckliche Architektur. Selbst die Fahrgäste im Bus wurden immer trauriger und grauer, je näher wir dem Ziel kamen.

Die Nuttenkolonie lag in einem so genannten Neubaugebiet und entsprach dem Konzept des billigen Vorstadtwohnhauses. Das Gebäude hatte hässliche kleine Balkone mit verschnörkelten, spanisch wirkenden Geländern und Bogenfenster. Zweifellos war Zorro beim Entwurf eine maßgebliche Inspiration gewesen, zumindest nach dem Übermaß an schwarzem Schmiedeeisen, dem Strukturputz an den Wänden und den Terrakottafliesen im mexikanischen Stil zu urteilen. Im Treppenhaus roch es muffig, der Teppichboden war voller Flecken, und auf den Efeuranken aus Plastik lag eine dicke Staubschicht.

»Ist das nicht toll?«, begrüßte mich Rita in ihrer weit aufgerissenen Tür. »Komm rein, du musst unbedingt Maurizio kennen lernen. Er hat die Lasagne gemacht. Deine Schwester duscht gerade hier bei mir und ist in einer Minute fertig.«

Maurizio wohnte auf demselben Stock, zwischen Isabella und Rita. Auf dem Messingschild an seiner Tür stand »Hellseher, Astrologe und Tarot-Deuter«. Er war Ende fünfzig und von gewaltiger Leibesfülle. Seine Haare hatte er rabenschwarz gefärbt, der Schweiß rann ihm in Strömen übers Gesicht, und er trug eine Schürze mit einem kopflosen nackten Frauenleib darauf.

Seine winzige Wohnung quoll über von Kram aller Art, Plastikbuddhas auf dem Fernseher, überdimensionalen spanischen Fächern an den Wänden, Spitzenvorhängen und Plastikblumensträußen. Er zeigte mir den mit schwarzem Brokat bedeckten runden Tisch, auf dem er seine Tarot-Karten legte, Horoskope stellte und die Geister von der *Anderen Seite*, wie er sagte, zu seinen Séancen rief.

»Ich habe ein paar sehr wichtige Klienten, die über mich mit ihren toten Verwandten Kontakt aufnehmen wollen«, sagte Maurizio, in der Hand das Blech mit der Lasagne, das er in seiner winzigen Küche aus dem Backrohr genommen hatte. »Mit Leuten, die aus heiterem Himmel gestorben sind und ein paar ziemlich wichtige Geheimnisse auf die *Andere Seite* mitgenommen haben. Du kannst dir nicht vorstellen, was für Schwergewichte manchmal hier an diesem Tisch sitzen. Was ich alles erfahre. *Unglaubliche* Sachen. Ich könnte ein Buch schreiben und das ganze Land damit aus den Angeln heben, glaub mir.«

»Erzähl ihr die Geschichte mit dem Kerl von der Vatikanischen Bank«, sagte Rita.

»Rita!«, protestierte Maurizio mit gespieltem Ärger, doch sichtlich erfreut, im Rampenlicht zu stehen. »Sei doch nicht so schwatzhaft.«

Er blinzelte mir zu.

»Ist ja nicht anders zu erwarten bei einer Waage mit dem Mond in den Zwillingen. Sie ist imstande, dich für einen Teller Kartoffelchips zu verraten.«

Dann wurde ich hereingezogen, um Ritas Wohnung zu besichtigen. Ihr Wohnraum mit Küchennische war identisch geschnitten und so voll gestopft mit Zeitungen, Zeitschriften, Büchern, dass man sich kaum bewegen konnte. Auf einem kleinen

Tisch neben dem Sofa entdeckte ich ein paar Fotografien im Silberrahmen. Ritas Mutter, die Baronin Aleardra Sanguedolce, als junges Mädchen – wie ein Filmstar aus den vierziger Jahren, in einem kunstvoll gearbeiteten Abendkleid. Ein Schwarzweiß-Bild von sämtlichen Sanguedolce-Kindern am Strand, unmittelbar nach dem Krieg: die fünf Schwestern und Rita noch als Beniamino. Dieser dicke, lockige, ausgelassene, mädchenhafte Knabe. Im Schlafzimmer stand ein ziemlich luxuriöses Himmelbett mit einer Decke aus Kunstfell hinter einem billigen japanischen Wandschirm, und gegenüber dem Bett hing ein großer Spiegel mit Goldrahmen.

»Hier arbeite ich«, erklärte sie, »deswegen muss es traditionell sein. Eine Mischung aus Schanghai und Madame Pompadour, oder so ähnlich. Sie müssen die Sünde riechen, um zu kommen.«

Mit einem unanständigen Grinsen stieß sie mich in die Rippen.

»Und sie sollen so schnell wie möglich kommen, glaub mir.«

Maurizio brach in ein hysterisches Gelächter aus. Meine Verlegenheit war so groß geworden, dass sie an Niedergeschlagenheit grenzte.

Mit einem Handtuch um den Kopf tauchte Isabella aus dem Bad auf.

»Ach, da bist du«, sagte sie, ohne zu lächeln. »In fünf Minuten sind wir so weit. Aber wir müssen uns einen Tisch ausleihen und Maurizios Stühle.«

Enrico kam herein und half uns, Tisch und Stühle zu tragen. Er erinnerte sich anscheinend nur vage an mich. Ich sah mir seine ungewaschenen strähnigen Haare an, seine teigige Haut, den unvergleichlich hässlichen handgestrickten Schal, den er sich um den Hals gewickelt hatte – er sah aus wie eine ausgehungerte Maus und roch intensiv nach Nikotin.

Die Wohnung der beiden war fast leer, man konnte nirgends sitzen: nur Bücher auf dem Boden und ein paar Pappkartons. Es war hier viel kälter als bei Rita und Maurizio, als gäbe es keine

Heizung. Und völlig leblos. Isa hatte anscheinend nicht die Absicht, ihre Umgebung wohnlicher zu gestalten.

»Es sieht ein bisschen kahl hier aus«, erklärte sie, »aber wir kommen sowieso nur zum Schlafen her.«

In einem Karton entdeckte ich einen Stapel Flugblätter und überflog rasch den ersten Absatz: »*... der imperialistische Einsatz von neofaschistischem Massenrevisionismus mobilisiert die Massen und stellt sie in den Dienst des Staatsapparates. Aus der Kommunistischen Partei ist ein Informanten-Netzwerk und eine antilinke Schlägerarmee geworden.*«

Ich wandte müde den Blick ab.

Wir nahmen Platz und spielten uns gegenseitig Ungezwungenheit und Fröhlichkeit vor. Enrico sagte kein Wort. Er musterte mich immer wieder, als wäre ich der Feind, von dem er gehört hatte, und er müsste sich rasch eine Strategie einfallen lassen. Er war einer von der Sorte Menschen, die sich tunlichst im Hintergrund halten und den anderen den ersten Schritt überlassen. Aber ich war auf der Hut und versuchte, mich so passiv wie möglich zu verhalten.

Auch Isabella war nicht besonders freundlich. Sie wirkte gelangweilt, als wäre sie irgendwo zu Gast und hätte nicht vor, lange zu bleiben, und ich fragte mich, warum wir überhaupt dieses gemeinsame Essen veranstalteten. Irgendwann verschwand sie mit Enrico im Nebenzimmer.

»Mir scheint, sie hatten vorhin einen Streit«, sagte Rita.

»Er ist wirklich seltsam«, sagte ich.

»Sehr streng ist er«, räumte Rita ein.

»Zu streng, wenn ihr mich fragt«, fügte Maurizio hinzu.

»Was meinst du mit *streng*? In Bezug worauf?«, fragte ich.

»Na ja, du weißt schon. Er ist ja sehr engagiert«, sagte Rita mit einer gewissen Zurückhaltung.

»Er steht um vier Uhr morgens auf, damit er um halb sieben vor dem Fabriktor ist. Um Flugblätter zu verteilen«, flüsterte Maurizio ehrfürchtig. »Oder um mit den Arbeitern zu politisieren.«

»Worum ging es denn bei ihrem Streit?«, fragte ich. »Ho Chi Minh?«

»Schon möglich.« Rita zuckte die Achseln. »Jedenfalls nicht um Sex, so viel steht fest.«

»Sex?«, fragte Maurizio. »Ich *bitte* dich – doch nicht, wenn man um vier Uhr morgens aufstehen muss.«

Die Vorstellung, dass dieser rattenartige Mann in dem schmalen Bett mit meiner Schwester schlief, war Ekel erregend. Die schäbige Wohnung, der schlechte Wein, der abgestandene Zigarettenrauch, die Tränensäcke unter ihren Augen. Ihre verdrossene Miene. Konnte das Liebe sein? Sie machten jedenfalls nicht den Eindruck eines glücklichen Paares.

Wir warteten noch eine Weile, und als sie noch immer nicht zurückkamen, räumten wir den Tisch ab, gingen hinüber zu Maurizio und sahen uns eine Popmusik-Show im Fernsehen an. Die beiden kannten alle Songs auswendig, sangen mit und besprachen ausführlich die Aufmachung sämtlicher Sänger. Irgendwann tauchten Isabella und Enrico auf, als wären sie nur fünf Minuten fort gewesen, als gäbe es nichts zu erklären.

»Ich muss jetzt ins Bett«, sagte Isabella gähnend, »wir müssen morgen sehr früh raus. Danke für deinen Besuch.«

Mit ihren rissigen, rauen Lippen küsste sie mich flüchtig auf die Wange. Ich schlang die Arme um sie, und sie ließ sich noch eine Sekunde länger von mir umfassen, sah mich aber nicht an, als sie sich abwandte. Enrico nickte mir unbestimmt zu und sagte keinen Ton. Ich war zu erschöpft, um die Reise mit drei Bussen nach Hause anzutreten, und fragte Rita, ob ich bei ihr auf der Couch übernachten könne.

Es war noch dunkel und sicher noch vor fünf, als draußen im Flur eine Tür zuschlug. Ich hörte ihre Stimmen im Treppenhaus, Isabellas Husten, und ein paar Minuten später wurde unten auf der Straße die Vespa angelassen.

Es muss eiskalt sein, dachte ich und stellte mir die beiden vor, wie sie sich mit ihren langen gestrickten Schals um den Hals gegen den kalten Wind aneinander schmiegten. Kann das Liebe sein, fragte ich mich noch einmal. In meinen Augen sah es eher nach Strafe aus.

* * *

»Hier. Das da ist für dich«, sagte Tomas.

»Welches?«

»Die Mickeymaus.«

Was für eine Idee. Acid in Form einer Zeichentrickfigur. Ich streckte die Zunge aus, und Tomas legte mir ein viereckiges Stück Papier darauf.

»Braves Mädchen«, sagte er grinsend. »So ist es recht.«

Wir saßen auf seinem ungemachten Bett, es war Sonntag Nachmittag, und ich beobachtete ihn, wie er sich gespannt sein Schneewittchen auf der Zunge zergehen ließ. Ich sah auf die Uhr: viertel nach zwei.

»Jetzt ist es passiert.«

»Es wird schon noch eine Zeit dauern«, sagte er.

Ich war nervös: Ich hatte so viele Geschichten über Acid gehört. Die meisten waren ziemlich Furcht erregend. Von Leuten, die sich auf einem schlechten Trip halb umgebracht oder fast den Verstand verloren hatten – die Erlebnisse ergaben eine endlose Liste von Alpträumen.

»Es ist, wie wenn sich dein Kopf in tausend Gehirne aufspaltet, und jedes arbeitet parallel zu den anderen«, hatte Tomas es mir zuvor beschrieben. »Ziemlich intensiv.«

Ich war mir nicht sicher, ob es mir gefallen würde, aber mir war klar, dass es ein Test war, dem ich mich nicht entziehen konnte. Tomas würde sich nicht mit einem Kind abgeben, das nicht genügend Schneid besaß, um LSD auszuprobieren.

»Keine Sorge, es wird schon gut gehen. Du bist ja bei mir«, tröstete er mich, nachdem er mir erklärt hatte, wir würden jetzt zusammen einen Trip werfen. »Ich führe dich.«

Leider war ich da nicht so zuversichtlich.

Während der nächsten vierzig Minuten hielt ich nach Anzeichen Ausschau, nach irgendeinem Hinweis darauf, dass die Chemie zu wirken begann, aber ich spürte nicht das Geringste.

»Mach dich nicht nervös«, sagte Tomas, der mit einer Zigarette im Mundwinkel auf dem Bett lag, »du merkst es schon, wenn es anfängt. Ganz sicher.«

»Spürst du denn was?«, fragte ich.

»Fängt an.«

Das machte mich rastlos. Die Vorstellung, hinter ihm zurückzubleiben, konnte ich nicht ertragen. Ich wollte bei ihm, mit ihm eins sein, wenn meine tausend Gehirne zu arbeiten begannen.

»Ich hole mir schnell noch was Süßes aus dem Café«, sagte ich. Meine automatische Reaktion: anderswo Zuflucht zu suchen, sobald ich irgendeine Form von Distanz spürte.

»Komm schon. Setz dich einfach her. Es wird auch bei dir wirken, garantiert.«

»Ich bin sofort zurück, bestimmt. Es dauert nur eine Sekunde.«

Ich fuhr mit dem Aufzug nach unten und ging hinaus auf die Straße. Das Licht war gleißend hell, und ich spürte, wie von dem Geflimmer meine Haut zu stechen begann. Ich betrat das Café an der Ecke und betrachtete die Theke mit dem Speiseeis. Die Farben erschienen mir übertrieben grell.

Es traf mich wie eine Keule in den Nacken. Ich spürte die Hitze, die sich durch meine Adern ausbreitete und kribbelnd und prickelnd in jeden Nerv kroch. Hob die Augen und begegnete dem Blick des Mädchens hinter der Theke, das eine grellrote Uniform trug und eine Eistüte wie eine Waffe in der Hand hielt.

»Welche Sorte?«, fragte das Mädchen mit einer merkwürdig metallischen Stimme.

Das Rot ihrer Uniform war so satt, so dicht, so unglaublich rot, dass es mich in den Augen schmerzte. Jeder Stoffpartikel schien mit einer Farblösung aus reinem Rot von der Tiefe eines Ozeans getränkt. Man konnte darin eintauchen, ertrinken und nie wieder zum Vorschein kommen. Ich musste den Blick abwenden und senken, langsam, damit sie es nicht merkte.

Aber von unten kläfften mich Gelb, grelles Grün, fluoreszierendes Rosa unter dem Neonlicht an wie wütende Köter. Chemische, ungeheuerliche, giftige Farben.

»Nein, danke«, sagte ich, »ich will lieber ...«

Ich nahm jedes Geräusch meiner Umgebung wahr, das Klirren der Löffel in den Espressotassen, den Dampf, der zischend der Kaffeemaschine entwich, das Summen des Kühlschranks. Es war, als liefe jeder einzelne Laut auf einer eigenen Tonspur.

Ich stürzte auf die Straße hinaus und stellte fest, dass der Himmel silbern geworden war. Das Gefühl, ohne Dach über dem Kopf zu sein, verursachte mir auf einmal eine Heidenangst. So viel Atmosphäre – viel zu viel Luft.

Wieder im Haus, rannte ich zum Aufzug.

Ein Fehler.

Die winzige Holzkiste schloss sich augenblicklich um mich wie ein Sarg und drückte mir die Luft aus der Lunge. Die Kritzeleien an den Wänden verkündeten Unverständliches. Wahrscheinlich Botschaften, die frühere Aufzugbenutzer hier hinterlassen hatten, ehe sie den Geist aufgaben. Tod durch Ersticken. Ich musste mir mit aller Kraft klar machen, dass dies ein Aufzug war, der mich in den vierten Stock bringen würde, aber ich konnte es nicht recht glauben.

»Atme«, sagte ich laut, »und schrei nicht. Du brauchst die Luft.«

Ich hatte vergessen, wo ich war und wohin ich wollte.

Tomas, Tomas.

Ich wusste, dass ich ihn verloren hatte, aber immerhin noch eine kleine Chance bestand, ihn wieder zu finden. Endlich – mir kam es vor wie eine Stunde später – hielt der Aufzug und entließ mich aus dem Sarg. Ich läutete an der Tür, und als sie sich öffnete, war es, als stürzte mir aus der Wohnung eine Tonne Wasser entgegen und schlüge mir direkt ins Gesicht.

Tomas sah vollkommen anders aus, als ich ihn zuletzt gesehen hatte.

»*Ciao, amore*«, sagte er, »du warst eine Ewigkeit weg.«

(*Wann? Wo war ich gewesen? Warum war ich hier?*)

Eines war mir klar: Wenn ich nicht rasch etwas unternahm, würde auch er sich in eine monströse Erscheinung verwandeln.

»Spürst du's?«, fragte er.

Das ist Tomas. Du kennst Tomas. Er ist dein Freund.

»Was ist los? Alles in Ordnung?«, hörte ich ihn in Zeitlupe sagen.

Offensichtlich hatte er meine Angst bemerkt – sie stand mir ja ins Gesicht geschrieben. Am schlimmsten war, dass ich wusste, dass dieser Zustand nie wieder aufhören würde. Meine momentane Sicht der Dinge war die Realität – so war die Welt *wirklich*. So sah dieses Zimmer wirklich aus: schäbig, schmutzig, heruntergekommen. Die zerknitterten Laken auf dem Bett, die kahle Glühbirne an der Decke, die schmutzigen Teller im Spülbecken.

»Alles in Ordnung?«, fragte er noch einmal und legte mir eine Hand auf den Kopf.

Ich konnte nicht antworten, denn ich wusste, wenn ich meine Angst beim Namen nannte, würde sie auf das Tausendfache anschwellen und ihn auslöschen, Tomas, die einzige, halbwegs vertraute Gestalt in diesem entsetzlichen Bild. Meine Angst war wie ein riesiger Staubsauger, der mich jederzeit verschlingen konnte.

»Komm, Baby.«

Er zerrte mich zum Bett, aber ich wollte nicht auf diesen schmutzigen Laken liegen.

Luft.

»Gehen wir raus«, flüsterte ich. »Das ist ein bisschen zu viel.«

»Was?«

»Gehen wir«, sagte ich ganz langsam. »Ich glaube, wir sollten spazieren gehen. Jetzt.«

»Superidee«, sagte Tomas. Ihm gefiel dieser Zustand anscheinend.

Wir gingen hinaus, und die Welt war wieder hergestellt. Der Himmel war lavendelfarben, und wir blickten gleichzeitig nach oben, als ein Flugzeug den makellosen lavendelblauen See mit einem Schweif aus weißer Gischt aufriss, die bald darauf in Zeitlupe zu einem schaumigen Streifen zerbarst. Es war höchst erstaunlich.

»Siehst du, alles bestens. Es wird alles gut, hab ich dir doch gesagt«, sagte Tomas, inzwischen vollkommen überzeugt.

Wir gingen zum Botanischen Garten und traten ein.

Wie hatten wir je so einfältig sein und Grün für eine einzige Farbe halten können?

Augenblicklich verirrten wir uns im heillosen Labyrinth der Blätter. Das Muster der Blattadern sah genauso aus wie das Aderngeflecht auf unseren Handrücken – in den Blättern pumpten sie Chlorophyll, in unseren Händen Blut, es war überhaupt kein Unterschied.

Wir saßen unter einer Rieseneiche. Bald konnten wir den gesamten Park rascheln, knacken, kreischen hören. Wir lauschten dem Wachstum der Pflanzen. Schösslinge schoben sich aus der Erde, Knospen zerplatzten, Säfte rannen, Blätter entrollten sich, Blumen blühten auf, Äste reckten sich, und unter der Erde schoben sich Wurzeln vorwärts und sprengten Gestein. Unfasslich, wie kompliziert die einander überlappenden Geräusche waren: Was wir da hörten, war eine geniale Symphonie.

»Wir müssen mit einem Kassettenrekorder wiederkommen«, flüsterte ich, »das ist wirklich unglaublich.«

»Ohne Acid kannst du das nicht hören«, sagte Tomas.

Dann drehte er sich langsam zu mir. Zog mich sanft ins Gras und legte sich auf mich. Sein Körper war warm, unter seiner Haut spürte ich sein Blut fließen. Er schob meinen Rock nach oben.

»Ich muss jetzt mit dir schlafen, *sofort*«, sagte er.

Ich blickte zu dem Baldachin des Eichenlaubs vor dem Himmel hinauf, während er in mich eindrang. Ja, das war es, genau so war das gemeint.

Adern, Blut, Sperma, Pflanzensaft, Pollen, Lymphe, Chlorophyll. Samen. Alles dasselbe, wir waren alle Teil ein und desselben Systems.

Er kam in mir, und ich konnte den Samen spüren, den er in mir hinterlassen hatte – ich sah ihn sich ausbreiten, wachsen, Gestalt annehmen. Das Ganze in Zeitlupe, wie man es im Dokumentarfilm oft sieht, unterlegt mit irgendeiner erhebenden klassischen Musik. Das winzige Baby, das in der Gebärmutter schwebt, sich langsam um die eigene Achse dreht, mit einem Kopf wie ein Sojabohnenkeimling.

»Wahnsinn«, sagte ich und holte tief Luft.

Ich durchschaute jetzt alles. Wusste Bescheid.

Auch die zweite Phase des Trips war interessant. Es war, als sähe man nach einer langen Reise durch die Galaxie den Planeten Erde näher kommen. Langsam machten wir uns auf den Weg nach Hause, seltsam entspannt. Ich war müde, als wäre mein Körper an hundert unterschiedlichen Orten gewesen und kehrte in Einzelteilen wieder zurück, die freilich nicht alle gleichzeitig eintrafen.

Als ich es am Abend endlich bis nach Hause schaffte, hatte ich jegliches Zeitgefühl verloren. Alba lag im Nachthemd lesend auf dem Sofa, in einem extrem gelben Licht, das wie ein Herzschlag pulsierte.

Anscheinend hatte sie auf mich gewartet. Ich konnte ihre Einsamkeit förmlich greifen, sie hatte sich im Zimmer ausgebreitet wie eine Duftwolke.

»Hallo«, sagte sie und schob sacht das Buch zur Seite. »Wo warst du?«

Ich kuschelte mich neben sie auf das Sofa.

»Ich war mit Tomas unterwegs«, sagte ich und dehnte Hals und Arme wie eine Katze. »War ein superschöner Tag.«

Noch immer spürte ich aus meinem Körper die Funken stieben, wie ein verglimmendes Feuerwerk in der Nacht. Sie muss diese schwachen Lichtspuren rings um mich bemerkt haben, denn sie lächelte.

»Das sieht man.« Sie fuhr mir mit den Fingerspitzen über die Haare. »Du siehst sehr hübsch aus. So lebendig.«

Dann rappelte sie sich auf, setzte sich aufrecht hin und schüttelte den Kopf, wie um ihre Einsamkeit abzuwerfen.

»Erzähl – was war so schön an deinem Tag?«

Auf einmal erblickte ich etwas Neues an ihr, erkannte etwas, das ich früher nie begriffen hatte. Ihre Brüste und Locken und Lippen waren wieder rund und voll, ihre Farben leuchteten, ihre Augen strahlten. Es war etwas Starkes, noch Ungeformtes, das sie in Wahrheit nie verloren hatte und das sie sich, wie ich jetzt fand, unbedingt für immer bewahren sollte. Ich sah sie mit männlichen Augen an und fühlte mich beinahe so zu ihr hingezogen, als wäre ich nicht ihre Tochter, sondern nur ein Paar Augen.

Was ich sah, war, glaube ich, ihr Egoismus, ihr Überlebenswille. Er durchströmte sie, ließ sie aufleuchten wie eine weihnachtliche Lichterkette. Es war genau jener selbstsüchtige Wille, der sie dazu gebracht hatte, sich einen Mann zu suchen, sich fortzupflanzen, zu gebären, zu überleben, meine Mutter zu sein. Plötzlich erkannte ich diese Entschlossenheit an ihr, dieselbe, wie sie ein Biologe an einem Geparden erkennen würde, und ich hoffte, dass auch sie selbst es schätzte, dass sie sich mochte, wie sie war.

Die Natur, begriff ich, kann ziemlich grausam sein, aber sie verrechnet sich nicht. Deshalb musste Alba so, wie sie war, ein perfekter Mechanismus sein. Es ging nur darum, ihr zu vertrauen.

Dieses LSD war wie ein Laserstrahl, der alle unnötigen Komplikationen mühelos durchschnitt.

* * *

Tomas und Drogen. Beide waren nie mehr so gut wie beim ersten Mal. Aber ich hörte nicht damit auf, weil ich immer die

Hoffnung hatte, ich könnte dieselbe Überraschung noch einmal erleben.

Tomas versorgte mich mit allen möglichen Pillen, Gras, Haschisch, dann wechselte er zu Amphetaminen, und das alles bezahlte er mit dem Geld, das sein Vater ihm aus Amerika schickte, damit er als Choreograf arbeiten und sich nicht um sein Auskommen sorgen musste. Aber für das Tanzen gab es schon keinen Platz mehr in Tomas' Leben.

Wir erhöhten ständig die Dosis, probierten verschiedene Kombinationen aus, wechselten unsere Dealer, experimentierten mit Cocktails, immer in der vergeblichen Hoffnung auf ein chemisches *Satori.* Wir gingen immer seltener aus dem Haus, waren gleichgültig gegen den Wechsel der Jahreszeiten und die frische Morgenluft, verschliefen den Tag oder quasselten die ganze Nacht, je nachdem, was wir eingeworfen hatten, warteten, dass das Telefon läutete oder die Drogen geliefert wurden, aßen sporadisch und badeten zu den unmöglichsten Tageszeiten.

Aber es war nie mehr so gut.

Nie mehr sah ich alles so klar wie bei diesem ersten Mal unter der Eiche. Im Gegenteil – danach war es eher wie ein Nebel, an den man sich nach und nach gewöhnt.

Meine Abschlussprüfung in der Schule überstand ich mit einem Cocktail aus Aufputsch- und Schmerzmitteln. Mehrere Prüfer lauschten mit ernster Miene meiner Tirade über die Industrielle Revolution und Pier Paolo Pasolinis literarisches Werk und hielten mein High für Überschwang und mich für eine eifrige und interessierte Schülerin. Als ich auf ein paar Fragen überhaupt keine Antwort wusste, schoben sie mein Blackout auf Überdrehtheit nach zu vielen durchwachten Nächten und verziehen mir meinen momentanen Gedächtnisverlust. Ich kam durch, mit ziemlich guten Noten sogar, und hielt mich damals nicht einmal für einen besonderen Glückspilz, dass ich sie so leicht hatte hinters Licht führen können. Mit all der Chemie in meinem Körper fühlte ich mich unbesiegbar.

Alba sah mich kommen und gehen, immer dünner und bleicher werden, während ich ihr von meinen Aktivitäten immer weniger verriet. Es bestand die stillschweigende Übereinkunft, dass ich nur deshalb so schlecht aussah, weil ich die halbe Nacht für die Schule lernte. Als die letzte Prüfung vorbei war, schützte ich das Wetter vor.

»Bei dieser Hitze kann ich weder schlafen noch essen«, sagte ich, als sie fragte, was mit mir los sei.

Sie packte die Koffer, um den Sommer in der Casa Rossa zu verbringen; Bruno sollte in der Stadt zurückbleiben. Sie sagte, Lorenzo brauche sie, vor allem jetzt, nach dem Tod von Stellario und Celeste. Beide waren ein paar Monate zuvor gestorben.

»Komm doch mit«, fügte sie hinzu, »ein bisschen Sonne kann dir nicht schaden. Und dein Großvater wird sich freuen, dich eine Zeit lang bei sich zu haben.«

In Wirklichkeit war sie diejenige, die Gesellschaft brauchte. Sie wollte nicht allein fahren.

Aber ich wollte nur eines: Schatten, Dunkelheit, Stille.

»Nein, danke, ich bin gern im August in der Stadt. Das ist die beste Zeit im Jahr, wenn alles leer ist.« Eine bessere Ausrede fiel mir nicht ein.

In diesem Sommer kam ich komplett von der Spur ab. Vergaß alles und jeden, mich selbst eingeschlossen.

In der Wohnung liefen Bruno und ich uns nur zufällig über den Weg, wie zwei völlig Fremde. Ohne Alba konnten wir endlich aufhören, uns eine Familie vorzugaukeln, konnten zeigen, wie gleichgültig wir einander waren, ohne das geringste Schuldgefühl dabei zu empfinden. Wir versuchten kein einziges Mal, eine gemeinsame Mahlzeit zu planen. Wir gingen unserer Wege, benutzten die Wohnung als Waschsalon, den wir nur aufsuchten, um uns umzuziehen, wechselten hin und wieder einen kurzen Gruß oder hinterließen eine gekritzelte Nachricht auf dem Notizblock neben dem Telefon. Er traf sich mit anderen Frauen – ich hörte ihre verhaltenen Stimmen auf dem Anrufbeantworter, und wahrscheinlich hörte er umgekehrt Tomas' spärlich verschlüsselte Nachrichten über die jüngsten Drogenkäufe ab.

Ab und zu bat ich Bruno um Geld, und er fragte nie, wozu ich es brauchte. Diese Transaktionen wickelten wir stets in Eile ab, an der Tür, ohne einander anzusehen, als wäre es ein Schmiergeld, dessen wir uns beide schämten. Wenn ich den Eindruck hatte, es sei genug und ich könnte ihn nicht um noch mehr bitten, nahm ich hinter seinem Rücken ein paar Scheine aus seiner Brieftasche.

In meinen Augen war das kein Diebstahl – ich nahm mir einfach etwas, das ich brauchte.

Nichts kam mir in dieser Zeit je unrecht oder illegal vor, nie hatte ich das Gefühl, ich sei auf die schiefe Bahn geraten. Mit Heroin war alles akzeptabel und angenehm mühelos.

Heroin. Tomas und ich hatten es zuerst geraucht, dann fingen wir an, es zu schnupfen. Es war besser als alles andere, was ich zuvor ausprobiert hatte. Es war weich und warm und glättete sämtliche Kanten. Auf Heroin rollte ich mich ein wie ein Baby, das auf einem Kissen aus Federn dahintreibt. Manchmal, wenn der Stoff zu stark war, wurde mir schlecht, und ich musste mich auf der Stelle übergeben, aber selbst die Übelkeit war köstlich. Nichts konnte mich mehr erreichen oder die Plastikhaut zwischen mir und der Wirklichkeit zerreißen.

Im September kam Alba aus der Casa Rossa zurück. Sie war braun gebrannt und hatte ein bisschen zugekommen. Ich war grün im Gesicht, und man konnte alle meine Rippen zählen.

»Ich höre, dass du kaum eine Nacht zu Hause verbracht hast«, sagte sie kühl, und ihr Missmut war nicht zu überhören. Vielleicht war es der Gedanke an einen weiteren trübsinnigen Winter mit Bruno. Sie hatte den ganzen Sommer Zeit gehabt, um über ihr bisheriges Leben Bilanz zu ziehen, und das Resultat muss ihr armselig erschienen sein. Jetzt war sie wieder hier, voller zorniger Ansprüche.

Ich zuckte die Achseln. Es war mir gleichgültig. Nichts, was sie sagte oder tat, konnte mich noch aufregen, so undurchdringlich war die unsichtbare Hülle, die mich umgab. Sie wusste es nicht, aber ich hatte jetzt gewonnen.

* * *

»Alina, ich bin's.« Isabellas Stimme am Telefon klang gehetzt. »Ich muss dich um einen Gefallen bitten.«

»Was denn?«

»Kannst du morgen um sechs zum Bahnhof kommen, Gleis zwölf?«

»Was ist passiert?«

»Nichts. Ich sag's dir, wenn wir uns sehen.«

Irgendetwas an ihrem Tonfall klang beunruhigend. Als hielte ihr jemand eine Pistole an die Schläfe.

»Gut«, sagte ich.

Der Anruf kam mir merkwürdig vor. Seit fast zwei Monaten hatte sie kein Lebenszeichen von sich gegeben, und jetzt das. Es klang nicht gut, so viel war mir klar. Ehe ich in den Bus zum Bahnhof stieg, zog ich mir noch schnell eine Linie Heroin rein und war sofort völlig dicht. Wie in einem hermetisch versiegelten Plastiksack fuhr ich zu der Verabredung mit ihr.

Im Bahnhof roch es nach abgestandenem Urin und Schweiß. Während ich unter der hohen Decke der Schalterhalle entlangging, kündigte die Lautsprecherstimme düster die ankommenden und abfahrenden Züge an, mir wurde speiübel, kalter Schweiß stand mir auf der Stirn, und ein Brechreiz würgte mich. Dass ich meine Schwester ausgerechnet hier treffen musste! Dieses heruntergekommene Bahnhofsgebäude – brüchige graue Betonpfeiler und altes Linoleum, das sich vom Boden löste. Die Mehrzahl der Leute, die sich hier herumtrieben, wirkte entweder traurig, abgerissen oder einfach verloren.

Isabella wartete am Anfang des Bahnsteigs. Sie sah äußerst seltsam aus.

Ihr Haar war kurz geschnitten, aber formlos, als hätte sie es eigenhändig abgesäbelt. Noch sonderbarer aber war ihre Aufmachung: Sie trug ein zweiteiliges graues Kostüm mit einem Rock bis über die Knie, durchsichtige Nylonstrümpfe und flache braune Schuhe. Über ihrer Schulter hing eine schwarze Umhängetasche aus Lederimitat.

»Hallo«, sagte ich. »Mann, siehst du komisch aus.«

Das gefiel ihr offensichtlich nicht, denn sie musterte mich mit ihrem harten, starren Blick und gab mir keinen Begrüßungskuss.

»Du bist fünfzehn Minuten zu spät.«

Reisende hasteten mit ihren Koffern auf den Bahnsteig und an uns vorbei, um ihren Zug noch zu erreichen.

»Also, worum geht es?«

»Ich sag's dir gleich. Setzen wir uns.« Sie deutete auf eine Plastikbank mitten in der Menge.

»Können wir nicht wohin gehen, wo es ruhiger ist?«, fragte ich.

»Ich hab nicht viel Zeit«, sagte sie mit gerunzelter Stirn. »Also gut. Aber irgendwo in der Nähe.«

Ich folgte ihr ins Freie. Wir setzten uns in einen leuchtend bunten Schnellimbiss auf der anderen Seite des Bahnhofsplatzes. Riesige Fotos von Pizzastücken mit geschmolzenem Käse hingen an den Wänden. Das Lokal war leer bis auf zwei Araber, die schweigend Milchshakes tranken. Isabella holte zwei Cola und eine Portion fettige Pommes frites.

»Wir haben uns seit hundert Jahren nicht gesehen«, sagte ich mit gespielter Unbekümmertheit. »Was hast du die ganze Zeit getrieben?«

»Nicht viel.« Sie musterte skeptisch die Papierschachtel mit den Pommes frites und suchte sich eines heraus. »Das Übliche.«

Mir fiel ein, dass ich nicht einmal wusste, wovon sie lebte, ob sie arbeitete, wie sie und Enrico die Miete bezahlten.

»Iss auch was«, sagte sie und leckte sich das Ketchup von den Fingern.

»Nein, danke.«

»Du bist zaundürr. Wieso hast du dermaßen abgenommen?«

»Ich hab eben nicht sehr viel Hunger.«

Sie musterte mich, die Augen leicht zusammengekniffen, als glaubte sie mir nicht recht. Man sah ihr an, dass sie es eilig hatte, zur Sache zu kommen.

»Das bleibt absolut unter uns«, warnte sie mich. »Gib mir dein Wort.«

»Versprochen«, sagte ich, aber ihr Verhalten begann mich zu irritieren. »Isabella, jetzt sag schon, was soll das alles? Warum läufst du herum wie eine Steward–«

»Pssst! Red doch leise, was schreist du denn so.«

»Ich schreie nicht.«

»Doch, du schreist.«

Dann fügte sie rasch, mit gesenkter Stimme hinzu: »Ich möchte dich um einen kleinen Gefallen bitten.«

»Das hast du schon gesagt. Und worum geht es?«

»Du sollst was für mich besorgen.«

»Was?«, fragte ich misstrauisch.

Sie legte ihre Plastikhandtasche auf den Tisch, öffnete den Reißverschluss und begann darin zu kramen. Schließlich zog sie ein Bündel Geldscheine hervor.

Das glaub ich nicht, dachte ich. Sag bloß nicht, es geht um Drogen.

»Was Blödes«, sagte sie und verzog die Lippen zu einem bemühten Lächeln. »Eine Perücke.«

»Eine *was*?«

»Siehst du den Laden dort gegenüber an der Ecke? Er heißt ›Antoine‹. Im Schaufenster haben sie eine dunkelbraune Perücke mit langen Haaren. Probier sie an, als wär sie für dich, und dann kauf sie.«

Ich verstummte.

»Eine Perücke«, sagte ich dann. »Wieso gehst du nicht selber hinein und kaufst sie?«

»Ich würde dich nicht darum bitten, wenn ich keinen Grund dazu hätte.« Sie schob das Geld über den Tisch.

»Warte. Warte.« Ich legte meine Hand auf die ihre und hielt sie auf. »Ich versteh das alles nicht.«

»Du musst es nicht *verstehen*.«

Ich starrte sie an. Auch wenn mir nichts wirklich nahe ging, spürte ich eine Kälte in mir aufsteigen wie Wasser. Ein Windstoß, der durch das offene Fenster hereinkam, ließ mich frösteln. Ich wollte ihre Hand nicht loslassen.

»Aber wozu brauchst du eine Perücke?«

Ich merkte, wie undeutlich ich sprach. Meine Stimme hatte etwas Gedämpftes – wie alles an mir.

»Stell keine Fragen. Tu's einfach.«

Man merkte ihr an, wie sehr es ihr widerstrebte, mich bitten zu müssen.

Ich schüttelte den Kopf.

»Das ist doch absurd, Isa«, sagte ich und schob ihre Hand mit dem Geld von mir weg. »Das gefällt mir alles ganz und gar nicht.«

»Du *weißt* überhaupt nicht, wozu ich sie brauche!« Ihr Blick war kalt geworden, und in ihrer langweiligen, tugendhaften Aufmachung sah sie, die so hübsch gewesen war, beinahe hässlich aus.

»Ich bezweifle, dass du einfach zum Spaß mit einer Perücke herumlaufen willst«, sagte ich.

»Wieso nicht?«

»Meiner Meinung nach legst du nicht besonders viel Wert auf Spaß«, sagte ich mit einem gezwungenen Lächeln.

»Du machst es also nicht?«

Wieder schüttelte ich den Kopf. »Das hab ich nicht gesagt. Ich will bloß wissen, was du damit vorhast …«

»Ach, halt doch die Klappe«, fiel sie mir ins Wort und stopfte das Geld in ihre sperrige Tasche zurück. »Ich hab's nicht nötig, mit dir darüber zu reden. Mir war von vornherein klar, dass du zu nichts zu gebrauchen bist.«

Richtig. Ich war *nicht zu gebrauchen*. Was ich zu bieten hatte, konnte sie nicht brauchen.

»Und hör endlich auf, ständig deine Nase zu reiben«, fuhr sie mich an.

Meine Lider waren bleischwer geworden, nur mit Mühe konnte ich die Augen offen halten.

»Du bist völlig zu«, sagte sie. »Das darf doch nicht wahr sein, verdammt.«

»Bin ich nicht«, stotterte ich, »was willst du damit …«

»Jesusmaria!« Sie stieß ein kurzes, schrilles Gelächter aus. »Glaubst du, du kannst mir was vormachen?«

»Ich war beim Zahnarzt und musste ein starkes Schmerzmittel nehmen, und jetzt bin ich ein bisschen neben der Spur, okay?«

Sie packte ihre Tasche und stand auf; ihr Stuhl schrammte kreischend über den Boden.

»Du siehst erbärmlich aus. Aber es wundert mich überhaupt nicht, dich so zu sehen. Dich zu betäuben, statt dich der Wahrheit zu stellen, das ist typisch für dich.«

Ihre Worte fielen auf den Boden wie Wassertröpfchen von einem Regenmantel, ich konnte mich nicht einmal ärgern. Doch ein anderes Ich, das irgendwo tief unten gefangen saß, trat um sich, um die luftdichte Hülle aufzureißen und sich zu befreien. Ich saß da und beobachtete, wie dieses andere Ich sich abmühte und an der Plastikhaut zerrte, aber ich rührte keinen Finger, um ihm zu helfen.

Dann sah ich sie in ihrer grauen Uniform zur Tür marschieren wie ein preußischer Offizier. Sie strahlte Zorn, Verachtung und Abscheu aus. Ich lief ihr nach und hielt ihren Arm fest, als sie die Tür öffnete.

»Warte!«

Ich hatte das dumpfe Gefühl, dass ich sie nicht wieder sehen würde. Dass dies unsere letzte Chance war, einander zu warnen. Das war uns natürlich beiden klar: Warum sonst hätte sie von allen Leuten, die sie kannte, ausgerechnet mich gebeten, eine Perücke für sie zu kaufen, und warum hatte ich mich so zugedröhnt, bevor ich gekommen war? Bestand nicht der eigentliche Zweck dieses Treffens darin, einander wissen zu lassen, welchen Weg wir jeweils eingeschlagen hatten? Und sollten wir uns nicht gegenseitig auffangen, ehe wir endgültig abstürzten?

»Warte!«, rief ich noch einmal. In Zeitlupe sah ich, wie meine Hand ihre Schulter zu mir herzog, ihr Gesicht sich langsam umdrehte, ihre Augen sich weiteten.

Ich wusste, dass mir nur eine Sekunde blieb, aber mir wurde wieder schlecht. Ich presste eine Hand auf den Mund, spürte, wie das Blut aus meinem Kopf wich und eine Welle von Übelkeit mich überschwemmte.

»Was?«, fragte sie langsam, mit hallender Stimme.

»Geh nicht. Lass uns reden, bitte.« Ich wischte mir mit dem Handrücken über den Mund. »Entschuldige. Mir geht's nicht so gut.«

»Ich rede nicht mit dir in diesem Zustand. Du bist total breit.«

»Nein, bin ich nicht«, beharrte ich.

»Fang endlich an zu leben, Alina.«

Sie schob mich zur Seite, trat durch die Tür und war mit ihrem grauen Kostüm augenblicklich im Grau der Umgebung verschwunden, aufgegangen in der tristen Menge vor dem Bahnhof, wie ein Chamäleon, das nicht zu unterscheiden ist von dem Ast, auf dem es sitzt. Ein Meer gesichtsloser Menschen, nur drängende und schiebende Körper im trüben Zwielicht eines Januarnachmittags.

Ich ging hinaus und bahnte mir einen Weg durch die Leute. Es kam mir vor, als wäre alles Schöne für immer aus unserem Leben gewichen. Als wären wir beide schuld am gewaltsamen Tod des Schönen.

Ich konnte nicht weinen, weil die Plastikhülle noch immer fest um mein Herz gewickelt war. Ich hätte gern darüber geweint, dass ich nicht imstande war zu weinen und nicht imstande, ihr nachzulaufen. Stattdessen übergab ich mich noch einmal an der Straßenecke, bis ich endlich doch Tränen in den Augen hatte. Ich blickte auf und sah einen nigerianischen Sonnenbrillenverkäufer, der mich mit wissender Miene musterte.

Für ihn war ich ein Junkie wie jeder andere.

* * *

Tomas lag im Bett und wusste weder den Wochentag noch die Tageszeit. Von seiner einstigen Attraktivität war nicht mehr viel übrig. Er war erschreckend abgemagert, sein Gesicht war teigig geworden, seine Haare fett und strähnig. Er arbeitete schon lange nicht mehr.

Als ich ins Zimmer kam, griff er zum Telefon und fing an, eine Nummer zu wählen; mich beachtete er nicht.

»Wo steckt der Scheißkerl?«, schrie er gegen die Wand, während er nach langem Läuten den Hörer auf die Gabel knallte. Ich wusste, dass er Carlo zu erreichen versuchte, unseren neuesten Dealer. »Er nimmt nicht ab. Ich wette, er ist so zugedröhnt, dass er das Telefon nicht hört. Blödmann.«

Ich sagte nichts, sondern sah mich im Zimmer um: ein heruntergekommenes, hoffnungsloses Loch. Das geschwärzte Stanniolpapier, auf dem wir Heroin angezündet und geraucht hatten, die stinkenden Aschenbecher, die schmutzigen Kleidungsstücke auf dem Boden.

»Hast du was dabei?«, fragte er.

Ich schüttelte den Kopf und ließ mich neben ihn auf das Bett fallen.

»Mann, sieh dich doch an!«, fauchte er. »Komplett dicht!«

»Es war nur noch eine winzige Linie übrig«, sagte ich.

Er warf das Telefon auf den Boden und stand fluchend vom Bett auf, gleich darauf hörte ich ihn hektisch im Badschränkchen stöbern.

Das war aus uns geworden: gierige, niederträchtige Wesen, entweder vollkommen empfindungslos oder bereit, dem anderen wegen einer Linie Heroin an die Kehle zu springen. Wir schliefen nicht mehr miteinander, berührten uns nicht einmal mehr;

Gefühle und körperliche Anziehung waren Vergangenheit. Unsere Partnerschaft war jetzt von anderer Art, und das Einzige, was uns verband, waren Sucht und Schuld.

Ich wusste sehr gut, dass es nur eine Frage der Zeit war. Der nächste unvermeidliche Abschnitt auf dieser Reise war die Spritze.

Drohend ragte sie vor mir auf. Ich hatte Carlo oft beim Fixen zugesehen, wenn ich bei ihm gewesen war, um ein Gramm zu kaufen. Die ganze Prozedur widerte mich an, der Löffel, die Flamme, das Abbinden des Arms, die Nadel, und wenn ich sah, wie sie in seinen verwüsteten Unterarm eindrang und das Blut austrat, drehte sich mir der Magen um.

Tomas kam aus dem Bad zurück und schüttete direkt aus der Flasche Hustensaft in sich hinein. Der Geruch war vertraut und abstoßend zugleich.

In seinem Blick lag keine Spur von Freundlichkeit mehr.

»Du widerliches kleines Miststück. Nicht zu fassen, dass du dir alles allein reingezogen hast.«

Ich rührte mich nicht. Meine Lider waren schon wieder bleischwer und fielen mir fast zu.

»Geh zur Piazza Santa Maria«, hörte ich ihn sagen, »und sieh zu, dass du von dem Deutschen was kriegst, der immer in dem Café an der Ecke herumhängt.«

»Nein«, sagte ich. »Ich gehe nirgends hin. Lass mich in Ruhe.«

Ich schloss die Augen und drehte ihm den Rücken zu. Dies sollte mein letzter Schlaf auf einer Wolke aus warmen Federn sein. Noch ein paar Stunden, dann stand mir ein ziemlich böses Erwachen bevor. Aber ich hatte meinen Entschluss gefasst.

Ich hörte, wie Tomas die Tür zuschlug, um sich auf eigene Faust Stoff zu beschaffen. Ich rollte mich unter der Bettdecke ein und versuchte mir vorzustellen, wie es sein würde, einfach so, Knall auf Fall aufzuhören. Die Plastikhaut abzuschälen und mich an der hohen Temperatur meiner Umgebung zu verbrennen. Wieder Trauer und Zorn zu empfinden, Dornen und scharfe Kanten zu spüren, Krallen, die sich in meine Haut gruben. Zu bluten.

Ich würde gern sagen, mein Entzug sei heldenhaft und eine Offenbarung gewesen, tatsächlich aber war er nur beschwerlich und deprimierend. Mein ganzer Körper schmerzte, meine Haut brannte, und gleichzeitig überliefen mich kalte Schauer, selbst der leiseste Lufthauch stach mich wie eine Million Nadeln. Aber die Quälerei war uninteressant, weil sie kein Ziel hatte, und am Ende stand keine echte Erlösung. Er führte mich einfach wieder zum Ausgangspunkt zurück. Es gab nichts zu gewinnen, ich litt nur und hatte das Gefühl, nichts gelernt zu haben. Ich sperrte mich in meinem Zimmer ein und sagte Alba und Bruno, ich hätte eine böse Grippe und brauchte Ruhe. Bis auf ein gelegentliches Klopfen an der Tür, wenn sie mir eine warme Suppe brachten, mischten sie sich nicht weiter ein. Was auch immer sie über meinen Zustand dachten, sie behielten es jedenfalls für sich.

Als die physischen Symptome endlich nachließen und mein Körper seine Bestandteile wieder zusammengesetzt hatte, wachte ich auf und stellte fest, dass während meiner einjährigen Abwesenheit jemand in meine Psyche eingebrochen war und alles zertrümmert hatte, was ich dort zurückgelassen hatte. Ich kam mir vor wie ein Rekonvaleszent, der, als er endlich aus dem Krankenhaus entlassen wird, sein Haus abgebrannt und sein Hab und Gut verkohlt und unkenntlich zwischen den Ruinen vorfindet. Das war der schwerste Teil.

Heroin war die Atombombe gewesen, die in meinem Hinterhof explodiert war. Ich war erst achtzehn und hatte schon das Gefühl, ich müsste noch einmal ganz von vorn anfangen.

Ich erinnere mich, dass ich einen ganzen Vormittag lang in einem Café saß und zusah, wie die Leute kamen und gingen, an der Bar ihren Espresso oder Cappuccino tranken, genüsslich in ein Hörnchen oder Sandwich bissen, auf der Theke ein Trinkgeld hinterließen, Zigaretten anzündeten. Die meisten kamen paarweise und waren in ein Gespräch vertieft, niemand sah sich um oder schien Zeit zur Muße zu haben. Es waren Menschen, die etwas zu tun hatten und nur eine kurze Pause zwischen lauter wichtigen Aufgaben einschieben konnten. Ich hatte das Gefühl, ich wäre nie mehr imstande, auch nur halbwegs ein Leben wie sie zu führen. Ich wusste nicht, wo ich hinsollte, hatte keine Freunde, die ich besuchen konnte. Die Schäden, die ich angerichtet hatte, schienen mir irreparabel, und diese Erkenntnis ließ mich an Selbstmord denken.

Das erste Anzeichen meiner Wiedergeburt war ein paar Tage später der Geschmack von Zucker im Tee. Ich saß zu Hause in der Küche, und die Aprilsonne, die durch die Scheibe hereinschien, wärmte meine Schulter. Ich öffnete das Fenster und nahm einen süßen Duft wahr. Vor dem Haus blühten die Bäume. Bald war Ostern.

»Wir sollten ein paar Tulpen für den Balkon kaufen. Und einen Kletterjasmin«, sagte ich, als Alba in die Küche kam.

»Komisch, genau daran habe auch ich gerade gedacht. Wir könnten heute in die Baumschule fahren«, sagte Alba mit einem Blick auf die Armbanduhr. »Wieso eigentlich nicht gleich?«

»Ja. Das wäre nett«, antwortete ich.

Wir stiegen ins Auto, und als sie den Zündschlüssel herumdrehte, lächelten wir einander zu, stolz, dass wir eine solche Aufgabe so mühelos bewältigt hatten.

»Ich muss noch Brunos Regenmantel aus der Reinigung abholen, es dauert nur eine Sekunde.« Alba parkte in der zweiten Reihe vor dem Laden. »Hup einfach, wenn jemand rauswill, okay?«

»Ja.«

Ich schaltete das Radio ein, hörte einen dummen Schlager und summte mit. Auf einmal klopfte es ans Fenster. Vor mir standen zwei Carabinieri mit einer Waffe, die wie ein Maschinengewehr aussah.

»Aussteigen«, sagte der eine in scharfem Ton.

»Ausweis.«

»Ich… ich habe keinen dabei.«

»Umdrehen, beide Hände auf den Wagen… hier.«

Ich spürte ihre Hände, die mich brutal gegen das Auto stießen, dann meine Arme, meine Taschen, meine Beine abklopften. Der eine trat mich fest in eine Wade. Etwas Hartes drückte sich in meinen Rücken. Meine Knie wurden weich.

»Ich war… ich warte auf meine… meine Mutter ist in der –«

»Schnauze.«

Dann hörte ich Albas Stimme.

»Was machen Sie da? Das ist meine Tochter!«

»Ausweis«, befahl dieselbe scharfe Stimme barsch.

Ich wagte nicht, mich nach Alba umzusehen. Ich hörte sie in schrillem Ton protestieren, während sie dem einen Carabiniere zum Wagen folgte. Der andere drückte mir weiter den kalten, harten Gegenstand in den Rücken, und ich spürte, wie er mir seinen Hass in den Nacken atmete. Es dauerte eine Ewigkeit, bis sie über Funk Albas Papiere überprüft und entschieden hatten, mich laufen zu lassen; ohne Entschuldigung. Wir sahen ihnen nach, während sie mit quietschenden Reifen und Blaulicht davonfuhren und das Martinshorn hinter ihnen durch die Straßen hallte.

»Wir sind ein Polizeistaat geworden«, sagte ich, als wir, immer noch erschüttert, wieder im Auto saßen. »Das ist doch verfassungswidrig, oder? Sie können einen nicht einfach festhalten und wie einen Verbrecher behandeln.«

»Ich hätte dich nicht im Auto sitzen lassen dürfen«, sagte sie. »Heutzutage sehen junge Leute wie du schon verdächtig aus, wenn sie nur allein in einem Auto sitzen.«

Im Mai letzten Jahres war nahe dem Hauptsitz der Christdemokratischen Partei im Kofferraum eines Renault 4 Moros Leiche gefunden worden, eingewickelt in eine schmutzige Decke, wie ein Obdachloser. Italien stand unter Schock. Ein knappes Jahr später war die Spannung in der Stadt unerträglich geworden.

»Wieso denn, verdammt!«, sagte ich. »Wieso soll ich verdächtig aussehen? Worauf gründet sich so ein Verdacht, bitte schön? Für mich ist das einfach massive Schikane.«

Alba zuckte die Achseln, als wollte sie das Thema nicht weiter vertiefen.

»So ist es halt, nach allem, was passiert ist.«

Die Baumschule war riesig – Quadratkilometer voller aufgereihter Topfpflanzen, eingezäunt mit Maschendraht, hinter dem die Autos vorbeibrauschten. Eine kalte *tramontana* war aufgekommen, und die Wolken rasten über den Himmel. Alba hielt sich dicht an meiner Seite, während wir Arm in Arm an den Bäumen entlanggingen, schaudernd vor Kälte und ohne einen Blick auf die Pinien.

Wir betraten ein Gewächshaus und rangen nach Atem in der feuchtwarmen Luft. Wir zogen unsere Mäntel aus und schlenderten zwischen Farnen hin und her, berührten die fleischigen Blätter afrikanischer Veilchen, witterten den feuchten Mulch unter wilden Orchideen und dachten beide so angestrengt nach, dass ich fast das Summen unserer Gehirne zu hören meinte.

»Meinst du, Isabella kommt an Ostern nach Hause?«, fragte ich. Der Tag am Bahnhof lag schon ein paar Monate zurück, seither hatte ich sie nicht mehr gesehen, und nach dem Zusammenstoß mit den Carabinieri fragte ich mich, wo sie wohl sein mochte. Ich wusste, dass wir beide an sie gedacht hatten.

Alba schüttelte den Kopf.

»Ich weiß nicht«, sagte sie. »Ich habe fast zwei Wochen nichts von ihr gehört.«

Immer wieder fuhr ich über den zarten Flaum auf einem Blatt. Einen Moment lang herrschte Stille.

»Ich verstehe nicht, was sie vorhat«, sagte Alba. »Sie ist verschwunden.«

»Ich glaube, es liegt an ihrem Freund. Er ist so komisch.«

»Ja?«

Ich nickte. Der Gedanke, *er* könnte an allem schuld sein, behagte uns beiden. Läge es nur an ihr, käme sie zu Ostern bestimmt nach Hause. Mit einem Korb voller handbemalter Eier und Schokolade.

»Ruf sie an«, sagte ich, »sag ihr, dass wir alle sie sehen wollen.«

»Ich weiß nicht mal genau, wo sie eigentlich ist.« Alba zögerte, sah mich zweifelnd an. »Rita sagt, sie ist praktisch nie da«, fügte sie hinzu.

Wir wechselten einen vielsagenden Blick.

»Redet Rita überhaupt mit ihr?«, fragte ich.

»Manchmal. Ich glaube, sie hatten... sie hatten wohl einen kleinen Krach miteinander.«

»Warum?«

»Keine Ahnung. Vermute ich nur. Weil Rita immer ausweicht, wenn ich nach Isabella frage. Das muss freilich nichts bedeuten.«

Ich bedrängte sie nicht weiter. Wahrscheinlich um diesen Augenblick der Wärme im Gewächshaus nicht zu verderben, die Eintracht noch eine kleine Weile zu genießen – diese Vertrautheit von Mutter und Tochter, die auf dem Balkon Tulpen und Hyazinthen pflanzen wollen –, ehe wir wieder hinaustraten in Lärm, Alltagsgrau und kalten Wind.

* * *

Es war Bruno, der die Idee hatte.

Vielleicht hatten er und Alba die Sache hinter geschlossenen Türen besprochen. Oder vielleicht fand er, nach so vielen Jahren Schweigen und Distanz sei er an der Zeit, seinen Zug zu machen, diesen überraschenden Zug, der über den weiteren Verlauf eines Schachspiels entscheidet, wie um zu zeigen, dass auch er die ganze Zeit in unserem Leben durchaus mitbestimmt hatte.

Es war Mai. Isabella hatte sich an den Osterfeiertagen nicht blicken lassen, hatte auch nicht angerufen, und wir taten einvernehmlich so, als sei das alles völlig normal. Ich hatte ein bisschen zugenommen und war wieder halbwegs bei Kräften, aber immer noch eine Genesende.

Lorenzo war zu Besuch gekommen und eine Woche geblieben. Er wirkte jetzt alt und so zerbrechlich wie dünnes Glas. Er erzählte, wie viele Olivenbäume er durch den Frost verloren hatte und dass er den neuen Pestiziden nicht traute. Er erzählte von Stellarios Enkelin Adele, Rosas ältester Tochter, und deren bevorstehender Hochzeit mit einem Richter aus Lecce.

»Dieser Mann, Lo Capo, hat eine brillante Karriere vor sich. Es heißt, er wird es noch bis zum Obersten Gerichtshof bringen ... Stellt euch vor, was das für Stellario und Celeste bedeutet hätte. Ihre Enkelin, die einen Richter heiratet!«

Wir nickten und hörten nur mit halbem Ohr zu. Zu den Pestiziden hatten wir keine Meinung, und die Olivenbäume waren uns so gleichgültig wie junge Mädchen, die respektable Männer mit Zukunft heirateten. Unsere Distanziertheit entging ihm nicht, und er hatte es eilig, bald in die Casa Rossa zurückzukehren.

Eines Abends – Alba und Bruno waren unterwegs, Großvater und ich hatten miteinander zu Abend gegessen – fiel mir auf, dass er mich beobachtete, während ich den Tisch abräumte.

»Du hast dieselben Haare wie deine Großmutter«, sagte er endlich mit einem halben Lächeln. »Die Farbe ist genau gleich. Aber sie hat es sich immer gerade gezogen, sie konnte die Krause nicht ausstehen.«

»Wirklich?«, fragte ich, begierig auf mehr. Seit Jahren hatte er Renée mit keinem Wort erwähnt.

»Ja. Sie verbrachte Stunden vor dem Spiegel, es war ihr überaus wichtig, wie sie aussah.« Missbilligend schüttelte er den Kopf, obwohl ich noch immer das halbe Lächeln in seiner Miene zu sehen meinte. »Aber versteh mich nicht falsch – sie war eine sehr intelligente Frau, deine Großmutter.«

»Ich weiß«, sagte ich und merkte, dass ich ihn zum allerersten Mal im Zusammenhang mit Renée dieses Adjektiv gebrauchen hörte, das erste Mal, dass ich ihn so – oder überhaupt – lächeln sah, wenn die Rede von ihr war. Schön, verschlagen, skrupellos: Das waren die Worte, mit denen man sie mir stets beschrieben hatte. Nie intelligent.

»Gute Nacht jetzt, ich bin müde«, sagte Lorenzo, als hätte er zu viel preisgegeben.

»Gute Nacht, Großvater«, sagte ich und küsste ihn auf die Wange.

Vielleicht ist es eine Frage des Alters, dachte ich. Das ganze Leben lang zwingt man sich, die Menschen, die einen verletzt haben, zu vergessen, aber wenn man älter und schwächer wird, steigt die Erinnerung wieder an die Oberfläche, wie eine Luftblase im Wasser, und irgendwann kann man nicht mehr und gibt auf, weil man es leid ist, ständig dagegen anzukämpfen und sie wieder nach unten zu drücken. Und vielleicht stellt man dann überrascht fest, dass diese Erinnerungen keineswegs den Zorn neu anfachen, sondern im Gegenteil von unerwarteter Süße sind.

Nach seiner Abreise, als das Haus wieder still war, warf ich endlich den Osterkorb mit den Schokoladeeiern fort. Alba beklagte sich ständig, sie habe so viel zugenommen und wolle nicht länger in Versuchung geführt werden.

Das Intermezzo war vorbei. Was jetzt? Wohin jetzt?

Ein paar Monate zuvor hatte ich mich an der Universität eingeschrieben und Geschichte und Literatur belegt, aber bisher noch keine einzige Vorlesung besucht. Es war zu spät, fand ich, um das Versäumte noch aufzuholen.

Tomas rief gelegentlich an und forderte mich auf, zu ihm zu kommen. An seiner Stimme hörte ich, dass er dicht war, und ich sah ihn vor mir, zwischen angesengten Stanniolpapieren auf seinem schmuddeligen Bett. Ich ließ mir jedes Mal eine Ausrede einfallen. Ich hatte Angst. Ich wusste, dass es viel leichter gewesen wäre, high zu sein, als sich wie ein Versager zu fühlen.

Bruno plante eine Geschäftsreise nach New York, um bei einer Möbelfabrik Bestellungen aufzugeben, eine Messe zu besuchen, sich nach neuen Angeboten für seinen Katalog umzusehen. Das alles bekam ich mit, weil er am Esstisch mit Alba darüber sprach. Ich hatte Bruno noch nie viel Aufmerksamkeit geschenkt, es interessierte mich nicht, was er so trieb. Diesmal aber, nach kurzem Schweigen, hob er den Blick von seiner Suppe, richtete ihn auf mich und sagte: »Ich habe mir überlegt, dich mitzunehmen.«

»Mich?«

»Ja, wieso nicht? Du kannst die Stadt besichtigen, Museen besuchen, während ich die Leute treffe, die ich treffen muss, und abends können wir ins Theater gehen, in ein Jazzlokal im Village, oder wir unternehmen sonst etwas.«

Sprachlos starrte ich ihn an. Bruno räusperte sich.

»Du könntest dir außerdem ein paar Colleges ansehen. Wenn du willst.«

Alba und er wechselten einen raschen Blick. Sie nickte kaum merklich, um zu zeigen, dass die Art und Weise, wie er den Vorschlag präsentiert hatte, ihre Billigung fand.

»Colleges?«, fragte ich.

Bruno wischte sich mit der Serviette den Mund ab und sah jetzt, nachdem er seine Karten auf den Tisch gelegt hatte, schon zuversichtlicher drein.

»Ich weiß nicht, ist ja nur eine Idee. Ich dachte, ein Tapetenwechsel könnte dir gut tun.«

Er wartete auf eine Reaktion von mir, aber ich schwieg; ich wollte mehr von ihm hören. Ich wollte sicher sein, dass ich recht verstand. Ich bemühte mich, ihn ermutigend anzusehen, um ihn nicht etwa abzuschrecken.

Er zuckte die Achseln, suchte nach den richtigen Worten.

»Mir scheint, du bist hier nicht besonders glücklich. Und es macht mir Sorgen, dass du nicht zur Uni gehst. Deswegen dachte ich, du könntest dir einmal ansehen, was für Möglichkeiten du in Amerika hättest.«

Ich war wie vor den Kopf geschlagen. So ein Angebot, und ausgerechnet von Bruno!

»Ja«, sagte ich, »ich komme gern mit.«

»Also abgemacht«, sagte er und lächelte. Ein jungenhaftes Lächeln, wie ich es nie an ihm gesehen hatte. »Dann buche ich dir ein Flugticket.«

Als Bruno und ich etwa eine Woche später mit dem Taxi zum Flughafen fuhren, wurde mir klar, dass es uns beiden bei dem Gedanken, zwei ganze Wochen miteinander allein zu sein, einigermaßen unbehaglich war. Wir mussten unser Verhältnis neu erfinden, es möglichst schnell auf eine ganz neue Basis stellen, die dem Geist dieser Reise entsprach. Kaum waren wir in der Luft, bestellte er Champagner für uns. Wir wurden gleich ziemlich betrunken und trafen die Vereinbarung: Bruch aller bisherigen Regeln und völliger Neuanfang.

* * *

New York erschien in meinem Leben wie eines dieser Pop-up-Bücher für Kinder, du blätterst um, und im selben Moment steht eine neue, komplizierte Welt vor dir auf.

Magisch erschien die Skyline vor dem Abendhimmel, als wir vom Flughafen in die Stadt fuhren, klare, scharfkantige Silhouetten aus gläsernen Türmen und Zinnen. Ein letzter Sonnenstrahl streifte die Spitze des Empire State Building und ließ sie rötlich aufleuchten. Nie hätte ich gedacht, dass man sich in Glas, Stahl, Beton, Brücken und Rampen verlieben kann, aber als wir vor unserem Hotel in Midtown anlangten, zitterte ich vor Aufregung.

An diesem ersten Abend aßen Bruno und ich in einem Diner direkt gegenüber dem Hotel. Wir saßen am Fenster, auf Bänken mit rotem Plastikbezug, und ich konnte die Augen nicht von dem vorüberziehenden Menschenstrom abwenden, den gelben Taxis, den weißen Dampfwolken, die aus geheimnisvollen Öffnungen im Boden quollen. Das Tempo der Stadt hypnotisierte mich – ein endloser Walzer, bei dem ständig die Tänzer ausgewechselt wurden.

Alles war eine Überraschung für mich und weckte augenblicklich meine Begeisterung. Wie die Kellnerin, eine nicht mehr junge Frau mit brauner Schürze und gebleichten Haaren, *honey* zu mir sagte, meinen Becher immer wieder mit dünnem Kaffee auffüllte (gratis, wie ich zu meiner Verblüffung erfuhr!) und einen Bleistift hinter dem Ohr hervorzog, um unsere Bestellung entgegenzunehmen. Als Bruno in mühsamem Englisch Pastrami-Sandwiches mit Pommes frites bestellte, sah man ihm an, dass er aufgeregt und eingeschüchtert zugleich war. Er wirkte jünger, unbekümmerter, und diese neue Schüchternheit gefiel mir.

Ich wurde von einer regelrechten Gier ergriffen, wollte alles kosten und fürchtete, mein Hunger werde sich nicht so leicht stillen lassen.

»Danke, dass du mich mitgenommen hast«, sagte ich und hob meinen Kaffeebecher, um mit ihm anzustoßen.

Aber Bruno erwiderte mein Lächeln nicht, er sah beinahe traurig aus.

»Du solltest nicht bei uns leben, Alina«, sagte er. »Es ist nicht gut für dich.«

»Warum sagst du das?«

»Deine Mutter und ich… wir haben eine schwierige Phase hinter uns, das weißt du. Es herrscht keine gute Atmosphäre zu Hause.«

Ich antwortete nichts. Dass er so offen mit mir sprach, war mir fast unheimlich.

»Ich habe dich in den letzten Monaten beobachtet. Ich weiß, dass du Drogen genommen hast.«

»Was?« Ich traute meinen Ohren nicht. Dass er sich entschlossen hatte, so unverblümt zu reden!

»Na, ich bin ja nicht dumm.« Er zog eine Schachtel Zigaretten hervor und bot mir eine an. »Andererseits fällt es mir nicht leicht, zu sagen, was ich denke, zu fragen, mich zu verhalten, als… als wäre ich…«

»…mein Vater.«

»Ja, ein Vater«, räumte er ein und sann über das Wort nach. »Das ist nicht meine Rolle gegenüber dir und deiner Schwester.«

Ich wartete. »Und was ist mit Alba?«, fragte ich dann und hörte selbst den aufsteigenden Ärger in meinem Ton.

»Was meinst du?«

»Warum sagt *sie* nie irgendwas? Warum tut sie so, als bekäme sie nie mit, was rings um sie passiert?«

Er blickte auf seinen Teller und schob die Reste seines Sandwiches hin und her.

»Das stimmt nicht. Sie wusste, was… was du getan hast. Wir haben öfter darüber gesprochen, und das ist auch der Grund, weshalb…«

»Aber wieso hat sie nie mit *mir* geredet?«

»Alba ist eben so. Manchmal findet sie es bequemer, die Augen zu verschließen. Hör lieber auf, dich um ihre Aufmerksamkeit zu bemühen, sonst wirst du dich eines Tages noch ernsthaft verletzen. Selbst wenn du dich vor ein Auto wirfst, du bekommst keine Garantie, dass sie dich bemerkt.«

»Und Isabella – was denkt sie, was bei Isabella abläuft?«

Er schüttelte langsam den Kopf.

»Was bei deiner Schwester vor sich geht, weiß ich nicht genau. Und ich werde auch dich nicht fragen, wenn du nicht darüber reden willst…«

Er sah mich eindringlich an. Ich zuckte nicht mit der Wimper.

»…obwohl ich fürchte, sie hat sich in ein ordentliches Schlamassel hineinmanövriert«, fügte er mit einer unbestimmten Handbewegung hinzu. »Aber ich glaube, *du* hast immer noch Zeit, mit deinem Leben etwas anzufangen. Du hast ein Hirn, gebrauch es, finde heraus, was du gern tust. Fang an zu studieren, such dir einen Job. Ich kann dir am Anfang helfen, wenn du willst. Nur so lange, bis du dich auf irgendwas eingelassen hast. Du kannst es zumindest versuchen.«

Ich seufzte. Es überstürzte sich alles derart, dass ich kaum noch mitkam. Jetzt begriff ich, warum er mich den weiten Weg hierher gebracht hatte: um mich auf dieser unerforschten Insel auszusetzen, ausgestattet mit genügend Proviant, damit ich eine Zeit lang überleben konnte. An einem Ort, wo ich auf eigenen Beinen stehen musste. Eigentlich teilte er mir mit, dass er bereit sei, wiederzukommen und mich zu retten, falls ich es nicht schaffte, dass ich aber, wenn ich auf eigene Faust hier bliebe, eine größere Überlebenschance hätte als in meiner Familie.

»Ich weiß nicht, das macht mir ein bisschen Angst«, sagte ich und versuchte zu lächeln. »Aber ich verstehe, was du meinst.«

Es war das allererste Mal, dass jemand tatsächlich etwas für mich tat. Sich die Zeit genommen hatte, das Problem zu analysieren und eine Lösung zu suchen.

Ich ließ den Blick über die anderen Tische wandern: Wer waren alle diese Menschen, die einander gegenüber auf den Bänken saßen wie in einem Zugabteil, wo wohnten sie, worüber redeten sie, das junge schwarze Mädchen in der Ecke mit den hundert winzigen Zöpfchen und der runden Brille, die schöne weißhaarige Frau in der chinesischen Seidenjacke, der dicke Mann mit einer Baseball-Kappe und einer ausgewaschenen Jeans, das ältere schwule Paar mit den identischen Lederjacken? Aus ihrer Kleidung konnte ich nicht viel schließen, konnte sie nicht einordnen, aber ich spürte das Summen und Vibrieren all dieser Lebenswege, die sich kreuzten und einander umkreisten in einem endlosen Tanz.

Warum sollte ich nicht versuchen, ebenfalls auf der Tanzfläche mein Glück zu probieren?

* * *

Rita und ich haben wieder viel zu viel gegessen, wie immer.

Vito, der Besitzer der Trattoria auf der Piazza, bringt aus der Küche andauernd neue Gerichte, die wir nicht bestellt haben. Jetzt ist er schon wieder da, einen Riesenteller gebratene Miesmuscheln in der Hand.

»Nur zum Kosten. Maria hat sie für die Baronessa gemacht, weil sie uns nie besuchen kommt, und das ist ihre Spezialität«, beharrt er, als wir zu protestieren beginnen, und stellt den Teller neben die eingelegten roten Paprikaschoten, die gebackenen Zucchiniblüten, den Tintenfischsalat mit Kartoffeln, die dicke Erbsensuppe mit Nudeln.

Rita schüttelt missbilligend den Kopf.

»Haben die hier noch nie was von Cholesterin gehört?«, flüstert sie, während sie mit zwei Fingern widerstrebend eine Muschel ergreift und aufisst. »Dieses Essen ist *barbarisch.*«

Vito steht neben unserem Tisch, beobachtet sie, und erst als sie ein anerkennendes Knurren hören lässt, kehrt er in die Küche zurück und erstattet pflichtschuldig seiner Frau Bericht.

Wir sitzen im Lokal, weil es zu kalt ist, um draußen auf der Piazza unter den Bäumen zu essen. Außerhalb der Saison ist Vitos Trattoria nahezu leer. Der Raum erstrahlt in grellem Neonlicht, an den Wänden hängen riesige Poster von den lokalen Fußballmannschaften, dazwischen zerfledderte alte Pirelli-Kalender und Fotos von Vitos Familienangehörigen und Freunden, die lächelnd miteinander anstoßen. Durch die offene Küchentür erhasche ich ab und zu einen flüchtigen Blick von Maria, Vitos Frau, die am Herd hantiert und sich mit dem Handrücken den Schweiß von der Stirn wischt. Bleich und erschöpft sieht sie aus. Der Wein und das schwere Essen lassen mich plötzlich schläfrig werden.

»Weißt du, nach allem was passiert ist«, sage ich, »wundere ich mich, dass sie uns in diesem Dorf hier immer noch als Teil ihrer erweiterten Familie behandeln.«

Sie hebt eine geschwärzte Braue, schon leicht in der Defensive.

»Ach. Mittlerweile sind sie über die Geschichte hinweg. Und wir beide, du und ich, hatten mit der Sache ja nichts zu tun.« Sie hebt den Blick zur Decke und schnaubt. »Jedenfalls nicht *direkt.*«

Ich klopfe mit dem Finger auf den Rand meines Weinglases.

»Stimmt. Trotzdem.«

»Was?«

»Ich finde, sie waren sehr großzügig in ihrem Verzeihen.«

Sie sieht mich an, und ihre Miene wird so ernst, dass es einen Moment lang aussieht, als gehörten ihre Gesichtszüge einer völlig anderen Gestalt: Unter der Glenda-Jackson-Frisur starrt mich ein sympathischer älterer Herr an.

»Ja«, sagt Rita, »das denke ich auch. Da haben sie uns allen eine

Lektion erteilt.«

Unsere Stimmung hat sich jäh gewandelt. Aber wahrscheinlich musste der Abend so enden.

»Rita, als *sie*… verschwunden ist. Hattest du irgendeinen Verdacht, dass sie hierher kommen würden? Hat sie je mit dir über die Möglichkeit gesprochen?«

»Eigentlich nicht.« Wieder blickt sie zur Decke, kneift die Augen zusammen, dann schüttelt sie den Kopf. »Sie hat es nie offen gesagt.«

»Aber du hattest eine dumpfe Ahnung.«

»Das wohl. Ich weiß nicht, warum. Vielleicht erwähnte sie mal die Casa Rossa in irgendeinem Zusammenhang, ich weiß es nicht mehr. Aber ja, ich hatte so eine Ahnung.«

»Und hattest du auch eine Ahnung, *wieso* sie und ihre Freunde beschlossen haben, hierher zu kommen?«

»Nein.« Ernst sieht sie mich an. »Ich glaube nicht, dass du das verstehst.«

Sie beugt sich über den Tisch und greift nach meiner Hand.

»Alina, sie haben nicht über ihre Pläne gesprochen. Nie. Okay?«

Ich nicke.

»Und obwohl ich sie vor der Polizei und allem gedeckt habe, war ich nie …« – sie zögert – »… nie ein *Mitglied* ihrer Gruppe.«

»Ja, das weiß ich.«

Mit zwei Fingern nimmt sie sich ein Stück gebratene Paprika und legt es wieder hin, als hätte sie es sich anders überlegt.

»Aber wenn du fragst, ob ich wusste, dass sie Waffen hatten, ob ich dachte, dass sie auch bereit waren, sie einzusetzen, dann lautet die Antwort Ja.«

»Ja. Das dachte ich mir.«

Wir tasten uns vorwärts, vorsichtig, mit einer Pause nach jedem Satz. Testen, wie weit wir gehen können. Es ist das erste Mal in all den Jahren, dass wir so offen über das Thema reden.

»Das bedeutet nicht, dass ich mit dem Gedanken von… Waffen und Gewalt einverstanden war«, sagt sie, »aber ich war auch nicht bereit, der Polizei zu melden, was in der Wohnung gegenüber vor sich ging.«

Sie zieht eine dünne Zigarette aus ihrer Schachtel, zündet sie bedächtig an und behält den warmen Rauch eine Weile in der Kehle.

»Im Nachhinein betrachtet war das ein Wahnsinn, wirklich. Aber damals hatte ich ja keine Ahnung, was auf dem Spiel stand. Wie gefährlich die Situation war, in die sie und Enrico hineingeraten waren.«

Ich nicke und fege Brotkrümel von meiner Seite des Tisches.

»Die Wahrheit ist, dass wir es alle wussten«, sagt Rita. »Du und ich ebenfalls, auf die eine oder andere Weise. Aber wir hatten alle beschlossen, keinen Finger zu rühren, auch nachdem die Lunte schon gebrannt hatte, stimmt's?«

Ja. Die Augen geschlossen, die Hände auf den Ohren und in Erwartung des Knalls.

6

Ich war in ein Einzimmerapartment in der Elizabeth Street gezogen und arbeitete in der Greene Street, in der Galerie von Raimonda Morrison. Es muss am Montag nach Thanksgiving gewesen sein, meinem ersten in New York: Ich weiß noch, wie schön ich das alles fand, das orangegelbe Herbstlaub, die Eicheln, Süßkartoffeln und Walnüsse überall, und wie köstlich der Pumpkin Pie schmeckte.

Das Telefon läutete, als es draußen noch dunkel war. Mein Gehirn schaltete auf höchste Alarmstufe, und ich sprang aus dem Bett. Dieser Anruf verhieß nichts Gutes, so viel war mir klar. Es war zu früh, zu dunkel und zu kalt für eine gute Nachricht.

»Hallo?«

»Alina, tut mir Leid, dass ich dich aufwecke, Schatz, ich bin's, Alba.«

»Was ist passiert?«

»Isabella wurde verhaftet.«

»Was? Verhaftet? Warum?«

»Ich weiß es nicht. Ich weiß nicht mal, wo sie jetzt ist. Ach, Liebes, es ist ein Alptraum! Es steht in allen Zeitungen, überall. Sie haben sich in der Casa Rossa versteckt, und angeblich hat die Polizei ein Waffenlager im Brunnen gefunden.«

»Warte, von wem redest du? Wer sind ›sie‹?«

»Ach du weißt schon, ihre politische Gruppe. Sie nennen sich ›Proletarische Revolutionäre Einheiten‹. Enrico soll der Anführer sein. Kriegst du denn dort drüben keine italienischen Zeitungen? Es steht auf allen Titelseiten.«

»Mama, jetzt erklär doch mal der Reihe nach. Warum wurden sie verhaftet? Was wird ihnen vorgeworfen?«

»Das wissen wir noch nicht. Sie wurden alle in der letzten Nacht von den Ermittlungsrichtern verhört, ich darf nicht mit ihr sprechen, aber es heißt, in den nächsten paar Stunden werden wir mehr erfahren. Ich stehe derart unter Schock, dass ich nicht mal ...« Sie brach in Tränen aus.

Ich atmete stumm in den Hörer. Wie vor den Kopf geschlagen. Erhielt eine weitere Sekunde Galgenfrist.

»In den Zeitungen steht, sie seien das Kommando, das Lo Capo erschossen hat.«

»Wer ist das?«

»Du weißt schon, der Richter aus Lecce.«

»Nein, weiß ich nicht.«

»Doch, du weißt es.« Ihr Ton war angespannt, als sie weitersprach. »Er hat Adele geheiratet. Lorenzo hat uns davon erzählt, als er letztes Jahr zu Ostern bei uns war.«

Adele. Stellarios Enkelin.

»Und er wurde erschossen?«

»Vor ein paar Monaten.« Sie stieß den Atem aus. »Auf der Straße nach Parabita, bei der Mühle. Er war in dieser Spezialeinheit für Terrorismusbekämpfung. Er war ein ... ein *Ziel*. Ein sechsköpfiges Kommando, das mit Maschinengewehren bewaffnet war, hat ihm aufgelauert und ihn erschossen. Ihn und seine Leibwächter.«

Wieder trat ein Schweigen ein, das so beredt war, dass eine von uns den Bann brechen musste.

»Aber das ist natürlich nur die Presse«, fuhr Alba fort. »Der Anwalt meint, wir müssen die Anklage abwarten, wenn die Untersuchungsrichter ihre Vorermittlungen, oder wie das heißt, abgeschlossen haben.«

»Natürlich.«

»Ich denke ja, alles Mögliche kann dahinter stecken. Vielleicht hat man sie hereingelegt. Wer weiß es.«

Ich schwieg. Ich wusste einfach nicht, was ich sagen sollte.

»Es sieht allerdings nicht gut aus.« Sie zögerte. »Weißt du, sie haben jede Menge Gewehre und Munition gefunden.«

»Im Brunnen?«

»Ja, unter dem Mandelbaum.«

Von der Houston Street tönte die Sirene eines Feuerwehrwagens herüber.

Irgendwo auf der anderen Seite des Ozeans war ein Garten mit einem Mandelbaum und einem Brunnen, den Stellario und mein Großvater vor vielen Jahren gegraben hatten. Es schien mir undenkbar, dass all diese unterschiedlichen Orte gleichzeitig existierten.

Lorenzo war erst seit einem Jahr tot.

Ich war nicht bei seiner Beerdigung gewesen. Dass ich so weit fort war und außerdem kein Geld hatte, bedeutete eine gute Ausrede. Mir war allein schon der Gedanke unerträglich, stundenlang im Flugzeug zu sitzen, wenn der einzige Grund für die Reise das Ende unserer Familie war. Ohne Lorenzo in der Casa Rossa, fand ich, mussten Isabella, Alba und ich ein für alle Mal akzeptieren, dass wir verloren waren und einander verloren hatten. Ich hatte einen langen Spaziergang unternommen, allein, bis hinüber nach Brooklyn. Den Blick auf den Boden geheftet, überquerte ich die Brücke und konzentrierte mich auf jede Erinnerung an Lorenzo, mochte sie noch so gering sein. Ich ließ jedes einzelne Bild an mir vorüberziehen, als müsste ich ein ordentliches Inventar aufstellen. Ich musste wissen, wie viel von ihm mir geblieben war.

Jetzt hatten »sie« auf demselben Grund und Boden, auf dem Lorenzo beerdigt war, ihre Waffen vergraben.

»Tut mir Leid, Mama, für mich ist das alles ziemlich schwer zu verdauen«, sagte ich nach langem Schweigen. »Wahrscheinlich habe ich es noch gar nicht richtig begriffen.«

Und wir legten beide auf, ohne ein weiteres Wort.

Später ging ich zu Fuß zum Buchladen von Rizzoli in der 57th Street und besorgte mir *La Repubblica*, den *Corriere della Sera* und *La Stampa*.

Und da waren sie, alle sechs, auf jeder Titelseite, und sahen aus wie gewöhnliche Verbrecher auf ihren Karteifotos. »Lo Capos Mörder in süditalienischem Versteck verhaftet«, »Das beeindruckende Waffenarsenal könnte die Gruppe mit anderen Morden in Verbindung bringen, glauben die Richter«, »Todesstoß für Geheimorganisation: Anführer Enrico Piersanti mit fünf weiteren Mitgliedern festgenommen«. Von jeder Seite starrte Isabella mich kalt an, die Gesichtszüge vom Blitzlicht abgeflacht. Mit dunklen Haaren, die sie älter machten – es musste diese Perücke sein, dieselbe, die ich für sie hätte kaufen sollen.

Es war warm in dem Buchladen, die Holztäfelung und der Teppichboden dämpften alle Geräusche. Im Hintergrund spielte leise Barockmusik. Eine große Frau, von Kopf bis Fuß in Kaschmir gehüllt, blätterte in einem Bildband über japanische Gärten. Ich hätte am liebsten gebrüllt und mich auf dem Boden gewälzt, doch ich brachte es fertig, das Mädchen an der Kasse höflich anzulächeln.

»Möchten Sie eine Tüte?«, fragte sie.

»Ja, gern.«

»Bitte sehr. Schönen Tag noch.«

»Danke, gleichfalls«, flüsterte ich.

Mit der Subway fuhr ich zurück zum Südende von Manhattan. In der Galerie musste ich erst um elf erscheinen. Ich brachte es nicht über mich, die Zeitungen in der U-Bahn, vor allen Leuten zu lesen. Ich kam mir vor wie eine Diebin, die in der grünweißen Papiertüte von Rizzoli ihre Beute davonträgt.

* * *

Ich saß hinter dem Schreibtisch in dem makellos weißen Raum der Galerie Morrison. In der französischen Bäckerei an der Ecke hatte ich mir wie üblich einen großen Becher Kaffee und ein

Croissant geholt, und wie jeden Montag hatte ich einen frischen Strauß weiße Tulpen für die große Vase am Eingang gekauft. Raimonda duldete ausschließlich weiße Blumen in der Galerie. Der Anrufbeantworter blinkte. Ich hörte die Nachrichten ab. Ein Museumskurator aus Brüssel, der israelische Künstler, den wir zurzeit ausstellten, eine Mitarbeiterin der Zeitschrift *Art Forum*. Alles sah aus und hörte sich an wie immer, doch nichts war mehr wie zuvor. Raimonda kam gegen Mittag, ganz in Schwarz gekleidet, die blonden Haare zu einem ordentlichen Knoten aufgesteckt, der Lippenstift tragisch rot. Sie war dürr wie ein Essstäbchen.

»Irgendwas Wichtiges?«, fragte sie, während sie die Rechnungen durchsah, die ich neben dem Telefon aufgeschichtet hatte.

»Eigentlich nicht«, sagte ich.

Sie ließ sich auf den Stuhl fallen und seufzte.

»Mir geht's beschissen. Ich glaube nicht, dass ich heute viel auf die Reihe kriege, am liebsten würde ich direkt wieder ins Bett verschwinden.«

»Warum, was ist los?«

»Ach, das Übliche. Josh und ich. Es ist einfach unheimlich zermürbend.«

Sie und ihr Mann dachten an Scheidung. Sie redete über nichts anderes. Sie hatte einen jüngeren Liebhaber, einen Künstler. Jung, gut aussehend, Mexikaner, Sohn eines berühmten Schriftstellers. Was sonst.

Raimonda Morrison war Anfang vierzig, eine anspruchsvolle, weltgewandte Italienerin. Mitte der siebziger Jahre war sie von Mailand nach New York gezogen, hatte den um zwanzig Jahre älteren Josh geheiratet, einen Architekten, und in Soho ihre Galerie eröffnet. Bruno hatte mich ihnen kurz nach meiner Ankunft vorgestellt – er kannte Josh geschäftlich, glaube ich –, und sie hatte mich sofort als ihr Au-pair-Mädchen eingestellt. Im ersten halben Jahr meines neuen Lebens in New York hatte ich im Loft der Morrisons gewohnt und mich um ihre fünfjährige Tochter Clara gekümmert.

Es war ein leichter Anfang, ein abgeschirmtes Leben. Damals war mein Englisch nicht annähernd so flüssig gewesen, wie es inzwischen war. Ich weiß noch, dass ich die Fernsehnachrichten sah und keine Ahnung hatte, wovon eigentlich die Rede war, dass ich die Kellnerin in einem Café anstarrte und unfähig war, den Namen des Tagesgerichts zu verstehen. Zu Hause sprachen Raimonda und ich ausschließlich Italienisch, und deshalb fungierte sie während der ersten paar Wochen als Puffer zwischen mir und den Lauten der Umgebung. Raimonda trug mir immer wieder neue Besorgungen auf, bei denen ich die kleine Clara mitnehmen sollte.

»New York ist wie ein Stier: Du musst ihn bei den Hörnern packen«, verkündete sie, stolz über ihren Erfahrungsvorsprung und mit dem kleinen Anflug von Sadismus, wie man ihn gegenüber Neulingen nicht ungern pflegt.

Schließlich begann ich mich im Safeway und zwischen seinen exotisch aussehenden Lebensmitteln zurechtzufinden, kannte mich mit den U-Bahn-Linien aus, und dank Raimondas stark italienisch eingefärbtem Englisch beherrschte ich auch die Sprache immer besser – bis ich irgendwann die Witze in der Saturday Night Live-Show verstand. Als der Sommer zu Ende ging, begann ich mich zu Hause zu fühlen, und mein Au-pair-Job wurde mir langweilig. Ich war schließlich nicht nach New York gekommen, um Kindermädchen zu werden. Ich wollte schon ausziehen und mich nach einer Stelle als Kellnerin umsehen, doch zu meinem Glück bot mir Raimonda an, in der Galerie zu arbeiten.

»Als was?«, fragte ich.

»Als das hübsche Mädchen am Empfang, das ans Telefon geht und die Besucher begrüßt. Und den Rest lernst du bald, es ist nicht so kompliziert.«

So war es. Und ich machte meinen Job gut. Ich arrangierte ihre Termine, verschickte die Einladungen, verhandelte mit der Druckerei, der Spedition, faxte unsere Pressemitteilungen an

Zeitschriften, beauftragte den Catering-Service für die Vernissagen, bestellte ihre Maniküre und belog ihren Mann, wenn er vorbeikam und nach ihr suchte.

Raimonda erspähte die Papiertüte von Rizzoli.

»Vermisst du die italienischen Nachrichten?«

»Äh … ja … es gibt da eine Rezension, die ich lesen wollte. Über die Ausstellung von einem Freund …«

»Leihst du sie mir, wenn du fertig bist?«

»Klar. Du sollst übrigens bei Art Forum anrufen, sie müssen noch vor ein Uhr wegen der Anzeige Bescheid wissen.«

Während sie telefonierte, versteckte ich die Papiertüte rasch im Schrank unter meinem Mantel, fest entschlossen, zu niemandem ein Wort über Isabella zu sagen.

Die Schlagzeilen in dieser Tüte gaben mir das Gefühl, als wären die Waffen meine eigenen.

* * *

Ein paar Tage später, erfuhr ich, wurde Isabella nach Voghera verlegt, ein norditalienisches Hochsicherheitsgefängnis für Frauen, und dort in eine Einzelzelle gesperrt. Alba erhielt endlich die Erlaubnis, sie zu besuchen, und gleich nach den dreißig Minuten, die man ihr – nach neun Stunden im Zug – zugestanden hatte, rief sie mich an. Sie war kaum fähig sprechen, als fände sie keine Worte, um ihre Empfindungen auszudrücken. Für mich war es, als hätte sich eine kalte Bleiplatte auf uns beide herabgesenkt, unter der wir kaum noch Luft bekamen.

Alba versuchte das Gebäude zu beschreiben. Es war ein viereckiger Betonkasten in einer weiten schlammigen Ebene, umgeben von einem Elektrozaun, mit Metalltüren, bewaffneten Wärtern, Hunden. Sie sagte, sie habe Isabella nur hinter Glas gesehen und über eine Gegensprechanlage mit ihr geredet. Aber sie vermittelte mir kein klares Bild, ich bekam keine Details aus ihr heraus. Sie erinnerte sich nicht einmal, worüber sie eigentlich gesprochen hatten, sagte jedoch, Isabella habe gefasst gewirkt. Sie habe mein Telegramm erhalten und werde bald antworten.

Seit mehr als einem Jahr, seit jenem Tag am Bahnhof, hatten meine Schwester und ich kein Wort mehr miteinander gewechselt, und ich fürchtete, dass unser Schweigen zu lange gedauert hatte, dass die Distanz zwischen uns zu groß geworden war, um überhaupt je wieder zusammenzukommen. Ich geriet in Panik und schrieb ihr innerhalb von zwei Tagen drei sentimentale Briefe voller Reue, Entschuldigungen und Sehnsucht.

Als endlich ihr erster Brief eintraf, hielt ich den rechtwinkligen Umschlag erst ein paar Sekunden ungeöffnet in der Hand: Wie magisch war ein Stück Papier, das einen so weiten Weg hinter sich hatte, von diesem kalten Ort bis in die sonnige Elizabeth Street.

* * *

Liebe Alina,

ich war sehr glücklich (ja, dieses Wort ist immer noch möglich), als ich deine Briefe erhielt. Sie kamen alle heute Morgen, und ich habe sie den ganzen Tag hindurch immer wieder gelesen. Der Anblick deiner winzigen krummen Handschrift bedeutet mir sehr viel. Ich brauche jetzt jeden noch so geringen Beweis dafür, dass die Außenwelt nicht zu existieren aufgehört hat, sonst verliere ich hier drinnen völlig den Verstand.

Sobald du dir erst eine Vorstellung von dem Raum gemacht hast, wirst du immer wissen, wo du mich findest, zu jeder Tages- und Nachtzeit, denn hier wird sich nicht das Geringste je ändern. In dieser Zelle ohne Fenster, in der sämtliche Einrichtungsgegenstände (Bett, kleiner Tisch, Stuhl, Waschbecken) festgenagelt sind, damit man sie nicht verrücken kann. Ich darf keine Bücher haben und natürlich auch keine Kochplatte, um mir selbst etwas zu essen zu machen. Das elektrische Licht brennt Tag und Nacht, sodass man jedes Zeitgefühl verliert. Wenn ich schlafe, hämmern sie immer wieder laut an die Metalltür, um mich aufzuwecken. Alle zwei Tage darf ich (ganz allein) dreißig Minuten in einem betonierten Innenhof zwischen dicken hohen Mauern im Kreis gehen. Das ist ein bisschen so, als würde man auf dem Grund eines leeren Schwimmbeckens herumspazieren. Seit ich hier bin, habe ich keinen Berg und keinen Baum mehr gesehen.

Ich weiß, dass auf diesem Stockwerk noch fünf andere Frauen in Einzelhaft sind, obwohl wir uns nicht sehen dürfen. Aber ich höre sie nachts an die eisernen Zellentüren trommeln und trommle zurück, wie ein Pygmäe im Urwald, der auf eine Nachricht antwortet.

Man nennt es Hochsicherheitstrakt, aber es ist Vernichtung. Man nennt es Einzelhaft, aber es ist, wie lebendig begraben zu sein.

Alles, was wir uns schreiben, wird zensiert: Vergiss das nicht, wenn dir meine Briefe manchmal sehr unpersönlich vorkommen. So lange ich hier bin, wird es nie einen privaten Austausch zwischen mir und jemand anderem geben. Tatsächlich bin ich keine Person mehr, habe sämtliche Rechte verloren, schon bevor sie mir den Prozess machen und mich schuldig sprechen wollen. Diese Form der Repression wundert mich nicht, denn sie ist Teil desselben imperialistischen Systems, gegen das ich gekämpft habe. Und als ich anfing, war mir immer bewusst, dass die Möglichkeit der Inhaftierung dazugehört.

Du musst dir eines klar machen – und mach es auch Alba verständlich: Es liegt keine Verwechslung vor, Alina, ich *bin die, die sie gesucht haben, niemand sonst. Ich weiß, dass man mich so lang wie möglich hier behalten will. Wie du wahrscheinlich inzwischen weißt, sind meine Gefährten und ich des bewaffneten Aufstands gegen den Staat angeklagt, des Mordes und bewaffneten Überfalls, bis hin zu unerlaubtem Waffenbesitz, Beleidigung von Staatsvertretern und Gott weiß was noch.*

Sie haben kein Interesse, das Verfahren zu beschleunigen. Seit Beginn unserer Haft werden wir voneinander isoliert gehalten, und niemand hat es eilig, uns den Prozess zu machen. Ihre Strategie besteht einfach darin zu warten, bis sie von den Wärtern hören, dass einer angefangen hat, mit dem Kopf gegen die Wand zu schlagen, das Essen zu verweigern oder den ganzen Tag mit sich selber zu sprechen. Dann kommen sie an wie die Geier und bieten einem einen Handel an: Ende der Einzelhaft und Verlegung in ein normales Gefängnis, in eine Gemeinschaftszelle, wo man sogar fernsehen und ohne Trennscheibe mit Besuchern reden darf. In diesem Stadium gleicht die Aussicht auf eine Berührung einer Fata Morgana in der Wüste, und man merkt erst, wie ausgehungert man nach jeder Form von Körperkontakt ist.

Sie verlangen dafür nichts anderes als »eine kleine Kooperation«, wie sie es geschmackvollerweise nennen. Ein paar Namen, genaue Daten, wer wann wo war. Eine deutlichere Erinnerung, um den Richtern bei der Arbeit zu helfen.

Als Gegenleistung bekommt man eine Strafmilderung. Ein staatlich sanktionierter Schlussverkauf, bis zu siebzig Prozent Preisnachlass. Deswegen sind sie so gelassen. Die Zeit arbeitet für sie. Je länger die Uhr tickt, umso größer ist die Aussicht auf ein erfolgreiches Geschäft, wenn sie die Zeit für reif halten, mich aufzusuchen. Jedenfalls müssen sie das annehmen.

Es gibt sogar einen Namen für dieses schmutzige Geschäft, ein brandneues Gesetz, das »Reuigen-Gesetz« nennen sie es. Nur die Italiener konnten auf die glänzende Idee kommen, das Wort Spitzel mit »reuig« zu übersetzen. Um Judas zu rehabilitieren.

Aber genug von mir. Erzähl mir von dir, es fällt mir schwer, mir dein neues Leben in New York vorzustellen, von dem ich gar nichts weiß. Was machst du den ganzen Tag? Was siehst du aus deinem Fenster? Erzähl mir Geschichten, schick mir Zeichnungen, versorg mich mit Bildern. Ich bin so durstig nach einem bisschen Leben. Ich hab dich auch lieb.

Isabella

* * *

Fast alles, was sie schrieb, las ich mit gemischten Gefühlen.

Nach ihrer unverblümten Ausdrucksweise zu urteilen, war es ihr offensichtlich egal, ob ihre Briefe gelesen und zensiert wurden. Sie hatte nicht die Absicht, ihre Rolle als »*combattente rivoluzionario*« zu leugnen, und mit Sicherheit war sie nicht daran interessiert, sich als unschuldig zu präsentieren. Sie und ihre Gefährten hatten sich zu politischen Gefangenen erklärt, und das bedeutete, dass sie für alles, was sie taten, verantwortlich waren. Sie waren fest entschlossen, den Mund zu halten. Ihr Schweigen war die einzige Waffe, die sie noch hatten: Es ließ die Ermittler im Dunkeln und nahm ihnen damit die Möglichkeit, weiteren Attentaten der »proletarischen Revolutionäre« gegen »das System« zuvorzukommen.

Und doch gab es vieles, das ich – als ihre Schwester – wissen musste und wonach ich nicht zu fragen wagte, weil ich Angst hatte, ich könnte sie sonst wieder verlieren.

Deshalb hielt ich mich an das, was ich hatte, und hinterfragte es nicht.

Alba und ich telefonierten zweimal in der Woche. Sie erstattete mir Bericht und durchsetzte ihre Rede mit obskuren juristischen Begriffen. Wir hatten aufgehört, über die Ereignisse zu spekulieren oder uns gegenseitig Fragen zu stellen. Wir redeten über Isabella, als wäre sie eine Intensivpatientin im Endstadium und wir hätten die Aufgabe, Körpertemperatur, Gewicht und Pulsschlag, gegebenenfalls auch winzige Verbesserungen festzuhalten. Wir vermieden es, über die Gründe zu sprechen, die sie in diese Lage gebracht hatten. Wir machten unsere Arbeit und sorgten dafür, dass sie nicht zu atmen aufhörte.

Unterdessen lief ich in New York herum wie eine Hochstaplerin. Spielte eine Person, die einen coolen Job hatte und auf der ganzen Welt keine Sorgen.

Als Weihnachten näher rückte, sank Raimondas Stimmung in den Keller.

Ihr jugendlicher Liebhaber, der Maler, war über die Feiertage mit einem Freund nach Mexiko gefahren, und ohne ihn sah sie keinen Sinn darin, überhaupt zu feiern.

»Und überall diese kitschige Musik!«, schnaubte sie. »Diese Heuchelei von Freude und Wärme – man möchte sich direkt umbringen. Auch wenn ich noch so sehr in mich gehe, habe ich wahrhaftig nicht das Bedürfnis, irgendjemandem irgendwas zu schenken.«

Dennoch gab sie mir eine Liste, und ich erledigte für sie die Einkäufe bei Saks. Es war eine fantasielose Liste, dafür überaus kostspielig, um den Mangel an Herzlichkeit auszugleichen, und ich hakte einen Posten nach dem anderen ab wie eine Wissenschaftlerin, die einen Test durchführt. Bei mir löste ihr Unglück eine selbstsüchtige Befriedigung aus, denn es ließ mich meine Einsamkeit weniger stark empfinden.

Sie lud mich zu ihrer Dinnerparty an Heiligabend ein. Es war schrecklich.

Sie und ihr Mann sprachen kaum miteinander, warfen sich allenfalls ätzende Bemerkungen zu und verbreiteten ihre wechselseitige Feindseligkeit wie ein giftiges Gas. Das Kind fing um acht Uhr zu brüllen an – auf eine Weise, wie ich es früher nie erlebt hatte – und wurde ins Bett gesteckt. Die Gäste waren gereizt, das Essen miserabel. Als alle gegangen waren, half ich ihr beim Aufräumen. Josh war ins Bett gegangen, ohne gute Nacht zu sagen.

Für mich sah ihr Leben aus wie ein einziges Chaos, genauso wie der Fußboden im Wohnzimmer, der von zerrissenem Geschenkpapier und leeren Schachteln übersät war.

»Trinken wir noch ein Glas von diesem Sprudelwasser«, sagte sie verwaschen und machte noch eine Flasche Champagner auf. Sie schwankte auf ihren stäbchendünnen Beinen, und ihr Lippenstift war verschmiert.

Am Ende waren wir beide komplett betrunken. Irgendwann platzte ich damit heraus, dass meine Schwester in einem Hochsicherheitsgefängnis einsaß und mit lebenslänglicher Freiheitsstrafe zu rechnen hatte. Raimonda fielen die Augen aus dem Kopf.

»Eine Terroristin! Ist sie bei den Brigate Rosse?«

»Nein. Nein, natürlich nicht. Sie ist in einer winzigen Gruppe, die kein Mensch kennt.« Ich versuchte, sie als einen Haufen von Dilettanten hinzustellen. »Die ›Proletarischen Revolutionären Einheiten‹ nennen sie sich, glaube ich. Sie war bei einem Kommando… Sie sind angeklagt, einen Richter und seine Sicherheitsleute erschossen zu haben. Er, der Richter, stand in irgendeiner entfernten Beziehung zu meiner Familie«, sagte ich und leerte ein weiteres Glas.

»Du meinst, sie hat den Mann *gekannt*?«

»Nein. Nicht persönlich. Aber sie kannte den Ort, an dem er lebte, und wusste, auf welchem Weg er zur Arbeit fuhr. Wir sind in der Gegend aufgewachsen. Weshalb ich vermute, dass sie bei der Planung des Attentats eine größere Rolle gespielt hat. Zusammen mit ihrem Freund, der sie anscheinend total in der Hand hat.«

Als ich mich das sagen hörte, fing ich zu weinen an. In dieser stählernen High-Tech-Küche, im Fensterausschnitt das Mondlicht auf dem Hudson, erschien mir das Schicksal meiner Schwester auf einmal vollkommen unerträglich; es ließ sich unmöglich noch länger totschweigen.

Unter einem Stapel von Kaschmirmänteln im Flur fischte Raimonda ihre Handtasche heraus, stellte einen Scheck über tausend Dollar aus und setzte ihre Unterschrift darunter.

»Das ist mein Weihnachtsgeschenk, okay? Du kaufst dir morgen ein Flugticket. Geh zu ihr, besuch sie, und komm nach Neujahr wieder.«

»Warte... ich .. ich weiß nicht, ob –«

»Du musst, sie ist deine Schwester. Du musst heimfahren und in so einem Moment bei deiner Mutter sein. Außerdem ist Weihnachten, in Gottes Namen!«

Auf einmal wirkte sie völlig nüchtern und beherrscht. Wahrscheinlich hatte mein Problem ihr in Erinnerung gerufen, dass sie Teil einer Familie war und Verantwortung trug. Vielleicht war die Offenbarung meines Unglücks mein Weihnachtsgeschenk an sie gewesen.

* * *

Ich kaufte das Flugticket, ich flog für eine Woche nach Rom. Als gehörte ich dem Jetset an.

Alba holte mich vom Flughafen ab. Sie hatte ihre Haare grau werden lassen und trug sie zu einem losen Knoten aufgesteckt. Es erschreckte mich, wie plötzlich sie alt auszusehen begann. Wie die Haut um die Knochen allmählich erschlaffte.

Wir stiegen in ihr Auto, das zerbeult und zerkratzt war und innen nach kaltem Rauch roch; der Aschenbecher quoll über vor Kippen. Auf dem Rücksitz stapelten sich vergilbte Zeitungen.

»Was ist das denn? Sag bloß, du hast jetzt zu rauchen angefangen.«

»Ja. Seit der Sache mit Isabella. Das lenkt mich ab, wenn ich mich aufrege.«

»In deinem Alter ist das irgendwie bescheuert, oder?«

Sie zuckte die Achseln, stellte den Rückspiegel ein und fuhr aus dem Parkplatz.

»Mit fast fünfzig wirkt alles irgendwie bescheuert.«

Eine Zeit lang fuhren wir schweigend dahin.

»Bruno ist übrigens bis Ende nächster Woche unterwegs«, sagte sie. »Es tut ihm Leid, dass er dich verpasst.«

»Mir auch.«

»Ich bin eigentlich ganz froh, dich für mich allein zu haben. Außerdem ist es eine Erleichterung, wenn er fort ist. Ich kann's nicht einmal mehr ertragen, ihn im Nebenzimmer zu wissen.«

Ich warf ihr einen Blick von der Seite zu, den sie nicht erwiderte. Sie fuhr weiter, die Nase ein wenig erhoben, das Gesicht ein bisschen zu nah an der Windschutzscheibe. Sie sah immer schlechter, aber eine Brille kam für sie nicht in Frage.

Nach New York erschien mir unser Viertel mit seinen Kirschbäumen entlang den Bürgersteigen, dem Zeitungskiosk an der Ecke, der hässlichen Kirche, die in den sechziger Jahren auf der Piazza erbaut worden war, hoffnungslos zahm und spießig. Zu Hause wirkte alles alt und rissig, als hätte eine undurchsichtige Patina die vertrauten Räume überzogen, als wären sie seit ewigen Zeiten nicht mehr gelüftet worden.

Ich brachte meine Tasche in mein früheres Zimmer, dasselbe, das ich zuvor mit Isabella geteilt hatte. Es war, als beträte ich ein Wachsfigurenkabinett. Im Schrank hingen noch ein paar Kleidungsstücke, die wir als Teenager getragen hatten, zusammen mit irgendwelchem ausrangiertem Plunder, den Alba vergessen hatte.

Ich starrte auf die Sachen – einen langen Militärmantel, einen Schottenrock, eine braune Kordhose –, die aussahen wie Geister aus einem anderen Jahrhundert. Ich öffnete die Schublade des Schreibtisches, an dem wir unsere Hausaufgaben gemacht hatten. Zwischen dem Durcheinander aus halb aufgebrauchten Rollen Klebstreifen, abgebrochenen Bleistiften, alten Schüsseln fand ich einen Block mit Notizen in Isabellas Handschrift, hingekritzelt Gott weiß wann: Namen und Telefonnummern, Listen von Dingen, die sie zu erledigen hatte. *Shampoo einkaufen, Hemd aus der Reinigung holen, Alinas Geschenk besorgen.* Offensichtlich war für die Polizisten, die ihr Zimmer nach Beweismaterial durchsucht hatten, nichts davon interessant genug gewesen, um es mitzunehmen. Ich schloss die Schublade mit einem Ruck, als hätte ich mir die Finger verbrannt.

Den ganzen nächsten Tag standen Alba und ich in der Küche und kochten. Als alles Essen in Alufolie verpackt war und aufgereiht auf dem Tisch lag, sah es aus, als veranstalteten wir eine Party. *Timballo di maccheroni*, Roastbeef, Tagliatelle mit Räucherlachs, Fleischklößchen und *ossobuco*, außerdem *tiramisù*. Wir packten alles in eine Tasche, und um zehn Uhr abends brachte mich Alba zum Zug nach Voghera.

»Wenn du dich einsam fühlst, geh in den Wagen Nummer fünf. Die anderen fahren immer im selben Wagen, um sich gegenseitig Gesellschaft zu leisten«, sagte sie.

»Welche anderen?«

»Die Verwandten. Sie fahren alle jeden Dienstagabend mit diesem Zug. Nette Leute.«

* * *

Der Wagen Nummer fünf hätte eigentlich der traurigste im ganzen Zug sein müssen. Aber er war genau das Gegenteil.

Einmal in der Woche machten sich die Frauen auf die neunstündige Reise, um am Mittwoch, dem Besuchstag, um neun Uhr morgens vor dem Tor der Haftanstalt zu stehen.

Für manche ging das schon seit Jahren so. Es waren vorwiegend Mütter, deren Töchter wegen politischer Verbrechen verurteilt waren, und sie kannten einander gut. Alle waren mit riesigen Taschen unterwegs, ähnlich wie ich. Sie waren in angeregter, redseliger Stimmung, als hätten sie eine Vergnügungsfahrt vor sich.

»Ciao, ich bin Laura, meine Tochter Silvia ist ebenfalls in Einzelhaft.« Eine massige Frau, ungefähr fünfzig, mit grau gesträhntem Haar lächelte mich an. Sie hatte die Schuhe ausgezogen und massierte ihre geschwollenen Füße.

»Ich bin Gabriella.« Eine dünne blasse Frau in einem billigen grauen Trainingsanzug streckte die Hand aus. »Du bist Isabellas Schwester? Sie ist sehr tapfer. Möchtest du was trinken?«

»Danke, gern.«

»Meine Tochter erzählt mir von ihr.« Sie schraubte eine Wasserflasche auf und reichte sie mir mit einem ermutigenden Lächeln. »Sie kennen sich alle, obwohl sie nicht zusammen sein dürfen. Aber sie verständigen sich über Klopfzeichen, mit dem Morsealphabet.«

»Deine Mutter ist zu Hause geblieben? Ja, die Fahrt ist anstrengend für sie – gut, dass du ihren Platz eingenommen hast, dann kann sie sich einmal ausruhen«, sagte Laura und kramte in einer großen Plastiktasche. »Hier, iss einen Apfel.«

»Alba ist eine nette Frau«, warf eine andere ein. »Und wo in Amerika lebst du?«

Es waren vorwiegend Frauen aus der Arbeiterklasse, denen es gewiss nicht leicht fiel, einen Anwalt und diese ständigen weiten Zugfahrten zu bezahlen. Manche stammten aus kleinen Orten außerhalb von Rom und hatten wahrscheinlich keine besondere Schuldbildung genossen. Bestimmt hatte keine von ihnen irgendeine Ahnung gehabt, wie es in einem Gefängnis oder bei einem Gerichtsprozess zuging, ehe sie es am eigenen Leib miterlebt hatten, und mit der Zeit waren sie kompetent und kämpferisch geworden. Sie tauschten nicht nur Kochrezepte, Namen von Wärtern, Telefonnummern von liberalen Anwälten aus, sondern diskutierten auch über die jüngsten Gesetzentwürfe, die so genannten »Sondergesetze«, die seit Beginn des linken Terrorismus in Kraft getreten waren. Sie kannten das Strafgesetzbuch in- und auswendig, wussten die entsprechenden juristischen Begriffe und beherrschten die Gesetzesabschnitte und Paragrafen bis hin zu allen Zusatzklauseln.

Sie warnten mich.

»Ist das dein erster Besuch?«, fragte Laura. »Dann mach dich auf was gefasst. Das erste Mal ist immer ein Schock.«

Im Morgengrauen stiegen wir aus dem Zug. Mit einem Mal waren wir still und ernst geworden. Es war neblig, feucht, schlammig. Aneinander gedrängt fuhren wir in einem Bus, stumm, jede von uns tief in Gedanken.

In diesem Bus, der mich zum Gefängnis brachte, dachte ich darüber nach, ob dies der rechte Augenblick sei, um Isabella zu fragen, was genau sie getan hatte. Ob sie es sogar von mir erwartete und sich darauf vorbereitete, meine Frage zu beantworten. Taten das nicht auch die Anwälte im Film, gab es da nicht immer eine Szene, in der sie von ihren Mandanten die ganze Wahrheit erfahren mussten?

Ich beobachtete die Mütter und Schwestern, die mit mir im Bus saßen, ihre Pakete mit Essen und sauberen Kleidern auf dem Schoß, und beneidete sie um ihr Selbstvertrauen. Ich fragte mich, ob sie alle einmal im Besucherzimmer gesessen, ihren Töchtern oder Schwestern in die Augen geblickt und sie aufgefordert hatten: »Sag mir die Wahrheit, ich muss es wissen. Bist du schuldig? Hast du wirklich abgedrückt? Ich stehe zu dir, egal, was es ist, aber du musst es mir sagen.«

Ich merkte, dass ich keine Ahnung hatte, was ich empfinden, wie ich mich verhalten sollte. Ich wusste nur, dass ich Angst hatte.

Ich dachte an Oliviero. Wie anders alles gewesen wäre, hätte er mich auf dieser Fahrt begleitet. Er hätte es verstanden, mit der Situation umzugehen. Ich schloss die Augen und stellte mir vor, er säße neben mir, mit seinem abgewetzten Kordjackett, und starrte durch sein schwarzes Brillengestell in den Nebel hinaus.

Mach dir keine Sorgen, Affenköpfchen, ich rede schon mit ihr. Schlaf jetzt ein bisschen.

Diese Traumbilder und das Schwanken des Busses ließen mich tatsächlich einnicken.

Nach einer langen Fahrt trafen wir endlich vor dem Gefängnis ein, das sich weit außerhalb der Stadt befand. Ein düsterer Betonklotz mitten auf einem Feld. Das Innere des Gebäudes war erschreckend steril. Metalltüren, Elektrozäune, ständig hörten wir hinter uns ein Schloss einrasten, einen Schlüssel sich drehen, eine Kette rasseln. Es war, als gingen wir durch eine industrielle Kühlanlage. Ein tödlicher Aufenthaltsort, wenn man zu lange blieb.

Die Wärter ließen uns vier Stunden in einem leeren Raum ohne Fenster und ohne Sitzgelegenheiten warten. Sie hatten uns eingesperrt, wir durften nicht einmal auf die Toilette. Ich hatte einen mörderischen Hunger und konnte an nichts anderes denken als an das Essen, das ich für Isabella mitgebracht hatte. Dann erschien endlich ein Wärter und brüllte nacheinander unsere Namen. Und wir traten zur »Inspektion« an.

Zuerst prüften sie unsere Esspakete.

Sie stellten jeden Behälter auf eine Waage, wo er mit einem Metalldetektor abgetastet wurde, und rammten überall ein scharfes Messer hinein. Sie durchstachen mein *timballo* und das Roastbeef. Sie zerquetschten das *tiramisù*. Sie fielen über sämtliche mitgebrachten Lebensmittel her, bis sie ein regelrechtes Gemetzel veranstaltet hatten und alles suppte, zerlief, zerkrümelte. So viel Arbeit hatten wir uns gemacht, um unsere Mitbringsel mit ein bisschen Liebe zu erfüllen, und jetzt sahen sie aus, als hätten wir sie aus der erstbesten Mülltonne gefischt.

»Tun Sie das nicht! Das ist doch völlig überflüssig!«, rief Gabriella vor mir, als der Wärter mit seinem Messer in ihre schöne Obsttorte stach.

»Halten Sie den Mund, oder ich schicke Sie zurück«, antwortete er, ohne sie anzusehen, und schnitt noch tiefer in die Torte, bis sie zu zerfallen begann.

Mit dem Metalldetektor prüften sie jeden Beutel, jede Tasche. Sie durchsuchten jede Einzelne von uns und nahmen uns alle metallischen Gegenstände ab, auch Eheringe. Da ich neu war, untersuchten sie mich und meine Sachen mit besonderer Sorgfalt.

»Mitkommen«, sagte ein Wärter und deutete auf eine Tür.

Ich sah die anderen Frauen an, voller Furcht bei dem Gedanken, von ihnen getrennt zu werden. Eine nickte stumm, wie um zu sagen: Ist schon in Ordnung, mach dir keine Sorgen.

Der Wärter führte mich in eine winzige, leere Kammer.

»Warten Sie hier.«

»Worauf? Was bedeutet das?«

»Das ist die Vorschrift. Warten Sie einfach.« Er schloss die Tür und sperrte sie ab. Sie hatten mir auch die Armbanduhr abgenommen, und ich hatte keine Ahnung, wie lang sie mich warten ließen. Als schließlich die Tür aufging und eine dicke Frau hereinkam – kurzes graues Haar, dünne Lippen und ein scharfer Geruch nach Mundwasser –, war ich der Hysterie nahe.

»Ziehen Sie sich aus. Alles«, sagte sie und streifte einen Plastikhandschuh über.

»Wie bitte? Wozu?«, fragte ich, mit zugeschnürter Kehle, weil ich ihre Antwort schon ahnte.

»Vaginalinspektion. Spreizen Sie die Beine.«

»Ich habe … ich habe meine Tage.«

»Egal.« Ihre Echsenaugen zuckten nicht einmal. »Wenn Sie einen Tampon drinhaben, ziehen Sie ihn raus.«

»Hören Sie, ich kann das nicht, *wirklich* …« Meine Stimme zitterte jetzt.

»Gut. Dann gehen Sie wieder nach Hause. Wir halten uns nur an die Vorschriften«, sagte sie und verschränkte die Arme vor ihrem fetten Bauch.

Nazischwein, dachte ich, und es juckte mich, sie ins Gesicht zu schlagen.

Als sie mich endlich freiließ, natürlich erst nachdem ich getan hatte, was sie wollte, wurde ich ins Wartezimmer zurückgeschickt, wo mich gleich die anderen Frauen umringten, sichtlich besorgt.

»Was wollten sie?«, fragte Laura mit gerunzelter Stirn.

»Haben sie dich durchsucht?«

»Vaginalinspektion?«

Ich nickte gedemütigt.

»Arschlöcher«, zischte Gabriella. »Das machen sie immer mit den Neuen, um sie abzuschrecken.«

»Aber solche Leibesvisitationen sind total ungesetzlich«, sagte Laura. »Hast du ihren Namen?«

Alle waren außer sich und bestanden darauf, dass ich gerichtlich gegen sie vorging.

»Du musst auf der Stelle reagieren. Du musst ihnen beweisen, dass du imstande bist, ihnen die Hölle heiß zu machen, sonst tun sie dir das immer wieder an«, sagte eine der jüngeren Frauen und zündete sich eine Zigarette an. Auf ihren Unterarm war ein riesiger schwarzer Panther tätowiert.

»Das hat keinen Sinn. Übermorgen fliege ich nach New York zurück, und von dort aus kann ich die Sache sowieso nicht durchziehen«, wandte ich matt ein.

Kopfschüttelnd sahen sie mich an. Dass ich so rasch bereit war, die Angelegenheit auf sich beruhen zu lassen, enttäuschte sie wohl. Wenige Stunden in diesem riesigen Kühlhaus hatten ausgereicht, um mir alles Gefühl von Würde auszutreiben.

Wieder rief der Wärter einzeln unsere Namen auf und ließ uns in den Besucherraum.

Ich habe oft versucht, mir diesen Raum in Erinnerung zu rufen, aber es hat keinen Zweck, er ist aus meinem Gedächtnis verschwunden. Ich erinnere mich an nichts, weder an die Menschen darin noch an die Wärter. Nicht einmal an die Tische und Stühle.

Ich nahm nur einen Menschen wahr: sie. Diese schmächtige Person hinter der Glasscheibe.

Sie sah anders aus als bei unserer letzten Begegnung auf dem

Bahnhof. Sie hatte keinerlei Ähnlichkeit mit ihrem Foto in der Presse oder dem grau uniformierten preußischen Offizier mit dem kalten, starren Blick und der Schusswaffe in der Handtasche. Da saß sie, ein knochiges, verwahrlostes Kind, die blonden Haare länger, als ich sie in Erinnerung hatte, dunkle Ringe unter den Augen, im Blau der Iris goldene Einsprengsel. Diese blaue Ader, die ich so gut kannte, auf ihrer weißen Stirn. Sie klopfte an die Scheibe und deutete auf die Sprechanlage. »Drück auf den Knopf«, formten ihre Lippen. Das tat ich, und aus der Sprechanlage tönte ihre Stimme. Knisternd und rauschend, völlig verzerrt, als käme sie von einer anderen Galaxie.

»*Ciao, bambina.*«

Sie drückte ihre Handfläche an das Glas, und ich legte die meine darüber. Aber natürlich spürte ich nur die kalte Oberfläche.

Sie hatte sich in die frühere Isa zurückverwandelt, die Schwester, mit der ich in der Via del Babbuino Detektiv gespielt hatte. Meine ältere Schwester, mit der ich am Strand Quarzkiesel gesucht hatte.

»Gut siehst du aus«, stotterte ich mit verlegenem Lächeln.

»Du auch.« Sie kniff sich in die Wange und lächelte. »Rosig. Endlich.«

Ich weiß nicht mehr viel von unserem Gespräch. Die fünfundvierzig Minuten in diesem Raum waren wie eine unkontrollierte Fahrt auf der Achterbahn. Auf und nieder, auf und nieder, mein Magen zu einem Knoten verkrampft. Es war mir unmöglich, die rasende Fahrt zu bremsen, mich zu konzentrieren, auf irgendetwas näher einzugehen, weil ich viel zu sehr damit beschäftigt war, mich einfach nur festzuhalten. Eine Million Fragen hatte ich ihr stellen wollen und konnte mich auf keine einzige mehr besinnen, weil ich panisch auf die verstreichenden Minuten starrte. Isabella war seltsam gefasst. Sie stellte mir immer wieder sehr präzise Fragen, wollte eine Beschreibung meiner New Yorker Wohnung hören und wissen, was genau ich in Raimondas Galerie zu tun hätte, dann deutete sie auf meinen Pullover.

»Wo hast du den her?«

»Was? Ach, den … von einem Secondhand-Markt in New York. Wieso?«

»Gefällt mir.«

»Du kannst ihn haben. Ich gebe ihn Alba mit, wenn sie das nächste Mal kommt.«

Ich lächelte sie an. Vielleicht konnte ich ein paar hübsche Sachen kaufen und ihr schicken, mit Parfum besprüht, damit sie in diesem Kühlhaus wenigstens etwas hatte, das angenehm roch.

»Weißt du«, sagte sie unvermittelt, »das hier wird sehr lange dauern, *bambina*. Das sollst du nur wissen.«

»Wie lang denn?«

»Ich weiß nicht. *Jahre*«, seufzte sie, und ihr Atem kam durch die Sprechanlage wie die Luftblasen eines Tauchers tief unter der Oberfläche.

Ich starrte sie an, während ich hastig zu ergründen versuchte, wie ich ihre Worte zu verstehen hatte. Ob sie damit sagen wollte, dass sie den Richtern misstraute und ungeachtet ihrer Unschuld mit einer Verurteilung rechnete, oder ob sie meinte, es spreche zu viel gegen sie und sie habe keine Hoffnung, glimpflich davonzukommen. Mit angehaltenem Atem wartete ich auf eine weitere Erklärung, doch sie sah mich nur an.

Panik ergriff mich, als ich erkannte, dass jetzt der Zeitpunkt für die gefürchtete Frage war. Ich hatte nur diese eine Chance, das war mir klar. Sie irgendwann später zu stellen war sinnlos. Es musste jetzt sein oder nie.

»Aber warum *Jahre*?«, flehte ich.

Ich sah eine kaum merkliche Veränderung in ihrem Blick. Ein winziges Alarmsignal.

Und auf einmal musste ich an unsere letzte Begegnung am Bahnhof zurückdenken. An ihren kalten, starren Blick, das militärische Grau ihrer Aufmachung. An mein Erschrecken über ihre Härte. Meinen Gedanken: *Sie ist zu allem fähig.*

Ich begriff, dass ich diese Frage nicht stellen würde, dass ich sie niemals stellen würde – aus rein egoistischen Motiven.

Weil ich nicht wollte, dass sie sich wieder in diese Fremde verwandelte; nicht jetzt, da sie wieder wie früher war, gelächelt und mich *bambina* genannt hatte. Nicht jetzt, da sie meinen Pullover wollte. Nicht jetzt, da sie mich wieder brauchte.

»Sie werden mich hier festhalten, solange es geht, weil ich nicht die Absicht habe, ihnen die Sache zu erleichtern«, sagte sie ruhig.

»Du meinst, du wirst keine *pentita*?«

Sie kniff die Augen zusammen, mit angewiderter Miene, als hätte sie etwas Bitteres verschluckt.

»Red nicht davon. Ich kotze schon bei dem Wort.«

Durch die Metalltür hinter ihr kam ein Wärter herein, um sie abzuholen. Die Besuchszeit sei vorbei. Er ließ uns nicht einmal ausreden. Ich empfand beinahe Erleichterung, dass wir ausgerechnet in diesem Moment unterbrochen wurden. Kurz bevor er die schwere Metalltür hinter ihr schloss, drehte sie sich noch einmal um und winkte lächelnd. Als wäre sie noch in der Schule und müsste in den Unterricht zurück.

Dann saßen wir alle wieder im Zug, die Frauen aus dem Wagen Nummer fünf. Während wir auf dem Hinweg keinen Augenblick hatten still sein können, wie eine schnatternde Horde Gänse, waren wir jetzt, auf dem Rückweg, vollkommen in uns zusammengesunken. Dieselben Frauen starrten jetzt stumm aus dem Fenster und blickten hinaus auf die vorüberziehende graue Landschaft, die Köpfe zur Scheibe geneigt. Alle wirkten erledigt, besiegt, in einen Mantel aus Trauer und Erschöpfung gehüllt. Jede Einzelne von uns in Gedanken an die Person, die sie in diesem Betonkasten zurückgelassen hatte.

Als ich schläfrig zu werden begann, kam das Gespräch im Abteil allmählich wieder in Gang. Die Frauen planten ihren nächsten Besuch in der folgenden Woche.

»Die schöne Obsttorte kannst du dir in Zukunft sparen, Gabriella«, sagte Laura. »Es lohnt sich nicht, sie werden sie sowieso wieder ruinieren.«

»Ich dachte an eine Spinat-Lasagne. Die hält sich gut, und man kann sie auch kalt essen.«

»Gute Idee. Ohne Fleisch, oder?«

»Ja, nur mit Ricotta und einer Prise Muskat.«

Meine Stimmung besserte sich ein wenig, als ich sie wieder über das Essen reden hörte. Mit einem Mal beschlich mich die Ahnung, dass diese Frauen der quälenden Frage, die mir nicht aus dem Kopf ging, ebenfalls ausgewichen waren, nicht anders als ich. Zu absurd, zu unverständlich war der Einbruch der Katastrophe in ihr Leben. Ihre Töchter, dieselben kleinen Mädchen, die sie mit so viel Disziplin erzogen hatten, die sie jeden Sonntag in die Kirche geschleppt, denen sie Geburtstagstorten gebacken und Schleifen um die Zöpfe gebunden hatten, standen jetzt wegen Mord, Todschlag, Hochverrat unter Anklage. Wie wurden diese Mütter damit fertig, wie konnten sie es überhaupt fassen? Um weiter zu funktionieren und für ihre Töchter da zu sein, brauchten sie etwas, das sie kontrollieren konnten, etwas Vertrautes, das sie im Griff hatten. Essen zu kochen und ihnen zu bringen war eine Möglichkeit, diese unbegreifliche Tragödie auf ein häusliches Maß zu verkleinern.

Es erinnerte mich an meinen Zustand nach Olivieros Tod.

Niemand hatte mir gesagt, wie ich mit diesem Schmerz umgehen sollte – und schließlich reduzierte ich seinen Tod auf ein fehlendes Platzdeckchen. Auch jetzt hatte ich keine Ahnung, wie ich damit zurechtkommen sollte, dass meine Schwester vielleicht eine Mörderin war, und musste diesen ungeheuerlichen Gedanken auf ein Maß verkleinern, mit dem ich leben konnte.

Ich würde es so halten wie alle Frauen in dem traurigen Waggon Nummer fünf und dafür sorgen, dass Isabella saubere Kleidung bekam und eine warme Lasagne, die sich gut hielt und auch kalt gegessen werden konnte.

Mit den Fragen, die ich nicht stellen konnte, sollte sich der

Rest Italiens beschäftigen – die Presse, die Richter, die Geschworenen, die öffentliche Meinung.

⋆ ⋆ ⋆

Kaum war ich nach New York zurückgekehrt, begann ich allem und jedem zu grollen; mit Leidenschaft. Alles versetzte mich in Zorn: Die Themen, die im Fernsehen oder in den Zeitungen abgehandelt wurden, erschienen mir lächerlich, selbst Filmkritiken erbosten mich. Im Vergleich mit Isabella war alles gleich unerheblich – die Ozonschicht, die cracksüchtigen Kinder, die Grammy-Verleihungen.

»Verfall jetzt nicht in Selbstmitleid«, warnte mich Raimonda, als ich wieder zur Arbeit erschien und ihr meine Gemütslage zu erklären versuchte, »du machst dich damit nur verrückt.«

Ich schmollte, kehrte ihr den Rücken zu und befasste mich ostentativ mit dem Papierkram. Der Schreibtisch in der Galerie Morrison quoll über von Briefen, unbeantworteten Faxen, ungeöffneten Rechnungen. Unglaublich, wie viel sich in einer einzigen Woche angesammelt hatte.

»Du hast dich entschieden, hier zu leben«, hörte ich sie sagen, und ihr Ton klang mir ein bisschen zu lieblich. »Du solltest versuchen, in der Gegenwart zu leben.«

»Hast du das im Yoga-Kurs gelernt?«, fuhr ich sie an.

»Alina, ich will nur nicht, dass du jetzt anfängst, jedem Vorwürfe zu machen oder selber Schuldgefühle zu entwickeln, weil du ein normales Leben führst. Es ist nicht deine Schuld, dass deine Schwester im Gefängnis sitzt.«

»Das hatte ich auch nicht vor. Es ist einfach nur ein gewisser Schock, wieder hier zu sein.« Ich fuchtelte mit den Händen und meinte den weißen Raum, die makellos frischen Blumen in der Venini-Vase, die geöffneten Briefe. »Unter all den Leuten, die sich nur über Bilder und Kataloge den Kopf zerbrechen.«

»Das Leben geht nun mal weiter.« Sie griff zum Telefonhörer und begann eine Nummer zu wählen, während sie rasch den Zustand ihrer manikürten Nägel prüfte. »Das ist das Schöne daran. *Inutile piangere sul latte versato.*«

Klischees haben etwas Tröstliches: Raimonda fühlte sich von ihnen beruhigt und wollte sich vergewissern, dass die moralischen Normen ihrer Umgebung sie nicht als mindere Person dastehen ließen. Obwohl sie die Fähigkeit besaß, mich zu irritieren wie niemand sonst, musste ich sie einfach mögen.

Das Leben ging in der Tat weiter. Kurz darauf zerbrach auch ich mir wieder den Kopf über Broschüren, Dias, Speditionsrechnungen und die schlechte Laune der Künstler.

Nebenher aber führte ich ein Zweitleben, und dessen Gewicht zog mich ständig zu Boden.

Es war Isabellas Leben und verlief parallel zu meinem, irgendwo im Untergrund, an einem düsteren Ort, Tag für Tag in derselben Endlosschleife zwischen Bett und Tisch in einer Zelle, dem Hofgang – dem leeren Schwimmbecken, in dem sie sich vormachen konnte, sie sei im Freien – und dem Gang zum Besucherraum einmal im Monat. Auf dieser winzigen Bühne spielte ich wieder und wieder ihren Tagesablauf durch, ließ sie auf und ab gehen, stellte mir ihre Selbstgespräche vor, füllte sie mit dem Inhalt ihrer Briefe. Es war, als hätte ich eine Puppe entführt und hielte sie in einer Puppenstube gefangen.

Nie verlor ich aus den Augen, was dort drinnen vor sich ging.

* * *

An einem Tag zu Beginn des Frühlings kam unerwartet Taylor Davis in die Galerie. Ich stand auf einer Leiter und war damit beschäftigt, die Wände neu zu streichen, nachdem wir die letzte Ausstellung abmontiert hatten; schon seit dem frühen Morgen war ich am Werk, um bis zur Öffnungszeit um elf fertig zu sein. Taylor Davis war ein großer, stattlicher Mann Mitte fünfzig. Sein Gesicht war massig, auf eine stark zerklüftete Weise attraktiv und verlieh ihm eine gewisse Ähnlichkeit mit einer Dogge. Wir wollten ihn im Sommer ausstellen, als einen von Raimondas Höhepunkten der Saison. Taylor Davis hatte in den sechziger und siebziger Jahren einige phänomenale Bilder geschaffen, doch erst Anfang der Achtziger wurden die Kunstsammler und Museen allmählich auf ihn aufmerksam. Inzwischen war er eine Berühmtheit.

»Alina«, sagte er und schaute zu mir herauf. Mit einer Zigarette in der Hand. Um acht Uhr morgens.

»Oh, hallo«, stotterte ich und erstarrte mit erhobenem Pinsel, »ich war gerade ... äh, wir haben noch nicht offen.«

»Ja, Raimonda sagte, Sie seien schon früh hier. Ich brauche das Fax von Webster. Diesen Leuten in London.«

»Ach ja, richtig. Natürlich.«

Ich kletterte von der Leiter und durchforstete den Stapel der Posteingänge auf dem Schreibtisch, während ich seinen Blick auf mir spürte, als durchleuchtete er mich mit Röntgenaugen. Davis verursachte mir immer dasselbe Unbehagen – es war etwas Ungezähmtes, Animalisches an ihm. Es fiel ihm nicht ein, sich anzupassen, sich etwa an die hemdlose schwarze Kluft zu halten, die für die Masse der Pseudo-Bohemiens bei unseren Vernissagen Pflicht war: Es war ihm egal, wenn er aus der Rolle fiel. Vielleicht hatte Jack Kerouac so ähnlich ausgesehen, dachte ich. Nach außen gut bürgerlich und innerlich ein Anarchist.

»Interessantes Muster. Wie die Punktmalerei der Aborigines«, sagte er langsam.

Ich begriff nicht. Dann deutete er auf mich. Meine Haut, meine Kleider waren über und über mit winzigen Farbspritzern gesprenkelt.

»Ja, ich weiß immer noch nicht, wie man eine Decke streicht, ohne sich einzusauen«, sagte ich nervös. »Hier ist Ihr Fax.«

Er warf mir einen anzüglichen Blick von der Seite zu und drückte seine Zigarette in einem Glas aus. Fragte nicht mal, ob wir vielleicht einen Aschenbecher hätten.

»Bis dann«, sagte er und stopfte sich im Davongehen das Blatt in die Gesäßtasche seiner Jeans.

Zwei Tage später, als ich Eis essend vor dem Fernseher saß und die David-Letterman-Show sah, läutete das Telefon.

»Taylor Davis will was mit dir besprechen«, sagte Raimonda in geheimnisvollem Tonfall. »Sein Assistent wird dich morgen früh anrufen. Das ist *ziemlich* wichtig.«

»Was meinst du damit?«, fragte ich argwöhnisch. Die Art, wie er mich angesehen hatte, gefiel mir nicht. Er schüchterte mich ein.

»Hör zu, Alina, er wird dich bestimmt nicht beißen, also nur die Ruhe.« Und damit legte sie auf.

Am nächsten Tag um Punkt acht Uhr rief Benjamin an, Taylor Davis' Assistent. Mr. Davis, sagte er, habe die Absicht, sich dem Porträt zuzuwenden; er denke daran, mit mir anzufangen.

»Sie wissen, dass er noch nie Porträts gemalt hat.« Benjamins Stimme senkte sich um eine Oktave, als weihte er mich in ein Geheimnis ein. »Es könnte also ein entscheidender Wendepunkt in seiner Arbeit sein. Anscheinend hat ihn Ihr Anblick auf der Leiter inspiriert, und er möchte es mit Ihnen als Modell probieren.«

»Also... äh... ich weiß nicht, ob... Sie wissen aber, dass ich von elf bis neunzehn Uhr in der Galerie Morrison arbeite, oder?«

»Mrs. Morrison weiß Bescheid, und sie ist sehr angetan. Ich denke nicht, dass Ihre Arbeitszeit ein Problem sein wird«, antwortete er leicht herablassend. Als wäre mir noch immer nicht klar, wie unwichtig meine Arbeit war und was für eine außerordentliche Chance dies bedeutete.

»Na ja, gut... wenn es ihr nichts ausmacht... Aber ich hab so was noch nie gemacht.«

»Sie müssen ja nicht viel tun. Nur ruhig dasitzen. Können Sie am Donnerstag um neun ins Atelier kommen?«

»Ja. Was soll ich anziehen?«

»Anziehen? Oh, ich denke, das spielt keine Rolle.« Er zögerte kurz. »Um die Wahrheit zu sagen, ich glaube eigentlich nicht, dass er an *Kleider* denkt.«

Es endete damit, dass ich in Taylor Davis' Studio in Brooklyn splitternackt und mit Farbe bekleckst auf einer Leiter stand.

»Macht es dir was aus?«, fragte Taylor, nachdem er mich auf der Leiter in Position gebracht hatte, und fuhr fort, mit einem dicken Pinsel Farbe auf meinen Körper zu spritzen.

»Nein, nein. Nur zu.«

Er trat zurück und betrachtete konzentriert meinen braun und blau gesprenkelten Oberschenkel, von dem die Farbe rann.

»Hommage an Pollock«, sagte er grinsend.

Nachdem Benjamin mir heißen Tee gebracht und ein Band mit Callas-Aufnahmen eingelegt hatte, begann ich mich auf meiner Leiter allmählich zu entspannen.

Mir gefiel die Konzentration, der tranceartige Zustand, in dem Taylor sich befand. Er rauchte ununterbrochen – Zigaretten und Joints abwechselnd – und ließ die brennenden Kippen überall herumliegen. Ich spürte, wie es in ihm arbeitete, wenn er auf dem Tisch nach einem Pinsel, einer Farbe suchte. Seine raschen, sicheren Gesten verzauberten mich, und ich staunte, wie ökonomisch er zu Werke ging. Von Zeit zu Zeit durfte ich von der Leiter steigen, einen weichen Morgenrock anziehen und meine Gliedmaßen recken, eine Tasse Kaffee trinken.

»Wissen Sie«, sagte ich zu Taylor, während er ein Pastrami-Sandwich verspeiste, das Benjamin bestellt hatte, »meine Großmutter war jahrelang Aktmodell für meinen Großvater gewesen. Es muss hunderte Porträts von ihr geben, glaube ich.«

Er gab ein desinteressiertes Grunzen von sich. Man sah ihm an, dass er in Gedanken nur bei seinem Bild war.

In gewisser Weise kamen mir seine ungehobelten Manieren entgegen, weil sie bedeuteten, dass wir keine großen Umstände machen mussten. Ich war keine Person für ihn, ich war eine Oberfläche.

Tagelang stand ich auf der Leiter. Die erhöhte Position war durchaus interessant, sie hatte den Vorteil, dass ich von oben auf alles hinunterblicken konnte. Ich sah seine schöne junge Geliebte kommen und gehen, die Arme voller teurer Einkaufstüten, während sie sich über irgendein Problem mit ihrer Platin-Karte beschwerte und zu mir nicht einmal Hallo sagte. Ich sah eine Kunstkritikerin, eine aufgetakelte Brünette mit Pfennigabsätzen, die sich die Leinwand ansah, nachdenklich nickte und mit rauchiger Stimme verkündete: »Ganz einfach wunderbar, Taylor. Das ist der Beginn von etwas ganz Neuem.«

Ich sah die Shiatsu-Masseuse (eine winzige Koreanerin), den Küchenchef (Kalifornier und schwul), den Dealer (massiger Iraner), den besten Freund (ein deprimierter Musiker). Sie alle kamen, zogen ihre Nummer ab und gingen wieder. Alle sahen sich die Leinwand an und gaben Kommentare ab wie:

»Taylor, das ist großartig.«

»Wow.«

»Eine deiner besten Arbeiten.«

»Einfach toll.«

Mit der Zeit genoss ich meine Position auf der Leiter und begann mich heroisch zu fühlen. Es war eine Kombination von vielem: den Opernarien, dem Geruch nach Farbe und Terpentin, dem Wind, der die Bäume vor den Atelierfenstern zerzauste, den ersten Anzeichen des Frühlings. Mein Herz stand in Blüte.

Dann läutete es wieder an der Tür.

»Das wird Daniel Moore sein«, sagte Benjamin, »der Typ vom *New Yorker*.«

»Mist«, sagte Taylor, »den hatte ich vollkommen vergessen.«

Er grinste, und gleich darauf schüttelte ihn ein Hustenanfall.

»Er schreibt was über mich«, sagte er. »Als gäbe es noch irgendwas Neues über einen Maler in seinem Atelier zu berichten.«

Daniel Moore tat nichts, was mich aus meiner Stimmung reißen konnte. Er stellte sich nur höflich vor, setzte sich in eine Ecke und beobachtete alles mit großer Konzentration. Er machte sich kurze Notizen, fragte Taylor nach der Musik, die er bei der Arbeit hörte, und ob er schon wisse, wie er sein Gemälde nennen werde, woraufhin Taylor knurrte, als sei ihm die Frage lästig.

»He, Mann«, sagte er und schüttelte unwillig den Kopf, während er Benjamin seinen Pinsel reichte, »wie meine Bilder *heißen,* ist mir egal.«

Er trat zurück und betrachtete mit schräg gelegtem Kopf die an die Wand gelehnte riesige Leinwand. Ich war durchaus zu erkennen, fand ich, obwohl meine Umrisse mit den Klecksen und Gerinnseln des Hintergrunds verschwammen.

»Dieses hier zum Beispiel: Sein Thema ist das Blau hier, sehen Sie.« Er deutete auf eine Ansammlung blauer Farbspritzer, streichelte sie mit beinahe zärtlicher Geste. »Das ist das Interessante. Darum *geht es* in diesem Bild. Der Titel spielt keine Rolle.«

Daniel Moore kritzelte etwas auf seinen Notizblock. Auf einmal ergriff mich höchste Verlegenheit. Der Zauber meiner Seelenruhe dort oben auf der Leiter war jäh gebrochen.

»Wie heißt du?«, fragte er mich freundlich.

»Alina. Alina Strada.«

»Italienerin?«

»Ja.«

»Hübscher Name.« Dann drehte er sich zu Taylor um: »Oder?«

Taylor ignorierte ihn, und ich merkte, dass Daniel Moore mich anlächelte. Ich lächelte zurück und bemühte mich, so zu tun, als wäre ich nicht völlig nackt, als schämte ich mich nicht. Sie redeten noch eine Weile, aber es war mühsam: Taylor hatte einfach keine Lust, ihm entgegenzukommen. Es dauerte lang, doch am späten Nachmittag und nach etlichen Gläsern Wodka pur gab er endlich nach und wurde gesprächiger. Er erzählte eine Geschichte über ein Gemälde von Braque, zwei Birnen und ein Stück Brot; zuerst beschwor er den dicken grauen Hintergrund herauf, dann die zwei Birnen, dann – einfach indem er das Wort aussprach, das *r* langsam im Mund rollte und mit den Händen einen kleinen Kreis formte – legte er das Brot neben die Birnen. Daniel Moore und ich konnten den Vorgang förmlich mit eigenen Augen sehen. Wir lachten beide, als das Bild vor uns Gestalt annahm, und wir sahen einander an wie zwei

Kinder, die einen Zauberer bei seiner Nummer beobachtet hatten. Es war brillant.

Es war meine letzte Sitzung, und bevor ich ging, reichte Benjamin mir einen Briefumschlag mit Geld.

»Oh, danke«, sagte ich und ließ den Umschlag in meiner Jeanstasche verschwinden, ohne einen Blick hineinzuwerfen. Dass ich vor Daniel Moore bezahlt wurde, machte mich verlegen.

»Unten wartet ein Wagen auf Sie«, sagte Benjamin und reichte mir noch ein Stück Papier, »und das hier ist ein Geschenkgutschein für das Kyoto House. Sie können gleich hinfahren, wenn Sie wollen, es hat bis neun offen.«

»Was soll ich dort?«

»Das japanische Bad«, sagte er. Meine Ahnungslosigkeit begann ihm auf die Nerven zu gehen.

Daniel Moore hörte diesen Wortwechsel mit an, und ich konnte förmlich über die Schulter hinweg spüren, wie er ihn erheiterte.

»Dort schrubbt man Ihnen die Farbe von der Haut und weicht Sie in der heißen Wanne ein, dann kriegen Sie noch eine ordentliche Shiatsu-Massage. Oder so ähnlich«, erklärte Benjamin.

»Schicken Sie alle Ihre Modelle nach einer Sitzung ins Kyoto House?«, warf Daniel Moore mit gezücktem Notizblock rasch dazwischen.

»Also, Taylor schwört drauf. Wissen Sie, Terpentin ist ein ziemlich grässliches Zeug, insbesondere wenn man überall auf der Haut Farbe hat und sie loswerden muss«, antwortete Benjamin in seiner zermürbenden, roboterhaft professionellen Art. »Aber zu Ihrer Frage. Da es das erste Mal ist, dass Taylor mit einem Modell gearbeitet hat, können Sie das eigentlich nicht schreiben. Es wäre wohl nicht korrekt, denke ich.«

Ich rannte zum Lift. Daniel Moore folgte mir. Er betrachtete mich mit lächelnder Miene, während wir die vier Stockwerke abwärts fuhren, und ich ignorierte ihn ostentativ. Als wir auf die Straße traten, sah ich eine weiße Stretch-Limousine an der Ecke warten.

»Ach du Scheiße«, flüsterte ich, »*damit* fahre ich nicht.«

»Wieso nicht? Das ist bestimmt lustig. Außerdem könntest du mich in die Stadt mitnehmen«, sagte er. Er ging mir allmählich ein bisschen auf die Nerven mit seiner Art, ständig Fragen zu stellen, damit man auch garantiert begriff, dass er schlauer war.

»Wenn's dir nichts ausmacht, fahre ich lieber mit der U-Bahn«, sagte ich. »Aber du kannst dich ja chauffieren lassen.«

Ich ließ ihn an der Ecke stehen. Ob er mit der Limousine fuhr oder ob ich ihm den Spaß verdorben hatte, weiß ich nicht.

So oder so war es mir ziemlich egal.

* * *

An dem Abend saß ich in meiner winzigen Küche am Tisch und wartete, dass das Teewasser kochte. Isabellas Brief lag offen vor mir auf dem Tisch, neben meinem Geschenkgutschein für das Kyoto House. Als ich nach Hause gekommen war und hastig den Flur durchquert hatte, in Gedanken schon bei meinem heißen Bad, hatte ich eine Ecke des weißen Umschlags aus dem Briefkasten ragen sehen.

Nichts passte, nichts reimte sich zusammen.

Doch da waren sie, die beiden Parallelwelten, und hielten miteinander Schritt.

Noch einmal stellte ich mir bildlich vor, was sie geschrieben hatte, unter Hinzufügung einiger Versatzstücke aus meinen früheren Inszenierungen: andere Kostüme, die eine oder andere Abwandlung im Dialog. Eine Übung, die mir inzwischen geläufig war.

Es ist Besuchstag.

Alba betritt schlurfend den Raum. Sie wirkt ein bisschen schlampig, abgerissen, wie so oft in der letzten Zeit. Momentan trägt sie mit Vorliebe diese langen Blumenkleider, in denen sie aussieht wie ein Althippie. Aus irgendeinem Grund geht es Isabella auf die Nerven, sie so zu sehen.

»Wie geht's?«, fragt sie, nachdem sie die Sprechanlage eingeschaltet hat.

»Ich bin völlig am Ende. Für meinen Rücken ist diese Zugfahrt eine einzige Qual.«

Es tritt eine Pause ein.

»Du musst nicht herkommen, wenn es dich so anstrengt«, sagt Isabella und begreift im selben Moment, dass es ein Fehler war.

»Fang jetzt nicht damit an«, fährt Alba sie an. »Wieso musst du immer so negativ sein? Ich sagte lediglich, dass mein Rücken schmerzt, weiter nichts.«

Kein guter Anfang.

Sie reden das Übliche – was der Anwalt gesagt hat, Isabellas hartnäckige Migräne, ein Brief von Alina. Beiden ist unbehaglich zumute, sie scharren mit den Füßen und rücken unruhig auf dem Stuhl hin und her.

Dann wechselt Alba das Thema. Sie sagt, seit einiger Zeit ist da etwas, das ihr nicht mehr aus dem Kopf geht, und sie findet es an der Zeit, dass sie beide darüber sprechen.

Isabellas Pupillen ziehen sich zusammen, wie bei einer plötzlich aufgeschreckten Katze.

»Also, ich habe zu Hause ausgemistet ... alte Sachen, die ich in deinem Zimmer gefunden habe. Kleider, Schubladeninhalte ... Ich habe alles in eine große Schachtel gepackt. Und dabei bin ich auf ein Tagebuch gestoßen, das du mit ungefähr dreizehn geschrieben hast. Ich dachte, weil es das Tagebuch eines Kindes ist, kann ich es jetzt ja ruhig lesen. Nach so vielen Jahren ...«

Isabella erstarrt. Sie kann nicht glauben, was da auf sie zukommt – ein Schwall, als wäre ein Damm gebrochen.

Da sitzt Alba also und hat die Absicht, sie, Isabella, mit ihren »grauenhaften Lügenmärchen« zu konfrontieren.

»Wie kommt es, dass du mich als Kind derart gehasst hast? Denn was ich da gelesen habe ... das war kein vorübergehender Zorn mehr, o nein, das war reiner *Hass.*«

»Alba ...«

»Nein, warte. Du hast dich sogar zu der Andeutung verstiegen, ich hätte etwas mit der Art und Weise zu tun gehabt, wie dein Vater… gestorben ist. Was ist das für eine unsägliche Behauptung?«

»Hör zu…«

»Dass ich ihn *umgebracht* hätte?« Sie schlägt die Hände zusammen und stößt ob der grotesken Unterstellung ein schrilles Gelächter aus. »Dass ich ihn eigenhändig erschossen hätte?«

Sie schreit beinahe. Ein Wärter dreht sich nach ihr um.

»Ich lehne es ab, hier drin und auf diese Weise darüber zu reden«, sagt Isabella durch die Sprechanlage. »Jetzt bist du diejenige, die negativ ist.«

Sie sagt es ruhig, wie ein Arzt, der mit seinem Patienten spricht.

»Ach ja, jetzt will sie nicht darüber reden!« Alba verdreht die Augen zur Decke, als spräche sie mit Gott. »Wie kommt es, dass immer du alles entscheidest? Wie wäre es, wenn zur Abwechslung mal *meine* Gefühle berücksichtigt würden? Aber die zählen anscheinend nicht, wie?«

»Hör zu. Bitte. Das sind die einzigen fünfundvierzig Minuten in einem ganzen Monat, in denen ich ein anderes vertrautes Gesicht als das der Wärter sehen darf. Ich sehe dich erst nächsten Monat wieder. Ich *kann* jetzt nicht darüber reden. Nicht so, nicht hinter einer Glasscheibe. *Bitte.*«

»Ist es etwa meine Schuld, dass du hinter einer Glasscheibe sitzt?«

Isabella richtet ihren starren Eisblick auf Alba. Sie verhärtet sich. Es fehlt ihr die Kraft, um zu sagen, was Alba hören will. Dabei weiß sie genau, was sie erwartet, nämlich dass es nur das kranke Hirngespinst eines Kindes war. Aber zu diesem Zeitpunkt ihres Lebens hat sich das Hirngespinst so fest in ihr eingewurzelt, dass es Wirklichkeit geworden ist.

Ob Alba tatsächlich abgedrückt hat oder nicht, spielt keine Rolle mehr. Sie hat ihn getötet. Sie ist schuld an seinem Tod.

Also fasst sich Isabella ein Herz. Sie holt tief Luft, wie ein Athlet vor dem Hochsprung.

»Na gut, wenn du unbedingt willst. Ich rede mit dir.«

»Was denn?«

»Warum sagst du mir nicht die Wahrheit, ein für alle Mal?«, sagt sie herausfordernd. »Los, erzähl mir genau, was an dem Tag passiert ist, an dem Oliviero starb, und wir sprechen nicht mehr davon.«

Alba schaudert zurück.

»Du bist verrückt.«

»Keineswegs. Ich finde nur, dass es an dir ist, etwas zu sagen.«

»Ich muss dir keine Fragen beantworten.«

»Warum bringst du die Sache dann überhaupt aufs Tapet, wenn du nicht bereit bist zu antworten?«

Alba ist weiß vor Wut, ihre Lippen sind schmal geworden.

»Weißt du, was dein Problem ist? Du hast dich dein Leben lang hintergangen gefühlt. Erst von mir, dann von der ganzen Welt«, sagt sie voller Verachtung. »Und sieh dir an, wohin es dich geführt hat.«

Isabella reißt das Kabel aus dem Hörer, die Verbindung ist unterbrochen. Leck mich am Arsch, sagen ihre Lippen. Sie steht auf, ruft nach dem Wärter und verlangt, in ihre Zelle zurückgebracht zu werden. Sie dreht sich nicht mehr nach ihrer Mutter um.

* * *

Am nächsten Morgen rief ich als Erstes Alba an.

»Ich habe ihr ein Telegramm geschickt, in dem ich ihr mitgeteilt habe, dass ich sie eine Zeit lang nicht besuchen werde. Ich denke, es ist für uns beide besser, jedenfalls vorläufig«, sagte sie abwehrbereit.

»Das ist nicht dein Ernst.«

»Doch. Absolut.« Sie seufzte schwer. »Ich brauche Zeit, um damit klarzukommen.«

»Aber sie braucht *unbedingt* jemanden, der sie besucht. Wir können sie da drin nicht im Stich …«

»Komm du doch zurück und besuch sie«, fiel sie mir ins Wort. »Sie ist schließlich deine Schwester.«

»Das darf doch nicht wahr sein.«

»Es ist wahr. Ist dir klar, dass sie die Frechheit hatte, mich aufzufordern, ich solle ihr ein für alle Mal die Wahrheit sagen? Das ist doch absurd.«

»Ich weiß, ich weiß, sie hat es mir geschrieben ...«

Eine Pause trat ein. Wir lauschten dem Rauschen in der Leitung.

»Sie ist so hart, Alina«, sagte sie, und ihre Stimme klang auf einmal traurig. »Dein Vater ist an seinem eigenen Unglück gestorben, das weißt du ganz genau. Aber deine Schwester war schon immer so manipulativ, schon als Kind hat sie ständig sämtliche Tatsachen verdreht, um die Schuld auf andere schieben zu können... So wie jetzt: dass sie nun *mich* anklagt und die Wahrheit fordert! Ich meine, wenn man bedenkt, in welcher Lage sie ist und warum. Es ist absurd, dass sie sich jetzt als *Opfer* fühlt. Da mache ich nicht mit.«

Endlich waren wir am Kern des Problems angelangt – einem blank gelegten Kern, mit dem ich ebenso wenig umgehen konnte. Auch ich hatte bisher immer nur einen Blick darauf werfen können, ein paar Sekunden lang, ehe alles wieder derart zu schmerzen begann, dass ich die Augen schließen musste.

»Außerdem stehe ich vor einer Scheidung, *und* ich werde älter«, fuhr sie fort. »Es ist eine ganze Menge, Alina. Mein Leben besteht nicht nur aus euch beiden und euren Problemen. Ich muss mich auch um mich selber kümmern.«

Ich wollte nur noch eines, so schnell wie möglich auflegen. Ich war es leid, immer wieder dasselbe von ihr zu hören: Immer sei alles zu viel verlangt, nie sei jemand stark genug, um einem anderen zu helfen.

»Ich muss zur Arbeit, Alba, wir reden irgendwann in den nächsten Tagen.«

Es wäre nett gewesen, ihr von Taylor Davis, dem Porträt und der Stretch-Limousine zu erzählen. Aber für solche New Yorker Geschichten war anscheinend nie der rechte Zeitpunkt.

Von Zeit zu Zeit, wenn ich zufällig in Midtown etwas zu erledigen hatte, schaute ich in der Buchhandlung Rizzoli vorbei und durchstöberte die italienische Presse. Immer war mindestens eine Zeitung darunter, die auf der Titelseite eine Schlagzeile mit dem Wort *terrorista* oder *pentito* brachte. In den Artikeln ging es entweder über weitere Terrorakte – Attentate, Morde – oder die Verhaftung von Terroristen. Die Zahl der *pentiti* wuchs rapide, und dank ihren Informationen bekam die Polizei endlich die im Untergrund aktiven Gruppen zu fassen, die für die Bombenattentate, Entführungen und Morde verantwortlich waren. Die düstere Zeit der Terrorismusprozesse hatte begonnen, und Italien bereitete sich darauf vor, der gerechten Bestrafung der Mörder beizuwohnen. Die liberalen Zeitungen protestierten gegen die Praxis, geständige Mörder letztlich ungeschoren davonkommen zu lassen, nur weil sie sich zur Kooperation bereit erklärt hätten: Das sei wahrhaftig nicht der Zweck der Justiz. Allerdings, hieß es weiter, sei in einem katholischen Land nichts anderes zu erwarten als diese Form von geheuchelter Reue.

Ich las im Stehen, so viel ich konnte, überflog die Spalten auf der Titelseite und schützte ein allenfalls mäßiges Interesse vor, aber oft konnte ich nicht widerstehen und kaufte eine Zeitung, um in Ruhe den ganzen Artikel zu lesen. Ich konnte kaum fassen, dass mein Land in ein derartiges Drama verwickelt war, von dem sich in der amerikanischen Presse kaum ein Widerhall fand.

Jedes Mal, wenn ich eine Zeitung mit nach Hause nahm und ausführlich las, hatte ich nachher das Gefühl, ich hätte mir eine illegale Droge einverleibt. Und vor allem wuchs mein Schuldbewusstsein, weil ich mich dem allem entzogen, mich so weit entfernt hatte.

* * *

Kurz nach meinem Telefongespräch mit Alba war Bruno wieder einmal geschäftlich in New York. Er kam wegen eines wichtigen Treffens mit Einkäufern von Macy's, die an italienischen Bettsofas und Lampen für ihr Sortiment interessiert waren. Vom Hotel aus rief er in der Galerie an. Er habe eine viel versprechende Restaurantkritik gelesen, über ein neues Lokal in Soho, mit mexikanischer Küche, sagte er. Es gefiel mir, wie augenblicklich seine kulinarische Abenteuerlust erwachte, kaum hatte er einen Fuß auf Manhattaner Boden gesetzt.

Ich hielt den Hörer in der einen Hand und gestikulierte mit der anderen zu Raimonda hinüber, die mir gegenüber saß und das Feuilleton der *New York Times* las, die Sonnenbrille auf der Nase. Ihr Freund, der seit Tagen nichts von sich hatte hören lassen, trieb sie in den Wahnsinn.

»Kann ich eine normal lange Mittagspause haben? Es ist Bruno. Er ist nur ein paar Tage in der Stadt.«

»Nur wenn er mich ebenfalls einlädt. Ich kann jede Ablenkung brauchen.«

Wir landeten schließlich in einem Lokal, das wie ein gigantischer Frida-Kahlo-Schrein aussah, mit Spiegeln in Aluminiumrahmen, Plastikblumen, Spitzen, Wandmalereien, Bildern der Virgen de Guadalupe, mexikanischer Musik aus den Vierzigern, vor uns drei riesige Bloody Marys und einen Berg Mais-Tortillas mit *guacamole*, *enchiladas* und *chiles rellenos*. Bei den Gästen, eleganten Geschäftsleuten in Schwarz, schien der anspruchsvolle Kitsch der Einrichtung ein gewisses Amüsement hervorzurufen. Wahrscheinlich hatten sie alle dieselbe Kritik gelesen wie Bruno und genossen es, sich im neuesten In-Lokal als alte Hasen zu gebärden.

»Das ist ja recht lustig hier«, meinte Bruno, der sich, leicht eingeschüchtert, im Raum umsah.

Mit seinem beigefarbenen Anzug und der blauen Krawatte wirkte er völlig fehl am Platz. Eine goldene Rolex an einem haarigen Handgelenk. Sein Image wurde er nie los, auch wenn er sich noch so sehr bemühte.

»Wie ein Themenpark«, sagte ich leicht irritiert. Ich wollte nicht, dass er sich unzulänglich vorkam. »Für jedes x-beliebige Restaurant in dieser Stadt muss man sich praktisch kostümieren.«

»Das ist eben New York«, sagte Raimonda, die ihre Sonnenbrille noch immer nicht abgenommen hatte und mit finsterer Miene an dem Strohhalm sog, der in ihrer Bloody Mary steckte. »Auch wenn es einem noch so sehr auf die Nerven geht – danach hält man es fast nirgendwo sonst mehr aus.«

»Quatsch«, sagte ich und merkte, dass mein Tonfall unnötig feindselig war. »Ich meine, ich glaube nicht, dass ich mich langweilen werde, wenn es mich irgendwohin verschlägt, wo die Leute sich nicht immer nur den Kopf darüber zerbrechen, was cool ist und was nicht.«

Raimonda ignorierte mich und wandte sich an Bruno. Ihr Tonfall wurde leicht kokett. Sie kannten einander seit Jahren und verhielten sich wie alte Freunde. Ich war überrascht, wie vertraut sie miteinander umgingen – nie hätte ich vermutet, dass Raimonda mit einem Mann wie Bruno befreundet sein könnte. Dafür erschien sie mir viel zu snobistisch.

»Alina sagt, ihr lasst euch scheiden«, sagte sie, um das Thema zu wechseln.

Er nickte, während er einen großen Brocken *chile relleno* schluckte.

»Ja. Es hält uns wirklich nichts mehr zusammen«, sagte er und wischte sich den Mund ab. »Wir streben eine einvernehmliche Scheidung an. Wir wollen einfach wieder ein eigenes Leben führen.«

»Du Glückspilz. Falls ich es überhaupt je schaffe, mich scheiden zu lassen, wird es *schlimm, schlimm, schlimm*«, sagte Raimonda kopfschüttelnd und fischte sich ein winziges Stückchen Huhn aus meiner *enchilada*.

Bruno sah mich an.

»Deine Mutter macht zurzeit eine ziemlich traumatische Erfahrung durch. Ich verstehe nicht recht, worum es geht. Es hat mit deiner Schwester zu tun. Mit ihrer eigenen Mutter. Ihrem Vater. Es ist… als käme alles wieder zurück.«

»Was meinst du damit?«, fragte ich.

»Ich weiß nicht, sie redet ja nicht darüber. Sie hat sich in ihre Muschelschale zurückgezogen. Macht die Tür hinter sich zu. Du weißt, wie sie in diesem Zustand ist.«

»Zu mir hat sie gesagt, sie wird Isabella nicht mehr besuchen.«

»Ich weiß. Ich war letzte Woche bei ihr.« Er nahm einen großen Schluck aus seinem Glas und blickte nicht auf. »Na ja, ich dachte, sie fühlt sich vielleicht ein bisschen einsam, wenn gar niemand kommt.«

»Du bist den ganzen weiten Weg nach Voghera gefahren?«, staunte ich.

»Ja, mit dem Auto. Es war ein bisschen komisch. Peinlich. Deine Schwester und ich hatten früher ja nie ... viel miteinander zu tun.« Er lächelte schüchtern. »Ich glaube, ich fahre nicht wieder hin. Sie weiß nicht so recht, was sie von meinem Besuch halten soll.«

Ein kurzes Schweigen trat ein. Trotz der dunklen Brille spürte ich Raimondas Blick auf mir, gespannt auf meine Reaktion. Ich holte tief Luft. Brunos erfolgloser Versuch, den Vater zu spielen, verursachte mir mit einem Mal regelrechte Beklemmungen. Um seinetwillen, um Isabellas willen.

»Jesus ... ich weiß nicht, was ich ...«

»Du musst vorerst überhaupt nichts tun«, sagte er. »Wirklich, Alina, im Moment kannst du nichts tun, um irgendetwas zu bewirken.«

»Du bist schließlich nicht Mutter Teresa«, sagte Raimonda. »Du hast dich selbst eben erst wieder gefangen und stehst gerade mal auf eigenen Füßen. Deine Mutter wird dich genau fünf Minuten brauchen und danach nicht mehr wissen, was sie mit dir anfangen soll.«

»Ich denke an Isabella.«

Raimonda nahm die Sonnenbrille ab und beugte sich über den Tisch, die Augen leicht zusammengekniffen, als müsste sie sich erst an das Licht gewöhnen.

»Würdest du nach Italien zurückkehren, damit du sie einmal

im Monat fünfundvierzig Minuten lang sehen kannst? Meinst du nicht, es ist besser, die Verhandlung abzuwarten, ehe du einen so weit reichenden Entschluss triffst?«

Bruno nickte. Ich fragte mich, ob die beiden sich über dieses Thema bereits verständigt hatten.

* * *

Ein paar Wochen später, als ich beladen mit Schachteln voller Einladungskarten von der Druckerei kam, sah ich Daniel Moore in der Greene Street stehen und durch die Glastür in die Galerie spähen. Er drückte die Nase ans Glas und beschattete mit einer Hand seine Augen.

»Hallo«, flüsterte ich hinter seinem Rücken. »Ich sperre jetzt erst auf.«

»Ah, da bist du ja!«, sagte er, als wären wir verabredet und ich hätte mich verspätet. Er folgte mir in die Galerie und setzte sich völlig ungezwungen auf den Drehstuhl, der Raimondas Schreibtisch gegenüber stand. Er sah zu, wie ich meinen Mantel in den Schrank hängte und die Schachteln in einer Schublade verstaute, während er sich im Stuhl nach rechts und nach links schwingen ließ, die Hände im Schoß und den Kopf leicht zurückgelehnt, in einer kindlichen Pose.

»Und?«, fragte ich, noch über die Schublade gebeugt. »Kann ich was für dich tun?«

»Ich schreibe doch diese Geschichte über Taylor«, verkündete er.

»Ja, das weiß ich.«

»Ich würde dich gern ein paar Sachen fragen.«

»Nämlich?«

»Macht es dir was aus, wenn ich deinen Namen nenne und die Geschichte mit dem Kyoto House erwähne?«

»Welche Geschichte? Da gibt es keine Geschichte.«

»Du weißt schon, wie er dich mit einer Limousine ins japanische Bad geschickt …«

»Er hat mich nirgendwohin *geschickt*. Außerdem habe ich auf die Limousine verzichtet.«

»Na gut.« Er hob entwaffnend beide Hände. »Also anders: Macht es dir was aus, wenn ich schreibe, er hat dir eine Limousine mit Chauffeur *angeboten* und einen Geschenkgutschein überreicht? Macht es dir was aus, wenn ich deinen Namen nenne?«

»Ich weiß nicht.« Ich zuckte die Achseln und wandte den Blick ab. »Vielleicht nicht. Ich meine, ja. Ja, es macht mir was aus.«

»Warum?«

»Ich möchte einfach nicht, dass du Taylor wie ein Arschloch hinstellst.«

Er musterte mich überrascht. Ich kam mir idiotisch vor und wurde rot.

»Ich mag Taylor«, sagte ich mit gesenktem Blick.

»Na, ich ja auch«, sagte er. »Sehr. Weißt du, ich schreibe nichts Negatives über ihn.«

»Dann ist es okay.«

Er spielte mit dem Stift herum, den er neben dem Telefon gefunden hatte, tippte ein paarmal auf den Schreibtisch.

»Kennst du ihn schon lange?«

»Ein paar Monate. Er hat im Juni hier ausgestellt.«

Er sah mich mit ausdruckslosem Gesicht an.

»Habt ihr was miteinander?«

»Wie bitte?«

»Stört dich die Frage?«

»Allerdings.«

»Ist ja inoffiziell.«

»Warum interessiert es dich dann?«

Daniel Moore lächelte. Ein breites, fröhliches Grinsen.

»Weil ich dich gern zum Essen einladen würde.«

Ich erstarrte und gab keine Antwort.

»Nur um sicherzugehen, dass ich nicht irgendwelche Grenzen überschreite«, fügte er hinzu, steckte den Stift zwischen die Zähne und fing wieder an, sich mit dem Stuhl herumzudrehen.

»Absurde Idee«, sagte ich.

Ich konnte ihn kaum ansehen, weil ich ernst bleiben wollte und fürchtete, ich müsste plötzlich lachen.

»Also gut.« Daniel Moore stand auf, anscheinend war das Interview vorbei. »Dann rufe ich dich in der Galerie an. Wie steht es mit klassischer Musik? Gehst du ab und zu ins Konzert?«

»Nein.«

»Möchtest du gern? Die Bach-Suiten, nächste Woche? Ein junger ungarischer Cellist.«

Ich wusste zwar nicht genau, wovon er sprach, aber ich nickte.

»Meinetwegen«, sagte ich. »Ruf halt irgendwann an, dann machen wir was aus.«

* * *

Regelmäßig kam ein Brief von Isabella. Immer ein dicker Umschlag, in der linken oberen Ecke der blaue Stempel *Espresso*, mein Name und meine Adresse in ihrer kleinen Handschrift stets exakt in der Mitte. Jeder das genaue Ebenbild des letzten.

Während der letzten Wochen hatte sie begonnen, ausführlich über ihr Leben mit der »Gruppe« zu berichten, nachdem sie in den Untergrund gegangen waren.

Wahrscheinlich wollte sie einerseits mich aufklären – ich konnte mir ja nicht einmal annähernd vorstellen, was für ein Leben sie in den Monaten geführt hatte, in denen wir uns so weit voneinander entfernt hatten –, und andererseits hatte ich den Eindruck, dass sie in ihrer totalen Isolation, in der sie mit keinem ihrer früheren Genossen kommunizieren konnte, eine Zeugin brauchte. Sie musste die Geschichte noch einmal berichten, um die Erinnerung an die Zeit wach zu halten, um ihr auch im Nachhinein einen Sinn zu geben. Schließlich war das alles, woran sie sich festhalten konnte.

Es war ihr Vermächtnis, ihre Identität.

Wann immer ein Brief von ihr kam, konnte ich nicht widerstehen, den Umschlag auf der Stelle aufzureißen. Ihre langen

Briefe las ich stückweise auf dem Weg zur Arbeit, in der U-Bahn, manchmal an der Theke der französischen Bäckerei, wo ich meinen *café au lait* trank, bevor ich die Galerie aufsperrte. Immer wieder musste ich die Seiten in die Tasche zurückstecken, um später weiterzulesen, beim Mittagessen, sodass meine vom Sandwich fettigen Finger Flecken auf den Seiten hinterließen. Die Fragmente bohrten sich wie ein Ohrwurm in meinen Kopf und gingen mir den ganzen Tag nicht mehr aus dem Sinn.

Versuch dir unsere Gruppe vorzustellen. Ein paar Menschen, die sich nie sicher gefühlt haben, die von einer Mietwohnung in die nächste zogen, immer weiter nach draußen, immer tiefer in die Vorstadt. Wenn es an der Tür läutete oder ein Polizist an einer Ampel uns auf eine bestimmte Weise ansah, zuckten wir zusammen. Wie oft kam es vor, dass ich mir wünschte, ich könnte zum Telefonhörer greifen und eine vertraute Stimme hören. Ich habe oft daran gedacht, zu Hause anzurufen, aber ich konnte nicht, weil es nicht sicher gewesen wäre. Ich wusste, dass die Telefone abgehört wurden.

So geht das: Eines Tages wachst du auf und merkst, dass du in den Untergrund abgeglitten bist. Es ist keine Entscheidung, die du von einem Tag auf den anderen triffst, sondern ein Prozess, der schleichend abläuft. Eines Tages musst du dir eingestehen, dass dein ganzes Leben eine geheime Angelegenheit geworden ist.

Ich folge ihrer Anweisung und stelle es mir vor.

Es ist das Jahr 1982. Rom ist ein zu heißes Pflaster geworden, und sie beschließen in die Casa Rossa zu ziehen. Es ist Isabellas Idee. Lorenzo ist gerade gestorben, das Haus steht leer.

Für die anderen in der Gruppe ist es bloß ein Unterschlupf wie jeder sonst. Ein halbwegs sicheres Versteck, in dem sie es eine Zeit lang aushalten können. Aber für sie ist es schwieriger. Sie erkennt erst später, was für ein schlimmer Fehler es war, ihre Vergangenheit mit ihrer Gegenwart zu vermischen.

Nimmt sie den anderen die Rücksichtslosigkeit übel, mit der

sie die guten Kristallgläser zerbrechen, Zigarettenkippen im Porzellangeschirr ausdrücken, die Füße aufs Sofa legen und mit jeder Geste zeigen, dass das Haus ihnen nichts bedeutet?

Wenn sie eine Schublade öffnet, stößt sie unweigerlich auf vertraute Gegenstände, Kleinigkeiten, die wie ein Schachtelteufel aus ihrer Vergangenheit auftauchen. Eine alte Schöpfkelle, ein geflicktes Tischtuch, Jeannes Nähkästchen. Sie erstarrt, hält das Ding in der Hand, und aus dem Nirgendwo überfallen sie bruchstückhafte Erinnerungen an eine Ostermahlzeit, einen Geburtstag – bis jemand sie mit einer Frage aus ihrer Trance aufrüttelt.

Enrico ist zunehmend paranoid, glaubt, dass sich das Netz um sie zusammenzieht. Um ihrer Sicherheit willen, verfügt er, werde nur noch Isabella das Haus verlassen, die Übrigen dürften keinen Fuß mehr vor die Tür setzen.

Isabella geht Lebensmittel einkaufen. Sie besucht Domenicos Laden auf der Piazza, diskutiert über die Frische verschiedener Käsesorten, überlegt lange, welche Kapern sie nehmen soll, die in Salz eingelegten oder die im Glas.

»Ich mache Urlaub hier«, gibt sie Auskunft.

»Ganz allein?«, fragt Domenicos Schwiegertochter, die inzwischen den Laden führt. »Fühlst du dich nicht einsam?«

»Nein, im Gegenteil, ich genieße es«, sagt sie und zwingt sich zu einem Lächeln. »Ich habe dringend eine Pause gebraucht. Jetzt lese ich viel und gehe spazieren.«

Um keinen Verdacht zu erregen, kauft sie in verschiedenen Läden der Umgebung immer nur eine geringe Menge ein, damit niemand sich wundert, weshalb sie so viel braucht. Manchmal hält sie an der *pasticceria* und kauft sich ein Eis, setzt sich damit draußen an einen Tisch und beobachtet die Leute, die in der Abendsonne vorüberschlendern, die spielenden Kinder, die jungen Paare, die mit sandigen Füßen vom Strand zurückkehren.

Wenn sie mit den Lebensmitteln nach Hause kommt, sitzen die anderen meist kettenrauchend am Tisch, studieren Landkarten und diskutieren. Manchmal geht es dabei recht laut zu. Neben dem Brotkorb auf dem Küchenbord liegt eine Beretta. Wenn Isabella eintritt, räumen sie die Landkarten vom Tisch und stellen die Diskussionen vorübergehend ein.

»Was gibt's zum Essen?«

»Carbonara?«

»Ich habe Muscheln gekauft.«

»Klasse«, entfährt es Enrico. »Dann hole ich gleich frische Petersilie aus dem Garten.«

Sie schenken sich Wein ein, und während sie warten, bis das Wasser kocht, verfallen sie unwillkürlich in die Verhaltensweisen einer ganz normalen Familie. Hantieren in der Küche und streiten über die beste Methode, die Muscheln vom Sand zu befreien.

Nach dem Essen spielen sie Karten und necken einander. Sie ziehen Enrico auf, werfen ihm vor, er habe geschummelt. Er spielt lachend seine Karten aus.

»Ihr könnt mich mal«, sagt er grinsend, »ich weiß genau, was ich tue. Wartet nur ab.« Isabella ist glücklich, ihn so zu sehen, wenn seine Augen vor Lachen glänzen, während er die Partie gewinnt. In der letzten Zeit war er schrecklich angespannt. Nachts im Bett zuckt er im Schlaf.

In unserer Gruppe waren Enrico und ich am längsten zusammen. Die anderen versuchten es in unterschiedlichen Konstellationen, dauernd trennten sich Paare und versöhnten sich wieder. Sex war unser einziges Ventil, Körperkontakt die einzige Atempause in der extremen Anspannung, unter der wir standen. Du verstehst sicher, warum wir uns in all den Jahren außerordentlich nahe waren, auf eine Weise, die sich schwer beschreiben lässt. Was uns zusammenschmiedete, waren die Entscheidungen, die uns vom normalen Leben abkoppelten.

Nun haben sie dafür gesorgt, dass wir so weit wie möglich voneinander getrennt sind, jeglicher Kontakt ist uns verboten. Dürfte ich ihn sehen oder wenigstens Briefe von ihm bekommen, wäre mir, glaube ich, sogar diese Betongruft erträglicher. Zum letzten Mal habe ich ihn an dem

Tag gesehen, an dem wir verhaftet worden sind. Das ist zugleich meine letzte Erinnerung an die Welt draußen.

Seit drei Monaten verstecken sie sich in der Casa Rossa.

Das Schlimmste ist überstanden.

Jeden Abend haben sie in andächtigem Schweigen, mit angehaltenem Atem die Nachrichten gesehen. Die Carabinieri, heißt es, hätten die Spuren des Kommandos, das Lo Capo auf dem Gewissen hat, verfolgt und vermuteten seine Mörder in einem Versteck irgendwo in Norditalien. Die Polizei kommt anscheinend gar nicht auf die Idee, so nahe am Tatort zu suchen. Die Wochen vergehen, andere Meldungen beherrschen die Nachrichten: Die Berichte von weiteren Terrorakten im Norden drängen diese Geschichte in den Hintergrund. Im ganzen Land werden Sondereinheiten der Polizei und Antiterrortruppen mobilisiert, doch es sind zu wenige. Sie brauchten Verstärkung, beschweren sie sich, um ihre Ermittlungen und Fahndungen mit der gebotenen Gründlichkeit durchzuführen. Das Land ist den sich überstürzenden Ereignissen nicht mehr gewachsen. In dieser Hinsicht haben die bewaffneten Gruppen ihr Ziel offenbar erreicht; sie wollten mit ihren Attentaten den Staat bis ins Mark treffen. Den Italienern und dem Rest der Welt zeigen, dass eine Bande von wenigen organisierten Kämpfern ein ganzes Land lahm legen und in die Knie zwingen kann.

Sie empfinden eine gewisse Erleichterung, als fiele die ungeheuerliche Spannung, unter der sie bis dahin gestanden haben, nach und nach von ihnen ab. Sie wechseln zwischen Hochstimmung, in der sie sich gegenseitig versichern, dass sie diesen Krieg gewinnen werden, und Hoffnungslosigkeit – ein Gefühl, das sie für sich behalten. Tief im Inneren glaubt niemand, dass sie tatsächlich ungeschoren davonkommen.

Enrico findet es an der Zeit, weiterzuziehen. Er hat eine neue Aktion im Sinn, deren Planung längerer Vorbereitung bedarf. Sie brauchen Geld, neue Waffen. Ein neues Versteck.

Es fällt ihnen schwer, es zuzugeben, und sie reden nicht darüber, aber sie fürchten sich davor, wieder von vorn anfangen zu müssen.

Es ist ein schöner, luftiger Spätsommernachmittag. Voller Sehnsucht blicken sie Isabella nach, die zum Wagen geht, um zu einer Einkaufstour aufzubrechen. Sie finden alle, sie hätten eine Pause verdient, bevor es wieder losgeht.

»Kommt doch mit, fahren wir alle«, sagt Enrico. »Nur eine Stunde, bis zum Sonnenuntergang.

Sämtliche Wagentüren werden aufgerissen.

»Ja! Das machen wir! Hinten passen wir zu viert hinein, zwei gehen auf die Vordersitze!«

Lachend quetschen sie sich ins Auto, wie Kinder in den Ferien.

Und dann sitzen sie auf den Stufen vor der Kirche Santa Caterina in Pisignano, baden im goldenen Licht und schlecken ihr Eis. Stare schießen vor dem Abendhimmel hin und her, auf dem Platz rennen Kinder einem Fußball nach. Vertraute, beruhigende Laute. Sie haben einander die Arme um die Schultern gelegt. Aus einem Auto tönt ein Schlager, ein kitschiges Liebeslied, das sie alle aus dem Radio kennen. Isabella erinnert sich, dass sie nicht widerstehen konnte, den Refrain mitzusummen.

Dann auf einmal ein Reifenquietschen, hysterisches Geschrei, Männer in Uniform, Pistolenläufe wenige Zentimeter vor ihrer Schläfe, ein Schwall Adrenalin und ein Zittern in den Knien. Staub in der Nase, der Geruch von Metall, Schweiß, Angst. Sie dreht sich zu Enrico um, sein Gesicht ist erstarrt, auf einmal sieht er aus wie fünfzig. Er erwidert ihren Blick und schließt für eine Sekunde die Augen, wie um zu sagen: Gib auf.

Es ist aus. Zwecklos, die Waffen zu zücken.

Fast ohne es zu merken, hat sie die Arme gehoben. Das Eis noch in der einen Hand. Dann spürt sie, wie ihr langsam Schokolade über das Handgelenk rinnt, warm und klebrig. Nachdem man sie ins Auto gestoßen hat, versucht sie immer wieder, das klebrige Zeug abzuwischen, aber das geht nicht so recht mit gefesselten Händen.

Im Geist hat sie sich die Szene hundertfach ausgemalt, doch an dem Tag, als sie sich tatsächlich vor ihren Augen abspielt, merkt sie, wie unvorbereitet sie immer noch ist. Sie hat ja gewusst, dass es unausweichlich ist, sie hätte sich nur gewünscht, noch ein bisschen länger Zeit zu haben.

* * *

Alles, was ich über Daniel Moore weiß, kommt in Wellen und hat kein Datum. Es gibt keinen zeitlichen Ablauf mit Anfang, Mitte und Ende.

Ich muss ihn aus dem Abstand heraus beschreiben, als wäre nicht ich die Person, die neben ihm steht. Mit einem idiotischen Lächeln im Gesicht.

Erst als wir das zweite Mal miteinander ausgingen, merkte ich, wie sehr er mir gefiel. Nachdem ich zwei große Margaritas geleert hatte, schüchterte er mich endlich nicht mehr ein, und ich erlaubte mir, seine sandblonden, im Nacken gekräuselten Haare, seine kräftigen sommersprossigen Unterarme zur Kenntnis zu nehmen. Ich sah zu, wie er seine Hände bewegte, und wollte sie berühren. Seine merkwürdig abgetragenen Sachen. Fehlende Knöpfe, der Hemdkragen zerknittert. Er trug einen dicken Wollpullover, an den Ellenbogen geflickt. Er roch gut.

Daniel Moore zeigte mir alles, was ihm am Herzen lag. Die syrischen Läden an der Ocean Avenue, die Eingangshalle eines Hochhauses aus der Jahrhundertwende, irgendwo zwischen der vierzigsten und fünfzigsten Straße West, die Stelle, von der aus man alle fünf Brücken zugleich sieht, die alten russischen Bäder im East Village, den ungarischen Cellisten. Als ich neben ihm saß und die Bach-Suiten hörte, begann ich zu weinen. Ohne mich anzusehen, legte er den Arm um mich und zog mich näher zu sich. Ich schniefte in seinen Pullover und wusste nicht, ob ich wegen der Musik weinte oder weil ich ihm so nahe war.

Im Taxi, nach dem Konzert, küsste er mich. Er küsste mich langsam, leichthin, als hätten wir alle Zeit der Welt. Ich fiel fast in Ohnmacht. Seit Tomas hatte kein Mann mich mehr berührt – es lag Lichtjahre zurück.

»Das wollte ich schon eine ganze Weile tun«, sagte er, und dann bat er den Fahrer, vor dem Restaurant an der nächsten Ecke zu halten.

Ein erster Kuss ist eine Demarkationslinie. Informationen, die einen Augenblick vorher noch viel zu privat waren, erscheinen auf einmal unbedingt mitteilenswert.

Wir waren in Chinatown, in einem kleinen Lokal voller Rauch und Stimmengewirr.

»Ich war vier Jahre verheiratet, mit einer Frau namens Maya. Sie hat sich in einen anderen verliebt, und vor ein paar Monaten haben wir uns scheiden lassen. Sie lebt jetzt mit ihm in Los Angeles.«

Das teilte er mir in sachlichem Ton mit, während er mit den Essstäbchen sorgfältig seine Sesamnudeln aufwickelte. Ich schüttete grünen Tee in mich hinein und wartete.

»Es hat mir das Herz gebrochen«, sagte er und sah mich vielsagend an, wie um sicherzugehen, dass ich die Tragweite verstand. Ich nickte und starrte auf die fleckige Tischdecke.

»Deswegen war ich die ganze Zeit so zurückhaltend«, sagte Daniel Moore und wischte sich mit einer Papierserviette den Mund ab.

»Klar«, sagte ich, als wäre es eine überflüssige Mitteilung, die mich eigentlich nichts anging. »Das kann ich total gut verstehen.«

»Ich fühle mich zu dir hingezogen, Alina. Aber ich muss es langsam angehen lassen.«

Daniel Moore schien keine Angst zu haben, die Dinge beim Namen zu nennen. Ich nickte wieder. Ein Mann mit gebrochenem Herzen. Was für ein schwieriges Vermächtnis.

Einen Moment lang spielte ich mit dem Gedanken, aufzuspringen und irgendeinen Spruch loszulassen wie: »Tut mir Leid, aber das kann ich nicht brauchen, nicht jetzt.« Aber dann dachte ich: Du willst ihn. Alles andere ist Angst und Stolz. Uninteressante Gefühle. Sei nicht zickig.

Also lächelte ich und streckte ihm über den Tisch die Hand hin.

»Ich bin gern mit dir zusammen«, sagte ich.

Er nahm meine Hand und hielt sie ein paar Sekunden fest. Es gab mir das Gefühl, als hätte ich etwas erreicht.

An dem Abend war von Maya keine Rede mehr. Es war nicht so, dass er seine Ehe absichtlich ausklammerte, sondern als hätte er alles gesagt, was gesagt werden musste, und er könnte sich nun anderen Themen zuwenden. Einem Buch, das er gerade las, einer Gegend in New Mexico, die er mir irgendwann gern zeigen würde. Sein Selbstbewusstsein, das völlige Fehlen von Verlegenheit beruhigten mich.

Ich beschloss, Daniel Moore zu vertrauen.

Das ist ein Mann, der sich nicht fürchtet, die Wahrheit zu sagen, dachte ich.

* * *

Dann kam der August mit seinem gleißenden Licht am Strand. In meiner Erinnerung sind diese Tage in blaues Licht getaucht. In ein leuchtendes, tiefes, luftiges Blau. Daniel lud mich über das Wochenende nach Long Island ein.

»Das ist meine kleine Zuflucht«, sagte er, als er mir seine Holzhütte zeigte, einen Pfahlbau in den Dünen.

»Ich möchte eine Weile mit dir allein sein«, hatte er am Telefon gesagt, und ich erriet, dass dieses Wochenende zum Experiment gehörte. Ein Test, ob das gebrochene Herz heilbar war.

Als ich die Veranda betrat, knarzten die sonnengebleichten Bodenbretter unter meinen Füßen. Ich spähte durch die Glastür. In der Mitte des Raumes nichts als ein riesiges weißes Bett. Ein winziger Schreibtisch am Fenster. Eine Blume in einem Glas. Mir zerriss es fast das Herz. Inzwischen sehnte ich mich verzweifelt danach, mit ihm zu schlafen.

»Perfekt«, flüsterte ich, mehr zu mir als zu ihm, denn er war schon in der Küche, beugte sich über eine Schublade und kramte nach Messern.

Ich sah zu, wie er im Abendlicht mit Kohle und Feuer hantierte, Zwiebeln hackte, den Fischbauch aufschnitt und das Gedärm herauszog. Ich betrachtete Muscheln und Treibholz, die er gesammelt und auf den Fensterbrettern, dem Kaminsims verteilt hatte. Ich stellte ihn mir in einer Windjacke auf einem Segelschiff vor, dann mit aufgekrempelten Hosenbeinen auf dem Pier. Ich sah mich nach einem Bild von ihm und Maya am selben Strand um, entdeckte aber nichts.

Zum Essen saßen wir barfuß draußen auf der Veranda, unter den Sternen. Wie er mich verwöhnte, hatte etwas unübertrefflich Luxuriöses. Der kleine Tisch quoll über von Gläsern, teuren, inzwischen geleerten Weinflaschen, tropfenden Kerzen und so viel Essen, wie wir nur bewältigten. Als alles aufgegessen war, begann ich zu meiner Überraschung, von der Casa Rossa zu erzählen. Ich wollte Bilder aus meiner Vergangenheit heraufbeschwören, die sich ihm einprägen würden, damit er sich auch in mein Leben verlieben konnte. Den schönen Teil meines Lebens, den ich beinahe vergessen hatte. Ich schilderte ihm den Duft von Oregano und Minze auf den Feldern, die Gestalt der *furneddhi*, die Farbe des Meeres unter dem halb zerfallenen Turm von Sant'Emiliano.

»Es würde dir gefallen. Du hast keine Ahnung, wie die Gegend dir zu Herzen gehen würde.«

Und zum ersten Mal begriff ich, wie sehr ich selbst sie vermisste.

Er lächelte.

»Es gefällt mir, wie du beim Reden mit den Händen fuchtelst.«

»Tu ich das?«

»Ja. Und wie.«

»Das italienische Klischee schlechthin. Hast du überhaupt zugehört, oder hast du nur meine fuchtelnden Hände beobachtet?«

»Komm her.«

Das brachte mich zum Verstummen.

»Gehen wir ins Bett«, flüsterte er mir ins Ohr.

»Auf diesen Moment habe ich gehofft, früher oder später«, flüsterte ich zurück, und wir lachten beide.

Seine Haut war weicher und weißer, als ich erwartet hatte, sein Geruch köstlicher, als ich ihn in Erinnerung hatte, und wir fanden mühelos den Weg aus unseren Kleidern und zueinander.

In einem Gewirr aus Laken und Beinen wachte ich auf. Ich rührte mich nicht, bis er näher rückte und mit einem kurzen ächzenden Laut seinen Arm über meine Brust legte. Ich sah zu, wie das Licht durch den hölzernen chinesischen Fensterladen sickerte, während ich ihn noch eine Zeit lang schlafen ließ und, um etwas zu tun zu haben, meinen Atem seinem Rhythmus anzupassen versuchte.

Bis zum Ende des Sommers verbrachten wir jedes Wochenende in dem Häuschen. Sehr früh am Morgen schwammen wir im Meer, liebten uns nachmittags, und unser Schlaf war fest und schwer, voller Träume und Schweiß.

In diesen Wochen waren wir darauf bedacht, nur spärliche Bruchstücke an Information über unser Leben auszutauschen, wie um uns nicht gegenseitig mit unserer Vergangenheit zu überschwemmen. Ich hatte freilich einen guten Grund, mich nicht auf einen ausführlichen Bericht über meinen Hintergrund einzulassen – es war noch zu früh, fand ich, um ihn mit meiner Familiengeschichte zu belasten. Es schien mir sicherer, mich an die Gegenwart zu halten; das gab uns beiden das Gefühl, einander offener gegenüberzustehen, als gäbe es kein Morgen, als könnten wir nur genießen, was wir hatten.

Dennoch ertappte ich mich von Zeit zu Zeit dabei, wie ich vor dem Spiegel eine kleine Rede einübte, mit der ich ihm zu erklären versuchte, dass meine Schwester unter Mordanklage stand und in Einzelhaft saß. Aber jedes Mal brach ich erschrocken mitten im Satz ab und konnte nicht weiterreden. Es war ein unaussprechliches Gefühl, das ich einfach nicht mitteilen konnte, eine Kälte, die sich nicht abschütteln ließ, die jedes Mal an mir haften blieb wie nasser Schnee. Nachdem ich ihn zum glücklichen Teil meines Lebens bestimmt hatte, weigerte sich irgendetwas in mir, ihn da mit hineinzuziehen.

Anfang September verschob sich die Farbe der Tage von Blau zu Silber. Eines Morgens wachten wir von einem Gewitter auf.

»Bleiben wir im Bett«, sagte Daniel Moore, als er merkte, dass ich im Begriff war aufzustehen und den Tag zu beginnen. Am Abend mussten wir in die Stadt zurück. Irgendwie hatte ich das Gefühl, dass etwas zu Ende ging. Vielleicht war es auch der Beginn von etwas Neuem – doch was ich jetzt in der Luft witterte, war ein kleiner Tod. Wir empfanden beide die Melancholie dieses ersten Regens. Als er mich liebte, kamen mir fast die Tränen, und ich wandte das Gesicht ab, damit er nichts davon merkte.

Später saßen wir bei einem Becher heißem Kaffee, und er schaute zum Fenster hinaus, während er in ein Stück Toast biss.

»Es verzieht sich nach Norden«, sagte er. »In einer halben Stunde wird das Licht fantastisch sein. Wir sollten eine Wanderung machen.«

»Ich liebe dich«, stieß ich hervor.

»Was?«

Er drehte mir rasch das Gesicht zu, den Mund voller Toast. Überraschung in seinem Blick.

Ich räusperte mich.

»Ich sagte, ich liebe dich.« Die Notwendigkeit der Wiederholung hatte mich zögern lassen, ich war bei weitem nicht mehr so kühn.

Daniel Moore lächelte.

»Gut. Das ist sehr gut.«

Mehr sagte er nicht.

Von all dem berichtete ich Isabella. Wahrscheinlich wollte ich selbst ein Protokoll führen. Ich dachte, vielleicht bekäme ich eines Tages – an dem Tag, an dem sie ihre Haft endlich abgesessen hätte – die Briefe zurück und fände alles darin aufgezeichnet: meine Liebe zu Daniel Moore als Fortsetzungsroman.

Ich sage, dass ich von Daniel Moore erzählen musste, als wäre nicht ich die Person gewesen, die neben ihm stand und lächelte wie ein Idiot. Weil ich den Gedanken nicht ertragen kann, dass wir einander so nahe waren.

Ich kann ihn nicht nur nicht ertragen. Heute kann ich fast nicht mehr daran *glauben*.

Ein Glück, dass ich diese Briefe nicht noch einmal lesen kann.

⋆ ⋆ ⋆

Dann kam der Herbst.

Wir waren wieder in New York, wieder bei der Arbeit. Daniel kam häufig in die Elizabeth Street und übernachtete bei mir. Isabellas Briefe lagen überall herum, auf meinem Küchenbord, auf dem Schreibtisch, meinem Nachtkästchen.

Daniel Moore musste sie zwangsläufig bemerken. Es kamen ja immer wieder neue, unausweichlich.

»Das wollte ich dich schon immer mal fragen«, sagte er eines Tages und hielt einen ihrer Briefumschläge in der Hand. »Von wem sind die?«

Ich erstarrte. Fest entschlossen, so lange nichts zu sagen, bis es sich nicht mehr vermeiden ließ.

»Von meiner Schwester Isabella«, sagte ich lässig und ging zum Kühlschrank, um mir ein Glas Wasser einzuschenken.

»Sie lebt in Italien, ja?«

Ich nickte.

»Ich dachte schon, es ist vielleicht dein italienischer Freund oder so.« Er grinste erleichtert. »Was für eine Überraschung das gewesen wäre.«

Ich schüttelte den Kopf und versuchte, amüsiert dreinzuschauen.

»Was macht sie, deine Schwester?«

»Sie …«

Dann wusste ich, dass es so weit war. Ich konnte das eine Leben nicht länger vom anderen trennen. Und ich wusste auch, dass ich mich auf einen Frontalzusammenstoß gefasst machen musste, ich konnte bereits den Krach hören.

»Sie schreibt mir aus dem Gefängnis.«

Daniel Moores Gesichtszüge sackten herab. Also erzählte ich ihm die Geschichte, vor der ich immer zurückgeschreckt war. Er hörte stumm zu, ohne mich zu unterbrechen. Ich spürte sein Entsetzen, als ich ihm von der Mordanklage berichtete. In diesem Moment hatte ich das Gefühl, als wäre sein Schweigen hohl geworden, als prallten meine Worte von seinem Körper ab und fielen auf einen harten Fußboden.

»Aber *warum*?«, fragte er.

»Warum was?«

»Warum bringt man jemanden um, einfach so, aufs Geratewohl? Warum diesen Richter?«

Ich schreckte innerlich zurück. Ich wollte nicht diejenige sein, die irgendetwas erklärte, und mir wurde bewusst, wie wenig ich es mir selbst erklärt hatte.

»Ich weiß nicht. Wahrscheinlich weil er den Terrorismus bekämpft hat. Diese Gruppen… sie gehen immer so vor, suchen sich verschiedene Ziele, die Teil des Systems sind, um das Land zu destabilisieren. Sie verwenden solche abartigen Ausdrücke wie *attacco al cuore dello Stato*. Angriff auf das Herz des Staates.«

»Aber was bedeutet das *wirklich*?«

Ich seufzte beklommen. Mit einem Mal wurde mir der ungeheure Abstand zwischen uns bewusst.

»Das weiß ich auch nicht. Es ist wie ein… ein…« – ich breitete die Arme aus, schüttelte den Kopf – »… wie ein Bürgerkrieg. Eine Zermürbungstaktik, mit der sie das ganze Land in Atem halten.«

Wie sollte ich erklären, dass viele Terroristen praktisch meine Klassenkameraden gewesen waren? Dass es meine Generation war, Leute wie ich, die jetzt hinter Gittern saßen? Zwar war Daniel Journalist und ein eifriger Leser, doch er wusste nicht mehr als das, was die *New York Times* über terroristische Vereinigungen in Italien berichtet hatte, und das war nicht viel. 1978 hatten Moro und die Roten Brigaden die Titelseiten beherrscht, aber niemand besaß eine klare Vorstellung davon, was seither geschehen war. Niemand hier ahnte, wie kompliziert die Situation war.

»Weißt du, es gibt dutzende revolutionärer Untergrundorganisationen, die unabhängig voneinander sind«, versuchte ich zu erklären. »Und nicht alle greifen zurück auf...«, ich suchte nach einem besseren Wort, fand aber keines, »... Mord.«

Er sagte nichts. Nickte nur nachdenklich.

»Ich hoffe, das schreckt dich nicht allzu sehr von mir ab«, murmelte ich. Er sah mich an, irgendwie abwesend, dann schüttelte er den Kopf.

»Nein, natürlich nicht«, sagte er, beinahe aus Höflichkeit.

Am späten Abend, als wir im Bett lagen, kurz vor dem Einschlafen, spürte ich, dass Daniel noch immer an Isabella dachte.

»Du hast mir das Allerwichtigste noch nicht verraten«, sagte er.

»Nämlich?«

»Hat deine Schwester diesen Mann jetzt umgebracht oder nicht?«

Ich ließ die Worte einzeln in mein Bewusstsein sinken. Dann schaltete ich das Licht ein.

»Sie selbst bezeichnet sich als politische Gefangene. Das tun sie alle. Bei den Vernehmungen haben sie die Aussage verweigert. Aber ich denke, im Prozess wird sie wohl etwas sagen.«

»Ja, das verstehe ich. Aber was hat sie zu *dir* gesagt?«

Mir schnürte es die Kehle zusammen.

»Sie... wir... wir haben nie darüber gesprochen.«

Er starrte mich verblüfft an.

»Tatsächlich?«

»Nein.«

Ich sah ihn trotzig an und hörte mich ein kurzes, schrilles Gelächter ausstoßen. Aus Angst und Verlegenheit.

»Weil…« Ich rang nach Worten. »Weil… weil ich es nie über mich gebracht habe, sie auf diese Weise zur Rede zu stellen.«

»Zur Rede zu stellen? Aber Alina, es ist eine sehr wichtige Frage, oder nicht?«, beharrte er.

»Doch, natürlich.«

»Ich meine, sie ist *entscheidend*. Ich verstehe nicht, wie du…« Er rappelte sich auf, bis er aufrecht im Bett saß, verblüfft über meinen Widerstand. »Wie hast du es fertig gebracht, dieser Frage *auszuweichen*?«

Ich war todmüde, meine Lider fühlten sich tonnenschwer an. Ich hatte nur einen Wunsch: dass er es dabei bewenden ließe und wir schlafen könnten. Aber Daniel sah mich an, auf einen Ellenbogen gestützt, und wartete noch immer auf eine Anwort.

»So eine Frage zu stellen ist schwerer, als du denkst«, sagte ich und konnte mir eine gewisse Feindseligkeit im Tonfall nicht verkneifen. »Ich hoffe für dich, dass es dir erspart bleibt.«

Ein paar Sekunden verharrte er reglos und starrte mich nur mit dieser tiefernsten Miene an. Dann wurde sein Blick weich.

»Tut mir Leid«, sagte er, »du hast vollkommen Recht. Ich wollte dich nicht aufregen.«

Dann drückte er mich an sich und hielt mich fest. Wortlos streichelte er meine Haare.

Wir redeten nicht mehr darüber.

* * *

Zu Thanksgiving nahm er mich mit zu seinen Eltern nach Connecticut. Das Haus war genauso, wie ich es mir vorgestellt hatte, behaglich und unprätentiös, voller Familienfotos, warm und ein bisschen unordentlich. Elizabeth, Daniels Mutter, war eine hübsche Frau mit einer dichten grauen Mähne. Sie war Musikerin und hatte an der Juilliard School studiert. Es war eine leise Traurigkeit an ihr, die mir gefiel. Peter, sein Vater, war riesig und rothaarig, beinahe zu groß, um noch als gut aussehender Mann zu gelten, ein Hüne mit entwaffnend blauen Augen. Sie hatten fünf

Kinder, Daniel war der Zweitälteste, und alle wurden samt Anhang zu Besuch erwartet.

»Elizabeth und ich lieben Italien sehr«, verkündete er, während er am Küchenbord lehnte und die Flasche Brunello entkorkte, die ich mitgebracht hatte. »Wir sind so oft dort, wie wir es einrichten können.«

»Vorletzten Sommer waren wir in Siena«, sagte Elizabeth, während sie sich zum Backrohr hinunterbeugte, um nach dem Truthahn zu sehen.

Sie richtete sich wieder auf und wischte sich die Stirn.

»Für nächsten Oktober planen wir wieder eine Italienreise. Es gibt da einen Kochkurs in diesem wunderbaren Schloss... wo ist das gleich noch mal, Schatz?«

»Arezzo? Oder ist es Pienza? Ich muss nachschauen.«

Peter reichte erst mir, dann seiner Frau ein Glas Wein. Wir stießen miteinander an.

»Wir sind Opfer dieser typischen Zwangsvorstellung, die einen befällt, wenn man im Ruhestand ist. Sie verstehen schon: Wein, bestes Essen und Feinschmeckerlokale, Kochbücher. Epikureisch. Wir lesen nur noch Restaurantkritiken.«

»Das stimmt doch gar nicht!« Elizabeth stieß ihrem Mann im Spaß den Ellenbogen in die Rippen. »Wir besuchen auch Museen und befassen uns überhaupt viel mit Kunst, wenn wir nach Europa reisen.«

Ich griff auf mein altbewährtes Gesprächsthema zurück: »Waren Sie je in Süditalien?«, fragte ich. »Die Südmasche« nannte ich das – in Amerika wandte ich sie schon automatisch an. »Die Toskana ist sehr schön, aber für meinen Geschmack ein bisschen zu sanft«, fuhr ich fort.

»Oh. Sind Sie aus dem Süden?«, erkundigte sich Elizabeth mit leisem Argwohn.

»Meine Mutter stammt aus Apulien. Eine fantastische Gegend: Kakteen, Olivenbäume, gleißendes Licht. Ziemlich rau, verglichen mit Siena und den grünen Hügeln der Toskana.«

»Nein, dort waren wir nie. Aber vielleicht empfehlen Sie uns das eine oder andere, das wir uns ansehen sollten«, sagte Peter höflich und ohne rechte Überzeugung.

Daniel kam in die Küche, angenehm überrascht, mich mit seinen Eltern so entspannt plaudern zu sehen, die Weingläser in der Hand.

»Alina sagt, es gibt im Süden auch jede Menge erstaunliche Architektur«, sagte er, wie um seinen Eltern zu versichern, dass die Heimat meiner Familie außer Pferdebremsen und Frauen mit behaarten Achselhöhlen auch kulturell einiges zu bieten hatte.

Während des Essens versuchte ich die Rolle der neuen Schwiegertochter zu spielen, so gut ich konnte. Ich half in der chaotischen Küche mit dem Truthahn und der Preiselbeersoße und brachte es fertig, mich ohne aufzufallen unter die Familienschar zu mischen, die das Haus füllte: Freunde, Frauen und Ehemänner der zahlreichen Geschwister. Es waren so viele, dass ich ihre Namen nicht auseinander halten konnte. Daniel, der offensichtlich erfreut war, wie gut ich mich in seinen Clan einfügte, ließ mich während des Essens kaum aus den Augen.

»Wo lebt Ihre Familie, Alina?«, fragte Peter.

Ich erstarrte innerlich.

»Vorwiegend in Rom.«

»Haben Sie Geschwister?«

»Eine Schwester, sie ist zwei Jahre älter als ich.«

Ich spürte Daniels Blick und wich ihm absichtlich aus.

»Ist Thanksgiving bei euch auch ein Feiertag?«, fragte die Freundin eines der zahlreichen Brüder. Sie war jung, hübsch und trug zu viele unterschiedliche Pastelltöne.

»O nein, so etwas gibt es bei uns nicht«, sagte ich, dankbar für den Ausweg, den sie mir bot. »Ich weiß übrigens gar nicht, worum es heute geht. Wem danken wir hier eigentlich?«

»Den Indianern«, sagte Daniel und hob das Glas. »Dass sie uns ihr Land und ihre Ernten überlassen haben.«

Nach dem Essen warf ich einen verstohlenen Blick auf ein Foto von Daniels Hochzeit. Bis dahin hatte ich immer versucht, Maya ein Gesicht zu geben, und da war sie endlich. Sehr schön natürlich. Stark und leidenschaftlich sah sie aus in ihrem champagnerfarbenen Spitzenkleid, weiße Blüten im Haar. Sie hätte eine Latina sein können. Als ich mich unbeobachtet fühlte, sah ich noch einmal hin. Hand in Hand liefen sie und Daniel über den Rasen und lachten so unbändig, dass ihr die Blumen aus den Haaren rutschten.

Vor unserem Aufbruch legte ich Elizabeth und Peter ans Herz, mich unbedingt jederzeit anzurufen, falls sie wieder eine Reise nach Italien planten, ich würde ihnen sehr gern behilflich sein. Falls sie den Süden erforschen wollten, könnte ich ein Ferienhaus am Strand für sie organisieren, prahlte ich, aber ebenso gut ein perfektes Hotel garni in der Toskana.

»Wirklich, alles, was Sie wollen. Wo immer Sie wollen.«

»Das wäre ganz wunderbar«, sagte Elizabeth mit Nachdruck. »Ich lasse mir von Daniel Ihre Nummer geben, und vielleicht besprechen wir das eine oder andere zusammen.«

Peter nickte, den Arm um die Schultern seiner Frau gelegt. Sie standen auf der Türschwelle und winkten uns, bis wir rückwärts von der Zufahrt auf die Straße eingebogen waren.

»Tolle Eltern hast du«, sagte ich.

Daniel tat mein Kompliment lässig ab, freute sich aber sichtlich, dass sie Eindruck auf mich gemacht hatten.

Im Nieselregen fuhren wir nach New York zurück. Es mag der Regen auf dem Asphalt gewesen sein, der traurig Scheinwerfer und Neonlicht spiegelte, vielleicht auch die Truthahnfüllung und die Nachwirkungen des Brunello – jedenfalls überschwemmte mich eine Welle des Trübsinns, ein düsteres, zähes Gefühl, das mir schwer auf die Brust drückte.

Ich wusste, dass ich den Test bestanden hatte. Jetzt konnte ich mit endlosen Unternehmungen mit dem Moore-Clan rechnen. Ich war »die italienische Freundin«, die ein perfektes Risotto kochen kann und die Titel der wichtigsten Renaissance-Gemälde kennt.

Aber das war ich nicht. Und ich kam mir vor wie eine Betrügerin, weil ich nicht die Wahrheit sagte.

Ich lehnte den Kopf ans Wagenfenster und folgte der Bahn der Regentröpfchen, die über die Scheibe wanderten. Daniel entging nicht, dass mein Schweigen anders war als sonst.

»Müde?«

»Ein bisschen. Am liebsten hätte ich jetzt ein heißes Bad und einen schönen Film im Fernsehen.«

Aber noch schuldiger fühlte ich mich, weil ich mit ihm hier war und eine Landstraße in Connecticut entlangfuhr, nach einer Feier, die mir absolut nichts bedeutete, auf der ich so getan hatte, als gehörte ich zu dieser Schar fremder Leute. Ich hatte eine fremde Sprache gesprochen, mein *r* amerikanisiert und mir eingebildet, ich könnte diese andere Person sein.

Ständig sah ich Isabellas Gesicht vor mir, schlafend: In Voghera war es früh am Morgen.

Was mache ich hier?, fragte ich mich.

* * *

Während der folgenden Wochen war ich seltsam ruhig. Es war, als hätte ich mir erlaubt, ein bisschen tiefer in mich einzusinken und mir all die unerledigten Probleme anzusehen, die ich irgendwo dort unten vergraben hatte. Ich brauchte diese Ruhe und Konzentration, denn ich bereitete mich vor; wie ein Tier, das vor einem gewaltigen Sprung seine Kräfte sammelt. Ich rief Daniel an.

»Gehen wir nach der Arbeit irgendwohin was trinken. Ich muss was mit dir besprechen.«

»Klingt beunruhigend.«

»Es ist mir ernst, wirklich, ich ... ich will's dir nur nicht am Telefon sagen.«

Ich saß auf einem Hocker an der Bar, als er hereinkam. Es schneite leicht, ich roch die Flocken auf seinem Wollschal und die kalte Luft an seinen Wangen.

Er sah mich an, während er sich aus seinem Schal wickelte. Er strich mir mit einem kalten Finger über die Hand, setzte sich auf den Hocker neben mich und bestellte ein Glas Wein.

»Was ist los?«, fragte er.

»Also, ich habe viel nachgedacht… ich weiß nicht, wie ich's dir sagen soll.«

»Meine Güte, was ist denn?« Er lachte nervös. »Ist das eines dieser Gespräche zum Thema ›Ich habe einen anderen kennen gelernt‹?«

»Nein, natürlich nicht. Hör zu.« Ich nahm seine Hand und zog sie zu mir. »Die Sache geht mir seit Monaten im Kopf herum. Es ist meine Schwester.«

Sein Ausdruck veränderte sich, er wirkte auf einmal besorgt.

»In der letzten Zeit habe ich oft gedacht, ich wäre längst nicht mehr hier, wenn es dich nicht gäbe, Daniel.«

Er starrte mich an. Hob überrascht eine Braue.

»Tatsächlich?«

»Ja.«

»Und?«

»Ich bin immer mehr davon überzeugt, dass es nicht richtig ist. Dass ich egoistisch und unrealistisch bin. Letzte Woche kam wieder ein Brief von ihr. Demnächst fängt ihre Verhandlung an. Es ist… es wird ein Riesenprozess. Er wird alle Nachrichten beherrschen. Ein Skandal.«

»Wann geht es los?«

»Bald. Nächsten Monat.«

Wir verstummten, tranken beide einen Schluck Wein.

»Ich muss hin«, sagte ich.

»Natürlich.«

Er seufzte und fuhr sich ein paarmal mit der Hand durch sein sandfarbenes Haar.

»Wie lang wird die Verhandlung dauern?«

»Ich weiß nicht. Lang.«

»Ungefähr wie lang?«

»Es kann … na ja, es kann Monate dauern.«

Daniel Moore starrte auf die Flaschen, die vor einer Glasscheibe auf einem Regal aufgereiht waren, und tat, als studierte er die Etiketten.

»So was. Ich bin ganz schön überrumpelt«, sagte er leise.

»Ich weiß. Aber ich habe lange darüber nachgedacht, und es bleibt mir nichts anderes übrig. Ich *muss* mich damit auseinander setzen. Ich kann nicht so tun, als ob … nichts wäre.«

Er wandte sich ab und sah aus dem Fenster. Ich folgte seinem Blick und beobachtete das Schneetreiben im orangegelben Licht einer Straßenlaterne.

»Nun, es ist wohl das Richtige für dich«, sagte er, während er sich wieder seinem Weinglas zuwandte.

»Ja. Ich glaube, es bedeutet ihr viel, wenn sie weiß, dass ich da bin. Wir werden uns jeden Tag im Gerichtssaal sehen können. Sie sitzt hinter kugelsicherem Glas.«

Er schüttelte langsam den Kopf.

»Unglaublich.«

»Was?«

»Du … in einer Gerichtsverhandlung … das kugelsichere Glas. Die ganze Sache. Ich kann mir das alles nicht mal annähernd vorstellen.«

»Stell es dir nicht vor. Es ist traurig.«

Er wirkte niedergeschlagen.

Er liebt mich, dachte ich.

»Ich werde dich vermissen«, sagte er.

»Ich komme wieder zurück.«

Aber ich konnte nicht sagen, wann.

* * *

Wir übernachteten in meiner Wohnung, aber irgendetwas war anders. Wir waren merkwürdig still. Wir zogen uns beide langsam in ein Schweigen zurück, als wären wir damit beschäftigt, die Lage neu zu überprüfen.

Während der folgenden Tage fiel mir auf, dass Daniel Moore aufgehört hatte, Pläne zu machen und das Wörtchen »wir« zu verwenden. Er sprach nicht mehr von Orten, die er mir zeigen wollte, von Unternehmungen, die er mit mir vorhatte.

»Zu Ostern fahre ich nach Kalifornien«, verkündete er, »zu meinem alten Freund Jeremy.«

Ich nickte. Aber ich fürchtete Kalifornien: Dort lebte Maya.

Nur um mich zu quälen, begann ich mir auszumalen, was Daniel Moore seinen Eltern sagen würde, wenn sie ihn nach mir fragten.

Sie ist nach Rom zurückgekehrt, um bei der Verhandlung ihrer Schwester dabei zu sein. Was, hat sie euch das nicht gesagt? Die Schwester ist eine Terroristin und steht unter Mordanklage.

Es verblüffte mich und versetzte mich gleichzeitig in Wut, wie weit die Geschichte von Betrug und Verrat – vielleicht auch Mord – in meiner Familie zurückreichte.

Renée zuerst, dann Alba. Isabella. Wie war es möglich, fragte ich mich, dass es so still und leise weitergegeben wurde, von Frau zu Frau, als wäre es ein Erbe, eine Familieneigenschaft, mit der wir uns einfach abzufinden hatten?

Das dachte ich, während ich Daniels nackten Körper unter der Dusche beobachtete. Ich konnte seine Vergangenheit fast von seinem geraden Rücken ablesen, von seinen perfekten Proportionen, seiner makellosen Haut. Meine eigene Vergangenheit hingegen zeigte sich verdreht und verkrümmt in meinen Locken, verdunkelt in meiner olivfarbenen Haut, verborgen unter meinem ausländischen Akzent.

Während der folgenden Tage fürchtete ich mich davor, den Briefkasten zu öffnen und dort den nächsten weißen Umschlag zu finden: Darin würde das Datum meiner Abreise stehen.

Ich sah den Schnee schmelzen und zu Matsch werden. Ehe ich mich versah, war es beinahe März geworden. Zeit zum Aufbruch.

In dem Moment, als ich in Rom aus dem Flugzeug stieg, fühlte ich mich, als wäre ich nie fort gewesen, hätte nie etwas Neues gesehen, erlebt, gelernt.

Es traf mich mitten ins Gesicht, wie ein Schwall vertrauter Gerüche.

Jeder Mann, auf den mein Blick fiel, von den Burschen in der Gepäckausgabe bis zu den verschlagenen Taxifahrern, die eine billige Fahrt in die Stadt anboten, hatte eine Zigarette im Mundwinkel hängen. Sie alle hatten dicht behaarte Arme, wie eine Zurschaustellung ihrer bedrohlichen Hormone, eine unverblümt sexuelle Körpersprache. Solche Männer waren mir in Amerika nicht begegnet.

Je näher ich der Innenstadt kam, desto schmutziger waren die von Hundekot und Kippen übersäten Straßen, desto holpriger wurde das Kopfsteinpflaster. Ich sah Unkraut und wilde Blumen aus den Rissen im Asphalt, zwischen den Tonschindeln der Kirchendächer hervorsprießen. Ich schlängelte mich durch Lärm und Menschenmassen, verblüfft und befremdet von den Gesichtern, die mir begegneten. Ich hatte die streunenden Katzen und Hunde vergessen, die in den nicht abgeholten Müllsäcken wühlten, die Wasserstoffblondinen mit empörenden Pelzmänteln und Bulgari-Armreifen, die Geige spielenden, vollbärtigen Bettler, ihre Zigeunerkinder, die schamlos um Geld bettelten. Auf dem Markt sah ich die Fischhändler mit bloßen Händen Fische ausnehmen und das Blut an der Schürze abwischen und alte Frauen mit Wollmützen, die ihre frisch gepflückte, vom Flussufer noch schlammige Brunnenkresse wuschen. Ich staunte über die Körperlichkeit, die Handarbeit, die Pflanzen, die Scheiße, die Vögel, den Schmutz, die Gerüche.

Die Stadt zwinkerte mir nicht zu. Sie kümmerte sich nicht um mich, sondern fuhr in ihren Beschäftigungen fort, wie sie es immer getan hatte. Sie hat nie angehalten, sagte ich mir, während ich den Rummel betrachtete, der sich vor meinen Augen abspielte. Tausende von Jahren hat sie Brot gebacken, Fisch verkauft, hat gegessen, getrunken und Kinder gezeugt, ohne je innezuhalten. Keinen einzigen Tag war die Stadt reglos oder leise gewesen, nicht einmal im finsteren Mittelalter. Sie hat sich immer weiter und weiter gedreht, Brot gebacken und Fisch angepriesen und wollte essen, trinken, vögeln. Der Preis dafür war ihr egal, es ging doch immer weiter, sie setzte sich durch, unverwüstlich wie eine Wurzel, die sich durch felsigen Boden bohrt. Schloss Kompromisse, machte Geschäfte, schlug Umwege ein und ließ sich durch Krieg, Barbarei, Invasion nicht aus dem Schritt bringen.

Wie jeder Mensch war ich von der besonderen Geografie geprägt, in der ich aufgewachsen war. In Rom endet jede Straße in einer Kurve, einer Krümmung, einer Kreuzung oder als Sackgasse. Das wurde mir erst jetzt bewusst. Ich sah, dass ich in einem Labyrinth voller erstaunlicher Überraschungen groß geworden war – nie wusste man, was einen hinter einer Ecke erwartete, nie konnte man geradeaus in die Ferne schauen. Es gab kein Norden, Süden, Osten, Westen. Nur dieses fortwährende Drehen im Kreis.

Im Straßengitter von Manhattan gibt es Nummern und Richtungsangaben. Und man weiß immer genau, wo man steht.

7

Um halb sieben bin ich auf den Beinen.

Ich höre Rita laut schnarchen, als ich an ihrer Schlafzimmertür vorbeigehe. Im übrigen Haus herrscht eine unheimliche Stille, fast als hielte es den Atem an. Auf Zehenspitzen schleiche ich in die Küche hinunter.

Ich sitze auf der marmornen Tischplatte und packe ein Stück Brot aus, während ich auf das Blubbern der Espressomaschine warte.

Auf einmal läutet das Telefon.

»Alina, ich bin's.« Alba klingt ungewöhnlich vergnügt. »Hab ich dich geweckt?«

»Nein, ich koche gerade Kaffee.«

»Stimmt, du bist eine Frühaufsteherin. Ich will dir nur sagen, dass ich unterwegs bin. Inzwischen fast in Caianello.«

»Du bist auf der Autobahn?«

»Ja, ich bin um fünf aufgestanden und habe mich ins Auto gesetzt. Bis zum Mittagessen müsste ich da sein.«

Ich lache. Es gefällt mir, wie sie es genießt, ihrer Abenteuerlust zu frönen, aus einer simplen Fahrt eine Mission zu machen.

»Sehr gut. Oh, übrigens: Rita ist auch da. Sie hat hier übernachtet.«

»Ich weiß. Das hat letztlich den Ausschlag gegeben, ich dachte, dann veranstalten wir gleich ein richtiges Familientreffen und sperren das Haus gemeinsam zu. Ich bringe eine Flasche Champagner mit, also pack die Sektgläser wieder aus.«

Gleich nach meiner Rückkehr aus New York – ich war erst ein paar Tage wieder in Italien – bat sie mich, mit ihr in die Casa Rossa zu fahren.

»Ich war seit Lorenzos Beerdigung nicht mehr unten«, sagte sie. »Zuletzt war die Polizei dort, nachdem sie Isabella verhaftet haben. Seither hat niemand einen Fuß ins Haus gesetzt. Ich habe keine Ahnung, wie es dort aussieht. Und ich möchte auf keinen Fall allein fahren.«

Mit ihrem zerbeulten Auto machten wir uns auf den Weg. Es war alles andere als eine unbeschwerte Fahrt.

Als das Haus am Ende der baumgesäumten Zufahrt auftauchte, verzerrte sich Albas Gesicht.

»O Gott.«

Aus dem dunklen Rot war ein ausgeblichenes Rosa geworden, von den Fensterläden blätterte die Farbe, das Holz war stellenweise morsch, der Garten eine wuchernde Wildnis. Es sah aus, als stünde das Haus seit zwanzig Jahren leer.

Wir rissen sämtliche Fenster auf und ließen den Frühlingswind durch unser Haar streichen, während wir sorgfältig Plastikhandschuhe überstreiften, wie Chirurgen vor einer Operation. Alba wollte niemanden aus dem Dorf bitten, herzukommen und uns unter die Arme zu greifen.

Sollen sie ihre Drecksarbeit doch allein machen, werden sie hinter ihren geschlossenen Läden gedacht haben, als sie Alba und mich aus dem Dorfladen kommen und Putzmittel in großen Mengen ins Auto laden sahen.

Also fingen wir an.

Wir klopften den Staub aus den Polstermöbeln, bis wir selbst von einer weißlichen Schicht bedeckt waren, schrubbten auf Knien die Fußböden, leerten eimerweise heißes Wasser über die Steinfliesen, um die Seifenlauge abzuspülen. Wir putzten die Fenster, ließen die Tische, Stühle, Fenstersimse mit Wachs ein. Wir arbeiteten drei Tage ohne Pause, bis uns der Rücken so wehtat, dass wir uns kaum noch bücken konnten.

Am vierten Tag wandte ich mich dem Garten zu, mähte, beschnitt Bäume, jätete Unkraut und trimmte Sträucher, während Alba zum Laden fuhr und mit Mehl und Hefe zurückkam.

»Frisches Brot«, erklärte sie, als ich in die Küche trat und sie mit bemehlter Schürze Teig kneten sah.

In der stillsten Stunde des Nachmittags kam ich von einem Spaziergang zurück und fand sie im Wohnzimmer auf dem Sofa liegen, das Buch, das sie gelesen hatte, neben sich auf dem Boden, tief schlafend. Ich ging in die Küche und lugte unter die sauberen Handtücher, die ordentlich über die Terrakottaschüsseln gebreitet waren. Der Teig war zu luftigen Kugeln aufgegangen, und der scharfe Hefegeruch kitzelte mich in der Nase.

Am Abend aßen wir knuspriges Brot und Käse zu unserer Suppe, und noch immer wärmte der Duft von Holzfeuer und frisch gebackenem Brot den Raum.

Am nächsten Morgen nahm Alba ein ausgiebiges Bad, kämmte ihr Haar glatt und steckte es zu einem festen Knoten auf. Ich sah ihr zu, wie sie sorgfältig Make-up auftrug. Offensichtlich hatte sie etwas vor.

»Wir besuchen Rosa«, teilte sie ihrem Spiegelbild mit, während sie einen Hauch Parfum auf die Innenseite ihrer Handgelenke sprühte.

»Rosa?«

Stellarios Tochter, Adeles Mutter, wohnte nur ein paar Kilometer entfernt im nächsten Dorf. Nach dem Tod von Stellario und Celeste war aus ihrem kleinen weißen Haus – in dem Alba den Taranteltanz miterlebt hatte – eine Autowerkstatt geworden, die Toyota-Ersatzteile verkaufte.

»Was ist mit Adele?«, fragte ich.

»Möglicherweise ist sie auch da.«

»Richtig.«

Bei dem Gedanken, einem von ihnen gegenübetreten zu müssen, zog sich mir vor Entsetzen der Magen zusammen.

»Weiß sie, dass wir kommen?«

»Sie weiß, dass wir hier sind.« Sie befestigte ihre Perlenklipps an den Ohrläppchen. »Mittlerweile weiß *jeder*, dass wir hier sind.«

»Meinst du nicht, wir sollten zuerst anrufen? Vielleicht ist es nicht gut, wenn wir einfach so aufkreuzen?«

»Das ist schon in Ordnung.«

Sie warf mir einen Blick zu.

»Es bleibt uns sowieso nichts anderes übrig, oder? Sie kann uns ins Gesicht spucken, wenn ihr danach ist.«

Natürlich war sie genauso nervös wie ich. Aber sie muss sich mit diesem Gedanken schon Gott weiß wie lange herumgequält haben. Bis sich der Besuch unmöglich noch länger hinausschieben ließ.

Schweigend fuhren wir zu Rosas Haus. Das Wetter entsprach unserer Stimmung. Es war ein wechselhafter, windgepeitschter Vormittag, die Wolken fegten über den Himmel und verdunkelten immer wieder die Sonne. Alles war in Bewegung, die Bäume schwankten im Nordwind, unsere Röcke flatterten uns um die Beine, als wir den leeren Platz überquerten. Ein einzelnes Zeitungsblatt wurde emporgewirbelt, drehte sich in der Luft und stürzte jäh wieder ab.

Ich erinnere mich an Rosas Gesicht, als sie die Tür öffnete. Die Überraschung, fast ein Entsetzen, ließ sie erstarren. Dann rief sie: »Heilige Muttergottes«, als hätte sie eine Erscheinung.

Da stand sie, Albas Kindheitsfreundin, das dürre, haarige Äffchen, das von der Tarantel besessene junge Mädchen, das wie eine Spinne tanzte. Mit ihren Filzpantoffeln, dem Hauskittel, dem goldenen Kreuz um den Hals kam sie mir jetzt eher vor wie eine müde Großmutter. Ihr kurzes, nachlässig geschnittenes Haar war grau geworden und ihr Körper formlos.

»Kommt herein«, sagte sie.

Wir betraten das kleine Wohnzimmer, wo alles blank poliert und makellos war. Auf allen Flächen lagen weiße Häkeldeckchen, den Tisch zierte eine mächtige Kristallvase mit Plastikrosen darin. Gegenüber dem geblümten Sofa stand ein riesiger Fernseher. Es sah nicht so aus, als würde dieser Raum je bewohnt, die Einrichtung je benützt.

»Nehmt Platz.« Rosa flüsterte, als wären wir in einer Kirche. »Ich komme gleich wieder.«

Ihre Filzpantoffeln schlurften über den blanken Boden, dann verschwand sie hinter einer Tür. Ich hörte ihre gedämpfte Stimme im Nebenzimmer. Tuschelnd, klagend. Alba und ich wechselten einen nervösen Blick. Sie schloss für einen Moment die Augen und öffnete sie wieder – eine Geste, die mir versichern sollte, es sei alles in Ordnung. Dann kam Rosa zurück.

»Ich habe Adele gesagt, dass ihr hier seid. Sie wird gleich kommen.«

Wir saßen einander gegenüber, Alba und ich auf dem Sofa, Rosa im Sessel. Ihr Ehemann trat ein, grauhaarig und bäuerlich braun gebrannt, im Unterhemd. Er gab uns die Hand und zog sich einen Stuhl heran. Als Nächstes schlich lautlos ein halbwüchsiges Mädchen mit einer dicken Brille, in pelzbesetzten Hausschuhen und billigem grauem Trainingsanzug herein.

»Das ist Teresa, meine Jüngste. Teresa, das sind Signora Alba und Signorina Alina.«

Teresa nickte. Sie sah Alba und mich mit erschrockener Miene an, während sie sich langsam neben ihrer Mutter auf der Armlehne des Sessels niederließ. Dann saßen alle drei da und starrten uns an, reglos, die Hände im Schoß. Mir war unbehaglich zumute, ich rückte auf dem Sofa hin und her und fand es unerträglich, wie Rosa uns *Signora* und *Signorina* genannt hatte, mit demselben ehrfürchtigen Ton, mit dem ihre Familie uns seit jeher begegnete.

»Adele lebt jetzt in Lecce, mit dem Kleinen«, sagte Rosa. »Aber sie kommt jeden Sonntag zu Besuch.«

»Schön«, murmelte Alba.

Wir spürten alle, wie sich Schweigen im Zimmer ausbreitete, doch niemand hatte den Mut, es zu beenden.

Alba hatte sich über den Tisch zu Rosa gebeugt, ihre Köpfe

berührten einander fast, und dann hatte Alba wohl ihre Hand ergriffen. Nach ihrer Körperhaltung zu urteilen, fühlte sie sich in diesem blitzenden Wohnzimmer weit weniger unbehaglich als ich. Sie kannte diese Menschen, sie war mit ihnen aufgewachsen. Sie kannte den Geruch ihrer Häuser und die Beklemmung, die ein Schweigen wie dieses erzeugt. Eine Stille, in der man nichts hört als das Ticken der Uhr.

Die Tür ging auf, und herein kam Adele. Sie war winzig und dünn wie ein Vögelchen, eine schwarze Lockenmähne umrahmte ihr makellos weißes Gesicht. Sie sah aus wie eine dieser wächsernen Madonnenfiguren, denen man im Süden so häufig begegnet. Ein dünner Schweißfilm bedeckte ihre Haut, unter ihren Augen hatte sie dunkle Ringe, und sie sah uns wie aus weiter Ferne an.

»Danke, dass ihr gekommen seid«, sagte sie ernst.

Alba und ich standen auf, Alba umarmte sie. Ich sah, wie Adele die Augen schloss und tief Luft holte. Dann sah sie mich an.

»Alina.«

Wie unsere Mütter waren auch wir als Kinder miteinander befreundet gewesen. In den Sommern in der Casa Rossa hatte ich sie endlos lange meine Barbie-Puppe an- und ausziehen lassen, und immer wieder hatten wir beide im Monopoly und Scrabble gegen Isabella verloren.

Ich spürte ihren mageren Körper in meinen Armen beben.

Wir setzten uns wieder. Adele legte die Hände ordentlich auf ihre Knie, und mir fielen ihre manikürten Finger, der dunkle Nagellack auf.

»Wir erhielten letztes Jahr deinen Brief«, sagte sie, »aber wir wussten nicht, wie wir darauf antworten sollten. Es war zu früh.«

Alba nickte. Sie räusperte sich.

»Es ist sehr schwer, irgendetwas zu sagen. Aber wir haben nie aufgehört, an euch zu denken. An euch alle.«

Es entstand eine peinliche Pause.

»Wenn derjenige, der verzeihen kann, keine Verzeihung mehr

gewährt, muss man lernen, das Schweigen zu ertragen«, sagte Adele, als zitierte sie einen Sinnspruch von irgendwoher. Sie klang feierlich, gewichtig fast, wie ein altmodischer Professor.

Rosa begann zu weinen, als könnte sie die Spannung nicht länger ertragen. Die Tränen flossen ihr übers Gesicht, und Alba stand auf, ging zu ihr hinüber und nahm sie in die Arme. Rosa rang nach dem richtigen Wort, gab aber bald auf und schüttelte nur den Kopf.

»Ich weiß, ich weiß.« Alba reichte ihr ein Papiertaschentuch aus ihrer Handtasche.

»Es war Gottes Wille. Nur Er weiß«, sagte Rosa und schlug die Augen nieder.

»Ja.«

Alba hielt weiter ihre Hand, während Rosa sich schnäuzte.

Ich spürte Adeles Blick auf mir. Erwartete sie von mir, dass ich vielleicht etwas über Isabella sagte? Unsere Mütter hatten getan, was zu tun war. Für uns beide war es anders. Zwischen uns gab es keine *Signora* oder *Signorina*. Ich brachte kein Wort über die Lippen.

Aber Adele räusperte sich und begann zu sprechen. Und wieder klang sie fast so, als läse sie einen Text vor. Als hätte sie ihre Worte regelrecht eingeübt.

»Es gibt Dinge, die wir nie begreifen werden. Auch wenn wir uns noch so sehr quälen. Ich habe mich so oft gefragt, wie es möglich war ...«

Sie brach ab, und ich merkte, dass sie selbst mit den Tränen kämpfte.

»... wie es möglich war«, fuhr sie nach einer Weile fort, »dass der Mensch, den ich mehr geliebt habe als irgendjemanden sonst, in diesen Leuten keinen Funken Menschlichkeit ausgelöst hat, als sie ihm mit dem Finger auf dem Abzug in die Augen blickten ...«

Ihre Mutter warf ihr einen bestürzten Blick zu. Vielleicht befürchtete sie, solche Worte wären zu schonungslos, und wir würden uns gekränkt fühlen.

Ich ertappte mich bei dem Gedanken, dass Adele etwas an sich hatte, das ans Groteske grenzte. Wie sie es sich zur Aufgabe gemacht hatte, diese Sentenzen zu äußern, glich der schlechten Imitation einer Prophetin. Mein Gehirn spielte mir seltsame Streiche, und ich war drauf und dran zu sagen, es wäre besser, wenn sie die Sache endlich hinter sich ließe.

»Aber weißt du, für dich«, sie starrte mich jetzt unverwandt an, »...ich denke, für dich muss es genauso schwer sein. Zu erkennen, dass ein Mensch, den du liebst, den du dein Leben lang kennst, die Schwester, mit der du aufgewachsen bist...«

Sie sah Alba an.

»...Ihre Tochter. Das winzige Baby, das Sie zur Welt gebracht haben. Dass aus ihr eine kaltblütige Mörderin werden konnte. Das muss doch unvorstellbar sein.«

Ich wäre am liebsten aufgestanden und hätte sie angefaucht: *Würdest du jetzt endlich aufhören, uns Vorträge zu halten? Wir sind hier, um dir unser Beileid auszusprechen, das ist das Einzige, was eine Rolle spielt. Wir hatten schließlich nichts damit zu tun.*

Doch auf einmal fing auch Alba zu schluchzen an; sie hatte die Augen geschlossen, Tränen liefen ihr über die Wangen. Wahrscheinlich ging es genau darum. Sie hatte mich hergebracht, damit ich Adele das Urteil aussprechen hörte, mit dem wir fortan leben mussten. Bis zu diesem Moment hatte niemand in unserer Familie gewagt, das Wort auszusprechen.

Mörderin. Es änderte die Sachlage in der Tat: Nachdem das Wort gefallen war, schien es, als wäre ein Bann gebrochen.

Niemand sprach. Ich begann wieder unruhig hin und her zu rutschen und lauschte der Stille, die nur das laute Ticken der Uhr und das geräuschvolle Schnäuzen meiner Mutter unterbrachen.

Rosa holte ein Glas Wasser für Alba und flüsterte ihr etwas zu, das ich nicht verstand.

»Danke. Es geht schon wieder. Wirklich.«

Nach einer unerträglich langen Zeit, wie mir schien, standen wir endlich auf, um uns zu verabschieden. In der Tür umarmten und küssten wir einander, fester und länger, als die Situation erforderte.

»Es ist gut, dass du hier warst. Es ist eine Erleichterung«, sagte Rosa im Namen ihrer Familie. Der Ehemann nickte, Teresa ebenfalls.

Nur Adele sah uns stumm an und lächelte nicht. Sie schloss die Augen und öffnete sie wieder.

»Du musst weiter beten«, sagte sie und drückte fest meinen Arm. »Auch wenn du glaubst, du verlierst den Verstand. Auch wenn du mit Gott haderst, weil du es nicht verstehst. Du darfst nie aufhören zu beten.«

»Ja, ja«, sagte ich rasch und entwand mich ihrem Griff. Sie jagte mir Angst ein.

Ich gab mir selbst die Erlaubnis, sie nicht zu mögen, und empfand einen gewissen Stolz dabei.

Wir stiegen ins Auto und sagten minutenlang kein Wort. Dann stieß Alba einen tiefen Seufzer aus.

»Das war was«, sagte sie.

»Mhm.« Ich zögerte, brachte es aber nicht fertig, mir die Bemerkung zu verkneifen: »Sie ist ein bisschen … ich weiß nicht.«

»Wer, Adele?«

»Ja. Jetzt ist alles mit der Tragödie vermischt, und man kann schwer zwischen ihrer Trauer und ihrem Wahnsinn unterscheiden. Aber eins sag ich dir: Sie ist *wirklich* komisch.«

Alba gab keine Antwort. Wahrscheinlich erschien es ihr unrecht, sich von Adele zu distanzieren. Sie wollte die reinigende Wirkung ihrer Tränen ungehindert genießen können.

»Ich bin jedenfalls froh, dass wir hier waren«, sagte sie schließlich. »Die Vorstellung, dass wir nicht mehr in die Casa Rossa kommen können, hat mich die ganze Zeit gequält. Dass wir wegen allem, was gewesen ist, kein Recht mehr hätten, in unserem eigenen Haus zu wohnen, fand ich unerträglich.«

Vielleicht wird es eines Tages wieder möglich sein, mit erhobenem Kopf zu gehen, sagte ich mir immer wieder. Einen Trennungsstrich zwischen uns und das Vorgefallene zu ziehen. Vielleicht wird es eines Tages möglich sein, an unserer Vergangenheit festzuhalten, ohne Isabella zu verleugnen. Vielleicht. Aber vielleicht auch nicht.

* * *

Ich möchte versuchen, den gläsernen Käfig zu beschreiben.

Wie es war, als wir ihn zum ersten Mal sahen.

Mit der Zeit gewöhnten wir uns so daran, dass er uns nichts mehr ausmachte. Tatsächlich gewöhnte sich das ganze Land daran, nachdem man ihn unzählige Male in den Fernsehnachrichten, in den Zeitungen gesehen hatte. Er wurde zu einem vertrauten Anblick und verlor seine Bedeutung.

Man muss sich einen großen, nichts sagenden, von Neonlampen ausgeleuchteten Raum vorstellen. Die Geschworenen und der Richter sitzen hinter einem langen Tisch in der Mitte der Bühne. Zu beiden Seiten stehen zwei viereckige Behälter aus kugelsicherem Glas, wie leere Aquarien. Der eine ist kleiner, er ist für die Angeklagten, die sich zur »Kooperation« entschieden haben. Der andere ist ziemlich groß; hier soll die Mehrheit der Angeklagten sitzen: diejenigen, die sich »politische Gefangene« nennen und es ablehnen, Namen zu nennen, Fakten zu rekonstruieren, andere mit hineinzuziehen. Die beiden Parteien – die »Reuigen« und die »Unbelehrbaren«, wie die Presse sie nennt – dürfen nicht zusammenkommen.

Als wir, das Publikum, am ersten Verhandlungstag erschienen, betraten wir den Gerichtssaal mit angehaltenem Atem, eingeschüchtert von der Kälte des Raums, von den dunklen Roben der Richter, Staatsanwälte, Verteidiger, von dem bevorstehenden Verfahren. Wir nahmen in den Holzbänken Platz, wie in einer Kirche. Wir waren nervös. Verängstigt. Immer wieder warfen wir einander bange Blicke zu, umarmten Bekannte, winkten anderen, die wir vage in Erinnerung hatten.

Dann kam plötzlich Bewegung in den Saal. Eine Truppe bewaffneter Carabinieri marschierte herein und bezog rund um die leeren Aquarien Aufstellung, reibungslos und geschwind, wie Tänzer in einer gut einstudierten Choreografie. Und da waren sie, rund fünfzehn junge Leute, aneinander gedrängt, die einer nach dem anderen den Bewachern ihre Handgelenke hinhielten und von den Handschellen befreit wurden.

Nur zwei junge Männer betraten den kleineren Käfig. Stumm setzten sie sich und winkten müde dem einen oder anderen bekannten Gesicht im Publikum zu.

Im großen Käfig hingegen herrschte Tumult. Lächelnde Gesichter, Arme, Küsse, Umarmungen, Gelächter. Alle standen, gleichgültig gegen den Rest des Saals, fassten einander an, klopften sich gegenseitig auf die Schulter, umarmten, streichelten sich. Es waren Männer und Frauen, die Liebespaare, Kameraden, Komplizen gewesen waren und nach langer Zeit endlich wieder zusammenkamen, in einem so engen Raum, wo sie einander wieder berühren, fühlen, riechen konnten.

Ich sah Isabella in Enricos Arme fliegen. Schlagartig wurde mir bewusst, dass sie einander fast zwei Jahre nicht gesehen hatten. Ich beobachtete, wie ihre Hände sich an seine Schultern klammerten, dann ergriff sie seine Hände und ließ sie nicht mehr los.

Sie waren wie berauscht von der körperlichen Nähe. Es dauerte gut fünfzehn Minuten, bis ihre Aufregung nachließ und sie endlich imstande waren, sich zu setzen und die Gesichter dem Publikum zuzuwenden.

Alle waren begeistert. Ich sah Isabella an, ihr strahlendes Lächeln, ihre zusammengekniffenen Augen, als sie nach mir Ausschau hielt, und erinnerte mich an die Szene, die ich viele Jahre früher erlebt hatte: Damals war sie, Hand in Hand mit den anderen Tänzern, an die Bühnenrampe getreten und hatte sich vor dem Publikum verbeugt, die Augen geblendet vom grellen Licht.

Während der folgenden Wochen begann sich die Realität langsam zu verschieben.

Was mir anfangs surreal erschienen war, wurde zunehmend vertraut. Was ich für unfasslich gehalten hatte, für nicht zu verarbeiten – damals in New York, an dem Abend, als ich es Daniel erzählt hatte –, war inzwischen mein Alltag geworden.

Ich gewöhnte mich an die frühmorgendliche Busfahrt zum Gericht. An die kalten Leuchtstoffröhren in den langen Fluren, an den leeren Verhandlungssaal, der sich nach und nach mit den Verteidigern und ihren Assistenten füllte, an ihre Gepflogenheit, sich die erste Zigarette anzuzünden, während sie einander begrüßten oder rasch die Schlagzeilen in den Zeitungen überflogen, wie Lehrer kurz vor dem Unterrichtsbeginn. An den Einzug der »Gruppe«, die mit Panzerfahrzeugen jeden Morgen den weiten Weg vom Gefängnis zum Gericht gebracht wurde – wir hörten die Sirenen immer näher kommen und lauter werden, bis sie draußen vor dem Gebäude verstummten. An den hastigen Gänsemarsch der Angeklagten zu ihrem Glaskasten, während sie uns mit gefesselten Händen zuwinkten, uns, die wir jeden Morgen wieder vor der Tür standen und uns stets auf dieselben Plätze setzten, als besuchten wir tagein, tagaus dieselbe absurde Matinee.

Sobald sie hereinkamen, begannen wir alle der Person zu winken, deretwegen wir hier waren. Wie Mütter ihren Kindern zuwinken, wenn sie vor der Schultheateraufführung durch den noch geschlossenen Vorhang spähen.

Wir sind hier, Liebes.

Hübscher Pullover. Gut siehst du aus.

Gestern ist dein Brief gekommen.

Ist Giorgio gar nicht da?

Er liegt mit Grippe im Bett und lässt dich grüßen.

Hast du dir die Haare schneiden lassen? Steht dir gut.

Für all diese Botschaften benutzten wir eine Zeichensprache, denn die Aquarien waren schalldicht, kein Laut drang heraus oder hinein. Gesetzte Damen mittleren Alters, junge Männer mit

Tweedsakkos und runden Brillengläsern, grauhaarige Väter im Anzug ließen flinke Hände um das Gesicht wandern, das Ohr drücken, sich über der Brust kreuzen, zur Faust geballt durch die Luft sausen. Wir müssen ausgesehen haben wie eine Horde Affen, gleichgültig gegen den jämmerlichen Anblick, den wir boten. Eine Armee von Taubstummen, die den Geschworenen, Verteidigern und Richtern in ihren Roben nicht die geringste Aufmerksamkeit schenkten, wenn sie mit ihrer täglichen Litanei begannen: aus ihren Akten vorlasen, die Anklagepunkte aufzählten, die Namen der Verteidiger nannten.

Die Wahrnehmung veränderte sich, und die Realität, die ich hinter mir gelassen hatte – die Straßen von Manhattan, die Wohnung in der Elizabeth Street, der Schreibtisch in der Galerie Morrison –, kam mir immer mehr vor, als hätte sie nie existiert.

Daniel Moore.

Ich hatte entsetzliche Angst, dass auch er verblassen könnte. Jeden Tag begann ich mit einem Brief an ihn, in dem ich ihm meine Lage zu erklären versuchte. Wie es kam, dass die eigentliche Gerichtsverhandlung angesichts dieses widersinnigen Käfigs, der mit lächelnden Gesichtern und jungen Leibern dicht gefüllt war, lediglich ein Hintergrundrauschen blieb. Wie es kam, dass der juristische Aspekt nebensächlich geworden war – als säßen wir alle in diesem Saal einander gegenüber, um eine Zeit lang alle zusammen zu sein, wie es sich für eine ordentliche Familie gehörte: Das war das Einzige, was wir wahrnahmen. Da saßen wir, Mütter, Väter und Geschwister, diskutierten darüber, was sich unsere Angehörigen hinter der Glasscheibe nächste Woche zu essen wünschten – *carbonara? risotto con porcini?* –, und machten uns nicht einmal die Mühe, dem Staatsanwalt und den Punkten der Anklage zu lauschen. Als wären es nicht unsere Familiennamen, die er aufrief. Niemand wollte es hören. Mit den Konsequenzen hatten wir uns abgefunden, die Ursache aber verdrängten wir nach wie vor.

Das alles versuchte ich Daniel zu erklären und hoffte, damit würden die Ereignisse auch für mich real. Doch jeder Versuch scheiterte, und ich zerriss sämtliche angefangenen Briefe, weil ich mir sagte, er werde ohnehin nicht verstehen, wovon ich sprach, solange er nicht hier war und den Prozess mit eigenen Augen erlebte.

In Wahrheit aber wollte ich ihn gar nicht mit hineinziehen. Er sollte die glückliche Seite meines Lebens verkörpern, eine Hütte in den Dünen, New York im Schnee, eine Thanksgiving-Feier mit Truthahnessen in New England, Bach-Suiten und Liebe am Nachmittag. Dorthin gehörte Daniel Moore in meiner Vorstellung, nicht in diesen abweisenden Gerichtssaal zwischen all die traurigen Gesichter.

Jedes Mal, wenn ich einen angefangenen Brief zerriss, wusste ich, dass ich damit die Distanz zwischen uns noch vergrößerte.

Es war keine Absicht. Es passierte mir eher, so als schwämme ich im Meer und würde nach und nach davongetrieben, weil mich eine Strömung in die entgegengesetzte Richtung mitriss. Wie stark die Strömung war, merkte ich erst, als ich aufblickte und erkannte, wie weit ich vom Ufer entfernt war.

* * *

Rita wurde als eine der Ersten in den Zeugenstand gerufen. Sie war als Beniamino Sanguedolce vorgeladen worden, und als nun diese ältere blonde Dame, adrett herausgeputzt mit Glenda-Jackson-Frisur und einem ihrer legendären falschen Chanel-Kostüme, den Saal betrat und im Zeugenstand Platz nahm, fingen die Zuschauer unweigerlich zu kichern an. Sie indessen zog mit dem Mittelfinger die Brille abwärts zur Nasenspitze und wandte sich höflich an den Richter.

»Ich heiße jetzt Rita Sanguedolce, Euer Ehren. Neunzehnhundertfünfundsiebzig wurde mein Status offiziell geändert. In den Unterlagen müsste das irgendwo vermerkt sein.«

Unter den Geschworenen, Richtern, Staatsanwälten entstand eine gewisse Unruhe. Papiergeraschel, nervöses Gehüstel, neuerliches halb unterdrücktes Kichern. Endlich kam man überein, den Zeugen als Zeugin ins Protokoll aufzunehmen, und die Vernehmung durch den Staatsanwalt konnte beginnen.

»Ich verlese die auf den fünfundzwanzigsten Oktober neunzehnhunderteinundachtzig datierte Abschrift eines Telefongesprächs, das zwischen Sanguedolce, Rita und der Beklagten Strada, Isabella stattfand, nachdem Strada aus der Wohnung ausgezogen war, welche sich auf demselben Stockwerk gegenüber der Wohnung der Zeugin befand. Wobei die Beklagte nicht im eigentlichen Sinn ausgezogen, sondern verschwunden war und nicht einmal dem Vermieter Bescheid gesagt hatte.«

Der Staatsanwalt hielt inne, um sich theatralisch zu räuspern. Dann ging er daran, die Abschrift mit den entsprechenden versteckten Andeutungen vorzulesen.

»Hallo Rita, ich bin's.

Gott sei Dank rufst du an, ich bin schon am Durchdrehen. Hast du's gehört?

Was gehört?

Die Polizei war gestern hier und hat nach dir gesucht.

Schweigen.

Bist du noch dran?

Ja. Hatten sie einen Haftbefehl?

Nein. Nur Fragen. Sie wollten von mir und Maurizio ein paar Sachen wissen.

Und?

Nichts. Alles noch einigermaßen im grünen Bereich. Aber du musst herkommen und deine Hunde abholen.

Was redest du da? Wir haben sie doch mitgenommen.

Nein, Isabella. Nur die Großen. Die anderen habt ihr dagelassen. *Pause.* Die Pudel. Zwei Stück.

Ach so, verstehe. Ja, gut.

Hör zu, ich will, dass du sie heute abholst, ich kann sie nicht länger hier behalten. Sie machen zu viele Umstände. Wir können uns nicht länger um sie kümmern, weder ich noch Maurizio.

Rita, heute geht es auf keinen Fall.

Dann schick jemanden her.

Wen denn? Um Himmels willen, Rita, jetzt stell dich doch nicht so an. Es sind doch nur Pudel, wirf sie von mir aus in die nächste Mülltonne.

Ich gehe mit diesen Pudeln gar nirgends hin. Sie gehören mir nicht, und ich werde sie nirgendwohin bringen. Du hast versprochen, dass du …

Ja, gut, aber hör auf mich zu drängen, ich habe wirklich genug andere Sorgen. Ich komme heute Abend vorbei.

Ende des Gesprächs.«

»Signora Sanguedolce, laut Aussage der Nachbarn hat niemand im Haus diese Pudel, um die sich Ihr Gespräch mit Strada, Isabella dreht, je zu Gesicht bekommen. Überhaupt keine Hunde, um genau zu sein, weder große noch kleine. Worüber haben Sie also an diesem Tag gesprochen?«

Sekundenlang hing die Frage des Staatsanwalts unbeantwortet in der Luft. Rita sah ihn fest an und verzog ihre Lippen zu einem etwas weniger freundlichen Lächeln.

»Ich wüsste nicht, wie man mich wegen erfolgter oder nicht erfolgter Beobachtungen meiner Nachbarn belangen sollte. Ich weiß nur eines: Ich hatte zwei widerliche Pudel in meiner Wohnung, die mir meine Teppiche versaut haben.«

* * *

Im Mai wurden die Verhandlungen wegen eines langen Feiertagswochenendes für ein paar Tage unterbrochen. Ich fuhr allein in die Casa Rossa, ich brauchte die Einsamkeit fern von diesem Aquarium, der monotonen Stimme des Staatsanwalts, den traurigen Angehörigen, den Schlagzeilen in der Presse.

In Apulien triumphierte der Frühling: Bunte Wiesen- und Mohnblumen sprenkelten die Felder, dazwischen leuchtete überall blühender Ginster. Ein scharfer Wind, die *tramontana*, wehte und schrubbte die Luft wie Scheuerpulver, bis jedes winzige Silberblatt an den Olivenbäumen sauber und schon von weitem deutlich sichtbar war. Jeder Gischtkamm auf dem Meer. Jede Feder an der Brust der Möwen.

Alles wurde scharf und klar, unmöglich zu übersehen.

Ich setzte mich hin, um an Daniel Moore zu schreiben. Dieser Brief fiel mir leichter als alle früheren, die ich begonnen und wieder verworfen hatte. Ich wollte ihm von der Casa Rossa und der Schönheit des Jahreszeitenwechsels erzählen. Ich sei sicher, schrieb ich, dass es auch ihm hier gefallen würde, und bat ihn, über den Sommer herzukommen, weil sich Isabellas Prozess wahrscheinlich noch bis in den Herbst hineinziehen werde. Dann nahm ich allen Mut zusammen und schrieb, wir dürften bis zu unserem Wiedersehen nicht allzu viel Zeit verstreichen lassen, sonst würden wir einander noch verlieren. Und das könnte ich nicht ertragen, schrieb ich.

Jeden Nachmittag um sechs drehte ich mit meinem alten Fahrrad eine Runde im intensiven Abendlicht. Am liebsten durchstreifte ich das Labyrinth der Feldwege, die an steinernen Mauern und Kakteen entlangführten. In der frischen Frühlingsluft waren alle Düfte noch scharf und unverkennbar. Hatte erst der Sommer begonnen, würde die Hitze alles zu einem einheitlich süßen, stechenden Geruch zusammenschmelzen, in dem sich die Minze nicht mehr von wilden Rosen und Mandelbäumen unterscheiden ließ.

Meine Ausflüge wurden immer länger und führten mich immer weiter fort. Eines Tages fand ich mich auf einer schmalen, gewundenen Straße wieder, ohne so recht zu wissen, wie ich hierher gekommen war.

Dann sah ich das Kreuz, das am Straßenrand aufgestellt war.

Es war mit Plastikblumen geschmückt, deren ursprüngliche Farbe in der Sonne verblasst war; eine dicke Staubschicht lag darauf. In der Mitte hing ein plastikversiegeltes Madonnenbildchen. Jemand hatte darunter geschrieben: *Zur Erinnerung an* und ein Datum. Die Buchstaben waren verblasst, doch sein Name – es war der erste – war noch zu lesen, ebenso die Namen der Leibwächter. In einer Aluminiumvase am Fuß des Kreuzes standen frische Wiesenblumen.

Direkt an der Kreuzung, gegenüber dem blauen Schild mit dem Wegweiser *Lecce 24 km*. Unmittelbar vor der Autobahnauffahrt.

Das war es. Die Abkürzung. Die Stelle, von der im Gerichtssaal immer wieder die Rede gewesen war.

Ich stieg vom Fahrrad und setzte mich neben dem Kreuz auf den Boden. Ich berührte die frischen Blumen. Hatte Adele sie gebracht? Oder die Leute aus dem Dorf?

Die Erkenntnis traf mich wie ein Schlag. Dass es wirklich passiert war. Genau dort, wo ich saß. Geschrei, Schüsse, Blut auf dem Boden. Das maskierte, bewaffnete Kommando. Leblose Körper im Wagen.

Ich hörte einen dumpfen Aufprall; es war eine Eidechse, die von einem Felsen zu Boden gesprungen war. Sie sah mich unsicher an, dann floh sie in einen Mauerspalt.

Sie kannte diese Abkürzung. Sie kannte jeden einzelnen Stein in diesem Labyrinth, wie ich.

Es war *ihr* Plan gewesen, ihre Idee. Sie war doch die Einzige, die hier Bescheid wusste.

* * *

Eine Woche später rief Daniel Moore an.

»Ich habe heute deinen Brief bekommen«, sagte er.

»Oh.«

Ich wartete auf eine Bemerkung, dass der Brief ihn gerührt habe, dass er mich ebenso vermisse wie ich ihn und es kaum erwarten könne herzukommen. Doch sein Tonfall klang nicht begeistert. Er druckste herum.

»Ich glaube nicht, dass ich diesen Sommer nach Italien fliegen kann. Ich muss arbeiten.«

»Kannst du dir nicht mal zwei Wochen freinehmen?«

»Weiß nicht. Ich habe zwei große Aufträge, beides Storys über New Yorker Themen. Ich muss jede Menge hier recherchieren.«

»Aha. Verstehe.«

Ein verlegenes Schweigen trat ein. Dann hörte ich, wie er tief Luft holte. Ich hörte es von der anderen Seite des Atlantiks. Ich kannte dieses Seufzen.

»Maya und ich haben neulich miteinander telefoniert. Sie will im Sommer an die Ostküste kommen. Ich glaube, sie möchte herausfinden, ob sich unsere Beziehung reparieren lässt.«

Ich sagte nichts. Mein Schweigen, spürte ich, war so tief wie ein schwarzes Loch. Und ich hatte das Gefühl hineinzustürzen. Ein langer schwarzer Sturz, in Zeitlupe.

Ein weiterer transozeanischer Seufzer drang an mein Ohr.

»Ich habe nicht gesagt, dass wir wieder zusammen sind, oder dass *ich* mir das wünsche. Ich teile dir lediglich mit, dass sie herkommen und bei Freunden wohnen wird. Und dass sie mich gebeten hat, mich mit ihr zu treffen und mir anzuhören, was sie zu sagen hat.«

»Aha. Danke für die Mitteilung.«

»Alina.« Seine Stimme wurde ungeduldig und hob sich um eine Tonlage. »*Du* bist diejenige, die seit fast drei Monaten weg ist. Du hast mich zweimal angerufen und gesagt, du würdest mir schreiben, weil du das Telefonieren nicht leiden kannst. Gut. Es ist nie ein Brief gekommen. Ich habe jetzt ungefähr neunzig Tage auf einen Hinweis gewartet, wie es mit uns weitergehen soll. Dann schreibst du endlich einen Brief über blühende Blumen und so weiter und erwartest, dass ich meine Sachen packe, ins Flugzeug steige und in Apulien wandern gehe. Wie kommst du eigentlich …«

»Ich *erwarte* überhaupt nichts von dir«, fiel ich ihm scharf ins Wort. »Ich habe dich lediglich *gebeten* zu kommen.«

»Na gut, mag sein. Aber das ändert nichts am Kern der Sache. Dein Verhalten ist wirklich verwirrend. Ich sage nicht, dass ich dir böse bin oder dass ich dich nicht sehen will. Ich versuche nur dir zu erklären, dass ich vielleicht anders disponiert hätte, wenn du dich ein bisschen früher geäußert hättest. Was weiß ich.«

»Es tut mir Leid. Ich kann das Telefon einfach nicht ausstehen. Ich bin überzeugt, dass es alles kaputtmacht, wenn man am Telefon über irgendwas redet. Auch jetzt, dieses Gespräch, das wir da führen, es ist...«

»Wieso kannst nicht *du* stattdessen herkommen?«

Seine Frage, so einfach, so direkt – ich wusste, dass die Lösung in der Antwort darauf lag –, versetzte mich augenblicklich in Panik. Inzwischen fürchtete ich mich so sehr vor seiner Distanziertheit, dass ich nur noch weiter von ihm abrückte.

»Ich kann nicht. Ich meine, es ist, glaube ich, nicht möglich. Jedenfalls nicht gleich.«

Wir verstummten beide, warteten darauf, dass der andere etwas sagte.

»Was ist mit deiner Schwester?«, fragte er schließlich.

»Ich kann nicht viel sagen. Der Staatsanwalt hat jetzt das Wort. Dann sind die Verteidiger an der Reihe, dann die Angeklagten. Es wird Monate dauern.«

»Kannst du nicht mal ein paar Wochen weg?«

»Ich habe nicht genug Geld, um einfach nach Amerika zu fliegen und wieder zurück, Daniel.«

Ich hörte ihn seufzen. Ich spürte seine Frustration.

»Was ist denn mit dir und Maya?«, fragte ich zögernd.

»Das hab ich dir doch gesagt. Ich dachte, du solltest wissen, dass ich einverstanden bin, sie zu treffen, wenn sie herkommt.«

»Ja.«

Er schwieg. Ich zwang mich weiterzureden.

»Danke, dass du es mir gesagt hast. Es wäre nicht schön gewesen, wenn ich es auf andere Weise erfahren hätte.«

Aber es war mir wahrhaftig nicht danach zumute, ihm zu danken. Viel lieber hätte ich ihn angeschrien und beschimpft, und das hörte er an meinem Tonfall.

»Ich hatte gehofft, du würdest im Sommer wieder in New York sein«, sagte er. »Dann wäre alles klarer – nicht nur für Maya, sondern auch für mich. Dann wüsste ich, dass du noch in meinem Leben vorkommst.«

Daniel Moore war ein Mann, der immer die Wahrheit sagte. Der keine Angst hatte, die Dinge beim Namen zu nennen. Daran hätte ich denken sollen, bevor ich Fragen stellte.

* * *

Im Nachhinein meine ich, es muss eine verhängnisvolle Mischung aus Angst und Arroganz und eine fatale Neigung zum Abgrund gewesen sein, die mich bewogen, Daniel Moore loszulassen.

Es war wie eine Filmszene – der eine baumelt an einem Mauersims über dem Nichts, und der andere versucht ihn verzweifelt an einer Hand festzuhalten. Ich sah zu, wie seine Hand langsam der meinen entglitt, bis ich ihn nicht mehr halten konnte. Ich sah noch den vorwurfsvollen Blick in seinen Augen, ehe er in die Tiefe stürzte.

Ich weiß, dass ich eine Reihe von Alternativen gehabt hätte.

Zum Beispiel ihn sofort noch einmal anzurufen. Oder ins erste Flugzeug nach New York zu steigen. Anders ausgedrückt: meine Prioritäten neu zu ordnen und ihn an die erste Stelle zu setzen.

Stattdessen saß ich teilnahmslos da und beobachtete, wie er in Zeitlupe im Nebel verschwand. Und redete mir ein, es sei ohnehin zu spät, um noch etwas zu tun. Es sei unmöglich, ihn wieder aus der Ferne, in der er sich auflöste, zurückzuholen, nachdem Maya nun ihren Entschluss gefasst hatte und unterwegs war.

Das ist es, dachte ich. Ich liebe ihn, aber er ist mir nie *vertraut* geworden. Ebenso wenig wie ich ihm.

Also wandte ich mich wieder den Scherben meiner zerbrochenen Familie zu und machte mir diese Umkehr zur Aufgabe. Ich fuhr fort, im Gerichtssaal zu sitzen, vor dem Glaskäfig. Fuhr fort, sie im Gefängnis zu besuchen, ihre Leibspeisen zu kochen, ihr Lippenstift, Haarbalsam und Kölnisch Wasser zu kaufen, damit sie gut roch, wenn sie neben ihrem Liebsten im Käfig saß.

⋆ ⋆ ⋆

Um an der Verhandlung teilzunehmen, waren sämtliche Angeklagten von ihren Hochsicherheitsgefängnissen in die Strafanstalt Rebibbia am Stadtrand von Rom verlegt worden.

Für Isabella war dieser Rom-Aufenthalt, der mindestens sechs Monate dauern sollte, fast wie ein Urlaub. Sie war endlich von der Einzelhaft befreit und teilte ihre Zelle mit zwei Frauen. Sie durften sich auf einem kleinen Campingkocher ihr Essen selbst zubereiten, sich gegenseitig besuchen, im Hof Basketball spielen, und was noch mehr zählte: Im Besuchszimmer gab es keine Glasscheiben und Sprechanlagen. In einem überfüllten Raum voller kreischender Kinder, Zigeuner, Westafrikaner, junger Frauen mit tätowierten Armen und vorstehenden Venen durften wir einander an einem Tisch gegenübersitzen und uns an der Hand halten. Verglichen mit der Eishausatmosphäre von Voghera war Rebibbia ein lärmender Zirkus.

Seit ihrer Verhaftung waren fast zwei Jahre vergangen, und ich gewöhnte mich allmählich an Isabellas Gefangenendasein – bis ich mich kaum noch erinnerte, dass sie je ein Leben außerhalb der Gefängnismauern geführt hatte. Ich merkte, dass ich mir nicht mehr vorstellen konnte, wie sie durch die Straßen ging. Ich beobachtete, wie sie Mitgefangenen zunickte, wie sie die Wärter ansprach und jeden beim Namen nannte. Wie selbstbewusst sie sich innerhalb dieser Mauern, elektronisch gesteuerten Türen und Schlösser bewegte. Es war nicht mehr nur ein Gefängnis, es begann, ein Zuhause für sie zu werden. Zusehen zu müssen, wie sie nach und nach die Außenwelt aus ihrem Bewusstsein verbannte, um sich dieses begrenzte Universum erträglich zu machen, tat mir weh. Immer seltener fragte sie mich nach Orten und Menschen, die sie gekannt hatte. Um die Menschen und Dinge, nach denen man sich sehnt, nicht allzu sehr zu vermissen, muss man die Erinnerung an sie abtöten.

Am Ende des Sommers brach der Skandal aus, und wieder beherrschten Bilder von dem Prozess und dem Glaskäfig die Titelseiten der Zeitungen. Eine der Angeklagten, ein kleines rothaariges Mädchen namens Livia Monti, war nach fünf Monaten Verhandlungsdauer unübersehbar schwanger.

Die Presse kannte kein anderes Thema mehr.

Sex im Käfig! Geschlechtsverkehr während der Gerichtsverhandlung.

Die Richter und der Hauptmann der Carabinieri-Truppe, die den Gerichtssaal bewachte, hatten nach eigener Aussage von den Vorgängen im Glaskäfig nichts bemerkt.

»Sie wurden offensichtlich von den anderen abgeschirmt. In diesem Glaskasten sitzen fünfzehn Personen – überhaupt kein Problem, irgendwas zu verbergen«, sagten sie gegenüber der Presse.

Isabella zuckte nur die Achseln, als wir uns am nächsten Besuchstag wieder sahen; sie war dieses Thema leid, das sicher schon bis zum Erbrechen abgehandelt worden war.

»Ach komm. Wir denken doch an nichts anderes. Schon am ersten Verhandlungstag hatten wir uns alle eine Methode ausgedacht, wie es am besten ginge.«

»Du machst Witze.«

»Nein, überhaupt nicht. *So* schwierig ist es nicht. Du musst dich nur jemandem auf den Schoß setzen, mehr nicht. Das dauert ein paar Minuten.«

Die Vorstellung war grausig. Ich schüttelte den Kopf.

»Du lieber Gott. Wie traurig.«

»Nicht so traurig, wenn es alles ist, was man kriegt.«

»Ja, aber... Wie kann man... Ich meine, was wird jetzt mit dem Kind?«

»Weiß ich nicht. Mag sein, dass es falsch ist. Aber vielleicht würdest du anders denken, wenn du hier eingesperrt wärst, in dieser total sterilen Umgebung, und auf einmal die Chance hättest, Leben in die Welt zu setzen.«

»Ja, aber …«

Sie war in Fahrt und ließ mich nicht ausreden.

»Vielleicht würdest auch du restlos egoistisch werden und alles dransetzen. Vielleicht würdest auch du denken, du wirst dieses Kind so sehr lieben, dass es überhaupt keine Rolle spielt, ob es frei ist oder nicht. Du würdest dir einreden, es bekäme so viel Liebe und Zuwendung, dass ihm nichts abgeht, wenn es nicht wie andere Kinder im Park herumspringen kann.«

»Ach komm, Isabella, das ist doch Unsinn. Dieses arme Baby wird so oder so ein erbärmliches Leben haben. Ich kann nicht glauben, dass Livia nicht daran gedacht hat.«

»Mag sein. Aber wahrscheinlich findet sie, es ist ihre Sache, wenn sie ihr Kind so zur Welt bringt. Ich weiß nicht. Ich meine nur, es ist nicht leicht, sie zu verurteilen. Sie ist in ihren besten Jahren, und es wurde ihr alles genommen.«

»Daran ist sie doch ganz allein schuld!«, hätte ich gern ausgerufen, aber ich hielt mich zurück. Anscheinend hatten Isabella und ihre Genossen vergessen, weshalb sie überhaupt im Gefängnis saßen – als bestünde kein Zusammenhang zwischen ihrer Vergangenheit und ihrer gegenwärtigen Situation. Sie sahen sich nur als Gefangene; Freiheit war ein Recht, dessen sie beraubt waren. Sie hatten vergessen, dass sie nur deshalb hier waren, weil sie für ihre Taten büßten.

In solchen Augenblicken empfand ich die Distanz zwischen uns als größer denn je. Für sie waren wir, die wir außerhalb der Mauern lebten, eine andere Spezies, und je größer der Abstand zwischen uns wurde, desto mehr hing sie an ihresgleichen. Die Erkenntnis war schmerzhaft und irritierend für mich.

»Du hast keine Ahnung, wie du in dieser Situation reagieren würdest«, fuhr sie ungestüm fort. »Dein Körper trifft seine eigenen Entscheidungen und verhält sich in einer Art und Weise, die dir wahrscheinlich total irrational vorkommt.«

»Zum Beispiel wie?«

»Indem er die Zügel übernimmt. Er ist wie ein Urwald, wächst einfach, wuchert wild und fragt nicht, ob es richtig oder falsch ist. Er nimmt sich einfach, was er zum Leben braucht.«

»Und was ist mit dir? Was für Befehle bekommst du von deinem Körper?«

Sie errötete, dann lehnte sie sich zurück, auf einmal abwehrbereit.

»Du willst wissen, ob Enrico und ich es ebenfalls in diesem Käfig getrieben haben, ja?«

»Also – ja.«

»Nein.«

Sie griff nach ihren Zigaretten, die auf dem Tisch lagen, blickte über meinen Kopf hinweg, während sie sich eine anzündete, und stieß allzu energisch den Rauch aus.

»Mein Körper ist ausgetrocknet. Ich hatte seit acht Monaten keine Regel mehr. Mein Körper ist abgestorben.«

Ich sah sie an und wusste nicht, was ich sagen sollte. Sie schüttelte den Kopf und versuchte zu lächeln.

»Ich weiß, dass es hoffnungslos ist. Leider habe ich einen rationalen Körper. Er verschwendet keine Energie auf das, was aussichtslos ist.«

»Ja, aber … ich meine … hast du denn jetzt, wo ihr euch wieder körperlich nahe seid, nicht das dringende Bedürfnis nach Liebe?«

Ihre Augen tränten ein wenig, aber das konnte vom Zigarettenrauch kommen.

»Er ist irgendwie … ich weiß nicht … fern.«

Die Wärter ließen uns wissen, dass unsere Zeit um war. Wir küssten uns hastig zum Abschied, und sie drehte sich in der Tür noch einmal um und winkte, ehe sie verschwand. Es war eine Qual, immer so gehen zu müssen, immer mit demselben unauslöschlichen Bild im Kopf: ihr schmaler Körper neben dem stämmigen des Wärters, ihr kindliches Lächeln, wenn sie zum letzten Mal winkte, unmittelbar bevor der Wärter sie hinausschob. Ungeduldig. Und sie, die sich nicht dagegen wehrte. Dann fiel die Tür ins Schloss.

Kaum stand ich draußen, hatte mich die Stadt wieder verschlungen. Übergangslos, als hätte ich nicht das Recht, mir ein bisschen Zeit zu lassen, wenn ich aus dem dunklen Ort, an dem ich gewesen war, zur Oberfläche hinaufstieg. Motorroller und Autos, hässliche Reklame, alte Frauen, die vom Markt ihre Einkäufe nach Hause trugen – alles rauschte in einer Mischung aus unangenehmen Tönen und Gerüchen an mir vorüber. Im Bus saß ich dann mitten in einer Gruppe lärmender Schüler auf dem Heimweg. Niemand beachtete mich.

* * *

Der Sommer ging zu Ende. Nach den Zeugen waren die Angeklagten an der Reihe, vor den Geschworenen zu sitzen und ihre Aussage zu machen, doch sie enttäuschten sämtliche Erwartungen. Einer nach dem anderen kamen sie aus ihrem gläsernen Käfig und lasen von einem Blatt Papier eine kurze Erklärung ab, die jedes Mal mehr oder minder gleich lautete.

»Wir erkennen die Autorität des faschistischen italienischen Staates nicht an und betrachten uns als politische Gefangene. Die einzigen Verbrecher, die wir in dieser Gesellschaft erkennen können, sind die Christdemokraten und die Verteidiger des Kapitalismus. Bis zum heutigen Tag sitzen fünfunddreißigtausend Proletarier in Gefängnissen, und mehr als dreitausend Genossen sind in Konzentrationslagern interniert. Der Kampf geht innerhalb der Gefängnismauern weiter. Nehmt euch in Acht!«

»Die Unbelehrbaren« nannte sie die Presse, und die Zeitungen brachten Bilder von ihnen, wie sie mit erhobenem Arm und geballter Faust in ihren Glaskasten zurückkehrten. In den Acht-Uhr-Nachrichten zeigten sie Adele auf der Schwelle ihres Hauses in Lecce, umringt von einer Horde Reporter. Sie hielt ihr Baby in den Armen, das vaterlose Kind.

»Wie denken Sie über diese Menschen, die noch immer die Faust in die Luft recken und kein Zeichen der Reue zeigen?«, wurde sie gefragt.

Das grelle Scheinwerferlicht ließ ihre unheimliche Blässe noch gespenstischer wirken. Wie sie so dastand und ihr Baby an die Brust drückte, sah sie aus wie einem Caravaggio-Gemälde entsprungen. Alba und ich, die vor dem Fernseher zu Abend aßen, erstarrten auf unseren Stühlen. Adele blickte geradewegs in die Kamera und sprach in ihrem beunruhigenden prophetischen Ton.

»Ich werde sehr viel Zeit haben, um über den Tod meines Mannes nachzudenken. Ich habe dieses Baby, das mich jeden Tag daran erinnert, wie er war, und sie ...«

Ihr versagte die Stimme. Sie stockte eine Sekunde, schluckte hart und versuchte, das Schluchzen in ihrer Kehle niederzuringen.

»... und sie haben eine lange Zeit der Einsamkeit vor sich. Wenn sie die Verurteilung durch das Gericht ablehnen, werden sie sich dennoch vor ihrem Gewissen verantworten müssen.«

Am nächsten Tag war die Reihe an Isabella. Ich sah sie aus dem Käfig treten. Außerhalb des gläsernen Kastens wurde sie auf einmal unsicher und zögerte, ehe sie zur Anklagebank ging, die vor den Geschworenen stand. Sie strich sich eine blonde Haarsträhne hinter das Ohr, räusperte sich und zog ein Blatt Papier aus der Tasche. Ich duckte mich und schloss instinktiv die Augen. Ich fürchtete mich derart vor dem, was sie zweifellos vorlesen würde, dass ich durch den metallenen Nachhall des Mikrofons tatsächlich nur Bruchstücke ihrer Aussage mitbekam.

»... ist es dieses Regime, das gewalttätig und barbarisch ist, und blutbefleckt sind in Wahrheit der christdemokratische Klüngel und seine Lakaien ... Wir werden uns nicht dem Verhör durch diese faschistischen Richter unterwerfen ... Wir glauben an die bewaffnete proletarische Macht und sind fest überzeugt, dass der uneingeschränkte Revolutionskrieg den bourgeoisen Staat vernichten wird.«

Ich öffnete die Augen und sah sie mit erhobener Faust dastehen. Dann rief sie: »Vorwärts zum Sieg!«

Am nächsten Tag suchte ich Isabellas Anwalt auf. Tommasi war ein freundlicher, Pfeife rauchender Mann Mitte vierzig mit untadeligen Manieren und maßgeschneiderten Tweedjacketts. Er sprach stets mit der Präzision eines Chirurgen, jedes Wort war wohlgesetzt. Zwischen dunklen Holzregalen und Drucken englischer Jagdszenen saß ich ihm gegenüber in seinem Büro und fragte, ob diese scharfe Erklärung Isabellas Lage verschlimmert habe.

»Nein. Technisch gesehen«, setzte er mir auseinander, »hat sich nichts geändert. Die Angeklagten bekennen sich nicht schuldig, und sie weigern sich lediglich zu verhandeln.«

»Damit stehen sie als ein Haufen völlig herzloser Menschen da«, seufzte ich und sah mich unbehaglich um. »Der Tonfall dieser Erklärungen, er ist so unversöhnlich, so unbarmherzig. Haben Sie die Gesichter der Geschworenen gesehen, als Isabella die Richter als Faschisten bezeichnet hat? Sie waren entsetzt. Und Sie sehen ja, wie die Presse über sie alle herfällt.«

Tommasi senkte den Blick auf seine perfekt manikürten Nägel, während er die Verschlusskappe seines Mont-Blanc-Füllers auf- und zuschraubte.

»Nun, sie legen ja nicht Wert auf eine gute Presse, sondern auf eine unzweideutige politische Stellungnahme. Sie sind nicht bereit, den Richtern Rede und Antwort zu stehen. Es ist wie im Krieg – eigentlich *ist* es ein Krieg –, und sie betrachten sich selbst als Gefangene. Das passiert überall im Land, bei jedem Prozess, in dem es um Terrorismus geht: Die einen entschließen sich, mit der Justiz zusammenzuarbeiten, die anderen weichen keinen Millimeter von ihrem Standpunkt ab. Mir war vom ersten Tag an klar, dass Isabella sich entschieden hat.«

Dann sah er mich an. Herausfordernd.

»Überrascht Sie das? Sie haben doch nicht erwartet, dass sie ihre Meinung ändert und gesteht, oder?«

Ich errötete.

»Natürlich nicht.«

Tommasi respektierte Isabella. Er hatte ihr zugenickt, als sie nach ihrer kurzen Verlautbarung erhobenen Hauptes in den Glaskasten zurückgekehrt war.

Nach ihr war Enrico an der Reihe. Sie hatten ihn bis zuletzt aufgespart, den mutmaßlichen Anführer der Gruppe. Sein Auftritt sollte das große Finale sein.

Als ich ihn vortreten und auf der Anklagebank Platz nehmen sah, kam er mir kleiner und dünner vor, als ich ihn in Erinnerung hatte. Seine Schultern hingen herab. Er trug eine Wildlederjacke mit Reißverschluss und ein hellblaues Hemd.

Er nahm kein Blatt vor den Mund. Als hätte er, nachdem sein Entschluss gefallen war, seine Worte so scharf wie möglich gewählt, um sich kurz fassen zu können.

»In den vielen Monaten meiner Haft bin ich zu der Erkenntnis gelangt, dass es unumgänglich ist, zwischen Gerechtigkeit und Wahrheit zu wählen. Wir alle« – und dabei deutete er mit einer Kopfbewegung zu seinen Genossen im Glaskasten hinüber – »haben einen Krieg geführt, weil wir an eine andere Gerechtigkeit glaubten als Sie.«

Das war neu. Weit entfernt von der formellen Erklärung, die wir von den anderen gehört hatten. Wir hielten den Atem an, gespannt, welche Richtung er einschlagen würde, alarmiert von der Gemütsbewegung, die seine heisere Stimme verriet.

»Gerechtigkeit ist ein subjektiver Begriff; tatsächlich nannten wir unsere Definition davon ›proletarische Gerechtigkeit‹ und gingen so weit, in ihrem Namen zu töten. Wahrheit hingegen ist objektiv: Es gibt nur eine Wahrheit, nur eine einzige Version der Ereignisse. Die Wahrheit wird zwar die Toten nicht zurückbringen, sie wird sie jedoch, glaube ich, vom Schweigen erlösen. Nur die Wahrheit kann einen neuen, gemeinsamen Ausgangspunkt markieren und einen klaren Schlussstrich unter die Vergangenheit ziehen.«

Der Raum hallte wider von unserem angehaltenen Atem, dem Klopfen unserer Herzen. Die Atmosphäre veränderte sich bis in ihre molekularen Bestandteile hinein. Die Luft verdichtete sich, war beinahe zum Schneiden.

Wir alle begriffen exakt im selben Augenblick.

Er wird reden.

»Ich weiß heute, dass wir Unrecht hatten, und meine, wir müssen das begangene Unrecht anerkennen, wenn wir für die nachfolgenden Generationen das Fundament der Gerechtigkeit legen wollen.«

Ein langes Schweigen trat ein, dann hörten wir Papier rascheln, jemand hustete nervös. Es war der Staatsanwalt, der vortrat, wie der Scharfrichter, der sich anschickt, seine Arbeit zu tun.

Damit begann die traurige Litanei.

Die Fragen des Staatsanwalts waren sachlich und prägnant, zielten stets auf den Kern und verlangten knappe Antworten. Enrico äußerte sich ebenso präzise. Er nannte die Namen bislang unbekannter Personen, erklärte ihre Beziehung zur Gruppe und ihre jeweilige Rolle bei den »Militäreinsätzen«, enthüllte weitere geheime Waffenlager und verriet Verbindungen zwischen seiner und anderen Gruppen. Er zeichnete die Landkarte ihrer Zeit im Untergrund, füllte Lücken, lieferte die fehlenden Bindeglieder. Bis es auf jede Frage eine Antwort gab.

Wir erlebten mit, wie sein Körper unter dem Gewicht dieser notwendigen, objektiven Wahrheit immer mehr nachgab und einknickte, wie seine Stimme versagte.

Diese Wahrheit, der keine Ehre innewohnte, keine Rechtschaffenheit. Diese Wahrheit, die nur beschämend war, weil sie aus den Namen der Menschen geschmiedet war, mit denen er seine Überzeugungen geteilt hatte. Isabellas Gesicht hinter der Glasscheibe war wie in Eis gemeißelt. Dann fiel auch ihr Name.

»Nein«, sagte er. »Isabella Strada war gegen unsere Entscheidung, Lo Capo hinzurichten. Sie war nicht beteiligt.«

»Warum? Hatte sie nicht alle Ihre Entscheidungen bis zu diesem Zeitpunkt mitgetragen?«

»Doch. Aber mit Lo Capos Hinrichtung wollte sie nichts zu tun haben. Sie hat an der Aktion nicht teilgenommen.«

»Mit welcher Begründung?«

»Sie sagte, sie könne mit dem Gedanken nicht leben. Lo Capo war mit einer Frau verheiratet, die sie aus ihrer Kindheit kannte, die sie gewissermaßen als Familienangehörige betrachtete. Sie weinte in der Nacht vor dem Anschlag und flehte mich an, die Entscheidung rückgängig zu machen. Aber es war zu spät.«

Ich sah Isabella an. Sie war zur Salzsäule erstarrt.

Sie ließ Enrico nicht aus den Augen, als er am Ende des Verhörs aufstand und auf den zweiten Glaskasten zuging, den kleineren Käfig gegenüber, in dem die »kooperationswilligen« Angeklagten saßen. Sein Wechsel zur anderen Seite war wie eine Überquerung des Hades. Sie sah zu, wie er auf der Bank zusammensackte, ohne die beiden anderen, die sich den Richtern schon von Anfang an zur Verfügung gestellt hatten, zur Kenntnis zu nehmen. Ein düsteres Trio bildeten diese drei.

Das war's, er hatte die Schwelle überschritten. Er würde nie mehr zu ihr zurückkehren, in den Käfig der Unbeugsamen, sie würden nie mehr miteinander sprechen, einander nie wieder nahe sein.

Es war das Ende, und sie wussten es beide.

Er blickte zu Isabella hinüber, aber sie wandte das Gesicht ab.

Er hatte sie mit seinem Geständnis gebrandmarkt, so wie er die anderen gebrandmarkt hatte. Sie machte kein Hehl daraus, dass sie seine Lügen ebenso sehr verachtete wie seine Wahrheiten. Dass sie nicht verschont werden wollte. Nicht von ihm. Nicht so.

Der Richter verkündete eine Verhandlungspause. Mitzuerleben, wie ein Mann zusammenbricht, seine Würde aufgibt, kann auch für das Gericht nicht leicht gewesen sein.

Wir traten alle in den Flur hinaus und rauchten stumm, unfähig zu irgendeinem Kommentar.

Die Wahrheit – diese einzige Version der Ereignisse, wie Enrico sie in seiner Rede genannt hatte – war unter der geschickten Hand eines Magiers wieder verschwunden. Im einen Moment war sie da, für jedermann deutlich zu sehen, und im nächsten wieder fort, wie bei einem Taschenspielertrick.

Enrico *musste* verantwortlich sein. Das war die Voraussetzung für die Strafmilderung, die das neue Gesetz ausdrücklich verlangte. Die Richter konnten es sich nicht leisten, bei der Auswahl der Aussagen, denen sie Glauben schenkten, heikel zu sein. Sie mussten sie kaufen wie die Katze im Sack. Deshalb *musste* Isabella unschuldig sein, ob es ihr passte oder nicht.

Das war das Geschenk, das er ihr hinterlassen hatte, ehe er den Käfig der Unbeugsamen verließ. Sein letztes Geschenk, und es war unerwünscht. Eher ein gordischer Knoten, unmöglich zu lösen.

Nachdem Enrico seine Wahrheit offenbart hatte, waren wir alle bereit, uns damit abzufinden – das Gericht, die Angehörigen, Isabella. Es schien uns viel weniger schmerzhaft, als uns weiterhin mit Fragen zu quälen.

Ihre angebliche Unschuld, ihre Entlastung von der Beteiligung an dem Mord waren für sie wie eine neue Bürde, die sie sich zu tragen entschloss. Doch dabei schottete sie sich noch mehr ab. Sie kam nicht mehr zur Verhandlung: wegen einer schlimmen Grippe, behauptete sie trotzig. Sie aß nicht mehr, wurde mager. Sie schnitt sich die Haare ab. Sie sah aus wie ein Junge. Ein Heiliger.

Eine Jeanne d'Arc.

8

Gegen neun Uhr stolpert Rita in einem billigen Polyester-Kimono mit Drachenmuster, die Frisur verwüstet, in die Küche – vielmehr in das, was von der Küche der Casa Rossa noch übrig ist.

»Ich brauche Kaffee«, sagt sie mit belegter Stimme und räuspert sich. »Vor meiner ersten Koffeinzufuhr bin ich kein Mensch.«

Das grelle Morgenlicht bekommt ihr nicht. Sie sieht alt und unordentlich aus mit den verschmierten Make-up-Resten um Augen und Mund.

»Alba kommt«, verkünde ich, während ich eine zweite Kanne Kaffee zubereite. »Gegen Mittag wird sie hier sein.«

»Tatsächlich? Das ist wieder typisch, dass sie erst in allerletzter Minute aufkreuzt. Zum großen Finale.«

»Wir machen ein Picknick im Garten. Warm genug müsste es sein.«

»Hm. Ich müsste mich eigentlich direkt nach dem Frühstück auf den Weg machen.« Mit einer leicht misstrauischen Miene späht sie aus dem Fenster. »Besser gesagt, es zieht mich fort.«

»Wirklich? Warum musst du denn schon weg?«

»Ich habe in Rom jede Menge zu tun. Mein Besuch hier war eigentlich eher so eine Art Stippvisite. Was ich hier zu erledigen hatte, ist getan, und ...«

»Was hattest du denn zu erledigen?«

»Ach ...«

Rita lächelt. Ihre Verlegenheit ist nicht zu übersehen. Ich sitze ihr gegenüber am Tisch, während ich darauf warte, dass der Kaffee zu sprudeln beginnt.

»Es ist komisch«, sagt sie mit gezwungener Unbekümmertheit, »aber ich glaube, ich wollte dem Ort hier eine letzte Chance geben. Eine Zeit lang dachte ich, was soll's, schließlich komme ich von hier, vielleicht soll ich auch hier enden. Weißt du, manchmal glaubt man an den Sinn von Symmetrie.«

»Hast du nicht gesagt, du willst von deinem Familiensitz nichts mehr wissen?«

»Ach, dieser grauenhafte Palazzo. Nein, selbstverständlich nicht.«

Sie zieht ihr Päckchen Slim-Zigaretten aus der Kimonotasche und hantiert mit ihrem Feuerzeug.

»Nein, ich hatte nicht die Absicht, *einfach so* wieder herzuziehen. Sondern ich war hier, um …«

Sie nimmt einen sehr langen Zug, hustet, hält sich die Finger mit den lackierten Nägeln vor den Mund, und es widerstrebt ihr sichtlich, mit der Sache herauszurücken.

»Ich war hier, um mit den Dominikanerinnen im Kloster Santa Caterina zu reden.«

»Ach!«

»Du weißt, dass meine Mutter eine ihrer größten Wohltäterinnen war, ja? Nun, ich dachte, nachdem sie meine Familie so gut kennen, sind sie vielleicht die beste Lösung für mich.«

»Eine Lösung wofür?«

Mit gespielter Überraschung starrt sie mich an.

»Hast du nicht gewusst, dass ich gläubig bin?«

»Nein, eigentlich wusste ich das nicht. Ich dachte immer …«

»Eben.« Sie wedelt mit der Hand durch die Luft, um den Rauch zu vertreiben. »Die Leute denken alles Mögliche über mich. Aber ich war schon immer religiös. In gewissem Sinn könnte man sagen, ich war seit jeher auf der Suche. Man könnte sogar sagen, dass ich als Kind schon damit angefangen habe, als ich auf der Suche nach meinem wahren Ich war und auf dieses kleine Mädchen gestoßen bin, das freigelassen werden wollte, verstehst du?«

Ich drehe ihr den Rücken zu, während ich den Kaffee vom Herd nehme und darauf warte, dass sie weiterspricht. Die Wende, die unser Gespräch genommen hat, ist mir seltsam peinlich.

»... Dann suchte ich nach Liebe und stieß auf käuflichen Sex. Ich suchte weiter und stieß auf Politik und Engagement. Jetzt ...« – sie seufzt, als hätte die Aufzählung sie erschöpft – »jetzt bin ich über sechzig, und ich bin's allmählich leid, herumzurennen wie ein kopfloses Huhn.«

Sie sieht mich an, fast mit Verschwörermiene.

»Ich möchte mich zurückziehen. Ausruhen.«

»Ja, klar. Aber ich glaube, ich verstehe nicht, was die Ordensschwestern von Santa ...«

»Ich will ins Kloster«, sagt sie.

Wie erstarrt stehe ich am Herd, die heiße Espressokanne in der Hand. Ich höre den Wasserhahn tropfen.

»Das ist nicht dein Ernst.«

Sie nickt langsam und schließt dabei die Augen.

»Aber das ist doch komplett verrückt«, sage ich.

Ich stelle die Kaffeekanne wieder auf den Herd und setze mich auf den Stuhl ihr gegenüber. Sie lächelt angestrengt.

»Wieso denn? Ich möchte nichts anderes, als in Frieden zu Gott beten, in seinem Haus. Was ist schlecht daran?«

»Nichts. Aber es so *radikal.* Du musst dich ja nicht im Kloster einsperren, um zu beten! Das ist doch nicht deine Berufung, das ist nicht dein Stil!«

»Wer sagt das?«

»Ach komm, Rita! Außerdem wär dir die Nonnentracht zuwider.«

Sie runzelt kurz die Stirn, dann zuckt sie missmutig die Achseln.

»Was soll's, es ist sowieso müßig, sich darüber den Kopf zu zerbrechen, es wird nicht dazu kommen. Technisch gesehen, also aus der Sicht des Klerus, bin ich nämlich nach wie vor ein Mann. So hat Gott mich erschaffen, sagen sie, und damit muss ich leben. Sagen sie.«

Sie mustert ihre roten Fingernägel.

»Geschlechtsumwandlungen sind im Reich Gottes nicht vorgesehen.«

Ein Teil von mir würde gern in schallendes Gelächter ausbrechen, doch irgendetwas an ihrer gekränkten Miene geht mir zu Herzen. Völlig verrückt, sie ist immer noch ein Mann, denke ich. Warum kann man sie nicht sein lassen, was sie geworden ist und sein will? Und wer bin ich, ihr zu sagen, dass Gott nicht *ihr Stil* ist? Ich sehe sie an und kann auf einmal nicht mehr den unglücklichen Zwitter in ihr erkennen, der alles in einem ist, die Hure, die schrullige alte Tante, der ältere Herr aus dem Mezzogiorno: Auf einmal erscheint mir ihre Fähigkeit, alles zugleich zu sein, ohne ihre Natur zu verleugnen, als wunderbares Geschenk und eine große Stärke.

»Ich dachte, wir trinken Kaffee«, erinnert sie mich und deutet mit dem Zeigefinger auf die Espressokanne.

»Ja. Kaffee. Klar.«

Ich reiche ihr eine kleine Tasse.

»Vielleicht solltest du's bei den Buddhisten versuchen«, sage ich. »Die scheinen weniger Trara um den Körper zu machen, den du in diesem speziellen Leben bewohnst.«

»Die Buddhisten, ha! Den Kopf rasieren und in orangegelben Gewändern herumlaufen – na, ich weiß nicht. Mir wäre eigentlich eher nach Kruzifixen, Prozessionen, Weihrauch und Buße zumute. Aber wahrscheinlich hast du Recht. Mit dem Alter bin ich wohl zu konservativ geworden.«

Sie tritt ans Fenster und blickt hinaus auf die Wiese gegenüber. Es ist ein klarer Morgen, der Wind hat sich gedreht und den Himmel so blank gefegt, dass er aussieht wie eine Glasscheibe. Ich höre sie seufzen.

»Aber weißt du«, sagt sie, »diese Idee einer Symmetrie, die ich vorhin aufgebracht habe? Von der Rückkehr zum Ausgangspunkt?«

Sie dreht sich zu mir um, und jetzt lächelt sie. Jetzt sieht sie schön aus.

»Das ist totaler Bockmist.«

* * *

Isabella wurde »wegen bewaffneten Aufstandes gegen den Staat« und Mitverantwortung an der Ermordung Lo Capos zu einundzwanzig Jahren verurteilt. Ihre Strafe war milder ausgefallen als die ihrer Genossen. Nach Enricos Aussage war sie, anders als ihre Mitverschworenen, nicht des Mordes für schuldig befunden worden. Damit hatte er sie wohl zu einer Art minder schweren Terroristin gemacht, nehme ich an.

Trotzdem hörte ich auf zu zählen.

Die Zahlen waren zu grausam. Ich wollte nicht ihrem gegenwärtigen Alter einundzwanzig Jahre hinzurechnen. Ich wollte mir nicht vorstellen, wie sie mit grauen Haaren durch die Straßen ging.

Ich hörte auch auf, die Tage, die Monate zu zählen, die verstrichen, ohne dass ich Pläne machte, ein Flugticket kaufte, über die Rückkehr nach New York auch nur nachdachte. Ich wartete einfach ab. Es war keine Entscheidung, eher eine Kapitulation.

Fast drei Jahre hatte ich mich in New York zu Hause gefühlt. Jetzt ließ ich die Elizabeth Street, Raimonda, ihre Galerie und natürlich die Stimme und die Realität von Daniel Moore verblassen – ganz langsam, bis ich keine Gerüche und Geräusche mehr heraufbeschwören konnte, nichts mehr, das meine Sehnsucht wieder aufweckte. Bis ich alles unter einem Kissen erstickt hatte, unter dem sich nichts mehr rührte.

* * *

Nach dem Urteil wartete ich ein paar Wochen ab, in denen ich mich so still hielt wie möglich. Ich fühlte mich wie jemand, der einen Autounfall hatte und eine Weile braucht, um sich von dem Schock zu erholen.

Dann rief ich Peppino Esposito an. Seine Sekretärin legte mich in die Warteschleife. Aus der Leitung tönte eine Musikberieselung, irgendein aufgepopptes Arrangement von Reißern aus der *Traviata*. Ich wartete eine Weile und rechnete damit, dass sie sich gleich wieder meldete, um mir mitzuteilen, er befinde sich in einer Sitzung und sei momentan nicht zu sprechen.

»Alina Strada?«, dröhnte Espositos heisere Stimme aus dem Hörer.

»Ja. Hallo, wie geht's?«

»Immer noch am Leben. Was schon an und für sich eine Leistung ist. Ja, meine Liebe, was kann ich für dich tun?«

»Nun, das ist ein bisschen … Ich dachte … ich habe mich gefragt, ob …«

Aber er ließ mich nicht zu Wort kommen.

»Gehen wir mittagessen? Mal sehen …« Ich hörte es rascheln, er blätterte in seinem Kalender. »Nein. Mittags schaut es diese Woche ganz schlecht aus, und nächste sind wir in Cannes … Machen wir's anders: Komm morgen Abend um sieben hierher, da geht es ein bisschen ruhiger zu. Vergleichsweise.«

Als ich ihm in seinem gestylten Designer-Büro – eine Mischung aus Zen und Palm Springs – an seinem riesigen Schreibtisch gegenübersaß und mich wieder an seinen Anblick gewöhnte (er alterte wirklich schön, entwickelte sich immer mehr zu einem würdevollen Löwen), wurde mir bewusst, dass er für mich weniger eine reale Person als eine Kultfigur gewesen war. Sein Eau de Cologne von Creed, die Art, wie er sich einen Scotch einschenkte und mit den Eiswürfeln im Glas kreisen ließ: Er hatte dieses einzigartige Flair, dieses männliche Selbstbewusstsein, das nur Männer besaßen, die in den Fünfzigern gelebt hatten. Und er war meine letzte Verbindung mit Oliviero. Ausgerechnet er, den ich kaum kannte, war der Einzige, der noch bereit war, mit mir über *ihn* zu reden.

»Ich erinnere mich noch genau an den Tag, an dem du auf die Welt gekommen bist«, sagte er und sah mich von der Seite her an, während er mit der einen manikürten Hand einen Stift gegen die offene Handfläche der anderen schnellen ließ. »Oliviero rief mich um sieben Uhr morgens an, völlig außer sich, weil er nirgends ein Taxi auftreiben konnte, und deswegen schickte ich meinen Fahrer, der dann deine Mutter in die Geburtsklinik brachte. Man könnte also sagen, dass ich für deine Existenz auf dieser Welt ein bisschen mitverantwortlich bin.«

Mir kam die Idee, dass Oliviero mit über siebzig ihm irgendwie ähnlich gesehen hätte, was natürlich absurd war. Doch meine ausgehungerte Fantasie schrieb Esposito alle seine Eigenschaften zu.

»Also, womit kann ich dienen, meine Liebe?«

Adoptiere mich. Nimm mich unter deine Fittiche.

Stattdessen errötete ich und sagte, nachdem ich eine Zeit lang in New York gearbeitet hätte, sei ich jetzt nach Italien zurückgekehrt, und um …

»Ich weiß aus der Zeitung von deiner Schwester«, sagte er, um meiner müden Vorrede ein Ende zu machen.

Ich nickte. Er hob sein Glas und ließ mich nicht aus den Augen, während er den Kopf zurücklegte und den Scotch kippte.

»Sehr schwierig«, sagte er, stellte bedächtig das Glas auf dem Schreibtisch ab und drehte es zwischen den Fingern hin und her.

Ich nickte wieder.

»Zwanzig Jahre, oder?«

»Einundzwanzig.«

In diesem feudalen Raum, in dem Filmstars ein und aus gingen, auf dem Polstersofa saßen und über Drehbücher und ihre astronomischen Gagen diskutierten, Assistentinnen auf silbernen Tabletts Evian-Wasser in Kristallkrügen und Räucherlachshäppchen hereinbrachten, in dem tröstlichen Luxus dieser holzgetäfelten Wände – Kirsche? Rosenholz? – war allein der Klang dieser Worte hässlicher Lärm: »Einundzwanzig Jahre« hörte sich an wie eine Beleidigung.

»Ich habe mich jetzt entschieden, in Italien zu bleiben, damit ich in ihrer Nähe sein kann«, sagte ich schließlich, und es war, als würde ich es auch mir selbst laut und deutlich erklären.

»Gewiss, gewiss.« Seine buschigen Brauen zogen sich zu einer düsteren Miene zusammen. Doch nach ein paar Sekunden hellte sich sein Gesicht wieder auf. Esposito war ein Mann, der lieber Lösungen fand, als auf einem traurigen Thema herumzureiten.

»Und wir müssen eine Beschäftigung für dich finden, stimmt's?«

»Äh … ich … ja. Ich bin auf der Suche nach einem Job, ja.«

Das Telefon läutete.

»Entschuldige, meine Liebe, aber das *muss* ich annehmen. Das ist Los Angeles.«

In seinem schauderhaften Englisch begann er in den Hörer zu bellen. Es ging um ein Drehbuch, und sein Gesprächspartner war ein Mensch namens Jack. Zum Spaß stellte ich mir am anderen Ende der Leitung Jack Nicholson vor, der mit Ray-Ban-Sonnenbrille und einer Schüssel Cornflakes in der Hand grinsend am Pool saß. Espositos Akzent war so grauenhaft, dass ich kaum verstand, was er sagte, und mich fragte, wie viel dieser Jack von dem Gespräch mitbekam, doch sein Selbstbewusstsein hatte etwas entwaffnend Charmantes.

Während des Gesprächs ließ er mich nicht aus den Augen, schnitt ab und zu Grimassen, als könnte er es nicht erwarten, das leider unumgängliche Telefonat zu beenden. Und tatsächlich – ohne Vorwarnung würgte er Jack kurzerhand ab.

»Sehr gut, mein Freund, sehr gut. Darüber müssen wir nächste Woche reden, und schöne Grüße auch an Deedee.« Er legte den Hörer auf und drückte fast im selben Moment auf den Knopf der Gegensprechanlage. »Elisabetta? Würden Sie bitte die Drehbücher hereinbringen, die wir Federici zu lesen geben wollten?«

Er wandte sich wieder zu mir und beugte sich eindringlich über den Tisch.

»Ich habe riesige Stapel von Sachen, die man mir tagein, tagaus schickt. Eigentlich wollte ich immer ein kleines Team von Lesern haben … momentan habe ich nur einen Einzigen, und mit seinen Gutachten bin ich nicht sehr glücklich. Mit anderen Worten, ich brauche jemanden, der wirklich ein Gespür dafür hat, was funktionieren kann und was völlig hoffnungslos ist.«

Ich verstand nicht recht, was er meinte, seine Rede verwirrte mich ein bisschen, aber es hörte sich gut an, und ich nickte. Ich brauchte die Energie. Und ich wünschte mir verzweifelt seine Zuneigung.

In einem hautengen roten Lederrock kam Elisabetta herein, in der Hand einen Stapel Drehbücher, die sie auf dem Schreibtisch ablegte.

Esposito schob sie zu mir herüber, wie Jetons auf dem Roulette-Tisch.

»Maximal eine Seite pro Buch. Synopse plus Kommentar. Zwei Kategorien: ›hoffnungslos‹ und ›würdig fürs nächste Stadium‹. Einfach, oder? Elisabetta, gehen Sie bitte mit Signorina Strada in Aldos Büro und besprechen den Vertrag mit ihr. Sie bekommt denselben wie Federici.«

Er stand auf und umarmte mich.

»Fangen wir erst mal damit an, dann sehen wir weiter. Beste Grüße an deine Mutter. Und eine Umarmung an deine Schwester, falls du Gelegenheit dazu hast.«

»Ja, danke, das mache ich.«

»Ich erinnere mich noch gut, wie euer Vater euch nach Cinecittà ins Studio mitgenommen hat. So süße kleine Mädels. Und so brav.« Zu Elisabetta gewandt, fügte er hinzu: »Stundenlang saßen sie hinter ihrem Vater und waren mucksmäuschenstill. Gaben keinen Pieps von sich, wollten nicht mal ein Glas Wasser. Ganz anders als diese verwöhnten Rotzlöffel heutzutage. Tja …«

Was aus dem einen Mädchen geworden war, dem hübscheren, mit den wasserhellen Augen, das verriet er Elisabetta nicht.

Isa wurde im Gefängnis dreißig, und auf einmal war es ihr sechstes Jahr Haft.

Alba und ich besuchten sie einmal in der Woche. Inzwischen tauchten die Wärter nicht mehr aus dem Nichts auf wie die Bösewichte in einem Horrorfilm, sondern hatten sich zu realen Menschen gemausert, die ihre Arbeit machten; wir kannten ihre Namen, winkten ihnen zur Begrüßung und zum Abschied, die Stahltüren und Metalldetektoren schüchterten uns nicht mehr ein. Ehe wir uns versahen, waren wir alte Hasen geworden.

Bruno hatte einen Bauch bekommen und sah auch sonst schon recht alt aus.

Er hatte sich von Alba scheiden lassen und lebte nun mit der viel jüngeren Federica zusammen, einer hübschen und uninteressanten Frau, die keinen Aufruhr mehr in sein Leben brachte. Sie wurde auf Anhieb schwanger und bekam Zwillinge, zwei Mädchen. Ich sah ihn selten, aber wann immer wir uns trafen, hatte ich das Gefühl, dass nach wie vor eine Verbindung zwischen uns bestand.

Alba hatte noch einmal geheiratet.

Giorgio Carlei war Neurologe. Sie hatten sich auf einer griechischen Insel kennen gelernt, bei einem Seminar über Träume, das ein berühmter amerikanischer Psychoanalytiker veranstaltet hatte. Anscheinend war es Liebe auf den ersten Blick gewesen. Bei der Hochzeit – einer kurzen, ausgelassenen Feier – hatte Giorgio sein Glas Champagner gehoben und sie »mein erster Traum, der in Erfüllung gegangen ist« genannt.

Auch ich hatte ein neues Leben. Ich war in die Casa Rossa zurückgekehrt und wohnte dort ganz allein.

Als Drehbuch-Begutachterin für Peppino Esposito entwickelte ich mich ganz erfolgreich. Nachdem ich unendlich viele hoffnungslos schlechte Drehbücher gelesen hatte, wurde ich kühner und verfasste geistreiche Kommentare für ihn, um ihn zumindest zu erheitern und ihm zu beweisen, dass ich auch zur Ironie fähig war. Und um nicht nur als das bedürftige Waisenkind dazustehen, das stundenlang still sitzen konnte, ohne auch nur um ein Glas Wasser zu bitten.

Mit der Zeit rief er häufiger an, und wir lachten oft miteinander. Meine Kommentare zu den »Hoffnungslosen« amüsierten ihn, und er schätzte meine Anregungen in der Kategorie »würdig für das nächste Stadium«. Er brachte mich mit den Autoren zusammen, damit wir gemeinsam die Schwachstellen im Drehbuch durchgingen. Mit der Zeit entwickelte ich mich von der Leserin zur Drehbuch-Reparateurin, und nach einer Weile beauftragte er mich auch mit der Überarbeitung von Büchern, die er weiterentwickeln wollte.

Es waren in erster Linie kommerzielle Streifen, durchschnittliche Krimis, Action-Filme, alles nicht sehr aufregend, aber dass ich mich darauf einlassen, mich in die unvollkommenen Plots vertiefen musste, war kein schlechtes Training. Ich merkte, dass ich ein Gespür für Rhythmus hatte. Ich wusste, wann eine Geschichte »saß« oder einen Takt ausgelassen, eine Abzweigung verpasst hatte. Ich hatte ein Ohr für Dialogzeilen, die gekünstelt oder verkrampft klangen. Das war kein Talent, sondern reines handwerkliches Geschick: Ich schnipselte, kürzte, fügte ein, fasste zusammen – wie eine Änderungsschneiderin bei einem Kleidungsstück. Zwar leistete ich nirgendwo eine besonders kreative Arbeit, doch wenn ich Esposito ein Drehbuch zurückschickte, passte die Geschichte besser.

Mit der Zeit zahlte er mir ein anständiges Gehalt, und ich steckte das Geld, das ich verdiente, in die Renovierung der Casa Rossa.

Ich ließ das Dach reparieren, die Rohrleitungen ersetzen, neue Kabel verlegen. Verpasste dem Haus einen frischen tiefroten Anstrich. Ich pflanzte eine Kletterrose, die sich die Fassade hinaufarbeitete. Und ich nahm drei Hunde zu mir, die mich bei meinen Abendspaziergängen begleiteten und immer auf der Jagd nach Vögeln und Eidechsen waren.

Nach Rom fuhr ich nur, wenn es nötig war – um Isabella zu

besuchen oder um mich mit Esposito zu besprechen; ansonsten verbrachte ich meine Zeit zunehmend allein in der Casa Rossa, wo ich entweder schrieb oder am Haus arbeitete.

Nie hätte ich vermutet, dass ich das in mir hatte, dieses Talent zum Alleinsein.

Mein neues Leben war eine schiere Wiederholung von Handgriffen, kleinen Aufgaben, die jeden Tag aufs Neue verrichtet werden mussten. Und jede getane Aufgabe erfüllte mich mit Wohlbehagen. Frühmorgens den ersten Kaffee kochen, warten, bis das köstliche Aroma die Küche erfüllte, während ich den Kamin nachschürte. Die Hunde füttern, die Topfpflanzen gießen. Langsam die Badewanne einlaufen lassen, die Augen schließen, während ich mich in das heiße Seifenwasser gleiten ließ. Mich anziehen und die Haare zu einem Knoten aufstecken. Im oberen Stock an meinem Schreibtisch im ehemaligen Schlafzimmer von Lorenzo und Jeanne vor dem Fenster sitzen.

Die Gegenstände, die mich umgaben, durchwachten stumm die Nacht, und am nächsten Morgen fand ich sie genauso vor, wie ich sie zurückgelassen hatte. Es gab keine fremde Hand, die ihre Lage veränderte. Die Stapel von Papieren und Drehbüchern, die auf ihre Bearbeitung warteten. Meine an den Rand gekritzelten Notizen. Die leere Teetasse mit einem vertrockneten Beutel darin. Es empfing mich auch die immer gleiche Abfolge von Geräuschen. Das Radio, das immer auf denselben Sender eingestellt war, dieselben Vögel, die zwitschernd auf denselben Ästen saßen.

Mein Universum war geschrumpft. Ich hatte es ausgehöhlt und eingegrenzt, sodass meine Sehnsüchte und Bedürfnisse darin abflauen konnten. In gewisser Weise, dachte ich, unterschied sich mein Tagesablauf nicht sehr von Isabellas. Ich saß in meinem eigenen Puppenhaus fest.

Abends lag ich im Gras, in dem die Heuschrecken raschelten, und spürte die schimmernden, seidigen Halme im sanften Wind wehen. Die weiten Ebenen, der warme Heuduft in meiner Nase.

Der honigfarbene Sandstein. Ich redete mir ein, dass ich nichts weiter brauchte.

Das ist meine Landschaft. Daraus bin auch ich gemacht.

Das ist Liebe.

* * *

Eines Tages wartete ich am Flughafen Fiumicino auf die Maschine nach Bari. Ich war wegen einer Besprechung mit Esposito in Rom gewesen, und er hatte mir dafür eigens den Flug hin und zurück bezahlt. Er wollte immer alles sofort erledigt haben – dass es mehr kostete, machte ihm nichts aus.

Ich war früh dran und blätterte gedankenverloren am Pressestand in der neuesten Ausgabe der *Vogue*, als ich spürte, wie mich jemand anstarrte. Ich hob die Augen über den Rand der Zeitschrift und begegnete Enricos Blick.

Er trug einen zerknitterten beigefarbenen Regenmantel. Sein Haaransatz war zurückgewichen, an den Schläfen zeigte sich das erste Grau. Seine Ray-Ban-Sonnenbrille war viel zu groß für sein Gesicht.

»Alina?«

Er kam näher. Der Aktenkoffer in seiner Hand fiel mir auf. Er sah aus wie ein armseliger Vertreter.

»Dachte ich mir doch, dass du's bist«, sagte er und lächelte. Ein absolut freundliches, argloses Lächeln.

»Ich… ich… hab dich nicht erkannt. Tut mir Leid.«

Ich steckte die *Vogue* an ihren Platz zurück und schob die Hände in die Taschen.

»Wo willst du hin?«, fragte er.

»Nach Bari. Zurück in die Casa Rossa.« Ich starrte ihn an. Er senkte den Blick. Auf seiner Stirn bildete sich ein Schweißfilm.

»Hast du Zeit für einen… möchtest du dich eine Minute irgendwo hinsetzen?«

»Du lieber Himmel, Enrico, ich weiß nicht, ob das…«

»*Bitte.*«

Gleich nebenan standen ein paar Plastiktische, an denen Leute abgepackte Sandwiches verspeisten. Wir setzten uns einander gegenüber. Er steckte sich eine extraleichte Zigarette an.

»Seit wann bist du raus?«, fragte ich.

»Fast ein Jahr. Es stand in allen Zeitungen. Ich dachte, du weißt es.«

»Ist mir entgangen.«

Eine Pause trat ein. Er schob die Ärmel seines Regenmantels zurück, sodass seine Handgelenke sichtbar wurden. Er trug ein dünnes goldenes Armband.

»Ich lebe jetzt in Bergamo, bei einem Vetter von mir. Seit kurzem arbeite ich für ihn. Das ist auch der Grund, wieso ich in Rom bin – eine kurze Geschäftsreise.«

»Gut.«

»Er hat mir sehr geholfen. Wir produzieren Gitter. Ich mache die Buchhaltung.«

»Gitter?«

»Metallgitter. Baumaterial. Für Tore, Straßen ...« Er kicherte. »Wahrscheinlich stellen wir auch die Gitter her, die in Gefängnissen verwendet werden.«

Ich lachte nicht. Er wurde wieder ernst.

»Es war nicht leicht, Alina. Ist es noch immer nicht.«

»Das glaub ich.«

Er machte mich nervös. Ich wollte zornig werden, ihm meine Verachtung zeigen, aber es ging nicht. Er wirkte müde und fertig. Alt.

»Du bist wenigstens draußen. Kannst ein neues Leben anfangen«, sagte ich. Ich wollte die Sache so rasch wie möglich hinter mich bringen, damit ich gehen konnte.

Er schüttelte den Kopf.

»So ist es nicht. Du kommst raus und stellst fest, dass es draußen noch viel schlimmer ist. Deine früheren Genossen hassen dich, weil du für sie ein Judas bist. Für die anderen, denen du draußen begegnest, wirst du immer ein Terrorist sein. Keiner hat mehr Vertrauen zu dir. Du hast einen Schlussstrich unter deine Vergangenheit gezogen, aber die Zukunft steht dir ebenso wenig offen. Also sitzt du in einer Art Niemandsland fest.«

»Bereust du dein Geständnis?«

»Bereue ich, dass ich bereut habe?« Er nahm seine Sonnenbrille ab und rieb sich heftig die Augen, die gerötet waren und glänzten.

»Nein, ich bereue es nicht. Ich wollte es so. Nicht wegen der Strafmilderung, die sie einem in Aussicht gestellt haben. Sondern weil ich erkannt hatte, dass wir schon lang vor unserer Verhaftung verloren hatten. Unmittelbar nach Moros Ermordung dachte ich: Es ist vorbei. Mir war klar, dass diese ganze Idee vom bewaffneten Kampf zum Scheitern verurteilt war. Das war der Tiefpunkt. Wir hätten gleich damals aufhören sollen.«

Ich war bestürzt, dass er unbedingt über das alles reden wollte, noch dazu so offen. In der ganzen Zeit, die wir einander kannten, hatten wir nie mehr als ein paar hastige, verlegene Grußworte gewechselt.

»Wirklich? Und was hat euch daran gehindert aufzuhören? Vor ...« – ich zögerte; es fiel mir schwer, den Namen vor ihm auszusprechen – »... Lo Capo?«

Er zog noch ein letztes Mal an seiner Zigarette und drückte sie dann in einer Untertasse aus.

»Ich sag dir, warum.« Er sah mich nicht an, sondern bohrte die Kippe in die Untertasse, als wollte er sie komplett zerbröseln. »Je mehr dir klar wird, dass du verloren hast, desto höher schraubst du den Einsatz. Wer weiß ... vielleicht wünschten wir uns ja unbewusst, erwischt zu werden, damit uns jemand das Handwerk legt. Kann doch sein.«

»Aber selbst wenn. Aufhören wollen ist eine Sache, Namen verraten eine ganz andere. Du hättest ja nicht gleich ein *pentito* werden müssen.«

Er drückte beide Hände an die Schläfen, als hätte er Kopfweh, und schloss für einen Moment die Augen.

»Weißt du, Alina, ich habe diese Entscheidung bewusst getroffen, ich war mir darüber im Klaren, dass ich für den Rest meines Lebens eine schwere Bürde mit mir herumschleppen werde.« Dann starrte er mir in die Augen. »Isabella hingegen hätte es nie getan, das wusste ich.«

»Wieso nicht?«

Er lächelte bitter.

»Sie ist so. Das Eingeständnis, dass sie – dass wir uns geirrt haben, würde sie vernichten.«

Ich richtete mich im Stuhl auf, entschlossen, seinem Blick nicht auszuweichen. »Der Unterschied ist, dass Isabella absolut integer ist«, sagte ich. »Sie trägt ihre Last genauso, allerdings ohne irgendwelche Vergünstigungen, wie du sie bekommen hast.«

»Von Vergünstigung kann keine Rede sein«, sagte er mit einer Grimasse. Dann berührte er meine Hand, die auf dem Tisch lag. »Wenn du sie siehst, könntest du ihr bitte sagen, dass …«

»Nein, sicher nicht. Sie will ganz bestimmt nichts von dir hören. Verlang das nicht von mir.«

Er hob die Handflächen. Resigniert.

»Na gut.«

Ich stand auf. »Ich muss jetzt gehen«, sagte ich.

Er blieb sitzen und sah mich an.

»Es hat mich gefreut, dass wir uns getroffen haben. Jetzt, wo wir miteinander reden konnten, wenn auch nur kurz, geht es mir besser.«

»Viel Glück, Enrico. Ich hoffe, du kommst irgendwann mit deinem Leben ins Reine.«

»Du siehst gut aus, Alina. Glücklich.«

Ich ging durch die Halle davon, ohne mich noch einmal umzudrehen, obwohl ich seinen Blick in meinem Rücken spürte. Als ich im Flugzeug auf meinem Platz saß, wandte ich die Augen nicht vom Fenster. Jedes einzelne Wort, das wir gesprochen hatten, ging ich im Geist noch einmal durch und untersuchte seine Bedeutung.

Verloren haben alle. Es gibt nichts zu gewinnen, nur Leid.

Ich konnte nicht aufhören, über Isabella nachzudenken, die ihren Glauben verloren hatte, ihre Identität, ihren Geliebten. Die jetzt auch ihre Jugend verlor, alles nur, weil sie unerschütterlich an ihrer Vorstellung von Integrität festhielt. Und es war ihr nicht gelungen, irgendetwas zu verändern oder die Welt auch nur eine Spur besser zu machen.

Ich musste immer wieder daran denken, dass ich aus einem ganz bestimmten Grund nach Italien zurückgekehrt war und mich zum Bleiben entschlossen hatte. Vielleicht war es ja nur eine Illusion, aber ich wollte diesen ewigen Kreislauf von Verrat und Leid, Schweigen und Verdrängung endlich unterbrechen: das Vermächtnis meiner Familie. Ich wollte ihm ein Ende setzen – und merkte, dass ich nicht wusste, wie.

* * *

Als ich an dem Abend nach Hause kam, fand ich eine Nachricht auf dem Notizblock neben dem Telefon. Carmela, die Frau, die mir einmal in der Woche beim Saubermachen half, hatte mit ihrer schnörkeligen Handschrift eine Notiz hinterlassen.

Daniele Mur. Er ruft wieder an.

Ich hielt den Zettel in der Hand und starrte darauf, in der vergeblichen Hoffnung auf irgendwelche weiteren Informationen. Aber nach einer Weile konnte ich den Namen nicht länger anstarren. Also griff ich zum Telefon und rief Carmela an, obwohl es schon ziemlich spät war und sie wahrscheinlich im Begriff war, schlafen zu gehen.

»Carmela? Hier ist Alina. Was genau hat dieser Mann am Telefon gesagt?«

»Keine Ahnung, er hat Englisch geredet. Er wollte dich sprechen.«

»Was hast du gesagt?«

»Dass du nicht da bist. Dass du am Abend wiederkommst.«

»Und was hat er dann gesagt?«

»Nichts.«

»Carmela, bitte, *irgendwas* muss er doch gesagt haben. Versuch dich zu erinnern, es ist ungemein wichtig. Und ich muss es *genau* wissen.«

»Seinen Namen hat er gesagt, und als ich sagte, du bist nicht da, sagte er: ›*Va bene.*‹«

»Auf Italienisch?«

»Ja.«

»Bist du sicher?«

»Ja!«

»Aber er kann doch gar nicht Italienisch.«

»*Va bene* konnte er jedenfalls sagen.«

Ich rief auf der Stelle seine New Yorker Nummer an. Es meldete sich sein Anrufbeantworter. Allein der Klang seiner Stimme auf Tonband versetzte mir einen Schock.

»Hi, Sie haben 891 2847 gewählt. Ich bin außer Landes, aber Sie können mir nach dem Signalton eine Nachricht hinterlassen.«

Wo um Himmels willen bist du?

Ich saß neben dem Telefon, während es dunkel wurde. Beschwörend begann ich auf den grauen Apparat einzureden.

Bitte läute.

Ich nahm das Telefon mit ins Bett.

Bitte, bitte, bitte.

Um sechs Uhr wachte ich auf und ging hinunter, um Kaffee zu kochen, die Hunde hinauszulassen, den Garten zu gießen. Aber seitdem ich wusste, dass Daniel Moore mich zu erreichen versucht hatte, war nichts mehr wie früher. Ich sah auf die Uhr. Erst sieben. Den ganzen Tag vor mir, und dieses grausame Warten. Ich tigerte durchs Haus und versuchte mich zu beruhigen.

Es heißt nichts, sagte ich mir immer wieder. Es bedeutet überhaupt nichts. Mach einfach weiter mit deinem Leben und erledige, was du zu erledigen hast.

Ich versuchte mich an den Schreibtisch zu setzen. Das Einzige, woran ich denken konnte, war das Telefon, das nicht läutete.

Was habe ich zu erledigen? Gibt es irgendwas Sinnvolles, das ich tun muss?

Dann hörte ich es läuten und flog ins Nebenzimmer.

»Alina?«

»Ja.«

»Hi. Ich bin's. Daniel.«

»Daniel.«

Ich wiederholte langsam seinen Namen, als müsste ich ihn erst wieder ganz neu lernen. Ich füllte meinen Mund mit seinem Klang, rollte die Zunge gegen den Gaumen.

»Ich bin in Neapel.«

»Das kann nicht sein.«

So nah. Es erschütterte mich.

»Natürlich!«, sagte er, stolz auf die gelungene Überraschung. »Ich bin schon seit ein paar Tagen in Italien, aber erst gestern habe ich deine Nummer ausfindig gemacht. Es war nicht leicht, dich aufzuspüren.«

Ich schluckte hart. Mein Mund war ausgedörrt.

»Wirklich? Ein Glück, dass es dir gelungen ist.«

»*Oh Jesus*«, sagte er, und ich hörte ihm an, dass er lächelte.

»Was?«

»Deine Stimme. Deine Stimme wieder zu hören.«

Wir verstummten beide und holten tief Luft.

»Alina... ich... ich meine... ich weiß nicht, was du in der nächsten Zeit vorhast und was du...«

»Ich habe gar nichts vor«, fiel ich ihm ins Wort.

»Das ist gut. Ich würde dich gern sehen, wenn es möglich ist.«

Ich ließ seine Worte in der Luft schweben, während ich versuchte, mir nach und nach die Konsequenzen bewusst zu machen. Es war sinnlos, an der Oberfläche dieses Gesprächs entlangzutreiben: lieber direkt und so schnell wie möglich auf den Kern zusteuern.

»Mit wem bist du unterwegs?«, fragte ich.

»Ich bin allein.«

Wieder schwieg ich.

»Ich weiß nicht … können wir uns in Lecce treffen?« Ich hörte mich beinahe ungeduldig an.

»Ja.«

»Wann?«

»Ist heute Abend zu früh?« Er lachte. »Ich könnte hinfahren, ich habe einen Leihwagen.«

»Nein.« Ich musste ebenfalls lachen. »Das *ist* zu früh. Ich muss das Ganze überschlafen und erst mal wieder zu Atem kommen. Morgen Nachmittag um fünf, vor der Kirche auf dem Hauptplatz. Auf der Treppe.«

»Ist das leicht zu finden?«

»Klar. Du kannst dich unmöglich verirren. Auf der Treppe, um fünf.«

»*Va bene*«, sagte er, »*a domani*.«

* * *

Du wartest tausend Jahre, unfähig dich zu rühren – ein tief im Eis eingeschlossener Körper. Perfekt erhalten. Haare, Haut, Nägel, Kleider und Schmuck, alles ganz, alles am richtigen Platz.

Nicht tot, nicht schlafend. Nur still.

Dann der Klang einer ganz bestimmten Stimme, und mehr braucht es nicht, damit dieser Eisberg zu schmelzen anfängt. Damit deine Atmung in Gang kommt, Tränen und Speichel wieder zu fließen beginnen, Blut durch deine Adern strömt. Deine Wangen sich röten, deine Haare zu glänzen beginnen, deine Haut sich erwärmt. Dein Körper sich regt, die Fingerspitzen sich nach Berührung sehnen, deine Lippen nach Küssen. Und alles, was nötig war, um dieses Wunder zu vollbringen, war der Klang dieser einen Stimme. Die einzig mögliche Erklärung ist, dass deine Liebe nie aufgehört hat. Nur eingefroren war unter dieser Eisplatte.

Mit dieser Erkenntnis ging ich in Lecce den Corso entlang und bog um fünf Uhr nachmittags auf den Hauptplatz ein. Als jemand, der nichts zu verlieren hat. Als jemand, der einen so ausgiebigen Winterschlaf gehalten hat, dass er mühelos, ohne viel Aufsehen in die Kältestarre zurückfallen kann.

Ich hatte den ganzen Tag darauf verwendet, mir die Szene meiner Wiedervereinigung mit Daniel Moore in allen möglichen Variationen vorzuspielen. Jetzt war ich da, bereit für die letzte, endgültige Version.

Und da war auch er, eine kleine Gestalt auf den Stufen vor der Kirche, auf der anderen Seite der zugigen Bühne dieses Platzes, den ich so gut kannte. Ich zögerte einen Moment, ehe ich ihm entgegenging, um seinen Anblick auf mich wirken zu lassen, solange er mich noch nicht entdeckt hatte: ein langbeiniger Mann mit weiter Kakihose und Turnschuhen, der ein Buch las, die sandfarbenen Haare vom Abendlicht orange leuchtend. Das einzige unerwartete Detail war das dunkelrote Baumwollhemd, noch nie hatte ich ihn Rot tragen sehen. Aber sie stand ihm, diese kühne, verwegene, rostige Farbe. Er sah mich – der Platz war so leer, dass es mir tatsächlich vorkam, als wären wir zwei Schauspieler auf einer Bühne – und stand sofort auf. Dann hielten wir einander in den Armen, küssten uns versuchsweise, ich roch sein Haar. Ich weiß nur noch, dass mein Herz mir auf einmal bis in die Kehle schlug und meine Hände zitterten.

»Ich brauche einen Drink«, verkündete er.

Gott sei Dank gibt es Alkohol, sagte ich mir, als ein paar Minuten später Wodka durch meine Adern strömte. Er beschleunigte den Prozess des Auftauens, die Erzeugung von Tönen in meiner ausgedörrten Kehle. Ich legte einen Finger auf die weiche weiße Haut seines Unterarms.

»Ich freue mich sehr, dich zu sehen.«

»Ich mich auch.«

Und wir saßen einfach da, tranken und strahlten einander an.

Diese Szene war zweifellos die am wenigsten aufregende unter den vielen Versionen, die ich mir im Geist zurechtgelegt hatte, und die Dialoge waren mit Abstand die miserabelsten.

Aber es war die echteste.

Später saßen wir unter der weinumrankten Pergola einer Trattoria an der spärlich beleuchteten Ecke einer Piazza in der Altstadt. Eine kahle Glühbirne schwang über dem Tisch hin und her, als der Abendwind aufkam und in den Palmen auf dem Platz raschelte. Vor uns lagen die klebrigen Überreste eines riesigen gegrillten Fisches – Kopf, Schwanz, zerfaserte Fleischbrocken, die wir nicht mehr bewältigt hatten. Zwei leere Flaschen *rosato* daneben. Ich schnippte immer wieder Zigarettenasche auf die Fischgräten, ich war so aufgeregt, dass ich unbedingt rauchen musste. Wir hatten ununterbrochen geredet, waren einander ständig ins Wort gefallen, hatten manchmal gar nicht darauf geachtet, was der andere sagte, nur um das Gespräch nicht ins Stocken geraten zu lassen, gefährliche Pausen zu vermeiden. Am Ende des zweiten Gangs waren wir sämtliche gemeinsame Bekannten in New York durchgegangen. Ich hatte mich akribisch nach allen erkundigt, auch jenen, die mir ganz gleichgültig waren; er hatte mich in allen Einzelheiten über den neuesten Stand in Raimondas Liebesleben aufgeklärt (der junge mexikanische Künstler hatte sie sitzen lassen, und sie versuchte verzweifelt, sich mit ihrem Mann zu versöhnen). Wir hatten noch allerlei Themen gestreift – Bücher, die wir in letzter Zeit gelesen hatten, mein neuer Job bei Esposito, der näher rückende Termin für Isabellas Berufungsverfahren. Als der Kellner den Grappa auf den Tisch stellte, war uns der Gesprächsstoff ausgegangen.

Unvermittelt beugte er sich über den Tisch und berührte leicht meine Stirn, strich mir eine Haarsträhne hinter das Ohr. Instinktiv drehte ich das Gesicht zur Seite.

»Gut siehst du aus«, sagte er und grinste, ohne aus der Fassung zu geraten. Irgendwie störte mich sein unverwüstliches Selbstvertrauen.

Ich drehte ihm das Gesicht wieder zu und pustete den Rauch aus.

»Was ist jetzt mit dir und Maya?«

Er zuckte nicht mit der Wimper. Ich nehme an, es war ihm klar, dass das Thema früher oder später aufs Tapet kommen musste. Je früher, desto besser.

»Sie ist wieder nach New York gezogen, kurz nachdem du und ich ...« – er zögerte, suchte nach dem richtigen Wort – »... nachdem wir beide nicht mehr miteinander in Kontakt waren. Mittlerweile war mir schon klar, dass du nicht zurückkommen würdest. Dass es zwischen uns praktisch aus war.«

Er legte eine Pause ein, fegte ein paar Brotkrümel vom Tisch.

»Tatsache ist, dass es mir ziemlich mies ging.«

Er sah mich an. Ich nickte, gab aber keine Antwort. Er sprach weiter.

»Als sie mich also fragte, ob ich es noch mal mit ihr versuchen wollte, sagte ich Ja, und sie zog zu mir. Nur für ein paar Monate, denn es klappte nicht mit uns. Irgendwo tief im Inneren wussten wir es beide, aber ich glaube, wir waren es uns schuldig. Diesen zweiten Versuch, meine ich.«

Wieder sagte ich nichts, sondern wartete ab. Ich fand, jetzt war er es *mir* schuldig, das Thema vollständig zu klären.

»Es ist wirklich vorbei zwischen uns«, sagte er. »Das war uns beiden dann auch klar.«

»Ja.«

Ich rief den Kellner beim Namen und bat um die Rechnung. Ich fühlte mich merkwürdig selbstsicher. Vielleicht weil unsere Begegnung in meinem Revier stattfand. Die Sprache, die Gepflogenheiten, die Landschaft: Ich gehörte hierher. Daniel Moore zückte seine Geldbörse.

»Lass mich das machen«, sagte ich und streifte leicht seine Hand.

Eigenartigerweise empfand ich keinerlei Angst mehr. Dass ich je gefürchtet hatte, ihn an eine andere Frau zu verlieren, erschien mir jetzt fast absurd.

»Und was ist mit dir? ... Ich meine, hast du ... eine Beziehung, gibt es je–«

»Nein. Niemanden.« Es war mir peinlich, auf diese Frage antworten zu müssen, eine Qual, derart mühsam vorwärts zu stolpern – wie zwei Fremde bei ihrer ersten, arrangierten Verabredung.

»Ich habe die ganze Zeit versucht, nicht an dich zu denken«, sagte ich. »Was vermutlich darauf hinausläuft, dass ich die ganze Zeit an dich gedacht habe.«

Ich versuchte gar nicht erst, mich zu vergewissern, wie es bei ihm angekommen war. Ich drehte mich zur Rückenlehne, über die ich meine Jacke und Handtasche gehängt hatte, und stand auf.

»Fahren wir«, sagte ich. »Von hier sind es ungefähr fünfundzwanzig Minuten bis zur Casa Rossa.«

Auf dunklen Landstraßen folgte er mir mit seinem Auto. Kaum hatten wir die Stadt hinter uns, wurde es stockfinster, und ich war mir sicher, dass er sich wunderte, wie schlecht beleuchtet hier alles war. Ich lächelte in den Rückspiegel, hielt nach seinen Scheinwerfern hinter mir Ausschau: Ich wusste genau, worauf Amerikaner so zu achten pflegen.

Als ich die Brücke überquert und die scharfe Kurve nach der Bildsäule mit der Muttergottes genommen hatte, zeichneten sich die Umrisse der Casa Rossa vor dem sternenhellen Himmel ab. Diese massige, gedrungene Silhouette. Das Holztor, die lange Zufahrt mit den Bäumen zu beiden Seiten, die mein Großvater und Stellario vor sechzig Jahren gepflanzt hatten. Der süße Jasminduft, das vertraute nächtliche Zirpen der Grillen, das Hundegebell.

»Was für ein Ort«, sagte er, als er aus dem Auto stieg. »Wirklich umwerfend.«

Zum ersten Mal betrachtete ich das Haus mit seinen Augen, und es erschien mir riesig und beeindruckend. Ein Ort, den ich immer als selbstverständlich angesehen hatte, ein Zuhause, das immer da gewesen war und immer da sein würde. Nie hatte ich mir irgendeine Meinung darüber bilden müssen. Wir traten durch die Hintertür in die Küche, und er blieb stehen, um die hohe Gewölbedecke zu bestaunen, den beeindruckenden gemauerten Herd, das Spülbecken aus Sandstein.

»Und du hast die ganze Zeit hier ganz allein gelebt?«, fragte er lächelnd, mit einer unbestimmten Geste in den Raum.

»Ja.«

»Ich hatte mir deine Casa Rossa als eine Art ländliches Ferienhäuschen vorgestellt. Aber das ist ja ein *Landsitz.*«

»Eigentlich ist es ein Bauernhaus. Ehe mein Großvater das Haus kaufte, wohnten Bauern hier, die auf den Feldern arbeiteten und Tiere hielten und in der Scheune ihr Getreide lagerten. Einfache Leute.«

»Na klar«, spottete er. »Jedenfalls ist es umwerfend. Kein Wunder, dass du dauernd davon geschwärmt hast.«

Ich merkte, wie begeistert er war, dass er die Casa Rossa endlich zu Gesicht bekam.

»Warte, bist du es bei Tag siehst. Die Aussicht ist nämlich auch ganz fantastisch. Ich werde dir die Umgebung zeigen. In der Gegend hier gibt es noch mehr Häuser, die so umwerfend sind wie dieses und die man einfach hat verfallen lassen.«

Ich merkte, dass ich schon die ganze Zeit eine Liste von Sehenswürdigkeiten für Daniel Moore zusammengestellt hatte, mit immer neuen Einträgen für jede Saison. Der süße Feigengeruch im August, die gelben Farbtupfer von wildem Ginster im Mai, im Herbst der Geschmack von *orecchiette con le cime di rapa*, dieses ganz besonders klare Licht über dem Meer im Dezember. Bis zu dem Augenblick war mir nicht einmal bewusst gewesen, dass meine Liste noch irgendwo existierte, dass ich sie nicht unterwegs verloren oder weggeworfen hatte – jetzt wunderte ich mich selbst darüber: Es verriet so viel Zuversicht, dass ich sie immer noch aufbewahrt hatte.

Es war, als fügte sich jetzt endlich alles so zusammen, wie es gehörte.

Das ist meine Belohnung, dachte ich. Dafür, dass ich den Willen und die Ausdauer aufgebracht hatte zu warten, in meiner asketischen Einsamkeit auszuharren. Daniel Moore aus heiterem Himmel vor meiner Tür auftauchen zu sehen erschien mir als ein solches Wunder, dass ich zwangsläufig annahm, es müsse so gemeint gewesen sein, genau so. Die richtige Zeit und der richtige Ort.

Alles hatte sich zusammengefügt, doch das Gleichgewicht war noch immer prekär, und ich wollte um jeden Preis vermeiden, dass irgendetwas herunterfiel und zerbrach. Deshalb fragte ich nicht, wie lang er bleiben wolle und wie seine weiteren Pläne aussähen. Ich wollte mir nicht jetzt schon wegen des Abschieds Sorgen machen müssen.

Auf einmal waren wir still. Durch den Raum hinweg sahen wir einander unverwandt an.

»*Vieni con me*«, sagte ich und streckte die Hand nach ihm aus.

Ich führte ihn hinauf in mein Schlafzimmer, das einst Lorenzo und Renée, dann Lorenzo und Jeanne gehört hatte. Ein Schlafzimmer mit einem riesigen Messingbett und einem breiten Fenster mit Blick auf ein Meer von Olivenbäumen: ein Zimmer, das nie für einen einzelnen Menschen gedacht gewesen war.

Liebende finden den Weg zueinander blind. Gleichgültig, wie lang sie getrennt waren, erkennen sie augenblicklich den Geruch, die Form, die Beschaffenheit des anderen Körpers wieder und finden den Weg. Nichts muss neu gelernt werden.

Ich spürte Daniel Moores Hand, die auf meinem Hüftknochen verharrte und ihn streichelte, dann zwischen meine Beine glitt. Der Geschmack seines Mundes, meine Finger, die fest seinen Nacken hielten, dann über sein Schlüsselbein strichen.

Und als er mich fragte, worüber ich lachte, schüttelte ich den Kopf.

»Eigentlich nichts«, sagte ich. »Ich bin nur wahnsinnig glücklich.«

* * *

»Ich habe ein Stipendium«, verkündete er am nächsten Morgen, während er Aprikosenmarmelade auf seinen mit Butter bestrichenen Toast schichtete.

Ich hatte den üppigsten Frühstückstisch gedeckt, den man sich vorstellen kann.

Um halb sieben, als er noch schlief, war ich in den Garten hinausgelaufen und hatte frische Blumen und Efeuranken abgeschnitten, um den Tisch damit zu schmücken. Aus dem Schrank hatte ich die handgetöpferten, ocker und schwarz glasierten alten Teller hervorgekramt. Ich hatte die Speisekammer durchstöbert und die köstlichsten eingeweckten Früchte vom letzten Sommer gefunden. Ich hatte den Tisch mit Silberbesteck und einem alten bestickten Tischtuch gedeckt, das Jeanne, glaube ich, für besondere Gelegenheiten aufbewahrt hatte, wie Hochzeiten oder Ostern. Mir war nach Luxus zumute.

»Das heißt?«, fragte ich.

Ich brachte kaum meinen Kaffee hinunter. Mein Magen war zugeschnürt, ein Knoten der Aufregung und Euphorie.

»Das heißt, dass ich ein ganzes Jahr frei habe, um ein Buch zu schreiben. Ich beende jetzt noch einen letzten Artikel für den *New Yorker*, der der Grund für meine Italienreise ist, aber das wird für eine Weile meine letzte Story sein. Ich bin frei für ein Jahr.«

»Frei wovon?«

»Von allem. Meine Wohnung habe ich untervermietet.« Er lächelte triumphierend und reckte die Arme in die Höhe. »Ein freier Mann. Mein Buch kann ich schreiben, wo ich will.«

Man sah ihm an, dass er auf den richtigen Augenblick gewartet hatte, um diese Neuigkeit loszuwerden. Ich erstarrte, die Kaffeetasse auf halbem Weg zum Mund, und sah ihn an wie vom Donner gerührt.

»Ist nicht dein Ernst.«

»Doch, durchaus.«

Das ist es, sagte ich mir. Er lässt dich wissen, dass ihr beide es noch mal miteinander versuchen solltet. Ich konnte kaum glauben, dass er mir noch immer traute und bereit war, sich einfach wieder auf mich einzulassen, völlig furchtlos. Aber das war es ja, was ich an Daniel Moore so liebte: diese grenzenlose Zuversicht, dass jeder ihm immer in seinem Leben Platz machen würde. Dieses Vertrauen hatte etwas Naives, aber ungemein Liebenswertes. Ganz anders als ich, die ich meine Taschen und Kisten fortschaffen würde, noch bevor ich angefangen hatte, sie auszupacken. Ich, die vor lauter Angst, im Weg zu sein, lieber die Flucht ergriff. Aber diesmal war ich hier zu Hause, und er war derjenige, der mit Gepäck ankam.

»Was ist das für ein Artikel für den *New Yorker*, den du hier schreiben musst?«

»Eine Geschichte über diesen russischen Choreografen, Leonid Massine. Er hat in Paris mit Picasso und Cocteau zusammengearbeitet. In den zwanziger Jahren kam er dann nach Italien und baute sich ein Haus auf einem Felsen auf einer winzigen Insel gegenüber von Positano. Es ist eigentlich gar keine Insel, eher zwei Felsen nebeneinander.«

»Ja, ich glaube, das habe ich schon mal irgendwo gehört.«

»Um diese Zeit hatte sich in der Gegend eine ganze russische Gemeinde angesiedelt, die es zur Küste von Amalfi zog. Lenin und Trotzki waren in Capri, Nijinsky und Diaghilew mit Massine in Positano. Anscheinend hatte er sich einen riesigen Ballettsaal gebaut, in dem er übte. Kannst du dir das vorstellen«, Daniel war in seine Geschichte offensichtlich verliebt, »dieser verrückte Russe, der ganz allein in einem Ballettsaal auf einem Felsen mitten im Meer tanzt? Ohne Strom, ohne Wasser, ohne irgendwas?«

Ich lächelte. Sein romantischer Überschwang rührte mich. Vielleicht empfand er jetzt das Bedürfnis, seinen angelsächsischen Rahmen zu sprengen und nach Europa zu kommen, um als Bohemien zu leben. Unsere Beziehung auf italienischem Boden wieder aufleben zu lassen muss Teil dieses Plans gewesen sein.

Ja, genau das war es, was einem romantischen Amerikaner gefällt. Eine authentischere Lebensweise, weniger beschützt, weniger modern. Ein Land, das sich ein russischer Tänzer aussucht, um einen Ballettsaal auf einem Felsen zu bauen.

»Ich muss Anfang nächster Woche nach Rom«, sagte ich. »Um

meine Schwester zu besuchen und um mich mit Esposito zu besprechen.«

»Ach ja«, sagte er, mit einem Schnauben der Enttäuschung, als ich jetzt schon von Aufbruch sprach.

»Möchtest du mitkommen? Wir könnten mit deinem Auto fahren und unterwegs Halt machen – irgendwo, wo es schön ist.«

Auf keinen Fall wollte ich ihn aus den Augen verlieren, nachdem er jetzt aus dem Nichts wieder aufgetaucht war. Auf keinen Fall würde ich aus Angst wieder alles kaputtmachen. Es passiert nur einmal im Leben, dass etwas noch einmal zurückkommt, sagte ich mir.

⋆ ⋆ ⋆

Doch es erwies sich alles als überraschend einfach.

Wir fuhren nach Norden, durchquerten die Ebenen oberhalb von Benevento, diese endlosen, sonnenverbrannten Hochebenen, die so aussehen, wie ich mir Afghanistan vorstelle. In der Cafeteria einer kleinen Tankstelle am Weg aßen wir saftige Scheiben *mozzarella di bufala* mit Tomaten und Oregano auf frisch gebackenem Brot und waren beide hingerissen, wie köstlich es schmeckte. Daniel Moore wollte für alles, was ihm begegnete, das italienische Wort wissen, und sprach unermüdlich sein neues Vokabular laut vor sich hin. Sein Bedürfnis, sich augenblicklich und vollständig anzupassen, das nötige Wissen zu erwerben, war beinahe übertrieben, wie die Ungeduld eines Kindes in Disneyland, dem erlaubt wird, alles auszuprobieren, worauf es Lust hat.

Wir kamen in Rom an, nahmen ein Zimmer im *Hotel Locarno*, liebten uns am Nachmittag und bestellten beim Zimmerservice eisgekühlten Weißwein.

⋆ ⋆ ⋆

Ich schenkte ihm einen Reiseführer: *Rom für Anfänger.* Voller Stolz zeigte ich ihm meine Lieblingsplätze, so wie er mich einst durch New York geführt hatte.

Durch den Park der Villa Borghese spazierten wir zur Villa Medici. Vom oberen Ende der Spanischen Treppe betrachtete er das Panorama der Stadt, die unregelmäßige Silhouette aus roten Dächern, Kuppeln, Kirchtürmen, Dachgärten. Langsam gingen wir die Treppe hinunter. Ich zeigte ihm das Haus, in dem Keats gestorben ist, dann die drei dünnen Palmen vor *Babington's Tea Room* im goldenen Licht. Ein Fest aus Gelb- und Orangetönen, blauer Himmel hinter dem dunklen Rosa der Häuser.

»Edith Wharton, wie sie leibt und lebt«, sagte er.

Ich hätte mir denken können, dass er sich hier zu Hause fühlen würde. Angekommen bei seinen Sehnsüchten, seinen Wünschen, seinen Projektionen. Er besaß bereits alles nötige Wissen, um mein Land zu entziffern und sich mit ihm vertraut zu machen, jedenfalls auf literarischer Ebene. Ich hätte mir denken können, dass es ihm von Anbeginn an bestimmt war, hierher zu kommen, dass er die Sprache lernen und sie mühelos zu seiner eigenen machen würde.

Und schließlich hätte ich mir auch denken können, dass ich ihm weniger fremd war, als ich gedacht hatte.

Von der Piazza di Spagna bogen wir in die Via del Babbuino ein.

»Das ist die Straße, in der ich aufgewachsen bin«, sagte ich.

Da stand es, das Haus, in dem wir als Kinder mit Oliviero gewohnt hatten, gegenüber das Café, wo ich vor der Schule einen Caffè latte getrunken hatte, und ich empfand das dringende Bedürfnis, Daniel in das Haus zu führen, in dem wir gelebt hatten. Das Haustor stand offen. Das alte marmorne Treppenhaus, das schwarze Treppengeländer, der schmiedeeiserne Aufzug – es hatte sich nichts verändert. Selbst der Geruch im Aufzug war noch derselbe, eine Mischung aus Holz und Staub. Ich drückte auf den Knopf mit der Nummer fünf.

»Ich möchte nur kurz schauen«, sagte ich zu ihm. »Ich war seit damals nicht mehr hier.«

Er nickte; alles, was wir unternahmen, war ihm recht. Ich erkannte auf Anhieb das pfeifende Sirren des uralten Aufzugs, wie eine Hintergrundmusik, die mein ganzes Leben begleitet hatte. Mit altgewohntem Geräusch rastete die Tür ein, als ich sie hinter mir schloss.

Ich ging auf unsere einstige Wohnungstür zu, an der jetzt ein großes Messingschild prangte.

Laboratorio analisi.

Die Tür war nur angelehnt, und ich konnte mir nicht verkneifen, sie aufzuschieben.

Ich sah eine Rezeption in grellem Neonlicht, dahinter eine Empfangsdame, die an einem Monitor saß. Was unsere Diele gewesen war, der große Raum, in dem wir unsere Mäntel aufgehängt und unsere Fahrräder abgestellt hatten, war jetzt ein Wartezimmer. Hässliche Büromöbel, billige Sofas, Frauen, die in medizinische Zeitschriften vertieft waren. Ein grauer Teppichboden verbarg die unebenen Fliesen.

»Sie wünschen bitte?«, fragte das Mädchen hinter der weißen Resopaltheke.

Ich spähte über ihre Schultern hinweg zu dem L-förmigen Winkel, wo der Flur um die Ecke bog. Direkt dahinter war die Tür zu dem Zimmer, in dem Isa und ich geschlafen hatten. Danach die Tür zum Wohnzimmer. Am Ende des Korridors lag Olivieros kleines Arbeitszimmer.

»Signora, Sie wünschen bitte?«, beharrte die hohe Stimme.

»Nichts, ich wollte nur... ich...« Ich sah sie an, als käme ich von einem anderen Planeten. »Ich habe früher hier gewohnt.«

Sie begriff nicht.

»Haben Sie einen Termin?«

»Nein. Ich wollte nur einen Blick hineinwerfen. Ich habe als Kind hier gewohnt«, sagte ich, irgendwie stolz.

Eine der Frauen blickte von ihrer Zeitschrift auf, eine andere starrte mich unfreundlich an, und ich hatte das Gefühl, dass ich ihnen auf die Nerven ging. Sie waren hier, um Blut- und Urinproben abzugeben und analysieren zu lassen.

Die Empfangsdame wirkte nervös, sie klopfte mit einem Bleistift auf einen Notizblock. Ich lächelte sie an, ehe sie noch etwas sagen konnte.

»Schon gut, vielen Dank. Auf Wiedersehen«, sagte ich in den Raum hinein.

Niemand antwortete.

* * *

Ich machte Daniel mit Alba und ihrem dritten Ehemann bekannt. Sie luden uns zu *Nino* ein, in ein elegant altmodisches Restaurant in der Via Borgognona, wo die Speisekarte und die Kellner seit dreißig Jahren dieselben waren.

Daniel und Giorgio verstanden sich auf Anhieb und fanden immer wieder neue Gesprächsthemen, sprangen von der israelischen Politik zur Oper, vom jüngsten Werk Salman Rushdies zu essbaren Pilzen. Ich lehnte mich zurück und sah zu, wie Daniel Moore dieser neuen Situation mit seiner gewohnten Leichtigkeit begegnete. Ich für meinen Teil hatte Giorgio immer ein wenig einschüchternd gefunden. Er war ein interessant aussehender Mann, stets geschniegelt und gepflegt, mit einer beeindruckenden weißen Haarmähne und einer Brille mit schmalen, ovalen Gläsern, die ihm auf der Mitte des Nasenrückens saß. Er hatte eine sehr eigenwillige Art, seine Worte zu setzen, mit ausgedehnten Pausen dazwischen, die mich nervös machten. Daniel Moore hingegen wirkte vollkommen entspannt und ins Gespräch vertieft. Was Giorgio zu sagen hatte, interessierte ihn wirklich; wie immer.

Alba lächelte mir zu. Ausnahmsweise machte ich ihr das Leben leicht – dass ich auf einmal mit einem so angenehmen jungen Mann aufkreuzte, der es fertig brachte, die sonst sehr rasch erlahmende Aufmerksamkeit Giorgio Carleis wach zu halten, ließ in ihr eine völlig neue Dankbarkeit aufkeimen.

»Deine Mutter ist klasse«, war das Erste, was Daniel Moore sagte, als wir in unserem Hotel die Treppe hinaufgingen. »Sie ist sehr witzig. Und dein Stiefvater hat mir auch sehr gefallen.«

»Er ist eigentlich eher der dritte Ehemann meiner Mutter als mein Stiefvater«, sagte ich abwehrbereit. »Ich war nicht oft mit ihm zusammen und kenne ihn kaum. Aber meine Mutter macht er anscheinend wirklich sehr glücklich, und das ist natürlich schön.«

Er hantierte mit dem Schlüssel, und wir betraten unser plüschiges Zimmer.

»Ich hätte gedacht, deine Mutter ist viel schwieriger. Ich weiß nicht, warum, aber nach dem Wenigen, was du mir erzählt hast, dachte ich, sie wäre eher…«

»…harte Arbeit?«

»Ja, genau.«

Seine Bereitschaft, sich auf meine Biografie einzulassen, sein Eifer, meine Geschichte zu entschlüsseln, brachte mich aus der Fassung. Auf einmal begriff ich, dass es diese neuartige Nähe war, die mir Angst einjagte: Nun konnte er mit eigenen Augen sehen, wo ich herkam, was mich geprägt hatte. Er konnte selbst seine Schlüsse ziehen; schlau genug war er.

Ich begriff, dass es viel leichter war, verliebt zu sein, als mit dieser Nähe zurechtzukommen.

⋆ ⋆ ⋆

Am nächsten Tag ging ich zu Isa ins Gefängnis.

Sie saß mir gegenüber, zog an ihrer Zigarette, das aschblonde Haar jungenhaft kurz geschnitten. Sie trug ein langärmeliges gestreiftes T-Shirt und weite schwarze Jeans. Sie hatte viel trainiert – ihr Körper wirkte straff und sehnig, wie bei einer Akrobatin. Ihre Fingernägel waren bis zum Fleisch abgekaut, und eine tiefe Falte furchte die Stirn zwischen den Brauen.

Ich liebe sie, dachte ich. *Sie ist wie ein herrenloser Hund.*

Vielleicht waren wir in Wirklichkeit alle so, Alba, Isa und ich. Streunende Hunde, die überall nach Nahrung und Wärme schnüffeln. Entschlossen zu überleben. Selbstsüchtig. Dauernd auf der Suche nach einem Besitzer, aber zu misstrauisch, um wirklich anhänglich zu sein.

Ich erzählte ihr von meinem Besuch in unserer früheren Wohnung in der Via del Babbuino. In ihrer detektivischen Art wollte sie jede Einzelheit wissen, stellte alle möglichen Fragen.

»Hast du nachgesehen, ob Olgas Name noch an der Tür steht?«

»Ja. Er ist nicht mehr da.«

»Na ja, sie könnte natürlich gestorben sein. Inzwischen wäre sie ja schon über neunzig.«

Olga. Die russische Dame, die über uns gewohnt und uns immer Tee und Kuchen serviert hatte. Die sich an dem Tag, an dem Oliviero starb, unser annahm.

»Ich brauchte das Haus nur zu betreten, um auf der Stelle den Geruch wieder zu erkennen. Vor allem im Aufzug. Erinnerst du dich, dieses Gemisch aus Holz und Staub?«

»O ja.« Sie schloss für einen Moment die Augen. »Nicht zu fassen, dass unsere Wohnung ein Labor geworden ist. Eigentlich müsstest du noch mal hingehen und so tun, als brauchtest du einen Test, nur so zum Spaß.«

»Ach, ich weiß nicht. Ich möchte lieber nicht noch mal hin. Es ist, als hätte jemand das Bild ausgelöscht, das ich im Kopf hatte, aber ich würde es mir gern bewahren. Ich möchte die Wohnung so in Erinnerung behalten, wie sie war.«

Die Furche zwischen ihren Brauen vertiefte sich.

»Manchmal denke ich, wenn ich hier rauskomme, wird überhaupt nichts mehr so aussehen wie früher.«

Es entstand ein kurzes Schweigen.

»Die Casa Rossa sieht aber noch genauso aus. Dort hat sich nichts verändert«, sagte ich dann, bestrebt, ihr einen Ausweg anzubieten. »Wenn die Stadt dir zu viel wird, kannst du jederzeit bei mir wohnen.«

Darauf gab sie keine Antwort. Ich warf ihr eines meiner verlegenen Lächeln zu und musterte meine Fingernägel. Wann immer die Rede auf die Zukunft kam, war uns unbehaglich zumute. Ob einundzwanzig oder hundert Jahre – wenn man erst dreißig ist, macht das keinen großen Unterschied.

Daniel Moore war fest entschlossen, sich auf ein neues Leben einzulassen.

Als wir in die Casa Rossa zurückkehrten, stand fest – obwohl das Thema nie zur Sprache gekommen war –, dass er hier wohnen würde. Jedenfalls vorerst. In einem kleinen sonnigen Zimmer im oberen Stock hatte er seinen Schreibtisch aufgestellt und mit den ersten Entwürfen für seinen Roman begonnen. Ich werkelte im Haus herum, als wäre er gar nicht da, schrieb für Esposito Drehbücher um, telefonierte mit den Autoren, versorgte die Hunde, goss den Garten und tat, als wäre ich zu beschäftigt, um darauf zu achten, was er tat; in Wahrheit aber ließ ich ihn nicht aus den Augen.

Er war zu begeistert von seiner Umgebung, um längere Zeit still sitzen und sich konzentrieren zu können. Jeder Vorwand war ihm recht, um sich auf den Weg zu machen. Er kaufte Lebensmittel ein, besorgte sich Papier, ließ den Wagen waschen, damit er mit den Leuten im Dorf plaudern und sein Italienisch üben konnte.

Es war, als hätte er sämtlichen Ballast aus der Vergangenheit abgeworfen und schickte sich an, alles, was seines Weges kam, wie ein Schwamm aufzusaugen, um sich ein neues Gewicht, ein neues Volumen anzueignen. Seine Leichtigkeit, dieser momentane, euphorische Verlust von Geschichte und Gedächtnis machte mir beinahe Angst. Ich fürchtete, eines Morgens aufzuwachen und ihn in der Luft schweben und davontreiben zu sehen.

Er hatte sich ein Lehrbuch gekauft, *Italienisch im Selbststudium*, und befragte mich nun ständig über die Zeitformen der Vergangenheit und Zukunft, das grammatikalische Geschlecht, den Gebrauch des Konjunktivs.

Analysiert von seinem rationalen Verstand, erschien mir meine Muttersprache mit einem Mal wie eine abartige, trügerische Fußangel, die jeden zu Fall brachte.

»Was heißt das eigentlich, *periodo ipotetico dell'irrealtà*?« Ohne aufzublicken, kam er in die Küche, das Buch in der Hand.

»Lass sehen... Das muss dann die ›hypothetische Periode der Irrealität‹ sein.«

»Klingt interessant«, grinste er. »Und was ist das?«

»Etwas, das du annimmst, das aber nicht eintreten wird. Zum Beispiel: ›Ich würde das Mittagessen fertig machen, wenn du nicht alle fünf Sekunden hereinkämst, um mich mit bescheuerten Fragen zu belästigen.‹«

Kopfschüttelnd kehrte er an seinen Schreibtisch zurück.

»Gewaltige Begriffe für ganz einfache Sachverhalte. Wirklich super.«

Nach ihrem gewohnheitsmäßigen anfänglichen Misstrauen gegenüber einem so hellhaarigen, fremdländischen Menschen fanden die Dorfbewohner Gefallen an ihm und seinen freundlichen Manieren. Carmela, meine Haushaltshilfe, brachte *parmigiana di melanzane* oder *lasagna*, die sie eigens *per il signor Daniele* zubereitet hatte. Die Besitzerin des *tabacchi*-Ladens bestellte englische Zeitungen und legte sie ihm zurück, ordentlich beschriftet mit seinem Namen. Der Mann, der vom Lieferwagen aus an der Straße frisches Gemüse verkaufte, drückte mir eine Tüte mit *cime di rapa* in die Hand und sagte: »*Per l'americano.*«

»Kostet nichts«, fügte er hinzu. »Ich habe ihm schon erklärt, was er damit machen soll. Ein paar Sardellen und Oliven mit Knoblauch anbraten, Sie wissen schon – wie wir sie hier gern essen.«

Pflichtbewusst brachte ich Daniel das Geschenk und sah zu, wie er die Rübensprossen entsprechend den Anweisungen zubereitete. Ich war stolz auf ihn, stolz darauf, dass das ganze Dorf ihn mit Namen ansprach. Unser Zusammenleben hatte keine scharfen Kanten, keine Spannungen – manchmal war es beinahe zu glatt, als dass ich es zu fassen bekäme. Manchmal hatte ich geradezu den Eindruck, über Glas zu rutschen und nirgendwo Halt zu finden.

So ist es eben, wenn man glücklich ist, du dumme Kuh, du bist es einfach nicht gewöhnt, hielt ich mir immer wieder vor. Bisweilen aber mischte sich ein winziges Stimmchen ein, das fragte: *Ist es nicht eher wie eine Parodie von Glück*?

Es kam vor, dass ich mitten in der Nacht aufwachte und das Bedürfnis hatte, ihn wachzurütteln und zu fragen: »Was ist das mit uns? Ist es einfach ein Abschnitt im Leben, oder führt es irgendwohin? Kannst du mir das bitte sagen?« Aber ich ließ es bleiben, beobachtete sein friedliches Atmen und machte mir Vorwürfe, dass ich mir wieder unnötig den Kopf zerbrach.

Selbst tagsüber belauerte ich Daniel Moore, hielt Ausschau nach Anzeichen von Langeweile, nach kleinen Ausbrüchen von Rastlosigkeit. Doch er war viel zu sehr damit beschäftigt, sein neues Leben zu lieben.

Manchmal schaute ich in sein Zimmer, und dort saß er am Schreibtisch, vor seinem Monitor, und lächelte.

»*Hi baby*. Ist dir nach einer Pause?«

Alles war ihm wichtig, jeder Spaziergang, den wir unternahmen, jede Person, mit der ich ihn bekannt machte, jede neue Vokabel, die er lernte.

Er hatte sich Bücher gekauft, politische Analysen von Amerikanern, die in Italien gelebt hatten und von dem Filz in der italienischen Politik fasziniert waren. Wie viele Ausländer war auch er gebannt von dem unentwirrbaren Geflecht, den teuflischen Hauptdarstellern, der dauernden Zweideutigkeit, wie vom spannenden Plot einer Seifenoper. Er liebte die Melodramatik, die Lügen, die Tricks. Es ging so weit, dass Daniel Moore über die Vorgänge in meinem Land besser Bescheid wusste als ich selbst.

»Du musst unbedingt diesen Artikel über Andreotti lesen!«, rief er aufgeregt und hielt mir die *Herald Tribune* unter die Nase. »Nicht zu fassen, dass er damit davonkommt. Der Mann ist wirklich unheimlich schlau und pervers!«

Oft fragte er mich nach Isabella, um diesen Teil meines Lebens zu begreifen, den ich nach wie vor totzuschweigen versuchte. Das Hochsicherheitsgefängnis, der kugelsichere Glaskasten, die Verurteilung schienen ihm jetzt nicht mehr so fern und unverständlich, so schwer zu glauben, zumal seitdem er die Fotos in den Zeitungen gesehen und mich gebeten hatte, ihm den einen oder anderen Pressebericht über ihren Prozess, den ich ausgeschnitten und aufbewahrt hatte, zu übersetzen. Gierig las er alles, was ihm über Terrorismus in die Hände fiel. Mit der Zeit bekam er eine klarere Vorstellung davon, was während der bleiernen Zeit in Italien geschehen war, in den *anni di piombo*, wie die grauenhaften Jahre nach dem Mord an Moro in den Medien genannt wurden.

»Hast du nicht ein Foto von Isabella aus jüngerer Zeit?«, fragte er mich einmal, als ich eine kleine Reisetasche packte, um früh am nächsten Morgen mit dem Zug nach Rom zu fahren. Ich wollte sie besuchen und am übernächsten Tag wieder zurückkommen.

»Leider nicht – verrückt, ich weiß. Aber ich habe nur Fotos aus unserer Kindheit.«

»Tatsächlich? Aber deine Mutter muss doch eines haben. Vielleicht kannst du sie fragen und eines mitbringen?«

»Nein, sie hat auch keines, das weiß ich. Isabella hat sämtliche Fotos von sich vernichtet, bevor sie untergetaucht ist. Aus Gründen der Sicherheit.«

»Jedes existierende Foto?«

»Ja. Wer weiß, wie sie das geschafft hat. Alba hat's mir gesagt. Wahrscheinlich hat Isa zuerst in Albas Wohnung eine Razzia veranstaltet, und dann, als sie mit den anderen hierher gezogen ist ...«

»Sie sind hierher gezogen?« Er sah mich völlig verblüfft an.

»Ja, aber das habe ich dir gesagt, mit Sicherheit.«

»Stimmt, ja. Tut mir Leid, das hatte ich komplett vergessen.« Er runzelte die Stirn. »Wann war das?«

»Ich weiß nicht genau, aber ein paar Monate vor ... bevor die Sache mit Lo Capo passiert ist. Jedenfalls waren sie in dieser Zeit schon praktisch untergetaucht. Sie hat wohl irgendwo die Familienalben gefunden und alle Fotos, auf denen sie zu sehen ist, herausgenommen.«

Er saß auf dem Bett und sah zu, wie ich ein Hemd faltete, im Zimmer hin und her ging.

»Wie viele Leute waren hier?«

»Sechs, glaube ich.«

Ein Unbehagen stieg in mir auf. Ich wusste, was er dachte.

»In welchem Zimmer haben sie und Enrico geschlafen?«

Ich hielt inne und sah ihn an.

»Ich weiß nicht. Ich habe sie nie danach gefragt.«

Er schüttelte verwundert den Kopf.

»Komisch, du stellst nie die Fragen, die ich unbedingt stellen würde.«

»Offensichtlich haben wir unterschiedliche Vorstellungen von Relevanz.« Ich bemühte mich um einen unbekümmerten Tonfall, doch seltsamerweise beschlich mich zum ersten Mal die Ahnung, dass Daniel Moore und ich womöglich im selben Bett schliefen und uns liebten wie einst Isabella und Enrico. Dass unser gemeinsames Leben die paranoiden Tage und schlaflosen Nächte spiegelte, die sie hier verbracht hatten, verfolgt, gequält von Zorn oder Schuld.

»Ich kann sie fragen, wenn du willst«, sagte ich.

Er stand auf und ging zur Tür.

»Es spielt keine Rolle. War nur so eine Idee. Komm runter, wenn du fertig bist, dann setzen wir uns auf ein Glas Wein hinaus, das Licht draußen ist wunderschön.«

⋆ ⋆ ⋆

Sie zog an ihrer Zigarette und behielt den Rauch eine Weile in der Lunge. Ihre Augen waren zwei hellblaue Schlitze. Sie dachte angestrengt nach.

Sie schob mir ein Stück Papier über den Tisch, hustend.

»Hier«, sagte sie. »Lies und sag mir, was du davon hältst.«

Es war ein weiteres Schriftstück, eines der vielen, die sie im Lauf der Jahre verfasst hatte. Sie und ihre Genossen hatten tagelang darüber gebrütet, die Bedeutung jedes Wortes analysiert, die Konsequenzen jedes Adverbs bedacht. Ich konnte mit diesen Pamphleten und ihrem geschraubten, schwammigen Politkauderwelsch meist nichts anfangen. Ideen erstarben unter dem ideologischen Überbau, und ihre Bedeutung verblasste. Seit Jahren ging das so, und ich bemühte mich nach wie vor vergebens, zu verstehen, was sie eigentlich ausdrücken wollte.

»Das ist wichtig«, betonte sie. »Es sollte auf der Titelseite der *Repubblica* veröffentlicht werden. Sag ihnen, dass es von einschneidender Bedeutung ist.«

Ich hatte schon viele Dokumente dieser Art an die Presse weitergeleitet. Anfangs hatte ich es mit leidenschaftlich engagierten jungen Reportern zu tun gehabt, aus denen mit der Zeit und nach etlichen Sprossen auf der Karriereleiter einigermaßen abgestumpfte Redakteure geworden waren. In all den Jahren hatte ich ihre Schriften außerdem Richtern, Mitarbeitern des Ausschusses zur Terrorismusbekämpfung und Talkshow-Moderatoren mit einer bekannten Schwäche für Linksaktivisten vorgelegt. In all den Jahren hatte ich ihre Gesichter kennen gelernt, und sie kannten inzwischen auch mich.

Mit der Zeit wurde es immer schwieriger, Beachtung zu finden. Nach dem ersten Schock und Entsetzen war Italien sehr darauf erpicht, das Vermächtnis des Terrorismus abzuschütteln und sich ein für alle Mal von der Vergangenheit zu distanzieren, um international wieder zu Ansehen zu gelangen. Die Zeitungen seien auf fröhlichere Geschichten aus, hörte ich; die Leser und Fernsehzuschauer seien es leid, immer wieder von Terroristen zu hören.

Doch ich gehörte unterdessen zu der traurigen Familie, die sich weiterquälen musste, der Familie der Frauen, die ich bei meinem ersten Besuch in Voghera kennen gelernt hatte. Als Letzte schlugen wir uns mit den Überresten der Tragödie herum, die alle anderen hatten vergessen dürfen.

Wir hatten nicht das Recht, zu fröhlicheren Geschichten überzugehen.

»Isa, ich bezweifle, dass sie das *überhaupt* veröffentlichen werden«, sagte ich, nachdem ich den Text gelesen hatte. »Von einer

Amnestie wollen sie nichts hören. Es ist viel zu früh, um das Thema aufs Tapet zu bringen.«

»Wer zum Teufel redet von *Amnestie*?«, fauchte sie sofort. »Da steht *politische Lösung*. Schau doch hin.«

Sie zeigte mir den Absatz, deutete mit dem Finger auf die Worte. Folgsam las ich sie noch einmal, dann schüttelte ich den Kopf.

»Ja, aber letztlich ist es doch genau das, was du forderst! Wenn du eine *politische Lösung als Grundlage für eine Versöhnung* verlangst, erwartest du, dass jedermann vergibt und vergisst und zur Tagesordnung übergeht.«

»Nicht ganz. Verzeihung erwarte ich nicht. Wir geben zu, dass wir einen Krieg verloren haben, und bitten sie, uns wie Gefangene nach einem Konflikt zu behandeln.«

»Wie auch immer. Ich will dir und mir nur nicht zu viele Hoffnungen machen. Ich glaube nicht, dass sie es so veröffentlichen werden, wie du es gern hättest. Bestimmt nicht auf der Titelseite.«

Sie funkelte mich an, sichtlich verärgert über meinen Widerspruch.

»Bring es wenigstens in die innenpolitische Redaktion, diesem Typen, wie heißt er gleich wieder… der vor drei Wochen hier war, um uns zu besuchen.«

»Marco Sestieri?«

»Genau. Er weiß was damit anzufangen. Er war ganz heiß auf das Thema, ob du's glaubst oder nicht.«

»Okay.«

Sie nahm das Papier, faltete es ordentlich zweimal und schob es mir dann wieder zu. Mit einer gewissen Verlegenheit saßen wir einander gegenüber. Auch das gehörte zu unserer wieder gefundenen Vertrautheit: wie wir es stets aufs Neue fertig brachten, einander auf die Nerven zu gehen.

Sie trommelte mit den Fingern auf den Tisch. Ich griff nach ihrer Hand. Die Haut fühlte sich rau an.

»Du brauchst eine Handkreme«, sagte ich. »Soll ich dir eine mitbringen?«

Sie nickte und blieb stumm. Sie ließ mich ihre Hand festhalten und musterte meine kurz geschnittenen Nägel.

»Und, bist du glücklich mit deinem Amerikaner?«, fragte sie, ohne zu lächeln.

»Ja.«

»Ist er bei dir in der Casa Rossa eingezogen?«

»Ich weiß nicht, ob er ›eingezogen‹ ist. Er hat mich gefragt, ob er eine Zeit lang dort arbeiten kann. Er schreibt ein Buch. Zu dem Zweck hat er ein Stipendium bekommen, von dem er eine Weile leben kann.«

»Wie lang bleibt er denn?«

»Wir haben noch nicht darüber gesprochen. Den Sommer über, glaube ich. Dann sehen wir weiter.«

»Das ist gut. Der Gedanke, dass du dort ganz allein lebst, hat mir nicht gefallen.«

Ich merkte, dass sie in Daniel Moore mehr meinen Leibwächter als meinen Liebhaber sah. Doch war mir schon früher aufgefallen, wie unangenehm ihr das Thema Männer seit einigen Jahren war: als wäre es ihr am liebsten, gleich ihre ganze Existenz zu leugnen. Mit Ausnahme ihres Anwalts und gelegentlich eines Journalisten oder Politikers, der sie und ihre Mitgefangenen besuchen kam, hatte sie seit Jahren keinen Mann mehr gesehen.

»Willst du wissen, wie er aussieht? Ich habe ein Foto.«

Sie sollte ihn zur Kenntnis nehmen, damit er ein Gesicht für sie bekam. Und Daniel sollte wissen, dass sie ihn gesehen hatte. Es war eine Art von gegenseitigem Kennenlernen, fand ich.

Sie nickte und begann heftig an ihrem Daumennagel herumzukauen.

Es war ein Foto, das ich ein paar Tage zuvor gemacht hatte, als er an seinem von Büchern übersäten Schreibtisch vor dem Computer saß und arbeitete. Er wirkte vollkommen vertieft. Seine

Haare waren ein Stück gewachsen, und von der südlichen Sonne hatte seine helle Haut eine gesunde Bräune bekommen.

Sie betrachtete das Foto eingehend.

»Ist das in der Casa Rossa?«

»Ja.«

»In welchem Zimmer?«

»In der kleinen Kammer oben, in der Mama früher geschlafen hat. Ich habe ein Arbeitszimmer daraus gemacht.«

»Und die Wände hast du grün gestrichen?«

»Ja. Gefällt's dir?«

»Ja. Klasse.«

Sie gab mir das Foto zurück, als hätte sie sich verbrannt.

»Gut sieht er aus. Und so ernsthaft.«

»Ist er gar nicht. Er hat wirklich viel Humor.«

Aber ich spürte, dass es genug war. Man sah ihr an, dass ihr nicht der Sinn nach weiteren Diskussionen über mein Liebesleben stand.

* * *

Marco Sestieri gehörte in die Kategorie der leidenschaftlichen Reporter, aus denen nie abgestumpfte Chefredakteure werden. Er verfasste eine Kolumne in *La Repubblica*, in der er stets einen vernünftigen Standpunkt und eine ungewöhnlich differenzierte Meinung vertrat.

Wie viele andere seiner Generation war er in seinen Studentagen ein glühender Anhänger der militant-radikalen Bewegung gewesen, hatte aber später, um dieselbe Zeit, als viele seiner Mitstreiter ultralinke Gruppen gebildet hatten und über den Einsatz von bewaffneter Gewalt zur »Niederwerfung des Systems« nachdachten, einen gemäßigteren Weg eingeschlagen. Gleichwohl gehörte er zu jenen, die nach wie vor überzeugt waren, dass seine gesamte Generation – und die Linke im Allgemeinen – eine kulturelle Mitschuld am Ausbruch des Terrorismus trug. Er war ein hagerer Mann Anfang dreißig und suchte nach einer gescheiterten Ehe mit zwei Kindern noch immer nach einer Antwort auf das, was in den siebziger Jahren geschehen war. Die Wunde sollte heilen, meinte er, nicht weil er wie ich einen Familienangehörigen im Gefängnis gehabt hätte, sondern weil er fand, er habe es verdient, mit seinem Gewissen Frieden zu schließen.

»Das ist sehr gut«, sagte er und tippte mit einem Finger auf Isabellas Dokument.

Wir saßen in seinem Büro, einer winzigen abgeteilten Box innerhalb der Redaktion. Über uns schlug der Lärm von einer Million Telefonen, lauten Unterredungen, dem rhythmischen Surren der Drucker zusammen.

Gleich nach meinem Besuch bei Isabella in Rebibbia hatte ich ihn in seinem Büro aufgesucht. Ich hatte es eilig, in den nächsten Zug zu steigen und in die Casa Rossa zurückzukehren. Obwohl mir die Bedeutung ihres Anliegens klar war, hatte ich nicht die Absicht, meine Rückfahrt deshalb hinauszuschieben.

»Gehen wir auf einen Kaffee«, sagte Marco und stand auf, um seinen Burberry-Mantel vom Kleiderbügel zu nehmen. »Hier drin ist es zu laut.«

Widerwillig folgte ich ihm die Treppe hinunter und zu einem hässlichen Café auf der anderen Seite der Piazza. Wir saßen auf weißen Plastikstühlen an einem Tisch im Freien und bestellten zwei Espressi.

»Das Konzept deiner Schwester hat Hand und Fuß, finde ich«, sagte er, »aber es ist noch zu früh, um das Thema in dieser Form aufs Tapet zu bringen. Wir haben vor drei Wochen darüber gesprochen, als wir – also eine ganze Gruppe von Leuten, von der Presse und vom Fernsehen – sie in Rebibbia besucht haben.«

»Ja, davon hat sie mir kurz erzählt. Es hat ihr gefallen, was du zu sagen hattest.«

»Ach ja?«

»Ja. Und mit solchem Lob ist sie sparsam. Ich glaube, sie vertraut dir.«

Er lächelte erfreut. Man sah ihm an, dass sie ihn beeindruckt hatte.

»Sie ist wie ein verletztes Tier«, sagte er, kopfschüttelnd. »Ich wünschte, sie könnte sich weniger kriegerisch ausdrücken. Die Presse, die Richter – alle halten sie für ein unheimlich wildes Wesen. Persönlich ist sie ganz anders.«

»Sie hat noch nie Wert darauf gelegt, anderen zu gefallen.«

»Und sie zahlt einen hohen Preis dafür. Meiner Ansicht nach müsste das Oberste Gericht das Berufungsurteil revidieren. Da sie nur der Absprache zum Mord, nicht aber des begangenen Mordes für schuldig befunden wurde, sind einundzwanzig Jahre Haft wirklich grotesk. Zumal man ihr, finde ich, nicht einmal die Mordabsicht zur Last hätte legen dürfen – schließlich hat dieser Enrico Soundso behauptet, sie habe ihn angefleht, Lo Capo nicht umzubringen, habe ihn umzustimmen versucht, unter Tränen und so weiter. Habe ich Recht?«

Er klang, als hätte er ihren Fall äußerst gründlich studiert.

»Ich weiß. Aber ich glaube nicht, dass das Gericht Enricos Aussage in Bezug auf Isabella uneingeschränkt geglaubt hat«, sagte ich vorsichtig. »Ich glaube, sie waren überzeugt, dass er sie irgendwie in Schutz nehmen wollte. Wegen ihrer ... du weißt schon ... ihrer Beziehung.«

»Aber das ist absurd!«, rief er, hitzig gestikulierend. »Genau darauf will ich hinaus: Wenn das Gericht ihn für einen zuverlässigen Informanten hinsichtlich der übrigen Angeklagten hält – und es wurden mehrere Leute aufgrund seiner Auskünfte verurteilt, oder? –, dann darf es keine Ausnahmen geben. Wenn er verlässlich ist, muss das Gericht seine Wahrheit ohne Einschränkungen akzeptieren.«

Mit Daumen und Zeigefinger zog er eine gerade Linie durch die Luft.

»Das ist ein Rechtsgrundsatz. Ganz einfach.«

»Vielleicht. Ja, wahrscheinlich.«

»Jedes Berufungsgericht mit Sinn für Gerechtigkeit hätte das

Urteil aufgehoben. Der Vorwurf ›Absprache zum Mord‹ stützt sich ausschließlich auf Indizien.«

»Ich weiß.«

Er starrte mich an, verwirrt über meine mangelnde Entrüstung.

Ich richtete mich auf und bemühte mich um einen leidenschaftlicheren Ton.

»Aber es ist schwierig, ihren Fall zu isolieren«, sagte ich. »Sie war kein einziges Mal bereit zu reden, sich zu verteidigen. Es ist fast so, als wollte sie den Preis bis zum bitteren Ende bezahlen, wie alle anderen in ihrer Gruppe.«

»Ja. Aber wieso – was glaubst du?«

»Sie erträgt es nicht, dass sie ausgerechnet Enrico ein milderes Urteil verdanken soll. Sie will ihm nichts schuldig sein. Sie verachtet alles, was von ihm kommt.«

Marco Sestieri starrte in seine leere Kaffeetasse und schüttelte langsam den Kopf.

»Ich weiß nicht. Vor ein paar Jahren hätte ich dir noch Recht gegeben. Aber ich habe den starken Eindruck, dass sie inzwischen vom Märtyrer-Dasein genug hat.«

»Stimmt. Aber irgendwie ist es zu spät, oder?«

Er starrte ins Leere, und ein paar Sekunden lang wurde sein Blick unscharf.

»Ich bin überzeugt, dass sie jetzt bereit wäre zu reden. Vielleicht nicht mit einem Richter, aber mit jemandem wie mir. Es könnte helfen. Die Zeiten ändern sich: Die Politiker wissen, dass sie eine neue Tonart anschlagen müssen, wenn auch nur geringfügig. Ihr Fall wäre der perfekte Anlass dazu.«

»Und – *wirst* du denn was für sie tun?«

Ich wunderte mich selbst über meine Kühnheit. Doch ich war überzeugt, dass dieser Mann etwas bewirken konnte. Er konnte formulieren, wofür mir in all den Jahren die Worte gefehlt hatten. Dass sie genug gebüßt hatte. Dass es absurd war, Enrico und viele andere, die geschossen und gemordet hatten, nach ein paar Jahren Haft frei laufen zu lassen, als Belohnung dafür, dass sie ihre

Genossen angeschwärzt hatten. Dass diese Praxis völlig widersinnig war und mit Justiz nichts zu tun hatte, sondern einfach nur ein mieses Geschäft war, um einen Krieg zu gewinnen. Dass es jetzt, nachdem der Krieg gewonnen war, an der Zeit war, zu verzeihen, sich zu versöhnen, weiterzugehen.

Vielleicht war dieser junge Mann mit der Brille, den behaarten Handrücken und der Adlernase der Richtige dafür.

»Ich glaube schon«, sagte er. »Indem ich über sie schreibe, ihren Fall isoliere, wie du gesagt hast. Wenn sie einverstanden ist, an die Öffentlichkeit zu treten und sich von mir interviewen zu lassen, dann könnte ich vielleicht die Aufmerksamkeit auf sie lenken, bevor sich das Oberste Gericht mit ihr befasst. Das ist die letzte Chance, die sie bekommen wird.«

Er sah mich erwartungsvoll an. Ich spürte, dass er schon oft darüber nachgedacht hatte. Dass er über *sie* nachgedacht hatte.

Für einen Mann wie Marco Sestieri war der Kampf gegen die Ungerechtigkeit, die er an Isabellas Fall erkannte, ein Akt der Läuterung. Er war so erpicht darauf, die Wunde zu heilen, an der das Land litt, dass ihm fast jedes Mittel recht war.

»Na gut. Ich schreibe ihr und frage sie, was sie von der Idee hält, mit dir zu reden«, sagte ich. »Vielleicht solltest du ihr ebenfalls schreiben, da sie anscheinend so große Stücke auf dich hält.«

Er lächelte unter leichtem Erröten.

»Oh – okay. Ja, das kann ich machen, wenn du meinst, es hilft.«

Ich warf einen Blick auf die Uhr.

»Ich muss gehen. Sonst fährt mir der Zug ohne mich.«

Wir standen auf. Ich streckte die Hand aus, um mich zu verabschieden.

»Also … vielen Dank, dass du dich so für sie einsetzt. Das weiß ich wirklich sehr zu schätzen.«

»Sie hat es nicht verdient, im Gefängnis zu sitzen, bis sie fünfzig ist. Und sie braucht auch kein Spitzel zu werden, um rauszukommen, wenn es das ist, wovor sie sich fürchtet. Mach ihr das bitte unmissverständlich klar.«

Er ist in sie verliebt, dachte ich flüchtig.

Marco Sestieri lächelte, als er mir mit einem neuen Verwandtschaftsgefühl die Hand drückte. Jetzt saßen wir im selben Boot.

* * *

Und er hatte Erfolg.

In seiner Kolumne äußerte sich Marco Sestieri derart treffend, kenntnisreich und mitreißend, auch mit so viel Respekt vor allen Betroffenen, dass sein Artikel über Isabella augenblicklich Aufsehen erregte und Wellen schlug. Das Bild von Isabella mit gereckter Faust nach ihrer Aussage vor Gericht war allen noch lebhaft im Gedächtnis. Und jetzt, fast fünf Jahre danach, hörte sie sich vollkommen verwandelt an.

Ein paar Tage später griff das Wochenmagazin *L'Espresso* das Thema auf und brachte eine ausführlichere Geschichte über Isabella, die sich als ziemlich detailliertes Profil erwies: Man hatte etliche Schulfreunde aufgetrieben, Kommentare von ihren Lehrern gesammelt, die Besprechung eines ihrer Auftritte mit der Balletttruppe unter der Leitung von Tomas ausgegraben. Der Autor hielt sich mit seiner Meinung zurück, zeichnete aber ein würdevolles und durchaus wohlwollendes Bild von Isabella. In seiner Geschichte zeigte er sie als Tochter aus gutem Hause, die eine anständige Ausbildung erhalten, künstlerisches Talent und großartige Chancen gehabt hatte. Sie ist kein Ungeheuer, lautete die Botschaft im Kern. Sie ist eine von uns. Sie könnte jedermanns Tochter sein.

Die Talkshow-Moderatorin Serena Mancini, eine ehemalige Auslandskorrespondentin, die mittlerweile zum TV-Star avanciert war, sprang auf den Zug auf und rief mich in der Casa Rossa an. Sie wolle Isabella für ihre Show im Gefängnis interviewen, verkündete sie. Ich hatte ihr Programm nie gesehen und nur eine vage Ahnung davon, wer sie war.

»Ich weiß nicht, ob sie damit einverstanden ist«, sagte ich.

»Aber meine Show hat die höchsten Einschaltquoten, sie wäre

verrückt, wenn sie sich diese Chance entgehen ließe. Es ist alles nur in ihrem Interesse.«

»Ich weiß nicht, was sie für ihr Interesse hält«, sagte ich, »aber ich kann sie fragen.«

Isabella war nicht begeistert, als ich ihr sagte, Serena Mancini wolle sie für ihre Show gewinnen. Die Artikel in *La Repubblica* und *L'Espresso* waren schon mehr, als sie verkraften konnte.

»Ich will nicht ins Fernsehen. In den letzten drei Tagen habe ich einen *solchen* Stapel Briefe bekommen«, beklagte sie sich, als ich sie in der folgenden Woche besuchte. »Ehemalige Mitschüler, Häftlinge aus dem ganzen Land… Leute, die mir total unbekannt sind, aber mich unbedingt besuchen wollen… Perverse. Es ist verrückt.«

»Ich weiß, aber… na ja. Was soll ich der Frau also sagen?«

»Kommt nicht in Frage. Ich diskutiere nicht über meine politische Einstellung, ich denke nicht daran, in einer beschissenen Fernseh-Show zu sagen: ›Es tut mir Leid‹ oder ›Ich bekenne mich schuldig‹, wenn es das ist, was sie will. Ich habe mich im Prozess geweigert, mit den Richtern zu reden, und du wirst wohl nicht glauben, dass ich jetzt vor dem ganzen Land rede, während die Leute ihr Abendessen in sich hineinschaufeln.«

»Sie sagt, sie wird dich nichts ›Politisches‹ fragen. Es soll ein Porträt werden, meint sie. Deine Person ›als Frau‹. Eine Art Persönlich–«

Sie ließ mich nicht ausreden, sondern winkte gelangweilt ab.

»›Als Frau‹ habe ich nichts zu sagen«, schnaubte sie. »Ich weiß nicht mal, ob ich überhaupt noch eine bin.«

Ich wusste, dass sie Angst vor der Öffentlichkeit hatte, Angst davor, ihre Zuflucht zu verlassen.

In der darauf folgenden Woche erhielt sie noch einmal Besuch von Marco Sestieri. Er konnte sie überreden, das Angebot anzunehmen.

»Wie hast du das geschafft?«, fragte ich ihn.

»Ich sagte, ihr Fall eigne sich geradezu ideal für die politische

Debatte. Er könne im Parlament eine Diskussion über Generalamnestie, Versöhnung und so weiter in Gang setzen. Kurzum, ich sagte, sie werde jedem Mithäftling helfen, der unter derselben Anklage verurteilt worden sei und wie sie die Kooperation abgelehnt habe.«

Er lächelte.

»Mit anderen Worten, ich habe ihr ein schlechtes Gewissen gemacht.«

Kaum hatte Serena Mancini von Isabellas Einverständnis gehört, rief sie mich in der Casa Rossa an. Noch bevor ich guten Tag sagen konnte, legte sie los, in nervösem Ton und misstrauisch mir gegenüber, als wäre sie überzeugt, dass ich ihr wertvolle Information vorenthielt.

»Wissen Sie, ich brauche ein bisschen Hintergrundmaterial, um das Interview vorzubereiten … über ihre Erziehung und Ausbildung, die Familiengeschichte, Erinnerungen aus Ihrer gemeinsamen Kindheit und so weiter. Normalerweise mache ich eine Art Einführung, damit die Zuschauer eine Vorstellung von meinem Gast bekommen.«

»Aha«, sagte ich vorsichtig.

»Wir zeigen ein paar Fotos, wir brauchen mindestens fünf oder –«

»Es gibt keine Fotos. Sie hat alle vernichtet.«

»Sie meinen, Sie haben überhaupt keine Fotos von ihr?« Sie klang zutiefst verstimmt.

»Nur ein paar Kinderfotos.« Ich seufzte. Es klang einfach immer bedrohlich, wenn ich wieder einmal jemandem diese Geschichte erklären musste: Isabella, die sämtliche Erinnerungen an sich auslöscht.

»Wir brauchen wenigstens ein *paar* Bilder. Ich bin sehr interessiert am *privaten* Blickwinkel«, beharrte sie mit solchem Nachdruck, als benähme ich mich absichtlich stur und unkooperativ.

»Ja, ich verstehe. Ich helfe Ihnen gern mit allem, was ich habe.«

»Gut, dann bin ich morgen Abend bei Ihnen. Ich rufe vom Hotel aus an.«

Daniel Moore bot sich an, ein Abendessen zu kochen, während ich sie von ihrem Hotel in Lecce abholte. Serena Mancini war Ende dreißig und hätte hübsch sein können, aber sie war zu dick und wirkte ziemlich neurotisch und mit sich unzufrieden. Sie trug ein extravagantes Rüschenkleid, das viel zu auffällig war und ihr nicht stand – vielleicht um die Aufmerksamkeit von sich abzulenken, dachte ich. Während wir zur Casa Rossa fuhren, bombardierte sie mich mit Fragen und nahm alles, was ich sagte, auf Band auf, während sie eine Zigarette nach der anderen rauchte und nicht einmal das Fenster öffnete.

»Ihr Großvater stammt also aus einer wohlhabenden Familie? Marmor, richtig? Tja, damals steckte allerdings eine Menge Geld im Marmor. Also stammen Sie und Ihre Schwester aus einem ziemlich großbürgerlichen Milieu, wie?«

»Ich weiß nicht.« Ich zuckte die Achseln; sie ging mir auf die Nerven. »›Großbürgerlich‹ ist wohl nicht der richtige Ausdruck. In unserer Familie ist niemand einem ordentlichen Beruf nachgegangen oder hatte ein festes Einkommen.«

Als wir endlich bei der Casa Rossa waren, beäugte sie das Haus mit Argwohn.

»Jetzt erzählen Sie mir nicht, dass Ihr Großvater dieses Haus mit seinen Bildern verdient hat. Dahinter steckt doch das Familienvermögen.«

»O nein, da irren Sie sich. Er hat in den zwanziger Jahren einem französischen Bankier etliche Arbeiten verkauft. Und das hier war eine Ruine, die keiner haben wollte.«

Inzwischen war ich so weit, dass ich einen tiefen Widerwillen gegen sie empfand. Sie kam mir vor wie ein Hund auf der Jagd nach einem Knochen. Besonders fixiert schien sie auf das Thema Geld, als wäre dies das Kodewort, mit dem sich das Geheimnis um Isabellas Schicksal lüften ließ. Diese katholische Bestrafungsmasche, dachte ich, die sich in diesem Land in Neid und

Groll auf alle äußert, die vor vollen Schüsseln aufgewachsen sind. Wahrscheinlich hatte sie sich den Handlungsfaden ihrer kleinen Geschichte schon fix und fertig zurechtgesponnen: Reiches Mädchen wird zur Terroristin, um sein Seelenheil zu finden oder, noch schlimmer, um der Sinnlosigkeit seines Daseins zu entfliehen. Ich bedauerte zutiefst, dass ich Isabella zu dieser Sendung überredet hatte. Dass nun eine Außenstehende daherkam, um die letzten armseligen Überreste unserer einstigen Familie in Fetzen zu reißen, konnte ich wahrhaftig nicht gebrauchen.

Wir saßen im Wohnzimmer, und ich zeigte ihr pflichtschuldig die Familienfotos, die ich aufgestöbert und für sie herausgelegt hatte. Ich zog ein Farbfoto von Isa und mir hervor, dessen Farben leicht verblasst und gelbstichig geworden waren. Wir müssen etwa acht und zehn gewesen sein. Zwei schlaksige Mädchen mit langen zerzausten Haaren wie zwei zottelige Hunde. Jede mit einem kleinen Korb voller bunter Eier in der Hand.

»Das war beim Ostereiersuchen. Jeanne, die zweite Frau unseres Großvaters, pflegte Eier zu bemalen und im Garten zu verstecken, hier draußen. Sie waren wunderschön, schauen Sie ... wir wollten nie eines hergeben.«

»Ist sie das?« Serena deutete auf Isabella.

Wie eine Trophäe streckt Isa den Eierkorb der Kamera entgegen, und ihre Augen leuchten vor Aufregung. Sie sieht aus wie ein exaltierter Engel.

»Hm.« Serena schnippte mit den Fingern gegen das Foto. »Das hier könnte brauchbar sein.«

Sie suchte ein Foto von Oliviero heraus, der feierlich, mit schwarzer Krawatte, den Pokal des Nastro d'Argento hält.

»Wer ist das?«, fragte sie verwundert, als hätte ich ihr etwas verheimlicht.

»Mein Vater. Das war die Auszeichnung für das beste Drehbuch. Für *Alinas Sommer*, den Film, den er geschrieben hat – warten Sie ...«

»Das Drehbuch ist von *Ihrem Vater*? Ich wusste nicht, dass er ...«

Sie blickte auf, als Daniel Moore mit einer Flasche Wein ins Zimmer kam. Ich stellte die beiden einander vor.

»Das Essen ist gleich fertig. Hier ist schon mal ein Aperitif«, sagte er, während er uns zu trinken einschenkte.

Serena entschuldigte sich für ihr schlechtes Englisch, doch mir war nicht verborgen geblieben, wie sie errötete und augenblicklich lebhafter wurde. Offensichtlich hatte sie die unerwartete Anwesenheit eines attraktiven Mannes ein wenig aus dem Gleichgewicht gebracht.

»Wohnen Sie ebenfalls hier?«, fragte sie.

»Ja«, sagte er, und ich spürte mein Herz schneller schlagen. Instinktiv ließ ich mich neben ihm auf der Armlehne des Sofas nieder, wie um ihr klar zu machen, dass sie fortan mit uns beiden zu tun hatte. Serena zündete sich wieder eine Zigarette an.

»Und was machen Sie?«, fuhr sie mit ihrer neugierigen Fragerei fort.

»Ich bin freier Autor, in erster Linie für den *New Yorker.*«

Das verschlug ihr die Sprache. Ihre Augen weiteten sich.

»Den *New Yorker!* Meine absolute Lieblingszeitschrift!«

Er lächelte sie ungerührt an.

»Wissen Sie, ich habe von Ihrer Show gelesen, das klingt alles sehr interessant, aber leider ist mein Italienisch noch nicht gut genug, als dass ich sie auch im Fernsehen verstehen könnte.«

Er hob sein Glas zu einem angedeuteten Toast, als wollte er um Burgfrieden bitten.

Beim Abendessen leerte Serena etliche Gläser Wein, nahm sich zweimal von der Pasta, verschlang heißhungrig den Fisch, die Kartoffeln und zum Abschluss das Mandelgebäck. Mit wachsendem Selbstvertrauen stolperte sie mit ihrem gebrochenen Englisch dahin und heischte um Daniel Moores Zustimmung. Seitdem sie sich in der Gegenwart eines Kollegen wusste, benahm sie sich gnädiger, spielte nicht mehr die Polizistin, die im Haus einer Minderbemittelten, die ihre eigenen Rechte nicht kennt, nach Beweisen fahndet. Daniel hielt sie im Zaum, ohne dass sie es merkte, und lenkte das Gespräch stets in die Richtung, die ihm am sinnvollsten erschien, wie ein Seemann, der ständig seinen Kurs nach dem Wind ausrichtet. Allmählich entspannte sich Serena Mancini und war anscheinend nicht mehr nur auf eine sensationelle neue Sichtweise aus, sondern mehr daran interessiert, Tatsachen über meine Schwester zu erfahren.

»Was war es denn letztlich, Ihrer Meinung nach … ich meine … was war der Auslöser, durch den Isabella zur Terroristin wurde?«

»Oh … ich weiß nicht. Ich habe oft darüber nachgedacht. Ich …« Beider Augen ruhten auf mir. Ich schluckte schwer.

»Ich glaube, sie dachte … dass sie mit der Ungerechtigkeit in der Welt ringsum nicht zurechtkam …«

»Richtig.« Serena blinzelte, wieder leicht ungeduldig. »In den Siebzigern dachten ja viele Menschen so, überall auf der Welt. Aber nicht alle griffen zur Waffe. Das ist wohl eine ganz andere Dimension.«

Mir war sehr unbehaglich zumute. Noch nie hatte ich mit irgendjemandem über Isabellas Beweggründe diskutiert – mir nun von einer Fremden eine Antwort aus der Nase ziehen zu lassen, widerstrebte mir besonders. Mit einem Finger schob ich Dessertkrümel auf meinem Teller hin und her.

»Warum war sie so zornig? Hat sie sich vielleicht verraten gefühlt?«, bedrängte sie mich weiter.

»Verraten von wem?«

»Zum Beispiel von einem Vater, der von einem Tag auf den nächsten nicht mehr da war? Warum werden Kinder zu zornigen Erwachsenen? Ich weiß es auch nicht, ich versuche nur den psychologischen Hintergrund auszuloten. Um etwas zu haben, womit ich bei dem Interview arbeiten kann.«

Ich starrte sie sprachlos an.

»Was ich meine, ist Folgendes: Glauben Sie, dass sie auf eine Form von emotionaler Wiedergutmachung aus war? Eine neue Familie?«, fuhr Serena ungerührt fort, ohne Daniels erschrockene Miene zu beachten. »Ich denke, die Gruppe, die Genossen …

für viele Leute waren sie eine Art Familienersatz, meinen Sie nicht?«

»Ich weiß nicht. Vielleicht.«

»Vielleicht brauchte sie einen Feind«, spekulierte sie weiter. »Musste sich die Welt in Schwarzweiß ausmalen, um sich die Macht herauszunehmen, über andere zu richten und ein Urteil zu fällen. Das ist ein sehr starkes Gefühl.«

»Sieht so aus, als hätten Sie sich bereits alles zurechtgelegt«, warf Daniel ein.

»Ich glaube, sie handelte aus der Überzeugung heraus, einen Krieg führen zu müssen, um ein repressives System niederzureißen und den Menschen zur Freiheit zu verhelfen«, sagte ich, lauter als beabsichtigt, und hörte den Ärger in meinem Tonfall mitschwingen. »Nicht um einen verlorenen Vater wieder zu finden oder um sich an unserer Mutter zu rächen, wie Sie in Ihrem grausigen Psycho-Szenario unterstellen.«

»Ich hatte nicht die Absicht, ihre Motive ausschließlich vor dem psychologischen Hintergrund ...«

»Ich weiß nur, dass sie heute nicht mehr derselbe Mensch ist«, fiel ich ihr ins Wort.

»Meinen Sie wirklich?«, fragte Serena Mancini, mit einem Mal entgegenkommend.

»Ja. Aber ich glaube, sie ist viel zu integer, als dass sie heute sagen würde, sie wünschte, sie hätte es nie getan. Und das ist letztlich auch der Grund, weshalb sie immer noch im Gefängnis sitzt.«

Ich stand auf und begann das Geschirr abzuräumen.

Als wir Serena Mancini nach Mitternacht endlich in ihrem Hotel abgesetzt hatten, war ich erleichtert.

»Gott sei Dank ist es vorbei, ich bin völlig am Ende.«

»So schlimm war sie doch nicht.«

»Ach komm! Sie ist gnadenlos. Eine verdammte Neurotikerin!«

»Nein, ist sie nicht. Sie ist nur die typische Journalistin, die von ihrer Arbeit gestresst ist.«

Im Unterschied zu mir war Daniel Moore gern fair.

Und er hatte Recht. Als ich ein paar Wochen später das Interview im Fernsehen sah, fiel mir ein Stein vom Herzen. Wir saßen vor dem uralten Fernsehapparat, der in einer Kammer im Erdgeschoss der Casa Rossa stand. Daniel Moore saß neben mir und hielt die ganze Zeit meine Hand.

Als Isabella auf dem Bildschirm erschien, in dem kleinen kahlen Raum, wo sich die Gefangenen mit ihren Anwälten zu treffen pflegten, drückte ich fest seine Hand, und mein Herz begann wie verrückt zu schlagen. Sie trug ihr langärmeliges gestreiftes Hemd. Bei manchen Fragen kaute sie erst eine Weile auf ihren Nägeln herum, ehe sie antwortete, und die Falte zwischen ihren Brauen furchte sich tief. Ich war überrascht, wie gefasst und besonnen sie wirkte, wie sanft ihr Ton klang, wie viel Zeit sie sich mit den Antworten ließ. Sie hatte eine Verletzlichkeit an sich, die ich nicht erwartet hätte. Sie trat ohne Harnisch auf, fast als gäbe sie sich preis. Bei Serena Mancini war keines der Vorurteile mehr zu entdecken, die ich ihr in meiner Paranoia unterstellt hatte, sie versuchte weder zu provozieren noch Isabella an die Wand zu drängen.

»Was ist das Erste, das Sie nach Ihrer Freilassung tun würden?«

»Ein Kind bekommen«, antwortete Isabella augenblicklich. Sie blickte direkt in die Kamera, ohne zu blinzeln. »Neues Leben zur Welt bringen.«

Sie schwieg kurz, dann lächelte sie. Ihre Augen leuchteten auf.

»Ich würde ein Kind wollen, weil ich es bedingungslos lieben würde.«

»Noch eine letzte Frage.« Serena Mancini beugte sich näher zu ihr, und ihre Miene war tiefernst. »Nach all den Jahren, die Sie in völligem Schweigen verbracht haben … empfinden Sie je die Last des …«

Isabellas Blick wurde kalt, ihr Gesicht verhärtete sich. Serena zögerte, räusperte sich; dann fasste sie sich ein Herz.

»Was ich sagen will, einfach ausgedrückt, kommt es hin und wieder vor, dass Ihr Gewissen sich meldet und Sie quält?«

Ich erstarrte auf meinem Stuhl und klammerte mich wieder an Daniels Hand. Isa schwieg lange. Dann wandte sie den Blick von der Kamera ab und starrte irgendwohin in die Ferne. Sie schüttelte den Kopf.

»Es ist nicht mein Gewissen, das sich meldet. Mein Gewissen schweigt sowieso nie. Ich glaube, was sich immer wieder meldet und mich quält, ist etwas anderes ...«

Wieder verstummte sie und holte tief Luft. Ihre Stimme war belegt, und ich begriff, dass sie mit den Tränen kämpfte.

»... es ist unsere gute Seite. Es ist die Seite in uns, die wir zu unterdrücken versuchten, um tun zu können, was wir tun mussten. Das ist es, was immer wieder zurückkommt, heil und unversehrt, und uns an ein Leben erinnert, das ...« – sie senkte den Kopf und wischte sich mit einer raschen, verstohlenen Bewegung eine Träne von der Wange – »... hätte sein können und nie sein wird.«

Daniel Moore, obwohl er nicht viel verstanden hatte, seufzte vor Erleichterung, als das Interview zu Ende war.

»Jesus«, sagte er, »das war *wirklich* stark.«

Ich war ausgelaugt. In gewisser Weise wünschte ich noch immer, es wäre ihr erspart geblieben, aus ihrer Höhle herauszutreten und sich so offenbaren zu müssen.

Am nächsten Tag kommentierte die Presse ihren Auftritt und verglich sie mit Jean Seberg.

Für mich sah sie nicht aus wie ein Filmstar.

Sie sah aus wie meine Schwester.

Zu dünn, zu bleich, erschöpft von zu vielen Jahren Haft.

* * *

Daniel und ich pflegten früh zu Bett zu gehen, schließlich lebten wir auf dem Land. Deshalb sprang ich mit einem Satz aus dem Bett, als gegen Mitternacht das Telefon läutete, und stürzte nach unten, um mit hämmerndem Herzen den Hörer abzuheben.

»Ciao, hier ist Marco, entschuldige, dass ich so spät anrufe.«

»Marco? ... Wer?«

»Marco Sestieri. Es ist wichtig.«

»Ach so, Marco, ja, natürlich. Was ist los?«

»Das Urteil. Vor zwei Stunden ist der Richterspruch ergangen. Das Oberste Gericht hat das Urteil des Berufungsverfahrens aufgehoben.«

»Und?«, fragte ich, mit einem Schlag hellwach.

»Sie hat acht Jahre bekommen. Mit anderen Worten, sie ist draußen.«

»Wann?«

»Sofort. Wenn man gute Führung und alles hinzurechnet, ist sie draußen, denn sechs Jahre hat sie schon abgesessen.«

»Bitte sag nichts mehr, wenn du dir nicht absolut sicher –«

»Ich *bin* mir sicher. Tatsache. Sie ist draußen. Frei, in den nächsten Bus zu steigen und nach Hause zu fahren.«

»Schwör's.«

Er lachte.

»Ich schwöre. Ich habe mich extra bei Tommasi vergewissert. Ruf ihn gleich an, er wird es dir bestätigten. Morgen steht es in allen Zeitungen. Du wirst es in der *Repubblica* lesen, wir bringen es auf der ersten Seite.«

Ich brach in ein hysterisches Kichern aus, ich konnte einfach nicht aufhören. Ununterbrochen musste ich wiederholen: »Schwör, dass es wahr ist.«

Und er am anderen Ende der Leitung hörte nicht auf zu lachen.

»Würde ich dich auf den Arm nehmen?«

»Okay, ich rufe Tommasi an«, sagte ich. »Dann ruf ich dich zurück, bist du zu Hause?«

»Ja. Aber du musst mich nicht zurückrufen. Wir reden morgen. Wenn du die Zeitung gelesen hast. Wenn es dir nicht mehr so unwirklich vorkommt.«

Ich legte den Hörer auf und stand da wie eine Verrückte, splitternackt im dunklen Wohnzimmer der Casa Rossa. Draußen zirpten die Grillen. Mein Herz hämmerte und sang. Ich fing an zu tanzen. Ich sprang auf und ab, ich brüllte.

Ich rannte die Treppe hinauf, um Daniel Moore aufzuwecken. Ich drehte ihn vorsichtig zu mir herum, bis er verschlafen die Augen aufschlug und mich ansah.

Seit ein paar Monaten schlief er jede Nacht neben mir. Selbst im Tiefschlaf war ich mir seiner Nähe bewusst, nie vergaß ich seine Gegenwart.

Ich liebe diesen Mann, dachte ich, als ich mich über ihn beugte, um ihn zu küssen und ihm ins Ohr zu flüstern: »Isabella. Sie kommt heim.«

Er war der erste Mensch, zu dem ich diese Worte sagen konnte. Diese Worte, die ich jahrelang stumm eingeübt hatte.

Ich wollte ihm dafür danken, dass er da war, um sie zu hören, dass er so nah war.

»Wann?«, fragte er, blinzelnd wie ein kleiner Junge.

»Bald. Morgen, übermorgen, nächste Woche. Jetzt.«

»Willst du nach Rom fahren?«

»Ja, ich rufe Tommasi an. Ich finde heraus, wann genau sie entlassen wird.«

Er umarmte und küsste mich.

»Ich komme mit.«

»Unbedingt«, sagte ich.

* * *

Unbedingt, sagte ich.

Was hätte ich denn sonst sagen sollen?

Nichts hätte das Weitere verhindern können.

9

Von der so sehnsüchtig erwarteten Szene, Isabellas Rückkehr, ist mir nichts im Gedächtnis geblieben.

Ich erinnere mich nicht an ihren Gesichtsausdruck, ihre ersten Schritte in Albas Wohnzimmer, als sie zur Tür hereinkam.

Ich erinnere mich nicht an unsere erste Umarmung, die ersten Worte, die sie sagte. Ich erinnere mich nicht an Albas Miene, als sie ihre Tochter zur Tür hereinkommen sah, weiß nicht, ob die beiden lachten oder weinten oder beides.

Ich weiß auch nicht mehr, wie Isabella sich umsah und diese neue Umgebung zur Kenntnis nahm, die Wohnung, in der Alba und Giorgio lebten, den Luxus der Ledersofas, der Kissen, der Bücherregale aus dunklem Mahagoniholz, der dicken Orientteppiche.

Das alles ist fort, verwischt.

Ich weiß nur noch, wie fehl am Platz sie mir vorkam: Ich spürte deutlich, dass sie nicht wusste, was sie mit ihrem Körper anfangen sollte, nicht wusste, wie man sich niedersetzt, wie man ein Glas hält.

Dass sie eher erschrocken als glücklich wirkte.

Es erinnerte mich an unsere Kindheit, als wir einmal vom Tierheim einen Welpen nach Hause gebracht hatten. Wir barsten vor Stolz, dass wir ihn aus seinem Käfig befreit hatten, doch der Hund konnte uns nur mit seinen großen feuchten Augen anstarren und sich zitternd unter dem Tisch verstecken.

Merkwürdig, wie die Zeit sich in den langen Jahren ihrer Haft hingezogen hatte – ein langsames Tröpfeln wie bei einem leckenden Wasserhahn. Doch kaum war Isabella durch diese Tür getreten, begann die Zeit zu rasen, und ich kam mit den Ereignissen kaum noch mit.

Klar und deutlich jedoch erinnere ich mich an den Moment, als Daniel Moore ins Zimmer trat (aus Rücksicht, damit wir eine Weile unter uns sein konnten, erschien er erst zum Abendessen). Wenn ich die Augen schließe, kann ich es immer noch vor mir sehen.

Wie ihre Blicke sich trafen. Und den anderen nicht mehr losließen.

Und augenblicklich war alle Furcht von ihr abgefallen, und es war, als hätte etwas völlig Neues von ihr Besitz ergriffen. Ein Entschluss, ein Wunsch, ein Verlangen, so mächtig, dass es ihr niemand mehr austreiben konnte. Ich sah, wie sämtliche Muskeln ihres Körpers vorwärts drängten, wie ihr Rücken sich unter der Anspannung dieser überwältigenden Sehnsucht bog. Wie ihre Augen glänzten, betört vom Wein und dieser neuen Droge, die sich langsam in ihren Adern ausbreitete.

Und ich konnte nichts anderes tun als daneben zu stehen und den beiden zuzusehen. Zwei Menschen, die einander völlig fremd waren, nicht einmal dieselbe Sprache sprachen. Die einander jetzt musterten, gierig danach, so rasch wie möglich mehr voneinander zu erfahren.

Alba und Giorgio merkten nichts – sie waren zu sehr damit beschäftigt, Weinflaschen zu öffnen, Kerzen anzuzünden, Trinksprüche auszubringen. Überhaupt war alles viel zu aufgeregt. Das war das eine Familienfest, das niemand verderben durfte.

Inzwischen saßen wir alle rund um den Esstisch, und ich war drauf und dran, vom Stuhl aufzuspringen und zu schreien: *Nein! Bitte nicht! Das könnt ihr nicht tun!*

Aber es war schon alles passiert.

Während der nächsten Tage ging mir Isabella aus dem Weg.

Vielleicht sollte ich sagen, wir gingen uns gegenseitig aus dem Weg. In der ersten Zeit nach ihrer Heimkehr versuchten wir nie, miteinander allein zu sein, fanden wir nie einen Moment, um uns gemeinsam zurückzuziehen, zu lachen oder zu weinen oder uns einfach in den Arm zu nehmen.

All die Nähe, die Vertrautheit, die wir uns Brief um Brief, Besuch um Besuch langsam zurückerobert hatten, war dahin. Ich konnte mich über ihre Entlassung nicht nur nicht freuen, sondern empfand ihre Gegenwart als regelrechte Bedrohung. Es war eine Schande.

Es ließ mich voller Ekel zurückweichen, aber ich konnte nicht anders. Und ich konnte mit niemandem darüber reden. Die Angst hatte mich gelähmt, zum Verstummen gebracht. Das Versagen.

Die Leute redeten mit mir, stellten mir Fragen, riefen an, um uns allen zu dem frohen Ereignis zu gratulieren. Aber ich hörte nichts. Es war, als wäre ich in eine Unterwasserwelt gefallen, in ein völlig anderes Reich, wo alles still war und ich nichts hörte als meinen Atem.

Ich rang nach Luft, doch meine Lunge, meine Kehle, meine Zunge waren wie ausgedörrt. Auch meine Körpertemperatur war gesunken, mir war kalt.

Zwei oder drei Tage lang feierten wir ihre Rückkehr. In der Wohnung von Alba und Giorgio herrschte ein fortwährendes Kommen und Gehen von Leuten, die Isabella begrüßen wollten, und ich gab den Versuch, sie auseinander zu halten, bald auf. Ich begegnete Gesichtern, die ich seit unserer Schulzeit nicht mehr gesehen, und anderen, die ich in Rebibbia kurz gestreift hatte, Verwandten von Isabellas Mitgefangenen, Gesichtern, die ich vom Prozess her kannte. Laura, Gabriella und die anderen Frauen aus dem Wagen Nummer fünf kamen mit Blumen und selbst gebackenem Kuchen. Ihre Töchter saßen noch immer in Voghera, und sie stießen, Tränen in den Augen, auf Isabellas Rückkehr an.

»Dass du frei bist, macht uns große Hoffnung«, sagten sie und schlossen sie fest in die Arme.

Immer stand für die unerwarteten Gäste etwas zu essen auf dem Tisch, immer mehr, als wir brauchten. Wir bildeten eine höchst eigenartige Mischung – diese Gruppe von Menschen, die sich in den kalten Warteräumen eines Hochsicherheitsgefängnisses, in den Korridoren des Gerichts, einem Abteil zweiter Klasse im Zug nach Voghera kennen gelernt hatten und nun in Giorgio Carleis Wohnzimmer in den weichen Sofapolstern versanken, ein Glas Champagner in der Hand.

Es war schwer, in einer derart festlichen Stimmung ringsherum meinen Zustand zu verheimlichen. Wie ein Zombie ging ich durch die Wohnung und hielt mich so viel wie möglich in der Küche auf. Aus irgendeinem Grund beruhigte es mich, Gemüse zu schneiden und Geschirr zu spülen. Wenn ich hingegen mit den Gästen im Wohnzimmer sitzen musste, packte mich augenblicklich wieder dieses neue Entsetzen, das mich taubstumm werden ließ.

Ich konnte die Augen nicht von Daniel Moore und Isabella lassen und kontrollierte jeden Blick zwischen ihnen. Sie sprachen kaum miteinander, denn sein Italienisch war zu zaghaft und ihr Englisch gleich null, aber irgendwie kommunizierten sie mit raschen Gesten, verlegenem Lächeln. Stets folgte ihr sein Blick durch den Raum. Er schien sich in dieser zusammengewürfelten Menge nicht im Geringsten unwohl zu fühlen. Im Gegenteil, er wirkte aufmerksam, interessiert, zuvorkommend und gesprächsbereit gegenüber jedem, der ihn verstand. Er benahm sich, als wäre er Teil der Familie.

»Was ist los? Du siehst müde aus«, sprach Daniel mich an, als er in die Küche kam, um ein paar saubere Gläser zu holen.

»Zu viel Trubel. Ich bin das nicht gewöhnt.«

»Das ist nur die ersten paar Tage so. Es beruhigt sich bald wieder.«

»Ich weiß. Aber ich vermisse die Stille der Casa Rossa«, sagte ich.

Er sah mich mit leisem Vorwurf an.

»Wirklich? Ich dachte, du wolltest so viel wie möglich mit Isabella zusammen sein.«

»Das will ich ja. Aber nicht gleichzeitig mit einer Million Menschen.«

»Ja, das verstehe ich. Für sie ist es bestimmt auch sehr anstrengend.«

Jedes Wort von ihm war wie ein Messerstich.

»Hat *sie* dir das gesagt?«, fragte ich.

Er sah mich überrascht an.

»Sie klagte über Kopfweh. Ich habe ihr ein Aspirin gegeben.«

»Ach so.«

Ich musste den Raum verlassen und mich im Bad einsperren.

Eifersucht ist eine Krankheit, ein Gift, sagte ich mir wieder und wieder. Du musst damit aufhören, sonst wirst du verrückt. Du musst sie abschütteln.

Du bildest es dir nur ein. Zwischen den beiden ist nichts.

Ich musterte mein Gesicht im Spiegel, während ich die Worte vor mich hin sagte wie ein Mantra. Aber sie wirkten nicht. Es ging mir keinen Deut besser.

Am dritten Tag kam Marco Sestieri. Er habe so lange gewartet, sagte er, weil er Isabella ein bisschen Zeit lassen wollte, damit sie sich an die verwirrende Außenwelt gewöhnen konnte.

Wahrscheinlich war er absichtlich so spät, nach allen anderen gekommen, um zu vermeiden, dass sein Gesicht zwischen den übrigen Gesichtern und lärmenden Glückwünschen unterging. Er hatte sich geduldet, weil seine Begegnung mit Isabella etwas Besonderes sein sollte.

Er wirkte schüchtern, erwartungsvoll, wie ein verliebter Mann. Er hatte ihr ein Buch mitgebracht. Sie las die Widmung und errötete.

»Danke«, sagte sie, »das ist wirklich sehr nett von dir.«

Mit entzücktem Blick saß er neben ihr auf dem Sofa. Vielleicht hatte er damit gerechnet, als Held empfangen zu werden, als der Mann, der Isabellas Entlassung in die Wege geleitet hatte. Vielleicht hatte er sich ausgemalt, wie Isabella sich ihm in die Arme werfen würde, zu Tränen gerührt.

Wahrscheinlich enttäuschte ihn ihre freundliche, aber kühle Reaktion.

»Hast du Lust, heute Abend essen zu gehen?«, wagte er sich vor. »Ich dachte, ich könnte dich ausführen, in ein Restaurant an der Via Appia – dort sitzt man im Freien unter einer Laube.«

»Nein, danke. Draußen zu sein macht mich immer noch ein bisschen nervös«, sagte sie. »Ich glaube, ich kann jetzt noch nicht ins Restaurant gehen, ich muss alles erst Schritt für Schritt wieder lernen.«

»Ja, sicher. Vielleicht bist du nächste Woche so weit«, sagte er und lachte verlegen.

»Vielleicht«, gestand sie ihm zu. Dann merkte sie, dass sie zu schroff klang und rang sich ein Lächeln ab.

»Du könntest doch hier bei uns essen. Nur im Familienkreis. Daniel macht eine Lammkeule. Er ist ein großartiger Koch.«

Es schmerzte schon, wenn ich nur seinen Namen von ihren Lippen hören musste. Und als wir, wieder einmal, rund um diesen Familientisch saßen, als Daniel Moore auf einer Platte das Fleisch hereinbrachte und für jeden eine Portion zurechtschnitt, sah ich Marco Sestieris Blick. Ich sah, wie er Isabellas Lächeln begutachtete, während sie eifrig ihren Teller aus Daniels Händen entgegennahm und ihm dankte. Auch er nahm den Strom wahr, der zwischen den beiden floss. Geschlagen sank er auf seinem Stuhl zusammen.

* * *

Dann veränderte sich alles. Es ging so schnell, wie wenn Stoff einreißt.

Es ist sinnlos, darüber zu brüten und die Ereignisse zu sezieren, Gesichtsausdrücke zu analyisieren, die eine Geste, den einen Satz herausgreifen zu wollen, die den Ausschlag gaben.

Als ich mit Daniel Moore in die Casa Rossa zurückkehrte, wusste ich, dass ich ihn verloren hatte.

Obwohl er am selben Schreibtisch in dem kleinen Zimmer im oberen Stock vor seinem Computer saß, obwohl er weiter fleißig an seinem Roman arbeitete, las und sich Notizen machte, obwohl er in die Küche kam und Wein mit mir trank, wenn ich mit der Arbeit fertig war und das Abendessen richtete, obwohl er fragte, wie ich den Tag verbracht hatte, als interessierte es ihn – trotz alldem war alles anders geworden.

Sein Schweigen war von einer anderen Beschaffenheit. Hinter seiner Wortlosigkeit verbarg sich Unruhe. Und bei mir ebenso.

Wenn wir miteinander schliefen, dann nur noch im Dunkeln, ohne einander in die Augen zu sehen. In der letzten Zeit lief es immer gleich ab: rasch, lautlos, ohne irgendeine Variation in der Abfolge unser Bewegungen, als wäre dies für den Rest unserer Tage die einzige Form der Liebe. Danach fiel ich jedes Mal in einen bleiernen, todesähnlichen Schlaf, aus dem ich stets erschöpft aufwachte.

Und eines Tages rief sie an.

»Ich werde hier verrückt«, sagte sie.

»Wieso?«

»Es ist alles so schwierig … mich wieder einzufügen. Ich stehe allen im Weg. Ich fühle mich vollkommen überflüssig.«

»Nein, das bist du nicht. Du musst es nur langsam angehen. Lass dir Zeit. Du kannst nicht erwarten, dass …«

»Ich weiß, ich weiß. Es ist nur, dass mir hier alles zu viel ist, zu viel Verkehr, Lärm, Menschen. Es überschüttet mich. Ich brauche ein bisschen Frieden.«

»Ich dachte schon, du solltest dich vielleicht in einem Fitnessstudio anmelden. Training hat dir doch immer gut getan.«

»*Bitte*. Es geht nicht um Training.«

»Schon klar. Ich habe nur versucht …«

»Ich möchte in die Casa Rossa kommen.«

Ein Schweigen trat ein. Es war, als wären ihre Worte abgerutscht und in einer bodenlosen Tiefe versunken. Ich räusperte mich.

»Warum?«

»Weil … weil ich gerne Rosa besuchen würde. Ich möchte sie fragen, ob ich mit Adele sprechen kann.«

Ich sagte nichts.

»Es wäre extrem wichtig für mich«, beharrte sie.

»Ja, aber …«, begann ich und merkte, dass ich nicht wusste, wie ich ihr diese Idee ausreden konnte. »Ich meine, wieso lässt du nicht zuerst mich mit ihr reden? Lass mich testen, wie sie …«

»Sie hat mir geschrieben. Gestern kam ihr Brief.«

»Wer hat dir geschrieben?«

»Rosa.«

»… Tatsächlich?«

»Ja. Sie hat sich gefreut, als sie von meiner Entlassung gehört hat, schreibt sie. Und sie sagt etwas von Gottes Willen.«

»Oh … na, dann ist es ja gut.«

Sie schwieg einen Moment, und ich spürte eine wachsende Begeisterung in ihrer Stimme.

»Wie ist das Wetter? Ist es noch warm genug zum Schwimmen?«

Ich blickte hinaus in das warme Nachmittagslicht. Es war Anfang Oktober.

»Ja. Es ist noch warm genug. Wir waren am Montag schwimmen, und es war sehr schön.«

* * *

»Ich glaube nicht, dass es ihr klar ist«, fing ich an.

»Was?«, fragte Daniel Moore. Wir saßen unten in der Küche beim Abendessen. Ich hatte das erste Mal wieder ein Feuer angezündet.

»Wie peinlich das sein wird, wenn sie herkommt. Ich habe Jahre gebraucht, um … die Wogen zu glätten. Bis die Leute so weit waren, dass sie uns wieder hier akzeptiert haben.«

»Aber du sagst, sogar Rosa hat ihr geschrieben. Das heißt doch, dass sie willkommen ist.«

»Ja … vermutlich. Ich weiß nicht, ich habe nur das Gefühl, es ist ein bisschen zu viel, wenn sie so früh hier aufkreuzt. Und diese Idee, Adele zu besuchen, die halte ich für verrückt.«

»Warum?«

»Na, weil … ich meine … ich weiß nicht, was Adele davon halten würde. Sie hat sich in all den Jahren nie gemeldet, hat nie geschrieben oder irgendwas gesagt.«

Er hob den Blick von seinem Teller und sah mich an.

»Aber Isabella ist unschuldig.«

Ich erwiderte seinen Blick und schwieg.

Nach einer Weile sagte ich: »Vielleicht ist Adele davon weniger überzeugt.«

»Woher willst du das wissen? Und wieso sollte sie's nicht sein?«

»Weil … ach bitte, hören wir auf damit. Das ist mir wirklich zu viel.«

In betretenem Schweigen aßen wir weiter. Nie hatte ich mich in Daniels Gegenwart so unwohl gefühlt. Nie hatte er mich so aggressiv erlebt.

»Ich finde, du solltest sie kommen lassen, wenn sie das will. Vielleicht ist das ein Plan, den sie schon weiß Gott wie lange mit sich herumträgt«, sagte er, während er mir Wein nachschenkte.

»Was soll das heißen, *du solltest sie kommen lassen*?«, fuhr ich ihn an. »Ich bin hier nicht dafür zuständig, Genehmigungen auszustellen. Sie kann jetzt tun und lassen, was ihr einfällt, ich finde es nur nicht sehr respektvoll.«

Er sah mich an und war im Begriff, etwas zu erwidern, doch dann schüttelte er nur den Kopf, wie um zu sagen: Vergiss es.

* * *

Ich holte sie in Lecce vom Bahnhof ab. Sie war überdreht vor Aufregung; die Zugfahrt sei wunderschön gewesen, sagte sie, und beim Anblick des Meers in der Nähe von Brindisi habe sie geweint.

Bevor wir uns auf den Weg zur Casa Rossa machten, wollte sie unbedingt die Konditorei in der Nähe des Bahnhofs, außerhalb der alten Stadtmauer, aufsuchen und eines der berühmten *pasticciotti con la crema* essen.

Im Gefängnis sei das einer ihrer häufigsten Träume gewesen – einer von zweien: Cappuccino und ein Schokoladeneclair.

Sie war heißhungrig.

In Lecce wurde sie erkannt. Manche erinnerten sich an sie, weil sie die Familie oder uns von unserer Kindheit her kannten. Andere erkannten ihr Gesicht aus der Zeitung oder von dieser TV-Show wieder.

Die mutmaßliche Mörderin von Lo Capo.

Die junge Jean Seberg.

Die meisten ignorierten sie, manche starrten sie an, andere kamen auf sie zu und drückten ihr die Hand.

»Wir haben dich im Fernsehen gesehen. Ein Glück, dass sie das Urteil revidiert haben. Und schön, dass du wieder hier bist.«

Als wir am Kiosk gegenüber der *pasticceria* stehen blieben, um eine Zeitung zu kaufen, beugte sich die Besitzerin, eine untersetzte, kurzbeinige wasserstoffblonde Mittfünfzigerin, aus ihrem Fenster und spuckte ihr ins Gesicht.

»*Feccia*, Abschaum«, zischte sie. »Dass du es wagst, dich hier zu zeigen! Mörderin!«

Isabella wischte sich mit dem Handrücken das Gesicht ab und zuckte nicht mit der Wimper.

Als wir die Brücke überquerten und an der Madonnensäule abbogen, packte sie meine Hand auf dem Schalthebel. Vor uns kauerte das Haus auf seiner kleinen Anhöhe, sein Anstrich war schon wieder zu Rosa verblasst.

»Mein Gott«, sagte sie. Sie hatte Tränen in den Augen.

Daniel stand vor der Eingangstür, um uns zu empfangen. Sie begrüßten sich mit einer flüchtigen Umarmung. Er hatte den Tisch gedeckt und eine Vase mit Wiesenblumen in die Mitte gestellt.

»Es sieht wunderschön aus«, flüsterte sie, als beträte sie eine Kirche.

Dann geschah etwas Unerwartetes: Mit zwei Sätzen schnellte sie vorwärts und flog durch das Esszimmer ins Wohnzimmer, wo sie hoch in die Luft sprang und eine Reihe perfekter Pirouetten vollführte, die Arme über dem Kopf zu einem Kreis geschlossen. Anmutig, präzise, wie eine Primaballerina. Unvermittelt hielt sie inne und brach in Gelächter aus, mit glänzenden Augen, während Daniel Beifall klatschte.

* * *

»Alina? Geh ran, ich bin's, ich habe dir was Dringendes zu …«

Um acht Uhr morgens tönte Espositos Stimme aus dem Anrufbeantworter. Ich sprang aus dem Bett, nahm das schnurlose Telefon an mich und schloss rasch hinter mir die Tür, um Daniel nicht aufzuwecken.

»Ja, ja, was gibt's?«

Ich ging an Isabellas Schlafzimmer vorbei. Die Tür stand offen. Ich sah ihr zerwühltes Bett. Wahrscheinlich ist sie schon unten in der Küche beim Frühstück, dachte ich.

»Ich habe deinen zweiten Entwurf gelesen«, sagte Esposito ohne Umschweife. Missbilligend.

»Und?«

»Und ich denke, das geht so nicht. Ich habe gestern Abend ein langes Telefonat mit Jacques in Paris geführt, und er ist auch ziemlich entsetzt.«

Jacques war ein junger französischer Regisseur, der das von mir bearbeitete Drehbuch verfilmen sollte. Es war wieder mal eine idiotische Geschichte, diesmal über einen guten Bullen und eine drogensüchtige Halbwüchsige, die in den Slums von Rio gedreht werden sollte.

»Es ist zu klischeehaft … zu schnell heruntergehauen. Und das Ende stimmt überhaupt nicht. Das ist wie aus einem billigen Fernsehschinken.«

Ich hätte eine Million Dollar dafür gegeben, um mich nicht mehr mit dieser lächerlichen Geschichte befassen zu müssen.

»Ich weiß«, sagte ich matt. »Ich … ich habe zwei ziemlich höllische Wochen hinter mir, meine Schwester ist …«

»Wir müssen uns treffen«, unterbrach er mich. »Mal sehen … er kommt am Dienstag, also könnten wir uns treffen am, Moment …«

Ich hörte ihn an seiner Morgenzigarette ziehen, während er seinen Kalender studierte.

»Donnerstag um drei?«

»Gut.«

»Aber nimm dir gar nicht erst vor, gleich wieder zurückzufahren, vielleicht müsst ihr beide, du und Jacques, euch am Freitag noch einmal zusammensetzen. Er kommt extra deswegen her, der Film liegt ihm wirklich sehr am Herzen. Er will sich mit diesem Drehbuch auf kein Risiko einlassen, es muss absolut stimmen.«

Ich vernahm in seiner Stimme einen drohenden Unterton, der mir neu war. Ich musste die Sache mit Esposito klären, auf der Stelle. Sein Vertrauen zu verlieren konnte ich mir nicht leisten.

»Keine Angst. Ich werde da sein und so lang mit ihm arbeiten, wie es nötig ist. Ich bringe das in Ordnung.«

Aber ich wusste, dass es mein Todesurteil war, die Casa Rossa verlassen zu müssen.

* * *

Isabella wohnte seit fast einer Woche in der Casa Rossa, und ihr Besuch bei Rosa stand noch aus. Sie hatte mit dem Dorfpfarrer darüber gesprochen. Der Pfarrer stand Rosa sehr nahe, und er meinte, es wäre eine gute Idee, die Sache ihm zu überlassen. Es sei eine heikle Angelegenheit. Es ging das Gerücht, dass Adele jetzt endlich, sieben Jahre nach dem Tod ihres Mannes, wieder jemanden kennen gelernt hatte. Einen Arzt, wie es schien. Sogar für sie – wie für ganz Italien – nahm die Möglichkeit eines neuen Lebens, einer Befreiung von den *anni di piombo* allmählich Gestalt an. Der Pfarrer war zuversichtlich, dass sie nach einer gewissen Zeit bereit wäre, sich mit Isabella zu treffen und ihr sogar zu verzeihen.

»Ich vertraue ihm, er ist ein netter Mann«, sagte Isabella. »Er wird mir Bescheid sagen, wenn der richtige Zeitpunkt gekommen ist.«

Unterdessen unternahm sie Streifzüge durch die Umgebung, nahm von Neuem das Revier ihrer Kindheit in Besitz, lernte, sich wieder im freien Raum zu bewegen. Schwelgte in lang vergessenen Gerüchen und Farben. Unterhalb der Turmruine von Sant'Emiliano gingen wir gemeinsam schwimmen. Bei ihrem ersten Sprung ins klare Wasser kreischte sie vor Entzücken. Es war rührend, sie tauchen zu sehen, wie ein Fisch, der ins Meer zurückgeworfen wird.

»Wie lang ist es her, seit sie zuletzt hier war?«, fragte mich Daniel. Er lag auf einem Felsen neben mir und blätterte lustlos in seinem Buch.

»Knapp sieben Jahre.«

Er schüttelte ungläubig den Kopf.

Ich fuhr nach Rom und quälte mich durch die Unterredung mit dem französischen Regisseur und Esposito, als müsste ich über glühende Kohlen laufen – ich konnte kaum erwarten, dass es endlich vorbei war. Es schien mir völlig unmöglich, mich zu konzentrieren und zuzuhören, was Jacques oder Esposito zu sagen hatten, mir über die Story Gedanken zu machen, die Charaktere für glaubwürdig zu halten. Es klang alles so künstlich, unheimlich weit entfernt. Wieso konnte ich nicht einfach aufspringen und schreien, dass mir dieser idiotische Bulle und das cracksüchtige Kind schnurzegal seien und sie mich bloß in Frieden lassen sollten, ich würde jetzt heimfahren?

Zwei Tage später schaffte ich es endlich, in den Zug zu steigen und zur Casa Rossa zurückzukehren. In Lecce erwarteten mich Daniel Moore und Isabella am Bahnsteig. Sie hätten Geschwister sein können, beide so hellhäutig und hellhaarig, schlank, auch die

Augen fast von derselben Farbe. Sie trug meinen roten Pullover. Es störte mich, dass sie einfach meine Schubladen durchstöberte, ohne zu fragen.

Im Auto, auf dem Weg nach Hause, berichteten sie haarklein, wie sie diese achtundvierzig Stunden ohne mich verbracht hatten. Sie hätten die Fresken in der Kirche Santa Caterina besichtigt, erzählten sie. Isabella hatte ihm die Ruinen eines mittelalterlichen Schlosses gezeigt, wo wir als Kinder gespielt hatten, nicht weit von der Casa Rossa. In Borgagne hatten sie eine neue *gelateria* entdeckt. Sie wirkten beide nervös.

»Das müssen wir dir zeigen«, sagte Daniel. »Ihr Schokoladeneis ist genau so, wie du es am liebsten hast. So bitter, dass man es kaum glaubt.«

»Ja, fahren wir hin, vielleicht heute Abend nach dem Essen«, bekräftigte Isabella.

»Nein danke«, sagte ich kurz angebunden, »ich bin zu müde zum Ausgehen. Ausgelaugt, um die Wahrheit zu sagen.«

Sie folgten mir durch das Haus wie zwei Kinder mit schlechtem Gewissen. Sie halfen mir beim Kochen, deckten den Tisch, darauf bedacht, einander nicht anzusehen.

Als wir uns zum Essen setzten, geriet das Gespräch jäh ins Stocken. Zu dem Zeitpunkt hatte niemand mehr die Illusion, wir kämen noch heil aus der Sache heraus. Jeder von uns war vollkommen fixiert auf die Vorstellung davon, was als Nächstes passieren musste.

Es war nur eine Frage von Sekunden, bis diese ganze nebulöse Materie sich zu einem Satz fügte, in eine Frage schlüpfte.

»Hast du sie gefickt?«

Ich hörte meine Stimme – metallisch, hart, wie von einer anderen Person – die Frage stellen, während er sich nebenan im Bad die Zähne putzte.

Er spülte sich erst den Mund aus, dann kam er aus dem Bad, barfuß, mit nacktem Oberkörper.

»Alina, bitte.«

»Du hast sie heute gefickt, ja?«

Er hob nicht die Stimme, er sah mich nicht vorwurfsvoll an, sondern seufzte nur und ließ sich neben mir aufs Bett fallen.

»Warum fragst du mich das so?«

»Wieso – kann man das auch anders fragen?«

»Ja ...« – er stieß alle Luft aus der Lunge, bis er in sich zusammengesunken war – »oder nein. Es spielt wohl keine Rolle.«

Er starrte auf den Bettüberwurf, solange es ging. Dann schaute er auf und begegnete meinem Blick.

»Ja. Wir haben miteinander geschlafen. Es ließ sich unmöglich vermeiden.«

»Ach ja! Und wieso, bitte schön, ließ sich das unmöglich vermeiden?«

»Weil ...«, fing er an. Aber dann kam er nicht weiter.

Sogar für Daniel Moore, den Mann, der stets die Wahrheit sagte, war die Last zu groß.

»Weil ich es wollte«, gestand er schließlich.

Das brachte mich zum Verstummen. Es war der unerwartete Hieb, der Schlag, der einen zu Boden streckt. Eine Gerade von solcher Wucht, dass es einem den Atem verschlägt. Aber wenn man wieder auf den Beinen ist, hat man allen Schneid verloren und kann nicht mehr kämpfen wie zuvor.

»Warum?«, fragte ich, beinahe flehend.

»Weil ich mich in sie verliebt habe.«

»Das ist nicht wahr«, flüsterte ich.

Er gab keine Antwort. Er sah mich nur an und nickte langsam.

»Das ist nicht wahr!«, wiederholte ich, mit erhobener Stimme.

Und schlug ihm mitten ins Gesicht.

* * *

Sie wartete auf mich. Eine Zigarette zwischen den Fingern, ging sie im Zimmer hin und her, wie sie in ihrer Zelle hin und her gegangen war. Zweifellos hatte sie gehört, wie ich oben sein Zimmer verwüstete, seinen Tisch leer fegte, sämtliche Bücher und alles, was mir sonst in die Finger kam, an die Wand schleuderte.

»Du bist hergekommen, weil du ihn ficken wolltest!«, stieß ich hervor, als ich ins Zimmer stürmte.

»Nein«, sagte sie. »Aber ich war mir darüber im Klaren, dass ich mich zu ihm hingezogen fühlte.«

»Du hättest nicht kommen dürfen! Warum bist du nicht weggeblieben?«

»Er wollte es ebenfalls. Nicht nur ich.«

»Es ist deine eigene Schwester, der du das antust!«

Sie wandte sich ab und trat ans Fenster, öffnete es und ließ einen Schwall kalte Luft herein.

»Hörst du mich?«, schrie ich. »Deiner eigenen Schwester tust du das an!«

Alles, was in mir hohl und stumm gewesen war, brach jetzt hervor. Ich raste vor Zorn und blinder Wut.

»Wie konntest du das tun?«, brüllte ich aus vollem Hals.

Langsam drehte sie sich zu mir um. Sie biss sich auf die Unterlippe, doch ihr Blick blieb gleichmütig.

»Ich bin momentan nicht in der Lage, an andere zu denken.«

»Und wieso nicht, verdammt?«

»Ich kann es mir nicht leisten, Alina. Es tut mir Leid.«

»*Ich hasse dich*«, sagte ich, »und ich wünschte, du wärst tot.«

Sie rührte sich nicht.

»Raus hier, alle beide«, schrie ich. »Ich will euch nie wieder sehen. Packt euren Kram und haut ab.«

⋆ ⋆ ⋆

Es tat gut, so dazuliegen, zu einer Kugel gerollt. Es war, als könnte ich nie wieder aufstehen.

Aber jeder steht früher oder später von seinem Schmerz wieder auf.

Auch ich stand auf, nachdem ich wer weiß wie lange so dagelegen hatte. Ich betrachtete mein Gesicht im Spiegel und sah, wie die Raserei es verändert hatte. Ich würde wieder auf den Beinen stehen, ja, aber ich war fest entschlossen, meinen Zorn nicht loszulassen.

Alba rief an.

»Was zum Teufel ist hier los? Kannst du mir bitte erklären, was du und deine ...«

»Halt die Klappe«, fauchte ich. »Ich habe nichts zu erklären.«

»Alina, bitte beruhige dich. Lass es mich nur verstehen, damit ich ...«

»Es gibt kein Happy End in dieser Geschichte, und es wird nie eines geben. Mehr gibt es nicht zu verstehen. Und jetzt lass mich in Ruhe.«

Und ich knallte den Hörer auf.

Ich blendete den Schmerz aus, betäubte ihn mit Tabletten, die ich dem Apotheker im Dorf abgeschwatzt hatte.

Verdünnte ihn, tauschte ihn gegen Schlaf ein.

Gönnte mir eine Galgenfrist.

Ich wachte spät auf, schmale Streifen Licht fielen auf mein Gesicht. Ich zog mich nicht an, sah nur zu, wie die Sonne von Osten nach Westen über das Haus wanderte und schließlich unterging. Ich wartete schweigend, bis das Schweigen mich so mürbe gemacht hatte, dass ich beim geringsten Anlass in Stücke zu brechen meinte.

Carmela tauchte auf, sie brachte eine Schüssel mit ihrer *parmigiana di melanzane*. Ich kam barfuß, in meinem schmutzigen Nachthemd herunter und sagte, ich brauchte nichts, sie möge bitte ein andermal wiederkommen, ich könne jetzt nichts essen.

»Kann ich was für dich tun? Soll ich einen Arzt rufen?«, fragte sie.

Ich schüttelte den Kopf. Sie sah erschrocken aus.

»*Santa vergine*, Alina, pass bloß auf dich auf.«

Ich rief Esposito an, sagte, mit mir stimme etwas nicht, ich sei krank, wahrscheinlich Hepatitis; ich müsse das Bett hüten.

Und genoss es, ihn anzulügen.

Ich dachte an Lorenzo vor fünfzig Jahren, als Renée gegangen war und ihn mit dem kleinen Mädchen hatte sitzen lassen. Ich dachte an die Stille, die das Haus damals eingehüllt hatte: so wie jetzt. Wie die Stille in einem Brunnen, tief, schwarz, undurchdringlich.

Auch er muss von einem Zimmer ins nächste gewandert sein, halb angekleidet, benommen, vielleicht auch betrunken. Auch er muss von demselben Bett aus, auf dem ich jetzt lag, stundenlang an die Decke gestarrt und zugesehen haben, wie die schmalen Lichtstreifen langsam über seinen Körper aufwärts krochen bis zu seinem Gesicht. Bis man kam, um ihn zu retten, und ihn fortbrachte, in die Schweiz.

Die Tage vergingen, und ich begann, Selbstgespräche zu führen. Laut und lebhaft. Ich hielt alle möglichen Reden, übte jede einzelne ein, bis sie saß. Damit ich meinen Text bis ins Detail parat hatte – nur für den Fall.

Aber das Telefon läutete nicht. Und kein Taxi erschien vor dem Tor.

Mitte November erhielt ich einen Brief von Daniel Moore, ein paar Tage zuvor in Rom aufgegeben. Geschrieben auf dem Papier des *Hotel Locarno*.

Es war ein vorsichtiger Brief. Die Worte waren sorgfältig gewählt, damit ich ihren Sinn auf keinen Fall missverstehen konnte. Ich las ihn unzählige Male.

Es war eine kurze, aufrichtige Botschaft. Er rechne nicht damit, dass ich ihm verzieh, schrieb er, doch er sei sich der Qualen, die er mir zugefügt habe, und der verheerenden Folgen seines Treuebruchs bewusst. Er wollte wissen, ob ich bereit wäre, mich in nächster Zeit mit ihm zu treffen, damit wir versuchen könnten, friedlich miteinander zu reden. Er habe das Gefühl, ich hätte ihm in meinem Zorn – den er vollkommen verstehe – keine Chance gelassen, sich zu erklären.

Die Worte, auf die ich gewartet hatte, fand ich nicht.

Es war keine Zweideutigkeit in seinem Brief, und doch muss ich seine sorgfältig gewählten Adjektive missverstanden, irgendwo einen Unterton melancholischer Sehnsucht vernommen haben, der nicht da war.

Denn ich stieg in den Zug nach Rom, ohne ihn wenigstens vorher anzurufen.

Vom Bahnhof fuhr ich mit dem Taxi geradewegs zur Piazza del Popolo, ging ins *Caffè Rosati* und schüttete auf leeren Magen zwei Campari-Soda in mich hinein. Dann ging ich einen Block weiter und betrat schwungvoll und leicht benebelt, mit einem an der Ecke erstandenen Blumenstrauß, die holzgetäfelte, dem Jugendstil nachempfundene Eingangshalle des *Hotel Locarno*. Ich verspürte einen gewissen Auftrieb.

»Ich möchte zu Signor Moore«, sagte ich zum Portier, ein wenig zu laut, und wedelte mit den Blumen.

Er nickte lächelnd, und ich stellte mir vor, dass er uns für ein schönes Paar hielt.

Gleich einer Bankräuberin stürmte ich in sein Zimmer, den Tulpenstrauß wie eine Waffe in der Hand.

»Ich verzeihe dir«, verkündete ich.

Er sah mich sprachlos an und erbleichte.

»Ich dachte die ganze Zeit«, fuhr ich fort, »ich könnte damit nicht leben. Aber es ist nur Stolz.«

»Was?«, flüsterte er.

»Ich möchte, dass du zurückkommst. Es ist mir egal, was passiert ist. Ich sagte, *ich verzeihe dir.*«

Er rührte sich nicht. Völlig reglos stand er in der Mitte des Zimmers. Ich ließ mich auf sein Bett fallen und zerrte an seinen Handgelenken, bis er das Gleichgewicht verlor und auf mich fiel.

»Ich will mit dir schlafen«, flehte ich, den Tränen nahe, »bitte.«

»Hör auf, Alina. Tu das nicht.«

Er versuchte sich loszureißen, aber ich hielt ihn fest.

Meine Beine waren nackt, ich trug Sandalen und ein leichtes Seidenkleid mitten im November.

»Komm, halt mich fest, mir ist kalt«, flehte ich und zog ihn fester an mich.

»Lass los, bitte, lass los«, stieß er hervor.

Er hatte Angst, mir wehzutun, aber er verstand sehr professionell mit Schmerz umzugehen. Er berührte mich ohne Leidenschaft, wie ein Arzt seinen Patienten. Er fasste mich unter den Achseln und setzte mich auf, als wäre ich ein Kind.

»Komm, Alina, setz dich hierher, beruhige dich.«

Er reichte mir ein Glas Wasser.

Ich glaube, ich schluchzte. Speichel, Tränen, der bittere Campari-Geschmack, alles vermischte sich miteinander und erzeugte einen klebrigen Geschmack in meinem Mund. Meine ganze Fassung, die ich wiedergefunden glaubte, diese neue Gemütsruhe, mein einstudierter Text – alles war dahin, fortgespült wie schmutziges Wasser in der Gosse.

»Dann geh nach New York zurück«, schrie ich, »du kannst nicht hier bleiben, du musst aus meinem Leben verschwinden.«

Er saß am anderen Ende des Bettes, von mir abgewandt, und verbarg den Kopf zwischen den Händen. Ich sah seinen Rücken beben, als könnte auch er es nicht länger ertragen. Als wäre auch er am Boden zerstört.

»Alina, hör mir zu«, sagte er, ohne sich umzudrehen.

Etwas an seiner Stimme rührte mich. Wahrscheinlich spürte ich, dass auch er kurz vor dem Zusammenbruch stand. Ich hatte ihn nie so erlebt, und mir wurde auf einmal bewusst, dass wir uns überhaupt nie zu derartigen Gefühlsausbrüchen hatten hinreißen lassen. Ich ging ins Bad und wusch mein Gesicht. Das kühle Wasser brachte mich wieder zur Besinnung.

Ich zog einen kleinen geblümten Sessel ans Bett und setzte mich ihm gegenüber. Vielleicht, dachte ich, muss man versuchen, vernünftig zu sein. Sich wie ein reifer, erwachsener, verantwortlicher Mensch zu verhalten.

»Gut. Ich höre, sprich weiter.«

»Isabella und ich … wir werden …«

Er verstummte. Mit dem Handrücken rieb er sich heftig die Augen, als schmerzten sie.

»Isabella ist schwanger.«

»Das kann nicht sein«, sagte ich rasch, kalt. »Sie lügt.«

»Ich weiß, dass es sehr schwer für dich ist, zu …«

»Sie hat seit Jahren ihre Periode nicht gehabt. Es kann nicht sein. Ich sage dir, *sie lügt.*«

»Das hat sie mir auch erzählt. Ich *weiß* davon«, sagte er, ein wenig lauter.

Er trank aus dem Wasserglas, das auf dem Nachttisch stand, und schluckte schwer. Dann stützte er die Ellenbogen auf die Knie und breitete bedächtig die Hände aus, zu mir herabgebeugt.

»Wir waren gestern beim Arzt. Er sagte, so was kommt vor, das ist psychosomatisch. Irgendwie hat ihr Körper … wieder zu funktionieren begonnen.«

Hatte ich es nicht gewusst? Hatte ich nicht alles schon gehört? Der Körper, der stillgelegt gewesen war, hatte den Betrieb wieder aufgenommen.

Es war wie ein tropischer Wald nach einem Wolkenbruch. Er will sich so rasch wie möglich ausbreiten, kleinere Pflanzen ersticken und ihren Saft einsaugen. Er fragt nicht, ob es richtig ist oder falsch, er nimmt sich einfach, was er braucht, um wachsen zu können.

»Und?«, fragte ich.

»Und …« – in pathetisch hilfloser Weise breitete er die Arme aus – »und sie wird dieses Kind bekommen. Und ich werde der Vater dieses Kindes sein.«

Reglos starrte ich ihn an.

»Ich werde sie heiraten«, sagte er und ließ die Arme seitlich herabfallen.

Ich stand auf. Aus irgendeinem Grund hatte der Schock den Alkohol besiegt, die Nebelschwaden vertrieben, und ich war wieder nüchtern und bei klarem Verstand. Ich packte den Strauß Tulpen und drückte ihn an die Brust.

Sekundenlang starrten wir einander an.

»Du bist verrückt«, sagte ich. »Du hast keine Ahnung, worauf du dich einlässt.«

»Ich habe sehr gründlich darüber nachgedacht.«

»Du weißt nicht mal, wer sie ist.«

»Du irrst. Ich denke, das weiß ich sehr wohl.«

Ich stieß ein kurzes, bitteres Lachen aus.

»Der romantische Amerikaner heiratet *la bella terrorista.* Was *soll* das denn? Kaufst du dir eine neue Biografie? Irgendwas Extremes, das zu deinen literarischen Ambitionen passt? Um ein Buch darüber zu schreiben?«

Er musterte mich kalt, mit erbarmungsloser Feindseligkeit.

»Ich liebe sie.«

Ich ging zur Tür, legte eine Hand auf die Klinke.

»Du hast keine blasse Ahnung, was du tust. Du heiratest eine Mörderin.«

* * *

Es war geschehen. Ich hatte das Unaussprechliche ausgesprochen.

So lange hatte ich diese Worte in mir eingeschlossen, bis ich selbst nicht mehr wusste, dass sie vorhanden waren, und jetzt hatten sie sich den Weg ins Freie gebahnt, wie eine Luftblase im Wasser. Ich wunderte mich sogar, wie leicht sie an die Oberfläche gestiegen und geplatzt waren.

An diesem Punkt hätte mich allerdings nichts mehr wundern dürfen: Sämtliche Gesetze waren gebrochen. Es herrschte Anarchie, reines Chaos. Was für eine erschreckende, unwirtliche Landschaft, in der keine Regel mehr zählt, wo jeder einfach losmarschieren und alles tun oder sagen kann, wonach ihm der Sinn steht.

Ich ging zurück ins *Caffè Rosati.* Ich war betäubt, stumm, mein welker Tulpenstrauß hing kopfüber herab.

»Einen Kamillentee bitte«, sagte ich zu demselben Barmann, der mir nur eine Stunde zuvor Campari-Soda serviert hatte.

Ich sank in einem Sessel zusammen und begriff auf einmal, dass ich nach dem, was passiert war, nirgendwohin zurückkonnte. Dass mein ganzes Leben hier und heute zum Stillstand gekommen war. Und ich saß in demselben Café, in dem mein Vater als junger Mann seine Filmgeschäfte abgeschlossen und mit Mädchen geflirtet hatte. Lang bevor er anfing, allein zu trinken und an der Theke zu weinen, bis der Barmann ihm mit sanftem Nachdruck den Ausgang zeigen musste.

Vom Münzfernsprecher neben der Toilette rief ich Bruno an.

»Oh, ciao, Alina«, sagte er fröhlich. »Bist du in Rom?«

»Ja, im *Rosati*. Hör mal, ich muss dich unbedingt etwas fragen, es ist wichtig.«

»Sprich, was ist?«

»Es geht um dich und Alba.«

»Und zwar?«, fragte er, schon ein wenig zurückhaltender.

»Als ihr euer Verhältnis ... als ihr beide ein Liebespaar geworden seid ... wann *genau* war das?«

Am anderen Ende trat eine Pause ein.

»Alina, wieso willst du das wissen ... ich möchte nicht ...«

»Es gibt Dinge, die ich ein für alle Mal klären muss«, sagte ich eindringlich.

»Leg auf und bleib, wo du bist, ich fahre zu dir. Es dauert nur fünf Minuten.«

Ich atmete auf, als ich ihn mit seinem abgetragenen Regenmantel das Café betreten und auf meinen Tisch zukommen sah. Es gefiel mir, wie er mit dem Kellner umging, mir ein Papiertaschentuch reichte, *tramezzini* bestellte.

»Was ist passiert? Du siehst furchtbar aus«, sagte er.

»Es ist ein furchtbarer Tag. Einer von den Tagen, an denen man was Hirnverbranntes tun könnte.«

»Wie zum Beispiel?«

»Was weiß ich.« Ich erwiderte seinen Blick und lachte nervös auf. »Zum Beispiel morden oder ermordet werden.«

Ich hatte das Bedürfnis, einfach irgendetwas zu sagen. Wörter zu benutzen, die ich nie in den Mund genommen hatte. Bis an die Grenze des Anstands zu gehen. Ich hatte Angst und wollte Angst machen.

»Sei nicht lächerlich«, sagte er unbeeindruckt. »Bist du betrunken?«

»Ein bisschen.«

Ich ließ mich in den Sessel zurückfallen und schloss mit einem Seufzer die Augen.

»Es ist einfach einer dieser grauenhaften Tage, die man nie mehr vergisst.«

»Na gut. Aber was hat das mit mir und deiner Mutter zu tun, wenn ich fragen darf?«

»Es hat mit Untreue zu tun«, antwortete ich prompt und ahnte noch immer nicht, dass die Antwort auf der Hand lag.

Er sah mich ruhig an.

»Verstehe. Also, schieß los.«

Ich schob mein Sandwich auf dem Teller herum, aß ein winziges Stückchen Brot.

»Hat eure Beziehung vor Olivieros Tod angefangen?«

»Ja.«

»Wusste Oliviero davon?«

»Ja, er hat es schließlich herausgefunden.«

»Und… was ist passiert?«

»Er hat deine Mutter gebeten, Schluss zu machen. Sie weigerte sich. Daraufhin kam er zu mir. Ins Geschäft.«

»Habt ihr euch geprügelt?«

»Nein, natürlich nicht. Wir hatten eine durchaus gesittete Unterredung. Ich sagte, unser Verhältnis sei nicht nur sexuell. Sondern ich sei bereit, sie zu heiraten.«

»Und was hat er daraufhin gesagt?«

»Dass er niemals in eine Scheidung einwilligen würde – euretwegen. Aber die Wahrheit ist, dass dein Vater sich nicht einmal vorstellen konnte, Alba zu verlieren. Das hat er mir übrigens direkt ins Gesicht gesagt. Er sagte: ›Ich kann und werde nicht ohne sie leben.‹«

Er unterbrach sich und klopfte seine Taschen nach Zigaretten ab. Er zündete sich eine an, kratzte sich am Kopf. Ich war überrascht, wie bereitwillig er meine Fragen beantwortete, als hätte er seit jeher damit gerechnet, dass wir eines Tages dieses Gespräch führen würden.

»Für Alba und mich wurde es schwer, nach dem, was mit deinem Vater passiert ist«, fuhr er fort. »Zwar waren wir damals noch sehr verliebt, aber wir wurden das Gefühl nicht los, dass unsere Beziehung irgendwie... ich weiß nicht, wie ich es erklären soll...«

»... beschmutzt war?«

»Ja, in gewisser Weise. Ich glaube, wir zerbrachen uns beide, jeder für sich, immer wieder den Kopf darüber, ob wir nicht zu egoistisch gewesen waren. Heute bin ich allerdings zu der Überzeugung gelangt, dass der größte Egoist derjenige ist, der sich für die Rolle des Opfers entscheidet.«

Wir starrten einander an.

Nie hätte ich gedacht, dass ausgerechnet er, der mir die längste Zeit völlig fremd gewesen war, ein Mensch, von dem ich mir nicht einmal vorstellen konnte, dass ich ihm je nahe käme – dass ausgerechnet er derjenige sein würde, der so mit mir über meinen Vater sprach.

»Dein Vater, Oliviero, er hat den Notausgang genommen«, sagte er, während er bedächtig die Asche abklopfte. »Siehst du, deine Mutter und ich sind heute zwei Menschen mittleren Alters, die miteinander viel zu viele Fehler gemacht haben. Irgendwann, Alina...«

Er streifte erneut sorgfältig die Zigarettenasche ab und schüttelte den Kopf, den Blick auf den Rest meines *tramezzino* geheftet.

»Leidenschaft... irgendwann kühlt sie ab. Aber deine Mutter und ich, wir fragen uns heute noch, ob das, was wir damals allen Beteiligten angetan haben, die Sache wert war. Weißt du, Alba war immer überzeugt, dass unsere Beziehung, der Selbstmord deines Vaters, dass das alles mit ein Grund war, weshalb Isabella … diesen Weg eingeschlagen hat.«

Leicht entnervt zuckte ich die Achseln, denn solche Analysen interessierten mich im Moment sehr wenig. Er nahm es zur Kenntnis und sprach weiter.

»Wie auch immer. Oliviero jedenfalls ist allen für immer als ein verzweifelter junger Mann mit gebrochenem Herzen in Erinnerung geblieben. Damit hat er es uns allen unmöglich gemacht, uns vorzustellen, dass er eines Tages darüber hinweggekommen wäre. Ein zweites Mal geheiratet, weitere Kinder gehabt hätte, was auch immer. Eben weitergelebt, wie wir alle. Wahrscheinlich wäre er dann derjenige, der heute hier bei dir gesessen und dir geholfen hätte, deinen furchtbaren Tag zu überstehen, nicht?«

Er breitete die Hände aus, wie um mich zu bitten, die Logik seiner Überlegung einzusehen.

»Das muss man sich einmal vorstellen. Was für eine schreckliche Vergeudung.«

Ich nahm einen Zug von seiner Zigarette.

»Ich dachte, du rauchst nicht«, sagte er.

»Tu ich auch nicht. Nur in verzweifelten Augenblicken.«

Keine weitere Vergeudung, keine weiteren Trümmer, die dann die anderen beseitigen müssen. Ich werde auf mich aufpassen, nahm ich mir vor, ich werde keinen zweiten Scherbenhaufen zurücklassen.

»Könntest du mich zum Bahnhof fahren? Ich glaube, ich möchte nach Hause.«

»Wenn du willst. Sonst kannst du auch mit mir kommen und bei uns zu Abend essen. Du kannst auch bei uns übernachten, wenn du möchtest. Federica mag dich sehr, und die Zwillinge würden sich bestimmt riesig freuen.«

Ich hatte auf einmal das Bedürfnis, die Augen zu schließen und zu schlafen. Ich brauchte Ruhe, um wieder zu Kräften zu kommen. Ich wusste nicht, ob es mir je gelingen würde, meine Energie wiederzufinden, aber ich sehnte mich verzweifelt danach.

»Ja, das hört sich wie eine gute Idee an, Bruno. Vielleicht möchte ich das.«

Er zahlte, und wir gingen hinaus. Draußen auf dem Platz schien mir das Licht auf einmal viel zu grell und der Verkehrslärm unerbittlich. In seinem Wagen roch es nach Leder und irgendeinem Alpenduft. Ich lehnte mich auf dem Beifahrersitz zurück und schloss die Augen, während ich gegen eine Welle der Übelkeit ankämpfte.

»Weißt du, was meinen Vater betrifft, hast du Recht«, sagte ich, ohne die Augen zu öffnen. »Dass er sich für den einfachsten Fluchtweg entschieden und euch beiden, dir und Alba, die Schuldgefühle zurückgelassen hat.«

Ich hörte sein Zippo-Feuerzeug aufschnappen, gleich darauf roch ich Zigarettenrauch.

»Aber andererseits«, fuhr ich fort, »lässt die Liebe die Leute in einer Weise skrupellos werden, wie es nicht einmal der Hass zustande bringt. In der Liebe findet keiner was dabei, einem anderen in einem Moment der Unaufmerksamkeit ein Messer in den Rücken zu rammen.«

Er fuhr weiter und gab keine Antwort.

* * *

Nach dem Tag im *Hotel Locarno* lief ich herum, als hätte ich ein Loch in der Brust. Mit ein und derselben Operation hatte ich Daniel und Isabella gleichzeitig herausgetrennt. Ich fühlte mich wie eine Herzkranke, die kein Risiko eingehen durfte. Nie beantwortete ich die Briefe, die sie mir schrieb, ebenso wenig wie die vielen Nachrichten, die sie auf meinem Anrufbeantworter hinterließ. In dieser Geschichte entschied ich mich für die Rolle der Bösen. Derjenigen, die nicht verzeiht.

Ich kehrte in die Casa Rossa zurück und vergrub mich dort, taub und abgestumpft gegen die Außenwelt.

Dann kam der Tag, an dem mir alles weh tat, als wäre es um eine Nummer geschrumpft und zu klein geworden: Das Leben, an das ich mich so gewöhnt hatte, passte nicht mehr, auch wenn ich noch so sehr versuchte, mich hineinzuzwängen. Ich begriff, dass ich weitergehen musste, aber wohin ich mich wenden sollte, wusste ich nicht.

In dieser Zeit rief Esposito an. Wie immer ziemlich früh am Morgen.

»Hör zu, meine Liebe«, begann er – große Vorreden lagen ihm nicht, »ich muss was Wichtiges mit dir besprechen.«

»Worum geht es?«

»Das will ich dir nicht am Telefon sagen. Ich habe uns für morgen Mittag einen Tisch im *Bolognese* reserviert.«

»Ha. Klingt ziemlich offiziell.«

»Das ist es auch, wie du sehen wirst. Steig morgen früh um sieben in den Zug – du bist doch eine Frühaufsteherin, oder? Dann sehen wir uns um eins im *Bolognese*.«

»Gut.«

»Ja, aber weißt du … bevor ich dich in dieser Sache einspanne, muss ich …«

Er räusperte sich und schraubte seine Stimme um eine Oktave in die Höhe. Ich konnte förmlich sehen, wie sein ganzer Körper vorwärts drängte, wie immer, wenn er etwas auf dem Herzen hatte.

»Ich möchte mal wissen, was du noch immer da draußen verloren hast. Ich meine, wenn du anfangen willst, an großen Projekten wie diesem mitzuarbeiten, brauche ich dich hier. Ich kann schließlich nicht den Regisseur in irgendein gottverlassenes Kaff schicken …«

»Ich weiß, ich war …«

»Du musst nach Rom zurückkommen, damit du jederzeit zu Besprechungen ins Büro kommen kannst, verstehst du? Du stehst vor der Entscheidung, meine Liebe: entweder Filme schreiben oder Kopfsalat pflanzen. Das kann nicht so weitergehen, dass du dich irgendwo in der Wildnis verkriechst. Es ist *ziemlich* unpraktisch!«

»Schon gut. Schrei mich nicht an, du machst mir Angst. Ich hab's kapiert. Ich soll mich nach einer Wohnung umschauen, meinst du das?«

»Exakt. Also bequem dich bitte hierher, dann reden wir über das Projekt, das ich im Sinn habe.«

In dem feudalen holzgetäfelten Speisesaal des *Bolognese* an der Piazza del Popolo, gleich neben dem *Caffè Rosati*, waren seit den fünfziger Jahren mehr Filmgeschäfte besiegelt worden als in jedem anderen Restaurant. Selbstverständlich war Esposito hier der unangefochtene Gott. Die tadellosen grauhaarigen Kellner kannten ihn seit dreißig Jahren und verehrten ihn. Der Geschäftsführer kam persönlich, um uns zu begrüßen, und konnte nicht oft genug wiederholen, wie er sich freue, ihn zu sehen. Esposito nickte mehrmals, ohne zu lächeln.

»Aber Sie werden mich rauchen lassen müssen, mein Freund«, fiel er ihm schroff ins Wort. »Sonst kann ich nicht mehr herkommen.«

»Selbstverständlich, Dottore, für Sie machen wir doch immer eine Ausnahme« – und er führte uns zum besten Tisch des Restaurants, am Fenster.

Als die Bestellung erledigt und wir endlich für uns waren, zog Esposito ein zerknittertes, vergilbtes Drehbuch hervor und knallte es auf den Tisch.

»Das ist es, das geht mir schon die ganze Zeit nicht mehr aus dem Kopf. Verkaufst *du* mir die Rechte?«, fragte er mit einem verschmitzten Grinsen.

Es war Olivieros Drehbuch. Dasselbe, das er verkauft und wieder zurückgekauft hatte. Die Geschichte von Lorenzos Kollaboration mit der Ovra, die er dann Renée in die Schuhe geschoben hatte.

»Während du dich mutterseelenallein in deiner Casa Rossa vergraben und die ganze Zeit wer weiß was getrieben hast« – er warf mir einen viel sagenden Blick zu –, »habe ich es noch mal gelesen und gesehen, dass diese Geschichte wie ein guter Wein ist: Sie ist mit dem Alter noch besser geworden. Ein paar kleine Änderungen, und daraus wird ein sensationeller Film.«

Er nahm die Brille ab und beugte sich über den Tisch zu mir.

»Ich rede von einem Anwärter auf den Oscar«, murmelte er verschwörerisch.

Ich starrte auf das Deckblatt. »*Wo die Wahrheit liegt* – ein Drehbuch von Oliviero Strada«.

»Ursprünglich hieß es wohl *Der Schlaf der Erinnerung* oder so ähnlich, aber ich habe es umbenannt«, sagte er. »Dieser Titel ist besser. Vielleicht ein bisschen melodramatisch, aber er passt einfach in die heutige Zeit. Weißt du, mit all dem Trara um Postterrorismus, Wahrheit, Reue und so weiter ist diese Geschichte um deinen Großvater und seine Frau ausgesprochen … wie sagt man …«

»Sinnbildlich?«

»Ja, genau. Natürlich musst du noch das eine oder andere dran machen, man muss es etwas überarbeiten und in einen Kontext stellen. Ich habe einen großartigen Regisseur dafür im Auge, aber wen verrate ich dir erst, wenn du einverstanden bist.«

» Also – das kommt alles ziemlich plötzlich.«

»Endlich wirst du an einem sinnvollen Projekt arbeiten. Es war auch Zeit.«

»Wieso meinst du, dass diese Geschichte heute noch interessant sein könnte?«

»Das kann ich dir ganz genau sagen.« Er zündete sich eine Zigarette an und inhalierte genüsslich den ersten Zug. »Pass auf. Kannst du dir denken, warum ich so reich geworden bin?«

»Nein … ja … weil du … weil du …«

»Weil wir alle, als der Krieg vorbei war, möglichst schnell vergessen wollten, deswegen. Weil wir es gar nicht erwarten konnten, die Schuld, diese Zweideutigkeit loszuwerden. Wir wollten das alles verdrängen, unbedingt, wollten so tun, als wäre es nie passiert, als hätten wir nie Seite an Seite mit Hitler und Mussolini gekämpft – verstehst du?«

»Ja, aber wo ist der Zusammenhang mit …«

»Selbst dein Vater. Oliviero. Der liberale, sozialistische Oliviero. Er wurde eingezogen und musste auf der Seite der Deutschen kämpfen, wie jeder andere auch. Hast du je darüber nachgedacht? Wir haben uns alle gefügt, ob es uns gefiel oder nicht. Nur ganz wenige – eine Minderheit, eine Hand voll im Vergleich – sind ausgewandert oder in den Bergen untergetaucht, um als *partigiani* die Faschisten zu bekämpfen.«

Ich nickte wie eine eifrige Studentin während der Vorlesung.

»Und wenn die Leute vergessen wollen, was tun sie?« Er lächelte triumphierend und breitete die Arme aus. »Sie gehen ins Kino und verdrängen ihr Elend. Nach Kriegsende war ganz Italien nur darauf aus, die jüngere Vergangenheit möglichst vollständig zu vergessen, und wollte nichts anderes als in diese Technicolor-Welt eintauchen, sich amüsieren. Das war der Grund, weshalb *La dolce vita* zum großartigsten Titel der Filmgeschichte wurde: weil er nach so *bitteren* Zeiten kam. Und ich hatte das Glück, dass ich im rechten Augenblick zur Stelle war und auf den Zug aufspringen konnte.«

Der Kellner servierte uns den Hauptgang und mahlte frischen Pfeffer über meine Fettuccine. Esposito kostete einen Löffel von seiner Consommé, dann gab er dem Kellner den Teller zurück.

»Zu salzig. Bitte nehmen Sie das wieder mit, Alfredo, so viel Salz bringt mich um. Mein Blutdruck.«

»Selbstverständlich, Dottore. Ich sage dem Küchenchef Bescheid.«

Esposito wandte sich wieder zu mir.

»In Hollywood fangen sie erst jetzt an, sich mit ihrer Vietnam-Schuld auseinander zu setzen. Hier in Italien haben wir damit eigentlich noch gar nicht begonnen – vierzig Jahre nach Kriegsende. Das ist der Grund, weshalb ich denke, dass aus diesem Drehbuch ein großartiger Film werden kann.«

Ich starrte ihn an. Seine Begeisterung hatte immer etwas Mitreißendes und Unwiderstehliches.

»Versteh mich bitte nicht falsch«, sagte ich, »aber darüber muss ich nachdenken. Es geht ja nicht nur mich an, sondern auch meine Mutter.«

Esposito nahm seine Gabel und wickelte geschickt ein paar Fettuccine von meinem Teller auf.

»Gewiss, gewiss. Aber ich gebe dir eines zu bedenken, meine Liebe, was du bei deinen Überlegungen im Hinterkopf behalten solltest. Mein Gott, diese Fettuccine sind köstlich. Nur noch eine winzige Gabel. In meinem Alter ist gutes Essen eine so verbotene wie unverzichtbare Sache.«

Er vertilgte eine weitere Gabel Nudeln und wischte sich den Mund.

»Folgendes musst du dir klar machen, Alina: Diese Geschichte handelt nicht mehr nur von deiner Familie, sondern geht uns alle an, meine ganze Generation. Sie handelt davon, wie wir alle in Bewusstlosigkeit versanken, und als wir wieder aufwachten, behaupteten wir, es sei ein böser Traum gewesen. Sie handelt von allen, die sagten: ›Ich war's nicht, schuld sind die anderen.‹ Sie handelt von dem kollektiven Gedächtnisverlust, den sich dieses Land von Zeit zu Zeit so gern leistet. Und dein Vater hat das gesehen. Es schmerzte ihn. Deswegen hat er darüber geschrieben.«

Der Kellner kam mit einem dampfenden Teller Consommé wieder.

»Ich sag Ihnen was, Alfredo, ich glaube, ich nehme doch lieber die Fettuccine.«

»Wie Sie wünschen, Dottore.« Alfredo trug den Teller rasch wieder fort.

Ich schob meinen Teller zu ihm hinüber. Ich hatte keinen Hunger mehr.

»Iss inzwischen diese.«

»Sicher?«

Ich sah zu, wie er sich über die Fettuccine hermachte.

»Ich verstehe schon, was du meinst«, sagte ich, »aber Oliviero hat die Geschichte meines Großvaters aufgeschrieben, so wie sie sich ereignet hat. Er hat nichts verändert, nicht mal …«

»Aber genau das tun alle guten Autoren!«, warf er triumphierend ein. »Sie klauen brutal und ohne eine Spur von schlechtem Gewissen. Und wir müssen ihnen dafür danken, dass sie so skrupellos sind.«

Er lächelte mich an, überaus zufrieden mit sich.

»Die Wahrheit zu sagen ist nämlich manchmal eine ziemliche Drecksarbeit«, verkündete er und schob sich die letzte Gabel Nudeln in den Mund.

⋆ ⋆ ⋆

Ich brauchte nur einen Nachmittag, um meine Sachen zu packen und aus der Casa Rossa auszuziehen. Carmela erklärte sich bereit, sich um das Haus zu kümmern und die Hunde zu sich zu nehmen, sodass ich ohne schlechtes Gewissen die Tür hinter mir schließen konnte.

So änderte ich mein Leben: Ich streifte es ab wie eine Striptease-Tänzerin ihr Kleid. Mit einer einzigen eleganten und raschen Bewegung, die mir keine Zeit ließ, um es mir noch anders zu überlegen. Und fort war ich.

Wieder in Rom, fand ich eine winzige Einzimmerwohnung in der Innenstadt, die insgesamt etwa so groß war wie die Küche der Casa Rossa, aber ich hatte gar kein Bedürfnis nach mehr Platz. Ich wollte kleine, überschaubare Aufgaben, die leicht zu bewältigen waren.

Alba und Giorgio luden mich jeden Sonntag zum Essen ein. Ich war mir bewusst, wie scharf sie mich beobachteten, um sich zu vergewissern, dass ich mit der Situation fertig wurde. Isabella und Daniel erwähnten sie mit keinem Wort, als existierten sie nicht. Das war der Vorteil an der Ehe meiner Mutter mit einem Neurologen: Auch sie musste nun lernen, mit anderen Menschen behutsam umzugehen.

Es war absehbar, und doch war ich erschüttert, als ich von der

Geburt des Babys erfuhr. Die Realität des Ereignisses – dieses winzige Wesen, das eine Mischung aus ihrer beider Genen war und ihre Verbindung für immer besiegelte – traf mich wie ein Schlag ins Gesicht. Ein paar Tage lang sperrte ich mich in meiner Wohnung ein und ging nicht ans Telefon.

Giorgio rief an, was sonst so gut wie nie vorkam, und sprach auf meinen Anrufbeantworter; er bot mir an, mir Antidepressiva zu verschreiben. Ich hob den Hörer ab und lehnte ab.

Das Baby hatte irgendetwas ausgelöst, und ich fing von neuem an mich zu zermartern.

Wie war das möglich? Sie können sich ja nicht einmal richtig verstehen, sagte ich immer wieder laut vor mich hin. Sie sind sich ganz fremd, sie haben nicht mal denselben Geschmack.

Dann hatte ich eine interessante Erleuchtung.

Ich war unsterblich in Daniel Moore verliebt gewesen, natürlich. Aber weil ich so viel Angst hatte, ihn mit meiner Familiengeschichte abzuschrecken, hatte ich ihn immer ein wenig auf Distanz gehalten, nicht wahr? Ich hatte dafür gesorgt, dass zwischen uns alles so glatt lief wie Wasser über eine Glasscheibe. Ich dachte zurück an dieses merkwürdige Gefühl, das ich immer gehabt hatte – dass es nirgendwo eine Kante gab, dass ich darüber hinwegrutschte und nirgendwo Halt fand.

Die Parodie des Glücks.

Ich wollte ihm das Gefühl vermitteln, dass er bei mir in Sicherheit war. Das war mein Ziel gewesen.

Aber offensichtlich war es das Allerletzte, was er wollte. Weshalb hätte er sich entschlossen, in Italien zu leben, mit mir in einem uralten Bauernhaus zwischen Kakteen und ohrenbetäubenden Zikaden zu wohnen, in Apulien, einer Gegend, die ihm vollkommen fremd war, wenn er nicht auf der Suche nach einem romantischen Abenteuer gewesen wäre? Bei dem er womöglich Risiken einging? Hatte er sich nicht immer nach irgendeiner Art emotionaler Verwerfung gesehnt, die seine pragmatische, eklektische Welt aus den Angeln hob? Hatte er sich nicht von Dramatik,

Irrationalität und Leidenschaft verführen lassen und sich insgeheim gewünscht, mit hineingezogen zu werden? Die glatte Oberfläche, über die alle Ereignisse immer nur hinwegglitten, brauchte er gar nicht. Daniel Moore war auf bleibende Narben aus.

Und Isabella, ahnte sie etwas davon? Legte sie überhaupt Wert darauf, aus ihm schlau zu werden? Seine Ansichten über Bücher oder Filme oder unterschiedliche Interpretationen von Bach-Suiten zu teilen? Konnte sie sich vorstellen, was es bedeutete, ein feines Essen zu kochen und gemeinsam unter den Sternen Wein zu trinken? Für derlei hatte sie keine Zeit.

Es war ihre Bedürftigkeit, ihre Verzweiflung, in die er sich verliebt hatte.

Als das zweite Baby zur Welt kam, rief Alba mich an.

»Warum besuchst du sie nicht? Sie ist noch zwei Tage in der Klinik.«

»Nein.«

»Um Gottes willen, du kannst doch nicht für den Rest deines Lebens so tun, als existierte sie nicht.«

»Ich bin mir durchaus bewusst, dass sie existiert und ein Kind nach dem anderen kriegt. Ich möchte sie nur nicht sehen. Ich will nichts davon wissen.«

»Es macht mir Sorgen, diese Sache zwischen euch beiden. Ich glaube, sie braucht dich wirklich. Sie würde es nie zugeben. Aber ich versichere dir, es deprimiert sie. Das weiß ich.«

»Sie braucht mich *nicht*. Sie hat jede Menge Leute um sich.«

»Du irrst dich. Ich glaube, sie fühlt sich sehr einsam.« Ich hörte sie tief seufzen. »Sie hat mit mir darüber gesprochen. Weißt du, Daniel ist ein toller Vater, und ich denke, er ist auch ein guter Ehemann, verantwortungsbewusst und alles, aber bisweilen – wie soll ich es sagen – wirkt er so fern. Ich weiß auch nicht, vielleicht hat er …«

»Mutter«, unterbrach ich sie, »ich bin weiß Gott nicht die Richtige, um ihre Eheprobleme zu erörtern. Ich will nichts davon wissen.«

Aber selbstverständlich wollte ich davon wissen, immer und unaufhörlich. Indem ich Isabella und Daniel aus meinem Leben gestrichen hatte, sorgte ich dafür, dass sie meine fixe Idee wurden.

Ich wusste, dass sie in ein Haus auf dem Land nahe bei Rom gezogen waren, weil das Leben dort billiger war. Ich wusste auch, dass Daniel Moore seinen Roman letztlich nie geschrieben hatte, weil er sich mit Frau und zwei Kindern diesen Luxus nicht leisten konnte. Dass er jetzt für die *Herald Tribune* berichtete und hier und da als freier Korrespondent für ein paar amerikanische Zeitschriften arbeitete. Ich hatte einen oder zwei Artikel gelesen, dann hörte ich damit auf. Es war nichts Besonderes, eine Mischung aus Politik und Lifestyle: In der einen Woche interviewte er den Ministerpräsidenten zum x-ten Regierungswechsel, in der nächsten ging es um die zehn besten kaltgepressten toskanischen Olivenöle. Vielleicht war es nur eine kleinliche Reaktion – aber beeindruckt war ich nicht. Ich wusste, dass er sich schwer tat und dass er oft missmutig war. Und dass Isabella es ablehnte, sich einen Job zu suchen, weil sie, wie sie sagte, mit zwei Kleinkindern nicht weiter belastbar sei.

»Ich frage mich, was sie den ganzen Tag tut«, fuhr Alba fort. »Das Haus ist derart chaotisch, ich kann's dir nicht sagen. Manchmal stapelt sich das Geschirr tagelang im Spülbecken. Ich verstehe nicht, wieso sie so unordentlich ist. In ihrem Alter hatte ich ebenfalls zwei Kinder, war für eine ziemlich große Wohnung verantwortlich und hatte außerdem eine gesellschaftliche Existenz, aber so schlampig wie sie habe ich nie ausgesehen. Oder?«

»Bitte, Mama, können wir jetzt das Thema wechseln?«

Worüber ich mir immer wieder den Kopf zerbrach, war die Bereitwilligkeit, ja geradezu Eilfertigkeit, mit der alle zum nächsten Kapitel in Isabellas Leben übergegangen waren. Auf einmal fand es niemand mehr sonderbar, dass sie jetzt einen Ehemann hatte – einen von der Sorte, die sie in ihrem früheren Leben als Imperialistenschweine zu bezeichnen pflegte –, der sie und die

Kinder ernährte, indem er italienische Politiker, Staatsanwälte und andere Repräsentanten des Staates interviewte: Personen, die wahrscheinlich alle einmal als potenzielle »Ziele« auf ihrer Liste gestanden hatten. Ich fragte mich, ob seine Gesprächspartner wussten, mit wem dieser charmante amerikanische Journalist verheiratet war, wenn er sie auf Kosten der *Herald Tribune* zum Essen ausführte.

Einmal sah ich sie auf der Straße. Es war ein kalter grauer Sonntagnachmittag, ich steckte mit dem Auto in einem Stau und sah sie aus einem Haus kommen.

Da waren sie, das Paar, dem zu begegnen ich so sehr gefürchtet hatte.

Isabella hatte zugenommen, sie wirkte beinahe plump. Ihre Haare, die lang geworden waren, fielen ihr in einem losen Pferdeschwanz über den Rücken. Sie hatte sich das kleinere Baby mit einem Tragetuch vor den Bauch gebunden und wühlte hektisch in einer riesigen Tasche aus Segeltuch, bis sie ein Trinkfläschchen gefunden hatte. Irgendetwas an ihr war eingebrochen. Die gesamte Spannung, die ihr Rückgrat gewesen war, die sie scharf wie ein Messer hatte sein lassen, sie war fort. Ich meinte fast, die Windeln und die aufgewärmte Milch zu riechen.

Daniel Moore, in einer dicken Daunenjacke, mühte sich auf dem Gehsteig mit dem Sportwägelchen ab, in dem das andere Kind saß. Ich glaube, es weinte. Sie wirkten beide erschöpft. Wie zwei Leute, die Kopfweh haben und möglichst schnell heimwollen. Ich sah, wie sie sich im Zickzack zwischen geparkten Autos hindurchschlängelten und auf mich zukamen. Sie hastete hinter ihm her und redete irgendetwas, während er leer vor sich hin starrte und nicht auf sie achtete.

Sie kamen direkt an meinem Auto vorbei.

Ich beobachtete meine Schwester, die den überfüllten Bürgersteig entlangstolperte.

Und auf einmal erkannte ich, wie sie ihr Leben lang immer demselben Muster gefolgt war. Erst der Ballettlehrer, dann der

Revoluzzerfreund, dann die Gefängniswärter, jetzt der Ehemann: Fortwährend hatte sie nach jemandem gesucht, dem sie sich in dieser oder jener Weise unterordnen konnte. Sie hatte sich eingeredet, sie sei eine Kämpferin und bereit, für ihr Ideal von Freiheit und Gerechtigkeit zu sterben. Aber hatte sie nicht immer nur nach einer Lebensform gesucht, die sie zwang, den Kopf zu senken und selbst eine Gefangene zu sein?

Auf einmal packte mich das Bedürfnis, aus dem Auto zu springen und ihr nachzuschreien:

Wozu? Wofür war das alles gut, diese ungeheure Verschwendung, diese ungeheure Gewalt? Warum hast du uns jahrelang diesen Horror aufgezwungen, wenn es das ist, worauf du es die ganze Zeit angelegt hast?

Diese erschöpfte Ehefrau zu sein, die an einem Sonntagnachmittag mit dem Mann debattiert, was sie fürs Abendessen im Kühlschrank haben.

Ich sah Daniel Moore nach, während er weiterstapfte, bis er hinter einem geparkten Auto verschwunden war.

Der romantische Amerikaner, der Narben auf seiner makellosen Haut wollte. Der in ein verworrenes, kompliziertes Land gekommen war, das er nicht verstand, und hoffte, es habe die Macht, seine Welt auf den Kopf zu stellen und ihn interessanter und leidenschaftlicher werden zu lassen, als er selbst es sich je gestattet hatte.

10

Kurz vor Mittag biegt Albas Wagen in die Zufahrt der Casa Rossa ein. Sie war im Gulliver-Supermarkt und hat jede Menge Essen mitgebracht.

»Alle meine Leibspeisen!«, verkündet sie entzückt, als sie die Einkaufstüten aus dem Kofferraum nimmt.

»Schaut her, *ricotta salata*, *friselle al farro*, diese riesigen dicken Prachtsardellen, frisches Olivenbrot! Ist das nicht toll? Ich liebe diesen Laden, sie haben wirklich alles, was das Herz begehrt.«

Rita und ich sehen einander an und schneiden eine Grimasse.

»Wir hassen ihn«, sage ich.

»Klar, weil ihr zwei unverbesserliche Snobs seid.«

Dann wirft sie sich Rita um den Hals und umarmt sie stürmisch.

»*Ritina mia*, du siehst fantastisch aus! Und abgenommen hast du auch!«

Sie geht ins Haus und begutachtet ausgiebig alle Räume, mustert die sauber übereinander gestapelten Kisten.

»Das war's dann wohl mit der Casa Rossa. Ist das unsere letzte Nacht?«

»Ja, die Spediteure kommen morgen früh um sieben.«

»Gut. Das können wir feiern – ich habe eine Flasche Champagner mitgebracht.« Sie dreht sich zu Rita um. »Es ist großartig, dass du auch hier bist. Dass wir alle noch einmal hier zusammenkommen, ist eine Fügung des Schicksals. Ach, hätte ich nur meine Kamera mitgenommen!«

Wir sitzen im Innenhof an dem alten Tisch mit der Marmorplatte. An demselben Tisch hat Oliviero mit Lorenzo zu Mittag gegessen, als er zum ersten Mal in die Casa Rossa kam. Derselbe Tisch ist im Hintergrund des vergilbten Fotos zu sehen, das Renée auf der angeschlagenen Steinstufe zeigt, barfuß und ins Leere starrend.

Da alles Geschirr und Besteck bereits eingepackt ist, essen wir mit den Fingern direkt aus dem Einwickelpapier, was uns in gute Laune versetzt und das Essen umso besser schmecken lässt. Alba und Rita reden Dialekt miteinander, und ich verstehe kaum, was sie sagen, aber aus ihrem Gelächter schließe ich, dass sie Witze reißen und in unanständigen Ausdrücken schwelgen. Auf einmal kann ich mir die beiden vorstellen, als sie noch Beniamino und Alba waren, zwei unbeholfene Teenager, die nichts kannten als die Gegend hier und sich nicht denken konnten, dass sie je anderswo leben würden.

»Ist euch eigentlich klar, dass ihr beide leicht miteinander hättet verheiratet sein können?«

»Das hätte uns eine Menge Dummheiten erspart«, lacht Rita, während sie ihre Finger ableckt.

Wir holen den Champagner aus dem Kühlschrank und trinken abwechselnd aus der Flasche. Aber es ist ein kaum merklicher Stimmungsumschwung eingetreten: als wären Alba und ich mit einem Mal unschlüssig geworden, als wüssten wir nicht mehr, wie wir uns von jetzt an verhalten sollen. Vielleicht ist es der Alkohol, der uns sentimental werden lässt. Ich beobachte Alba, als sie vom Tisch aufsteht und durch den Garten wandert, ihn regelrecht abpatrouilliert und dabei ihre Schritte zählt, tief in Gedanken. Uns beide, Rita und mich, hat sie vergessen.

Rita sieht auf die Uhr.

»Also, Mädels, es war toll, diesen Tag mit euch zu erleben, aber ich muss jetzt zusehen, dass ich weiterkomme.«

Alba ist enttäuscht.

»Wieso denn so früh?«, fragt sie. »Ich hatte mir das so schön vorgestellt – ich wollte euch beide zum Abendessen ausführen. Ich dachte, wir könnten nach ...«

»Nein, mein Schatz, ich muss wirklich fort. Ich bin nicht in der Stimmung, noch länger hier zu bleiben.« Sie deutet auf mich. »Alina wird dir alles erklären. Meine Mission hier war ein bisschen frustrierend.«

Widerstrebend begleiten wir sie zu ihrem Wagen. Sie steigt ein und setzt eine riesige Sonnenbrille à la Sophia Loren auf, mit Gläsern wie zwei Fernsehschirme. Als sie den Zündschlüssel dreht, dröhnt unerwartet »*I will survive*« aus der Stereoanlage. Sie fährt davon, und als sie von der Zufahrt auf die Straße eingebogen ist, stößt Alba einen tiefen Seufzer aus und schüttelt den Kopf.

»Sag jetzt nicht, dass sie hergekommen ist, um die Nonnen von Santa Caterina zu besuchen.«

»Doch. Genau das hat sie getan.«

»Jesus, was für ein Sturkopf. Ich hab ihr gesagt, wie absurd ich den Plan finde und dass sie nicht die geringste Aussicht auf...«

»Ich weiß, aber sie wollte es unbedingt ausprobieren. Ich wette, sie wäre ausgeflippt vor Begeisterung, wenn sie sich bereit erklärt hätten, sie aufzunehmen. Kannst du dir das vorstellen?«

Alba lacht.

»Sie wäre imstande, das ganze Kloster auf den Kopf zu stellen, das will ich mir lieber gar nicht erst ausdenken!«

Ich zupfe sie am Ärmel.

»Mama, da ist etwas, das ich dir unbedingt zeigen möchte.«

Dafür musste ich abwarten, bis wir miteinander allein waren.

»Was denn?«

»Einen Brief.«

Sie sieht mich überrascht an.

»Einen Brief? Von wem?«

»Komm mit rein, ich zeige ihn dir. Ich habe ihn in einer Aktenmappe ganz unten in der Kommode in Lorenzos Atelier gefunden, zusammen mit anderen Papieren.«

Sie folgt mir ins Haus. Ich führe sie nach oben in mein Zimmer. Der Brief liegt auf dem Schreibtisch. Die letzten zwei Tage habe ich ihn immer wieder gelesen.

»Es ist nur eine Seite, der Rest fehlt. Ebenso die Unterschrift und das Datum.«

Sie nimmt ihn in die Hand, hält ihn mit ausgestrecktem Arm vor sich hin, wie immer, wenn sie ihre Lesebrille nicht dabei hat. Sie hebt fragend eine Braue.

»Er muss wohl von deiner Mutter sein.«

Sie sieht mich erschrocken an. Immer hieß es Renée, *nur* Renée – eine »Mutter« war sie nie.

»Ich weiß nicht, ob du ihn je gelesen hast«, sage ich leise, während ich hinter sie trete und über ihre Schulter mitlese. »Sie muss ihn aus Deutschland geschickt haben, nachdem sie fortgegangen war, um mit Muriel zusammenzuleben.«

Alba schüttelt langsam den Kopf, während sie das dünne Blatt Papier betrachtet.

»Nein. Ich hab das nie gesehen.«

»Das hatte ich mir gedacht.«

Ich betrachte die winzige, altmodische, seitwärts geneigte Handschrift. Die verblasste blaue Tinte. Ich halte den Atem an.

»Du bist ja sicherlich noch ein Kind gewesen, als sie das geschrieben hat.«

»... und das Schlimmste, das Unfairste ist, dass du politische Gründe vorschützt, um mich bei allen anzuschwärzen und in den Schmutz zu ziehen. Zufällig ist Muriel Deutsche, aber das bedeutet nicht, dass sie Nazi ist, wie du ihr so gern unterstellst. Ich weiß, dass du sämtliche Tatsachen verdrehst, um deinen Groll wach zu halten und mich in ein berechnendes Monster zu verwandeln, aber ich warne dich: Du wirst Alba fürs Leben beschädigen, wenn du auch ihr all diese abscheulichen Gerüchte als Wahrheiten einredest. Ich bitte dich, wenigstens ihr gegenüber anständig zu sein: Erzähl ihr nicht die Lügen über mich, die du allen anderen präsentiert hast. Sie wird verkrüppelt aufwachsen.

Ich glaube, dein Groll – dein Hass, sollte ich mittlerweile wohl sagen –

rührt von deinem Bedürfnis her, mir die Schuld an allem zu geben, was in unserem Leben nicht geklappt hat: deine Karriere als Maler, die schwierige Situation mit der Ovra in Paris, letztlich das Scheitern unserer Ehe. Anscheinend wird es dir leichter, wenn du mir das alles anlastest. Ich bin eine Frau, ich habe keine Familie im Hintergrund, ich bin Araberin, ich habe dich und mein Kind verlassen. Aber irgendwo tief in deinem Inneren musst du wissen, dass du meine Schwäche und meine Reue ausgenutzt hast …«

Alba dreht das Blatt um, doch die andere Seite ist leer. Sie sieht mich an. Ihre Augen glänzen, ihre Wangen sind gerötet.

»Das ist alles«, sage ich. »Nur diese eine Seite.«

Alba geht zum Fenster. Dort steht sie, mit dem Rücken zu mir, vollkommen reglos. Dann höre ich das Papier in ihrer Hand knistern, als sie den Ausschnitt noch einmal liest. Still gehe ich aus dem Zimmer und lasse sie allein.

* * *

Es war 1995, im Hochsommer, und die Sonne brannte unerbittlich auf die geschlossenen Fensterläden meiner Wohnung. Ich wartete darauf, dass der Nachmittag ein wenig abkühlte. Das Telefon läutete.

»Alina Strada?«, fragte eine mir unbekannte weibliche Stimme.

»Ja?«

»Mein Name ist Sonia, du kennst mich nicht.« Sie räusperte sich. »Ich habe viel herumtelefoniert, um dich ausfindig zu machen, und dabei stehst du einfach im Telefonbuch.«

»Ja. Worum geht es?«

»Es geht um … deine Schwester. Isabella.«

»Oh. Woher kennst du meine Schwester?«

»Wir waren im selben Yogakurs, das ist allerdings schon lange her, vor ihrem zweiten Baby und bevor sie aufs Land gezogen ist. Wir standen aber in losem Kontakt, haben ab und zu telefoniert …« Sie zögerte, wollte nicht so recht mit der Sprache heraus. »Also, ich habe sie heute Morgen in einem Café gesehen, in der Nähe meiner Wohnung, am Campo dei Fiori…«

»Und?«

»Also, sie hat mich nicht erkannt.«

Ich gab keine Antwort, sondern wartete auf die Fortsetzung. Sie senkte die Stimme.

»Ich glaube, sie braucht Hilfe.«

»Worauf willst du eigentlich hinaus?«

»Sie wirkte extrem verwirrt, ich weiß nicht, ob du dir darüber im Klaren bist, in welchem Zustand sie ist.«

»Nein.« Mir brach der Schweiß aus.

Die Frau seufzte schwer.

»Vorhin kam ich noch mal an demselben Café vorbei, weil ich mir schon ein bisschen Sorgen gemacht habe, weißt du. Sie sitzt immer noch da und redet mit sich selber.« Sie verstummte verlegen. »Sie ist völlig daneben, weißt du, wie… schizophren«, setzte sie hinzu.

»Was meinst du mit *schizophren*?« Ich flüsterte nur mehr.

»Vielleicht hört sie Stimmen oder so, jedenfalls scheint sie eine imaginäre Unterhaltung mit irgendwem zu führen. Ich habe versucht, sie anzusprechen, aber nichts erreicht, sie nimmt mich nicht mal wahr. Doch am Ende starrte sie mich mit völlig ausdrucksloser Miene an und sagte: ›Ruf jetzt meine Schwester Alina an.‹ Das sagte sie immer wieder. Ich habe deine Nummer aus dem Telefonbuch und…«

»Wo genau ist sie?«

»In dem Café links neben dem Cinema Farnese auf dem Campo dei Fiori. Vorhin saß sie an einem Tisch im Freien. Ich sagte der Wirtin, ich würde jetzt nach dir suchen und sie möge sie bitte im Auge behalten. Die Wirtin meinte, ich soll mich beeilen, sonst ruft sie die Polizei. Ich bin in einer Telefonzelle direkt um die Ecke.«

Meine Augen füllten sich mit Tränen. »Aber wieso die *Polizei*? Was tut sie denn?«

»Ach, du weißt doch, wie die Leute sind, sie kriegen Angst, wenn jemand neben der Spur ist. Isabella ist nur ein bisschen« – sie suchte nach dem richtigen Wort – »*laut*, nehme ich an. Die Wirtin sagte, sie wird ihr noch alle Gäste verscheuchen, und sie kann sie nicht länger da sitzen lassen.«

»Mein Gott.«

»Es tut mir *sehr* Leid.«

»Das ist sehr freundlich von dir, dass du dir all die Mühe machst.«

»Sie braucht Hilfe, das arme Ding. Sie ist so ein nettes Mädchen, Isabella. Sie tut mir wirklich Leid.«

»Ja, danke, das war sehr freundlich von dir«, wiederholte ich wie ein Roboter. Ich bekam kaum noch Luft.

Ich stürzte auf die Straße, hielt nach einem Taxi Ausschau, entdeckte aber keines. Anscheinend waren die Leute alle zu Hause und hielten Siesta im Schatten; also fing ich an zu laufen.

Ich rannte den Corso Vittorio entlang, auf dem sich Autos und orangefarbene Busse stauten, bog in die Via dei Baullari ein und gleich darauf in die Piazza Campo dei Fiori. Am frühen Morgen bietet die Piazza mit den Marktständen, die Gemüse und Blumen verkaufen, einen fröhlichen Anblick: Dann passt die Morgenluft zur Frische der Grüntöne, und auf den Päonien und Tulpen schimmern noch Tautröpfchen. Doch jetzt, um zwei Uhr nachmittags, waren die Stände verschwunden, das Pflaster war übersät von welken Kohlblättern und schlaffen Gemüseresten, überreifen Bananen und zerquetschten Pflaumen. Mit bedrohlichem, ohrenbetäubendem Lärm überschwemmten die Spritzwagen der Straßenreinigung den Platz mit Wasser. Mit all dem halb verrotteten Zeug, den warmen Säften, die über den Boden rannen, sah es um diese Tageszeit hier eher aus wie auf einem Schlachtfeld.

Neben dem Kino war ein kleines Café, mit wenigen Tischen auf dem Gehsteig. Es war eigentlich viel zu heiß, um draußen in der prallen Sonne zu sitzen.

Doch da saß sie.

Eingehüllt in einen dicken Wintermantel trotz der brütenden Hitze, die Beine übereinander geschlagen. Sie wippte mit einem Fuß und hielt eine Zigarette in der Hand, mit der sie angeregt gestikulierte, während sie laut ins Leere sprach.

»Isa«, rief ich sie halblaut an, als ich ihre Schulter berührte.

»Gut«, sagte sie und sah mir direkt in die Augen. »Der Mann in dem roten Auto meint, es ist Zeit, dass du gehst.«

Ihre Haare waren fettig, die Vorderseite ihres Mantels voller Flecken und Krümel, und ich witterte ihren Geruch: scharf, beißend, animalisch. Sie blies mir den Rauch ins Gesicht.

»Allerdings muss ich dich warnen, er wird versuchen, dir was sehr Schlimmes anzutun. Es geht mich zwar nichts an, aber ich wollte es dir wenigstens sagen, also denk dran. Er ist ein *totales* Arschloch.« Damit wandte sie den Kopf ab und begann wieder vor sich hin zu murmeln.

Ich setzte mich auf den Stuhl ihr gegenüber und schob meine Hand über die ihre. Ihre Fingernägel hatten schwarze Ränder.

»Isa«, fing ich an, aber meine Kehle war zugeschnürt. »Schatz ...«

Sie drehte sich wieder zu mir, und unsere Blicke trafen sich. Nur für den Bruchteil einer Sekunde, aber ich wusste, dass sie irgendwo dort hinten gefangen saß, eingeschlossen hinter dieser glasigen Iris.

»Was ist los, was passiert mit dir?«, flüsterte ich, das Gesicht jetzt nahe dem ihren.

Sie starrte mich überrascht an, als hätte ich sie aus dem Schlaf aufgeschreckt.

»Bitte, sag's mir. Was ist los?« Ich streichelte ihren Handrücken, strich ihr mit den Fingerspitzen über die Haare, die Wangen.

So lange habe ich sie nicht berührt.

Sie sah wieder aus wie ein zwölfjähriges Kind, an dem Tag, als uns Angelica von der Schule abgeholt und uns in eine Pizzeria mitgenommen hatte.

»Mein Kopf ist ...«

In ihrem Gesicht zuckte es mehrmals.

»Ja?«

»... kochend heiß.«

»Macht dir das Angst?«

Sie nickte, und für einen Moment konnte ich ihre Angst wirklich sehen: wie eine Wolke, die hastig an der Sonne vorüberzieht, eine Welle. Dann wurden ihre Augen leer, und es war, als wäre sie selbst wieder irgendwohin verschwunden.

»Er hat mir alle meine Notizbücher weggenommen«, sagte sie mit dieser veränderten Stimme. »Er sagt, er wird sie an einem sicheren Ort aufbewahren, aber ich weiß genau, was er damit machen will, der Scheißkerl.«

»Schatz, ich glaube, wir sollten jetzt gehen«, sagte ich leise, ohne ihre Hand loszulassen.

Ich bezahlte ihren Cappuccino und fragte ein hübsches Mädchen am Nebentisch, ob ich ihr Mobiltelefon benutzen dürfe.

»Entschuldige, dass ich dich darum bitte, aber es ist ein Notfall.«

»Klar, kein Problem.« Sie warf mir einen mitfühlenden Blick zu und nahm dann Isabella in Augenschein, die unterdessen wieder mit ihrem Gemurmel angefangen und meine Gegenwart völlig vergessen hatte.

Ich rief Alba an, in der Hoffnung, sie wüsste, was zu tun sei – schließlich war ihr Ehemann Neurologe. Ich sagte ihr, wo wir waren.

»Komm bitte sofort mit dem Auto her«, sagte ich, »vergeude keine Zeit. Wenn du hier bist, wirst du verstehen, warum.«

»Ich habe zurzeit kein Auto. Es wurde heute Morgen abgeschleppt.«

»Scheiße. Dann steig in ein Taxi, wir treffen uns in Giorgios Klinik. Isa geht es nicht gut.«

»Ich weiß, ich weiß. Daniel hat vor einer halben Stunde angerufen. Er sagte, sie sei heute am frühen Morgen verschwunden. Ich wollte gerade ...«

»Dann beeil dich. *Bitte.*«

Nur mit Mühe konnte ich Isabella überreden, aufzustehen und mit mir zum Corso Vittorio zu gehen, um dort in ein Taxi zu steigen. Unterwegs beschimpfte sie mich wild.

»Kommt nicht in Frage, dass ich sie dir ausliefere, du miese Schlampe! Stell dir vor, ich habe bereits die Presse informiert, und morgen steht es in allen Zeitungen. Dann weiß es alle Welt, du Arsch!«

Ich hielt ein Taxi an und schob sie sanft hinein. Sie hatte offensichtlich keine Ahnung, wer ich war und was ich zu ihr sagte; sie war mir wieder entglitten und weit fort.

»Komm, Isa, wir besuchen jetzt Giorgio. Er wird sich um dich kümmern.«

Kaum saßen wir im Wagen, wuchs ihre Aufregung. Vielleicht war es die körperliche Nähe des Fahrers, die sie so nervös machte, jedenfalls war sie nahe daran zu schreien, und ihr Gesicht zuckte krampfartig.

»Ich hab dir doch gesagt, dass er kommen wird, um uns abzuholen. Warum hast du nicht gewartet? Jetzt haben wir ihn wieder verloren, du Idiot, du verdammter Schwachkopf!«

Der Fahrer warf besorgte Blicke in den Rückspiegel. Ich spürte, wie seine Anspannung wuchs und den Wagen füllte. Als sie mit den Fäusten auf die Fensterscheibe einzuschlagen begann, fuhr er rechts an den Straßenrand.

»Tut mir Leid, Signora, aber sie muss jetzt aussteigen. Am Ende schlägt sie mir noch die Scheiben ein.«

»Ach, bitte, wir sind doch fast da. Sie wird Ihrem Auto nichts antun. Isa, Liebes, bitte beruhig dich.«

»Nein, Sie werden sich ein anderes Transportmittel suchen müssen, tut mir Leid.«

Er schaltete den Motor aus und warf mir einen mürrischen Blick zu. Ein noch ziemlich junger, aber ungesund aussehender Bursche.

»Und was zum Beispiel?«, fragte ich feindselig.

»Zum Beispiel einen Krankenwagen.«

»Das ist doch lächerlich. Die Frau braucht Hilfe. Fahren Sie uns einfach zur Klinik.«

»Nein, Sie kapieren es anscheinend nicht. Ich kann nicht. Sie müssen ...«

»DU BIST ES, DER NICHTS KAPIERT!«, schrie ich zu meiner Überraschung aus vollem Hals. »SIE WIRD DEIN VERDAMMTES AUTO SCHON NICHT BESCHÄDIGEN, VERSTANDEN? Also fahr uns in die Klinik, oder ich schlage derart Krach, dass es dir verdammt Leid tun wird!«

In eiskaltem Zorn fuhr er weiter, während Isabella ihre Selbstgespräche nun lautlos führte. Erstaunlicherweise warf sie mir ein kurzes Grinsen zu, und ich drückte ihre Hand.

* * *

Giorgio Carlei arbeitete in einer Privatklinik in einem riesigen Park gleich außerhalb der Stadt. Nach dem Essen gingen die Patienten in ihren ausgeleierten Schlafanzügen und zerschlissenen Morgenröcken auf dem Rasen umher. Sie drängten sich auf einer Bank aneinander, um alle zusammen in einem Sonnenflecken Platz zu finden, und ließen die Köpfe hängen, manche starrten ins Leere, andere redeten vor sich hin.

So ist das also.

Starke Medikamente, ungewaschene Haare, das Gefühl von Auflösung. Schlurfende Füße in Pantoffeln, die Gedanken irgendwo unauffindbar verloren. Voller Angst, hier im Stich gelassen zu werden.

Einsam.

Alba und ich beobachteten sie schweigend, und ich wusste, dass wir beide dasselbe dachten. Wir saßen auf den Stufen vor dem Haupteingang. Alba blickte nervös auf die Uhr.

»Daniel müsste jeden Moment hier sein. Er sagte, er kommt, sobald er die Kinder untergebracht hat.« Seufzend schüttelte sie den Kopf.

Ich blickte zu dem Fenster im ersten Stock hinauf, hinter dem

Giorgios Sprechzimmer lag. Seit mehr als einer Stunde saß er dort mit Isabella. Er hatte uns fortgeschickt: Er müsse allein mit ihr reden, sagte er.

»Aber was hältst du davon? Was für eine Krankheit mag das sein?«, fragte ich.

Alba zuckte die Achseln.

»Was weiß ich.«

»Weißt du, manisch-depressiv zu sein ist eine Störung des Gehirnstoffwechsels, das lässt sich behandeln. Man muss Medikamente nehmen, und dann geht es wieder.«

Alba gab keine Antwort. Sie beobachtete die Patienten, die in der Sonne saßen.

»Es war abzusehen. Wir haben alle damit gerechnet. Aber niemand hat was gesagt«, murmelte sie nach einer Weile.

»Es war abzusehen? Seit wann? Warum?«

»Sie war so ... nachlässig, in jeder Hinsicht. Auch was ihre eigene Hygiene betraf. Sie wurde immer verschrobener, konnte keinen Satz zu Ende sprechen. Ich weiß nicht – sie hatte diese ... Aussetzer. Wie kleine Kurzschlüsse.«

Das ist es wahrscheinlich, was man unter einem Zusammenbruch versteht, dachte ich. Die Maschen im Netz geben nach und werden immer weiter. Bis den Menschen nichts mehr zusammenhält.

Ich fragte mich, wann das alles begonnen hatte.

»Das hatte sie schon als Kind«, sagte Alba, zusammengekauert auf der Stufe.

»*Was* hatte sie?«

»Du weißt schon, dieses Obsessive. Sie trieb alles, was sie tat, bis an die äußerste Grenze. Alles, wovon sie sich überzeugt hatte, war ein in Stein gemeißeltes Gesetz. Wie kann man das auf Dauer aushalten?«

Mit dem Handrücken rieb sie sich die Augen.

»Dieser ganze Hass, der in ihr war. Warum? Die Vorwürfe, die sie gegen mich richtete. Weißt du, das Leben ist nicht leicht, wenn die eigene Tochter überzeugt ist, dass man etwas derart abgrundtief Schreckliches getan hat.«

»Bitte, Alba«, sagte ich. Mir war nicht danach zumute, die ganze Geschichte noch einmal durchzukauen. »Das hat doch nichts damit zu tun.«

»Doch! Das hat es sehr wohl!« Sie kramte in ihrer riesigen Handtasche nach einem Papiertaschentuch und schnäuzte sich. »Wie könnte ich der Mensch sein, der ich heute bin, hätte ich das Verbrechen begangen, das sie mir vorwirft?«

»Mama, aber darum geht es jetzt doch nicht.«

Dass sie das Gespräch auf sich selbst lenkte, irritierte mich.

»Doch, es geht darum. Es geht *genau* darum. Glaubst du etwa, ich hätte dreimal heiraten können und wäre imstande, meinen Mann leidenschaftlich zu lieben, glaubst du, ich wäre heute die Frau, die ich bin? Ehefrau, Mutter, Großmutter? Ein ausgeglichenes, liebesfähiges Wesen?«

»Was hat das …«

»Nein, verstehst du.« Sie schüttelte heftig den Kopf. »Das könnte ich nicht, denn ich wäre ein Wrack. Ich wäre *wahnsinnig*.«

Ich sagte nichts.

»Verstehst du, was ich meine?«, fragte sie, und ihre Augen verengten sich.

Ich nickte. »Ja, natürlich.«

»Denn niemand, *niemand* auf der ganzen Welt kann so lange mit einer heimlichen Schuld leben, ohne irgendwann den Verstand zu verlieren.«

Stumm saßen wir nebeneinander und starrten auf den Rasen. Wir kramten in unseren Handtaschen und suchten irgendwelche Dinge wie Pfefferminzbonbons oder weitere Taschentücher, nur um uns zu beschäftigen.

»Es ist einfach unmöglich«, fuhr Alba nach einer Weile fort. »Selbst wenn niemand mehr damit rechnet, drängt die Wahrheit an die Oberfläche. Sie schiebt und schiebt, bis sie schließlich hervorbricht. Und mit einem gewaltigen Knall alles zum Einsturz bringt, was man darüber errichtet hat.«

Sie drehte sich zu mir.

»Das ist es, was ihr passiert. Keine Stoffwechselstörung. Davon verstehe ich was.«

Wir sahen Daniel Moore vom Parkplatz herüberkommen. Mit gesenktem Kopf ging er auf die Klinik zu. Er wirkte kleiner als ich ihn in Erinnerung hatte.

Alba stand auf und winkte ihm.

»Davon verstehe ich was«, wiederholte sie, den Blick auf Daniel Moore gerichtet, der sie entdeckt hatte und nun langsam auf uns zukam. »Auch mein Vater ist in einer Nervenklinik gelandet, ein ganzes Jahr blieb er dort. Was war es deiner Ansicht nach, das ihn so verrückt gemacht hat?«

Wir gingen Daniel Moore entgegen. Ich sah seine Überraschung, als er mich erkannte.

»Es waren die vielen Lügen über Renée, die er jedermann eingeredet hatte, all das Zeug, das er immer abgestritten hatte, wofür er aber ganz allein verantwortlich war. Das war es.«

Alba blieb stehen und ergriff meinen Arm.

»Wenn du die anderen zu überzeugen versuchst, willst du dir selber einreden, es sei nie geschehen. Aber es ist geschehen. Mag sein, dass es uns manchmal gelingt, die Vergangenheit zu vergessen, aber die Vergangenheit wird *uns* nie vergessen.«

»Alina!«

Da war er, Daniel. Rotäugig und zerzaust wie jemand, der tagelang nicht geschlafen hat. Unvermittelt schlang er beide Arme um mich und hielt mich fest. Er ließ mich nicht mehr los, und ich hatte das Gefühl, dass er ebenfalls umarmt werden wollte. Also erwiderte ich den Druck seiner Arme, ein paar Sekunden lang. Ich erkannte seinen Geruch wieder, die Weichheit seiner Haare.

»Wie geht es ihr?«

»Das wissen wir nicht.« Alba küsste ihn auf die Wangen.

»Giorgio untersucht sie, er macht verschiedene Tests mit ihr. Sie war sehr … verwirrt.«

Wir wechselten einen Blick. Wir wussten nichts, und das reichte nicht einmal annähernd, um uns gegenseitig halbwegs zu beruhigen.

»Sie ist heute Morgen verschwunden.« Daniel rang nach jedem Wort.

»Wir hatten … einen ziemlich schlimmen Streit gestern Abend. In letzter Zeit war sie so … gewalttätig. Verbal, und auch körperlich. Ich … ich … hatte keine Ahnung, dass …«

»Ich weiß«, unterbrach ihn Alba. »Es ist nicht deine Schuld. Beruhige dich, sie wird wieder gesund. Vielleicht ist es nur eine Krise.«

»Gestern Abend, als ich vom Büro heimkam, war sie damit beschäftigt, Claudia zu baden. Ich hörte sie singen, aber es klang eher wie ein Schreien. Es ging immer weiter und weiter, lauter sinnlose Wörter, vollkommen daneben. Dann hörte ich Claudia aus vollem Hals schreien und weinen …« Dabei stiegen ihm selbst die Tränen in die Augen. »Ich ging ins Bad und sah, dass sie … mit Claudia irgendwie spielte, sie unter Wasser drückte. Mein Gott – es war eher so, als versuchte sie das Kind zu ertränken. Ich rastete völlig aus, und sie hat mich geschlagen … ich war …«

Er begann zu schluchzen, verbarg das Gesicht in den Händen. Ich nahm ihn noch einmal in die Arme, und seine Tränen tropften mir warm auf den Hals.

* * *

»Dissoziative Störung.«

Mehr sagte Giorgio nicht.

»Ich habe ihr etwas zur Beruhigung gegeben. Sie schläft jetzt.«

Zu dritt saßen wir ihm gegenüber an dem mächtigen Schreibtisch aus Walnussholz in seinem luftigen Sprechzimmer und warteten auf weitere Erläuterungen. Er sah uns der Reihe nach an, die Hände über dem Magen gefaltet. Professionell.

»Ist sie ... wirst du sie ... über Nacht dabehalten?«, fragte Alba. Auch als er mit seiner Frau sprach, lächelte er professionell.

»Natürlich, Liebes.«

»Aber wann ...«

»Wir müssen abwarten.« Er sah Daniel an. »Ich fürchte, es handelt sich hier nicht um eine vorübergehende Episode.«

Er schüttelte den Kopf und prüfte flüchtig seine Fingernägel. Dann warf er einen verstohlenen Blick auf seine Armbanduhr, seufzte und sah uns wieder der Reihe nach an.

»Damit wir uns recht verstehen: Es ist nicht einfach ein Nervenzusammenbruch.«

Er stützte die Ellenbogen fest auf den Schreibtisch, verschränkte die Finger und legte das Kinn auf die Hände. Wir sagten kein Wort. Saßen einfach nur da, stumm und ratlos.

»Aber um eine klare Diagnose zu stellen, muss ich sie zur Beobachtung in der Klinik behalten«, schloss er und stand auf. Als er zur Tür ging, drehten wir synchron die Köpfe, als folgten wir der Flugbahn eines Tennisballs.

»Ich muss jetzt leider gehen. Wir sehen uns später zu Hause, dann reden wir ausführlicher.«

Er öffnete uns die Tür.

Der Reihe nach küssten wir ihn, Alba, Daniel Moore und ich. Folgsam und eingeschüchtert, wie drei Kinder, die zu einer weiten Reise aufbrechen.

»Kommt, ich fahre euch«, sagte Daniel Moore auf dem Parkplatz, als er die Tür seines rostfleckigen roten Autos aufsperrte. Ich stieg hinten ein und setzte mich neben einen gepolsterten Kindersitz. Auf dem Boden leere Cola-Dosen, die hin und her rollten, und ein Wust aus Comic-Heften, winzigen Schuhen, einem schmutzigen rosaroten T-Shirt mit einem Elefantenbaby darauf.

Alba und Daniel sprachen weiter über Isabella. Jetzt, wo es zu spät war, fielen ihnen immer wieder neue Alarmsignale, frühe Symptome, auffällige Bemerkungen oder seltsame Verhaltensweisen ein.

»Ich habe schon bemerkt, dass sie mit sich selbst spricht, auch wenn ich im selben Zimmer war. Wie ein dauerndes Vor-sich-hin-murmeln.«

Ich hörte ihnen stumm zu. Sein Italienisch war sehr gut geworden, nur das *r* klang noch ein wenig schlaff, irgendwie aufgeweicht durch seinen amerikanischen Akzent.

Ihre Vertrautheit verblüffte mich. Schwiegermutter und Schwiegersohn. Während ich ein Fremdkörper geworden war und zu ihrem Gespräch nichts beizusteuern hatte.

Daniel hielt vor Albas Haus.

»Ich rufe dich später an«, sagte sie zu Daniel. »Sicher will Giorgio mit dir reden, wenn er nach Hause kommt.«

»Okay. Du kannst jederzeit anrufen, auch spätabends.«

Als wir miteinander allein waren, trat Schweigen ein. Er fuhr nicht los, sondern saß nur da, in sich zusammengesunken, und sah mich an; sein Kopf hing schwer herab.

»Bitte geh noch nicht nach Hause«, sagte er nach einer Weile. »Ich möchte reden.«

Ich nickte.

»Das brauche ich, sonst werde ich verrückt.«

»Okay.«

Daniel Moore hatte zu rauchen angefangen. Es gehörte zu seiner Italienisierung, nehme ich an, dieser unachtsame Umgang mit sich selbst. Schweigend und paffend fuhr er durch den Stadtverkehr. Ich fragte nicht, wo er hinwollte. Das war jetzt seine Sache.

»Mir ist nach Laufen, dir auch?«, fragte er.

»Ja. Gut.«

Er fuhr zu den Gärten der Villa Doria Pamphili und parkte vor dem Tor. Ich protestierte nicht, obwohl es mir seit jeher zuwider ist, in Parks herumzuspazieren. Der Anblick von Stadtmenschen, die sich nach frischer Luft und einer Pause im Alltag sehnen, hat mich immer deprimiert. Paare, die Hand in Hand unter den Bäumen entlangschlendern, der knirschende Kies unter ihren Füßen, das Geschrei der Rad fahrenden Kinder in der Ferne und im Hintergrund gedämpft der nie endende Lärm der Stadt – das alles hat etwas unangenehm Gezwungenes.

Eine Zeit lang gingen wir stumm nebeneinander her, keiner hatte das Bedürfnis zu reden. Merkwürdigerweise schien es mir ganz in Ordnung, dass wir so einträchtig beisammen waren, jeder in Gedanken bei den Ereignissen des Tages, aber getröstet von der Nähe des anderen. Zwischen Babysitterinnen und den Kleinkindern in ihrer Obhut, Joggern und alten Männern setzten wir uns auf eine Bank. Dass wir nach derart langer Zeit so dasaßen, noch dazu an einem solchen Ort, schien mir absurd, aber vielleicht war es der einfachste Weg, wieder zusammenzufinden. Im Freien, unter all den Menschen in einem öffentlichen Park.

»Ich glaube, es ist Schizophrenie«, sagte er mit einer gewissen Endgültigkeit.

»Das ist möglich.«

»Ich kenne die Symptome. Ich hatte einen Freund im College, der...«

»Wieso hast du es nicht schon viel früher gemerkt?«, unterbrach ich ihn. »Ich kann nicht glauben, dass dir nicht beizeiten aufgefallen ist, wie krank sie war.«

»Ich dachte, sie sei unglücklich. So viel war mir schon klar. Aber ich hätte nie gedacht, dass es zu einer derart schwerwiegenden Sache ausarten könnte.«

»Jesusmaria, Daniel! So viele Jahre, und du bist kein einziges Mal auf die Idee gekommen, dass sie Hilfe brauchen könnte.«

Ich merkte, dass ich zornig war.

»Du hast keine Ahnung, wie es ist mit zwei kleinen Kindern«, sagte er. »Du hörst auf zu existieren. Du rennst den ganzen Tag herum und bemühst dich, halbwegs über die Runden zu kommen. Ich weiß nicht, wann Isa und ich zum letzten Mal Zeit hatten, miteinander zu reden, nur wir beide.«

»Das ist doch Quatsch. Außerdem geht das bestimmt schon sehr lange so – dass sie sich immer mehr entgleitet. Vielleicht hat es schon vor dem Gefängnis angefangen...«

»Es ist mir nie aufgefallen. Als ich sie kennen lernte, dachte ich, sie steht unter Schock. Was kein Wunder gewesen wäre, nach sieben Jahren Gefängnis, Einzelhaft und allem anderen …«

»Sagen wir, es war für uns alle bequemer, es so zu sehen.«

Ich wandte den Kopf ab. Scheinbar gleichgültig, als präsentierte ich ihm Erkenntnisse, zu denen ich schon vor Jahren gelangt war.

»Außerdem war sie damals vermutlich viel gerissener darin, sich zu tarnen«, sagte ich.

Ich drehte ihm den Kopf wieder zu und wurde überschwemmt von der Erinnerung wie von einer gewaltigen Woge. Unsere einstige Nähe, unsere privaten Witze, die nur wir beide verstanden, seine Art, mich zum Lachen zu bringen.

»Ach Scheiße, Daniel, gehen wir weg von hier. Ich hasse diesen Park. Er ist so deprimierend.«

»Um Gottes willen, ich wollte ja nicht …«

»Wenn du weiterreden willst, dann brauche ich was zu trinken, was Anständiges.«

»Gut«, lächelte er.

Wieder im Auto, steckten wir eine halbe Stunde im Stau. Hin und wieder wechselten wir einen raschen Blick, als hätten wir, nachdem wir uns für Alkohol entschieden hatten, das Bedürfnis nach gegenseitiger Bestätigung.

»Halt hier an, der Laden dort ist so gut wie jeder andere«, sagte ich schließlich ungeduldig und deutete auf ein hässliches Café an der Straße.

Nach einer angenehmeren, vielleicht gemütlichen Umgebung für unser Gespräch zu suchen war sinnlos. Also saßen wir an einem Tisch auf dem Gehsteig, sahen dem vorüberströmenden Verkehr zu, ließen uns von Abgasen räuchern und tranken billigen Erdbeerwodka, während ringsum der Straßenlärm tobte.

Das Café war ein Treffpunkt für junge Leute in Tarnhosen und Militärstiefeln. Die Bedienung hatte eine gepiercte Unterlippe und einen tätowierten Nacken.

Daniel Moore starrte in sein leeres Glas.

»Natürlich bin ich mir bewusst, dass ich an ihrem Unglück mit schuld bin. An einem Teil ihres Unglücks…«, sagte er langsam und beendete den Satz nicht.

»An *welchem* Teil ihres Unglücks?«

»Zum Beispiel habe ich nie vergessen, was du damals im *Hotel Locarno* gesagt hast. Ich glaube, du hattest Recht: Ich habe tatsächlich irgendetwas auf sie projiziert. Und erst später wurde mir klar, dass sie nicht der Mensch war, für den ich sie gern gehalten hätte.«

Ich begriff, dass dies der – vielleicht unwiederbringliche – Augenblick war, in dem ich ihm die Frage stellen durfte, die ich jahrelang laut hätte hinausschreien wollen, ihm ins Gesicht, auf seinen Anrufbeantworter. Jetzt stellte ich sie ruhig und so beiläufig, als wäre sie mir gerade erst eingefallen.

»Nämlich? Wofür hättest du sie denn gern gehalten?«

Er wandte unbehaglich den Blick ab. Dann starrte er wieder den Aschenbecher an.

»Ich weiß nicht. Ich glaube, sie… Als ich sie kennen lernte, spürte ich sofort, wie verloren sie war. Es war, als wäre alles, was sie mal gewesen war, ausgelöscht worden, als hätte sie keine Vergangenheit mehr. Als hätte sie einen blinden Fleck, ein Vakuum, von dem ich glaubte, ich könnte es ausfüllen. In gewisser Weise kam ich mir ja selber wie ein leeres Blatt vor, hier in diesem Land, das mir völlig fremd war.«

Er schüttelte den Kopf.

»Ich weiß nicht, es ist…«

»Nein, schon klar. Du hast versucht, ein anderer Mensch zu sein.«

Er nickte.

»So was Ähnliches hast du damals in dem Hotelzimmer auch gesagt: ›Du versuchst dir eine neue Biografie zu kaufen‹, hast du geschrien.«

»Ja, ich erinnere mich.«

»Aber weißt du, später, als Isa und ich uns besser kannten,

wurde manches anders. Sie sagte oft, sie fühle sich bei mir wie eine Hausbesetzerin. Einmal sagte sie: ›Ich lebe in der dauernden Angst, dass ich irgendwann von einem Tag auf den anderen dein Leben räumen muss.‹«

»Und, hatte sie Recht?«

»Ja und nein. Es stimmt, ich hatte oft das Gefühl, dass sie einen Platz eingenommen hatte, der für jemand anderen reserviert war, sozusagen … «

Er unterbrach sich, um zu sehen, wie ich reagierte, aber ich versuchte, mir nichts anmerken zu lassen.

»… aber ich war eine Verpflichtung eingegangen und entschlossen, mich daran zu halten. Ich dachte nie ernsthaft an eine Trennung.«

»Wieso nicht, wenn du sie nicht mehr geliebt hast?«

Ich weiß nicht, wie ich den Mut aufbrachte, eine so direkte Frage tatsächlich zu stellen, aber ich fand, an einem Tag wie diesem hätte ich das Recht dazu. Er zuckte nicht mit der Wimper.

»Weil mir nach wie vor sehr viel an ihr liegt und ich nicht will, dass sie leidet.«

»Das ist nie eine sehr gute Medizin – Leiden kann sie jedenfalls nicht verhindern.«

»Wenn man Kinder hat, ist es anders.«

»Ja, wahrscheinlich ist es anders. Davon weiß ich nichts.«

Ich ließ mich im Stuhl zurückfallen, wie um mehr Distanz zwischen uns zu schaffen.

Die Kellnerin kam und räumte unsere leeren Gläser ab. Als sie sich über den Tisch beugte, betrachtete ich ihr Tattoo: eine Eidechse, die aus ihrer Kopfhaut über den Nacken die Wirbelsäule hinabkroch.

»Wir nehmen noch mal dasselbe«, sagte Daniel mit seinem fast perfekten Italienisch. Sie nickte in der unfreundlichen Art junger Kellnerinnen, die cool wirken wollen.

»Raffiniert«, sagte ich zu ihr. »Wenn du sie eines Tages satt hast, kannst du dir immer die Haare wachsen lassen.«

Sie sah mich verständnislos an.

»Die Eidechse«, sagte ich. »Vielleicht willst du sie eines Tages verstecken.«

»Glaub ich kaum. Ich seh sie ja nicht.«

»Das ist ein Argument«, sagte ich trocken und verspürte auf einmal eine wachsende Irritation.

»Ich frage mich, ob es sich hätte vermeiden lassen. Ich meine ihren Zusammenbruch: Wäre es so weit gekommen, wenn unsere Beziehung besser gewesen wäre?«, fuhr Daniel fort, ohne auf meinen Wortwechsel mit der Kellnerin zu achten. Sie kam mit zwei weiteren Gläsern eisgekühltem Erdbeerwodka zurück.

Mir wurde klar, dass er um einen Freispruch bat. Aber dafür war ich nicht die Richtige.

»Daniel, ich möchte dich was fragen.«

»Ja.«

»Erinnerst du dich an den Abend in New York, als du nach dem Absender der vielen Briefe gefragt hast, die ich bekam, und ich dir zum ersten Mal von Isabella erzählt habe?«

»Ja.«

»Ich hatte unheimliche Angst, dich zu verschrecken. Ich dachte, Scheiße, das treibt ihn von mir fort. Du weißt schon ... meine Schwester, die vielleicht eine Mörderin ist.«

Er leerte sein Glas und wartete, ohne es abzusetzen.

»Und?«

»Und dann, später, als wir schon im Bett lagen, hast du gesagt, das Wichtigste hätte ich dir verschwiegen: Ob sie den Mann jetzt umgebracht hat oder nicht. Erinnerst du dich?«

»Ja.«

»Und ich sagte darauf, ich hätte sie nie gefragt, das sei eine sehr schwierige Frage.«

Er nickte langsam. Vorsichtig.

»Und weiter sagte ich, sinngemäß, ich hoffte für dich, dass du nie einem Menschen, den du liebst, so eine Frage stellen müsstest, weil die Wahrheit manchmal einen sehr hohen Preis hat.«

»Richtig.« Er klopfte seine Taschen nach einer weiteren Zigarette ab.

Bis zu dem Augenblick hatte ich nicht geahnt, dass dies die Richtung war, in die unser Gespräch steuerte: in einer weiten Spirale, immer rundherum, bis wir schließlich bei diesem speziellen Augenblick angelangt waren. Ich hatte nicht geahnt, dass ich all die Jahre darauf gewartet hatte, ihm diese Frage zu stellen.

»Ich weiß, was du von mir wissen willst«, sagte er und zündete die Zigarette an. Er beugte den Kopf zur Seite und wedelte sich mit der Hand den Rauch aus den Augen. »Und die Antwort ist Nein.«

Ich erwiderte seinen Blick und sagte nichts. Ich fühlte mich ihm seltsam nahe. Wegen seiner Bereitwilligkeit. Weil wir in all den dramatischen Ereignissen nun in einer Weise zusammen waren, wie wir es nie zuvor erlebt hatten. Wie Geschwister.

»Ich habe ihr die Frage nie gestellt«, sagte er. »Ich konnte es nicht. Vor allem nicht, als die Kinder auf der Welt waren.«

»Ja. Das habe ich mir gedacht«, sagte ich.

Eine Zeit lang schwiegen wir.

Wegen der Kinder. Was sonst, dachte ich. Ist das nicht stets der Grund, weshalb wir unsere Geschichte immer wieder in einer gekürzten und geschönten Version weitergeben? Sodass unsere Kinder in lähmendem Schweigen aufwachsen, eingeschüchtert von den Fragen, die sie nicht stellen dürfen? Sodass sie ihrerseits unter der Last der unbeantworteten Fragen verrückt werden?

Vom Nebentisch kam ein Mädchen und wollte Feuer. Sie war zaundürr, unter dem knappen T-Shirt lugte ihr flacher Bauch hervor. Gemeinsam fummelten sie an dem Feuerzeug herum, dessen Gas zur Neige ging. Das Mädchen stieß ein schrilles Gelächter aus und näherte ihren Kopf dem seinen, während sie immer wieder erfolglos versuchte, ihre Zigarette anzuzünden. Ich beobachtete die Szene und dachte: Er ist immer noch ein sehr attraktiver Mann. Die Frauen werden stets eine Schwäche für ihn haben.

»Ich bin ziemlich erschöpft«, sagte ich. »Ich muss heim.«

»Ich fahre dich.«

»Nein. Ich gehe zu Fuß.«

»Warum? Ich fahr dich gern nach Hause, wirklich.«

Ich nahm seine Hand und lächelte.

»Nein«, sagte ich fest. »Ich möchte allein sein. Ich brauche jetzt ein bisschen Zeit für mich.«

Er wirkte überrascht. Als könnte das unmöglich mein aufrichtiger Wunsch sein.

»Na gut, okay.« Er legte ein paar Geldscheine auf den Tisch und stand auf. »Dann sehen wir uns wahrscheinlich morgen in der Klinik«, sagte er auf dem Weg zu seinem Wagen. »Du kommst sie doch besuchen, oder?«

»Ich weiß noch nicht. Auf jeden Fall lasse ich von mir hören.«

Ich war noch nicht so weit, mich dieser neuen Selbstverständlichkeit zu fügen – man trifft sich zu den Besuchszeiten in der Klinik, macht auf Familie, als wäre nie etwas geschehen.

»Fahr heim und versuch dich auszuruhen«, sagte ich. »Es war für uns alle ein sehr langer Tag.«

Ich ging los, die Hände in den Taschen, den Blick auf nichts Bestimmtes gerichtet. Es war ein weiter Weg bis zu meiner Wohnung, aber das war mir nur recht. Ich hatte viel überschüssige Energie.

Unterwegs dachte ich keinen Moment darüber nach, welche Wirkung die Begegnung mit Daniel Moore auf mich ausgeübt hatte. Seltsamerweise gab es gar nicht viel zu überlegen: Alles hatte sich von selbst so gefügt, wie es sein sollte. Was mir so kompliziert erschienen war, so unmöglich in Ordnung zu bringen, ergab sich nun von allein. Als wäre es nur eine Frage der Zeit gewesen, weiter nichts.

Stattdessen stiegen jetzt, während ich mit gesenktem Kopf dahinging, die lebhaftesten Bilder aus unserer Kindheit in mir auf. Sie kamen in versprengten Bruchstücken, wie Polaroidfotos aus der Vergangenheit. Unsere Schottenröcke, eine Haarspange mit einer Blume, die sich Isabella ins Haar steckte, unser geliebtes Scrabble, die alten Kunstbände, die wir uns aus Olivieros Bücherregal holten, um sie bäuchlings auf dem Perserteppich liegend zu betrachten. Und als ich die Treppe zu meiner Wohnung hinaufging, konnte ich noch immer den klammen Geruch und das Knistern der vergilbten Seiten heraufbeschwören.

* * *

Ein paar Monate später erhielt ich einen Anruf von Marco Sestieri. Er habe ein Buch geschrieben, sagte er, und wolle mir die Fahnen schicken.

»Es ist eine Reihe von Interviews mit Exterroristen und militanten Linksradikalen, die in ein halbwegs normales Leben zurückgekehrt sind. Also nichts Neues eigentlich«, fügte er in seiner bescheidenen Art hinzu, »aber es ist ziemlich interessant, wie sie es alle nach zehn Jahren fertig bringen, aus einem vollkommen anderen Blickwinkel heraus über die Zeit und ihre damaligen Überzeugungen zu reden.«

Eine kurze Pause trat ein. Ich hatte das Gefühl, ich müsste ihn ermutigen, weiterzusprechen.

»Ja, natürlich. Ich lese es gern, danke, Marco, ich weiß das sehr zu schätzen.«

»Also ... wie du dir denken kannst, ist auch ein ziemlich ausführliches Interview mit Isabella dabei. Es ist schon eine Weile her, also bevor sie ...«

»Ja.«

»... und natürlich wollte ich es ihr schicken, sie sollte es erst lesen und mir sagen, ob sie mit meiner Redaktion ihrer Antworten einverstanden war, aber jetzt frage ich mich natürlich, ob sie ... ich meine, ich weiß nicht mal, ob sie in der Lage ist ...«

»Nein, Marco. Das ist sie nicht. Zurzeit jedenfalls nicht. Zwar hat sie manchmal ... lichte Momente. Aber ich glaube nicht, dass sie fähig wäre, den Text zu lesen und mit dir zu besprechen. Vielleicht irgendwann in der Zukunft. Hoffentlich.«

»Ja, ja. Das verstehe ich vollkommen«, sagte er traurig. Ich begriff, dass ihm immer noch viel an ihr lag.

»Außerdem wäre es wohl keine gute Idee, ihr das Interview jetzt zu lesen zu geben.«

»Eben deswegen wollte ich es stattdessen dir schicken. Vielleicht kannst du es dir ansehen und mir sagen, ob du einverstanden bist.«

»Ja, wenn du möchtest. Aber ich bin sicher, du hast es so gut gemacht, wie man es nur machen kann.«

Und in dem Moment lag mir die Bemerkung auf der Zunge: »Vielleicht hättest du sie auch heiraten sollen, Marco. Vielleicht wäre sie nicht vor allem davongelaufen, wenn sie dich an ihrer Seite gehabt hätte.« Ich sagte es nicht; für ihn hätte es alles nur schlimmer gemacht.

Ein paar Tage später waren die Fahnenabzüge in der Post. Als ich ihre Worte auf Papier gedruckt sah, empfand ich eine tiefe Dankbarkeit gegenüber Marco. Er hatte eine Möglichkeit gefunden, ihre Gedanken festzuhalten, ehe sie für immer verloren gingen.

»*Es war schwer, und es hat sehr lang gedauert, bis ich begriffen habe, dass eine leidenschaftliche Überzeugung den Menschen versklaven kann. Denn es war ja eine Leidenschaft, die uns glauben ließ, Mord sei gerechtfertigt; und als wir diese Schwelle erst einmal überschritten hatten, wurde alles möglich. Ich will nicht rechtfertigen, was wir getan haben – ich bin schon vor langer Zeit zu der Erkenntnis gelangt, dass ich mit meiner Schuld ganz allein fertig werden muss und nicht versuchen darf, mir die Last leichter zu machen. Und doch kann ich nicht aufhören, mir endlose Fragen zu stellen. Besonders eine geht mir nicht aus dem Sinn: Wie konnten wir zu der Überzeugung kommen, dass es richtig sei zu töten? Ich habe darauf noch immer keine Antwort gefunden. Ich kann nur mit abstrakten Begriffen aufwarten – dem Ideal von Gerechtigkeit, Ideologie, extrem übersteigertem politischem Engagement. Aber eine wirkliche, konkrete Antwort weiß ich noch immer nicht. Heute kann ich nur sagen, dass ich um eines Traumes willen einen Krieg geführt habe. Und was von diesem Traum übrig geblieben ist, das sind die Toten und das Leid der anderen.*«

Epilog

Alba und ich brechen zu einem Spaziergang nach Sonnenuntergang auf. Das Licht ist atemberaubend schön. Schweigend gehen wir unter den Olivenbäumen entlang, klettern über die niedrigen Steinmauern zwischen den Grundstücken. Ich betrachte ihre kräftigen Waden, als sie eine Grätsche über einen Zaun macht. Sie ist noch genauso muskulös und gelenkig wie als junges Mädchen, und ich staune, mit welcher Leichtigkeit sie sich auf diesem Land bewegt: dieselbe Art, die Füße aufzusetzen, sich in der Erde zu verwurzeln, wie ich sie von allen Frauen aus der Gegend hier kenne. Trotz der Armani-Kostüme, die sie in letzter Zeit zu tragen pflegt, wird ihr Körper sie immer mit diesem Boden verbinden.

Wir gehen an Stellarios *furneddhu* vorbei, der seit Jahren verlassen ist, und ich bemerke ihren plötzlich alarmierten Gesichtsausdruck. Sie bleibt nicht stehen, späht nicht hinein wie einst, als sie in dem immer währenden Halbdunkel Schutz suchte und den Geruch nach Stein und verdorrten Olivenblättern in sich aufnahm, und ich glaube, sie will sich die Melancholie allzu deutlicher Erinnerungen ersparen.

»Fährst du morgen, wenn die Möbelpacker alles verladen haben, mit mir im Auto zurück nach Rom?«, fragt sie nach einer Weile.

Ich nicke.

»Schön. Ich hab mich davor gefürchtet, ganz allein zurückfahren zu müssen.«

»Weißt du, Mama, ich bin froh, dass du gekommen bist«, sage ich und lege ihr leicht die Hand auf die Schulter.

Sie wendet mir das Gesicht zu: »Ja. Ich auch.«

So gehen wir eine Weile dahin, ohne zu reden. Lassen nur die Farben und Gerüche des Abends in uns eindringen.

»Mama, da ist noch was, das ich dich fragen muss.«

»Was denn?«

»Erinnerst du dich an das Drehbuch, das Oliviero für Esposito geschrieben hat, über Lorenzo und Renée?«

»Ja, natürlich.«

»Vor einiger Zeit hab ich's noch mal gelesen. Es ist eine wirklich großartige Geschichte. Mir ist eigentlich jetzt erst klar, was für ein hervorragender Drehbuchautor Papa war. Eine unheimliche Begabung für Dialoge.«

Sie nickt, und zu meiner Überraschung sehe ich sie lächeln.

»Das stimmt. Er konnte Geschichten erzählen wie niemand sonst. Ich saß jedes Mal wie angewurzelt da, wenn er zu erzählen anfing, es war unglaublich.«

»Tatsächlich?«

»Mein Gott, ja, Oliviero hatte ein absolut wunderbares Talent zum Erzählen. In allem, was in seiner Umgebung passierte, sah er einen Film.«

Es ist das erste Mal seit unendlich langer Zeit, dass sie über meinen Vater redet. So unbeschwert. Das erste Mal, dass sie seinen Namen ausspricht.

»Mama, ich wollte es dir schon eine ganze Weile sagen… Ich habe in der letzten Zeit daran gearbeitet, ein paar Sachen geändert. Du weißt schon, es ein bisschen ›modernisiert‹.«

Sie sieht mich an, den Kopf zur Seite gelegt. In ihren hellbraunen Augen sehe ich dieselben goldenen Einsprengsel, die Isabella und ich geerbt haben. Ich muss zugeben, dass sie auch mit sechzig immer noch sehr attraktiv aussieht.

»Wie kommt das? Sag jetzt bloß nicht, dass Esposito wieder daran interessiert ist!«

»Doch. Und er hat ein paar sehr gute Leute im Sinn. Es soll sein nächster *seriöser* Film werden. Er hat den kommerziellen Scheiß satt.«

Sie lacht.

»Durchaus verständlich.«

Ich schlucke. Es ist immer noch nicht leicht, darüber zu reden.

»Ich weiß, wie du damals über das Drehbuch gedacht hast. Aber ich hätte unheimlich Lust, zur Abwechslung mal an so einer Geschichte zu arbeiten.«

Sie unterbricht mich mit einer Handbewegung.

»Weißt du, damals, als ich zu deinem Vater sagte, ich würde niemals zulassen, dass er einen Film daraus macht, war Lorenzo noch am Leben. Ich wollte ihn nicht verletzen. Ich hatte das starke Gefühl, ihn beschützen zu müssen.«

»Natürlich, ich weiß. Und das war auch richtig.«

Ihr Ton ist jetzt lebhafter geworden.

»... und zum Teil lag es auch daran ... dass ich es Oliviero übel nahm, mit welcher Zwanghaftigkeit er aus allem einen Plot machen musste ...«

»Ich weiß, ich weiß, aber ...«

»... als wäre es ihm völlig egal, was andere Leute dabei empfinden ...«

»Ja, sicher, aber ...«

Sie fährt jäh zu mir herum. »Aber *was?*«

»Es geht nicht mehr um *uns*, Mama. Es geht nicht mehr um *unsere* Familie.«

Mitten auf dem Weg bleibt sie stehen.

»Was soll das heißen?«

»Diese Geschichte, die er geschrieben hat. Es ist nicht mehr unsere private Familienangelegenheit«, wiederhole ich Espositos Worte, die er damals im Restaurant zu mir gesagt hat. »Eigentlich ist es ... eine Art Metapher. Eine Geschichte über die Wahrheit.«

Sie schweigt nachdenklich, den Blick abgewandt, wie um meine Worte aus einem anderen Blickwinkel zu betrachten.

»Könnte sein«, räumt sie schließlich ein. »Ohnehin scheint mir das alles jetzt so weit weg, dass es eigentlich keine Rolle mehr spielt.«

Ein jäher Windstoß fährt uns entgegen.

»Schau«, sagt sie und deutet zum Himmel, »bald wird es wieder zu regnen anfangen. Kehren wir lieber um.«

Und ohnehin, denke ich, während wir zur Casa Rossa zurückgehen, wurden wir das, was wir heute sind, unabhängig davon, was wirklich passiert ist.

* * *

Es stürmt die ganze Nacht. Draußen vor meinem Fenster pfeift der Wind und rüttelt unten an den Läden. Ich kann nicht schlafen. Aber ich fühle mich friedlich, liege ruhig im Bett und warte auf den Tag.

Ich spüre Albas Anwesenheit im Nebenzimmer, demselben, in dem tags zuvor Rita übernachtet hat. Ich meine ihren ruhigen Atem zu hören.

Ich denke an Isabella, die in ihrem Bett in der Klinik schläft. Ich denke jetzt jeden Tag an sie, wie früher, als sie im Gefängnis war.

Diese kleine Puppe, gefangen in einem Puppenhaus.

Giorgio sagt, sie könne vorläufig nicht nach Hause zurückkehren. Nicht bevor sich einige signifikante Verbesserungen eingestellt hätten.

Ich kann den Gedanken nicht abschütteln, dass ihr Wahn ihr ganz eigener Kunstgriff war, um den Vorhang früher herabfallen zu lassen und endlich Ruhe zu haben. Sie musste die Geschichte hinters Licht führen, um eher gehen zu dürfen. Um schlafen zu können.

Daniel findet sich nach und nach mit der Situation ab. Zwischen uns hat sich etwas verändert, wir konnten unsere Positionen neu bestimmen. Er hat seine Narben und ich die meinen. Wir lernen endlich, einander nahe zu sein. Das brauchen wir jetzt. Denn wir lieben sie beide.

In letzter Zeit haben wir häufig miteinander telefoniert und uns in der Klinik getroffen. Ein paarmal waren wir sogar mit den Kindern unterwegs. Sie kennen mich inzwischen und nennen mich Tante, *zia Alina*. Es sind wunderhübsche Kinder, die beiden Schwestern. Die eine drei, die andere vier.

So süße Mädchen, so artig. So still.

* * *

»Alina! Alina! Steh auf, Schatz!«

Ich höre Alba an der Tür klopfen; offenbar bin ich doch eingeschlafen. Ich erinnere mich noch undeutlich an das erste Morgengrauen am Himmel. Jetzt prasselt der Regen ans Fenster.

»Ja, komm rein, ich bin wach. Wie spät ist es? Sind sie schon da?«

»Ja, sie sind da.« Sie hält mir einen duftenden Becher Kaffee hin, und ihr Gesicht trägt den Ausdruck kindlicher Aufregung, den ich so gut kenne.

»Sie sind schon dabei, den Möbelwagen zu beladen. Und machen so viel Krach, dass ich mich wundere, wieso du nicht davon aufgewacht bist.«

Ich springe aus dem Bett und gehe zum Fenster.

»Ich war fast die ganze Nacht wach … anscheinend bin ich vor kurzem doch noch eingenickt.«

Ich blicke hinaus und sehe unten vor dem Haus den riesigen Lastwagen und die Möbelpacker in Regenhäuten, die soeben langsam den Küchenschrank einladen.

»Ich muss dir was Verrücktes zeigen«, sagt Alba. »Los, komm mit runter.«

Sie drückt mir den Kaffee in die Hand, und ich folge ihr barfuß und in meinem weißen Nachthemd nach unten. Die Möbelpacker – es sind mindestens fünf – drängen sich in gelben Regenmänteln im Wohnzimmer. Sie sehen aus wie eine Schiffsbesatzung bei Sturm. Muskelbepackte Riesen, die meisten wahrscheinlich Polen oder Albaner.

»Guten Morgen«, begrüße ich jeden Einzelnen, und sie erwidern meinen Gruß höflich mit ihrem ausländischen Akzent, während sie einen Sessel aufheben, einen Tisch zur Seite kippen, die Marmorplatte abnehmen und in einen Vorhang wickeln. Es tut gut zu wissen, dass sie sich jetzt um alles kümmern werden.

»Komm mit raus.« Alba winkt mich in den Innenhof.

Es regnet in Strömen. Die nassen Fliesen sind eiskalt unter meinen nackten Füßen.

»Schau.« Sie deutet zur Wand.

»Was denn?«

Ich sehe nur, dass der Wind und der Regen sämtliche Blätter von der Kletterrose abgerissen haben und die Wand bis auf das Pflanzenskelett kahl ist.

»Schau genauer hin. Komm.«

Sanft schiebt sie mich auf die Mauer zu. Und jetzt sehe ich es. Es schimmert durch die ausgewaschene rote Farbe. Der schwache Umriss eines Fußes, eines Beins, die Rundung einer Brust, eines Ellenbogens. Die auf der Seite liegende nackte Gestalt, wie eine ruhende Göttin, die sich über die gesamte Länge des Innenhofs streckt.

Alba wischt mit den Fingerspitzen die rote Farbe ab.

Wie ein *pentimento*, denke ich. Wie es ursprünglich wohl gemeint war.

»Renée will unbedingt zurückkommen«, lacht Alba. »Ist das nicht fantastisch?«

»Perfekt«, sage ich. »Lang genug hat sie ja gebraucht, aber jetzt hat sie's doch noch rechtzeitig geschafft.«

Es regnet immer stärker. Mir rinnt das Wasser über den Rücken, tränkt mein Nachthemd und lässt den Baumwollstoff an meiner Haut kleben. Der Lärm wird ohrenbetäubend, als der Regen sich in Hagel verwandelt. Und auf einmal sind es Eiskörner, die auf dem Boden aufschlagen und wieder abprallen und mir wie tausend Nadeln in die Haut stechen. Alba und ich lachen wie verrückt, wir können gar nicht mehr aufhören. Nasse Haarsträhnen kleben uns am Hals, der Geruch nasser Erde steigt uns in die Nase, und die Möbelpacker starren uns an, während wir uns in die Arme fallen und lachen, bis wir unsere Tränen nicht mehr von den Regentropfen unterscheiden können.